【中国古典名著补续系列】

U0889983

红樓夢补

清·归锄子◎著

内蒙古出版集团
远方出版社

图书在版编目(CIP)数据

红楼梦补/（清）归锄子著.—呼和浩特：远方出版社，2014.1
ISBN 978-7-5555-0086-5

Ⅰ.①红… Ⅱ.①归… Ⅲ.①章回小说—中国—清代 Ⅳ.①I242.4

中国版本图书馆CIP数据核字(2013)第301414号

红楼梦补

作　　者	（清）归锄子
责任编辑	董美鲜
封面题图	马东原
版式设计	韩　芳
出版发行	内蒙古出版集团　远方出版社
社　　址	呼和浩特市乌兰察布东路666号 （电话 0471—2236466　邮编 010010）
经　　销	新华书店
印　　刷	内蒙古爱信达教育印务有限责任公司
开　　本	710×1000　1/16
字　　数	420千
印　　张	25
版　　次	2014年2月 第1版
印　　次	2014年2月 第1次印刷
印　　数	1—5 000册
标准书号	ISBN 978-7-5555-0086-5
定　　价	32.00元

如发现印装质量问题，请与出版社联系调换

序

稗官者流卮言日出，而近日世人所脍炙于口者，莫如《红楼梦》一书。其词甚显，而其旨甚微，诚为天地间最奇最妙之文。窃谓无能重续者，不图归锄子复有此洋洋洒洒四十八回之作也。

余在京师时，尝见过《红楼梦》元本，止于八十回，叙至金玉联姻、黛玉谢世而止。今世所传一百二十回之文，不知谁何伧父续成者也。原书金玉联姻，非出自贾母、王夫人之意，盖奉元妃之命，宝玉无可如何而就之，黛玉因此抑郁而亡，亦未有以钗冒黛之说，不知伧父何故强为此如鬼如蜮之事，此真别有肺肠，令人见之欲呕。

归锄子乃从新旧接续之处，截断横流，独出机杼，结撰此书，以快读者之心，以悦读者之目。余因之而重有感矣！夫前书乃不得志于时者之所为也。荣府群艳，以王夫人为之主，乃王夫人意中，则以宝钗为淑女，而袭人为良婢也。然宝钗有先奸后娶之讥，袭人首导宝玉以淫，是淑者不淑，而良者不良。

譬诸人主，所谓忠者不忠，贤者不贤也。又王夫人意中疑黛玉与宝玉有私，而晴雯以妖媚惑主，乃黛玉临终有我身干净之言，晴雯临终有悔不当初之语，是私固无私，惑亦未惑。譬诸人臣，所谓忠而见疑，信而被谤也。归锄子有感于此，故为之雪其冤，而补其阙，务令黛玉正位中宫，而晴雯左右辅弼，以一吐其胸中郁郁不平之气。斯真炼石补天之妙手也！其他如香菱，如鸳鸯，如玉钏，如小红，如万儿，如龄官，一切实命不犹之人，慈悲普度，俾世间更无一怨旷之嗟。此元人所云："愿天下有情人，都成眷属。"即圣贤所云："王如好色，与百姓同之者也。"前书事事缺陷，此书事事圆满，快心悦目，孰有过于此乎！

犀脊山樵序

红楼梦补叙略

一、传奇之续，无不自卷终后，再开生面，未有将前书截弃者。然续传明翻前事，亦尽属子虚乌有之谈，则与其勉强凑合，毋宁直截了当，似不妨补以剪裁之法，阅者幸勿哂其荒谬。

一、此书写黛玉回生，直接前书九十七回，自黛玉离魂之后写起。凡九 十七回以前之事，处处照应，以后则各写各事，如贾母、王熙凤、鸳鸯、赵姨娘诸人，书中照常列叙。

一、院宇房屋，及大观园台榭、山坡、汀桥、路径逐一跟照前书，叙写并无舛错。

一、此书写荣国府亲族、门客、仆婢等，皆系前书所有之人。故黛玉之婶无氏，叔与弟无名，以名似有若无，不添蛇足。

一、前书写屋宇之轩昂，陈设之富有，服饰之华丽，器具之美备，肴馔 之精工，以及下人伺候之规矩整肃，铺张笔墨，已尽致极妍。此书不过约略其词，不事重复，以避数见不鲜。

一、此书首回写警幻仙议补离恨天，则前书未了情缘，自必一一补之。而宝玉又推己及人，如小红、万儿、龄官诸人，俾得各如所愿。至死于前书九十七回以前之金钏、尤三姐、司棋等人，不能尽令回生，只可礼忏超度，以酬死者，归结前书而已。

一、林黛玉系书中之主，警幻仙之抽改十二钗册，全为黛玉起见。自必筹及所以位置之处，使扬眉吐气，一雪前书中之愤恨。惟专顾主而不顾宾，终留缺陷，非补之之意也。故十二钗册既改，而宝钗不死，不足以快人心；宝钗死而不生，亦不足以快人心。

一、晴雯系死于前书七十七回中，尸腐已久。若写作与黛玉先后回生，或亦如宝钗之借体，未免印板文字，故书中有补叙一段。

红楼梦补序

月如无恨，月自常圆；天若有情，天应终老。试看山中白骨，一梦如斯；无非镜里红颜，三生莫问。如《石头记》传奇，演红楼之歌曲，即色皆空；惊黑海之波涛，回头是岸。绛珠还泪，谁怜泪眼之枯；顽石多情，终负情天之债。忆雯、鹃而饮恨，涕蜡流干；代宝、黛以衔悲，唾壶击碎。然而王嫱归汉，不埋塞外之香；荀粲齐眉，尚剩奁间之粉。借生花之管，何妨旧事翻新；架嘘气之楼，许起陈人话旧。此“后”、“续”两书所以复作也。但如宾岂有并尊，却后来更难居上。屈我潇湘之位，尚费推敲；让人金玉之缘，终留缺陷。且也太君已逝，未观合卺以承欢；伯姊云亡，莫试如簧之故智。吁！其甚矣，憾如之何？于焉技痒续貂，情殷附骥。翻灵河之案，须教玉去金来；雪孽海之冤，直欲黛先钗后。宜家宜室，奉寿考于百年；使诈使贪，转炎凉于一瞬。大观园里，多开如意之花；荣国府中，咸享太平之福。与其另营结构，何如曲就剪裁，操独运之斧斤；移花接木，填尽头之邱壑。转路回峰，换他结局收场；笑当破涕，芟尽伤心恨事。创亦仍因云尔。

嘉庆己卯，重阳前三日。

归锄子序于三时定羌幕斋

目录

目录

【第一回】

绛珠宫议偿恩怨债　警幻仙重补离恨天

归锄子告于友曰："《红楼梦》一书写宝、黛二人之情，真是钻心呕血，绘影镂空。还泪之说，林黛玉承睫方干，已不知赚了普天下之人多少眼泪！阅者为作者所愚，一至于此。余欲再叙数十回，使死者生之，离者合之，以释所憾。"友曰："已有《后红楼》、《续红楼》矣，不能扫弃陈言，独标新格。"归锄子曰："《后》、《续》两书，各有所长。然宝、黛卒合，不从自己构思设想，濡墨蘸笔而来，于心终未释然。"

是年馆塞北，其地环境皆山。一日，灯灺酒阑后，梦入一山。高峰之下，卧一大石，五色晶莹，明霞四照。见石上迸出两股泉水，点点滴滴如洒泪一般。归锄子曰："石兄，有何冤牵遗憾，在此垂泪？"那石头忽作人言道："此名大荒山无稽崖，峰为青埂峰。我便是女娲氏补天所遗，入世为通灵宝玉。因与绛河仙草有未了情缘，千百年抱恨未平，泪眼阅人。君非太上忘情者，盍为我一试炼石手？"归锄子曰："一介凡夫，奚克任此！"石曰："我已赴不老情天，求女娲氏降太虚幻境商结此案。但借足下管城子，将《红楼梦》截去后二十回，补其缺陷，使天下后世有情的，都成了眷属。我无遗憾矣！”言毕，砉然有声，梦亦惊醒。窗外适坠一石，大如鸡卵，有彩色，甚异之。于是，不避雷同。

且说，林黛玉那日行至沁芳桥边，遇见傻大姐，告以宝玉娶宝钗一事，顿时痛苦迷心。怔怔的去看了宝玉一会，回到潇湘馆，焚巾切齿，恨不欲生。挨到气绝的时候，一缕香魂离了躯壳。

才出潇湘馆，见一侍鬟含笑迎上道：“姑娘出来了，我来得正好，引姑娘回家去呢！”黛玉定睛一认，想了一想道：“你可不是金钏姐姐吗？”黛玉此时似已忘了他是王夫人屋里的人，投井死过的了，也不想家在那里，跟着金钏只顾向前行走。但闻耳畔风声，身轻如飘荡云雾之间。停了一会，风静神宁，抬头见一座牌坊，甚是高峻。前面宫殿巍峨，辉煌金碧，迥非人间屋宇，便向金钏道：“你为什么哄我说回家，引到只个地场来，别走错了路了。”金钏笑道：“我没有走错路，姑娘自己忘了家了。”黛玉听说，定神细想，原有些像从前走过的所在。正在沉凝，已至牌坊底下。见上面横书“太虚幻境”四个大字，两旁柱上还有对联。正要看时，只听金钏说道：“姑娘，你瞧有人来迎你呢，快走几步罢！”说着，见两个宫妆女子已到面前，瞧着黛玉笑了一笑，并不搭话，只和金钏说道：“仙子吩咐，请到绛珠宫相见。”当下回身引路。金钏扶着黛玉，随了这两个女子慢慢行走。但见瑶台西峙，碧水东流，玉宇迢遥，青成缥渺，又听得远远的鸾鸣鹤唳，心境顿清。

一路观看，到了宫门，朱扉双掩，两个女子也不住步。绕过东首，又是一座宫院，虽不比那一座轩昂，也觉规模整肃。从正门进内，入了仪门，两旁古松老柏、瑶树琪花，上面六扇朱漆宫门，环衔金兽。右首侧门内，又有两个宫女站立，见了黛玉进来，便回身去。不多时，只听得“咿呀”一声，宫门开处，有两对手执彩旄的引道，后面众侍女簇拥着一位仙子出来。

黛玉举目细睁，似曾见惯一般，却不是园中相伴的姊妹。髻簪太真晨婴之冠，足履玄凤橘文之舄，汉仪镇服，玉佩垂裳，文彩飘扬，形容肃穆。似欲下阶相迎，黛玉趋步拾级而上。那仙子笑向黛玉道：“绛珠别来未久，红尘桃柳已阅十有余度矣。”说着，携手同行，迤逦绕栏，曲折而前。

进了月洞门，觉一股幽香扑鼻吹来，比岩桂而尤芳，仿湘兰而更馥。靠南一座嵌空玲珑仙鹤蟠桃水磨花砖墙下，方方花台，四围白玉栏杆，中间不植杂卉，只有三尺余长一棵芝草，迎风摇曳，韵致嫣然。那仙子一面瞧着黛玉，手指那棵芝草道：“你的灵根夙本，倒替你培植得越发畅茂了。”

叙话之间，款步上阶。侍女们拽起珠帘，进内施礼让坐。仙子道：“我到此间本（不）应僭坐，但绛珠今日还算是客，不必谦让。”于是黛玉坐了客位。见室中雕饰精工，铺陈华丽，暖阁面前大红顾绣幔帐，两旁金钩挂起，中设公座，心内踌躇未定。早有侍女献茶，黛玉接杯。见茶之颜色如秋露春云，精光四射，才一沾唇，便觉香沁肺腑。那仙子道：“此茶乃在放春山遗香洞外采蠲忿花与忘忧草上的露珠，按七返九还法炼成，异于千红一窟，正与你对症的。”

黛玉未及答言，那仙子又道：“你的职司，我在此兼摄。原因女娲氏当初炼石补天，未将离恨天补完，留了一石。后来欲将所遗之石补上，再无神手可完。女娲氏未竣之工，致此石化为神瑛，时在灵河岸走动，随有你们这一段公案，牵连此间几个人入世。早就注定册上，铁案难移。若论你夙债已偿，我兼摄之职本该就此交替，谁想你忘却本来，悮入‘痴情司’里，未免太苦了。况且你为酬报灌溉之恩，若如此撒手，反做了天下古今第一桩恨事，不是酬恩，竟是报怨了。前日女娲氏亦来商此案，我邀了三生石、离恨天诸位仙姬到来，再三参酌，暂借三生石补了离恨天缺陷，把金陵十二册抽改几页。绛珠此去，但请宽怀。你这几年来还他的眼泪，涓涓滴滴流到恨海，把那眼泪流充溢地方，填起宝来，适符金布祇园区数。每区可计万金，知照福德财神，遣差护持移运看守，将来一并交完。使者如此答报，可谓美满前程，再无遗恨，算与你筹画尽情的了。”黛玉听说，茫无头绪。一面警幻仙子复又传了“薄命司”里的人来，指授黛玉算法。

不多时，见金钏走近前来回道：“是时候了，请绛珠仙子起身罢。”那仙子便道：“后会有期，绛珠请回，不便久留。”说着，一齐站起，送至宫门外，嘱金钏引回。

一时，仍依原路行走。金钏向黛玉道：“我家里还有一个老娘，并无依靠，只有妹妹玉钏儿，底下要姑娘照应。”话未完，霎时回到潇湘馆。

且说李宫裁和探春两个人见黛玉气绝了，想起平日姊妹情分，又瞧这样光景，大哭一场。随后雪雁也赶了回来，与李妈妈、小丫头们哭的哭，嚷的嚷，乱了一回。挨到天明，探春同了侍书，先自回去了。李纨在外间屋里唤了李妈妈出来，说道：“你瞧紫鹃，竟像要哭死的了，去劝劝他是正经。”李妈答道：“何曾没有劝他呢，他总不理，也没法儿。”李纨见小丫头们一个个东倒西歪在那里瞌睡，又道：“他们熬了这一夜，是靠不住的，还得你留点子神，说不得辛苦，再熬上一半天也算尽了你的心了。”李妈道：“何尝不是呢，我奶了姑娘一场，白落了个空。”说着，便抽抽噎噎的哭起来。李纨道：“原是我的话不留神，倒伤了你的心了。你老人家别哭罢，里头也去瞧瞧，我要回去走一趟呢。”李纨正要出门，只听那边屋子里一个小丫头哭着叫“紫鹃姊姊”。李纨回身转来，径到紫鹃屋里，见紫鹃已晕倒在炕。李妈也赶了过来，同小丫头们唤了他一会，渐渐苏醒。李纨吩咐了雪雁、春纤几句话，然后回到稻香村。

兰哥儿瞧着李纨道：“妈妈像夜儿没有睡觉呢。我想林姑娘自己害病死的，为什么人家说是琏二婶子害死的呢？”李纨忙喝道：“胡说！这是那里听了混帐老婆子的话，仔细太太听见了捶你。”说着，便进里边和衣躺着。贾兰一个人吃了饭，自去上学。

不多时，潇湘馆里一个小丫头急忙忙赶来请李纨，说：“紫鹃姊姊也死了。”李纨只得起身，胡乱洗了洗脸，赶到潇湘馆。先进紫鹃屋里，只有春纤站在炕边垂泪。李纨走近炕沿，叫小丫头携过灯来一照，把手摸了摸说：“手是冰冷的，气还没有绝。”正要和春纤讲话，见小丫头进来说：“林大娘请大奶奶呢。”李纨出来，林之孝家的回道：“就是这件东西，八下里找个难，听说还是周瑞家的女婿，姓冷的，央了冯大爷去转了个弯子才让给咱们的。虽然多花了几两银子，东西再没得说的。太太同奶奶们在老太太面上，心里也过得去。现在外面漆了一糙，赶着把里子托出来，晚上就有了。”李纨道：“既是这么着，很好。这会儿还得再去弄一个。”林之孝家的听了，怔怔的瞅着李纨。李纨道：“你不知紫鹃这丫头也保不住，像要跟着林姑娘一搭儿走的了。”林家的道：“昨儿见他好好的不是。二奶奶要叫他，我还碰了他一个钉子，忽然又怎么了？”李纨拭泪道：“他伤心林姑娘，晕了过去，如今看是不中用的了。”林家的道：“哭是哭不死人的，紫鹃果然是这样，早就该退送他出去，不过赏给他家里几两银子，是有旧例的。里头向来没有给丫头装裹买棺材的事。”

正说着，探春走来听见，问起缘由，便向林家的道：“为了林姑娘的事，这里几个人都闹得心慌意乱的，谁还留心到紫鹃身上去。人已死了，难道把一个死人推了出去？说不得旧例新例，只可听大奶奶的吩咐，差不多的再买一口来，叫他亲人进来看一看，胡弄局儿收拾了他，往园子后门抬了出去就是了。消停几天，那边去回一声也使得。”林家的听了探春这一番话，再不敢驳回，只得应了一声“是”。

忽听得里间老婆子、小丫头们直声惊喊，春纤吓得脸上失色，跑到外边告诉道：“刚才见姑娘的手动呢。”雪雁正在院子里晾手帕子，忙赶进来道：“别姑娘活了？”李纨道：“一个痴的，一个又成傻的了。当真你们留心，别有猫儿跳动。”

众人你扯我推，都不敢上前。李妈道：“姑娘是我奶过的，怕什么！”说着，要过去瞧看，才走了两步，见黛玉的手又是一动，由不得喊声“啊哟”，栽倒地上。探春便嚷，着林之孝家的引了众人上去。那雪雁到底是伺候黛玉惯的人，心上关切，便不害怕，挡前走近床边，细瞧黛玉口鼻间微有气息，脸上神色亦转了过来，便用手去胸前一摸，微觉温和，连忙过来叫大奶奶、三姑娘道：“你们不信，当真姑娘已有了气，身上也温暖起来了。”李纨、探春忙进来瞧着，向雪雁道：“有现成参汤快端来，给你姑娘灌下。”雪雁忙寻着前儿用剩的半盏，倒在银吊子里头，亲自拿到外边风炉上暖好，倾在茶杯里，端到黛玉身边，把杯子递给春纤，就向杯中超了一小匙，灌在黛玉口内，尚未能全受。李纨站在旁边，轻轻说道：“蠢丫头，你把姑娘略略搀起些，那么才好灌呢。”雪雁忙叫小丫头找块手帕子来，接过与黛玉围住两腮，把左手衬入项颈，略略扶起，将参汤慢慢灌下。见黛玉双眼微开，轻轻的喊了一声：“啊哟！我走得乏了。”众人都说：“回过来了。”李纨便叫李妈和雪雁两个人把黛玉的装裹宽卸，仍换了随常用的被褥，叫他们都静静的等林姑娘养养神。当下点起安神香，一面端整汤水，小心伺候。

再说紫鹃伤心昏晕，一魂出壳，渺渺茫茫，似无去路，只在沁芳桥、怡红院一带回绕。那时金钏送回黛玉来，见了紫鹃问道：“妹妹要往那里去？”紫鹃应道：“我找姑娘呢。”金钏道：“林姑娘在他自己屋里，你快回去罢。”紫鹃还要问话，被金钏一把拉在潇湘馆门首，笑道：“又送回来一个。”顺手把紫鹃一推，跌进院门。魂复归舍，苏醒过来。小丫头报知，李纨、探春过去看明，叮嘱小丫头们用心照应，又叫人去告诉了林之孝家的话，同探春出了潇湘馆。李纨自回稻香村去。

探春到了秋爽斋，不多一会，见小红同了侍书跑得喘吁吁的赶来道：“老爷就要起身，二奶奶叫我来请姑娘。先到潇湘馆去问，他们说大奶奶同姑娘已经走了，就和侍书姊姊找到姑娘这里来的。老太太、太太都在宝二爷新屋子里，我还去请大奶奶呢。”说着，飞跑的走了。探春便换了衣服，带着侍书去送贾政。

讲到宝玉病根所起，数年来郁结于中，无可告语。前听凤姐说娶林妹妹的谎话，正似醍醐灌顶，心窍皆通，如何忘得了这句话。今拜堂后，把宝钗兜巾揭去，见不是黛玉，心里便幌了几幌，顿时如入梦境一般。忙向袭人盘问，袭人又是藏头露尾的话。宝玉越发疯傻起来，瞧着宝钗叫林妹妹，道：“你自瑶台月殿下来的，原非俗骨凡胎，也能变化。我知你要变了宝姊姊来试我的心，难道我的心你还不知道？快变过来罢！”凤姐在旁没法儿，只得上前劝慰。宝玉又哭着拉住他说：“要在你身上变还我一个林妹妹的。”凤姐见宝玉闹得厉害，只得顺着他的意思，谎说道：“林妹妹是爱静的，你要那么混闹，他一辈子不肯变过来呢。宝兄弟你也乏了，快安安顿顿去睡一觉罢！”宝玉听了这话，便不言语。袭人等服侍他睡下，贾母、王夫人各自去安歇。

到了次日，贾政因除授江西粮道，凭限紧迫，请训后，即于是日束装起程。知贾母在宝玉屋里，进来站在外间，请出贾母来叩辞，说了几句远离膝下，不能侍奉晨昏的话。贾母也叮咛了路途保重一番，便叫袭人扶宝玉出来，向贾政跪下磕了四个头。只是呆呆的跪着，袭人狠命搀扶他不起。贾政本想训饬宝玉几句话，因才完姻之后，又在病中，见贾母在此，只得缩住了口，便喝道：“你还不起来做什么？”宝玉道：“儿子有一句话怪不明白，要回老爷。”贾母见宝玉跪在地上多时，便道：“好孩子，你有什么话回你老子，快起来讲，别这样。”宝玉只得起身站立，定一定神，向贾政回道：“老爷给儿子娶的到底是林妹妹，是宝姊姊？若说娶的是姊姊，人家不该哄我说是林妹妹；若说取的林妹妹，不该换了宝姊姊去。咱们上上下下的人，都说娶的是林姑娘，如今来了宝姊姊，叫林妹妹知道了，便怎么样呢？”话未完，贾政一面听着，甚为骇异。原来指鹿为马的诡计，里头只瞒着贾政。听宝玉之言，不像是疯话，其中必有缘故，便向王夫人道：“宝玉的话是怎么样的？你自然该知道这些。”王夫人一时无词可答，凤姐在旁急得脸涨通红。那时李纨、探春都到了，也捏了一把汗。贾母此时，没法儿不出头，揽到自己身上道：“这话原是有因的。我先前喜欢林丫头大概同宝玉差不多，原起过这条心。想来宝玉这孩子，看光景也猜着我的意思。后来我瞧林丫头总是那么多病多灾，不像个享福寿的样儿，又冷了这个念头。凤丫头说起金玉姻缘，咱们去求了姨太太，一说就定了，是瞒着宝玉的。不知谁在他跟前错说了一句娶林丫头的话，如今在这里唠叨呢。”

贾政听了贾母这番话，心里很不受用，想老太太既然早有这个，甥女儿的性情品格很配得过宝玉，如今姨甥女呢也好，但不该闹出这些谣言来。又想起当年兄妹情分，他母亲只留得这一点血脉，虽然在此相依，也怪可怜的。意欲埋怨王夫人几句，因这件事有老太太在里头，且木已成舟，说也无用，只得按纳住了，便问道："我听说天天请医生到园子里去给甥女儿瞧病，不知见些效没有？"王夫人正要开口，凤姐因贾政起程吉日，又恐听了伤心，把黛玉的凶信瞒住，便回道："因是林妹妹的体气太弱，总是好几天病几天，现在上紧给他调治，不过是这么样呢。"贾政叹了一声，拭了几点泪，便辞了贾母，又嘱咐王夫人几句话。王夫人同李纨、凤姐、探春等送了贾政出去。宝钗虽算新人，因是姨甥女，也随在探、惜姊妹队里。一面鸳鸯扶着贾母，自回房去。

宝玉屋里只剩得袭人、麝月、秋纹和小丫头们。袭人见宝玉此时有些清楚，便道："小祖宗，刚才把我的魂都吓掉了呢，怎么你从来不敢在老爷跟前说话，今儿忽然这样胡说乱道起来，不怕老爷捶你？"宝玉听了生气道："你还说我呢，刚才老爷驳我一个字回吗？我正要讨老爷一个示下，你们又拉了我进来，到底老爷说明白了没有，给我娶的是谁？"宝玉连问几声，袭人们总不回答。宝玉越发气急，死命拉着袭人要往园子里去瞧林妹妹。

那时袭人只知黛玉已死，尚未听见回过来的信。深悉宝玉病根，又想此事不能隐瞒到底，譬如外科疗病，一味消散，不趁早开刀使忍一痛，将来日事因循，精神耗乏，攻补两难，必成不救之症。主意已定，不如说明，使他大恸一场之后，倒可渐渐的冷了心了。便向宝玉道："我老实和你说了，老爷原要给你娶林姑娘。因为林姑娘病重，大夫都回绝的了，所以娶宝姑娘来应你的好日子。林姑娘昨儿晚上已成仙去了，要不是宝姑娘和你好，他肯来替死鬼林姑娘吗？别不知好歹，还不感激宝姑娘呢！"

宝玉听了这话，顿时两眼往上一翻，晕过去了。麝月一见，便咬得牙齿铮铮的指着袭人，恨道："都是你闹出来的事呢！"袭人也吓得冷汗直流，手都提不起来，只是怔怔的呆看。麝月连忙上前，左手把宝玉扶起，右手掐住人中。秋纹帮着乱叫"宝玉"，小丫头飞跑出去。王夫人同李纨一众人都已回来，见小丫头脸上失色，袭人们一片凄楚之声在里边叫唤，王夫人等急忙赶紧。宝钗只站在一旁暗暗拭泪，凤姐上前瞧了一瞧道："请太太放心！"一面自己上炕来，把宝玉抱住，叫取定神丸来冲服，又叫外边"去请王太医，这会儿且别去惊动老太太"。

不说众人在此忙乱，且讲宝玉晕去，自知身躯卧病在炕，只见眼前一亮，先前失去的通灵玉在面前一幌，想要去拿，尽是使劲，总提不起手来。转念又想："我因有了这一件东西，闹出这些意外的事来，不如把他舍弃。"依旧闭上了眼，听得有人说道："何不就把这件东西交还了他。"又听一个人说道："他是不肯做负心人的，要应他讲过这一句话的，咱们且到大荒山青埂峰前去等他。"宝玉睁眼看时，就是头里发狂病的时候来救度他这个僧人，还有个道士，霎时转身走了。宝玉听了刚才的话，有所感悟，想："我就死了去见林妹妹，我这一个心也不能剖开来给他瞧瞧。除非走这一条路，还可把我的心明一明，对得住林妹妹万分之一。但是，老太太、太太这样疼我，老爷总责我不肯念书，无非望我成名，一第之荣，便是显扬报答。若是就那么抛撇干净了，我不能挽回我不肯念书的罪孽，老太太、太太在老爷跟前说不上我肯念书的真凭实据，也白疼了我。必得如此，聊可塞责。"一时主见才定，即便苏醒。

凤姐与袭人等正在灌治，都说好了。王夫人、宝钗与众人都放了心。一时贾兰陪王太医进来，看了脉说："神气清正，脉息和平，比前几天迥然各别。只消服几剂滋补药，静养一半个月，便痊愈了。"仍是贾兰陪去开方。王夫人回到自己屋里，李纨、探春也随了过来。贾兰拿了药方，送与王夫人看过。

只见鸳鸯进来向李纨道："老太太问林姑娘东西备停当了没有？叫大奶奶诸事留点心儿，老太太还要亲自过去瞧瞧呢。"李纨笑道："怪道只两天人都闹昏了，也没给老太太送个喜信。你不知道林姑娘已经回过来了。"鸳鸯听说，还不信有这件事。贾兰在旁接口道："真的，刚才我还陪大夫去看脉呢。"接着凤姐也来，听见了便道："咱们跟了太太去报老太太个喜。"当下贾兰自回园子里去了。

王夫人引着李纨、凤姐等到贾母屋里，回明黛玉回生之事。贾母听了，自然欢慰，又道："别是残灯复明，不过延挨时日，那倒不好。他又受苦，咱们瞧了伤心。"李纨道："请老祖宗宽心，我和三妹妹都在那边瞧过的，大概可保平安了。"贾母点点头，一面问鸳鸯道："该是摆饭的时候了，留奶奶、姑娘们都在这里吃饭。你快到园子里去跑一趟，瞧瞧林姑娘就来。"凤姐道："人多了怕坐不开，宝妹妹还是新媳妇儿，静静的一个坐着，咱们分几个人去陪他。"贾母道："我道你们都在这里了，倒忘了他。那么珠儿媳妇同四丫头在这里。凤哥儿，你同三丫头过去。"又向王夫人道："你也回去歇歇着。"当下王夫人先起身走了。

凤姐同探春仍回宝钗屋里，见林之孝家的正在那里找二奶奶。凤姐问道："你有什么话回？"林家的答道："也没有要紧的事，停会儿去回大奶奶罢。"一时端上饭来，凤姐、探春陪宝钗吃了饭。麝月、秋纹正要出去，凤姐叫回住着，一面对探春道："听宝兄弟才间回老爷的话，竟是一团道理，清清楚楚，那里像有一点疯病样儿！"探春道："不是那么讲，他在老爷跟前敢回这些话，听不得他的。说话清楚，那就是他的病。"凤姐道："这也别去讲他。我要问麝月，宝二爷好好的，为什么忽然这样起来？"麝月道："那是袭人，不知他什么主意，把林姑娘的事直说了出来，宝二爷听了，就哭晕了去。"宝钗口虽不言，心想："袭人是个精细的人，不肯造次，那么使他一痛后，再下针砭，也是一法。"凤姐沉凝了半晌道："林姑娘回过来的话，宝二爷知道了没有呢？"麝月道："我们才听见这句话，谁和他说呢。"凤姐道："你们过去，宝二爷跟前再别提起林姑娘回过来的话。袭人没有什么事，叫他就过来。"麝月答应，便同秋纹出去。

那边素云提了灯进来问："三姑娘可就要回去，奶奶在老太太那里穿堂外等着同走呢。"探春便起身道："两位嫂子少陪。"说着带了侍书，素云提灯照着来到穿堂外。李纨叫贾母处跟来的老婆子自回去，同了探春才进园里，见翠墨也提了灯来，一搭儿走到藕香榭山坡前，各自分路回去。

这里凤姐见袭人来了，便问道："麝月说宝二爷闹得不好，你和他讲了什么话才那么着的？"袭人道："这原是我的糊涂想头，幸亏好了，不然还有我的命吗？"凤姐道："很不糊涂，这会儿瞧宝玉的光景怎么着？"袭人道："刚才吃了王太医的药，睡得安静。瞧他神气也清爽了些。"凤姐道："何如他知道死者不能复生，那些糊涂想头就不起了，然后调养起来，心安体泰，怕他的病不一天好似一天吗？如今林姑娘回了过来，底下的事情倒有些作难了。"袭人道："二奶奶的主意便怎么样呢？"凤姐道："先前是明修栈道，暗度陈仓；如今说不得要用瞒天过海之法了。"

未知凤姐有何妙策，再看下回分解。

【第二回】

识病源瞒生施巧计　接家音证往悟冰心

话说凤姐讲到要治宝玉的病，须用瞒天过海之计，便道：“除非把林姑娘回过来的话，瞒他一辈子才好。”袭人听了这话，回过脸来，只瞧着宝钗。凤姐道：“宝姑娘这会儿是不肯出主意的，咱们商量停当是了。”袭人道：“这句话，怕老太太不依。”凤姐道：“要宝玉的病好，老太太有什么不依！你也不用管帐，只嘱咐宝玉屋子里人，不许多嘴。再等两三天，看宝玉的病果然有了起色，我就把这番话和太太说明，再去告诉老太太，包管办得妥帖。”袭人又笑道：“难道叫他两个人总不见面吗？”凤姐道：“一个在这里，一个在园里头，路也隔得远，况且大家起不来。就等他们病好了。宝玉屋里，林姑娘未必来。如今园里住的，也没有几个人，将来宝玉要到园子里去，就请大奶奶、姑娘们，大家走了过来，说园子里头冷静得很，去逛不得。大家哄住了他，再商量底下的话。”袭人听了，并无言语。凤姐一面骂平儿道：“这蹄子在屋里不知干些什么，到这时候也不叫个人来。”袭人指着笑道：“那不是小红，提着灯在这里接奶奶呢。”凤姐道：“走来也不叫人见过面，你也像宝二奶奶，装新媳妇怕见人吗？”小红道：“刚才掀开帘子，见奶奶和袭人姊说话，才回了出来呢。”说着连忙提了灯，照凤姐回去。袭人自去伺候宝玉，宝玉卸妆安歇，书不细表。

凤姐回到屋里，平儿忙迎了出来。凤姐便问：“有什么人来回事没有？”平儿答道：“没什么要紧事，就是旺儿家的来说，那一家子还要挪三百两银，有扣头的。我说这一宗的利银还没清楚，等奶奶回来了，你自回奶奶去，他就走了。再宝玉喜事里的杂项费用，老爷起身的盘费，同跟随的人雇的车价，都有帐单送进来了。说库上没有存项，别处张罗来垫发去了。”说着要去拿帐单子，凤姐鼻孔子里出了一口气道：“忙什么，这宗银子还不知指着那一项子来开发呢？”凤姐又问：“二爷呢？”平儿道：“才送了老爷回来，就去睡了，想是这几天也闹得乏了。”凤姐道：“委实有些支不住，你也去歇歇罢。”

不提凤姐这里的话，再讲李纨回至稻香村，才进屋门，见林之孝家的站着，李纨问：“你这会儿还在这里，有什么话吗？”林家的陪笑道：“恭喜，林姑娘已回了过来。一件东西是人家让转来的。他们要现钱交易，昨儿要紧央中间人挪来垫发的了，如今退又退不回去。知道帐房里也很饥荒，凭空费了许多银子，置了一宗钝色头货，倒是一件作难的事。”李纨道：“你明儿且叫人说去，退得转很好，果然退不回去，也说不得，回了二奶奶，停几天张罗银子给他们就是了。”林家的道：“也只好那么着。我刚才就要回二奶奶，因在宝二奶奶屋里，不便提这话。如今还要请大奶奶的示，退不了，这件东西放在那里？”李纨想了一想道：“要不是地藏庵，便是水月庵。这两处且搁着，再叫外边留心，碰着有人家要，就出脱了他，亏折几两银子也使得。”林家的道：“差不多的人家，轻易捞不起这种价钱。叫他们留心就是了。”说着，回身出去。李纨自同贾兰安歇不提。

却说宝玉自从那日昏晕之后，醒来似有觉悟，精神清爽，饮食渐增，连接四五日，竟似忘了黛玉一般，口中绝不提起“林妹妹”三个字来。袭人刻刻在旁窥察，暗暗欢喜，便去告诉了凤姐。凤姐到王夫人处，便把宝玉近日光景说了一番，又将前日在宝钗屋里和袭人讲的话细细说明，要讨了太太的示下，再去回老太太。王夫人道：“我是巴不得宝玉安静，有什么不愿意呢？”凤姐道：“我跟了太太过去，我自有话回老太太。宝兄弟是老太太的命根，我们也都为的是宝兄弟，估量没有钉子碰下来。万一老太太不依，自有我去承当，总不与太太相干。”

话未完，只听得窗外小丫头子说道："琥珀姊姊来了。"说着，琥珀掀帘进来，见了凤姐道："二奶奶也在这里，老太太请太太过去说话呢。"凤姐问道："老太太这会儿欢喜不欢喜？"琥珀道："刚才叫鸳鸯到园子里去瞧了林姑娘回来，说林姑娘的病竟好起来了，老太太先听了欢喜，后来又像有了什么心事似的。"王夫人又问："老太太叫我有什么话？"琥珀道："老太太只叫我来请太太，不知有什么话，估量不过为林姑娘的事。"

王夫人连忙起身，同了琥珀往贾母处。凤姐随着过来，便先陪笑道："恭喜老祖宗！宝兄弟同林妹妹的病都好了，到底托老祖宗的福。"贾母道："这也是他们自己的造化。"一面向王夫人道："我叫你过来，也没别的话说，就为想着林丫头这件事。如今宝玉已成了家，怪可怜林丫头，没了爹娘，我又有了年纪，他舅舅到了任上，事情也繁，那里想得到这些，还是要你做舅母的疼他一点。"王夫人尚未答应，凤姐接口道："这件事太太也常提过的，别说太太该上紧，就是我们也该体贴老祖宗的意思，尽一点子心。底下有了合意的人家，就来告诉老祖宗哟。"贾母道："那呢，迟早有个定数，一时也要紧不来。我不过说这句话给你们听。我瞧宝玉这几天光景很好，还服王太医的药吗？"王夫人应了"是"，贾母道："他的医道本来稳当，等宝玉好了，要重重酬谢他才是。"凤姐笑道："王太医的手段果然好，老祖宗还不知袭人用的药妙呢。"贾母道："你又胡说了，袭人知道用什么药！"凤姐道："宝兄弟成亲那夜的样儿，老祖宗是看见的。后来我们才送老爷出去，他又迷迷糊糊起来，拉着袭人要去瞧林妹妹。那时候还不知林姑娘回过来的信，袭人识透宝兄弟的病根，也亏他有胆量，竟告诉他林妹妹病凶。已经这么样了，宝兄弟伤心了一会，后来知道无可如何，便断绝了别的念头，心也安静了，才一天好似一天起来。倒不是袭人的一服清凉散吗？"贾母听了，点点头道："果然是这么好，怕底下他们见了面，宝玉还是那么孩子气起来，又累坠呢。"凤姐道："老祖宗虑的是。据我的糊涂想头，要除宝兄弟的病根，只好把林妹妹回过来的信瞒他到底，不叫他两个人见面，再没饥荒了。"贾母闭着眼，半晌说道："叫我也委实作难，你们想得到，只要宝玉的病好，凭你们怎么样就是了。"凤姐探了贾母的口气，又说些闲话，与王夫人各自回去。凤姐便呼叫平儿去告诉了袭人。

这里，黛玉回生之后，医药调养，病体日轻一日，夜间睡卧安宁，神情亦颇恬适。想起离魂之日所到地方光景，与仙子一番叙话，虽仿佛有些踪影，不能记忆清楚。又想到先前听了傻大姐一句话，病至垂危，焚巾毁稿，怎样痛苦，如今连自己也不解其故，心中竟似秋云无迹，止水澄空，把天荒地老石泐金寒销不去的一团恨块，已化为乌有了。

先几天不见紫鹃，便问雪雁。雪雁怕伤了黛玉的心，不说他们病重的缘由，只含糊答应说："紫鹃因是感冒了，在他自己屋里躺着。"黛玉心想：紫鹃不到十分不能支持的分儿，断不肯不过来一走。心中疑惑，便支使开了雪雁，细向小丫头盘问。黛玉听了，止不住心中伤感，掉下泪来。停会儿雪雁走进，叫他去告诉紫鹃："安心养着，别性急过来。养他自己的病胜如养我的病一般。"又吩咐小丫头们随时过去照应，不许躲懒。雪雁便将黛玉的话告诉了紫鹃，紫鹃知道黛玉病体渐愈，十分快慰。因黛玉叮咛，也不想挣扎过去，便向雪雁道："好妹妹，我这几时躺在炕上，全彀儿把姑娘那边的事都撩开了，要你和春纤两个出一点力，我起来给你们磕头。"雪雁道："你的心也不必使到这上头去。姑娘如今不比头里，夜间茶也不喝，就是睡到三更天醒来嚷肚子里饥，我起来端了一碗燕窝熬粥给他吃了，那一觉睡到天明才醒呢。"紫鹃道："那么说起来，姑娘竟大好了。"二人又说了些闲话，雪雁自出去了。

那一天紫鹃坐在炕上，把被围着下身，向小丫头道："刚才大奶奶那里送了一碟玫瑰馅子的酥油饼过来，很配口，我多吃了一点子，这会儿胸口里觉着有些发腻，你把榻上这一个靠枕拿过来放在背后，让我歪着靠靠。"一时小丫头捧过靠枕，向炕上一放，袖管里掉了一张四折的字帖儿出来。紫鹃伸手拾起，展开一看，是一张五千钱当票，却认不得写的什么物件。紫鹃问道："这是那里来的？"小丫头正要答话，雪雁进来看见道："叫你拿去掖在我炕上褥子底下，怎么又交给紫鹃姊姊看起来？"紫鹃道："那倒不是他给我瞧的，我叫他端个靠枕过来，袖管里掉出来我看见的。正是我要问你，为什么当当？"雪雁道："你不是叫我和林大娘说过，到琏二奶奶那里去支月钱，他回报不能破这个例。后来送了四吊钱过来，说是他替己的，叫我且对凑着使。如今过了期，月钱还没送来，估量他们就要顶对这几吊钱，所以也没有去支。好几回大夫来的轿钱，他们也不管，连药钱都是自己的。昨儿就断了钱，没法儿我拿了一个金戒箍指，叫管园门的老婆子去当了五吊钱来且使着。我想他们那边，虽说天天打饥荒，也不短我们这几个钱。姑娘分上也太顶真了，老太太那里知道这些事情呢！前儿素云悄悄的和我说，为了林姑娘的事，他奶奶也落了不是。"紫鹃道："大奶奶落什么不是呢？”雪雁道：“就为办了这件东西，花的钱太多了，如今白白的搁着，叫什么开销这笔帐？他奶奶还没有知道这些话呢。”紫鹃听说，叹了一口气道：“姑娘正在这里住不得了。”又叮嘱雪雁道：“那可叫姑娘知道不得的。”一面把当票递给雪雁，叫他收拾着，停一天就去取了出来。

雪雁走了，紫鹃一个人想起先前他们在一堆儿好到这么个分儿，如今宝玉虽然负了心，料林姑娘决不肯再打别的主意。就算回过来的人，该看破一切，把忧愁烦恼都撩去了，到底作何了局呢？或者宝玉心里未必肯丢了姑娘，今番这节事不是他情愿的，底下还可商量的，不知人家心里又是什么样？况且宝姑娘已占了先去，论到名分上头，也是一件难事，怕姑娘未必肯受委曲。心中七上八下，算后思前，倒做了从前的一个林黛玉了，心上郁结不开。又因这一点，积食凝滞在胸，浑身发烧，病又翻覆起来，变了一场小伤寒，重须医药清理，自不必说。

且讲黛玉病已脱体，只懒于应酬，尚未出去走动。一日晨妆对镜，见脸上颜色如带露桃花，精神饱绽。雪雁在旁伺候梳洗已毕，听见檐前连声鹊噪。雪雁笑道：“昨儿晚上，姑娘屋里开了半夜灯花，今儿喜鹊又叫，姑娘有……”雪雁说到这里，见黛玉瞪了他一眼，连忙改口说：“有客来呢。”一语未了，只听得有人走进院子里，一路话道：“姑娘就在这里住哟！种的多是竹子，青翠得好，夏天自然透凉的了。”黛玉听的是南边口音，连忙出来，站在屋门口帘子里往外一瞧，见周瑞家的引了两个面生女人进来，年纪都约四十以内模样。才上台阶，周瑞家的先开口道：“恭喜林姑娘！家里打发人来接姑娘回去了。”那两个女人进来，钉眼细认了黛玉半晌。周瑞家的指道：“这一位就是你家姑娘哟。”两个女人连忙跪下磕了四个头，黛玉把他们扶起。两个女人退了几步，笑道：“姑娘也认不得我们了？”黛玉道：“瞧着很面熟呢。”那一个女人指着那一个道：“他和我都是二太太的陪房。那年二老爷赴任的时候，我去看姑娘，姑娘还小。记得有一位姓贾的师爷，在书房里念书。后来听说姑娘到舅太爷这里来了，因隔得路远，好几年不通音信。二老爷调了广东布政，这几年很好。年纪还不算大，因是衙门里的事操心太重，得了个怔忡病，上年春里就不在了。先在从前大老爷衙门东首这条街上买了一所大房子，打发人回来修葺，连后面园里也盖了许多房屋。又堆了几座假山，上年添补了好些树木花卉。秋里扶柩回来，二太太就搬进新屋里去住了。姑娘不知，二太太跟前只有一个少爷，今年才得七岁。老爷临终的时节，嘱咐太太，这少爷要一门两祧，过继在大老爷这边的，也算得姑娘的亲兄弟。因为年纪还小，不能同来，叫我们到这里不要多耽搁，怕迟下去天气热了。有少爷禀老太太的禀帖投在门房里，送到上头去了。姑娘这里没有家书，二太太叫我们问好。送姑娘的东西还在箱子里，不曾打开。同来的人叫我们先对姑娘说闻，他明日进来请安带来。”黛玉点点头，又问了他们几句话，心甚欢喜。

原来林如海本无亲友兄弟，这一门也将近出服的了。因靠林如海之父教养成人，读书发达，与如海谊若同胞。从前远宦他乡，如海故后，闻黛玉已被舅家接去，音问久疏。今黛玉之叔已故，他婶母扶柩还乡，念侄女黛玉寄养舅家，故遣人往接回归，完其婚嫁大事，以报从前恩惠。

话休繁琐，再讲黛玉正与两个女人说话，只见小红急急跑来叫道：“周婶子，奶奶说林姑娘家里来的人见过他姑娘，叫你陪到那边去吃饭呢。”周瑞家的笑道：“正是。这两位嫂子刚才见了老太太、太太，因你奶奶正忙着，还没见过。我们去见了二奶奶，下来吃饭，估量姑娘这里也还没有摆饭呢。”说着，便让了两个女人，便同出去。回头不见小红，叫了两声，小红连忙走了出来，跟着说道：“我去瞧瞧紫鹃姊姊呢。”一时，周瑞家的一众人出了潇湘馆。

这里，黛玉暗想：“一个人的心是着不得急的，须如流水行云，才除得一切烦恼。记得先前梦见家里有人来接我回去，心里又惊又怕，又气又急。如今当真家里有人来了，为什么倒欢喜起来呢？可见魔缘梦入，梦由心生。心既无滞，再没有这样恶梦来缠扰了。”想了一会，见老婆子端上饭来。

雪雁、春纤伺候已毕，黛玉独自一个走到紫鹃屋里，打发小丫头们也去吃饭。紫鹃先开口问道：“听见姑娘家里有人来接姑娘了吗？”只问了这一句，底下便不说什么，原是要探黛玉的口气。黛玉早已立定主意，叫了一声“紫鹃妹妹”，道：“难为你贴力体心服侍我这几年，咱们两个原想在一搭儿过日子的，如今说不得，只好各人走各人的路的。”紫鹃听说，虽已猜透几分，假作不知，问道：“姑娘为什么说起这句话来？”黛玉道：“我这一场病后，早动了回南的念头，可巧家里有人来了，真是天从人愿。就是你病还没好，我在这里多住一半个月等你，同时走也没有什么使不得。但我的心事只可告诉你一半，料你也猜着一半，不知猜得准与不准。所以我不好叫你不去，又不好叫你去，只可凭你自己主意。”紫鹃听了，只是拭泪，停了半晌，才回答道：“想姑娘也舍不得，我偏害了病，起不得身，没有倒叫姑娘等着的道理。这会儿且挨着，底下终要跟了姑娘在一堆儿的。”

原来黛玉从前本思主婢同归一处，今既初愿已乖，一空色相，自不便作鸡犬同升之想。虽然回至家乡，亦可为紫鹃另谋所适，但紫鹃本非自己带来的人，或者数年来亦有痴情也未可料。况若辈自不难于金屋中添一位置。黛玉想到此处，便不肯径情带了紫鹃回去。而紫鹃不想回去之故，却无半点私情，全为黛玉起见。想宝玉娶宝姑娘一事尚未明白，不知他闻了姑娘病凶的信怎么样；姑娘回过来之后又怎么样；此番姑娘要回家去，更怎么样。偏偏一些消息不通。如今的宝玉，好像隔了千山万水一般。我若跟了姑娘回去，南北分开，竟如石沉大海了。不如托病为由，且住在此间，将来见他，讨一个确信，随机应变，再到南边说去，尚可挽回于万一。此是紫鹃与黛玉两个人各有意见之处。

且讲黛玉听紫鹃口气，他既愿在这里，自然有恋恋朱门之意，将来未必不遂其欲，也丢开一桩心事。又想到病中难为他这番光景，未免依依。坐了一会，到自己屋里，叫雪雁吩咐道："你们趁空儿收拾起来，那边拿过来的古玩陈设同些动用的器皿家货，现在手头还要使着的且别去动，先把使不着的检点检点，我们走的时候，一同交给他们，省得临时噜嗦。路上要穿的衣服，多留出两件，把穿不着的都叠了箱子。紫鹃是不能同去的了，要你们诸事经一点心才好。"雪雁本来也灵动，因紫鹃上了前，分外出色，黛玉总离不了他，所以雪雁就退了一步。今听紫鹃不跟回去，诸事要靠着他们，雪雁就尽心周到起来。黛玉也颇称意，此是后话。

再说凤姐先前这几日知道宝玉与黛玉两个人的病已好，两边都可出门走动，怕似提影戏儿戳破这张纸，心上十分着急。正要盘算一条出路，这一天听说林姑娘家里有人来接他，喜出望外。知道周瑞家的引到园子里去了，便叫小红去同了来。那两个女人见过凤姐，彼此问些家常话。凤姐便道："你们来接姑娘，怕要白走了一趟呢。我们老太太是第一个疼你姑娘，姑太太又殁了，姑娘回家去，老太太总不放心。前儿还在我们太太跟前说起，要给你家姑娘留心好亲事呢。"两个女人陪笑道："老太太同奶奶自然要留姑娘，叫我们底下人倒作难了。在家里起身时节，我们太太还再三嘱咐，务必要接了姑娘赶早回去，不要耽延日子。要求奶奶在老太太跟前方便一声，赏底下人一个脸。"凤姐故意踌躇道："论理我也该帮着老太太留你姑娘，没有倒听你们，在老太太跟前叫你姑娘回去的。但听你们讲起来，也是一件为难的事。远远的跑了一趟，叫你们空回白转，到了家怎么销差呢？"那两个女人忙陪笑道："奶奶说的真是体谅我们的话。"凤姐道："我自然想法儿去回老太太。我再教你们几句话，总要说你们太太惦记姑娘到十二分，回去如同自养的女儿一般，他时常提起要替姑娘访一位好姑爷的话。”两个女人道：“这话倒是真的。我们太太因自己跟前没有千金，从小就喜欢姑娘。如今回去见了，怕不似亲生的一个样儿？奶奶只管请老太太放心。”说着，凤姐便叫周瑞家的陪了下去吃饭。接着林之孝家的进来，回了几件事。凤姐逐件吩咐了话。一面叫平儿留心，暗嘱周瑞家的，别引南边来的女人到宝玉那边去。

且看凤姐往贾母处如何回话，且听下回分解。

【第三回】 赠多珍反劝有情婢 占神数预定再来人

话说凤姐叮嘱了平儿的话，往贾母处来。贾母见了凤姐，先开口道：“林丫头家倒有人来，要接他回去了。”凤姐道：“正是。因先前他娘儿惦记他的路远，多年没有人来去。上年他家叔叔在他任上拿回来的银子不少，家里房子花园皆已造了。林妹妹的婶娘自己跟前没个亲女，想着侄女儿得很，急巴巴打发人来。托老祖宗的福，林妹妹这场病回了过来，身子也健旺了。他们家里的人来看见，亲戚面上也过得去。”说着，又陪笑道：“还有一件事更凑巧，果然林妹妹回了家，宝兄弟的病再没什么牵缠了，就是老祖宗跟前觉得冷静了些。咱们姊妹多年在一堆儿，也怪舍不得他走开。”贾母道：“林丫头虽然我疼他，不是我说一句咒他的话，比如他没有回过来，便怎么样呢？况且，女孩儿家终是别人家的人。论不定我再活几年，难道叫他常住在这里伴着我吗？既然他家里好，他婶娘又疼顾他，回去也是正经。我倒省了一条心。”

凤姐探了贾母的口气，知道肯放黛玉回去的了，少不得要在黛玉跟前款留一番。

到了次日，随着贾母、王夫人来到潇湘馆，见雪雁同春纤在外间屋里叠箱子，凤姐笑道："太性急了，知道老太太肯放你姑娘回去不肯呢？"黛玉连忙让坐道："老太太、舅母、二嫂子那里早该过去请安谢步，因老太太不叫走动，所以还没过去。昨儿到了家里的人，我翻翻宪书，大后儿是个出行的吉日，正想过那里去呢。在这里住着，说不尽蒙老太太、舅母的恩典，承二嫂子的照顾，明儿一总去磕头。"凤姐陪笑向贾母道："老祖宗，看林妹妹才要回家，先就生分了，说起这样话来。"贾母一面拭泪，向黛玉道："若论舅舅家里，同自己家一样，多住几年也是应该的。我又只有你一个外孙女儿，很想常见个面，陪着我说说话。但是你婶娘惦记你，远远的打发人来，我不叫你回去，又使不得。你才说大后儿的话，也不必那么性急，叫你凤姊姊再给你定日子罢。"王夫人顺着贾母不用性急的话，留了一番。黛玉只是笑笑，心想："老太太并不留我，竟似梦中光景。亏得家里的人迟到了几个月，倘到的早了，我当真也像梦里这样着急起来，岂不是空惹一场笑话。"黛玉自在心头盘算，贾母同王夫人、凤姐又说了一会话，然后起身同出潇湘馆。

黛玉送至门外，因多时未出院门，站住看了一会。园中绿树成阴，架上荼蘼早已开放，正是清和风景。默感双丸梭掷，极宜早悟尘缘。正在沉思，见绿杨影里露出湘裙招展，远远望见几个人行来。雪雁在旁，早已看明，因指与黛玉道："那边来的不是大奶奶、三姑娘吗？"一语未了，李纨、探春已慢慢走近。黛玉先开口道："又是两个留行的来了。"探春笑道："偏猜的不着，我和大嫂子是来商量饯行的。"黛玉道："我在这里住惯了，倒不想回家，怎么三妹妹下起逐客令来？"李纨接口道："林姑娘果然愿意在这里，我同三妹妹就告诉老太太去。"探春道："大嫂子，理他呢！别说咱们两个留他不住，就是老太太过来，也怕留不住他了。"又问黛玉："如今是大好了？我们在那边瞧见老太太、太太、二嫂子三个人才出去呢。"黛玉道："才送了老太太们出去，因今儿还是第一天到这门外，站着看看园景，就见你同三妹妹来了。瞧我的身子，早就可以走走，因是老太太几次三番的打发人过来嘱咐，所以连你们那里还没有去呢。"说着，便让进里边坐下。

探春问黛玉："定了起身日期没有？"李纨接口道："听三妹妹一开口，想真像是来撵林妹妹走了。"探春道："咱们姊姊相处，心口如一。这会儿说一半句留林姊姊的话，明摆着无谓，显见得是客套了。"黛玉心想，探春真是透彻爽快的人。因微笑道："刚才老太太在这里讲起，叫二嫂子定日子，估量不过在这几天里头。我家里来的人也不能耽搁。”探春道：“我在大嫂子那里说起，姊妹们热闹了这几年，如今一天一天的冷落起来了。再走了你，园子里头不算妙师父，刚剩我同大嫂子、四妹妹、邢大姊姊这几个人了。你病了这几时，连云妹妹都也不来瞧瞧你，如今也不知道你家里有人来了。这会儿打发人去告诉他们，先前在诗社里这几个人都请了来，派一个公分给你饯行，再热闹一天。”黛玉道：“我本是镇日家病的，要不是这里有事去请他们，那里专诚来瞧我的病呢。如今我要走了，也想大家见个面儿。但就是当一件事去请，累他们起动一番，可使不得。”

李纨道：“这也不费什么事，不过尽姊妹们一点子情，他们也都是高兴的。”说着，见春纤在那里忙忙的收拾东西，便问：“紫鹃的病还没好吗？”黛玉道：“正是有一件事要托大嫂子，就为紫鹃还病着，我走了，他住在这里也不方便。难为他伺候我这几年，求大奶奶疼顾他一点，如同疼了妹妹一般，免不得把他送到大嫂子那里，将来好了，或是送还老太太屋里，或就伺候大奶奶，都使得。”李纨道：“你不带他回去吗？我瞧这丫头与你很对缘法。他这场病，不是就为你伤了心起的吗？他是一辈子要跟定你的了呢！”黛玉听了，眼圈儿一红，只得说道：“我昨儿问过他，因是病还没好，愿住在这里呢。”探春因笑道：“大嫂子你瞧，林姊姊的盼回家的心那么急，连紫鹃也不等他病好带了走，还说想要人家留他。”大家笑了一笑，当下又问了些黛玉家里的事，各自回去。打听凤姐那里与黛玉择的起身日期，一面打发人去告诉各处。众姊妹一闻黛玉回家的信，都要来饯行送别，自不必说。

这里黛玉想起要给紫鹃的东西，趁此时闲着捡点出来，省是临期有姊妹们在此，多添忙碌。便去开了首饰匣子，拣了几件，另放在一只小小洋漆描金匣内，自己端了走到紫鹃屋里。

紫鹃披衣歪在炕上，见黛玉进去，便坐了起来道：“姑娘拿的匣子里是些什么？”黛玉就靠近紫鹃坐下，揭开匣盖逐一点给紫鹃看道：“这一对累金双凤钗挑新样串，珠子还圆净，这一副八宝嵌珠环是时新样式，这一对手钏玉情很好，这两只洋钻金镯子颜色也赤，这是攒珠翠花一对、金如意两枝、玉匾方两枝，还有金戒箍子七事件、翡翠的五福拱寿、双鹤蟠桃，都是些玩意儿东西。我那里还有，把这点子，给了你做个纪念。你见了这些东西，如同见了我一样。”黛玉说到这里，禁不住两眼泪珠直滚下来，就在紫鹃炕上拿起手帕子来揩了揩眼睛。紫鹃听了，亦惟有呜咽之状，半晌说不出话来，彼此都有不忍分离之意。紫鹃意欲将在此逗留的缘故吐露一半句，又想："先前他们到那么个分儿，明摆着这件事，尚且不敢在他跟前道破，如今已闹出意外的事，不知姑娘怀的怎么个心思，叫我如何开得出口？"那黛玉瞧着紫鹃欲言不语，半吞半吐的神情，因自己把前情已付东流，再不想到紫鹃有代他筹画的意思，不过是主婢情重，怕离痛别。随又劝慰道："要论咱们两个人，这几年来行动坐卧，那一时那一刻没在一堆儿厮跟着？这会儿生巴巴拆开了，人非木石，岂能忘情！但咱们既同姊妹一般，要替各人想一个结局。我有两句话和你说，可该悟出这个理来：'人生离合在乎心，而不在乎形。'彼此离了心，镜中灯下，徒然嫌影憎形；彼此合了心，万水千山亦可魂来梦去。我劝你别为我要走了，尽是伤心。但愿你在这里有个结局，就一辈子没的见面，比天天在跟前的，我还乐呢。"说着，盖了匣子，伸手端过去放在里边，又道："还有绫罗绸缎尺头，同那些香袋、香串、绣帕、荷包等类，都是南边带来的，要送人家没送完，昨儿叫他们整整的装了一箱，谁还带这些到南边去！钥匙挂着箱子上，停会儿叫抬了过来，你留着使用。"紫鹃听话，知道黛玉错会他不同回南的意思，也未便辩明，并不道谢，只说："姑娘的恩典，替姑娘收管着。"黛玉笑了一笑，也不理会。转身出来，已是摆晚饭时候。一时吃过了饭，见老婆子上来收拾盘碗，便叫雪雁指出那一只不编号的箱子，吩咐他们抬到紫鹃屋里。黛玉一个人坐了一会，卸妆安歇，一宵无话。

次日饭后，黛玉想到栊翠庵走走。原来黛玉本与妙玉疏淡，不大往来。今因心中别有一番境界，忽动亲近之意，不日远别，自然该去辞行。今日空闲，何不先去走了一趟！当下换了衣服，带着雪雁正要出门，只听得小丫头说："史大姑娘来了。"黛玉忙站起迎接。

且说湘云到来，先去见了贾母、王夫人。凤姐知道，便赶来饰词，叫不必过宝钗那边走动，湘云也没理会。贾母留住湘云，同凤姐在贾母处吃了饭，湘云便带了翠缕，径往园中。一路行走，心想先前宝、黛二人光景，如今一个娶了，一个要走了，满肚子的话说不出来，不知伤心到那么样个地步。正思酌量一番婉语微词来相安慰，及至见了黛玉两颊生春，笑容可掬，绝非旧时模样，甚为诧异。便道："这几时少有人来往，所以这里的事不大知道。头里有人到我家去，偏有客来缠住，没的细问。后来听我婶娘说，你大病了一场。想来瞧瞧你，家里又接二连三的事出来。昨儿大嫂子打发人去，才知道你头里的病很重，死去才回过来的。如今家里有人来了，说道几天里头要起身，我今儿一早就赶了来。"黛玉道："咱们多时没见面，很想姊妹们说说话，就怕起动你们。前儿大嫂子同三妹妹的主意，打发人各处去说了，倒累着赶早你就跑来了。”湘云道：“你这一走，不知多咱会儿才见面。要大嫂子不去通知我们，悄默声儿放你走了，我也不依他呢。”说着，又问道：“你的病请着那一个大夫来瞧？吃了些什么药？如今倒调养得很好了。”黛玉顺口应答了几句。湘云又问：“你这会儿到那里去？”黛玉道：“我病后还没出过门，想到妙师父那里，回来园子里这几处走走。”湘云道：“我和你厮赶着。”

一时出了潇湘馆，径往栊翠庵来。才进门去，只见彩屏一个人在院子里掐玫瑰花儿。见黛玉、湘云进去，便笑道：“姑娘们瞧，今年妙师父这里玫瑰花开得茂盛。”湘云道：“你一个人到这里来的吗？”彩屏道：“我姑娘在里头呢。”黛玉、湘云便转过东禅堂，走进静室，见妙玉盘膝坐在炕上同惜春下棋。两个人忙要下炕，黛玉、湘云便过去就炕沿坐下，彼此问好，说：“不要搅你们的雅兴，我们坐着瞧。”惜春道：“官着是完了，妙师父要寻结打呢。”黛玉望棋上一瞧，见惜春下的是黑子，便笑道：“看起来倒像黑棋胜了呢。妙师父如今还让四姑娘几个子？”妙玉笑道：“四姑娘的棋很长进了，对下还输给他，那里让得起。”说着数起子来，果然惜春赢了一子半，随将棋盘收拾。

妙玉叫老婆子去烹茶，要那鬼脸青花瓮里的雪水，一面向黛玉道：“咱们同在园子里竟是天涯咫尺，说你大病了一场，也没有过去瞧你。今儿四姑娘说起，知道你要回南了。”湘云道：“妙师父虽然住在园子里，打量那边的事情，你统不知道呢。”妙玉道：“可不是。宝姑娘恭喜，有一两个月了，也是昨儿才听见的。四姑娘倒常来，他从没有提起这件事。”黛玉道：“妙师父可谓桃源中人，不知有晋魏的了。”惜春道：“林姊姊说的话，把这里比作桃花源，确是真的。他们这些红尘世俗的事，我传到桃源中来，没的叫妙师父洗耳。”湘云道：“人家都在红尘里，四妹妹将来是要上瑶台玉宇的了。”惜春微笑道：“你瞧着罢。”妙玉一面对湘云道：“史大姑娘想是来送行的。你也好久不到这里来了。”黛玉道：“还是上年八月十五夜里，我和他在凹晶馆卷篷底下联句，你撞了来，拉到这里闹了你一会，再没来过呢。”妙玉道：“你们上年也委实高兴，那一夜有二更多天，我在园子里各处走了走，不见个人影儿。听说四姑娘也还陪老太太在凸碧山庄宴月，偏是那一夜的月色觉得比往年分外清皎，满园子都像浸在水里头一般，远远望见那座栊翠庵要浮起来了。”黛玉道：“那真是云丫头说四妹妹的话：瑶台玉宇世界了。”惜春道：“不是上年的月比往年不同，只因园中一无闻见，妙师父心境澄静，觉得眼中月色分外光明。要知普天下只有这个月，为什么欢喜旷达的人看起来便有精神光彩，懊恼愁苦的人看起来便觉惨淡凄凉？若说欢喜的人不知愁苦，愁苦的人不知欢喜，便是人人有欢喜、愁苦不同的境界。易境参观，一个眼中的景象，全从心坎里流露出来的道理就明白了。”黛玉听惜春所讲，竟是悟道旨言；又看他神情举止，飘飘欲仙，将来是妙玉一路人物。想这座栊翠庵，可惜在大观园里，不然他两个倒可做志同道合的，琢磨那时……黛玉呆想出神，湘云推着他道：“怎么，听了四妹妹的话，又发心事了？”黛玉被湘云一语道破，便假意转睛四顾道：“我羡慕妙师父这里幽静所在，心里想呢。”湘云道：“你爱这地方，也不用回家去，就住在庵里，拜给妙师父做个徒弟可不好？”妙玉道：“当真，林姑娘住在园子里也不大见面。他如今要走了，不知怎么样心里头倒有些怅然。其实人生饮啄有方，譬如我本来生长南边，早就皈依三宝，因慕长安古迹，来寻贝叶遗文，后来又到了这里，只怕就是圆寂的去处，说不得狐死首丘的话了。便如林姑娘在此，伴了这几年，想不到他忽然又要回去。迢遥南北，路隔三千，你们两个再想干那月下联吟的韵事，也就可遇而不可求了。”

湘云道：“我听说牟尼庵这位老师父，占的先天神数最灵，你自然得其所传，何不烦你占上一课，看咱们和林姑娘几时再得见面。”妙玉道：“占课扶乩这些事，我轻易不爱去动他。如今你为姊妹情分，我便不便推辞。”说着站起身来，在炉内焚了香，虔诚占了一数，道：“这数占得奇，只在一年之内，林妹妹不但还要来，而且来了竟像不去的了。”湘云听了，有些信不准妙玉的话，便道：“占的句语何不写出来，大家瞧瞧。”妙玉道：“这先天神数，并无内象外爻，不但词义玄奥，连字迹都是蝌蚪篆文，还比乩上的字难识难解，就写出来，你们也不懂。我原不是神仙，不过据数而判，信不信由你们。”于是湘云再无话说。惜春在旁说了一句“丰干饶舌”，众人都没理会。惟黛玉心中大以妙玉的话为不然，因不便和他分证，只是微笑。

惜春又道：“如今且别讲林姊姊来的话，昨儿大嫂子说的咱们那几个人，定了日子没有？”湘云道：“我还没见过大嫂子呢，你住在园了里头，倒问起我来。这会儿林姊姊要到大嫂子那里去，咱们同去问问。”妙玉道：“史大姑娘是稀客，林姑娘又要远别了，茶还没有喝，忙什么？”说着，小丫头子已端上茶来，盘内盛着，仍是瓟斝、点犀盉这两样古玩，与妙玉自己用的绿玉斗。雪雁、翠缕、彩屏接过分送。

老婆子又替另端过一杯，送与妙玉。黛玉喝着说道：“这就是那一年喝的，你说在玄墓蟠香寺收的梅花上雪水，如今还有吗？”湘云笑道：“妙师父留着，等你再来的时候，还够你喝呢。”妙玉道：“史大姑娘，你刚才和四姑娘说的话，想是给林姑娘饯行了。我不能尽一点子情，便怎么样呢？”湘云道：“也派上你一分何如？”黛玉道：“云丫头闹什么？”湘云道：“不是要派妙师父公分给你饯行，可笑咱们白闹了这几年诗社，眼前摆着一位诗翁不来亲近，岂不是一宗缺典？”说着，又向妙玉道：“先前自然不便拉你，如今就是咱们姊妹这几个，没有你避忌的人。拉上你一位神仙师父，林姑娘脸上也有光彩，咱们姊妹也高兴。我去和大奶奶说，叫他们的席面就摆在园子里头，不拖你到槛里去就是了。”说得大家都笑起来。惜春道：“好样不学，怎么这张嘴全彀儿学了二嫂子了。”妙玉道：“你们定了那几个人？四姑娘先打发人来说一声。”湘云道：“你放心，打量也没有别一个在里头。等来齐了人，告诉你就是了。”说着大家起身，黛玉施了一礼说：“走的时候，也不过来了。”妙玉送至庵外，瞧他们走远了，然后回进庵中。

黛玉、湘云、惜春三个人各自带了丫鬟先到秋爽斋。老婆子回报：“三姑娘不在屋里。”大家抄了近路，往稻香村来。

不知湘云与李纨如何议论饯行一事，且看下回分解。

【第四回】

会芳园剧饮饯长行　赋阳关联吟抒别绪

话说黛玉、湘云、惜春同往稻香村来，刚走进李纨屋子里，见有许多人在那里热闹。见了黛玉等进去，李纨便向黛玉笑道：“饯行的人，我给你请了多一半来了。我两个妹子刚才去瞧你，丫头们说，你同了史大妹妹到妙师父庵里去了。他们在这里坐了一会，还要去找你，我就说你庵里出来一定转到这里的。你看，二姊姊也来了，都在这里等着你呢。”于是大家见过，款叙寒温，都问了些黛玉病后调养的话。探春又问迎春：“姊夫近来脾气可好了些没有？”迎春道：“要好是难说，不过我如今经见惯了，不似先前这样受不得的光景。没法儿只好由他罢哩。”李纨接口道：“正是，太太也说过这句话。一年半载大家摸着了脾气，就没有什么了。”迎春笑道：“知道我能熬得一年半载呢。”李纨道：“真是一家不知一家事。姨妈那里，蟠哥媳妇又和香菱淘气，安静的日子少，叫姨妈也真没法儿。”湘云忙问道：“大嫂子去邀琴妹没有？他可来不来？”李纨道：“琴姑娘是说来的，香菱心里想来，恐怕走不开。我算是足够两桌的人，日子也看定后儿了。”湘云道：“有一句话要告诉大嫂子，在座还有妙师父呢。叫厨房里弄几样精致素菜才好。”李纨道：“那不费事，想不到他也这样随和起来，可见我们给林妹妹饯行的心诚。我还想着这酒席摆在那里好呢？也要大家议定，好叫他们去收拾。”探春道：“大嫂子这里就好，何必再拣别的地方。”李纨道：“我这里瞧个村野景儿，麦浪秧针，倒有及时的点缀。”湘云道：“据我的意思，林姊姊在那院子里住了几年，咱们姊妹不知去了多少趟儿。如今他走了，未必有人再到那里。后儿的酒席不如摆在他屋子里，热闹一天，如同与潇湘馆也饯别饯别。众人以为何如？”李纨等听了，都道：“与屋子里饯别，此论倒也新奇，竟是那么着很好。”探春笑道：“真是爱乌及屋了。”黛玉接口道：“后儿我要点一味菜。”众人问道：“你要点什么菜？”黛玉笑道：“那一碗炖鹿脯是少不来的。倘一时没有，吩咐他们到秋爽斋蕉叶底下去牵出来就是了。”大家都笑起来。湘云道：“颦儿这张嘴一句也不肯让人的。”于是坐了一会，各自起身散去。李纹、李绮在李纨处住了。

黛玉同湘云又到岫烟、探春各处走了一走，仍拉着湘云到自己屋里住下。命雪雁叫老婆子到厨房里吩咐了。不多时，用过晚饭。黛玉想起湘云有择席之癖，二人谈到三更后，各自就寝。湘云总睡不着，静听黛玉，已寂无声响，轻轻叫了他两声不应，知他早已睡着，自己一个转侧至五更，才朦胧合眼。醒来时，只见红日满窗，黛玉已起身梳洗，连忙披衣坐起，道：“差不多是吃饭的时候了呢，叫翠缕快打脸水。”早有伺候的老婆子在窗外接应，打了脸水。翠缕接过，端进伺候湘云洗脸毕，快要去开梳具匣子。湘云道：“不必噜嗦了，横竖没有多大日子住，有林姑娘现成的在这里，借他使用着就是了。”当下黛玉匀粉点脂已毕，站起身来让着湘云。湘云便挨身坐到黛玉坐的凳上，检点脂粉，口内笑说道：“我先前见你整夜睡不着的，为什么如今倒像身上钉了瞌睡虫，头还没粘着枕，脚先睡了？”黛玉道：“你不知，我这场病回过来，诸凡不比旧时。心里头是空空洞洞，不追既往，不忆将来，倒比没病的时候精神好了许多。”湘云道：“你这个人，病也比人家不得一样！我没听见害病都害得好精神的。”黛玉道：“当真我自己也不得明白，想是菩萨保佑。我素来敬信观音大士，如今回家去，要塑一尊大士像，朝夕顶礼呢。”说着，见雪雁送过开水、丸药，黛玉道：“我如今也不爱吃这些，你都收拾起来罢。”一面叫摆饭，黛玉与湘云用过，便有众姊妹到来叙话。一天过了。

到了次日饯行之期，李纨姊妹、岫烟、迎春、探春、惜春陆续来到，随后见宝琴同着香菱也来了。大家见过坐定，宝琴又站起身来向黛玉道：“妈妈给姊姊问好。妈妈因这几天家里有些琐碎事务料理不开，走不脱身，不能过来送姊姊，还叫姊姊也不必过去。你不知道，我嫂子又在家里寻闹呢。”黛玉忙站起来道：“妈妈过来可不敢当，论理我该去辞行呢。”探春接口道：“姨妈既是这样说，你竟不必过去。不是我说他，这位尊嫂，可不去见他也罢，姨妈也再不怪你的。”又问香菱道：“琴姑娘来了，太太跟前没有一个人，为什么倒肯放你出来呢？”宝琴道：“他原走不开的，妈妈知道他心里想来，说他怪可怜的，天天窝憋在屋子里，受这一个的气，所以叫他出来逛一天，散散心。我今儿就要同他回去呢。”

正说着，只听得小丫头子报道：“妙师父来了。”说声未绝，妙玉早已走进。先是湘云笑道：“绿萼华下降红尘，非潇湘妃子，不能结此仙缘也。”接着众人都道：“今日之叙，难得妙师父一降，正是咱们饯行的心诚。”一面叙话，李纨道：“天气也不早了，我知道妙师父是不能久坐的，琴姑娘同香菱也要回去，咱们早些坐席罢。”当下吩咐一声，老婆子们上来调排停当，并排两桌。黛玉要让妙玉首座，妙玉笑道：“这可是新样儿，今儿奶奶、姑娘们与林姑娘饯行，我是来附骥的，那有主人僭客的理。”黛玉尚未开口，惜春道：“不论眼前，在这屋子里，妙师父倒也坐得首席。”妙玉道：“什么？四姑娘也闹起我来，难道‘去来今’三个字的界限你不分明么？”惜春一笑，并不答言。湘云开口道：“你们讲禅门里的话，咱们也懂不得。据我看来，妙师父本是稀客，林姊姊在这里还算是主人，就让妙师父坐了也使得。”妙玉执意不肯，和黛玉互相谦让。李纨道：“前日原要摆在我屋子里的，就是史大妹妹说要与潇湘馆饯别，如今闹得大家坐不成了。”探春道：“我说一句话，包管就定了。这屋子本来不是林姑娘的，他就住在这屋子里，也算是客。如今要走了，咱们为的是饯行这屋子，与林姑娘更不相干的了。”众人道：“此论极是，可再没的说了。”黛玉听探春说到这屋子与他无相干涉的话，正与潇湘决绝之意相合，心中甚觉舒服，便欣然坐了首席。妙玉第二，湘、岫、纹、探挨次而坐。第二席是宝琴、李绮、香菱、迎春、惜春、李纨随便坐下，迭敬黛玉一杯。丫鬟们轮流把盏，众人谈笑。

彼此说道：“咱们今日一叙，须要畅饮尽欢。”湘云一看，座中连黛玉十二人，便道：“我有一句话，耐不住要讲出口来，只是碍着琴妹妹在座。”宝琴笑道：“我也不知道你要说些什么，既为碍着我，就不必提。倘你实在耐不住，只管请讲何妨。”湘云道：“我想宝姊姊同咱们这班人，在园子里相聚了几年，如今林姊姊回家了，咱们公分饯行，连妙师父都到了，宝姊姊竟不来和咱们见个面儿，真令人不解。我平日不和宝姊姊好，也不肯说出这句话来。还不知大嫂子没有去给他个信儿呢，怎么样？”宝琴听了低头无语。探春便把此事揽到自己身上来，说：“这件事别抱怨大嫂子，都是我的不是。因为宝姊姊这几天感冒着，那边也走不开，咱们去和他说了，倒叫他为难。所以我叫大嫂子不去邀他的。”此时，黛玉心中亦料：“宝钗决不知我近来的心事，来了有许多作难之处，并不是有意冷落我。”

湘云口快，说了这几句话，瞧着宝琴的光景，倒过意不去，便叫春纤：“我瞧琴姑娘面前杯子里没一点儿酒，为什么呆站着不过去斟一杯？”宝琴道：“我倒喝了好几杯呢。妙师父真一点儿没有喝。”黛玉道：“妙师父本来是戒酒的，我不敢去劝他。”湘云道：“咱们喝静酒，没有点兴趣，要寻个玩意儿呢。”众人商议，什么玩意儿才好？妙玉道：“不如飞觞罢，飞到谁跟前谁喝酒。我只可以茶代之。”众人都道：“好。”妙玉问：“飞什么字呢？”探春道：“今儿和林姊姊饯别，‘灞桥折柳’是本地风光，‘柳’字太易，不如飞个‘桥’字。两席上顺转、倒转，飞一句、两句诗都使得。”众人道：“好。”便让黛玉先起。黛玉说了一句：“何事名为情尽桥。”“桥”字飞到宝琴面前。宝琴喝了一杯酒道：“有意思，我说一句，‘春水断桥人不渡’。”“桥”字数着迎春，迎春照样喝了酒，飞了一句“朱雀桥边野草花”，该李纨喝酒。李纨道：“我飞什么呢？幸喜还记得一句‘星桥铁锁开’，合该敬林妹妹一杯。”黛玉喝了酒道：“这杯酒叫史大妹妹喝了罢，‘天津桥上无人识’。”湘云举杯饮干，笑道：“你们瞧要叫谁喝就是谁，第一杯叫琴妹妹喝了，‘雁齿小红桥’。”宝琴也笑道：“史大姊姊找我，我可不肯饶了你。”喝干酒，便道：“你们宣过的，倒转也使得，我便说一句看，‘余渡石桥回’。数到上桌去，还敬你一杯。”湘云一面喝酒，道：“倒数不算为奇，这也不像一句诗，别是你诌出来的。”宝琴道：“宋之问的诗，‘待入天台路，看余渡石桥’。你没有见过，倒说人家是诌的。”湘云便不和宝琴搭话，念了一句“人迹板桥霜”。探春忙喝了酒，道：“安得五彩虹，驾天作长桥。”仍飞到湘云面前。湘云喝酒道：“‘频逐卖花人过桥’，香菱姑娘也喝一杯。”一时香菱喝酒，探春递他个眼色，香菱会意，笑道：“解鞍欹枕绿杨桥。”又数到湘云，湘云道：“不好，飞来飞去总轮着我喝酒。你们打伙儿算计我，定要把我灌醉怎么样？”探春道：“芍药花正是时候，灌醉了你好到青石子上去受用。”

湘云道："别闹这个了。今儿饯行不可无诗，咱们不拘体、不限韵，各人赋诗一首赠潇湘妃子送别，未识众人以为何如？"探春道："咱们这会儿很有兴致，云丫头又要闹起诗来。从来饯行诗最没意趣，徒然惹出些离愁别恨。我劝云丫头别闹这条子罢。"宝琴道："上年八月十五夜里，林姊姊同史大姊姊两个人在园子里联句，后来还是妙师父来续完的这首诗。香菱写来我看过，妙师父的诗笔，真是跃跃欲仙。刚才飞觞已经落寞了他，如今说要做诗，正好领教妙师父赠别诗，怕生悲感，咱们须别开生面，不落窠臼。也不必各做一首，除了林姊姊，咱们十一个人联一首五律，各人随意写一两句，有句先联。"众人听了，都乐从。

李纨笑道："想来也逃不了，我不如也像凤丫头芦雪亭赏雪起了一句，让你们去鏖战罢。"说着，便提起笔来写了一句。众人看道："这一句便起得笼罩一切。"随后挨次联吟，不假思索。湘云又抢联了两句，妙玉忙将诗稿从头看了一遍，道："很好，我来收结了罢。"说着，便提笔接连写了三句，把一幅诗笺送至黛玉面前。黛玉朗吟一遍：

文园诸姊妹(宫裁)，问字过芳邻。
疑晰坊间史(香菱)，词惊席上宾。
分题思月夕(探春)，醵饮忆花辰。
忽听阳关曲(岫烟)，旋飞灞岸尘。
载兴辞晓梦(迎春)，自出远周亲。
笛谱梅落花(李纹)，杯倾竹叶醇。
萍踪期后会(惜春)，香篆悟前因。
我笑常为客(宝琴)，君如乞此身。
长亭离思远(湘云)，潭水别情真。
廿四桥边月(李纨)，三千里外人。
幕云重树隔(湘云)，芳草一年新。
谁问东风去，江南好报春(妙玉)。

念毕，极口称赞道："真不落窠臼，扫除伤离痛别陈言。既承雅爱，我当不壁珠玉在前，步韵一首，以志别忱。"说罢，握笔直书，和就送与妙玉观看。众人都争着来念道：

馆我潇湘院，琅玕许结邻。
习娴鹦唤婢，伴久鹤留宾。
梦毂三千里，乡心十二辰。
早思寻泛宅，才得动征尘。
检箧光阴促，开樽笑语亲。
骊歌声欲壮，清酒味加醇。
病舍多愁故，情蠲未了因。
青衣休恋主，绿绮自随身。
别苦怀宜遣，魂消句未真。
看山云外路，渡水画中人。
姊妹情如旧，年华物转新。
南枝传信早，好寄陇头春。

众人念罢，互相赞美。宝琴道：“‘病舍多愁’这两句，炼字警新含蕴，无穷意味。”探春道：“下一联‘青衣休恋主，绿绮自随身’。林姊姊此番辞别起身光景，跃跃纸背矣。”李纹道：“‘看山云外路，渡水画中人。’真是王摩诘之诗，诗中有画。”湘云笑道：“林丫头这场病过来，不但一言一动迥乎各别，你们瞧他做的诗，也不是先前的一派伤感颓丧口气。诗以道性情，一点不错。”李纨道：“你和琴妹妹‘为客’、‘乞身’两句，亦可颉颃‘病舍’、‘情蠲’一联。”惜春道：“你们看不出？妙师父淡淡这一收，大有意旨可味。”众人议论一番，老婆子们轮流上菜，荤素并陈。又畅饮一会，无不尽兴。

席散，盥手送茶。黛玉道：“明儿是我答席，一个人也不许短少。住在园里头的人不用说了，就是琴妹妹和香菱姑娘，凭家里怎么忙，总要屈留一天，估量姨妈也决不见怪的。”李纨道：“林妹妹既然多情，咱姊妹们再叙一天。”于是众人都替黛玉相留宝琴、香菱。香菱本想住下，宝琴亦情不可却，勉强应允。李纨就打发老婆子去知会薛姨妈，说琴姑娘们不回去的话。妙玉告辞先行，黛玉谆订明日之约。李纨们又畅谈了一会，各自起身。岫烟向宝琴道：“林姊姊这里住不下，不如到我屋子里歇罢。”湘云拍手笑道：“显见得你们两个比旁人不一样，咱们偏要拉住他在这里。”岫烟顿时脸泛红云。黛玉忙和湘云道：“邢大姊姊是搁不住你顽的，别再多说了。”一面又向岫烟道：“横竖我这里也便易，琴妹妹就和香菱住着，不必又去噜嗦了。”说着，向众人道谢毕，各自回去。

黛玉送出门外，回进屋里已是掌灯时分，便叫人吩咐柳家的：“明儿照样端整两席，该多少钱，这里给他。”话未完，见小红来说道：“奶奶因姑娘要紧起身，已替姑娘择定了，大后儿是长行吉日，回过老太太、太太的了。”黛玉道：“我这里已收拾停当，专等你奶奶信儿。你回去先给我请安，见面再谢。”小红答应回去。黛玉便命雪雁，叫家里来的两个女人来，和他说明了起程日期，仍与湘云、宝琴、香菱四个人叙话家常。香菱又与黛玉讲论些诗词，谈至更深。黛玉等他们睡后，又去看了紫鹃，知他病体将次就痊，饮食渐增，睡觉亦颇安稳，心中甚喜，回房安歇无话。

次日早起，各人梳洗已毕。紫鹃过来，先与宝琴、湘云请安，和香菱问好。因紫鹃病后，才第一天过黛玉这边，又与黛玉磕头谢赏。黛玉把他搀起道：“你才病好，该在屋子里多养几天，这会儿跑到这里来做什么！”紫鹃道：“尽在屋子里躺着也闷得很。昨儿听见姑娘们喝酒好高兴，就想出来瞧瞧，今儿定要挣扎着走几步。我病是算好的了，就是两腿还软软的。”湘云道：“你为什么不坐着说话呢？”黛玉指着道：“就在这小杌子坐着罢。”紫鹃笑道：“我知道史大姑娘和琴姑娘在这里，先过来请请安，还要回去吃丸药呢。”说着，转身就走，但见他幌了几幌，连忙把手扶着纱窗槅子站住。黛玉道：“到底病后身子还虚。”忙叫小丫头把紫鹃扶了过去。

这里又叙兴一天，至晚各散。宝琴同香菱定要回去，黛玉知道款留不住，只得起身互相拜别。宝琴道：“姊姊起身时，我和香菱不过来候送了，望姊姊恕罪。”黛玉道：“妈妈那里我竟遵命不过去辞行了，妹妹替我多多致意谢罪。”此时香菱倒觉依依难舍，眼泪汪汪的说道：“我借姑娘这几册子书还没看完，姑娘要带回去，明儿叫人送来罢。”黛玉道：“你爱看尽管留着，这些东西我也可有可无的了。”湘云笑道：“横竖林姑娘明年就要来的，到明年你再还他罢。”香菱不知湘云是随口哄他的话，便欢喜道：“那么着很好，姑娘明年再多带几册子来，借给我看。”香菱站着还要说话，宝琴催走。大家送出门外，李纨等都说：“我们也走了，省得林妹妹又送一趟客。”于是分路而行，各自回去，书无可叙。

再说黛玉回至房中，一面和湘云叙话，心头想起一件事来，叫老婆子到稻香村大奶奶处借一把戥子。因黛玉在此多年，从无自己使用银两之处，故潇湘馆中并无此物。湘云笑问：“这会儿要这件东西来干什么？”不知黛玉借戥子有何用处，且看下回分解。

【第五回】 撰祭文痴心人悼亡　念亲情老太君痛别

话说黛玉叫老婆子到稻香村去借戥子，湘云问他要来何用，黛玉道：“我婶娘打发人来接我，除盘费之外，替另给我五百两银子，叫我起身时零星使用。想我也没有别的用头，就是我在这里住了几年，如今回家，没有这项在手头也就罢了，婶娘既想得到寄了银子来，这些丫头、老婆子该赏他们一赏。我约摸算算也用不了这些，邢姑娘怪可怜的，在这园子里单指着一个月两吊钱的月费，够他什么？听见他常当当贴补，姨妈家里有事，也想不到这上头，我送他五十两别敬。就是你，家里虽然宽裕，也到不了你手里。你那一位婶娘，早就听见人家说起来，银钱上也是很紧的，未必十分疼顾你，我也送你五十两，放在手头，给丫头们添补些针儿线儿。”湘云道：“我没有尽一点子情，怎么好叨你的呢？”黛玉道：“这算什么？不过尽我一点别忱。况且，我也不短什么用。”说着，老婆子借了戥子，交给雪雁送上。黛玉道：“你把书槅底下这只红匣子开了锁，把匣子里银子都搬了出来，打开两封，称兑二十两的封起三封来。”雪雁打开银包，拿了戥子，怔怔的瞧着。那南边来的女人站在旁边道：

“姑娘吩咐我来称罢。”说着接过戥子，称了二十两的三封。黛玉道：“你再打开两封，每封内称十两，下去凑成六十两，再给我称出二十两一封，十两一封。”那女人道：“这么还得打开一封。”说着，又把银封打开。

称毕，黛玉叫把封子上贴了红签，记明数目，明儿早上起来，同雪雁到稻香村去走一趟，和大奶奶说明：“这一百两的两封，给园子里外自老太太屋里起，至奶奶、姑娘、姨娘各房里的姑娘们买花儿插的。六十两的两封，一封给各处老婆子们，一封给垂花门外小子的。那二十两的两封，一封给管厨子的柳嫂子，这一封给厨房里众人。还有二十两一封，送到栊翠庵去，敬菩萨面前的灯油。”黛玉在红签上写了“敬献灯油”四个字。又道：“这十两一封，给庵里的小丫头、婆子，叫雪雁一个去。再拿出三封来，放在书槅子上，我有用处。统共算算还剩多少？”那女人算了一算笑道：“只剩得四十两了。”黛玉道：“刚留明儿一天。这会儿停当了，也了结一件心事。”

又向雪雁道：“你把这两套皮棉衣裙包好，明儿栊翠庵回来，同书槅子上一封银子送到邢大姑娘那里去。说我的别敬，请邢大姑娘留着，手头便易些，别再送回来。”雪雁答应。这里又取了一封交给翠缕说：“替你姑娘收拾着。”湘云当面道谢。黛玉又叫雪雁，拿那一封去给紫鹃留着。又和湘云说些闲话，各自安歇。

次日，王夫人与黛玉饯行，命凤姐代陪。照样两席，也就摆在潇湘馆。除了妙玉、宝琴、香菱不来，仍邀集园中诸姊妹。

凤姐一早先打发人传贾母的话说：“黛玉病后须要静养避风，不必过去请安辞行，起身时候与老太太见一面就是了。太太也是那么样说。”黛玉答应，来的人走了。

这里到稻香村去的女人回来，把银子逐一交代明白的话回了黛玉。停了一会，雪雁回来，也回明了栊翠庵的话，又拿了银封、衣包去送岫烟。饭后，李纨等先后到齐。岫烟见了黛玉，再三道谢。李纨也提及赏给丫头、婆子们的银子，已送过那边去了。

坐至午后，凤姐才到，见过众人说：“史大妹妹同二姐姐来了，也没顾得上过来瞧瞧你们。如今林妹妹要回家了，咱们也留不住他。第一个老太太心上有几天不好过呢。明儿林妹妹走了，大家到老太太屋里陪伴说个话儿，多住几天。”说着，叫跟来的老婆子上去把银子放下，一面向黛玉道：“这二百两银子，是老太太给妹妹路上买果子吃的。这一百两是太太送妹妹的程仪。还有八条金腿、十二匣子干点心、建莲、茶叶、桂圆、酱菜，这些预备妹妹路上用的东西，已经发到外边叫他们装车子，省是送到这里又要搬出去。”黛玉道：“我在这里，除别的不算，一个月倒害十五天的病，不知花了舅母家多少银子，还累得老太太、太太不够吗？这会儿又要拿了走。我笑刘姥姥是母蝗虫，我不是也成了刘姥姥了？”探春道：“《携蝗大嚼图》里面，现成有你，不用另费笔墨。”大家都笑起来。黛玉又道：“蒙老太太、太太的赏赐，又不敢不领，叫我怎么样呢？”话未完，跟来的老婆子上去，给黛玉磕头谢赏。凤姐道：“正是，我倒忘了，妹妹在这里又不是客，怎么要赏起他们来？刚才大嫂子打发人送过去，我就请了太太的示，按着他们月钱的分例，里里外外，一箍脑儿散给他们。”说着，叫跟来的丫头过去谢赏，一面就催摆席。

不多一会，媳妇子带着老婆子们上来伺候停当。黛玉首席，各人依次坐定。凤姐先与黛玉安了席，其余丫头们送酒，觥筹交错。凤姐在座想到宝玉之事，自己心里也有些对不住黛玉。今见黛玉一些声色不露，若无其事，天良感发，越觉不安，坐着很不舒服，又不好起身就走，正在为难，见平儿进来道：“太太等着奶奶问话呢。”凤姐便乘机走脱，向李纨、探春道：“你们大家劝林妹妹喝一杯，我去去就来。”李纨道：“你自干你的，留平儿在这里。”平儿巴不得在此和林姑娘叙话一番，听见李纨留他，只是站着不动。凤姐回头道：“大奶奶叫你在这里，别多灌酒回去发酒风。”说着，连忙去了。

黛玉便拉平儿坐下，湘云笑问道：“你几多回儿在你们二奶奶跟前发过酒风？”平儿道：“听他的话呢。”一面叫小丫头递过酒壶，与黛玉并各人面前斟了一杯。探春道：“咱们在这里热闹了两天，连你个影儿也不见。”平儿道：“前儿就听得大奶奶同姑娘们派公分给林姑娘饯行，我倒很想来呢。一来不敢附分，二来也实在顾不上，不然我早赶了来瞧个热闹，趁着喝你们两杯酒也好。”湘云道：“前儿还有琴姑娘，连妙师父也来的，当真比前年那一晚咱们和二哥哥做生日还有兴呢。”

探春忙瞧了湘云一眼，湘云会意，便不言语。黛玉接口道：“二哥哥身子一定还没大好，出不得门，所以没过来。如他挣扎得起，肯不来凑个兴吗？我明儿起身，要去瞧瞧他。”平儿听见湘云提起宝玉，料定黛玉耳中决然听不得这两个字，不觉身上凛了一凛；及见黛玉神色怡如，反替宝玉圆释，若心中一无芥蒂，竟出平儿意料之外；又听黛玉说到明儿要去瞧宝玉，更与凤姐捏了一把汗，只是呆呆坐着出神。黛玉看见，反照杯过去道：“太太委你奶奶做主人陪客，你奶奶走了，你便是奶奶的替身，怎么到这里来发心事？别白熬着替你奶奶省酒。”

正说着，雪雁来回柳嫂子说：“这会儿才出空了手，领着厨房里的人都来磕头谢赏。黛玉吩咐雪雁道：“你去对柳嫂子说，我在园子里叨扰他们这几年，这一点儿算不得什么。叫他们打一壶酒喝，倒劳动他们。去罢。”

这里众人知道平儿量大，都要灌他，重又豁拳行令，比凤姐在座时甚为高兴。接着，又来了鸳鸯，平儿问道：“为什么这会儿才来？”鸳鸯道：“我趁着老太太睡觉，脱滑儿到这里给林姑娘谢赏呢。”黛玉道：“这句话就该罚你。”说着，连忙让座。众人道：“罚他先吃三杯酒罢。”鸳鸯饮酒，和黛玉叙些闲话。想黛玉初来，在一个屋里伴了几时，后来搬进园中，也时常见面，今日分离，实出意外，未免依依。一时恐贾母叫唤，不敢久停，起身告辞。平儿道：“要走同走。”二人出席，又到紫鹃屋里坐了一坐，出了潇湘馆，一路谈论黛玉近来光景不提。

这里席散后，一宵易过。次日天明，外边一切预备停妥，伺候黛玉起程。

且说宝玉得了黛玉凶信，哭晕后醒过来，已打定主意，却不知凤姐设计瞒黛玉回生一事。有时追忆前情，还拉住袭人盘问林姑娘临终光景。袭人只得将错就错，饰词宽慰他道：“你头里讲过，晴雯做了什么花神，我不信，林姑娘是花朝日生，真是花神转世的。那夜里，人家都听得花丛里有鼓乐之声，迎他去归位了。”宝玉问道：“林姑娘提起我没有呢？”袭人道：“林姑娘既做了神仙，无论人家待他好待他不好，都就撩开了，还提起你什么呢？”宝玉又问道：“我娶宝姑娘的事，林姑娘到底知道没有呢？”袭人道：“那倒没听见说他知道不知道。就是知道，他也不管你们这些事情了。”宝玉听了，将信将疑，不免伤心流泪。奈明知花谢水流，返魂无术，便把从前多愁多虑、如醉如痴的念头，渐渐消去。于七情上，只缠住一个“哀”字，倒觉易于支持。又加以医药扶持，病体一日好似一日，便要往潇湘馆祭奠黛玉。袭人听了，暗暗好笑，又十分着急，百般劝阻。幸亏贾母、王夫人都来说道：“好孩子，你的病才好，别这么着。就要到园子里去逛逛，也等自己身子硬朗了再出去。你不听话，我们都要生气呢。”宝玉没奈何，只得耐性挨着。

到了黛玉起身的一天，宝玉和袭人说：“叫老婆子去吩咐柳家的，明儿端整一桌供菜，开我的帐，这里送钱去。”袭人道：“钱不钱没有什么要紧，柳嫂子自然知道的。二爷到底吩咐明白，这桌供菜那里使用呢？”宝玉道：“我叫端整了，自然有个用处。”说着，又叫麝月研墨，自已取了一张纸，焚了一炉香，握管构思。抬起头来，见袭人站着不动，宝玉催他道："你为什么不依我的话吩咐去？"袭人只得慢慢走开。宝玉又叫住道："就叫厨房里买办多买些银锭、纸钱，同供菜一搭儿用的。"袭人明知宝玉的心事，走出房外，到别处去转了一转，来回宝玉说："已经叫他们办去了。"

这里，宝玉提笔写了几句，叫他们都走开，思索一回，又写。不多时，脱了稿，重取素笺一幅，端楷誊清，从头至尾念了一遍，搁开。取了底稿，来至宝钗屋里，便递与他看道："我明儿要去祭林妹妹，做了一篇祭文，你瞧着有什么不妥之处，替我斟酌些儿。"宝钗笑道："你做林妹妹的祭文很难着笔，不如不做的好。"宝玉拍手道："你的话一点也不错，浮泛了，不是我祭林妹妹的话头；粘滞了，又恐唐突，真难落笔。先前晴雯死了，我还做一篇祭文，林妹妹也见过的。难道林妹妹反不如晴雯？"宝玉一面说，宝钗自看他祭文，看完说道："文章是好的，题目不大切贴。"宝玉道："你不见字字行行都是咱园子里的点缀，我和林妹妹这几年相聚的故事，还道不切题吗？"宝钗止不住要笑，道："我原说的不是文章的不切题目，是题目不切文章。"宝玉道："你别说这样巧话，总不过是文章不好罢了。"宝钗才讲出口，正在后悔，这几句怕宝玉听了动疑，谁知他并没理会，向宝钗手中接过底稿，自去收拾。一夜无话。次日起来，便催买办的东西，要往潇湘馆去。袭人再三劝阻不住，没法儿，去请凤姐。

却说上一天凤姐等平儿潇湘馆回去，问起："我走后林姑娘说什么话没有？"平儿答道："我瞧林姑娘，竟脱体换了个样儿，像把头里的事都撩开了。听说明儿起身，要过来瞧宝二爷，这便怎么呢？"凤姐点点头，半晌不语，才开口道："这件事我却料不到，如今只要挨过这一半天，就可保无事了。"

到了次日，凤姐一早起来，先打发人来园子里去探听林姐姐起身信息。一面催促外边车轿人夫，赶着预备停妥。此时听说袭人来请，想来为宝玉的事，赶忙过去。

这里到潇湘馆，自黛玉以及丫头、媳妇们同李妈的铺盖行李并包裹箱笼忙乱发运。湘云的随身物件搬在紫菱洲，与岫烟同住。紫鹃亦挣扎起来，伺候黛玉。想起多年主婢相聚情分，只是离绪满怀，又说不出所以不能一同回南的苦衷，柔肠寸断，向黛玉跪下磕了四个头，只说得姑娘"路上保重"四个字，早已泪随声下，咽住了说不出话来。湘云在旁看了，也觉心酸。

接着李纨姊妹、岫烟、迎春、探春、惜春联袂而来。黛玉移步出槛，刚至回廊边，只听得一声“姑娘回家了。”黛玉抬头微笑道：“不是他叫唤这一声，我竟忘了他。”忙叫了雪雁，把鹦哥架子移下，看食罐、水罐里都添了没有。雪雁道：“都已添得满满的了。”黛玉便命老婆子：“提去交给垂花门外的小子拿出去，叫他们提着，别挂在车上磕碰着。”一面迎着李纨这班人道：“又要劳动大嫂子同各位姊妹起了个早。”李纨道：“不是我赶紧催他们起来，再停一会儿，林妹妹倒已上车走了好几里路了。”说着，见紫鹃已哭得眼红声咽，便道：“我瞧紫鹃这会儿不如跟着你姑娘走罢，别丢在这里尽着伤心。”黛玉道：“正是我走了，刚剩他在这里，单靠两个老婆子伴着也怪孤冷。大嫂子就叫他搬了过去的好。”一面叫紫鹃避风不用出来。

此时黛玉款移细步，出了潇湘馆门，绝无留恋旧居之意。簇拥着李宫裁姊妹、迎、探、湘、岫这几个人，彼此说笑出了园门。一路上丫头、老婆子们磕头的络绎不绝。黛玉与众姊妹都往贾母处来。贾母见了，由不得一阵心酸，滴下泪来。黛玉趋步上前，抱住贾母的腿跪下磕头。贾母一把搀住，泪眼模糊，对着黛玉端详了一会，暗暗想道：如今我瞧林丫头这模样儿，不像是没福寿的，我先前真是老糊涂了。贾母忍住了泪，说道：“千丈的树枝子落叶归根，既然你婶娘接你回家，也了我一桩心事。留你多住几天，白不中用。你这会儿走了，底下再想见你……”贾母说到这里，便咽住了声，半晌没有言语。黛玉此时，虽已将前事尽付东流，一无挂碍，然想起多年依傍，贾母从前疼爱光景，离情别绪，触景交萦，禁不住珠泪莹莹，相感而滴。向贾母道：“外孙女儿蒙老太太豢养之恩，饮食药饵，抚育扶持，无微不至，真是昊天罔极！如今这场大病回了过来，何以仰慰慈怀？外孙女儿回家，惟有在菩萨面前朝夕焚香礼拜，保佑老祖宗福寿康宁，长恬蔗境，享受满门团聚之乐，胜似外孙女儿常依膝下。”说着，便倒在贾母怀里，哽咽了一回。

再说凤姐赶到宝玉屋里，正见宝玉换好衣服，手里拿着一卷纸，要往园子里去。宝钗同袭人两个抵死相劝，只是不听。凤姐一到，硬把宝玉拉住道：“宝兄弟，你听着宝姊姊的话不错。老太太同太太怎么和你说话，你还是这样？老太太知道是不依你的。”宝玉道：“老太太、太太不过为我病着不叫出门，如今我的病已大好了，叫我尽着住在屋子里，只怕我的病倒还要发呢。你们这班人也太狠心了！林妹妹病的时候，不叫我去看看；如今他死了好几个月，我要去烧一张纸也不叫去。你们不知道我有满肚子的委曲，须得抚棺大哭一场，呕出我的心来，就用我的眼泪把我的心洗干净了，放在林妹妹棺材里，也算了结这件事了，好叫各人去干各人的正经。我今儿到潇湘馆去了一趟，以后再去，凭你们剁我的脚也使得。”凤姐们听了宝玉说的又是疯话，怕他旧病复发，正急得没法儿，见平儿又喘吁吁地赶到，在凤姐耳边不敢提“林姑娘”三个字，恐被宝玉听见，只说：“那一个已在老太太屋里，怕就要过这里来呢。”凤姐不等平儿说完，忙和袭人道：“我把宝玉交给你们，我要去干我的事了。”一面回身就走，口中道：“好歹只争这一刻儿工夫，撞破了可再没断罗了。”

赶忙走进贾母院中。见王夫人已先在那里，李纨等众姊妹正送黛玉出来，贾母泪眼汪汪，一只手搭住鸳鸯站在台基上。黛玉又回转身去，辞了贾母，对王夫人道：“甥女要过舅母那边去磕头，还要到凤姊姊屋里去谢谢。”王夫人道：“在这里见了面就算了。”凤姐接口道：“妹妹竟听太太的话就是了，给妹妹拣的好时辰起身，这会儿也不早了，我请太太的示下，派了一房家人媳妇，还同两个老妈子路上伺候。雇了四辆大车，妹妹就坐我的轿车子，走长路套个四六挡也就使得。到王家营后换船，已打发前站先去预备停当的了。”

黛玉便与王夫人、凤姐行礼道谢，心头想起一事，敛摄戚容，微露笑脸对王夫人道：“二哥哥有好几个月没见面，甥女也为病着才好没有过去。听说二哥哥的身子还不大好，咱们相聚多年，今儿回家，理该过去辞辞；连二哥哥同宝姊姊大喜的事，甥女儿也没和他们道过喜，今儿打总儿去走了一趟，也算尽了我的礼了。”王夫人听了，一时无言可答。凤姐忙接口道：“我刚在宝兄弟屋里来，他还睡着。宝妹妹也因感冒了，不能出来送你。妹妹也不用过去，我替妹妹说到就是了。”黛玉本心并非一定要见宝玉夫妇，今因凤姐阻止，便应道：“既是这么，凤姊姊替我致意，别忘了。”凤姐答应，心头才定，同着李纨、纹、绮、湘、岫、迎、探、惜姊妹，一径送黛玉至垂花门前。随后，鸳鸯、平儿也赶了来。此时垂花门内站着奶奶、姑娘及丫头、媳妇、老婆子们，黑鸦鸦挤了一大群。垂花门外一溜儿站的年轻小厮，候着磕头谢赏。凤姐到了垂花门，转身就回。李纨等等黛玉上了车，各人洒泪而别。

岫烟先回园去，李纨瞧出贾母心事，仍邀众姊妹至贾母处热闹。凤姐先进贾母屋里，见贾母闭着眼歪在炕上，一个小丫头在身后捶背。王夫人站在旁边，默默无言。停了一会，贾母叹口气道：“你们头里说林丫头和宝玉两个人，彼此存些私念，他们的病都是为此，或者他们两个从小在一堆儿玩惯的，分外亲热一点子，也是他们正经情分。你们瞧林丫头今儿的光景，若讲有什么别的心迹，再别委曲了他。林丫头果然有别的意思，如今知道宝玉娶了宝丫头，他提起宝玉来，还是这个样儿吗？”

凤姐脸涨通红，与王夫人面面相觑。鸳鸯笑道：“当真林姑娘比先前改了样儿了。我瞧着他满脸福气，那都仗着老祖宗福庇呢。”贾母摇摇头道：“那里是我的福庇。刚才当着林丫头，我不好提这句话，没的惹他淌泪抹眼的。想我只有一个女儿，远远的嫁了，谁料他命苦，生了一个女孩儿，自己早就死了。我也为可怜他的娘，接了林丫头来住了几年。早知道是这样，先前别去接他来倒也罢了。林丫头今儿这一走，别再想见他的面了。”此时，王夫人与凤姐俱看出贾母心事，坐立难安，不敢开口，然又不能不劝慰贾母几句。凤姐勉强陪笑道：“林妹妹的婶娘疼顾他，自然要替林妹妹访定一门子好亲事，为官作宦的，内外升转不定。或者一两年里头，林妹妹就进京来给老祖宗请安。那时候，老祖宗瞧见才欢喜呢。”

贾母听了点点头，半晌才说道：“如今只要宝玉的病好，别的事都不用提了。”又向湘云道：“你们今儿都在这里吃饭，陪我抹个牌儿解解闷。”凤姐见贾母颜色稍霁，搭趁着便吩咐：“姑娘们的饭都送到老太太屋里来。”一时，王夫人、凤姐伺候贾母用过饭，李纨、探春、湘云陪贾母抹点子牌。李纹、李绮、迎春拉了琥珀一桌子打天九。贾母见王夫人、凤姐还站着，便说：“你们也该回去吃饭了。”于是，王夫人、凤姐才退了出去。

这里，鸳鸯坐在贾母背后，与贾母洗牌。斗了一转庄，贾母手气不好，揭不起大牌。鸳鸯因贾母今儿心上不乐，想法儿要叫贾母开开心。这一牌轮着贾母做庄，鸳鸯趁桌子上算帐的空儿，一手揸起牌来，叠了一副，把牌做个雀口摊在桌上。凑巧李纨坐在贾母对面，鸳鸯递了个眼色。李纨开了牌，贾母第一张揸起，接连起了六张天牌。贾母便喜笑颜开道：“这副可要赢你们几个钱了。”问：“文总、武总这两张牌你们谁揭了？快放下来。”李纨道：“我们都没有揸呢。”鸳鸯笑道：“大奶奶发急也不中用，快摇将罢，再别摇个六出来就好。”李纨道：“我要瞧老祖宗补了牌再摇。”谁知贾母伸手第一张就补了文总，接着又补了一张武总。贾母更乐得了不得。众人睁着眼瞧李纨摇将，偏又摇了两只六。湘云拍手道：“这可乐不得。”鸳鸯道：“这一牌是开足的了，算也不用算，得三十二万七千六百八十副。老祖宗再抹一百年牌，也难得碰见这一副。”一面和素云取笑道：“快给奶奶扛钱去，园子里来回要跑得你腿酸呢。”贾母道：“今儿偏偏凤丫头被他逃脱了，我知道他们没有这许多现钱搁着，咱们散了场再记帐罢。”

不说这里贾母十分欢喜，要知凤姐出去怎样光景，下回分解。

【第六回】 怡红子泣黛感残春 滴翠亭诉鹃传密信

话说凤姐与王夫人伺候了贾母的饭出来，平儿早在廊檐下站了好一会，便跟着凤姐出了院门，王夫人自回房去。平儿回道："潇湘馆的帐幔铺垫，连那些陈设古玩，一箍脑儿收拾起来。史大姑娘搬到邢姑娘房里去住了。奶奶吩咐的话，里里外外都已知道，再没有人在他跟前走漏一半句话的了。"凤姐叹口气道："我也是白操心，你可听见老太太的话，还不是委曲死了人再没处去诉冤？"平儿道："老太太的话，也不过今儿见林姑娘走了，心里自然不耐烦，过了几天，也就没有什么了。"凤姐道："不是这句话。里头说的宝玉在园子里见了袭人，便认做林姑娘，讲了好半天的私语。又是什么'为着不放心，都弄得一身病出来'这不是袭人亲口告诉太太的话，我那里知道他们这些钩儿麻藤呢。"平儿道："不是昨儿我和奶奶说过这话，林姑娘这个人真是奇怪，瞧他今儿走的光景，怨不得老太太见了，想起头里这些话要不舒服呢。"凤姐道："这也叫人家想不到的事，我那能未卜先知。"一路说话，回到自己屋里。

平儿道："奶奶一早起来也没吃过一点东西，叫他们摆饭罢。"凤姐道："可不是吗，戴了石臼子提猴儿戏，我是费力不讨好。闹了一早上，这会儿觉着肚子里有些饥呢。"平儿忙叫传饭，凤姐又打发小红去看宝玉，回来说："这会儿也在那里吃饭，就要到园子里去呢。"凤姐叫平儿道："你在这里吃了一点子，同我到园子里去走一趟。如今可由他去罢。就是别叫老太太得知，保不定又要生气发恼呢。"

当下凤姐用过饭，带着平儿正要往宝玉屋里去，听说宝玉已到园子里去了，凤姐连忙赶上。宝玉才进潇湘馆，袭人先已吩咐厨房里把祭礼抬来，摆设齐整。宝玉走进屋内，举目四睁，止不住泪珠扑簌簌滴下来，便问："林姑娘棺停何处？"凤姐赶忙上前道："林妹妹的灵柩，打发人同紫鹃送回南边去了。"宝玉叹道："林妹妹生前是爱住这屋子的，也该多停几时，到月朗风清时候，他自然还要出来赏玩院子里这几竿竹子。怎么急巴巴的送他回去？连紫鹃也走了？总恨我这一场病误了事，生不能见其死，死不得见其棺。"

说着，上香洒酒。袭人忙把拜垫铺好，宝玉双膝跪下。不等拜完，放声大哭，泪涌如泉，几乎晕去。袭人等在旁百般劝慰，勉强节哀忍痛起身，将祭文焚化炉内。又亲自走出院内，在假山石边烧化纸钱，那火光冲起，竹枝上的雀儿，飞鸣旋绕，起而复下。宝玉道："这些雀儿，想也因林妹妹成仙去了，找寻故主不见，其鸣也哀，大有感旧之意，何况于人！"

说罢，呆呆的看了一会，踅身往里便走。到黛玉卧室内坐下，见炕帐门帘铺陈等物收拾一空，黛玉平日所坐这把圈椅还照常安设，宝玉就在椅上坐下。回首茜纱窗上竹影迷离，宛然如旧，而室在人亡，不胜今昔之感。无奈袭人等再三催促，只得起身，一步挨一步的出了潇湘馆。袭人等跟着也不敢引往别处，仍由原路而回。只见落红已尽，叶满枝头。宝玉仰天叹息道："可怜一岁春光，又在病中过去。记得林妹妹《葬花诗》里的'一朝春尽红颜老，花落人亡两不知'。奈红颜未老，霎时粉碎香销，不想谶语即应于此日。落花不知有林妹妹，林妹妹亦不知有落花了。然昔年落花而葬花者，尚有林妹妹；今林妹妹死了，连棺木也不得一见。是落花为林妹妹知己，我待林妹妹，反不如林妹妹之惜落花，岂不痛哉！"

宝玉唧唧哝哝，袭人在旁只是好笑，不敢做声。一时出了大观园，袭人等因贾母叮嘱在前，命宝玉不必过去请安，此刻才祭了黛玉回来，余怯未尽，不便引宝玉到贾母处，一径同他回到自己屋里。凤姐自与宝钗叙谈。

宝玉因刚才进园触景伤春，想起黛玉的《葬花歌》，与袭人索取纸笔研墨，写道：

灯残吟罢想伊人，令我如痴问宿因。
恨到无言花入梦，俨然花里梦中身。

独立珊珊映绣衣，定睛还认是耶非？
怜卿命为红颜薄，一片悲心付落菲。

流年如水美如花，迟误青春恨已赊。
寄语鹃儿须细拣，休教连理惹人嗟。

人自娉婷花自芳，惜花偏其是红妆。
痴情吟到春残句，埋冢花魂也断肠。

香满花朝浴水盆，知卿花与是同根。
他年艳骨囊收拾，树树溅红滴泪痕。

香云稽首问天衔，毓秀如何黛复钗？
手镜自怜消瘦甚，芳心已共落红埋。

花谢花开十二时，晴雯偃蹇已如斯。
香消此日谁人惜？惟有蓉神尚鉴之。

香归红了入情钟，步转潇湘拭泪容。
偏是绿衣知解语，隔帘频唤葬花侬。

宝玉接连吟了八绝，还在吟哦构想。袭人过来把笔砚端开道：“才到园子里去走了一趟回来，也该躺着养养神，尽是闹这些什么呢？我拿去给二奶奶瞧瞧。”宝玉被袭人一语提醒，恐被宝钗走来看见，连忙取过自去藏了，便和衣倒在炕上不提。

再说宝玉先往潇湘馆祭奠黛玉之时，岫烟、惜春在贾母屋里看抹了一会牌，随后厮跟着走了。二人进了园门，行至沁芳桥分路。岫烟一个人走过潇湘馆门外，只听得里头热闹，止步细听。见一个老婆子出来，岫烟问其缘故。那老婆子瞧着没有别人，便和岫烟悄悄说道："我告诉姑娘一件事，头里我们都不得明白，今儿才知道底细。原来林姑娘病死后回了过来，是瞒着宝二爷的。姑娘你评评有这个道理吗？一个人的死活，可得混说得的？林姑娘年纪轻轻，活咒他死了，也不知上头谁出的主意？老太太那么个疼林姑娘，倒这样委曲他，老太太知道肯依吗？姑娘你听听，这就是宝二爷的声音，在里头哭林姑娘，那么伤心呢！我和姑娘说了这话，再别到上头提起，叫我们落不是。"岫烟听了，心中大以为不然，呆了半晌道："你放心，我再不告诉人家就是。"说着，一径自回紫菱洲。

少停，贾母处牌局散了，湘云同迎春回来。湘云一进屋门，先叫一声邢大姊姊，道："你看，天下竟有这样竟想不到的事！头里紫鹃不过和二哥哥白说句玩话，闹得连林之孝家的要打出去。今儿林姊姊当真回家了，我听说二哥哥的病已经好的了，怎么躲得影儿也没见？前后炎凉，判如水火。难得颦儿竟像不理会似的，反说要去辞别他。这两个人行事古怪，倒是一个样儿的。热起来，比太上老君炼丹炉还焰；冷起来，如同水晶宫里的冰块还凉。"邢岫烟笑道："我今儿听见一件事，你知道了越发要生气。"湘云问道："你又听见什么？"岫烟道："头里上头嘱咐叫人家别在宝玉跟前提起林姑娘，我只道是为宝兄弟听见'林妹妹'三个字，怕勾起他的旧病来。今儿才知道，大家都哄着他林姑娘已经死的了，可是奇不奇？"湘云不信道："是那里的话？"岫烟道："刚才我从潇湘馆门首走过，宝兄弟正在里头哭林妹妹呢。"湘云道："原来有这些缘故，怪道今儿二哥哥还没有出来，还阻止林姊姊不叫去辞行呢。这个主意，也再没有第二个人盘算出来的。我想林姊姊家里倘或没有打发人来接他，到底把这一个人藏放那里去，真个把他硬装在棺材里头不成？这算心机也使尽的了，就是太苦了颦儿。偏偏知道得迟了，倘早知道这件事，定要和林姊姊说明，别叫他错怪了人。"

这里正在说话，不料探春来找湘云，被他听见了，笑着嚷进来道："错怪了人怎么样？正要他错怪了人才好呢。"于是大家一笑，让坐。探春向湘云道："这件事你告诉了林姊姊，斩钉截铁之后，又藕断丝连起来，到底要替他想条出路，叫他怎么样呢？他们这样办虽然心狠手辣，好比砒霜、巴豆杀人之药，只要投得对症，亦可救人。我知道你这张嘴是快的，将来见了宝哥哥切不可吐露一半句话。明明一座火焰山已借铁扇扑灭的了，经不得再去一挑，势必复燃，又将何法救之？”岫烟道：“史大妹妹，你听三妹妹的话不错。翻腾出来，要落多少人抱怨？”探春道：“落抱怨没要紧，破釜难以瓦全，公愤每多偾事，你细去想罢。”湘云道：“这口气怕按不住，我也再不到这里来了。”岫烟、迎春听了都笑起来。

少表紫菱洲众人议论，再讲黛玉那日出了荣府，顺便过邢夫人处，并到东府里辞了行，坐车至水路换船，一路行程迅速。到了家里和他婶娘相见，自有一番叙话。又叫丫鬟引少爷来见了姑娘。黛玉把他兄弟抚摩一会，心甚欢喜。

当下拣了一座院落，院内也有太湖石、金鱼池，点缀精雅。间植几种翠竹、几株桃杏，浓荫轩窗，两边超手游廊，栏杆曲折似有潇湘光景。一进内室，见房屋精洁，铺设整齐。朱漆架上摆着几盆素心建兰，幽香满座。楼上三间，黛玉在西首一间内做了卧房；命将书籍一切摆在中间，以为坐落之处；留出东首一间，供奉大士画像。对面两座厢楼，安顿了老妈子、丫头，并放置箱笼等物。逐一部署停当，那边又打发人过来，另立小厨房起火，便于呼应。荣府来的家人因南边有应办事件，同他媳妇暂且禀辞走了。留下两个老妈子和黛玉的乳娘李妈，就在院内廊房安歇。

黛玉婶母常过黛玉这里闲话，深服黛玉心地明白，才干宏通，自是闺秀中出色之人。是时，因有粤东任内带来的赈济抄册，恐接手藩司挑剔纠缠，偶与黛玉谈及此事，黛玉便叫把底册一齐搬过，细细核算，并无错舛。不久果有公文到来咨查，即便开具简明清折，命管事家人具呈，由江都县详转咨覆完结。以是越显黛玉长才卓识，凡有家务大事，无不与商。

黛玉回家后，经历一切，并安葬林公夫妇，非无可记之处。因黛玉这一个人，原是书中之主，如今离了大观园，与宝玉诸人隔绝，却又似主中之宾，所事皆非前书关键。若逐一铺叙，未免写成两橛，似无趣味，不如一概删除，俟到斗榫合缝，峰回路转之时再为接叙，以省笔墨。

且讲贾母自黛玉去后，虽不免心中牵挂，细想事已如此，留在此间有许多关碍，不如走得干净。又见宝玉早晚过去请安，起居饮食如常，心中欢喜。凤姐更以黛玉回家，一刀两断，陈平妙计已得收功，可以在王夫人面前挣个满脸。

一日，正在自己屋里与平儿两个开了箱子找东西，贾琏不知在那里喝了酒，大醉回来，趔趄着脚步走进屋门，一屁股歪在椅子上。平儿听见，因手内不空，小红又支开他去了，不在跟前，就叫小丫头去倒茶。那小丫头托茶盘进来，被门帘一带，几乎把茶碗打翻。平儿看见连忙出空手来，去接了茶碗，送在贾琏面前。贾琏豹着两眼嚷道："如今这班人，一个个都吃饭不管事的了。只怕过几天，连端茶递水都要自己动手的日子还有呢。"一头说话，吃了几口茶，赌气把碗摔在桌子上自去睡了。凤姐听了贾琏的话，便把箱盖关上，东西也不找了，叫平儿进去说道："这又是那里来的这一股子邪气？不知在什么地方灌了一泡子黄汤，家里来打闷葫芦。这个日子还过得吗？"平儿听了也不敢言语。

到了明日起来，贾琏酒醒，把上一天的事竟全毂儿忘了，反嬉皮笑脸的向凤姐道："我有一句话和你商量，不知你依不依？"凤姐道："二爷有什么吩咐只管请说。"贾琏又陪笑道："林妹妹回了家，听说紫鹃没有跟去，横竖白闲着，我看屋子里的人也不够使，你去回太太一声，何不把他叫到这里来呢？"凤姐冷笑道："原来为这句话，所以昨儿来装下马威压派我们的。这有什么要紧，也不犯先发这一肚子气。紫鹃本不是林妹妹家带来的人，林妹妹回去了，他现在没有主儿。二爷要叫他过来，并不是一件难事。就听见他病着，过几天他病好了，我去回太太一声，谅来紫鹃也没有什么不愿意。"贾琏听了甚是感激凤姐，难得他那么大方起来。停了一会，吃过早饭自出外去了。

接着林之孝家的进来回话。凤姐吩咐了他几件事，又问道："林姑娘走了，那屋子里上夜的老婆子们还在不在？"林家的道："正要回奶奶这句话，他们都是经由那一带歇息的，因是左近没有可住的屋子，还照旧在那厢房里歇着。他们倒来请过示，奶奶叫他们怎样呢？"凤姐道："屋子尽闲着，就叫他们住在那里看看门户也使得，只吩咐他们别熬夜赌钱、吃酒。"说着，便问："紫鹃还在那里住吗？"林家的答道："就是林姑娘走的时候，搬到大奶奶屋里去住了。"凤姐道："紫鹃家里可还有他老子娘没有？"林家的道："他老子娘都已死过的了，只有他一家子的叔子、婶娘都在京里。"凤姐道："紫鹃本来是老太太屋里的人，伺候了林姑娘这几年，如今退回去，倒叫老太太见鞍思马，难免伤心。过一两天，你叫他婶娘进园子里来，一径到大奶奶那里领了他出去，任凭他叔子去许人家。我见了大奶奶再提这话就是了。"林家的答应了一声"是"，便起身走了。

这里凤姐笑着和平儿说道："你瞧二爷这个人，真是夹着碗里瞧着锅里的，心思单单在这上头。紫鹃没有跟林姑娘走，偏他察听得这样明白，就盘算到他身上去了。要个丫头原是一件淡事，你想紫鹃这个人，可放得在这里的吗？一见宝玉，叨噔些什么话出来，就是太太也断然不依。这件事，如今在二爷跟前且不必提，等紫鹃出去了，我和二爷明白讲罢。”平儿听了，没敢做一声，想到紫鹃相依林姑娘寸步不离，霎时间回南的回南，遣去的遣去，出于人情意料之外，心中未免怅怅。

讲到紫鹃送别黛玉后，搬到稻香村住下，病已养好，梦想眠思忘不了主婢恩义。一日饭后闷坐无聊，便一个人走出门外看看园景。定不准到那个地方去好，由着脚步向前，不知不觉的到了潇湘馆门前。见院门虚掩，推门进去，悄无人声。但见竹影重重，绿阴满地。紫鹃一径跨上台阶，走进黛玉住的屋子里间，恍如旧识重逢，十分亲热。一时神魂飘荡，似入梦游。

紫鹃独自一个人，坐在屋子里流了一回泪，走出院子里，见假山石畔一堆纸钱灰，紫鹃吃了一惊，叹气道："不知我姑娘在这里结了些什么不解的冤仇，他们摆布得我姑娘还不够？那一个黑心的人，见姑娘走了化些纸钱，在这里咒诅他呢？"当下气愤愤的出了院门，才转过弯，对头撞着小红，见他跑得喘气吁吁的。小红见了紫鹃，便煞住脚问道："姊姊那里去呢？瞧姊姊脸上倒像和人家闹了气似的。"紫鹃便将看见纸钱灰的缘由和小红说了，又道："这件事我查了出来，一定要去告诉老太太的。妹妹，你的耳朵长，替我留心查察查察，有了些踪影，悄悄来告诉我，我决不带累你的。"小红对紫鹃怔了一会，便道："这里怕有人来，不便讲话，寻一个僻静地方去。"说着便紧走几步，超过山子背后，回转身来，把手招着紫鹃。紫鹃在后面跟着，到了蜂腰桥。小红望桥上亭子里走了进去，紫鹃随后赶到。小红拉着紫鹃的手，靠近坐在窗槛上，说道："姊姊要查潇湘馆化纸钱的人，我倒有些影响，但不便告诉你。你也怨不得化纸钱这个人，我劝姊姊把过去的事都撩开了罢。现在姊姊有一件祸事到了，我来报你个信呢。"紫鹃惊问道："我有什么祸事？"

原来小红听见贾琏对凤姐说要紫鹃，凤姐已经应的。后来吩咐林之孝家的话，小红却不在跟前，并未知道。因他从前在怡红院当差，也常往黛玉处跑动，与紫鹃说得投机，今听了这个信，来告诉紫鹃，便道："昨儿我听见二爷和我奶奶说你没跟林姑娘回南，总是闲着，要叫你过那边去呢。"紫鹃怔了一怔问道："你奶奶怎么样说呢？"小红道："奶奶是应许了，说回了太太来要你。你想这个地方可以去得的吗？平姑娘这么样一个人，常在那里受委曲。别人不知底细，坑儿卡儿的事情，那一件不在我肚子里。”紫鹃不等小红说完，便狠命地指着地上啐了一口道：“我不是在你跟前说，你们爷同奶奶他两口子的心肠到底怎么样生的？把一个林姑娘摆布走了，如今还不放手，要盘算到我身上来了。”小红笑道：“你瞎生气也不中用，我来告诉你，原叫你思前算后拿个正经主意才是。”紫鹃道：“有什么正经主意，简截一句话，我不愿意过去就是了。”小红说：“这也由不得你，二奶奶回了太太，太太做主，你拗得过吗？”紫鹃道：“别说太太做主，我是老太太给林姑娘的人，就是老太太有别的话说，我拼着这条小命，什么事不了？”小红一面听紫鹃说话，想起从前故事，把窗子推开半扇，瞧着外面并没有人来，因又说道：“你既住在大奶奶那里，我的意思，不如回去求大奶奶想个法儿，不要那么瞎碰。我趁奶奶睡中觉的空儿，瞒着平姑娘赶进园子里来找你，我出来有时候了，姊姊你坐着，让我先走。”说着，便飞跑的去了。

这里紫鹃无心打采的，独自一个在亭子里头坐了一会，站起身来离了蜂腰桥，也无心绪到别处地方去走动，慢慢的仍回稻香村来，坐在自己屋里纳闷。见素云进来找他道：“奶奶叫你说话呢。”紫鹃便跟着素云来见李纨。李纨瞧着紫鹃，叹了一口气道：“林姑娘回家很该带了你走的，就为你病着没好，多耽搁几天也没什么要紧。我听林姑娘的话，估量你们已经说明白的了。谁知林姑娘走后，听起你的话来，还是要去跟林姑娘的。为什么不早拿个主意？如今这件事叫我怎么样呢？”紫鹃怔怔的听了，知道就是小红的话发觉了，便赌气道：“大奶奶也听了他们的话，那是我死也不愿意过那边去伺候的。”李纨道：“你的话是那里来的，谁又叫你到那边去？”紫鹃听说，一时摸不着头脑，只是呆呆站着。李纨把紫鹃拉过身旁，悄悄的说道：“这件事也难怪你不得明白，我告诉你就知道了。为的是林姑娘走了，你还住在我屋子里，怕宝玉到园子里来瞧见了你，勾起他的旧病了，所以上头做主，要叫你婶子进来把你领了出去配人家，并不是要你到那边去伺候谁。你听听这些话，我敢留你住在园子里吗？”紫鹃听了李纨的话，心想：“刚才小红说来，保不定琏二奶奶因琏二爷有了这句话，又弄的鬼。这是我倒感激他。若说宝玉见了我怕勾起他的病来，我想如今的宝玉，未必像头里了。他们既然虑得到打发我出去，我能死赖在这里吗？我出去不打紧，今生今世别再想和姑娘有见面的日子了。”

此时紫鹃把从前欲见宝玉的念头已灰，懊悔不跟了林姑娘回南，以致变生不测，身不由主。一时气苦伤心，便呜呜咽咽的哭个不住。李纨看了紫鹃这般光景，便道：

“好孩子，且别哭。林姑娘再三叮嘱照顾你的，如今叫我替你想出个法儿来。要送你到林姑娘家里去，这会子，那有这样凑巧妥便的人？我这里住不得，更没有你可住的地方，偏偏头里料不到有这件事。早知这样，史大姑娘回家的时候，回到他家里去暂住几时也使得。”紫鹃住了哭道：“那也不成一件事。况且，史大姑娘当不得家，跟他去算什么呢？既然大奶奶这里不便，我倒要盘算出一个地方来了，只要大奶奶做主，还得到二奶奶那里去担当下来，底下等有便人再送我到林姑娘家去就是了。”说着，便跪下磕头。李纨忙把紫鹃拉起道：“你有话尽管讲，到底这个地方去得去不得？”

不知紫鹃心想去的是那一个地方，且看下回分解。

【第七回】 巫峡残云对姊唤妹 芸房幻梦兆吉疑凶

话说紫鹃想出有一个可去的地方，李纨问何处，紫鹃说是“栊翠庵”。李纨笑道：“这也难为你想得到，果然妙师父那里轻易没有人走动，且去住着。等我再想法儿送你到南边去。二奶奶的话，我去给你担下来。妙师父那里，你可自己去求四姑娘，和他说声，估量也没有不允的。”

于是，紫鹃便往蓼风轩来，见惜春正和妙玉下棋，紫鹃与惜春请了安，便向妙玉问好。妙玉瞧着紫鹃道：“你不跟林姑娘回南去吗？”紫鹃答道：“姑娘起身时候，我还病着，底下想要去呢。”妙玉一面听紫鹃的话，只顾下子道：“一半年的时光，在这里住着也使得。”惜春笑而不语。紫鹃因妙玉在此，不便说话，到彩屏屋里坐了一会，等妙玉走了，来求惜春，细细说明缘故。惜春道：“你就在大奶奶那里住着也没相干。既然大奶奶胆小，你到妙师父庵里去暂住几时，底下再瞧光景。明儿你过去就是了，所有你的东西，不用都搬过去，省得一番唠叨。”紫鹃谢了惜春，仍回稻香村来，把惜春的话回了李纨。过了一夜，紫鹃自往栊翠庵去。

且讲李纨到凤姐处告诉了紫鹃的话，凤姐心中虽以为不然，因是李纨做主，只得勉强应许，道："大嫂子可叮嘱紫鹃，不许走出庵来。万一撞见宝玉，可是不依他的。我吩咐他们，打听有京官家眷回南的，便就打发一个老婆子送了他到林姑娘家里去。"李纨道："因是林妹妹再三叮嘱我的，看紫鹃这孩子也实心，他不愿意出去，竟是这样办法妥当。"一面说话，李纨便同凤姐到王夫人处去了。

再说宝钗与宝玉完婚后，惟于夜间分床寝宿，日则相伴相依，一无避忌。宝钗每每留心察看，宝玉或于梳妆时也喜调脂弄粉，或于握管时代为研墨拂笺，一种款款勤勤的光景，竟似把当日爱慕黛玉之心，渐渐移到自己身上来了。岂知宝玉向与宝钗缱绻之处，视迎、探姊妹虽略有不同，较之视黛玉的心思，又迥乎各别。所以曾向宝钗褪取香珠，偷觑一弯玉臂，有若生在林妹妹身上，将来可以亲近之想。如今可以亲近了，虽极意绸缪，却仍以从前姊妹相好的情分相待。此是宝玉不肯负黛玉的痴心，宝钗如何猜得透？

讲到凤姐常在宝钗屋里走动，看见他们亲热的光景，便与王夫人商量道："老太太头里因宝兄弟病着，要给他冲喜，趁老爷在家，急办了这件事，把宝妹妹娶了过来。我如今看宝兄弟的病已大好了，镇日一堆儿混着，不给他们圆房，也不成一件事。太太何不回明了老太太，算起来此时还在国孝里头，依旧不用惊动亲友，拣一个好日子给他们圆了房，岂不是好？"王夫人道："我也想过，你今儿提起，我就回老太太去。"当下王夫人去回贾母，贾母笑道："我只算宝玉是已经完姻的了，倒忘了他们还没圆房。这也不费什么，你就赶紧去办罢。"于是王夫人就叫凤姐吩咐林之孝家的，叫外头去择了吉日，不过祭祖家宴，新房铺设一切预备现成，并无可记之事，书不琐叙。

且说宝玉圆房之后，与宝钗伉俪绸缪，而于夫妇敦伦之乐，却甚淡然。宝钗身分持重端庄，断无反去俯就之理。一日，宝玉梦中只记得娶的是黛玉，回房进来连叫"妹妹"。见紫鹃在旁笑指床上，宝玉宽衣就枕，来缠黛玉。黛玉半推半就，任宝玉恣其欢爱，一似梦游太虚幻境与仙女初试云雨滋味。岂知醒来却是宝钗，口中犹唤"妹妹"不已，宝钗也不言语。

次日起来，宝玉正靠桌上看宝钗临写灵飞经字帖，想起昨夜梦中之事，惟恐宝钗盘问，只是默默不语。听得秋纹在院子里说道："兰哥儿来了。"宝钗把帖收起，放在一边。贾兰进来请了安，宝玉命他坐了。贾兰就在炕旁杌子上坐下。宝玉问道：

“你近来的文字，太爷可说你有些长进没有？”兰哥儿答道：“太爷说道，倒还有些思路，叫侄儿上紧用功呢。”宝玉道：“你该听太爷的话，努力用起功来，等到明年秋天，咱们同去下场。”贾兰欠身回答道：“可不用等明年秋天，侄儿正为这件事来回二叔叔。刚才听见琏二叔说，早上在内阁里见过上谕，因当今得了太子，不等明年元旦颁发恩旨，已敕礼部议奏，行文各直省，定于本年八月恩科，也是想不到的一件事。侄儿想二叔身子已强健了，何不带着侄儿去走走。”宝玉道：“没的是谎话？”贾兰道：“不是谎话。”宝玉点点头，恍然如有所得，接口连说两句“我要去呢”。贾兰见宝玉高兴，便越发欢喜，要跟着宝玉下场，又说了几句闲话，告辞出去。

宝玉笑道：“我还急巴巴盼到明年，嫌这日子长远，梦想不到蹦出这件巧宗儿来。正是：喜熬人，一封丹凤诏，速速成全我怡红院公子的心事了。”宝钗道：“头里老爷逼着你念了几个月书，后来因你病了，就没去上学。俗语道的‘生蚕做硬茧’，摆着荒疏了常久，饶是你学富五车，只怕三日不弹，手生荆棘，也该静静的用点功夫才好。”宝玉听说，便向书架子上乱翻。袭人上前问道：“二爷要寻什么东西就言语一声儿，等我们给你找。”宝玉道：“我的读本呢？”袭人听不明白，怔了一怔。宝钗道：“找他上学的书本儿。”袭人道：“真正我的好爷，你从园子里搬到老太太屋子里，越发顾不得了。地方换了两三处，怎么不问一声儿，尽在架子上乱找。”宝玉听了袭人的话，一时想过来了，也没言语。袭人便问：“二爷为什么一时又想念起书来？”宝钗道：“刚才兰哥儿来说起开科的话，要跟着他叔叔同去下场，他听了忽然高兴，急巴巴的临阵磨枪呢。”宝玉道：“可见你们这些人的话，尽由着自己说的。才说三日不弹手生荆棘，我就谨遵台命，要找书本子温习温习，又道临阵磨枪。”宝钗想着这话，果然一时里说到两岔去了，搭讪着叫秋纹、碧痕到怡红院去收拾书籍过来。袭人道：“这些东西，怕他们去经手不来。”说着，便自己同了碧痕往怡红院去。

不多时，两个人把书籍搬了过来。宝玉亲自检点一番，把几种无关举业的书撩开，命袭人搁在架子上了。随手拿了一本精选制艺，是代儒选的近科魁墨，吟哦咀味起来，竟似从前贾政在学政任上有回来的信，一时怕查功课，埋头苦读的光景。

宝钗陪坐一旁，想宝玉向以禄蠹讥人，如今大病才好，并无父命师箴来相督责，因听贾兰一语，忽然功名念切，殊出人意外。细细揣度起来，想从前因与黛玉一片缠绵之意胶滞于中，有所急即有所缓，浓乎此即淡乎彼；一朝割绝私情，便心归于正。

凤姐瞒天过海之计，下的针砭，实于宝玉大有裨益。又因宝玉，推到黛玉身上，想其情未必不甚于宝玉，为黛玉设身处地想来，又将何法融化这一团块磊？便觉心上有许多过不去处。正在出神，见宝玉摇头摆膝，一志凝神，在那里用功。又想此番开科，宝玉果然功名有分，将来玉署瀛洲，也是意中之事，岂不博得堂上欢心，自己夫荣妻贵。想到此处，又喜孜孜得意起来，把替黛玉设想的念头渐渐忘了。话不细表。

且说宝玉苦志用功，非温习经书，即揣摩时艺，把先前焙茗所买这些《飞燕外传》、《武则天》、《杨贵妃外传》都焚化了。一切玩耍之事，净尽丢开，只知黄卷青灯，不问粉香脂艳，竟大改旧时脾气了。宝钗甚为纳罕，便告诉了贾母、王夫人，都道："如今没有他老子来逼他，自己肯这样发愤起来。"暗暗叹美宝钗为人能识大体，果然金玉姻缘，相夫得力。而宝钗因宝玉病后，身子不免虚弱，保养为要，深喜宝玉淡于床笫私情，倒也相安。宝玉先前见了"文章"两个字便要头疼，如今专心于此，不但不以为苦，反觉探讨些滋味出来，毫无厌倦之意，自是日亲日近的功夫。看看场期将近，宝玉、贾兰叔侄二人，援例入场。又因贾政升了外任道员，编入官卷。凡场前应办事宜，贾琏自去妥为料理。

再说紫鹃在栊翠庵住下，心想我不跟姑娘回家，原为姑娘的事，见了宝玉一面，讨个准信儿，好拿主意。谁料他们起歹心的起歹心，变法儿的变法儿要撵我出去，谅来也难与宝玉见面的了。暂且躲在这里，求大奶奶趁早想个法儿，把我送到南边，但凭姑娘拿个什么主意，我死活跟着他过一辈子就是了。紫鹃此时已心灰意懒，住在庵中度日如年，也不敢挪移寸步出庵，恐惹是非。惟听晨钟暮鼓，随着妙玉虔心礼拜观音大士，只求菩萨暗中保佑林姑娘身体康宁，早早主婢见面，日夕焚香祷祝不已。

一日，惜春看见他，笑道："妙师父倒像新收了一个徒弟了。"紫鹃道："妙师父肯发慈悲，我不想回南去跟林姑娘了。"惜春道："你姑娘要做妙师父的徒弟，如今听你也说这话，佛法平等，你和姑娘是师弟师兄了。"妙玉道："这会儿你同林姑娘都是这条心，将来怕由不得你们做主。我果然收了你做徒弟，有人和我要起人来，便怎么样呢？"紫鹃听了，也没理会。妙玉自与惜春到芸房对局，至午后，惜春方回。

紫鹃到了晚上，因时交初秋，余暑未净，独自步出院外，就在梧桐树下一只石凳上坐着。仰见云敛碧天，桐叶枝头露出一钩新月。那边佛殿上钟磬无声，炉内香烟未烬，虽此身尚在大观园中，已另是一番境界。惟听砌畔虫鸣唧唧，万虑俱生，百感交集。一个人对着月儿，想起那年林姑娘来到荣府，先在老太太那边，后来搬到园子里。宝玉和他往来稠密，种种起居言动，凡笔不能写、画不能描之处，犹如记日清帐本一般，都打叠在我肚子里。如今宝玉隔绝，姑娘远离，把他两人的事故从头想起，归根儿有意外之变。可见普天世界的人情都是假的了。紫鹃只是呆呆痴想，恍如梦境迷离，不觉夜深露重，浑身上下衣裳都已湿透。只见一个老佛婆来催他道："紫鹃姑娘，快进来睡罢。夜深了，尽仔在院子里坐着，受了凉是要害病的。"

紫鹃只得起身进房安歇，朦胧睡去，听得有人叫道："紫鹃姊姊，你为什么不去瞧宝二爷和宝姑娘拜堂呢？"紫鹃听了这话，猛吃一惊，连忙起来，赶到一个素日没有走惯的地方，果见琏二奶奶随着老太太、太太都在那里看宝玉做亲。晴雯扶着新人拜堂。紫鹃急得满肚子的怨气无从发泄，一时拼舍着脸，走过去问问宝玉，两脚犹如钉住的一般，只是怔怔的呆看。停了一会，见新人揭去盖头巾，却不是宝姑娘，是他林姑娘，面前也挂着像宝姑娘的一样金锁。心中正在疑惑，听得旁边有人叫道："紫鹃姑娘，你为什么刚在这里瞧热闹，不上去伺候你姑娘？"又听凤姐道："你们别支使他，他也在这里等着妆新呢。"说声未了，只见老婆子们过来，七手八脚把他拉上，还拉了晴雯一同到里间屋子里去。妆扮完毕出来，宝玉和林姑娘同坐着叫他们磕头。紫鹃摸不着头脑，心里又急，脸上又臊，禁不住直声叫了两声"姑娘"，自己惊醒，却是一梦。那时同房睡的老佛婆听见，叫道："紫鹃姑娘醒醒，你做了什么怕梦了？"紫鹃答道："想是我的手在胸前压着，没有梦见什么。"老佛婆又道："我听见你发急的叫'姑娘'，这会儿林姑娘倒隔了好几千里路了，还睡梦里忘不了，怪可怜的。"

当下紫鹃也无心绪和老佛婆接话，只想刚才的梦真是古怪，晴雯是死过的人了，为什么他来伺候姑娘，还和我同拉扯在里头？想起来总不是吉兆，不是应在姑娘身上还有些灾晦，一定是我这条小命该断送的了。思前想后，不多时窗上发亮。又挨了一会，起身梳洗，便在佛殿上焚香叩祷，暗暗通诚梦中之事，但求脱晦除灾，又不便将此事告诉旁人，惟有朝夕系念，独自发愁，书且少表。

那边凤姐因李纨将紫鹃安顿栊翠庵中，恐怕走漏消息，预防贾琏再提此事，先想定了话。一日贾琏果然向凤姐问及，凤姐道："这件事我早要告诉你，又怕你疑心我在里头作梗。其实太太那里我早就碰了钉子来的，因还要替你想个法儿，所以没回报你。那林妹妹回过来，瞒着宝玉的话，你是知道的。上上下下都嘱咐遍，可再没有一个人敢在宝玉跟前说长道短，就只紫鹃这个人，太太说断乎留他不得。也不过怕宝玉见了他，难免翻腾些话出来，保不定又勾起宝玉的旧病。所以我要请教二爷一句话，二爷要紫鹃过来，不过当一个丫头使唤。各处跑动，太太看见了先不依，我也耽不住。据我的意思，很可不必。倘还有别的想头，我倒替二爷盘算出一个主意在这里，不如也像娶尤二姐，在外头弄了屋子，叫紫鹃悄悄去躲着，再别到里头来，也碍不着人家的事。请二爷示下好去办。”贾琏笑道：“罢，罢！我不过说的一句闲话，来不来都没要紧。你不用这样东拉西拽的来辖治我。正经宝兄弟同兰哥儿下场的话，到底定准了没有？”凤姐道：“宝兄弟近来很用功，看来是定的了。大嫂子说兰哥儿年纪还小，比不得宝叔叔，叫他等到明年正科再去。太太说兰哥儿既然高兴，难得他小孩子有志气，就跟他叔叔去走一回。大嫂子也不好拗太太的主意，你别管他们定不定，只管去办你的事就是了。”贾琏道：“部照、监照已经现成，这里问准了，礼部里头还有要关照的话。前儿有江西引见的官儿进来，说起老爷的官声很好，管的那一带地方，有几处遭了虫灾，在那里办赈。我再去细细打听打听。”说着，就往外走了。

凤姐便叫平儿到跟前说道：“你闲着到大奶奶那里走一趟，只当是闲逛去似的，留心紫鹃回来没有。倘然大奶奶提起，你说是我的话，要大奶奶嘱咐他别出来走动。我留心察访，妥便送他到林姑娘那里去。出来走动没要紧，碰出乱子来，我同大奶奶可不能给他担呢。”

平儿答应着往园子里来，静悄悄并不见一个人，便径往稻香村。见李纨正看着素云、碧月在那里收拾一只旧篮子，地上摊着铜罐、风炉、竹筌、油布等物。平儿看了，不知什么用处，便笑问李纨。李纨眼圈儿一红，道：“这篮子是大爷用过遗留下来的，因兰哥儿要去下场，叫他们拾掇出来，看缺的什么，还得去添补上。”平儿笑道：“这些东西值得几个钱，哥儿要下场，替他置备一副新的不好吗？”李纨禁不住滴下几点泪来，一面拭泪道：“你不知，东西不矜贵，因是他老子遗下的手泽。我苦苦的管教他这几年，虽然还巴不到读书成名，今儿有志观光，克承父志，也不枉我抚孤守节一番，就是大爷在九泉之下也瞑目的，我所以不肯撩弃这些旧东西。”平儿会意，便帮着挪这件看那件，道：“兰哥儿果然肯念书，我也听见太太时常在我们奶奶跟前说他好的。真是大奶奶福气呢。”平儿又与李纨讲了一会闲话，笑问：“紫鹃如今不在这里住了，可还来走走没有？我要去瞧瞧他，又怕惊动妙师父。”李纨道：“因是你奶奶叫嘱咐他的，难得他也肯听信。听见说，庵门也没有出，自从前日到那边，连我这里也没有来走过一回。你去告诉奶奶可放心，别惦记这件事。”平儿听说，笑了一笑道：“我还去瞧邢大姑娘呢。”

说着，转身就走，径往紫菱洲来。路上碰见莺儿同了个老婆子，手里提了一个衣包。平儿便问：“往那里去？”莺儿道：“姑娘叫我去瞧邢大姑娘呢。”平儿道：“我也要去，咱们同走。”说着，三个人来到邢岫烟屋里，见他低着脖子在那里扎大红枕顶上的花。岫烟见平儿进去，便把针线连忙放下。平儿和莺儿都上前问好。岫烟让他们坐了，平儿便笑道：“姑娘在这里赶紧置备那些针线活计呢？”岫烟飞红了脸道：“如今夜长了，白日里动动这些，省是打盹儿，黑间睡不着。”说着，又道：“难得你们两个人同来逛逛。”平儿道：“奶奶叫我们瞧瞧姑娘。刚才从大奶奶那里来，路上碰见他同来的。”莺儿接口道：“姑娘因这天气交了秋，早晚就凉了，昨儿找出两件棉衣，叫送来给姑娘的。”说着，便在老婆子手里接过，送与岫烟。岫烟也不打开包袱，便递给篆儿拿去放好，一面说道：“又要你姑娘费心，回去给我道谢。”平儿道：“如今有宝姑娘到了我们家里，诸事周到，我们奶奶便少操了许多心。”岫烟道：“我在这里承你们奶奶多少照应，我总是感激的。”又问莺儿道：“如今宝二爷的身子可越发健朗了？”莺儿道：“如今大好了，这几天倒狠念书。姑娘你不知道，二爷还要去下场呢，所以园子里也没有来。”岫烟道：“这园子里不来也罢，别的地方去逛逛是没要紧的，二爷进了园子，保不定不到潇湘馆去走动。再像先前这样，他自己心里也熬煎，人家看了也不像个样儿。”莺儿道：“姑娘说的很是，我想不如回明老太太，把潇湘馆拆毁了，二爷便进园子来，没看见这屋子也就不想林姑娘了。”平儿道：“你别胡说，老太太听见了要生气，就是你姑娘知道，也不依你呢。”

岫烟因问平儿道：“送林姑娘回南的人可回来了没有？”平儿道：“去的人为田租上的事耽搁住了。前儿有个禀帖，专差脚子来的，说路上平安的话，已回过老太太的了。”又道：“这几时史大姑娘和二姑娘都没来。如今园子里冷静，他们来了，自然还住在这里。姑娘也有个伴儿，再热闹几天也好。”邢岫烟道：“我听史大姑娘的口气，总等这里打发人去叫他，他婶娘才肯放呢。”平儿道：“可不是，我们奶奶说赶中秋前老太太要打发人去接呢。”平儿们又和岫烟们说笑了一会，各自走了。

未知后事如何，且看下回分解。

【第八回】 棘院寻郎惊心冤孽　画堂演剧指证仙圆

话说平儿同莺儿两个人从紫菱洲出来，各自回去，回明了话。连日事无可记，书不细表。

时光如驶，到了八月初头，点定主考房官。初六日，监临各官送主试等官入闱。府尹衙署前起，至贡院这几条街，各胡同口儿上都是老幼妇女看的人，非常喧闹。荣国府里自有一番调度。李贵本来专管宝玉出门的，又添派了几名老诚家人，同着焙茗、锄药、双瑞、寿儿四名小厮伺候宝玉。贾兰另有伺候的人。先在附近贡院左右找下一所精洁房屋，派定厨子、火夫、买办人等，扛抬一切动用碗盏器具、铺垫食物，在寓所妥为安顿。

这一天，宝玉出门，到贾母、王夫人各处一走。虽然就在京里，并没离远，贾母等因宝玉从来没有出门过的，竟像宝玉此时要远走几千里路的，一年半载才回来的光景，十分惦记。王夫人叫周瑞家的上去传谕跟宝玉、兰哥儿的人，都要小心。宝玉同了贾兰走出荣禧堂，早有马夫带着马匹伺候。宝玉、贾兰上了马，众家人簇拥着到寓所去了。这里袭人等早已把宝玉睡的被褥，并要替换的衣服、鞋袜等物收拾停当，叫老婆子送到垂花门外，指名交给焙茗。

自宝玉出门后，宝钗为人大方，明知数日之别，心上安然毫无牵挂，惟暗祝宝玉三场得意，早听捷音。那服侍宝玉这几个大丫头，倒觉眼前似掉了一件活宝。屈指计算，有好几天不得见面。独有袭人，更加关切，巴不得上头吩咐出来，叫他们跟着去伺候才好。

讲到宝玉进场，这一天五鼓起来吃了早饭，便同贾兰带了众家人、小厮来到贡院前，见进场的人已人山人海。不多时，升炮开门，唱名听点。宝玉与贾兰两个，那里挨挤得上，跟去的人在稠人之中用力挤开，前后护住才得上去。听着点到自己，便应声挤上，进了头门。李贵等因与衙门里多有熟识的人，瞒上不瞒下，混了几个人进去，到仪门前照应。看宝玉、贾兰点过名走进仪门，自己提了篮子鱼贯而入，从甬道上走龙门到至公堂，领了卷。宝玉与贾兰虽一样领的官卷，各自坐开，不在一座号子内。

宝玉归号后，还陆续有人进来。宝玉命号军挂了门帘，懒怠和同号的酬应。那号房又低又窄，自出母胎，何曾见过这样房屋！虽有号军伺应，那里如得在家中袭人这一班人周到。宝玉此时已心有所悟，也不计较到这上头。等到下午时，听得外边放炮封门，胡乱用了些茶饭，天晚安寝。睡到半夜，听得人声鼎沸，宝玉惊醒起身，出号观看。只见火光烛天，都说西文场走了水了。外面巡场各官一齐赶出扑救，忽然火光消灭，各号静悄悄在那里睡觉，并未失火。知是魁星耀斗，应有文曲星在场。各官都自散了。

接着就有题目纸分来，号军接过，送与宝玉观看。首题是“人而无信不知其可也。大车无輗，小车无軏，其何以行之哉”，二题是“人之其所亲爱而辟焉”，三题是“内无怨女，外无旷夫”。宝玉看了这三道题目，很不自在，闷闷的坐了一会，免不得想要落笔，毫无思路，连破承也没有一句，不觉精神困倦，就伏在号板上合眼睡去。只听有人唤道：“宝玉还不快做文字。”睁眼一道金光，显出他失去的通灵宝玉在号板上定定悬着，便觉文思泉涌，汩汩而来。也不留心去看那块玉，趁着亮光展开卷子，拈笔直书，竟如夙构一般，顷刻间三篇落稿。抬起头来，见天色大明，那块玉已不见了。重又研墨，照稿誊清，从头至尾念了一遍，颇觉得意。诗题是“此日中流自在行”，宝玉素长于此，越发机神流利，一挥而就。正打点上去交卷，因号门未开，且在自己号中坐等片时。

忽听得同号里头喧嚷起来，说："这一个人吊死得奇，怎么好好的坐着，把绳子套在脖子里就会死了？"宝玉不信有这件事，便出号踱将过去，已有许多人拿了他这本卷子在那里瞧。宝玉挤不进去，只得站立在人圈外面，听一个人笑道："你们看，刚写上题目没做一句文字，倒有闲情逸致填起词曲来了。"说着，一头念道：

> 泪烛催何急，冰蚕冻欲僵，回廊步粲空留响。可记得，小犬吠，花阴觑纱窗月上。奴也曾，汉皋贻玉佩，洛浦解明珰。谁料你，鸳鸯双锁春风稳，忘却了，蝴蝶三更夜梦长。都因是，结下的前生孽帐。到如今，只落得珠沉玉碎增惆怅。休思想，高攀蟾窟桂枝香。
>
> 调寄《世难容》

宝玉听那一个人念毕，旁边的人都哄然道："这是干了负心事，冤魂到场里来索命，附在身上写的。"当下纷纷议论，早有号军回明了号官，禀了监临。就有许多人进号来，把这个人抱放在地上，摸他胸前犹温，赶紧提发的提发，擦胸的擦胸，又拿官桂散用笔管吹入两耳，再灌姜汤。那人命不该绝，渐渐苏醒。正值开门放牌，便命号军背至号门外，交给打扫夫背出。有人认明，抬回场内，查明坐号贴示。

再讲宝玉听见此事，心跳不止，连忙上去缴了卷子，走出头门。李贵领了焙茗、锄药等四个小子早在门外伺候。见宝玉出来了，便引上了车，先回寓所。因贾兰尚未出场，留几个家人小厮等候。焙茗等先送宝玉回寓，早煎好参汤端与宝玉喝了。

宝玉无精打采的躺在炕上，焙茗上来问话，宝玉只是嫌烦，打发他走开。只想场中之事，一定他也和什么人有了私情，后来另缔婚姻，害那女子不知怎么样死了。怨不得他来索命，那女子有这样词笔，也是隽慧不凡的，死了岂不可惜！这不是我和林妹妹一样的故事吗？虽然我与林妹妹毫无苟且之事，但他词句内也不过花前月下，情去情来，没有写玷污那女子的实迹。这负盟之处，已经过不去了。我再进二三场，倘林妹妹也像这样找我来了，出那么的丑，岂不是求荣反辱？宝玉一个人躺着盘算，直等到黄昏后，贾兰也回来了。宝玉勉强起身问了几句场里头的话，说："你也赶得快，今儿就出来了。"贾兰答道："侄儿不过敷衍完篇而已，就挨到明儿晚上出来，也是这个样儿。"宝玉笑道："很难为你了。"一时便叫端饭，小厮们连忙应着，端上饭来。宝玉点景用了些，各自安歇。

次日起身，宝玉对贾兰道："明儿你一个人进去，我可进了这头场就算了。"贾兰听说，只道宝玉做的文章不得意，所以不高兴，便道："咱们没有犯规贴出，好歹进了三场就算完了一件事，中不中随他。二叔叔既然不高兴，侄儿也要回去了。"宝玉道："你不知，各人有各人的心事，又何必看我样儿呢？"贾兰再三劝宝玉完场，宝玉想到：此番原非专为功名而来，半途而废回去，一来对不住家里，二来此愿何时得了？况且我正想见林妹妹，如今林妹妹果然寻到场里来，见了他正好诉诉我的委曲，还怕死吗？于是转想过来，依旧打点进场。

只见焙茗进来回道："琏二奶奶打发兴儿送来两支库参，还有些吃食东西。"宝玉点头道："你去收拾了，叫兴儿回去道谢。"焙茗出去自与兴儿叙话，一面收拾东西。见院子里走出一个邻居家女人来，年纪不过十八九岁，生得身材袅娜，一张瓜子脸儿有几分姿色。那女子溜了兴儿一眼，带笑不笑的自出去了。焙茗便向兴儿道："这个女人你认识他吗？"兴儿笑了一笑，也不答言，坐了一会走了。寿儿对焙茗道："刚才出去这个女人你不认得他吗？他就是多浑虫女人的妹子。娘家住在杨梅竹斜街，早与兴儿有一手的。前年嫁给一个姓钱的，在工部里当贴写。兴儿还去走动呢，兴儿求了他二爷，工程上还给他拉拢好些事情。住在这里左边拐弯儿上不远。兴儿出去，这会儿只怕还在他家里。你只当去找兴儿，叫他给你拉根桑条。可好不好？"焙茗道："好话，李大爷查察得紧，饶是安分守法在这里还叫我们少喝酒、耍钱。别去闹乱儿，安安静静过了这几天，回到府里去，等下班的日子有钱，那一个门子里去花不了。"寿儿道："我不过这样瞎说罢哩，当真叫你去闯乱儿吗！"

话未说完，见双瑞进来，焙茗问道："那里去了这半天，别骗了我们到好地方去逛来。"双瑞道："那里的话，我替二爷测一字，拈着个'仙'字。他说人立山旁，定然高捷，今科是恭喜的。咱们兴兴头头要喝二爷的喜酒，还要讨赏。"焙茗接口道："二爷中了，"说着把大拇指一伸，指着自己道，"第一个是我的功劳。"寿儿问道："怎么说是你的功劳？"焙茗道："伺候二爷上家塾念书才得中举，不是我的功劳吗？"锄药道："先在家学里，原亏你听了蔷哥儿的调拨，闹起事来。不是李大爷在那里张罗得快，二爷也等不到这会儿才挂名金榜。那两块砚儿飞过来，倒早已头角峥嵘了。"众人听了都笑起来。

不说焙茗一众人要笑，讲到宝玉进了二三场，并无可记之事。到了十五日傍晚，宝玉与贾兰都出了场。是夜不在寓所耽搁，当时赶回这里。

贾母因宝钗来做媳妇过第一个中秋，想热闹一天，打发人去接湘云、迎春。湘云推辞，这里又叫人去接才来了。贾母因园子里冷静，不高兴到园子里去，就在自己院子里月台上摆了两席酒，坐的是史湘云、邢岫烟、迎春、探春、惜春、王夫人、李纨、凤姐、宝钗这几个人，陪着贾母赏月。薛姨妈因家里有事没去请他，邢夫人因感冒着也没过来。大家陪贾母喝了几杯酒。贾母想起，年年过中秋有黛玉，今年回南去了，宝玉又不在跟前，虽有凤姐等轮流把盏，说长道短与贾母取乐，终觉没兴。坐了一会，先去睡了。王夫人见贾母走后，也起身回到自己屋里歇着。惟有湘云还高兴，与众姊妹猜枚行令。

正在热闹，见宝玉同兰哥儿回来，先到贾母屋里去请了安。贾母甚是欢喜，问了几句话，叫出去同他们喝酒热闹。宝玉趁空儿关照了湘云几句话。宝玉见了凤姐，便拉着兰哥儿一同过去道谢。凤姐道："我早就收拾出来，等你们出门的时候倒浑忘了，前儿叫兴儿送去的。"说着，众人让坐。宝玉因从小和姑娘们成群做伴惯的，不比别一个，做亲后仍无避忌，便同贾兰入席，随便坐下。丫头们添送杯箸，团圆聚坐。贾兰不耐久坐，先拉了他母亲回园子里去了。

这里，探春道："你们看，耿耿银河，碧天如水，今年的月色何如？"湘云道："月色虽佳，到底不如去年在凸碧山庄的畅饮。"探春道："早知道二哥哥今夜就出场赶回来的，我们鼓舞老太太起来，依旧摆到园子里去才乐呢。"湘云想到上年和黛玉在卷篷底下韵事，不禁脱口而出道："同来玩月人何在，风景依稀似去年。"探春钉了他一眼。那知宝玉听了，已止不住一阵心酸，霎时掉下泪来。又怕被人看见，只得低下头去，用衣襟拭了泪痕。湘云瞧着，把邢岫烟的嘱咐，一时口头留不住的话，好比骨鲠在喉，欲茹不得，欲吐为难。勉强周旋世故，在丫头们手里接过酒壶向宝玉斟了一杯酒，道："请干了这杯状元红，专等重阳佳节，耳听捷音。"宝玉只得起身，接过酒去饮了。探春笑道："二哥哥喝了史大妹妹的，我们一递一杯都要干的呢。"

正在说笑，只见鸳鸯走来道："老太太说宝玉这几天也乏了，别多喝酒，早些去安歇，养养神，明儿月亮也是好的，还要乐呢。姑娘、奶奶们高兴，再多坐一会儿。"宝玉因心头有事，本是勉强应酬，听见贾母吩咐，便道："少陪你们。"起身走了。凤姐便拉鸳鸯坐下，灌了他几杯酒，大家点景用了些饭，各自散去。

再说，宝玉的行李物件先已交代进去。袭人一一检点明白，伺候宝玉安歇。次日饭后，宝玉将头场的三篇文字端楷誊好，来到代儒处，送与评阅。代儒便问："你自己做的，还是遇着了对题，你肚子里记得，就在场里写的？"宝玉道："实是自己做的，并非抄袭旧文。"代儒点头道："这几篇文章，局警词炼，气足神完，原像是一手出的。照你平日的本领，还没到此地步。不料你一病之后，学问倒长进了。"说着，又捻须笑道："很有想头。"宝玉便问："兰哥儿的，太爷见过了没有？"代儒道："早上见过，比你的自然差得远了，也算亏他的。"当下，宝玉告辞回来。

贾母还要备席宴月，问宝玉在那一个地方好？宝玉因潇湘馆在园，已视大观园为恨地，要依旧摆在贾母院子里。凤姐、宝钗两个人深恐宝玉进了园，生出一番枝节。今听了宝玉的话，彼此放心。是晚，又聚饮至三更而散。连日无话。

宝玉惟盼望揭晓之日，榜上有名。等至初九，是辰日，都知宝玉场中得意，初八日夜里，从头门上起，至垂花门止，上班的家人小厮，至老婆子们都像除夕守岁一般，要钱的要钱，喝酒的喝酒，不敢睡觉。等至五更以后，果有报录人等拥进府来。一棒锣声，直到荣禧堂上，高贴报条，宝玉中了第五名举人。各处早已点得灯烛辉煌。老婆子们往里头报喜。惟贾母处不去惊动，其余王夫人各处都已知道。贾琏起来，命林之孝等端正开发赏封，一面吩咐厨房备办酒席，犒赏报子。接着，有平日来往公卿世家，并贾政的同寅交好，以及亲族人等，都来道喜。自有贾珍过来，与贾琏分头酬应。

那日领了鹿鸣宴回来，洞开贾氏祠堂门，摆宴祭祖。宝玉穿了公服，至祠堂家庙行礼。顺便到宁府一走，又去见了贾赦夫妇。然后回来，到贾母、王夫人处，都磕了头，再与贾琏、凤姐并李纨就在王夫人屋里见了。贾环、贾兰也来与宝玉叩喜，宝玉安慰了贾兰几句话，便叫了名班，连日唱戏、宴客已毕。

这一天家宴，止有宁荣两府内眷，除薛姨妈、史湘云二人，其余并无外客。戏台搬到荣禧堂后面，内眷们往来便易，翻轩下一溜挂了堂帘。因连日宴客酬应劳乏，这一天改了早席，免得熬夜。摆了四席，以次而坐。薛姨妈与贾母互相推让，点定了戏，开场演唱。

贾母与王夫人心中甚乐，连薛姨妈亦因宝玉青年高捷，暗喜宝钗金玉姻缘，相当相对，便举杯向贾母："今儿是宝哥儿的喜酒，老太太该多喝一杯。老太太那么样疼他，难得宝哥儿巴结的早早中了举。老太太见了也喜欢喜欢。可见先前并不是真不肯念书，因他老爷期望之心太重，总嫌他不肯用功，可也是委曲他的。”贾母听了，越发欢喜道：“姨太太说的话，就同我一样心肠。宝玉真不肯念书，这个举人那里来的呢？他小时候虽是有些淘气，瞧他并不是没出息的，不必管得他太严，倒把这一个人拘束坏了。如果生成的下流种子，就打死了他，那一辈子也变不过来的。”凤姐趁着笑道：“老祖宗的酒自然该喝，姨妈也该多喝一杯呢。宝兄弟害了这场病，不是姨妈疼他，允了这句话，宝妹妹好意思自己跑过来给宝兄弟冲喜？把病冲好了，才得下场中举呢。”宝钗听了，嗔着凤姐多说话，便道：“那有像你这张嘴混吣的。”贾母一面道：“凤哥儿说的不错，你快去敬姨太太一杯。”探春笑对宝钗道：“宝姊姊，你怪凤姊姊说的话，老太太还夸他呢。”

探春话未完，湘云接口道：“正是，我们尽仔瞧戏玩儿，忘了敬二哥哥一杯喜酒。”说着，便提了壶来敬宝玉。于是姊妹们并李纨、凤姐挨次都与宝玉贺喜。末后，轮到宝钗，只是不动。众人越发要和他取笑，催逼着与宝玉敬酒。宝钗便带笑不笑的扯回头去，说道：“我是从来不会给人家斟酒的。”湘云道：“前年二哥哥生日那一天夜里头，我们庆寿玩儿，宝姊姊你不记得行令掣签，你掣的签上写着什么‘艳冠群芳’。那夜里，没有给二哥哥安席送酒吗？”宝钗摇头道：“我不记得。”李纨笑道：“史大妹妹，你们再不用熬宝妹妹玩儿了，我有一个调停之法。”说着，便叫莺儿过来道：“你替姑娘斟了一杯酒，敬姑爷就算数了。”于是莺儿便斟上酒，送与宝玉喝了。一面李纨又说道：“今儿提起这件事，我还记得宝妹妹掣诗句写着：‘任是无情也动人’，要在席众人各贺一杯，还要唱一支儿新曲贺他。不是叫芳官唱的《翠凤毛翎》吗？如今想起来，那掣的签子竟有些意思。你们贺了宝兄弟，也该贺宝妹妹一杯。”宝钗发急道：“席面上有了云儿一个人已搁不住，连大嫂子也闹起人家来了。”正说着，宝玉因受了众人的贺酒，自然要还敬众人，先与薛姨妈、贾母、王夫人敬了一杯，然后以次而及。那西首席上坐的，有蓉哥儿媳妇，不敢当宝玉送酒，其余都接杯饮干。

宝玉在席上酬应了一会，因唱的都是繁华热闹戏文，不耐烦看。他便出席掀帘出来。走下台阶，遇着戏班里因点的戏将已唱完，拿了戏目又上来找值席的请上去点戏。宝玉接过戏目翻开一看，便点了两出，吩咐：“不用再点，就去唱这两出罢。”

宝玉点了戏转出游廊，信着脚步儿，要往冷静地场去散动散动。从东院耳房门前经过，这个地方，是派着几个老婆子在那里经管烫酒的。宝玉听得里边笑说道：

“这是我们打平伙备了两样菜，不是沾光厨房里的，还没动箸子呢。你老人家赏脸请喝一杯。”又听一个人道：“今儿唱的好热闹戏文，你老人家也没去瞧瞧？”那一个人答道：“瞧戏呢，也没这个分儿，就有一件说给你们评评理。”那一个老婆子道：“又有谁来得罪了你老人家吗？”那一个人道：“并不是有谁来得罪我。我告诉你们听，宝哥儿原是太太养的，环儿也不能不算是老爷的儿子。那孩子虽然没志气，巴结不上，一般念了几年书，难道比兰小子还赶不上？就不值得给他也捐一个监，带挈去进场，叫他也装个人儿？中不中有命。我一开口，人家就压派我护短。这也是我护短吗？你们替我想想，叫同那一个说理去？”话未完，宝玉听是赵姨娘，便笑了一笑走过了。又慢慢的转了几处，才走到王夫人屋后西廊下，将过凤姐这边来，见麝月、秋纹两个赶来道：“白要我们到园子里去跑一趟，原来在这里。快回去罢，老太太问呢。”宝玉道：“我是一辈子不到园子里去的了，你们自要去瞎跑。”说着，便同麝月、秋纹过来。

这里早开唱宝玉点的《五郎出家》，那唱杨令公的老外、唱五郎的大净，都是有名脚色，又唱得认真，看得贾母、王夫人等都伤心流泪起来。贾母查问谁点的戏，林之孝家的在旁回明是宝玉点的，贾母也无言语。那时，宝钗知道宝玉还点一出《仙圆》，便回了贾母说：“《仙圆》不如《笏圆》好。”贾母听了宝钗的话，叫改唱《笏圆》。接着宝玉到了，《五台》尚未唱完。连忙上去又与贾母、王夫人敬了酒，答转身来斟了一杯，恭恭敬敬走到宝钗面前，作了两个揖，送过酒来。宝钗不曾提防，看见宝玉这个样儿，涨得满脸通红，当着众人，又不好说他什么，闹得各席上哄然大笑起来。亏莺儿在旁灵变，忍着笑，过来接了宝玉手里的酒杯，递到宝钗面前。宝玉叫声：“宝姊姊，我只敬你这杯酒，算谢过你了。”此时连贾母也禁不住发笑，又恐宝钗脸上下不来，叫声：“亲家太太，你看他们，别笑宝玉失了体统，这一杯酒两个揖，很该谢他宝姊姊的。宝丫头到我们家来，做了这几个月的媳妇，爽爽快快出来坐席、听戏，还是第一回呢。一进门来，宝玉就害了病，累得他镇日间闷在屋子里头。后来病好了，念书也是宝丫头陪伴着。还是宝玉想得周全，我瞧着他像做戏的。这样做，我看了比瞧戏还乐呢。”薛姨妈也笑道：“那总是老太太疼爱孩子们的缘故。”

说着，见戏文开了《笏圆》，宝玉问道：“我点的《仙圆》为什么不唱？”宝钗接口道：“老太太看了《五台》，心里怪不受用，因是这一出团圆戏要取个吉利，我回了老太太叫改唱《笏圆》的，难道这戏文还不好吗？”正说着，只听得戏台上笙箫细奏，冠佩趋跄，来与汾阳王庆寿的公侯、卿相，叫儿孙们分班陪宴，果然显赫非常。薛姨妈便比着贾母道：“老太太到一百岁做起生日来，富贵满堂，曾玄绕膝，也就有这样势派呢。”贾母道：“那是亲家太太过奖了。我也不想活到一百岁，他们也没有这样福分。”贾母虽然谦逊，心里也觉欢喜，便叫：“凤哥儿，再给你姨妈斟酒，我们吃了饭，下半天再听罢。”薛姨妈站起身来。互相推让道：“酒已深了。”凤姐过去，便点景儿斟了些。

这里，宝玉不等戏文唱完，对宝钗笑道：“我想姐姐到底看不透，终算你不识戏文，不记得你先前和我讲过《鲁智深打山门》这一出是好戏？末了儿，一支《寄生草》唱的：‘没缘法，转眼分离乍。赤条条，来去无牵挂。那里讨，烟蓑雨笠卷单行？一任俺，芒鞋破钵随缘化！’我如今还牢牢记着。宝姊姊，你为什么改了脾气了，《仙圆》不要看，要看《笏圆》？你可知《仙圆》里头唱的：‘你是个痴人，我是个痴人，那卢生悟得，五十年状元宰相，美妾姣妻，只在邯郸枕上，黄粱饭熟时的风流富贵？’这《仙圆》才是正经团圆戏文呢。”宝钗只是不理他。不多时，戏文煞了台，正在欢天喜地之时，想不到闹出一件举家惊惶的事来。

毕竟闹的何事，下回自有分解。

【第九回】践戏言新贵入荒山　试凡心夙缘还宝玉

话说戏文煞台后，贾母趁一天高兴，到那上房里躺了一会，又邀薛姨妈出来听戏。王夫人等都来陪着，重又点戏开场，晚上并无席面，只吩咐些端整精洁食品，都放在一张茶几上，摆列各人面前，随其自便。

宝玉先于午间散戏后，忽然不见了。宝钗心上动疑，便叫莺儿到贾母、王夫人并凤姐处去看了没见，又叫老婆子、小丫头各处去找。找的人没有回来，见小红来请说："老太太、姨太太、姑娘们都在那里听戏了，请奶奶快出去。"袭人听见，便道："请奶奶且陪着老太太们瞧戏，我到园子里去找。"宝钗道："你不听见小红说，姑娘们都在前头，只有邢大姑娘没出来，也未必在他那里。别处地方不用去找，除非到潇湘馆去了。你去瞧瞧。倘在那里，就拉了他回来。"说着，同了小红自去瞧戏。

这里袭人赶进园子里，径往潇湘馆来。推进门去，先到里间屋子里瞧了，又向各处一看，不见有人。那袭人自从宝玉病后搬出园去，轻易没有到此走动，就是那一天跟宝玉祭奠来了一次，慌慌张张的走了。今日进来，满目凄凉，也觉另有一种光景。刚要出去，见一个看屋子的老婆子回来，袭人便问道："你瞧见宝二爷到这里来吗？"那老婆子答道："就是林姑娘回家这一天，宝二爷到这里哭了一回走了，再没见来呢。我们就见宝二爷，总遵上头吩咐，不敢胡说。姑娘请放心。"袭人听了笑道："谁又和你们翻这些陈年烂话。"一扭头便出了潇湘馆，心里还放不下，便往紫菱洲去一问，岫烟回报没有来，又往稻香村各处问一遍。

才出园来，见了刚才打发去找宝玉这几个老婆子、小丫头们，问他们都说没有瞧见呢。袭人且不去回宝钗，自己赶到垂花门口，叫人去问焙茗："二爷到那里去了？"焙茗正同扫红、寿儿这几个人在那里喝酒搳拳，听了连忙放下酒杯，来到垂花门见了袭人，发怔道："二爷出门，我们总轮替着跟出去的。今儿二爷在里头瞧戏，跟二爷出门的人都在屋里，也没听见二爷要到那里去，多早晚出门，我们实在不知道。"袭人道："别装糊涂哩，快去门上问罢，我在这里等着呢。"焙茗往外就跑，不多时回来道："都没瞧见二爷出去，这会儿叫人各处去找呢。"袭人便啐了一口骂道："都是一班子死人！"说着，转身进内，悄悄的回了宝钗。宝钗也不敢做声，因贾母先已问过："宝玉为什么不出来看戏？"宝钗回道："想是多喝了两杯酒，在屋里歇着呢。"贾母道："这几天也怪乏了，由他歇着罢，别去叫。"当下在座有几个人知道的，也不理会。等戏文散了，各自回去。

宝钗对袭人叹了口气道："这件事，太太那里可不能不先回一声。"袭人见宝钗脸色悲中带急，便宽慰道："奶奶也不用着急，我想起来，不过到那没要紧的地方去走了走，牵扯住了，估量也就回来的。"宝钗一面摇头，又问袭人道："今儿二爷可和你说过什么话没有？"袭人道："二爷这几时，早就和我们不多说话的了。"宝钗道："你瞧不出二爷中举之后，一时欢喜一时烦恼，行动改常？今儿点的戏、讲的话，大有些古怪。我一时不留神，这会儿才查察起来，已经迟了，保不定他去干出些稀奇新样的事来。我告诉太太去。"说着，一面拭泪，忙起身出来，袭人也跟到了王夫人屋里。

宝钗把这件事和王夫人说了，王夫人也不在意。因见宝钗神色慌张，声势急切，便吩咐叫人赶快找去。接着，凤姐、李纨并赖大、林之孝家的这几个管事媳妇都知道了，陆续来到王夫人屋里听候呼唤。王夫人道："宝玉往常出门总有人跟着，今儿到底多早晚出去的，难道门上这班人竟没有一个人见的？你们快查去。"赖大家的先应了一声“是”，凤姐接口道：“太太吩咐去查，如果有人瞧见宝兄弟出去，这会儿还有人敢出来承认吗？且先去问他，把今儿大门上该班的是那几个，问跟宝玉出门的这班小厮是谁，通班打伙儿发出去，打了四十再问他呢。”赖家、林家的听了凤姐的话，一面瞧王夫人眼色。王夫人停了半晌道：“且叫他们上紧找寻去，如果找不见，我定要处治他们的。难得老太太欢喜了一天，这会儿去告诉了这句话，老太太定要着急。”凤姐道：“太太且别和老太太说去，等一回宝兄弟回来了，明儿只当没有这件事。这会儿老太太没有叫宝玉，可以瞒了过去，没的要吓着他老人家。”王夫人点头，一面叫彩云去打听老太太睡了没有。彩云回来说：“老太太已经安歇了。”王夫人略放宽心，同凤姐、宝钗坐着等宝玉的信息。宝钗道：“古怪在跟他出门的人不短一个，怕未必就回来呢。”说着，一替一替的人回来，都说世交亲族人家，连宝玉的同年寓所各处找遍，并无踪影。直闹至五更，才各人散去歇了一歇。宝钗与袭人一夜没有合眼。

到了天明，仍不见宝玉回家。王夫人料不能再瞒，只得回明了贾母。贾母听了，惊得脸上失色，十分着急，忙叫人四下找寻；埋怨王夫人不早去告诉；又骂袭人这班人并不留心。闹得荣国府中，如倒海翻江，连日不得安静。各处去求签问卜，有说找得着的，有说一时难找，也有说不用找得自然回来的，纷纷议论不一。邢夫人、尤氏等都来问信，薛姨妈就是家宴唱戏这一天，戏散后回了家，因染时症卧炕不能起身，一天几趟打发人来探听。宝钗过去请安，又细细盘问缘由。宝钗只得委婉相告。薛姨妈自是记挂，打发薛蝌在外边留心察访宝玉下落。

且说那一天戏文煞台后，宝玉趁热闹之际没人瞧见，溜出府门，也不辨东西南北，见路便走，心中似迷似醒，像不由自主一般。走了半日也不觉困乏，一时站住脚跟，定睛四望，但见四野旷阔，绝少人烟。却喜水秀山清，一洗城市嚣尘之气象，竟是生平从未阅历之所，反觉耳目一新。

渐见金乌西坠，正愁无处栖身，忽听清磬一声，在树林中随风飘送出来。宝玉便望着林子里寻声觅径而入，盘旋曲折约行半里许，见一座茅庵，庵门半掩。宝玉走进里边，有一老僧夜课甫毕，炉内香篆未消。那僧相貌清癯，杖履古朴。宝玉趋步向前，称：“上人，稽首了。”老僧连忙回礼，也不问宝玉来踪，说：“贵人想是来投宿的？小庵方便。”招宝玉就在一张竹榻上坐下。宝玉启口问道：“上人高寿，在此静修有几多年了？”老僧答道：“山中无历日，寒尽不知年。贫僧只记进步的功程，不算修行的岁月。花落花开，不知阅几多春秋矣。”宝玉又问：“此去大荒山青埂峰从那一条路走，有多少程途？”老僧笑道：“只一往向前，不要止步，便是大荒山，并无第二条路径。说近便近，说远便远。”

宝玉听老僧应答，大有禅机，不敢再问。凝神坐了片时，见竹榻上放有新制僧衣僧履，瞧着自己身上，全不像个出家人行径，想就在此披剃了，再到大荒山去见师父，也显得我心意至诚。便向老僧稽首道：“弟子立志出家，因起身忙促，未曾改换缁衣。今见有现成衣履在此，乞师父就与弟子披剃了，把身上的衣服留下作抵，未知师父肯赐提挈否？”老僧道：“这副衣履是一位护法布施在此，有佛门的云游到来，那一个有缘，尽管穿去。贵人穿来的衣服，贫僧留此无用。”宝玉听了，自愧失言，忙站起身来求老僧剃度。老僧笑：“贵人出家的缘故，不过要尽一点心罢了，何必定要剃发？”宝玉求之再三，老僧应允，就寻了一把刀子替宝玉落了发。宝玉忙把自己衣服、靴帽脱弃，穿了僧衣、僧履，向佛前拈香参拜，又拜谢老僧。想起出门时候，并没和一个人说明，老太太和太太，不知怎样在家里盼望，不如把头发、衣服寄回，叫他们一看，心里就明白了，也免得着人四处寻访。主意已定，便向老僧告知。老僧答道：“这里常有担柴的樵子进城，这事极便，但请放心。”老僧又去取了两枚鲜桃递给宝玉道：“贫僧不食烟火食已久，不便留斋，奉敬冰桃二枚，聊以充饥。”宝玉捧而啖之，感谢不已。当下在庵中住宿一宵。

次早辞别老僧，拿住不要止步的念头，迷迷糊糊的望前行走，犹如梦里一般，无明无夜奔往前途。见山中繁花缀树，绿树成阴，心想时交冬令，何得见此花柳鲜妍？定然地接仙源，已非尘凡世界，离大荒山不远了。正走间，忽见前面岔出两条去路，踌躇不得主意。听得山坳里有人歌曰：

芒鞋踏处白云浮，柯烂归来月一钩。
隔断红尘千万里，满山黄叶一肩秋。

宝玉听罢，移时见一老者，肩挑一担柴枝从山坳里出来。宝玉上前问道：“往大荒山去不知从那一条路走？现有岐途，望老丈指迷。”那老者答道：“心头无歧念，便足下无歧途，何须指迷？你怕走错了路，老汉便是要回大荒山去的，跟着我来就是。”宝玉满心欢喜，随了樵子行去，先后不过数步，心想赶着那老者，还有话问，总赶不上。只见那老者回过头来，指与宝玉道："从松林里翻上坡去，便到大荒山了。"宝玉向山上一望，霎眼不见樵夫。原来宝玉所遇老僧、樵子，俱是僧、道变化，指引他到此。

宝玉盘上山来，见山上寺门外站立一僧、一道，上前细认，便是从前见过的癞头和尚同跛足道人。当下倒地便拜，那癞僧开口道："你怎么便能寻到这里？"宝玉道："山下樵子指迷，引弟子到此拜见二位师尊。"跛足道人道："此非国清寺，安有寒山、拾得耶？"癞僧便道："你的来意，我们已知。但你尘缘未满，此时还不逢皈依的时候，还了你的东西，且回去罢。"宝玉道："弟子虔诚削发披缁，今日有缘寻见二位师父，岂肯退步！还祈收纳。"僧、道佯为不理，竟返身回进寺门，宝玉便跟了进来。癞僧道："你身虽入了我门，心上总未干净，如何容得下你？"宝玉道："弟子心中，已是八垢皆空，九根无染，十二时中，一丝不染的了。师父怎责弟子心头尚未干净？"癞僧道："魔头正盛，敢在禅门打诳语！"跛足道人道："弗与多言，试之可耳。"

当下僧、道便把宝玉留下，令其执爨洗器，扫地烹茶，在府中小厮如焙茗辈所不为之事，宝玉甘心供役。甚至责以汲水拾薪，挫磨筋骨，亦任劳尽瘁不辞。日则淡饭黄齑，夜则绳床破衲，宝玉处之泰然，如在安乐乡一般。僧、道怜其意诚，便令宝玉打坐参禅。

一夜，在蒲团上摄气凝神，意不旁骛，用起功来。才合眼，见有一只斑烂猛虎，张牙舞爪扑入殿来。宝玉明知是魔，毫无惊悸。虎去了，又见巨蟒一条，身长二十余丈，眼若铜铃，目光如电，张开血盆大口，向蒲团蜿蜒而入。宝玉亦如不见，镇静如前。又见大观园中一班姊妹，湘云、宝琴、李纹、李绮等，红摇翠动，牵裾连袂而来，围绕着宝玉。也有邀他去入诗社的，也有拉他去放风筝的，也有叫他去钓鱼看花玩儿的，宝玉一概不理。湘云等去后，又见宝钗泪痕满面，把他拉住哭诉道："你不念往日姊妹情分也罢，自从我嫁到你家，不到半载，一味冷淡着我，全无伉俪之情，忍心抛撇了到此出家？便是佛门也许慈悲为本，莲台座下，容得你这样狠心人吗？"宝玉心头思想道："你自错认了金玉烟缘，也怨不得我。"仍漠然不动。

停了一回，忽听得耳畔有人叫道："宝玉，宝玉，你被人家哄瞒了。我病好后，已经回到家里，没有死呢。你当真就做了和尚了。"宝玉睁眼一看，见是黛玉，禁不住叫出一声"林妹妹"。两手往前一拉，扑了个空，登时从蒲团上跌下来。只听得僧、道呵呵笑道："好一个八垢皆空，一丝不挂的出家人！"宝玉听说，明知自己走了魔，便欲镇摄精神，再做蒲团上的功夫。那知蒲团已无，连屋宇、僧、道都没有了。

此时天色大明，朝曦欲上，见身在孤松树下。那树株礧砢多节，千丈森森，虬鳞浓荫，如厦横庇九亩。又见一柱青峰，崚嶒壁立，耸接云霄。宝玉走过，举手抚摩，山根下显出一片字迹，却模糊认不分明。看至下边，见地上小小一物，晶光四射，炫目争辉。拾在手中一看，惊喜非常，原来就是失去的那块通灵宝玉，连莺儿所结的金线络子依然无恙。心想从前因为失了玉病了，被他们哄弄到这个地步，我若心里不迷糊到十分，岂肯干出这样负心事来？夜儿明明见林妹妹来和我说，他并死有死，就不是当真林妹妹来，师父说我尘缘未断，焉知不是幻出林妹妹来点化我，合该与林妹妹还有见面之日，所以失去的玉复有了。但我有玉，林妹妹没有玉，我小时候恨这劳什子，还要把他来砸过，偏宝姊姊有了什么金的来配，闹出这些事来。是今日得玉，又不必定应在林妹妹身上。此时，宝玉心里倒弄得七上八下，沉思了半晌，只得把那块玉系在身上。

想如今这个地方，既不能安身，只可把出家的念头暂时中止，且访寻林妹妹再作计较。一时移步，四壁一望，都是悬崖峭壁，瞧不见底的万丈深坑。宝玉瞻顾徘徊，心头焦躁。这个所在并无坡路，如何下得去？我先前原说过死了还要化作飞灰，随风飘荡而没的话。这里跌下去，虽不到随风飘荡的光景，也与飞灰争不多少了。如林妹妹已不在世上了，我倒愿意一死，好去遍历泉台，终有寻得着他的日子。倘林妹妹还在，我这一死，反又耽误他了。

正在寻思无路，忽听得半空中鹤唳一声，有人唤道："宝兄弟不要着急。"宝玉抬起头来，见松梢影里一双白鹤回翔而下，一只鹤背上还骑着一个人。旋看旋近，认得是柳湘莲。一时落地，宝玉便和湘莲握手问讯，喜之不胜，忙叫："柳二哥，闻说你随了一位道长云游去了，竟是仙凡迴隔，音信难通，使兄弟心中怅怅无已。今见鹤背逍遥，想已丹成九转，何不将别后之事细说一番。"湘莲道："已过之事，何必问他。且说你现在之事要紧。"宝玉道："我的心事，在家里从没告诉过一个人，今儿不肯瞒你。我和你原是一路上的人，我立志出家。"

宝玉正要把来踪去迹告诉湘莲，湘莲道："你心上的事我已尽知，不必再讲。如今我来引你回去何如？"宝玉道："我家里是不回去的了。"湘莲说道："谁来引你回家，少不得送你到一个所在，去了你夙愿就是了。”宝玉十分感激。湘莲便让宝玉跨上鹤背，宝玉摇头道：“这上头如何坐得住人！柳二哥何不去换匹马来骑上？”湘莲道：“这个地方不用说找不出马，也不是马能行走的路。”宝玉道：“我步行尚能到此，怎么马倒行不去？”湘莲道：“你来的时候，一往向前心不偏颇，故地无坑陷。如今回转去，便不是来的路途了。宝兄弟，你放大了胆跨上去试着瞧罢。”说着，便过来扶宝玉上鹤背。宝玉死命抓住湘莲不放，道：“你瞧我两脚下垂，又没脚蹬踩住，如何骑得稳呢？”湘莲道：“宝兄弟，你在这里说呆话了，鹤背上挂了脚蹬，倒还得去寻一副鞍串来配上才好。你只管放开手，闭上两眼随着他去，再没乱儿。”宝玉只得放心，依言把眼闭了。那一只鹤便展翼凌空而上。湘莲亦跨上了鹤，赶着宝玉，相离左右不远。宝玉连叫：“柳二哥，照应着些。”只听耳畔呼呼声响，真如列子御风而行，爽快绝伦。那身躯犹如粘住在鹤背上一般。约有两个时辰，鹤便坠下地来。

宝玉睁眼看时，见往来人迹尚稀，而村庄篱落，已入尘寰。湘莲道：“宝兄弟，你虽无十万贯缠腰，幸上扬州不远了。送君至此，行将别矣。”一面解下身系宝剑，向宝玉道：“我有鸳鸯剑二柄，其一已为尤家三姐殉葬之物，此柄雄锋，又将万根烦恼丝斩绝，留之无用。古人原有挂剑墓门，以酬知己者，烦足下带回，送至三姐冢上，使雌雄合而为一，五百年再当出世。今交足下带回，将来护送宝眷进京还须借重此物。”言毕，把剑连鞘递与宝玉。宝玉便问：“后会何期？”湘莲答道：“后会非遥，即在你黄粱饭熟之年。”宝玉一时未能会晤，只是扯住湘莲的衣袂依依不舍。湘莲一面指道：“你看那边焙茗来找你了。”当下哄宝玉回头，湘莲已跨鹤离地，冉冉凌空。

宝玉仰天观看，旋入杳冥，已无踪影，不胜感怅。望见前边雉堞高耸，知是城垣，便将鸳鸯剑系在身旁，慢慢步入城来。见街市上肩摩毂击，来往行人稠密，不知什么地方。因湘莲有上扬州不远之语，错记林公任所为住宅，逢人便问林老爷家。众人见他出家人打扮，举止言语俱不相称，引得那一班游手好闲的人都跟着瞧看。宝玉还只顾向人访问，有那老年诚实的向宝玉指道：“小师父问的那一家乡宦，就在前边。要去募化，他家那位老太太最肯结善缘的。”话未完，只见两个人跑得汗雨直淋，来请宝玉。

此时，宝玉并不想来请我的是谁家的人，也不想我才从大荒山回来，怎么就知道有我这个人。因心想林老爷家，一开口便道："你们是林老爷家来的吗？"那两个人应道："正是，正是。"当下引了宝玉到一座高大门楼前。正门三间五架，门饰绿油，铜环兽面，气象规模虽略逊宁荣两府，也颇显赫堂皇。宝玉心想林妹妹家已经中落，焉得有此巍峨门第？心甚疑惑，正要移步上阶，见里面有两个年轻小厮飞跑出来，对着同来这两个人嚷道："快着些罢，里头催了好几回哩。"说着，进了大门，转过角门，让这两个小厮引了宝玉进内。才至正厅院里面，又有两个小厮掀帘出来，一见宝玉便笑嘻嘻掇身回进。又走出一个人来，见了宝玉四目互睁了一回，那一个人开口问道："你莫非是贾宝玉吗？"宝玉应道："我便是宝玉，你是谁？"那一个答道："我也叫宝玉。"引得旁边众小厮称奇叫怪。

原来那一个便是南京甄宝玉。刚才引宝玉这两个，就是甄府家人，听见问他可是林老爷家来的这句话，因林字与甄字音声相似，一时错听了，并非有心胡弄宝玉。甄宝玉也曾到过荣府，甄府家人非不知自家宝玉之外，有个贾宝玉。只因出其不意，一时引了个人进来，是和尚打扮，与甄宝玉相见，竟像个《西游记》孙行者斗法，又有一个六耳猕猴前来厮混，看得众人缭乱眼花。

且说两宝玉挽手进内让坐，甄宝玉道："昨儿接到家书，家君提及二哥鹗荐后忽然隐遁一事，兄弟大为骇异。才间有人进来说起街上见一小沙弥，年纪、相貌与兄弟一般，赶忙打发人出去请来一认，不料果是二哥。自从那年到尊府别后，三秋之感，叫兄弟想得了不得。今儿有此奇缘，真是意想不到的事。不知二哥因何作此遁迹空门之想，还当慢慢领教。"宝玉尚未答言，只听得里头传出话来："老太太叫宝玉引了荣府的哥儿同进去呢。"甄宝玉道："想是我们老太太也听见这件事了。"

于是，两宝玉挽着手来至上房，见院子里站着一群丫头、婆子，指五戳六的在那里说笑。甄宝玉让宝玉上了台阶，早有伺候的老婆子掀起门帘。宝玉进内，见炕上端坐一位老太太，起居服色仿佛与贾母相似。甄宝玉便向宝玉指道："这就是家祖母。"宝玉恭恭敬敬的趋步上前，打了一个千。那位老太太把宝玉瞧了个仔细，道："你是荣府里宝玉吗？"宝玉应了一声"是"。甄老太太把荣府里的事情细细盘问，宝玉逐一应答。

甄老太太便一手把宝玉拉过，一手摩挲他头上道："一个大家的公子哥儿，忽然剃了头发做起和尚来，也不怕人笑话！我听见你们老太太疼你，像我疼自家宝玉一样，你们太太越发把你当作宝贝似的了，怎么就肯放你出来呢？"宝玉道："我出门的时候，家里没有一个人知道呢。”甄老太太道：“打量府上是不知道的，那个更使不得。你自己不打紧，这会子家里不知闹的怎么样在那里呢。”一面叫人吩咐外边打发人进京，到荣府里报信，婆子们应了一声“是”，自去传话。

甄老太太又道：“我们的太太那一年从京里回来，说起见这哥儿生得与我家宝玉一模样儿的话，我还不信。如今看起来，果然比双生弟兄还像呢。”说着，又叫人去叫了到过荣府这两个女人出来，指着宝玉给他们瞧，道：“你们是见过的，可就是荣府里的宝哥儿吗？”那女人把宝玉细细打量一回，笑道：“可不就是这位哥儿呢，幸亏穿了这一身和尚衣服，和我们哥儿站在面前，叫人怎么认得清呢！都说我们的哥儿淘气，老太太看这位哥儿，竟是意想不到的事都闹了出来，只怕在家里比我们的哥儿还淘气呢。”甄老太太笑道：“这也不是他当着玩意儿事干出来的，一定有个缘故。”又向宝玉问道：“听见府上有一位老爷不肯住在家里享受，到什么观里去，干这种修真养性、炼丹守庚的事，连命都送了。这一位是什么辈分？”宝玉答道：“那是我们东府里的敬老爷，长一辈呢。”甄老太太道：“这皆因你们生长官宦人家，在富贵场中混得腻了，看见了这些旁门左道的书，一时动起那成佛作祖的念头来了。”一面又吩咐甄宝玉道：“宝玉，你以后在学堂里，除了四书五经之外，再不许放着别的闲书，我知道了，是不依的。”甄宝玉应了一声“是”。当下叫伺候宝玉的人拿出一副出门衣服、靴帽，停会儿送出去给荣府哥儿更换。又向宝玉道：“还亏到了这个地方，有我们的人瞧见，倘走到别处，被那些游方和尚诱拐了去还了得吗？如今住在这里，就同自己家里一样，爱什么吃的、玩的，只管和我们伺候的人说。宝玉，你陪着到园子里去逛逛。来的是客，要有个尽让才是，别玩得淘气了。”说话时已摆上茶果，甄宝玉便让，宝玉点景用了些，然后同了出去。

这里，甄老太太疼爱自家宝玉，原与贾母疼爱宝玉一般，今见宝玉生来与自己的孙儿无二，偏又穿着这一套出家衣履，更觉可怜可爱，就把疼自家宝玉的心肠去疼他。听说宝玉在家里离不得女孩子们陪伴，便打发两个丫头出去伺候。那些丫头们心上都也愿意，口里只说：“他不是自家的宝玉，又是个和尚，怎么好去伺候他呢？”甄老太太笑道：“管他和尚也罢，姑子也罢，叫你们出去有什么避忌呢？”当下便选定了两个人，后来虽没出去，却留下话柄，都和这两个丫头取笑，叫他们是香伙。

闲言少表，不知宝玉住在甄府干出什么事情来，再看下回分解。

【第十回】

叩仙坛乩盘藏隐语　遁禅门蠢婢露真言

话说甄宝玉同了宝玉走出门房，来至园内。见楼台庭榭、山树坡塘，虽不及大观园规模广阔，而溪径亦颇幽曲。因寒冬并无花卉点染，只有几树梅花与翠竹、青松交相掩映。一路留心观玩，走进一座院落，是甄宝玉常在此间坐卧之处。室中帘幔鲜妍，铺陈富丽，比自己怡红院各有出奇制胜之妙。二人就坐，叙谈未久，早有小厮来回："摆饭的时候了。"甄宝玉便命传饭，一时杯盘迭晋，海错山珍。其主宾之款洽及下人趋跄伺候之节，俱不琐述。

饭罢，进盥送茶毕，便有两个家人媳妇进来，一个拿一顶嵌镶八宝紫金冠，连着攒珠金抹额，一双乌缎粉底朝靴；一个拿一件云龙大红袖的箭衣，又一件锁金天青缎排穗褂，一条长穗宫绦，请宝玉更换。甄宝玉瞧他头上光光的，心想光着头怎好戴金冠？既不戴冠，便不配穿这些衣服了，便向那两个媳妇道："你们刚才没有瞧见吗？靴子留下，把金冠、衣服拿去，另换一套来。"宝玉听说，忙止住道："不用去换，实不瞒大哥说，兄弟出家原为一件未了夙愿。如夙愿不了，此身便返红尘，这一辈子不过做一个僧不僧俗不俗的野人。那一领袈裟，断乎不肯抛撇，只管去回老太太说兄弟已经穿上就是了。”甄宝玉笑道：“二哥在这里，保不定时常要请到里边去见个面儿，这谎如何扯得去？”一面叫小厮把冠带等物接过放下，叫两个媳妇去回老太太：“只说把东西已经送在这里，别多说话。我明儿见了老太太，自有话讲。”

那两个媳妇子答应了，只是笑嘻嘻的站着不走。甄宝玉问道：“你们还有什么话？”那一个媳妇便走近几步，凑着甄宝玉耳边悄悄说了几句话。甄宝玉便笑向宝玉道：“家祖慈的意思，因二哥在家离不开女孩子们伺候，家祖慈把自己屋里的人挑了两个，又恐二哥嫌他们不是自己使唤惯的人，未必合意，可要叫他们出来，二哥切不可见外。”宝玉忙站起身来道：“蒙老太太过于疼爱，把兄弟当作自己的孙儿一般看待，实在感激万分。兄弟先前这小孩子脾气，近来已改过了。如今出家一事，虽没有成功，而禅心已似沾泥絮，便茅庵草舍也可止宿挂单，况住在这样明窗净几的所在，又有尊价们在此伺应，已极妥当安适，再不敢费老太太的心。”甄宝玉听说，知是实情，便叫那媳妇自去回复。宝玉又躬身致意说：“明儿见了老太太亲自叩谢。”当下两个媳妇回身便走，私下自有一番议论。

这里甄、贾两宝玉又谈了一回，知甄宝玉已领乡荐，彼此问及年岁，又是同庚，于是分外亲热。说话间，早已掌灯时分。宝玉也知甄宝玉脾气，大概与自己相同，让他自便，甄宝玉告辞进内。

宝玉一个人静坐，想到刚才进园来，为什么这些路径好像曾经到过，恍然记起从前梦游之所，醒来还对着镜子里的影儿叫唤自己名字，连甄老太太屋子里的丫头，有两个面熟，在梦里头叫我臭小子似的。可知梦中所见，非尽幻境无凭。这么想起来蒲团打坐时看见林妹妹来，说他没有死的话，竟有几分可信。便向小厮问道：“你们可知道这里有林老爷家？先前做过盐运司的。”小厮答道：“这里左近姓林的宦家很少，离这里二百多里，扬州城里有一家姓林，听说是做过布政司的。他家有一位小姐，乳名黑玉，不知就是那一家不是？”宝玉想道：“我姑爹殁于盐运使任所，并未升转藩司。听紫鹃说过，林妹妹家再没有出仕的人，莫非另是一家？”随把“黑玉”两字揣摩了半晌，因说道：“‘黑玉’二字不雅，如何取名？”便用指头向舌尖溅湿在桌子上写了“黛玉”二字，指与小厮看道：“可就是这两个字？”那小厮看了，点头道：“不错，这不是叫黑玉吗？”宝玉笑了一笑，也不与小厮校正。心想：“闺名黛玉，本来就少，又是姓林，这位小姐竟像林妹妹了。才说做布政司，是他错记的。”忙又向小厮问道：“你为什么知道他家有这位小姐呢？”小厮道：“因为我家哥儿去求过亲，所以知道。”宝玉着急问道：“亲事说成了没有？”小厮道：“说也古怪，不知为什么缘故，听见我家哥儿去求亲，倒像前生有仇恨一般，一口就回绝了。听说我们老太太又写了书子到京里去，叫老爷另央媒人去说呢。”

宝玉听了小厮的话，呆呆的想道：“听他讲起来，不是林妹妹是谁？为什么家里人都咒他的？可笑袭人，我在他跟前这样盘问，瞒得我紧紧的，不肯露出一句话出来，到底是什么意思？就是老太太，也从没提起林妹妹回南的话。怪道那一天到潇湘馆去，只是空空一室，并没见棺柩停在里边。亏此大荒山一走，得了些消息，不是死过的林妹妹没有死，竟是我这一个活活的死人，到如今才弄活在世上了。难怪林妹妹恨着我，所以甄家去求亲，提了宝玉的名儿，他就生气。但除了宝玉之外，还有不叫宝玉的，倘不是宝玉去求亲便允了，怎么样呢？”又转念道：“林妹妹待我的光景，我也看透的了，决不至有意外之事。且等明儿问准了甄大哥，再作计较。”当下打发两个小厮自去安歇，便和衣躺下，一夜左思右想，直至鸡唱五更，朦胧合眼。

一觉醒时，已见纱窗日上，忙起身来，早有小厮伺候。盥洗毕，甄宝玉已进来了，二人让坐，略叙几句套言。甄宝玉道：“早上请安家祖慈，已把二哥昨儿的话回过。叫问二哥有什么不遂心的，只管请说，切不可隐瞒。况且，兄弟同二哥同名、同貌、同岁、同年，也算得古今来绝无仅有的好兄弟了，何妨一倾肺腑？”宝玉心上盘算道：“他既有求亲一事，何不趁此道破，止其再生妄念。”便道：“既承关切，实不敢瞒兄。弟总角之年，与林舍表妹见面，即如旧识重逢，共榻联床，胜若同胞兄妹，稍长虽避嫌疑，而花朝月夕，击钵飞觞，性情倍浃。虽未曾禀知堂上的，而上下人等都猜透老太太心事，为我两人团聚。哄然一传，已入舍表妹之耳，不料兄弟在病中变生意外，另缔姻缘，故有此逃禅之举。”甄宝玉不等说完，拍手笑道：“兄弟明白了。”当下也把求亲不允一事，直说了出来，又道：“如此，请二哥把这衣抛度水田，此愿断无不遂的。兄弟就去把这件事回明老太太，明日这里便替二哥去说亲，且慢打发人进京，等姻事说定了，好到尊府去报个双喜信儿。”于是甄宝玉回明了甄母，派人到扬州林府，去替贾宝玉求亲。宝玉才安心住在甄府不表。

讲到荣国府里，自从走失了宝玉，连日忙乱。这一天，探春在宝钗屋里说起问卜求签总无准信，探春道：“我记得二哥哥失了玉，请妙师父扶乩，乩上写出来的话头，总像找不见的，到底没有找着。我何不去烦他讨个信儿？”宝钗摇头道：“头里我回家去了，也没瞧见写的什么，总是仙机秘隐，须过后好详。况且，妙师父这个人清中带僻，这会儿去求他，保不定不推辞。”宝钗话未说完，袭人在旁接口道：“奶奶的话不错，先前我求邢大姑娘去的，邢大姑娘回来说作了许多难。四姑娘倒和他好，不如求四姑娘去走一趟。”说着，起身便走。探春叫住他道：“你住着，我找四姑娘去。”

探春便往蓼风轩去，见桌上炉内点着一炷藏香，小小一方端砚靠着手炉旁暖气，临的一笔灵飞经小楷，在那里抄楞严经。见探春进去，便搁了笔连忙让坐。探春道：“这样天气，你不怕手冷，尽在这里用功。”惜春笑道：“闲着没有事，不过借此消遣。”探春道：“你可知二哥哥出去了还没回家呢？”惜春道：“据我看起来，请老太太、太太尽管放心，二哥哥就有信息的。”探春道：“有了信息就好，你知道二哥哥就有信息，这会儿在那里呢？”惜春微笑道：“他在那里，我如何指得出来？”探春道：“但愿早一天回来就好，怕老太太先搁不住。我这会儿来找你，也不为别的，要你去烦妙师父扶乩。倘蒙仙机指示得个早回来的喜信，合着了你的话，去告诉老太太、太太，也好宽宽心。”惜春道：“既是相信扶乩，这是不难。姊姊在这里坐一坐，我去了就来。”探春道：“我且回去，停会儿有了，你抄一纸叫彩屏送来。”说着，出了蓼风轩，自回秋爽斋去。

惜春带了彩屏，径往栊翠庵来找妙玉。刚近庵前，见妙玉一个人，站在红梅树底下看花，回头见了惜春，便笑道：“今年天气冷得早，节令没到这时候。四姑娘才几天没来，你瞧，这几树梅花都已冲寒开放了。我也今儿见老婆子折了一枝进去，才瞧见，第一遭出来步步，恰好遇见你来。正是春在枝头已十分，想是你也为寻春来的。”惜春微笑道：“我却不为寻春而来，倒为寻人而来的。”妙玉道：“我这里轻易没有人来，你要找谁？”惜春道：“并不是到你庵里找人，因为我家二哥哥出门走了，没处找寻，要烦你扶乩呢。”一面把缘由说明，妙玉听说，不觉神色一变，呆呆怔了半晌，才让惜春进庵，径至妙玉房里坐下。妙玉道：“这件事，要神清气爽的时候才好。这会儿晚了，明儿清晨起来扶罢。我这里没有个副手，明儿须得烦你再走一趟。”惜春道：“这是我来烦你，怎么倒说烦我起来！”妙玉一时脸泛红云，无词可答。惜春便与说了几句闲话，小鬟因惜春到妙玉处无事，每每要下一两盘棋才回去，便不等妙玉吩咐，随手送了棋盘过来。妙玉忙叫取开道：“今儿可不下棋。”惜春略坐一回，起身出庵，径回自己屋里。

过了一夜，因恐贾母挂念，一早起来，梳洗完时，用了些点心，带了彩屏便往栊翠庵来。那知妙玉起身更早，已经设好乩坛，诸事停妥，专等惜春过去。惜春便向炉内添了香，虔诚祷告，和妙玉两个人左右站立分持。少顷，沙盘内龙飞凤舞的显出一个个字来，妙玉随看随记。乩停，和惜春说道："我念你写。"惜春早在盘内看明，便在桌子上书匣底下取了一张纸，提笔写就。从头念了一遍，点点头道："怕他们看起来未必能详解呢。"妙玉道："还要管他们能解不能解，你心上明白就是了。"惜春道："我不比你，第一，为的是老太太不放心。"说着，便叫彩屏道："你把这字帖儿送到三姑娘那里去，就说是今儿妙师父扶乩的句语。详解起来，宝二爷不久就回来，请老太太、太太不必着急。记清了，快去！"彩屏应着走了。

妙玉让惜春到卧室内，惜春望桌上一瞧，道："好应时景，早供上折枝了。"妙玉道："今儿咱们弄一个早局。"一面命小鬟端过楸枰，与惜春对局不提。

且说彩屏到探春处，告诉了惜春吩咐的话，探春便带这字帖儿要往宝钗处。才出屋门，遇见邢岫烟也要去看宝钗。因闻得这几天薛姨妈有病不过来，他和宝钗是素日常叙的好姊妹，不必避忌，所以过去走走。便笑问探春："拿的什么字帖儿？"探春道："就为二哥哥的事，又去烦妙师父扶乩呢。"说着，把乩判递给，岫烟接过看了一看，也不说什么，仍还了探春。

二人出了园门，来至宝钗屋里，见宫裁、熙凤都在，大家让坐。探春先告诉了惜春的话，然后把字帖儿递与宝钗。李纨也过来同看着，念道：

> 喜重重，恨重重，翻覆情缘转眼中。邯郸未醒黄粱梦，月方西坠去，花谢一年红，冬寒雪冻莫寻踪。

宝钗看毕，便一手放在桌上道："我不懂，四丫头是怎么样详解的？"袭人忙走过拿与岫烟道："请姑娘看看详详，到底怎么样的？"岫烟笑道："我见过的了，仙机玄奥，委实解不透呢。想来四姑娘常和妙师父讲究这些，他说的自然不错。"探春道："别管详的是不是，且把四丫头的话告诉老太太、太太听了宽宽心，底下再看罢。"探春说着，先自走了。李纨、凤姐、岫烟又坐了一回，各自散去。

这一天，李宫裁、王熙凤都在王夫人屋里闲话，凤姐眼光早瞅着林之孝家的，站在院子里拿了几件东西，似要进来又不敢进来，只瞧着凤姐眼色。凤姐心灵早已猜着八九分，便丢眼色叫他不要进来。那知王夫人已经看见凤姐脸上神色改变，两眼对着院子里摇头示意。王夫人便问："院子里是谁？为什么鬼鬼祟祟的不进来？"林家的答应了一声，慌慌张张要把手里东西递给院子里站的老婆子。凤姐忙叫道："快拿进来回了太太罢。"

林家的走进屋里，都睁着眼，见他手里拿的就是宝玉那一天穿戴出门的衣服、靴帽，还有一股漆黑的头发，梢上带着素日坠的红丝结，束一串四颗大珠。不待林家的开口，王夫人接过手来细细一瞧，不问情由，便嚎啕大哭，道："不料他竟去走了这条路了。"李纨、凤姐在旁，再三把王夫人劝慰。一面问林家的道："如今既然有了这些东西，到底人在那里？这东西又是谁送来的呢？"林家的道："这些东西是在焙茗手里接来，焙茗说是一个卖柴的乡里老儿送到门上，只说了二爷在什么大荒山青埂峰出家一句话，那老头就走了。"凤姐跺脚骂道："好糊涂混帐羔子，难得有这个人送了东西来，正好着落在他身上跟究宝玉的下落，怎么就把这个人放走了呢？"林家的又回道："刚才奴才也问过这句话，焙茗说门上接了东西，正要把他擒住，那老头儿肩上还挑了一担柴，回身飞跑就走。门上好几个人赶上去，才转得一个弯，老头儿便没踪影了。一时想起他来，挑的那一担柴，都是青枝绿叶的。现在深冬时候，那有这青绿树枝。知道这老头儿有些古怪，料赶也赶不着，只得回来了。"凤姐道："听他们的捣鬼，快叫赶去，捉不着仔细他们的腿。"林家的只得应了一声"是"，赶忙出去吩咐。

李纨道："这会儿再去赶那个人，想来走远的了。既是有这个所在，不如打听确实了，叫人找到那里去，自然也找着了。"王夫人摇头道："这个地名，想来也是一句渺茫的话，找也白去找。我横竖不要这孽障的了。就只苦了宝丫头，早知道这样，先前不如一顿板子任凭他老子打死了他，也不至带累人家女孩儿白受委曲。老太太还把他当命根似的，一天好几趟叫人来问信，叫我怎么样去回老太太呢？"

话未说完，只见鸳鸯急急的跑进屋来，正要开口，见炕上摆着这些东西，王夫人泪痕满面，李纨、凤姐都站在旁边，用手帕子拭眼泪。鸳鸯也看出些来踪，只得呆呆站着。王夫人便问道："老太太又打发你来问宝玉的信儿吗？你瞧炕上的东西罢。"一面凤姐就把林之孝家的进来回的话，细细告诉了鸳鸯。鸳鸯道："老太太很惦记呢！夜儿三更时分，睡梦里醒来，还说宝玉回来了，听见在院子里说话，叫我起来开门。我说是老祖宗的心记。宝玉要回家，也不是这时候进来的。听着院子里静悄悄，并没有人，老太太还说我躲懒，立刻叫起上夜的老婆子来，到底开门出去瞧了一回。何曾有什么影响呢？这会儿又叫我来打听有什么信儿没有。我看这些东西，可是叫老太太瞧见不得呢！”凤姐道：“东西自然我们藏起来，那宝玉现在这个地方，总得去回一声儿。知道有了下落，便容易找了，也好哄着老太太暂且安一安心。太太看怎么着？”王夫人叹道：“你们自去酌量回老太太罢哩。”

李纨、凤姐又安慰了王夫人一番，便和鸳鸯来到贾母处，委婉回明宝玉已有消息，现在大荒山，要学道修行的话。贾母道：“这个孩子，为什么这样糊涂？好没志气！才娶了媳妇、中了举，就起这种念头，快叫去打听，大荒山离这里多远。赶忙打发人去接了他回来。”凤姐只得应了一声“是”。回到屋里叫人去请贾琏回来商议，李纨自在贾母处陪着说话。

且说宝钗自从宝玉出门后，终日与袭人伤心流泪。袭人心里不过胡猜乱想，盼望宝玉回来。惟有宝钗，早猜透宝玉心事，怀忧更切。不但不肯向别人告诉，就在袭人面前，也未曾吐露出来。这一日，在自己屋里落了一回泪，见莺儿端茶进来，便把泪痕拭净。喝过了茶，因有事要往王夫人处，带了莺儿出门。

才走至穿堂，想起一句话来，叫莺儿道：“你到琏二奶奶屋里去瞧一瞧，倘臻儿还在那里，叫他到我屋里等着，还有话问他呢。”莺儿答应着，自往凤姐处去了。这里，宝钗才走了几步，只见傻大姐从王夫人后院角门出来，一只手拿了两枝绒花，一只手拿了一股髢发，扭着脖子，只顾瞧着，嘴里咕唧道：“这要他做什么？怎像宝二爷铰下的头发，乌漆黑又长又亮，可惜他做了和尚了。”傻大姐一句话，已被宝钗听见。

不知宝钗听了傻大姐的话怎样光景，且看下回分解。

【第十一回】

痛郎削发泼药轻生　忆主伤心拥衾叙话

话说宝钗听了傻大姐的话，虽不十分仔细，“做和尚”三个字，已清清朗朗的入耳。因宝玉出门不归，宝钗只防他去走这条路。今闻傻大姐之语，触动心病，一时魂魄惊飞，竟似林黛玉在沁芳桥听见宝玉娶宝钗的话一般样光景，便略略按定了神，叫住傻大姐问道：“你为什么知道宝二爷去做了和尚呢？”傻大姐瞅着宝钗笑道：“没有的事。我和奶奶说了，又嫌我搬嘴，他们要捶我呢。”宝钗道：“刚才你说的话，我都听见了。这会儿你和我说，我再不告诉别人。你不说，我就去告诉你姊姊，仔细挨捶罢。”傻大姐呆了一呆，便说道：“刚才琥珀姊姊叫我到玉钏姊姊那里要这髢发，玉钏姊姊又给我两支花儿。我在太太院子里见林大娘手里拿了宝二爷剪下的头发，还有穿的衣服进太太屋里。人家说宝二爷去做和尚了，太太在那里哭呢。后来我还站着，彩云姊姊撵我出来，叫我不许多嘴。”宝钗不等傻大姐说完，顿时神魂飞乱，急火攻心，喷出几口血来，眼前一阵乌黑，昏晕倒地。吓得傻大姐转身便走。

接着莺儿同臻儿从凤姐处出来看见，赶忙来把宝钗扶起。宝钗已渐渐苏醒过来，搭在臻儿肩上。莺儿见宝钗面色如灰，腮颊上尚有血迹，忙拿手帕子给宝钗揩抹净了，扶着慢慢走回屋里。莺儿便问："姑娘怎么着？"宝钗道："我一时心里不好过起来，让我躺躺去。"莺儿便把枕子垫高，一面叫小丫头倒了半盏温茶来，送过宝钗唇边嗽了口。小丫头接去茶盏，莺儿扶宝钗睡下。早有袭人、麝月等知道，急忙赶来，见宝钗脸上气色改常，袭人明知宝钗为宝玉伤心，但不致忽然着起紧来。当着宝钗，又不便盘问莺儿，莺儿亦不敢告诉袭人，惟有四目互相觑视，默然无语。

半晌，宝钗睁眼望屋子里一瞧，问："臻儿没有回去吗？"麝月便推臻儿过去，一面接口道："臻儿在这里，奶奶有什么话吩咐他？"宝钗道："这会子我也没有什么话说，叫他回去，太太跟前少说话。没的他老人家知道了，又着急。"莺儿在旁，便把宝钗的话又叮咛了臻儿几句，臻儿自走了。袭人走近炕前问宝钗道："奶奶身上不爽快吗？"宝钗闭着眼点点头。袭人知道他嫌烦，便走出房来赶上臻儿，问道："奶奶为什么忽然这样起来？"臻儿一路走着，答道："我和莺姑娘从平姑娘屋里出来，走到穿堂里，见宝姑娘跌倒地上，傻大姐在面前飞跑的走了，也不晓得为的是什么。姑娘你去瞧瞧。"说着，拉了袭人走到宝钗跌的所在，指与袭人一看，袭人吃惊道："这还了得？"当下叫臻儿快些回去，"别忘了姑娘的话，我告诉琏二奶奶去，叫快请大夫呢。"臻儿走了，袭人独自一个站在那里，看了拭泪，心想大凡闹出来的事，再离不了傻大姐。仔细想起来，比不得先前的事。况且，宝姑娘是个明白人，断不至听了傻大姐的话，就认真当一件事，怎么样起来。

一路思想，往凤姐处，见林之孝家的正在那里回道："门上这些人，在外头打听，都说没有知道这个地名。又问程日兴相公们，也不知道。且翻着什么《广舆记》，不知查得着没有。还到工部里去吊齐了各省舆图，细细再查，只怕也未必查得出来呢。"袭人听说，估量着为寻宝玉的事，等林家的回毕了话，便把刚才看见宝钗的光景告诉了凤姐，叫人快请医生去。凤姐便吩咐林之孝家的，"赶忙叫人去请王太医。你回的话，我先去回了老太太、太太，等二爷回来再商量"。林之孝家的答应退出。

凤姐向袭人道："这件事自然瞒不得宝二奶奶，也要说得委婉些才好，不知道又是那个快嘴，大惊小怪的去吓了他，才这样的。"袭人道："刚才臻儿说起，他和莺儿见傻大姐不知和宝二奶奶讲了些什么话呢。"凤姐道："这又奇了，傻大姐又怎样知道？"小红在旁边道："林大娘进来的时候，傻大姐也在院子里呢。"凤姐听了，着急道："可不要在老太太跟前有的没的傻出些话来，可了不得。"袭人听了，一面还听不出傻大姐说的是什么事，正要细问凤姐，只见平儿进来回道："太太也在老太太屋里，叫奶奶立刻过去呢。"凤姐连忙站起身来，向袭人道："你快回去，莺儿到底年纪小，麝月、秋纹这班子人是靠不住的。停会儿大夫来，叫兰哥儿陪了进去。"说着，自往贾母处去了。

袭人便向平儿盘问，平儿把宝玉出家送回东西来的话和袭人说明。袭人一时痛苦不减于宝钗，因当平儿面前，勉强忍住，回到自己屋里，抽抽噎噎的哭了一回。

且说凤姐来到贾母处，先把林之孝家的回的话告诉了贾母说："等查出了这个地名，再来回明老祖宗。"贾母点点头，又问："琏儿回来没有？"凤姐道："刚才回来，姨妈家里叫去，不知商量什么要紧话。老祖宗要叫他，就打发人去。"贾母道："既然姨妈家里有事，这会儿且别去叫他。我才和你太太说过，咱们上紧去查这个地场。一则人家也不放在心上，二则就查着了，倘若今儿在那里，过几天又到了别处，白不中用。不如吩咐他们赶紧多写几百张招贴，上面写明宝玉年貌、住址、姓名。有人找着送他回来，给他多少银子；通风送信的人，减半给赏。人家看见，贪图发财，自然分路各去找寻，比咱们打发出去的人更上紧呢。琏儿回来，你就告诉他。"凤姐应了一声"是"，王夫人在旁接口道："老太太吩咐，自然叫他们照着办。但我想头里失了玉，不是贴过赏单，真的没有影响，倒叫他们弄了假的来胡闹。"贾母道："你别糊涂，玉可以弄得假的，难道人也可以弄出一个假的来吗？果然有人找了宝玉回来，凤丫头你听，这宗银子，也别叫动官中的。你太太折变不出，我那里还有几件子东西呢。你们可记得上回赏单上写的多少？"凤姐道："上回写的：送玉者，赏银一万；送信者，送银五千。"贾母道："论理起来，人自然比玉更矜贵些。如今说不得，只好照旧写罢哩。"凤姐听了贾母吩咐，忙回来问平儿道："二爷回来没有？"平儿道："二爷在厅上陪王太医呢。"

原来外边请到王太医，因贾琏如今未便陪进宝钗屋里，早叫贾兰候着。一面老婆子传说大夫到了，莺儿上前回明宝钗，宝钗不叫诊治。袭人在旁再三劝说，宝钗勉强听了他的话。王太医与宝钗诊了脉，足有半个时辰，然后退出，至厅上坐定开方，自与贾琏细谈病症而去。

贾琏走进里边，凤姐忙问："王太医怎么样说？"贾琏摇头道："王太医虽然没有讲到十分决绝的话，听他口气，说是竟像头里林姑娘的脉气，很难治呢。"凤姐道："既然像林妹妹，就可保无事了。"贾琏道："我何曾不是这样问他。王太医说，先前园子里住的这位小姐病重的时候，论脉气已万无生机，及至回了过来，复去诊视，截然似换了一个人的脉。他也从来没有经见过这种病症，说不得是医药调治之功。如今这位奶奶，除非也有意外之望，才能保得平安。"凤姐道："到底开了方子没有？"贾琏道："方子是勉强开了一个。他说不过尽人事罢哩，还不敢担承，叫再请高明斟酌。"凤姐道："我不信，宝妹妹平日气体壮健，比不得林妹妹生来单薄。才吐得几口红，便说得那么样凶险。就只要宝兄弟早一天回来，自然一角安四角安了。你到底知道那一处有个叫什么大荒山青埂峰？"贾琏道："你倒问得奇，无影无踪的话，人家都不知道，我就知道吗？"凤姐道："老太太叫你照着先前找玉的赏单，多写几百张，赶紧去贴呢。"贾琏道："可是老太太的话哩。若讲宝兄弟是荣府里出去的，又是新科举子，人家看见了敢把他藏起来吗？旁人去找得着，咱们打发出去的人也找着了，不比得那块玉，偷偷摸摸拿去，卖给人家，或因爱这一件罕物想要瞒昧起来，必得多许他银子才起眼，便肯拿来送还咱们。"凤姐道："这块玉在咱们家算件宝贝，人家要藏起来做什么？不过当一件玩意儿东西留着，估量值这一万两银子吗？也不过听着老太太办罢哩。"贾琏道："那倒别讲这话，像石呆子精穷一个人，他的湘妃棕竹扇子，还他一千两银子一把不肯卖呢。如今别说闲话，外头的饥荒正打不了。比如宝兄弟，本来自己要回家，那些人见了赏单，便因风吹火儿，拉扯着混说是他们去找着送回来的，揭了赏单，立逼着要兑银子，你那里现成吗？"凤姐道："啐！我有银子你早变法儿来鼓捣了。那倒不要你着急，老太太有这句话，太太那里折变不出，老太太预备着呢。"贾琏道："既然有老太太不心疼的银子，要写十万两的赏单也不难。"贾琏立起身来就走。凤姐又叫住道："姨妈的病可好了些吗？刚才叫你去说什么，可提起宝姑娘的事没有？"贾琏道："姨妈的病已好了些，为的是薛老大的官司，也没有什么要紧话。今儿宝兄弟的事情，他老人家早已知道的了。宝妹妹身上不好过，我也回来碰见大夫才知道的。"贾琏话未完，凤姐便催着他道："快去干你的事去罢。我点给平儿送太舅爷家的生日礼，还要过去看宝妹妹呢。"

不表凤姐这里的话，且说紫鹃在栊翠庵闻知宝玉中举后忽然失走，便到稻香村来看李纨为由，暗暗打听这件事。李纨因宝玉不在家里，谅无妨碍，可怜紫鹃一个人在栊翠庵孤凄冷静，便打发人去告诉了妙玉，留紫鹃住下。紫鹃镇日牵肠挂肚思想回南，又因宝玉这一走，心里想道："或者他病好了，到底撩不下姑娘，所以瞒着众人，私下找寻到姑娘家里去了也论不定。但是，他从来没有出门惯的，远隔几千里路，独自一个人怎么能够找寻去呢？倘或路上有个闪失，如何是好？"紫鹃这几天来又换了一副心境，半惊半喜，心上总不得安稳。今日见李纨过去了一天，到晚上还没有回来，不知为宝玉没有信息在那里商量打发人去找寻呢，还是宝玉回来了，老太太、太太大家欢喜，留着讲话？专等素云回来探听个信儿，一个人在灯下呆呆坐着。

再讲李纨在贾母处吃了夜饭，又到宝钗屋里坐了一回，回至稻香村已交三鼓。贾兰把陪王太医，并王太医讲的宝钗病缘都告诉了李纨。素云伺候李纨母子睡了，来见紫鹃，便笑问道："你这几天倒像越发有了心事了。这样冷天气，为什么不到被窝里暖和去，一个人坐着闲打牙儿。"紫鹃道："夜很长呢，横竖睡不着。你和奶奶也没有回来。今儿那边有什么事？整整去了一天。"素云道："我告诉你一件事，宝二爷今儿有信回来，谁知他竟剃下头发去做和尚了。穿出门的衣服，连头发都寄了回来。宝二奶奶听见了这句话，吓得死去活来，现在请王太医叫兰哥儿陪着瞧呢。"紫鹃听到宝玉去做和尚一语，吃了一惊，不觉情现乎色。素云瞅着紫鹃道："这又奇了，你又不是袭人，为什么也这样着急起来。"紫鹃沉下脸来道："混唚些什么，怎么把我比起袭人来？"素云笑道："好姊姊别生气，我有一肚子话在这里，统告诉了你罢。你快把被窝摊好，刚才园子里的西北风刮得我脸都冻僵了，到炕上去暖和着讲给你听。"说着，二人上了炕。

素云便道："看起来宝二爷今番去做和尚，总为的是林姑娘。你不知道，先前定宝姑娘的事大家瞒着他的。后来娶亲时候怕他不依，哄他娶的是林姑娘。拜堂后揭去盖头巾，看见不是林姑娘。宝二爷正病着，一半明白，一半糊涂，还闹个翻江呢。"紫鹃道："后来他病好了，为什么不听见说要去找林姑娘呢？"素云道："怨不得你是蒙在鼓里头过日子的。宝二爷是只知道林姑娘已死过的了，就没一个人告诉他林姑娘回家的话，所以如今闹出这件事来呢。"紫鹃怔怔的听他说完，竟如梦方醒，连声叹气道："他们干的事也太狠了。听你这么说来，连那一件事我也明白了。"素云道："还有什么事？"紫鹃道："这会儿也不必说他，我要问你，既是知道这些事情，为什么早不告诉我呢？"素云道："我头里也不过听着些风言风语，不得很明白。况且，林姑娘回家瞒着宝二爷的话，上头嘱咐不叫你知道，如何敢提这话呢？如今和你说了，别再告诉人家。"紫鹃一面拭泪道："你听听，这样丧心昧良的事，叫我怎么样不替林姑娘伤心！敢仔你又要笑话我呢！”素云道：“别再说了，我身上也暖和了，睡觉罢。”素云先自睡了。

紫鹃一个人仍和衣躺在炕上，前前后后的事，如辘轳一般在心头转动。想宝玉到底去做了和尚，他原不负林姑娘，也不枉姑娘素日这番用心。但只姑娘如今现在，可恨这班子狠心人，瞒得宝玉鼓样似的紧，拿定没有林姑娘这一个人，宝玉便一心一意守着宝姑娘，偏料不到有这样事闹出来。别人固然没有什么好处，姑娘的事情又怎么呢？又想宝玉虽然愿意出家，老太太、太太必不肯依，一定要变法儿弄他回来。知道他要出家的心事，自然有个调度，但不知姑娘打的什么主意？紫鹃这夜的心事，真是千回百转，直到天明没有睡着。

讲到宝钗这里天天延医看治，因王太医已经回绝，另请鲍太医，也是束手。那边贾珍闻得张友士又进京来，素信他脉理精细，推荐过来看了两回，说的也是王太医、鲍太医的话，不敢担承。宝钗又不肯好好服药，竟像林黛玉绝粒捐生的光景。王夫人与凤姐等十分着急。

一日，鸳鸯过来看了宝钗，袭人便招他到自己屋里坐下，问道：“你瞧，我们奶奶的光景怎么样？”鸳鸯摇头道：“不好呢！你瞧，天天几个大夫进来看治，吃药下去没一点子松动，似乎精神越发痿顿了。”袭人叹道：“你还不知道，他何曾肯好好的吃了几剂药。我们几个人轮流煎好了去伺候，就把我们支使开了，把药都泼在火盆里，不知他安的什么心？”鸳鸯道：“果然是这样，也没法儿了。”袭人又凑近一步，悄悄的说道：“还有一件事要告诉你，琏二奶奶倒一天几趟的来看奶奶。我瞧奶奶近来，竟像有些厌恶他的光景。倒教我解不出来。”鸳鸯微笑道：“这个我也猜不透，只怕还是你奶奶懈怠说话，所以是这样冷冷的，也不定有什么别的意思。”袭人道：“那也是一句没要紧的话。我听见老太太叫琏二爷写了许多单子，有人找着二爷回来，给他一万两银子。那一个不上紧去找？阿弥陀佛，但愿二爷早一天回来，我倒情愿替二爷出了家。”鸳鸯笑道：“你既要出家，也不必盼你二爷回来，趁这会儿去做了姑子，好去伺候和尚呢。”袭人红了脸道：“咱们从来没有取笑过的，为什么你也说起我来！”鸳鸯道：“你别着忙，宝二爷出了家倒有个着落，便容易找他回来，就耽迟三头四个月也没要紧，倒是劝你奶奶好好的服药调理是正经。”袭人道：“好姊姊，你见了四姑娘，只说是老太太的话，叫他再去问问妙师父，二爷出家这个地方到底可找得着吗？”鸳鸯随口应道：“我见四姑娘，叫他去问就是了。”一时鸳鸯起身走了。

再讲到宝钗的病日重一日，王夫人天天过来瞧他，不过讲些宽慰的话，说："老太太已叫你琏二哥哥写了几百张招单，许了重赏，附近各处已贴遍的了，这几天里头总有些消息。我的儿，你安心保重，老太太很惦记你呢。"宝钗听了，勉强笑道："老太太和太太可是疼我的，我还没有好好的孝顺一天，不想……"宝钗说到这里，就咽住了，禁不住落下几点泪来。王夫人见了，顿时眼圈儿一红，一面拭泪，又安慰了宝钗几句，嘱咐莺儿、秋纹这一班人小心服侍，自回房去了。停了一回，小丫头来回："姨太太来了。"宝钗听说他母亲到来，不觉一阵心酸，泪如雨下。

不知薛姨妈到此母女相见如何光景，再看下回分解。

【第十二回】

毁金锁遗言嘱贤女 呼宝玉切齿类颦卿

话说薛姨妈一进屋内，走近宝钗炕边，见他形容瘦损，脸色改常，吃惊不小。坐到炕沿，把两手拉了宝钗的手，止不住流泪道：“我的儿，怎么样就病到这个地步！我也因为病了好多时起不来炕，没有来瞧你，心上很熬煎。丫头们传来的话，都糊弄着我。今儿才挣扎着过来，瞧见了你，那知竟病得不像样了。我的儿，你心上到底要放宽一点。”宝钗见他母亲含悲扶病而来，倒要忍泪吞声凝神摄气，打点一番永诀的话出来从容劝慰，便道：“女儿的病没什么要紧，倘有不测，母亲总要看开些。第一，哥哥的罪名已干办停当，不久可望出狱。嫂嫂虽然不大贤惠，还有香菱体心服侍，底下蝌儿娶了邢大妹妹过门，同自己媳妇没有两样的。咱们家里动用还轻，买卖行中张德仁这个伙计是靠得住的，蝌儿也是一个帮手，将来过日子不用妈妈操心，千万保重自己身子要紧。”薛姨妈听了宝钗的话，越发伤心起来，便含泪道：“是我害了你了，如今想起来……”说着，满屋子里瞧了一瞧，见袭人这一班子人都不在跟前，便道：“和尚、道士的话到底听不得的，说什么金玉姻缘，都因这句话耽误了你，我真是后悔不及。”宝钗听到这里，不觉触动心事，怔了一怔叹口气道：“女孩儿出了嫁就算完结了，这件事好歹凭各人自己的命去碰罢哩。妈妈也别后悔，我看妈妈的身子还不大硬朗，何苦来跑这一趟。”薛姨妈道：“我在炕上躺了这几时，也觉得腻烦了，逼着挣扎得住，出来松散松散，借了这里老太太的竹椅子坐过来的。刚才到老太太那边，你太太和凤姐姐都在那里，讲了一回话，我也不到你太太屋里去了。”一面又和莺儿道：“你瞧姑娘病得那么样子，问你总没一句真话。如今再别叫姑娘生气，好好伺候着。”说着，止不住滴下泪来，又怕宝钗见了伤心，暗暗拭了泪痕转身出了里间房门。

早有凤姐随着王夫人迎面进来，凤姐先陪笑道：“怎么姨妈就要回呢？在这里住几天，帮着我们太太和宝妹妹解个闷，等宝妹妹身子健了回去也好。”薛姨妈一路拭泪说道：“我住在这里也解不了他的闷，况且我自己的身子也还是风摆荷叶似的，家里天天闹药罐子。明儿还要端整东西打发人送给蟠儿去呢。诸件事有他太太在这里疼他，又有凤姊姊留心，我也放心得下的。”又向王夫人道：“我也不过姊姊那边去了，凤哥儿也不用送。”说着出了院子，早有麝月、秋纹这一班随着王夫人、凤姐送了薛姨妈出去。

这里宝钗被他母亲提破了“金玉姻缘”四个字，便想到宝玉和黛玉两个人几年来的心事，别人或者猜不透，我是已经看到十分的了。虽然婚姻大事全凭爹妈做主，但只母女之间有什么话说不得，何不把妈妈想不到的所在提一提，再看妈妈的主见怎么样。及至林妹妹回生之后，事无不可商量，万不该一错再错，听了凤丫头的话，把活活一个人瞒住他几个月。听说颦儿走的时候竟是欢欢喜喜的，全不像先前的光景，也猜不透他什么心思，倒叫那一个闹出这件事来。这一口怨毒之气，全呵在我身上了。要想我一个做女孩儿的，断使不出什么坏心，把你们的事情离间了，何苦来和我赌气呢？自从嫁到他家，他病好后，也似乎有些情意，到后看来都是虚文。就是你要走这条路，且到三年五载生男育女后，我将来也有个靠傍，你再走也耽误不了你的事。只要你把待林妹妹的情分移一分半分到我身上来，也就够了。你们兄妹私情那么样沦肌浃髓，倒把夫妇正礼全当作水月镜花。我原是刻刻提防着，不料他认真干出这样忍心害理的事来。

宝钗想一回，又气又恨，又怨又悔，满腔说不出的话，无从发泄，竟移到一件无知之物上，暗合着黛玉焚巾的故事来了。

一时把莺儿支使开去，叫小丫头把金项圈拿过来。原是宝钗病后，叫莺儿褪下随手撩在桌上，并未收拾，今叫小丫头取过。那小丫头因从没经由过这东西，怕有闪失，便要去找莺儿来拿。宝钗生气，指着桌子上使劲说道："那不是吗？递一递就折了你的臂膊？"小丫头答道："我怕动坏了奶奶的东西。"宝钗嗔道："我叫你拿的，动坏了要你赔不成？"那小丫头就扒上杌子，双手捧了金璎珞下来，抖抖搜搜的递给宝钗。宝钗接过，挣扎着欠起身子，把金锁翻来覆去端详了一回，线断的泪珠滚将下来，使劲高声连念两遍"不离不弃，芳龄永继"，便叫两个小丫头："去瞧袭人姊姊，他在房里干什么？"一时支使开了小丫头，重又提起金锁叹道："先前原听信你是吉利话，沉甸甸的挂了你这几年，如今可是你来弃我，并不是我要离你。我死之后，恐怕他们要把这件东西给我挂上，我死也不能瞑目。"想罢，要找一件东西来砸他，手头无物可举，便把金锁连璎珞望火盆里用力一撩，眼前金星直迸，连忙伏倒枕上，喘个不住。

却说那金锁，恰好不远不近正撩在火盆里面，莺儿等回来都没理会。到了次早，有老婆子端出那火盆倾灰，并不留心，连灰倒在地上也没人瞧见，被屯里担灰的人拾去，不知是件贵重之物，贱价换脱，书且慢提。

再讲宝钗，撩弃了金锁，痛恨交迫，又连吐了几口血，脸色如灰，已支撑不住。莺儿进房见小丫头一个也不在，细瞧宝钗神色，吓得魂不附体，赶忙走近炕前将宝钗扶好。一手按在他胸前，揉了几下，连问："姑娘怎么着？"宝钗微微睁眼，见是莺儿，复又闭上，半晌才把莺儿推开，向桌上放的参罐指了一指。莺儿会意，便把参汤在药炉上温好，端过凑在宝钗唇边。宝钗喝了半盏，觉得精神略略清爽。莺儿才说道："姑娘天天不肯吃药，你看这会儿才喝了几口参汤，比刚才就精神好了些。张大夫的药早就煎好了呢，拿来温一温姑娘吃了罢。"宝钗只是摇头。

莺儿正说着，见两个小丫头进来。莺儿生气道："你们瞧着奶奶屋子里没有一个人，倒脱滑儿都走了。要逛等我回来还不够你们逛呢。"宝钗接口道："是我叫他去瞧袭人的。"莺儿道："正是好半天没见他，刚才听见说，花自芳家的在他屋子里坐了好一回工夫，不知咕唧些什么话。"那小丫头子道："我们刚才进去，见袭人姊姊还在那里哭呢。"

话未完，只见袭人走进。宝钗留心一瞧，见袭人泪痕未干，只道他不过为了宝玉伤心，便问："你嫂子进来和你说些什么话？"袭人支吾过去。宝钗叫他坐了，袭人走近炕沿坐下，细瞧宝钗神气道：“奶奶这会儿觉着自在些吗？”宝钗道：“这会儿倒觉有些精神，趁我这口气在，有句话要告诉你。咱们脾气彼此相得，原想厮混着过一辈子的。便是先前，也曾听见他说过，有人死了要去做和尚的话。如今死的没有真死，活的现在活着，做和尚的倒认真去做了。我想你终身不了，太太先前虽然有这条心，没有明公正气的收在屋里，将来贞节牌坊也轮不到你，白耽误了一辈子。我见了太太，要把这句话替你回明，好歹放你一条出路，别自己错了主意。”

袭人听说，惟有低头垂泪。坐了一会，自回屋里去了。到了晚上睡下，想后思前，可怪宝钗的话，恰和他嫂子进来讲的话再没那么凑巧相合。原来花自芳的女人今日进来，一径去找袭人。袭人和他哥嫂本来不和睦，见他嫂子进来，虽然心烦，不得不勉强应酬。花家的道：“我轻易没事也不敢进来走动，今儿你哥子叫我来瞧瞧姑娘，还有一个喜信报与姑娘得知。”袭人不等花家的说完，便着急问道：“嫂子可听见外头说宝二爷有人找着了吗？”花家的道：“那有这件事，你哥子听见人说里头刷了许多赏单，发出去各处张贴，单儿上写着赏的银子可不少。旁人都说，任凭贾府里把两位公爷的荫袭都让给人家，我们也没有这样大福分承受。那位哥儿是已经跟着有德行的和尚隐在一个人迹不到的深山里修行去了，一辈子也没处找的。姑娘你想，倘有找得着的地方，整万两银子摆着，凭谁也是眼红的，怕不变法儿去找吗？”袭人听了这番话，不觉心懒意灰，便道：“既是这么说，刚才嫂子讲的是什么喜信？真把人糊涂住了。”花家的陪笑道：“说的是姑娘的喜信呢。你哥子说有一头好亲事，人家来和姑娘说媒，叫我进来告诉一声，要姑娘自己拿个主意。”袭人听到这里，便通红了脸，使劲啐道：“我头里瞧你是个明白人，怎么今儿白眉赤眼的说这些话来奚落人？怪道你急巴巴的进来，敢是要在我身上想法儿。你们两口子别发昏了。”花家的道：“愿意不愿意在姑娘，也值得生那么大气？我劝姑娘凡事要三思，别太执意。我记起妈死那一年姑娘出来的势派，谁瞧不出来姑娘得了好处？带着你哥子也有脸。谁不愿意爬高枝儿飞呢？如今宝二爷出了家，姑娘是没有过明路的人，就在里头死守一辈子，也没出头。后来日子正长呢，难得有这门子对头亲。听见那一人年纪又轻，人才又出众，一般住的高房大厦，有的吃有的穿，家里也是呼奴使婢，那一件不称心？你哥子为的是兄妹情分，并没使什么坏心。难道还贪图在里头挣一百八十两财礼吗？将来多一门子亲戚来往，逢时遇节，端盘送盒，赔垫几个钱是有的。姑娘你去想罢。”袭人听得厌烦了，便道：“嫂子有话自回太太去，我也不犯着和你怄气。”说着，便不理他。花家的见话不投机，只得走了。

袭人越想越恼，正坐着垂泪，见宝钗屋里两个小丫头来找他，慢慢的揩干了眼泪来见宝钗。偏偏又听了宝钗劝他这一番话。虽然还有盼望宝玉回家的痴心，已把恼他嫂子的气减了几分，未免有些活动。

再说宝钗，到了次日叫莺儿请邢大姑娘说话。莺儿便使唤小丫头到园子里去请邢大姑娘。那时岫烟未到，先是王熙凤来看宝钗，宝钗只是闭着眼懒得开口。忽然睁眼向凤姐瞧了一瞧，叫道："凤姊姊，你是为好反成歹了，何苦来呢？"只说这两句，仍旧合上了眼，就没言语了。凤姐听了想要劝慰几句，明知无益，意欲分证一番，又见宝钗病到如此地步，恐怕反惹他的气。左思右想，只得忍耐住了，搭讪问莺儿："你姑娘夜里喝了些什么？睡得自在些么？"

正说着，听得外间屋子里小丫头掀起帘子道："邢大姑娘来了。"凤姐先与岫烟问好，宝钗把身子略略欠起道："又要劳动妹妹，我今儿请你过来见了一面，就算永诀了。心上有几句话要和你讲，怕再迟两日赶不上了。"凤姐听着，知道宝钗要和邢岫烟讲些什么话，怕在这里不便，因向岫烟道："邢大妹妹，你在这里多坐一会子，我屋里还有人等着我说话，少陪你。"说着便起身走了。

宝钗才接着说道："想我那一年进京来到了这里，老太太就疼了我这几年，比自己的孙女儿一般。后来做了孙子媳妇，没有孝顺老祖宗一年半载，反叫他老人家眼里见了这些意外的事，自然是我的罪过。老太太已是八十以外的人了，不过伺候他喜欢一天是一天，日子还浅。至于太太疼我，更不必说，也没有尽我做媳妇的一点孝心。不到一年，出家的出家，死的死了，眼前的日子委实也难过。但只还有大嫂子在此，凤姊姊比自己的媳妇更着意。环兄弟虽是姨娘养的，也算得太太的亲儿子，还有孙子兰哥儿，本来是好的，太太心上可以宽慰几分。还有三妹妹这班子人在跟前热闹，我虽没有承欢的福分，也可放心了。惟有我家妈妈……"宝钗说到这里，泪珠直滚，便咽住了，半晌不语，又说道："我妈妈娶了这样怄气的媳妇，一个不懂事的儿子，如今还在监里，要妈妈时刻操心。便我哥哥有日回了家，也不能叫妈妈过舒畅日子。算香菱懂些人事，当不得几分家，也是枉然。左右盘算起来，我的妈妈是要靠托在大妹妹一个人身上的了。我在九泉之下也是感激你的，我给大妹妹磕头。"说着，便挣扎起来，似乎认真要向枕上磕头的光景。莺儿赶忙过去把宝钗扶住，因挣扎不起，仍旧躺了下去，扑簌簌的流下泪来。邢岫烟心地明白慈祥，素来又感念宝钗为人，今听见宝钗这番嘱托他的话，十分伤心。因自己尚未过门，当着丫头们在眼前，腼腆的无言可答，惟有流泪而已。当下宝钗说完了话，便似睡非睡的朦胧合眼，神色大不如前。莺儿又取参汤递到宝钗口边，宝钗只是摇头不喝，也再没和人讲话。岫烟便起身回去。

再讲薛姨妈，因那一天过来看了宝钗，又着了些外感，兼之心头郁结不开，病势翻覆起来，这几天总没过来。

贾母放心不下，亲自到宝钗屋里走了几次。王夫人以及李纨、凤姐等等来看视，自不必说。

怎奈宝钗的病一天重似一天，自王太医回绝之后，各处名医束手，王夫人真无可如何。到了宝钗绝命的时候，贾母、王夫人、李宫裁、王熙凤、探春都在屋里。众人怕贾母见了伤心，先劝贾母回去了。不多时，宝钗两眼往上一翻，莺儿上前咽住哭声，叫了几声姑娘不应。只听宝钗忽然直声叫道："宝玉，宝玉，你好……"就绝了气了。

李纨、探春听宝钗叫出这六个字来，竟与黛玉从前如同响应，不禁面面相觑，毛发直竖。王夫人听见，明知宝钗心里怨恨宝玉，因痛媳而思子，寸肠如割，越发大放悲声，号啕不止。李纨等含泪把王夫人劝慰一番，王夫人叹口气道："我懊悔把这孩子糟蹋了，真对不住姨妈。听说这几天他又病得炕都起不来，这会儿在跟前还不知苦到那么个分儿呢。我也走了，瞧着委实的难过。有一句话对你们说，姨妈不在跟前，别再委曲了这孩子。凡有知道他平日爱的东西，都给他穿戴了去，留着也没处用，徒然见了伤心。"李纨、凤姐应道："这也不用太太操心，我们在这里留心照料就是了。"一时，王夫人走了。

早有赖大、林之孝家的引领众媳妇忙乱动手，给宝钗装裹停床。惟有莺儿只是哭个不了，凤姐把他乱推道："别哭罢，快去把你姑娘穿戴的东西都经由出来。那一盘子金锁是要给你姑娘戴去的。"莺儿含着一包眼泪道："提起金锁，是我和姑娘摘下来放在桌子上，这几天像没有瞧见，因心里有事也就混忘了。"说着，便向橱子上、抽屉各处找了个遍，问小丫头子："可瞧见姑娘的金锁？"小丫头子道："那一天姊姊没有在屋里，奶奶叫我在桌子上递给奶奶瞧呢。"莺儿道："你们听，不问着他，还怕有人割了他舌头，不哼一声儿呢。奶奶瞧过了到底交给那一个，放在什么地方了？"小丫头道："奶奶正瞧着，叫我们去看袭人姊姊，回来不知奶奶递给那一个了。”莺儿又向各人问过，都说没见。凤姐接口道：“既没有见，你姑娘又没起来丢的，不过在炕上，还怕飞到那里去了？”便叫林之孝家的就在褥子、绒毯底下细细找寻，都没有。莺儿着了急，自己还去翻箱倒箧找了一回，总没找着。凤姐生气道：“屋子里再丢不了东西，一定又闹出坠儿的故事。”便指着两个小丫头子道：“你们好哟！趁奶奶病着，偷偷摸摸的，把奶奶的东西藏在那里了，快去拿了出来，给奶奶挂上的好。装糊涂，再推不知道，仔细你们的皮。”两个小丫头吓得不敢出气，只是打战。众人要脱自己干系，你一言，我一语，立逼小丫头着落这件东西。凤姐又叫林之孝家的带了几个人，到小丫头屋子里细细查搜，也没搜出。

探春见这件事闹得不能完结，细想小丫头们未必有此大胆，便道：“凤姊姊，别性急，枉累无辜。我看这件东西又像二哥哥失玉的故事了。宝姊姊这挂金锁也有些来历，原不比寻常佩戴之物。头里二哥哥因失了玉便疯疯傻傻起来，归根儿闹到去做了和尚。如今宝姊姊到了我家，遭此意外之事，一生禄命将绝，已近盖棺，焉知不是鬼使神差，也先把这锁摄去了？你们的意思谓这盘锁是宝姊姊在生时心爱之物，定要把他来殉葬。据我想起来，宝姊姊死必嗔此，很可不必。他生前挂此不弃者，原因锁上镌有颂祷句语，今身已云亡，何必又取此吉利话头？既不取吉利，不过是一件金珠佩戴之物，没有什么稀罕，只叫莺儿把他姑娘所有的东西只拣好的收拾出来插戴罢咧，也不必去回太太，叫他老人家又多一件心事，将来姨妈跟前说不说都没要紧。”李纨道：“三妹妹讲的很是。这会儿别夹在忙里闹这件事。”探春又道：“我不过是这样瞎猜，也保不定必不是人家偷了去。凤姊姊只管吩咐管事媳妇们，大家慢慢的留心查察，叫莺儿、袭人这班人底下去都留点心。奶奶不在了，屋里没有主儿，别因我这番话有个推卸，认真把屋里的东西偷盗起来，倒是我来开门揖盗了。”凤姐道：“既是三妹妹这样说，咱们且把这件事搁起。”便问林之孝家的道：“那一件可端整了没有，前儿大夫回绝了，听见二爷说，早吩咐你男人的了。”林家的道：“正要回奶奶这句话，几天前头二爷吩咐出来，赶忙去看了几处，都看不中，价钱又不对。我倒想起一件现成的东西，不是头里替林姑娘办的没用着，还寄放在馒头庵里，也化了七八百银子买的。大奶奶情愿减价要弃脱，因没买主就搁起了，不如就用了他可使得吗？”凤姐道：“我也想起来了，要论价值，这件东西很可用得。这会儿外边正打饥荒，没的又去张罗，快叫人去抬了来瞧瞧。”林之孝家的一面出去传话。探春听说这副棺木本为林姑娘置备，竟留以待用，一大奇事，益信金锁之失定非无因。

不说李纨、凤姐轮替往来照料，这里袭人、麝月、秋纹、碧痕等和小丫头、老婆子常来伴灵。到了送殓那一天，莺儿哭着拦住不许盖棺，要望他姑娘像林姑娘一般的还阳转来。也有笑他痴的，也有看了伤心的，经凤姐喝劝，没奈何走开，大放悲声，悼痛靡已。一时把宝钗殓了，七日后开堂发靷。亲族吊丧一切仪文，概不琐述。

后事如何，另叙下回。

【第十三回】

太虚境遣邀薛蘅芜　紫檀堡补叙烈晴雯

话说宝钗临终抱恨，直呼宝玉之名。霎时间，已魂离躯壳，似在梦里一般。见有三个人笑脸迎上，宝钗向他们端详一会，那一个便开口道："婶子是不认得我的，我便是东府里蓉儿媳妇。"又指着那两个道："这是我尤家二姨，就是琏二叔叔娶的二房婶子。这是尤家三姨。"宝钗道："怪道都有些面熟，轻易不进咱们园子里来逛逛，不在一堆儿厮混，所以生分了。"秦氏道："今儿我和二姨、三姨来接婶子，顺便进园子里去走走。"宝钗道："正是，我也多时没到园子里，今儿打伙儿去散散心也好。"

当下出了院门，宝钗随了秦氏等径往大观园来，各处看了看，道："今儿有客，怎么园子里这班姊妹们倒躲得不见影儿了。"说着到了蘅芜院。宝钗便嗔上夜的老婆子不经心，又道："屋子是要人住的，你看我离这里不久就糟蹋得不像样儿了。"一时转了出来，迤逦走近潇湘馆。只见许多挑夫络绎不绝，挑的都是银鞘，前后左右乱堆在地。宝钗惊异道："听见琏二嫂子只嚷着饥荒打不开，现放着的这些东西做什么呢？”秦氏笑道：“银子可不少，这会儿不能叫琏二婶子拿去打饥荒。”宝钗道：“银子进来咱们园子里，便是咱们府里的东西了，现在太太这里办事有什么使不得呢？”秦氏微笑不语。

话未了，已到潇湘馆门前。宝钗似忘了黛玉已回家去，生前之事都已渺茫，拉了尤二姐道：“咱们进去闹了林丫头。”秦氏接口道：“林姑娘这会儿也不在家里，咱们别耽误了正经事，快走罢。”宝钗又问尤二姐道：“这几时没听说凤姊姊吵闹，可和姊姊是好了呢。”尤二姐眼圈儿一红道：“我们都是没造化的，走得早了，要熬煎得一两年，承望托了人家的福，也得过些好日子呢。”话未完，尤三姐把他钉了一眼道：“姊姊这会儿和宝妹妹讲这些有要没紧的话怎的？”秦氏一面笑着把话岔开，径往前走。

不觉已到园外，远远望见一所高大门第，门前车马喧阗，甚是显赫。宝钗指着问道：“这是那一家？势派也不小。”秦氏笑道：“这就是婶子的家里。”宝钗道：“你别胡说，正经我家里在南京，那又摸到这个地方来了。”

说话间，过了热闹地场，已行至乡村，见一座小小结构的院宇，门户焕然。秦氏向尤二姐指道：“这就是袭人的对头家里，如今可不是他归结的所在了，还要来住几天是免不了的。”尤三姐听说，道：“你们真爱讲个闲话，不怕宝妹妹听了嫌烦？”说着转过树林，又见一院庄农人家，门前站立个人。宝钗定睛一看，认准是晴雯，便招手唤他过来。晴雯佯然不理，反转身向屋门里走了进去。宝钗生气道：“难道他不是晴雯，怎么叫他也不理？到底要唤他出来问个明白。”秦氏道：“他已不是咱们这一路的人，婶子别去理他，走咱们的路罢。”

宝钗往四野里一瞧，便着急道：“正是跟你们走了半天，怎么走到这荒村野地来了？到底是要到那里去呢？”秦氏道：“我们引婶子到来的地方去。”宝钗道：“来的是这条路，我不去。”回身便走，秦氏忙上前扯住道：“婶子爱去也要去，不爱去也要去，可由不得婶子呢。”尤三姐笑道：“宝妹妹别理他。我告诉你听，我们去得的地方，谅来你也去得的。”宝钗意欲回身转去，又无同伴，只得随着众人，便道：“今儿偏不带一个人出来，叫谁去套辆车来才好。”尤三姐接口道：“我知道宝妹妹走乏了。”便向腰间掣出鸳鸯剑一柄，向地上一指，霎时起青云四朵，一同踩云飞起，径往太虚幻境，书不细表。

且说宝钗所见的晴雯，毕竟是鬼是人，是真是假？如不急于表明，阅者颇费猜疑。原来晴雯被王夫人撵出，病在他姑舅表兄吴贵家里。宝玉去看了他一会，悲痛之中，呜咽至三更，昏沉晕去。一灵出壳，径进大观园怡红院内，依依不舍。这里吴贵的女人，因日间和宝玉调情未遂其愿，一夜不能安睡，等至天色微明，往柴房走动，见晴雯僵卧席上，只余残喘，便着紧叫他男人起来。那吴贵本是一个有名的醉泥鳅，糊涂到十分的，也认做他已死，赶紧的往里头领了赏项，买了一口单薄不堪的棺材，雇人往家里一抬，多余的银两留着自己吃喝花用。不管死活，把晴雯往棺里一撩，就是随身这两件衣服，也没装裹，所有衣饰被褥，并袭人打发人送出去的包袱银钱等物，吴贵的女人尽净收拾掇在自己箱里。

因吴贵有一叔子，老两口在离城十五里紫檀堡地方务农为生。吴贵知他叔子空地上可以停放棺柩，自己先到叔子家里告诉了话，同着来到地头，指点一块空地停放。吴贵回到家里，因里头吩咐出来，说是害女儿痨死的，把尸棺就烧化了。吴贵便雇人把棺柩抬往城外化人厂，相离吴贵叔子的地头不远。正抬着走时，听见棺材里面叫唤起来，吓得众人连忙放下，也不去通知吴贵，各自走散。及至吴贵夫妇同至化人厂一送，只见厂里正在焚化尸棺，吴贵不问皂白，两口子看了一看，便自回家。又怕他叔子查问晴雯遗物，着落他做些功德道场，便绝足不到他叔子家里去走了。

这里，吴妈向来最疼爱他外甥女儿的。自从晴雯的老子把他女儿卖给赖家，赖大家里把晴雯孝敬了贾母，后来又派去伺候了宝玉，多年没有见面，吴妈时常记挂。今听说他外甥女儿死了，把棺柩抬来停放地头。吴妈叫他男人去买了些纸钱，做了一桌羹饭，装在篮子里，提到路上见放着一口尸棺，也没抬到地里好好停放，吴贵也不见，想来就是他甥女儿在里头，止不住伤心哭了几声“苦命的女儿”。只听得棺内应声道：“我还没死呢。”那吴妈连忙住哭细瞧，棺材板片朽薄，裂的有二三分缝，便问：“你当真不死吗？”里头应道：“正是。”吴妈赶忙回家告诉他男人，拿了斧子铁锹，赶到棺边细听了个真，便把棺盖撬开，见晴雯脸上虽带病容，气色甚正。两口子把晴雯扶起，坐在棺内。恰有吴家邻居几个人，刚才听见吴妈的话，当作一件奇事一拥而来。吴妈叫一个人快去拿了一只筐篮同扁担绳索前来。吴妈抱起晴雯，装在筐篮里面，就央看的人抬回家里，卧于炕上，给他饮些米汤，连忙延医诊治。

过了几日，晴雯见他舅母看待甚好，比在吴贵家里大不相同，自知死而复生，恍同两世，自己也平心和气的调养身子，把种种气苦净尽丢开，饭食亦渐渐加增。不到一月，病已痊愈。吴妈又替另收拾一间干净屋子出来，给他居住。

晴雯因自己一无所有，衣食用度都是他舅舅家里供给，心上不安，叫他舅舅去吴贵家里讨取银钱衣物回来帮补。他舅舅倒是一个正经务农的人，平日瞧他侄子不上眼，后来娶了侄媳妇，又见是一个歪货，总不许他们上门。听见晴雯要去讨他的东西，便道："甥女儿，虽是你的东西，放在他家这一个来月，已不知鼓捣到那里去了。你那一个嫂子最是眼小的，趁你病着，顺风吹火儿，藏的藏，变的变，猫嘴里挖鳅，不去讨倒省些气。瞧你舅母将近五十岁的人了，只有你四五岁一个小兄弟，粗布衣服是够你们穿的，粗茶淡饭也饿不了你们。听你舅母说起来，你也不想进里头去的了，安心住在这里，底下我给你留心。知道你庄家粗活是做不上来的，也不要你动手，有的针线活计，帮着你舅母做做也随你的便。"一番话，说的晴雯十分感激，住在吴家倒也算得个绝处逢生的地场。

他舅母又引着到前后各处瞧了瞧乡村风景，道："你舅舅真是全靠两只手做这分人家来，一天那有半刻闲的工夫。一清早就背了筐子出去拾粪，数九天冻得手上开了裂，暑伏天镇日家毒日头地里晒着，怀里揣着两个谷面馍馍，也当了一顿饭。空闲的时候，还赶着两个毛驴子煤窑上去驮炭，挣他一百八十。我也帮着你舅舅熬个三更半夜，纺花织布，怕花钱买灯油，趁着月明地里做活。如今都熬出来了，靠着老天爷几年好收成，打的粮食吃不了，地头上瓜茄蔬菜都现成，那一样要花钱买的？你看屋子也盖好了，上好地置了八九十亩，家里黄牛喂了两三条，自耕自种，就添上一个甥女儿也吃不穷你家舅舅。我知道甥女儿是在里头吃惯好的，爱吃什么尽管和我说，也别替你家舅舅省钱，太委曲了你。"晴雯听了越发欢喜。

有时到屋后园子里逛逛，见一带疏篱，几丛翠竹，屋旁又有十余株梅李疏密相间，触景萦怀，不禁神往大观园内，想：无端被太太盛怒撵逐，定有人在太太跟前进了谗言。虽然我在里头性子未免躁烈一点，结怨的不少，但没有这个人在太太跟前敢说话，就是太太，也未必相信他十分。我猜起来，除了他，再没第二个人。我到底害了他什么路，不想我和你都是老太太派给宝玉的人，你是已经够分儿的了，再巴结你的不好，何苦来暗箭伤人？我今番死不了，倒要睁开两只眼看他，别碰在我手里，任凭你做了宝奶奶、宝太太，肉也要咬他一块下来的。又瞧着贴身穿的袄子，感念宝玉多情。倘知道我还没有死，寄住在这里，定要变法儿叫我进去，太太如何肯依？万一翻腾起来，有许多不便。园里姑娘们这些坑儿卡儿已够他照管了，搁得住再分一条心到我身上来，可还有吃饭念书的工夫吗？横竖人家都知道我已经死的了。前儿听这里舅舅说起来，他侄儿两口子也不上门的，我再叮嘱舅舅、舅母，竟把我住在这里这一节事，别告诉人家，便好把宝玉瞒住。消停一年半载，再看机会是正经。晴雯打定主意，每日静坐无事，做些活计，倒可添补自己零星动用。

约过一年之后，忽一日有人来与晴雯说媒，他舅母便欢天喜地的来告诉晴雯。晴雯一闻此言，便吓得目定口呆，心头暗暗盘算，自己爹娘已经亡过，推不到爹妈身上去做主；要说里头许配的了，又不便凭空捏出一个人来；若说不愿出嫁，又怕他们动疑，也不像一句话，总想不出回复他们的话来。一时神思慌乱，惟有脸涨通红，悄默声儿跑到自己屋里，躺倒炕上纳闷。

吴妈还解不开晴雯的意思，只道女孩儿家听了提亲的话脸上害臊，所以走了。便和男人商量做主，竟把亲事允了。因先前问过晴雯的年庚，吴妈记得，告诉了他男人，一面去央一位村馆先生写了八字回来。停了两天，媒人来袖了庚帖送去，讲定天婚不用占卜，就择吉行聘。那一天端送盘盒，所有金珠首饰、细缎绫纱，以及喜茶喜果、羊酒米面，极其丰盛，一面端整酒席款待媒人。吴妈将聘礼逐一检点，都是耀眼增光，鲜明璀璨，料他甥女见了没有不欢喜的。自己守着这些东西，便叫他五六岁这个孩子去给姊姊道喜，叫姊姊出来瞧瞧。

晴雯出来一看，已明白八九。此时再不能隐忍，便道："甥女儿蒙救命大恩，又养活了一年多，真是天高地厚，同亲生爹妈一般。凡事原该听舅舅、舅母做主，但女孩儿终身大事，也要出于自己情愿，怎么舅舅就干得这样冒失，不如趁早把这些东西退还了人家是正经。"吴妈听了，摸不着晴雯的心事，便道："这一门子亲，数他人材是第一等，家里也很势派，来往的都是官宦。讲到吃的、穿的，比你舅舅家里强几十倍呢。他家也就住在这堡子里，相离不过两三里路，底里都知道的。如今央的媒人，就算咱们堡子里一家大富户，捐的官职叫什么挂线米桶，算起来没有一件不称姑娘的心。所以前儿我和姑娘说了，就叫你舅舅做主，许了他家，把姑娘的年庚开了去。人家也不合婚，看了今儿好日子送过聘礼来，姑娘你瞧。姑娘在荣府里头住的日子久，自然见识过这些好东西。若说庄农人家，一辈子没有见过眼，我就看了件件有趣可爱，没有一样叫得出他名儿呢。"

晴雯不等吴妈说完，脸已气白，几乎要把这些东西踩的踩、摔的摔，发出旧时在怡红院的性子来。又想他舅舅、舅母一年以来豢养恩深，此事原是他们的好意，不过乡里人办事粗率，本来自己隐情从未吐露，他们如何得知？于是又缩住了手，回到房中自叹薄命。心坎上虽丢不下宝玉，但现在内外隔绝，将来能否进府，尚在水中捞月，偏又碰出这样意外之事，不如早早寻死，一了百了。一面松开外衣，把换穿宝玉的袄子翻覆细看，怔怔的发了一会呆，止不住泪点淋漓，襟子上早湿透了一块。当下主意已决，掩了房门，找了一条绳子，踩上炕沿，一手把绳头穿在梁上，缚做了个活套，把脖子套入里面，两脚一蹬离炕，两手直垂下来，霎时咽喉气闭，魂魄离身。见一白发老者，将手中拐杖架格缢绳，倒身跪地，将手乱摇，晴雯不解其意。

不多一会，早有他舅母推门进内，瞥见惊喊，叫了邻居女人帮同解下，灌救苏醒。这一嚷，连堂屋内坐的媒人也吃惊不小，细细问明缘由，怕打威逼人命官司，情愿收回原聘礼物，送还原庚八字，一场扫兴而散。

再讲晴雯，恍惚记起上吊时所见之人，明明像是土地，大有古怪。或者将来和宝玉还有相见之日，不该如此结果。于是转悲为喜，反向他舅舅、舅母跟前去赔不是，说："甥女儿年轻性执，一时短见，累你们老人家受惊。别怪甥女儿，将来总要报答舅舅、舅母的大恩呢。"隐约其词，说了几句话，吴家夫妇好言相慰。自此，再不提议亲一事，晴雯相安度日。此是补叙前事，交代清楚不表。

且说花自芳的女人，那一日见袭人话不投机，一场没趣。回到家里，把袭人的话都告诉了他男人。花自芳道："我确确实实打听的宝二爷是不回家定的了。他死守在里头算什么呢？既是叫你去回太太，或因他自己开不出口来，你过几天去找太太的陪房周奶奶，烦他在太太跟前方便一声儿，候太太怎么样示下。"当下正接着宝钗的丧事，里头忙乱，把这件事搁起。

那边媒人连次到花自芳家讨信，没奈何催他女人去走一趟。花家的赶着吃了饭出门，径往荣府后街门，一直进院来到周瑞家里，告诉这话。周瑞家的满口担承，道："婶子你坐在我家里老等，太太允不允我总出来回你个准信。"一时周瑞家的进去，回了花家的话。王夫人想起宝钗在病中也曾提过这件事，便道："袭人这个人我早瞧起他的。如今宝玉这下流东西自己没造化，颠颠倒倒干出这样事来，已经坑死了一个宝丫头，何苦再把人家女孩儿委屈他一辈子？既然他哥子有这句话，很好，明儿就叫他家去。"当下吩咐玉钏："去和琏二奶奶说，宝姑娘屋里的东西，前儿二奶奶已经手封锁了，钥匙在他那里，叫他自己过去，或是打发平儿去，把宝姑娘的衣服首饰多拿几件赏给袭人。外头的例赏也就给了他，替我另再给他几两银子。"一面又叫周瑞家的去告诉袭人一声。那周瑞家的自去和袭人说明了王夫人的话，就出来复了花自芳的女人。

且讲玉钏听了王夫人吩咐，来和凤姐说了，凤姐叹口气道："死的死，嫁的嫁，都是宝玉自己闹出来的事。井坍连屋倒，怎么这两三个月里，咱们家里的运气就败坏到这个地步？"又问玉钏道："这件事，到底是袭人自己要出去呢，怎么样？"平儿在旁接口道："奶奶倒说的发笑，怎么他自己要出去呢？头里宝姑娘病的时候，就恍惚听见花自芳的女人进来过一趟，在袭人屋里咕唧了半天，碰了钉子出去的。如今不知太太怎么又知道了。"一面笑问玉钏道："太太这会儿怎么忽然要打发他出去？"玉钏道："刚才周大娘来回太太，说花自芳的女人央他来求太太的恩典，太太一口应许，道：'已经坑死了一个，再别委曲人家女孩儿。'就叫我来告诉奶奶呢。"凤姐听到"坑死一个"的话，一阵心酸，顿时两眼发眩，便叫平儿："你带了钥匙，和玉钏同去，依着太太的吩咐，把东西拾掇出来，拿去请太太过一过目，再给他。"说毕，就躺在炕上，叫一个小丫头跪到炕沿边和他揉胸口。平儿和玉钏自去拿了东西，送与王夫人看了。

平儿和袭人素来本好，今日假公济私，自然只拣好的拿出。王夫人还说："这些东西留着看了酸，不如再多给几件子，如今就是那么着罢。"又叫玉钏兑了四十两银子，同衣包首饰叫一个老婆子拿了。

平儿仍拉着玉钏厮跟到袭人屋里，见他一个人呆呆的坐在炕沿上，眼圈儿已哭得通红。袭人见他们进去，忙起身让坐。三个人本是平日最投脾气，无话不说的。及至此时，明知袭人勉强走了这条路，恭喜他又不是，劝慰他又不是，开口一着形迹，反像讥诮他似的。袭人一见他们，亦觉腼腆局促，彼此无话。平儿只得叫老婆子打开包袱匣子，逐一检点交代清楚，各自推故走了。

袭人想太太赏给这些东西，主子的恩典益重，未免悲苦益深。一件件知是宝钗遗物，触目伤心。"宝钗何在？宝玉何方？我这一个人从此出了荣府，也似有若无的了。"袭人想到伤心之处，万缕愁思，回肠百折，连身子都晃晃荡荡，如做梦一般。这一夜整整的哭到天明，没奈何挣扎起来，凤姐那边正打发小红过来。

未知小红何事，再看下回分解。

【第十四回】

花袭人出府丧节守 蒋玉函感旧退婚姻

话说小红来到袭人屋里，拿了几件首饰，又提着一包衣服递给袭人道：“这里头一件天马皮大毛褂子，奶奶说先前给过姊姊的，后来要去配丰毛，就搁着没有拿来。今儿平姑娘叠衣服才记起，叫拿来给了姊姊。还有二十两银，也是奶奶给你的。外头的例赏，你哥子领去的了。”袭人打开包袱，一看见是头里回家时候，二奶奶因天冷给他穿的这一件，物则犹是，而人已今昔不同，禁不住泪珠直滚，只得说道：“劳动妹妹，奶奶那里我过去磕头。”小红略坐一坐，也就走了。停了一会，又见凤姐处打发一个老婆子来道：“花自芳自己坐了车子来接，在大门外等着呢。”袭人这里，早有秋纹、碧痕这一班人替他装箱锁笼，收拾停妥。

袭人一面拭干了眼泪，先到王夫人处。玉钏一见袭人，便迎出院来，悄悄的道：“太太心里疼，还睡着呢，叫你不必去见老太太，怕老太太见了伤心。别的所在也不用去走，只去见了鸳鸯、琥珀等。”一面说明王夫人叫不见老太太的话，便回身出院，转过穿堂径至凤姐屋里。凤姐见了袭人道：“这几时闹得我来支持不住，百样事都懒怠开口。你这件事，我竟摸不着头绪。昨儿听见说起是太太做主，也怕你受委曲，疼顾你的意思。我想起来也没有什么使不得，才叫小红送去的东西都收到了吗？”袭人道谢。想到此刻自己身分非比从前，只得下了一个全礼。凤姐连忙拉住，瞧他脸上脂粉不涂，泪痕满眼，委实可怜，便道：“你将来不拘到那里，依旧里头来走动。就是太太，也不肯把你当一个打发出去的人看待。停几天我就叫人出去瞧你。”

正说着，只见老婆子来回：“花姑娘的哥子又进来催过呢。”袭人噙着泪，还要进平儿屋里。平儿便拉了他一同出来，早有鸳鸯、琥珀、玉钏、麝月等一班姊妹在过厅里等着送袭人，一齐来到二门口。平儿便问：“车子呢？”见有一个小子回道：“车子是花家雇来的，里头没吩咐出来，没有套车。”袭人只得同了一个老婆子走到大门外来上车。平儿等在二门口站了一回，看袭人走远了，各自进去。

且说袭人所有的箱笼等物，自有麝月、秋纹给他逐一捡齐，叫老婆子搬运出来。花自芳瞧着轿车里面装不下，又雇了一辆敞车。袭人同老婆子坐了轿车，花自芳在后面押了敞车，不多一会到了家里。花自芳的女人早预备袭人住的屋子，烧暖了炕，把东西都收拾进去。这晚花自芳又把姻事称心，并现在赶办嫁妆的话告诉了袭人。

不多几日，吉期已到，一切礼仪倒也丰盛，亲朋贺喜，鼓乐齐喧，甚是热闹。一面与袭人妆新，催妆上轿。袭人此刻想到宝玉相待情分，未免恋恋旧巢。然事已至此，亦无可奈何，只得随波逐浪，另抱琵琶。

不说袭人心头思想，再进花轿过门，参天拜地已毕，甫入洞房，忽听新郎匆促出门，不知因何紧要事务。花烛良辰，孤帏独守一夜。待至天明起身梳洗，仍未见新郎回家。留心听得房中伺候的老婆子说起，静王府里有事传去，一时未能脱身。接连三日。

那一天袭人离了卧房，向前后内外细细瞧了一遍，见屋宇虽不轩昂，而结构新妍，陈设体面，似非庄农贸易人家。客屋东首有一套间，极其精雅，乃是新郎平日坐卧之所。壁上单条画幅，虽不识是否名人笔墨，但觉装潢华丽。摆的一色红木桌椅，大红哆罗呢椅垫，颜色鲜明。酒樽、茗碗，无不精洁。靠壁一架梨木书橱，无多书籍，只有大红书面贴黄签的一套。槅子上也摆着溜金香炉、碧玉花瓶、嵌镶如意等物，还有笙笛鼓板这些杂器。桌上多盛盘内罗列着几件汉玉古玩，内有玉扇坠一个，倒像看见过的。炕上月蓝洋绉炕幔，上面大红顾绣走水，两旁镀金幔钩，一叠五六床被子，配搭颜色相宜。炕边紫檀衣架上搭着几件随常替换衣服，里边露出半条松花色湖绉汗巾。袭人顺手抽出一看，怔怔的呆了半晌，又翻覆细认一遍，确就是那一日替宝玉系在裤上，换给戏班里人的。那时还嗔他不该把我的东西给人，谁料数由前定，连身子都归结在此。

既然他家姓蒋，此人无疑是蒋琪官了。虽未免伤心往事，然已知数定胜人，万难勉强，倒把鹘突的心肠安定了几分。于是想起换来的那一条汗巾子，记得撩在箱里从没系过，就带了这条松花绿汗巾回至房内，打开箱子找出那条大红的来一对，两边颜色一衬，分外鲜妍。袭人又呆呆的看了一会，把那松花绿的反收藏起来，留这条红的在外，欲待本人回来瞧见了，看怎么样。

原来娶袭人的，果然就是蒋玉函。只因成亲那一夜适值北静王府里宴客唱戏，传了蒋琪官去伺候。接连闹了几日，直到第四天才得回家，赶忙来到新人屋里，欲与温存一番，一眼瞧见衣架上的茜香罗汗巾。因这件东西本是外国进贡的罕物，又切记那一年赠与宝玉的，如何忘记了？定睛细认，大吃一惊。又将新妇端详了一回，便问："你莫非是宝二爷屋里的袭人姊姊吗？"袭人粉脸泛红，低头无语。蒋玉函道："记得那年和二爷在酒席上行令，犯了姊姊的芳名，旁人还罚了我的酒，说宝二爷屋里有一位袭人姊姊，不该道出这两个字来。才见了这条茜香罗汗巾，就是我孝敬二爷的。想起姊姊姓花，定然就是袭人姊姊了。如今千亏万亏，是北静王府里传我去唱戏耽搁了三天，虽与姊姊洞房花烛，尚未共枕同衾。前儿在王府里听说王爷为二爷的事很惦记，传一个起课先生叫张铁嘴，起了一课，说二爷这个人本有夙根，但此时还不能抛撇红尘，不久就有回家的消息。我今误娶了姊姊，日后二爷回来，纵然宽恕，我如何对得住二爷呢？便是二爷当真出了家，一辈子不回来，我也不肯唐突姊姊。这件事便怎么样好呢？"当下蒋琪官心上盘算一番，便向袭人作了四个揖，赶忙出去了。

这里袭人听了蒋琪官的话，竟置身无地。想宝玉果真回来，自然好，也叫老太太、太太放一条心。但就我这个人看起来，俗语说的"嫁出去的女儿，如同泼出去的水"，我已经到了这里，还有脸儿再进府去不成？倒不如宝玉不回来得干净。不说袭人胡思乱想，提过这条大红汗巾呆呆的拿在手里，呜呜咽咽哭个不了。

再讲平儿、鸳鸯、麝月、秋纹这几个人，知道袭人回家去不多几日就出了嫁，夫家离城不远。这一天讲起，因念素日姊妹情分，攒凑几两银子，备了四个盒子。平儿回明凤姐，叫周瑞家的出去瞧他一瞧。

周家的便坐了车，带了自己家里一个小丫头，叫赶车的先到花自芳家里，问明他妹子嫁的人家住在那里。那赶车的早已知道，说：“不消问得，就是紫檀堡蒋家，离城不过十几里路。”说着，一扬鞭赶出了城，径望蒋玉函家来。到门前住了车，先叫赶车的端了盒子进去，随后周瑞家的下了车，带了小丫头一径走进里边。早有蒋家一个使唤的老婆子听说是荣府来的人，赶忙迎了出来。一见周瑞家的穿戴体面，不敢怠慢，便陪笑迎进堂屋，一面让坐。

周瑞家的问：“新娘屋子在那里？”那老婆子问明了姓，便道：“周奶奶，你不知道，新娘已经不在了。”周瑞家的倒吃了一惊，忙问道：“怎么说不在了？”那婆子道：“周奶奶请这里坐下，慢慢讲给你听，笑话多着呢。想是我们这位相公今年天喜星没照命，头里聘过一家姓吴，也是荣府里出来的姑娘。媒人已讲得停停妥妥，到了过礼这一天，媒人还不出他家的屋门，不知为什么，那一个姑娘就上了吊了。幸亏解救得快没有死，女家顿时把亲事退了。如今娶了这位新娘来，人才也出众，性格也温存，才三四天，还没同房，就把他退还了娘家。瞧着我们这位相公，只好一辈子在场面上给人家做老婆，自己竟没有娶老婆的福分呢。”

那婆子话未完，周瑞家的已听得满肚子疑惑，又想近来不听见里头打发丫头出去，或者是东府里的也未可知，为什么又上起吊来？此时反将袭人之事搁过一旁，尽着盘算那一个是谁，便根问头里聘的新娘家住在那里。那婆子道：“就是同堡相离不远，这里东去，过了林子，门前一个大场院，一溜种着十多株大柳树，从这里出去，转过那黑丛丛的林子，便是他家。”

周瑞家的一面起身，那婆子陪笑道：“周奶奶倒白走了一趟。”便叫一个小厮把几个食盒捧了出去，道：“周奶奶顺路到花姑娘家里瞧瞧去，自然里头还有些钩儿麻藤的事，他细细的告诉你老人家呢。”说着，送周瑞家的出来上了车。周瑞家的细想这两件事，心上不得明白。先要到那一家去问问，又恐这老婆子说话传错，正在拿不定主意，书且按下。

讲到吴贵家里，因先前把晴雯的棺柩抬到化人厂去，送了回来，已算把这件事归结，所有遗下的东西都是他媳妇收了起来。还有几吊钱，吴贵拿去花用了，心中安然无事。到了一年后，听得风言风语，传他表妹子又活了转来，现在他叔子家里住着，心上惊疑不定，怕瞒昧他的东西终有要发觉。两口子疑心生暗鬼。

一日吴贵的女人忽然害起病来，昏迷不醒，胡言乱语的嚷说：“我是当方土地，查察你们瞒心昧了荣府许多财物，不快快拿去送还，便不饶你们性命。”说着站起身来找了一根木棍，向吴贵劈头打来。吴贵身心战栗，一手接着棍子，双膝跪倒，哀求土地尊神道：“瞒昧的东西，明儿就去送还。”因不便送进荣府，等他女人苏醒说明此事，吴贵的女人也是害怕，情愿送还了他。

待至次日，吴贵将首饰衣服连花去几吊钱也拼凑齐了，包了一包袱送到他叔子家里。看见晴雯果然活着，面庞比旧时肥胖了许多。一面认了好些不是，然后把东西逐一交代清楚。晴雯因那时宋妈送出来的包袱，自己在病危之际不能检点。今儿吴贵一总送还了他，也是意想不到的事，因此把从前待他这些不好之处都撩开了。说话间，问起荣府近日事情，吴贵自然把宝玉中举出家一事先告诉了，晴雯已吓得胆战心惊，怔了半晌，尚未盘问细情。吴贵因记挂他女人的病，急忙回身便走。

正值周瑞家的从蒋玉函家出来，到着那一家门首，像是刚才这老婆子讲的，便叫住了车。事有凑巧，一眼瞧见吴贵走出门来，便叫过车边盘问。吴贵道：“难得你老人家到这里来逛逛，这就是我叔子家里。有一件奇事告诉你老人家，我家姑舅妹子还在呢。”周瑞家的笑道：“我省不起你家姑舅妹子是谁？”吴贵道：“在宝二爷屋里伺候的，叫什么连我也忘了。请你老人家到里头去坐坐，横竖见了面总认识的。”周瑞家的下了车，吴贵引着先走，推进大门便嚷道：“荣府里的周奶奶来了，妹子快出来。”又道：“我有些小事少陪你老人家。”说着飞跑的走了。

晴雯在里面听说荣府里来的周奶奶，不知因何事故，赶忙迎了出来。周瑞家的一见，认是晴雯，记起他被太太撵，已经死过的了，陡然一惊，便忘了吴贵的话。一时浑身打战，倒退几步喊道：“晴雯姑娘，我在太太跟前没有说过你坏话呢。冤有头，债有主，你快去缠别人罢。”晴雯笑道：“周婶子，你别害怕，我不是鬼呢。”连忙细细的把话说明。周瑞家的啐道：“刚才原听见你姑舅表兄吴贵说你还在的话，我也没理会，见了你到先吓昏了。”晴雯等不得周瑞家的话讲完，便问宝玉出家的根由。周瑞家的便从晴雯出去后，宝玉怎样失了玉，疯傻起来，怎么哄他娶林姑娘，反娶了宝姑娘，哭的死去了。林姑娘死去了又活了转来，如今已回南去了。宝二爷进场中了举，就去做了和尚，害宝姑娘也苦死了这些话，约略讲了一遍，连袭人出嫁的事都说了。晴雯听说，浑如做梦一般。不料我出来不多时，竟翻腾变幻出许多事来。又想到袭人身上，便触动他的旧恨，止不住夹枪带棒的说道：“他是宝玉屋子里第一个靠得住的人，太太早把宝玉交给他的了。如今宝玉就走到外国里去，也该跟着去找回来交还太太，才算他有能为。为什么宝玉一出门，这蹄子就要去嫁老公呢？”周瑞家的笑道：“晴姑娘这张嘴还是那么着，真是同刀子一样的。”晴雯道：“我倒不管怎么生硬的，太太知道了撵我到阴司地狱里去，敲牙割舌，我有命还活转来呢。”周瑞家的道：“太太如今也再不计较你这些，就是花姑娘也不是他自己愿意走这条路，太太主意打发他出去的。”晴雯听说，把眼一楞道：“周大娘，你倒别说这句话。别的事情自然一定要遵上头的示下，这件事全凭自己主意拿得定。拼着一个死，什么事不了？”周瑞家的又笑道：“那里都像晴姑娘你这样执性呢？各人有各人的脾气。正是我听说娶花姑娘这一家，先前还定过姑娘的，又为的是什么不愿意，上了吊？”晴雯笑道：“原来就是那一家。”

话未完，见周瑞家的小丫头进来说道：“赶车的请奶奶上车呢。”周瑞家的往院子里看了看天，道：“果然时候不早了，怕赶不进城呢。”一面又向晴雯道：“我进去告诉了太太，只怕还要叫你到里头去住几天，大家还要瞧瞧你呢。”说着，赶车的又来催促。晴雯便送周瑞家的至门外上了车。回到自己屋里，算后思前，整整的想了一夜，书且不表。

再讲周瑞家的坐上车，急忙赶进城来，也不及到袭人家里，径回荣府，已近黄昏时候。先到平儿屋里，平儿道：“奶奶身上不爽快躺着呢。咱们等了你好半天，大家猜你被袭人留住了，在那里看新人喝喜酒呢。”琥珀、玉钏、麝月、秋纹等都在里面，大家让坐。周瑞家的未说先笑道：“送去的盘盒原物带了回来。我到太太屋里去，再来讲新奇故事给你们听。”玉钏便把周瑞家的一把拉住道：“太太和大奶奶都在老太太屋里陪着打牌，你且把新奇故事讲给我们听了，再去不迟。”鸳鸯接口笑道：“凭是什么新奇故事，我都不爱听。我就不信袭人这蹄子才嫁了男人，把咱们这班姊妹都不认了，连送去的盘盒也不稀罕，竟退了回来，是什么意思？”周瑞家的笑道：“那再别冤屈他，可断没有这件事。姑娘们听我讲出来就明白了。”

于是把蒋家老婆子说的这番话，从头至尾说了一遍。麝月不等说完，便道：“这一家姓蒋的，多分就是唱小旦的叫什么蒋琪官。二爷挨了老爷一顿板子，就是为他呢。他算什么东西，袭人嫁给他还玷辱了他不成？怎么没缘没故把袭人休回了娘家？周婶子，你为什么不当面见一见姓蒋的，与他评评这个理。”玉钏道：“要你着什么急，你怕袭人受委曲气不愤，明儿许你同了周婶子到蒋家去评理呢。”平儿笑道：“他到蒋家去，倘然蒋琪官倒看上了他，把他留住抵兑袭人这个窝儿，怎么样呢？”

大家都笑起来，笑得麝月红了脸，正要不依平儿，只见一个小丫头子跑来说道：“老太太屋里已经散了场，太太下来了，叫玉钏姊姊呢。”

周瑞家的忙站起身来道：“我见太太吃饭去，还有一件奇事明儿来讲给你们听罢。”说着，只听得凤姐在屋子里乱嚷。平儿连忙摆手叫别言语，悄悄的，听得凤姐嚷热，叫小红把盖的绵被揭去一条。平儿过去帮着伺候，琥珀听说老太太屋里牌局已散，早先走了。周瑞家的走后，麝月等亦各自散去。

再讲周瑞家的来到王夫人处，提起袭人、晴雯这两件事来。王夫人自然记挂袭人，吩咐周瑞家的：“明儿叫人到花自芳家去问个底细。”又想到晴雯当日并无确实劣迹，不过听了几句闲话，正碰着园子里闹得不干不净，一时生气把他撵逐出去，已撩在一边。如今听说他死而复生，辞婚自缢种种可异，不觉有几分悔意。想唤他进来盘问细情，只当听讲新闻故事，借此散闷也好，便问周瑞家的道：“不用叫人到花自芳家去问了，停一天叫袭人、晴雯两个都进来，我问他们。可笑宝玉一个人作精作怪的去出了家，连他屋子里的丫头出去，一个个闹出这样没有经见过的事来，真真活话靶。”说着，又叹息了几声。周瑞家的见王夫人无话，站了一会自回去了。

要知袭人、晴雯何时进府，王夫人怎样看待，再看下回分解。

【第十五回】

酆都府冤魂缠熙凤　大观园冷院感晴雯

前回书中讲到王夫人要唤袭人、晴雯两个人进来，话且慢表。

再说凤姐自宝玉走失，宝钗病亡，操心过度，兼之听了些闲话，胸怀郁结，卧病不起。这一天鸳鸯来到平儿屋里，问起凤姐病缘，道："我瞧他脸上很不好看，别由他的性儿，要上紧医治才好。如今又近年下了，事情越发琐碎。也怪可怜，他这病全是操劳受乏累出来的。"平儿眼圈儿一红，道："你不知，操劳受乏他是惯常的，都没要紧。他近来有一种心病，真是说不出来的苦。"说着把身子凑一凑近，悄悄说道："就为宝玉同宝姑娘两个人，如今八下里都抱怨到他身上来。太太虽然当着面没有说出什么，背地里的话，也有几句传到他耳朵里。姨太太也是有话说不出来。你没听见宝二奶奶病重时候的怨言怨语，当着他面竟明嚷出来。他懊悔得什么样似的，一个人在屋子里哭了好几回。你想走的走，死的死，有什么法儿呢？"鸳鸯道："岂但是太太抱怨他，我对你说了，再别叫他知道，就是老太太也悔得了不得，总说凤丫头误了事。不是我说句公道话，这件事委实办得不贴理。提神弄鬼的，闹些什么？"

话未完，只听凤姐在那屋里乱嚷着讨车，道："有人告了他，要去听审呢。"又一叠连声的叫唤平儿。平儿赶忙过去，见凤姐已跳下炕来，披头散发，两眼直竖瞧着平儿，道："你为什么跑进我屋子里来？有的是银子，什么天大的官司结不了。平儿这蹄子，为什么躲开了？叫平儿快张罗我的银子去。"平儿见了，又急又怕。鸳鸯吓得跑了出来，忙叫年壮有力的女人多进去几个，把凤姐连推带扶的睡到炕上。一面回去告诉了贾母，连王夫人也知道了，一同来到凤姐处。见几个家人媳妇和平儿等，都在炕前看守，凤姐只是把两手乱抓乱打，口中不住的嚷骂。

贾母叹口气道："我也不知作了些什么罪孽，看他们一个个都这样闹起来，不如先叫我闭了两只眼倒安静。"王夫人无奈，只得先把贾母劝慰，忙传林之孝家的进来，立刻打发人去求医问卜。贾母又问王夫人道："我记得凤丫头先前也有那么一回，像还闹得厉害，后来怎样好的呢？"王夫人答道："那时同宝玉一时起的病，都搬到上房屋子里，亏来了一个和尚给他们念了一会经咒才好起来的。"贾母想了一想道："那么着，我回去叫他们把人家替我念的金刚经，同没有散完的佛豆儿，盛一小布口袋来给他压压邪。叫屋子里站几个人，小心看守着。"说罢，贾母自回房去。王夫人又吩咐了平儿几句话，也送贾母出去了。

接着贾琏回来，陪大夫诊脉，又叫人到玉真观和张道士讨朱砂镇宅符，同贾母处送来的经卷、佛豆，各各布置起来。果然，凤姐安静了些。贾琏趁空儿拉了平儿来到那边屋里，涎着脸儿向平儿附耳说了两句话，平儿带笑轻轻的啐了一口，道："你不见奶奶闹得这个样儿，我心里还是晃晃的。你倒像个没事人儿，趁着他这会儿查察不到，便来撮巧宗儿，我偏不呢。"说着摔脱贾琏的手，一扭头跑出屋门，仍往凤姐屋里来了。

这里凤姐外面虽似安静，还是不省人事，昏昏沉沉的挨到三更时分，见本宅土地引他出了屋门，后面两个狰狞鬼卒赶着行走。睁眼看时，见面前两道旗子，一扇红旗上写的"百善孝为先"五个金字，一扇黑旗上写的"万恶淫为首"。红旗下一道金光，黑旗下一股黑气激射过来，凤姐只向着那道金光行走。约有半个时辰，那股黑气，渐渐消灭，红旗仍在眼前。

不多时，见前面一座牌坊，鬼卒站住。凤姐过了牌坊，有一个人笑脸迎上来，叫声："婶子。"凤姐认是蓉哥媳妇秦氏，喜出望外，一把将他拉住，也不及叙谈，便道："你这里有什么地方，引我躲一躲才好？"秦氏道："婶子，幸亏了一个人，这里还不是婶子来的时候，那一个地方也不能不去走一趟，咱们这里自与你调排。婶子此去，虽然要受些虚惊，可保无事。这会儿也不便相留，恐怕耽误时刻。”说着，便摔脱衣袖，霎时不见秦氏。牌坊左边现出金甲神，押送凤姐过了牌坊，仍交与鬼卒。凤姐只得随着向前，有苦难叫。

一路阴风凄惨，扑面黄沙，不辨走的什么去处，只顾挨步前行，不敢抬头。听得有人叫道：“二嫂子，你来了吗？”凤姐一看，认得那人就是贾瑞。手里拿着一面镜子，正照反照了几回，放声大哭道：“算你是个正经人，也不该这样摆布我，今儿可给你算帐的日子了。”说着，把镜子劈面打来。凤姐慌忙躲避，身后闪出鬼卒接住镜子，向凤姐一照，见镜子里面现出贾蓉、贾蔷两个人来。又见贾瑞蹲在台基上，贾蓉、贾蔷在上面揭开溺桶盖子冲了贾瑞满头的光景，羞得凤姐满面通红，低着头只顾走路。

远远望着香花幡盖拥着仙童仙女冉冉行来，一见凤姐，仙童忽然变了一个披头散发鲜血淋漓的年轻男鬼，仙女变了女鬼，脖子里还系着绳子，舌头伸出五六寸长，揪住一个老尼姑乱打。老尼姑口内嚷叫：“二奶奶，快替我分证分证。”凤姐听了，越发心惊胆裂，死命躲脱。行不到几步，又有许多冤魂扑近身来，被鬼卒喝开，免遭荼毒。

一时进了城关，约行里许，见一殿宇巍峨雄壮，门外无数披枷带锁的罪囚，往来不绝。凤姐随了鬼卒进入角门，来至号房销票挂号。见有头戴软翅纱帽，身穿蓝袍，手里拿着一本簿子，揭开数页指着说道：“王熙凤，你本来是太虚幻境，不应堕落酆都，缘在生起灭词讼，诪张口舌，敛财苛刻，种种罪孽过于男子，合该削除仙籍，故勾摄至此。明日便到森罗殿上判决罪案。”说毕，仍令鬼卒押去。来到一所房间，将他推入里面，黑魆魆并无灯火，冷风刺骨，阴气侵肌，举目不见一个亲人，惟有悲号痛苦而已。

正在伤心，见有一个人打进门来，觉眼前忽然明亮，看他头戴武士巾，身穿箭杆衣，腰束丝鸾带，手持令箭一枝，口称：“琏二奶奶快走罢。”凤姐认得他是焦大，便如遇见至亲骨肉一般，问道：“你是焦大爷，怎么也在这里，又是这样打扮？”那人答道：“奴才因为当年跟随老主出征，也算得忠心报主，立些汗血功劳，虽然为人粗鲁，倒还心直口快，到这里赏了一名旗牌。”凤姐听说，便笑道：“今儿难得遇见你老人家，怎么样想个法儿搭救我才好呢？”焦大道：“二奶奶的罪名不小，明儿到堂免不得一件件要质审发落。如今恭喜了，因有什么太虚幻境知照到来，说要归结他们那里的公案。二奶奶虽然劣迹多端，独平日间侍奉太君尚能承欢尽职，一善可以盖百愆，因此免了轮回之劫，叫焦大来送二奶奶回府。”

于是凤姐如鱼漏网，也无暇细问，便出了那间屋子，望路便走。那押解王熙凤的鬼卒知是奉公而来，不敢拦阻，只得向焦大好言相告说：“我们辛辛苦苦跑了一趟，不敢争多论少，求你老人家方便一声儿。”焦大楞着眼喝道：“再没有你们这种不开眼的东西。不知道这是荣国府来的人？金的、银的早就扛了几箱来了，刚就短少你们的吗？停会儿都来找我焦大太爷。”当下焦大喝开鬼卒，凤姐随在后缓缓行走，一路月白风清，大不比来的时候一派阴霾愁惨气象。心想此番幸亏了焦大，倒不记我的恨，很来巴结出力。一路把焦大奖励了几句，话且少表。

再讲平儿见凤姐昏晕过去，便记起日里吩咐的话，叫多买金银纸锞烧化。一面要去回王夫人，又叫去园子里通知李宫裁等，并过那边去回贾赦夫妇。贾琏听了听自鸣钟点数，道：“这会儿才交子正初刻，大惊小怪的叼噔人家算什么？你别尽仔瞎闹，我瞧着他还没有断气呢，等到天明再看光景去通信不迟。”于是平儿也没言语，又不敢高声啼哭，便哄着巧姐儿去安歇，自己过来同老婆子们守着，只是呜呜咽咽伤悲而已。直至鸡叫的时候，天还未明，忽听凤姐喊了一声“嗳哟”，平儿才住了哭，连忙叫小红去取参汤。贾琏也放了心，等到天明，就请大夫到来诊脉开方，服药调治不提。

且说王夫人，因上一天凤姐狂症忽发，心里牵挂，一早打发彩云过去瞧他。彩云回来撞着赵姨娘。四顾无人，一手拉着彩云到自己屋里坐下，把两个指头一伸说：“昨儿听见那一个忽然又病得着起紧来吗？”彩云道：“同那一年一个样儿，也是那么胡说乱道，只没有动刀子杀人。”赵姨娘听了又是触心，又是欢喜。想如今并没人暗算他，可是禄命该绝，自己作死呢。又问彩云道：“听说袭人出去了，太太把宝二奶奶的东西给了他一半，现在又把箱柜上的钥匙交给这一个了。他死了又叫谁收管呢？难道环儿就算不得太太的儿子？留一点子底下给环儿可使不得？”彩云道：“前儿给袭人几件衣服是有的，你别听老婆子们传来的瞎话。说起袭人，倒有一件稀奇事告诉你。”

一语未了，见贾环进来道：“刚才我到太太那里去请安，太太赏了我一个玉扳指，一个鼻烟壶儿，可是从来没有的事。你瞧好不好？”彩云扭过头去道：“不用瞧，那是前儿太太叫我收拾橱子，屉里找出来的。太太叫把这两件子留在外头，如今你二哥哥去做了和尚，太太比先前自然要疼你些，诸凡留一点子心讨他老人家个好，底下好……”彩云说到这里，脸上一红，便缩住了口。贾环接口道：“我倒忘了，听见太太叫小丫头到凤姊姊屋里去找你呢。”彩云抽身便走，到王夫人跟前，回明了琏二奶奶后半夜睡得安稳，早上大夫来诊过脉，可以放心的话，书且少表。

讲到袭人自蒋家退回，又气又恨，又羞又悔，种种恶劣塞臆填胸。想到：“蒋家既把我这样，好马不吃回头草，断无再去俯就之理。欲另寻门当户对亲事，谅我这样苦命，也再找不出什么好人家来。就在娘家过一辈子，更非了局。想宝姑娘劝我的话，原无歹意。如今看起来，琏二奶奶竭力弄成了宝姑娘的姻缘，倒害了宝姑娘。宝姑娘苦口劝我走这条路，又害了我。真是宝姑娘抱怨琏二奶奶的话，可不是为好成歹，倒像宝姑娘受了琏二奶奶的胡弄，没处翻冤，拿我来还报似的。倘然宝姑娘还活着，我也好到他跟前诉诉委曲。如今只好到铁槛寺他停灵的所在痛哭一场罢了。”袭人因此郁结成病。

那日王夫人命人去叫袭人、晴雯两个进府，袭人自觉无脸，推病不肯进去。惟有晴雯高兴，同着老婆子坐车进来。先见过王夫人，晴雯淡淡妆饰，仍不改旧日丰姿。因王夫人心中既不憎恶这个人，即不显出他狐媚妖精模样，一时旧怒全消。细问在外这几时景况，晴雯便将染病出府，死而复苏，寄住母舅家缘由一一回明。王夫人听到此处，不觉触动黛玉光景，心有所感，又问了些乡村风景闲话，命晴雯在此多住几时。晴雯又去见了贾母，随到旧日相好各姊妹屋里一走。因凤姐正在病中，只到平儿处说了几句话。麝月、秋纹留他在屋里住歇，晴雯说要往园子里逛逛，便一个人进了园。

因时届寒冬，木叶尽脱，景物萧条，无心观玩，惟不忘怡红院旧地，想到那里看看。因一个人觉得冷静，刚才听说紫鹃尚在园子里，且到稻香村，见过了大奶奶，拉了紫鹃一同逛逛，便径往李纨处来。他们都已知道晴雯未死，王夫人叫他进来，见面时自有一番叙谈。晴雯知道黛玉死后回生，与自己一样，紫鹃不同回南，尚住园中。彼此见面，觉比从前分外亲热，一手拉住紫鹃要去逛园子。李纨笑道：“嗳哟哟！这样数九天刮的西北风，脸上还受得吗？真像好几时没有进园子里来的人了。”晴雯道：“横竖要到各处姑娘们屋里走走呢。”李纨道：“二姑娘已经出了阁，只有三姑娘、四姑娘同邢大姑娘还在园子里头。等过了年再收拾屋子出来，咱们这几个人都要往里头搬呢。”紫鹃道：“我这几时也住得闷闷的，就同他逛逛去。”李纨道：“没有像你们的两个傻子，去去就回来。”又问晴雯：“你今儿晚上在那里歇呢？”晴雯道：“我如今倒像做了游方和尚，那里肯留就在那里挂单。”李纨笑道：“咱们家里才出去了一个和尚还没着落，你要做游方僧，快铰了头发游去，把那一个和尚引了回来可不好。”说得大家都笑起来。

当下晴雯同紫鹃同出了稻香村，一路行走。紫鹃想起那一晚做的梦，再不料他还没有死，既有这个人在，那个梦像有些兆头，或者姑娘同宝玉还有完聚之日也未可定。一头思想，不觉到潇湘馆门前。紫鹃便要进去，和晴雯同至里边，见满院竹枝青葱如旧，一阵风敲，败叶淅淅沥沥连冻雪都飘下来，声韵凄清，荒凉满目。独有紫鹃到了这里，想起黛玉便无精打采的呆站了一会。晴雯猜着他的心事，便道：“我舅舅家后园子里也有几丛竹子，我瞧着就想起这里的光景来，再料不到林姑娘已经回南去了。有多大时候，园子里头就通变了样儿。”紫鹃道：“你出去两年，这里的事情变迁不一，真像有几十年似的。”晴雯道：“我住在外头，路隔得不远，里头的事全彀儿没有得知，说是活着，比死过的阴阳隔绝一般，只算我是前儿见周大娘那一天才回生的。”紫鹃道：“你为什么不打听打听里头的事？”晴雯道：“我舅舅是一个庄家老儿古板头，自种自吃，轻易不和人家来往，连他侄儿、侄媳妇都不上门的，叫我那里去打听呢？”紫鹃道：“也怪不得你，城里乡间到底隔着好几里路。我住在园子里，和那边也像隔远了几千里路。袭人嫁了一家姓蒋的，说退了回去，我昨儿才知道。到底不知他家为什么退了袭人回去？”晴雯道：“姓蒋的不要袭人自然有个缘故，你要查察他什么？”二人说着，走进屋子里，惟有空空一室，触目伤心。紫鹃先退了出来，晴雯跟在后面。又到厢房里，见炕火微红，桌上摆着酒壶、茶盏，烛台上未尽半枝残烛，像还有人在此上夜的光景。

晴雯拉着紫鹃道：“走罢！咱们去瞧瞧我先前住的屋子，如今也不知糟蹋得什么样了！”紫鹃道：“你们那院子里还是宝主做亲那一天去走了一趟，到如今再没去过。”晴雯道：“宝玉在怡红院做亲的吗？”紫鹃道：“你不知，宝玉做亲时怪事多着呢。在里头多住几天，自然一件件都明白了，那时候瞒得鼓也似的紧。因我要去瞧热闹，到怡红院瞎跑了一趟，那知他们已挪了地场。”晴雯一面听说，想到宝、黛二人心事，后来竟娶了宝姑娘，虽闻大略，究未深悉其故。意欲探问紫鹃，又恐他碍着黛玉不肯细说，便笑问紫鹃道：“妹妹，你可知道宝玉到底为什么去做了和尚呢？”

紫鹃沉下脸来道："你问得奇，宝玉去做和尚怎么问起我来？"晴雯道："好妹妹，别生气。因我出去了不知里头的事，白问问你。"紫鹃道："袭人走了，还有麝月、秋纹这一班人都没死，为什么不去问他们？"晴雯道："他们就明白吗？"紫鹃笑道："你真发了昏了，他们不明白我倒明白这些事？据我猜起来，只怕为的是晴雯姑娘死了，宝玉才去做和尚呢。"晴雯红了脸啐道："我算什么呢，只怕还为是……"晴雯讲到这里，又缩住了口。紫鹃接口道："正经宝玉有一天回来，又添出你这一个死去活来的人，真也梦想不到的。你知道宝玉还回来不回来？"晴雯道："好紫鹃姑娘，刚才我白问一句宝玉为什么去做和尚，你就说我问得奇；你问我宝玉回来不回来，叫我怎么样对答你呢？或者丢不下紫鹃姑娘就回来也不定。"紫鹃听说，要来撕晴雯的嘴。

二人一路耍笑来到怡红院。晴雯一看，恍如隔世重生。又到前后自己屋子里细瞧一会，想起戏撕纨扇，病补雀裘，往事如在目前，止不住滴下泪来，比紫鹃进潇湘馆更添悲感。紫鹃道："咱们别尽仔跑到这几处空院子里来发呆。天也不早了，你今儿进来，各处姑娘们屋里该顺便去走走，我也厮赶着。"

于是二人出了怡红院，紫鹃道："先前这几年，到这院子里来回的跑足有上千趟，今儿同你来走了这一回，以后就没有什么事跑到这里来了。"晴雯道："我呢？"紫鹃道："你丢不下这屋子，爱住由你一个住着，晚上有妖精出来要吃了你去，再别抱怨人家。"晴雯道："我单不怕是妖精，他敢来试试么？"紫鹃道："好冷天气，快走罢。"二人抄近路往秋爽斋等处都走遍了。

回到稻香村，李纨也才从王夫人处回来。见林之孝家的急忙忙的赶来道："有一件事，平姑娘叫我来回大奶奶。正是年近岁逼，照常的事还闹不开，搁得住接二连三的有这些事出来？也真没法儿了。潇湘馆上夜的老婆子来回，那个地方近来很不安静，夜夜听得屋前屋后有整百人不住的跑动。昨儿晚上他们睡到半夜里，竟像有人进去把炕上睡的人都拖了下来，说潇湘馆出了妖精了。"李纨道："林姑娘走后，里头东西都收拾出来的了，刚是几间空屋，他们还在那里上什么夜？"林家的道："因为这几个人派的专管那里花息，左近也没住处，就一搭两便歇着看看屋子的。"李纨便向紫鹃问道："这屋子你是住惯的，头里见过什么没有？"紫鹃道："那里有这些事？就是姑娘病凶的时候，也是安安静静的。"李纨道："如今怎么忽然闹出这些话来？想他们赌的赌，喝的喝，自己搅昏挺到炕上，便是那么乱梦颠倒起来。既然那里有妖怪，叫他们另找睡的地场去。等二奶奶好了，你再回一声，这会儿叫我有什么法儿呢？”晴雯听了便指着紫鹃道：“都是你刚才说起妖精，妖精来了。”紫鹃便指着晴雯道：“大奶奶，道他是不怕妖精的，今夜推他到那里歇去。”

未知李纨可叫晴雯到潇湘馆去睡歇，晴雯去也不去，且看下回分解。

【第十六回】

夜守空房老妪疑怪　心无宿愤方物将情

话说林之孝家的来回潇湘馆出了妖怪，紫鹃戏说推晴雯去睡歇，李纨尚未开口。那晴雯一听紫鹃的话，一则因上夜老婆子捣鬼，未必实有其事；二则他为人胆壮心直，被紫鹃一激，竟勇往直前；三则因投缳时见土地情形，自知定有个好结局，命不该绝，何惧这些！便向紫鹃道："那倒不用来拗逼我，今夜就去，看当真有什么精怪出来拖了我去不成？"便要打发人到紫檀堡去取他铺盖。林之孝家的笑道："晴雯姑娘还是那么性急，你看天也黑了，二三十里路来回还赶得进城吗？"李纨道："听他的话，就要取东西，也不便打发一个小子去。听见太太说起要留他在里头多住几天，少不得打发个老婆子出去走一趟，连要用的东西叫他拾掇了进来。这里还少了他铺盖的不成了？"紫鹃道："我就有现成干净被褥，姑娘走的时候给了我五六床都没用过呢。"李纨又向晴雯道："罢哟，你才进里头来，他们既是见神见鬼说那里不干净，何必定要去充好汉呢？我劝你不如安安静静在这里歇罢。"林家的笑道："那是晴雯姑娘说的玩话，大奶奶又当真劝他起来。如今且讨奶奶的示下，只好先叫他们挪个地方，底下再瞧罢。”晴雯听了这话，越发执意要去，道：“林婶子，你倒别说我的是玩话，叫他们给我把炕烧得热热的，我吃了饭就过去。”林家的笑着走了。

不多时，果见潇湘馆上夜的老婆子提了灯笼来接晴雯，道：“刚才林大娘来说，姑娘有胆气肯到那里去住，这是极好的了。我们两个萎蕤不堪的老婆子，仗着姑娘的威风，胆子也大起来了。”一面晴雯便催紫鹃拿出被窝褥枕等物，交付来的老婆子。晴雯又要了几枝安息香，同了两个老婆子出了屋门。紫鹃赶上来叫道：“晴雯姊姊，你到那里害怕就叫他们送了你回来，别脸上下不来，小性命要紧。”晴雯回头笑道：“你明儿早些起来听信罢。”说着，出了稻香村，来到潇湘馆。

老婆子引着晴雯，径到自己睡的屋里道：“把我们的被窝挪出去，让姑娘在里间屋子里歇。”晴雯道：“我今儿倒先来逛过一趟呢，怪道没见你们一个，白日里就远远的躲开了。我受不得你们这屋子里一股腌臜味儿，倒让我在外间屋子里歇罢。把火盆给我生得旺旺的，尽管睡你们的觉，有妖精来让他先吃我。”那老婆子道：“姑娘又来讲笑话了。”一面就在外间炕上把被褥摊好，添上火盆内的炭，炷上安息香，关了屋门，一切收拾停当。一个老婆子又灌了一小壶白酒，一手拿了一包花生，一包盐炒杏仁儿送到晴雯面前，道：“姑娘喝一杯赶赶寒气。”晴雯摇头道：“我不喝，你们也少喝些，别灌得大醉了，停会妖精来把你们连骨头都吃了去还不醒呢。”那老婆子道：“姑娘别再讲这些话来吓我们了。”当下老婆子们自去喝酒，晴雯因不带针线过来，无可消遣，独自一个人坐在炕上，因地思人，未免想起林姑娘来，发了一会心事。

寒天夜漏正长，屋内并无钟表，远远听得谯楼正交二鼓，窗外忽起一阵风来，吹得竹枝簌簌有声。里间屋里两个老婆子早已睡熟，打的鼾声不绝。晴雯此时也觉有些胆怯，站起身来把蜡花剪了剪，静听院子里毫无响动。且去就枕，直挨到三更，有些倦意，朦胧合眼，一觉睡至天明。醒来见两个老婆子都已起身，说：“夜儿真睡得安静，托姑娘的福，把那邪祟都压住了。如今可天天要求姑娘在这里住着呢。”一个老婆子早舀了脸水进来，晴雯便起身穿好衣服，道：“我不在这里洗面。”

当下出了院门，望稻香村来，径到紫鹃屋里。紫鹃道：“我正要来瞧你，夜里可见些什么？”晴雯道：“来的一群妖精，都是青面獠牙，要来找紫鹃姑娘的。说他先前住在这里，为什么躲开了，我和他们说：‘如今在稻香村住着。’仔细今夜来找你呢。”紫鹃笑道：“你本是狐狸精，如今可和外四路的妖精认了朋友，来欺侮人家，我也不怕。”一面取出梳具借给晴雯。晴雯赶忙梳洗了来见李纨，回明夜间无事的话。

李纨道："我早知是他们造的谣言。"便叫林之孝家的来说明。林家的将信将疑，嗔怪上夜的婆子胡说。晴雯一连三夜在潇湘馆住歇，照常安静。到了第四日，因在那边诸色不便，便不肯过去。老婆子们料不能相强，只得把晴雯的被褥送了稻香村来。

晴雯自与紫鹃同炕睡歇。夜长话多，晴雯自然要将自己出去后园内的情节细细盘问。前日周瑞家的所讲不到的情事，紫鹃与他痛快直谈，听得晴雯忽而眉竖，忽而泪垂，忽而骂那个，忽而怨这个，竟似听了一本有悲无欢、有离无合、没团圆的新戏。紫鹃亦如琴遇知音，流水高山弹的不厌不倦，直至五鼓始睡。

过了两日，晴雯不在，潇湘馆便又作怪起来，闹得两个老婆子一夜没敢睡觉，等到天明才打了个盹。没法儿，又来找晴雯。晴雯生气嚷道："我是太太的恩典叫进来在里头玩几天，不是替你们上夜的。真是活见鬼，我在里头住了几夜，何尝听见娘的什么响动？偏偏我走了，又闹起什么妖怪来了？我又不在龙虎山学过法的，妖怪就怕我了？谁耐烦憋在你们这屋子里住呢？任凭妖怪出来把潇湘馆的屋子都踩平了，也不关我事。"

晴雯正在这里吵嚷，那边惜春偶然来到李宫裁处坐坐。李纨说起宝玉至今尚无下落，惜春道："算起来不久该有消息了。"正说着，听得晴雯的声音在那里喧嚷。李纨便叫素云过去查问，素云转得身，王夫人处打发小丫头来请李纨。李纨就把此事撩开，一径走了。惜春素来不管闲事，随后也起身要走。素云回来，因此事奇怪，便将晴雯吵嚷缘由告诉了惜春。惜春叫素云去叫那两个老婆子来。那老婆子素知惜春在园不理家务，今听他叫唤，只得过来，要把前后情节回明。惜春道："不用你们讲，我都明白。咱们园子里正要兴旺的时候，那里有什么妖孽！你们既然害怕，我给你们镇治镇治就好了。"便叫老婆子跟到自己屋里，命彩屏取了笔砚，裁了半张红纸，提起笔来写了几个字，当时封好，又在封面顶头画了一圈，递给老婆子道："你记清楚了，有圈儿的为上，别颠倒过来。拿去高高的粘在屋门上边，包管你不听见什么响动就是了。可不许拆开封来，倘给人家瞧了一瞧就不灵了。"老婆子虽然不信，只得谢了惜春，先将纸封儿拿去粘贴。不道果然灵验，书且少表。

再讲李纨来到王夫人处，见从前送黛玉到南边的人回来了，炕上堆着许多东西都是黛玉给他带来送人的。自贾母起以及邢、王二夫人，东府珍大奶奶婆媳，薛姨妈，凡素日相好各姊妹，连赵、周二姨娘都每件上粘签记认。另开总单一纸，无非江南土物、绸绫、香粉、巾帕、笔墨、笺纸，配搭得宜，轻重不等。外送妙玉伽南镶嵌珊瑚佛头念珠一串，海南香四束，龙井茶二瓶，尖笋尖两篓。又敬献佛前鹅黄哆罗呢顾绣龛门一挂，绢地锦裱白描“达摩渡江”一幅，系名人手笔。王夫人因见内有送宝玉、宝钗二人的物件，不觉触目伤心，垂泪不已。

讲到黛玉，焚巾时已将自己所送宝玉之物，一一索回毁弃，以示决绝，因何又送宝玉的东西？不知黛玉近来心地将皈于一尘不染境界，胸中何有宝玉？既无宝玉，而众姊妹皆有投赠，独宝玉无之，则未免尚有芥蒂，即非菩提无树、明镜无台之本意矣。今不知宝玉已经出家，只作泛常应酬，聊尽多年兄妹一处相聚旧情。亲之正以疏之，从前临行时必欲与宝玉晤面辞别，即此意也。

此时，王夫人因凤姐正在病中，叫李纨来先把送贾母的东西理出，自己引着送黛玉的老婆子并家人媳妇，同到贾母屋里，预备老太太要问林姑娘家里的事。留下一个老婆子，叫李纨照单打发，逐一分送各处。除开了宝玉、宝钗这两分，李纨恐王夫人见了又要伤心，便叫麝月、莺儿两个来吩咐道：“这是林姑娘叫送他去的人从南边带来的东西送你姑娘的，你拿去收着罢。送二爷这一分，麝月拿去搁着，等二爷回来再给他。”麝月等各自拿回东西，独有莺儿气苦交加，把东西瞧也不瞧，随后一摔。麝月自与秋纹议论一番，将物件好好收藏起来。

这里李纨料理停当，王夫人才从贾母处回来，见贾琏手中拿了一封信来回王夫人，道：“老爷任上打发人回来，另有与老太太请安禀帖，这是给侄儿的书子。”随念道：

两月以来不接家书，殊深系念。前阅北闱乡试《题名录》，知宝玉已幸一第，欣甚慰甚。但须嘱其用心攻书，努力春闱，勿稍自满为要。

昨接雨村来书，为甄宝玉与林家甥女求庚。此子曾经面见，比我家宝玉学问大有进益。禀过老太太如肯许亲，我当覆允。

再我抵任后，因地方偏灾碍难奏办，已挪库贮兵饷银二万两发赈济民。现届散饷日期不远，别无设法，可速措办银两，赶紧送到，万勿迟误！余言嘱家人面陈不赘。琏侄寓目。

存周手书

贾琏念毕，说道：“侄儿问过来的人，说老爷到任后，清廉声名颂扬载道，果然是好。但如今家里正要打过年的饥荒，又添出一宗银子来，说不得尽力去张罗。至于林妹妹回了家，这里没有禀过老爷。甄家央雨村作媒，也没提及此话，这是极容易禀复的。讲到宝妹妹，死生有命，也可不必隐瞒。独有宝兄弟这件事，便怎么样呢？前儿工部里查出江西南昌郡属有一座大荒山，同双角山、博白山相连，已经打发人寻去，叫不必到老爷衙门里头，恐怕担柴老头儿说的是一句没影响的话，宝兄弟未必在这个地方。如今回复老爷信里要提不提，还得请太太的示下。”王夫人沉吟半晌，道：“据我看起来，竟不必藏头露尾，叫老爷知道了，那里也好留心察访。横竖这会儿银子也没现成，临时再商量罢。”

贾琏答应出去，回到自己屋里，跌足连声叹道：“这个日子怎么过！我瞧着人家放了外任，整几万银子拿回家来，那里有家里倒搬银子出去的？果然金库、银库堆着也罢了，难道不知一个空架子还支不起来，怎么样容易打发人来立逼着就有两万银子了？况且，江西一省的官多着哩，单要老爷去管这些闲事，放起什么不准支销的赈来。我也没处打算，喝醉了睡我的觉罢。”说着叫平儿去烫了酒来，垂着头一声儿没言语，只顾喝完了酒，跛离着脚步，到西屋里炕上躺下。

凤姐那边不听见贾琏声响，便问平儿道：“二爷呢？你请他过来，我有话问他呢。”平儿掀帘进来，走近炕沿回说：“二爷已喝得烂醉，到那屋里睡着呢。”凤姐微笑道：“刚才听见他嚷的，像是说老爷任上打发人回来要银子，果然是饥荒，但就是这样瞎生气，灌一泡子黄汤就灌出银子来了？他既然醉了，明儿再和他说话罢。”

到了次日，贾琏一早出门，各处去张罗了半天回来，只听门房里几个人都是愁穷叹苦，道：“这样日子怎么熬得下去！要帐的才走了一班，又来了一班。咱们二爷近来倒像去赖债祖宗那里学了口诀来似的，也不肯约人家一个准日子，总是停停歇歇打瓜皮酱的话。赔茶赔酒是咱们的名分，如今没法儿可带挈兄弟到老爷任上沾个光儿吗？”那一个人答道：“老爷是要做清官，将来升调起来，想地方上竖满德政牌的，各州县的馈送，连本衙门的陋规一概革除。你们想，官儿不要钱，咱们弟兄还有什么法儿去弄吗？现在跟老爷的人都站不住，告假的告假，求荐书的求荐书，十停倒走了五六停。咱衙门里荐出去的人，漕务里是有拿手的就想沾光，他们一千八百也不为稀罕，那里知道老爷又不肯掐住人家脖子干，写的书子，是王胖子的裤带——稀松。一个个都送了几十两银子，碰了转来。如今漕粮都收足快了，弟兄们再跑到那里去，保不定老爷一定肯荐。单靠着弟兄们拉拢，自然不肯叫出去跑海丢脸，也未必一丢一中，站个拿事的门印，好不过派上一分干股子，人家吃了肉去，我们去喝汤，还不够添补衣服靴帽。讲到本衙门里的出息，只瞧着老爷到任以来这几个月，正正好时候，还打发人家里来拿银子，就是做兄弟的，明知各位在这里苦苦的不能尽一点敬意，真抱愧得了不得。”

贾琏心里正在发烦，听见这番话越发垂头丧气，闷闷的走了进来。才到屋里，平儿便道：“二爷今儿起得好早，奶奶请爷说话，早跑得没影响了。”一面小红在旁打起帘子，贾琏走进凤姐屋里，便问：“今儿吃了药没有？”凤姐道：“这两天我的身子硬朗了好些，今儿叫他们不用煎药。大后儿已是三十了，没的薰得满屋子里都是药气，赶这年里头还要挣起来给老太太、太太辞岁拜年呢。我瞧你这两天忙得什么似的，老爷的银子可张罗出来没有？”贾琏道：“我明知指着我的脸白去给人家开口，估量着老爷现任的缺，人家都知道是好的，就借上他银三四万并不是还不出来，问了好几处，那知银局子里这些老西儿，耳朵更长，都说老爷是不要钱的，缺虽好，有名无实，还起银子来保不定。许他们九扣二分钱都不肯借，这有什么法儿？因此我想起先前鸳鸯经手借老太太的当头，已经赎还的了，如今还得和他商量。不是老太太叫我写的赏单，找着宝玉送回来赏银一万两，老太太自然有现成银子搁着。老太太既然疼爱孙子，难道不疼爱儿子？老爷现亏空着兵饷银两，虽然以公济公，免不了丢官问罪。如今宝玉还没有找着，何不就把这宗银子先应了老爷的急？有了一半，好再去打算。”凤姐“扑嗤”一笑道：“倒亏你实在想得到，老太太为着宝玉使碎了心，所以不惜重赏，叫你们去贴招子。如今宝玉还没影儿，倒看相老太太这宗银子起来，就不疑心你们安心不去找宝玉，也叫他老人家听了伤心，这是何苦来呢？罢哟，我积攒的几两银子，再拿东西去质当，只怕凑得上这个数儿来。”贾琏道：“那么很好，只算替我转一个肩，将来仍算还你三分利钱何如？”凤姐欠起身来，轻轻啐了一口，道：“我要盘剥利钱盘剥到自己家里来，还成了一个人吗？到底来的人几时动身？”贾琏道：“过了新年，到灯节前打发他走，也赶上了。还有一句话和你商量，这两天有几注要紧帐必得开发，这里头我先挪三千两去打个饥荒，可使得吗？”凤姐道：“我说你就见不得银子，我的东西横竖交给你的了，过了年填不上这个窝儿，我可再没有了。”贾琏道：“谁再来打算你的？过了年，底下就好移挪。你尽管放心，总误不了老爷的事。”凤姐就叫平儿道：“前儿恒舒当这张三千两的银票，你拿出来先给二爷。”贾琏便欢天喜地的出来，等平儿取出银票，接过看有字号银数，忙插在靴掖子里头，自往外边清理帐项。一路暗想：凤姐的银钱总是有进无出，莫非因这场病都看破了？可是从来没有的事。

不说贾琏心中思想，再讲送黛玉回来的人在贾母处问了好半天的话才退出来。一个老婆子又提了一个包袱进园来找紫鹃，紫鹃正同晴雯听素云讲起林姑娘南边送了许多东西来，开着单子一份一份送人的话。老婆子进去见了晴雯，已忘了他从前的事，照常一个个问好，一面打开包袱道："这些东西林姑娘替另给我，里头也有一张单儿开明，因我认不得字，叫紫鹃姑娘瞧着捡出，那几件子是送姨太太和香菱姑娘的，交给我送去，余外都是给姑娘的了。"

紫鹃也顾不得看东西，便问："姑娘身子近来是大好的了，路上平安，到家怎么样光景？"老婆子笑道："林姑娘身子也很好，一到家就有人家来提亲，要恭喜呢。"紫鹃听到提亲便呆了一呆，问："是那一家呢？"老婆子答道："听说是什么甄家宝玉。"紫鹃一听"宝玉"二字，越发神思瞀乱，便道："怎么说是宝玉去求亲？如今宝玉在那里呢？"老婆子道："宝玉自然在家里。"紫鹃急得变了脸道："你怎么这样糊涂？"素云在旁笑道："他倒不糊涂，是你糊涂呢。他明明讲的是甄家宝玉，不知你听到那里去了？"紫鹃被素云一证，倒觉不好意思，便又问道："甄家宝玉说亲，你可知道放定了没有呢？"老婆子道："多分放定了罢。"素云道："那是没有的事，今儿老爷任上有书子来，还提起林姑娘的亲事，说是雨村本家替甄家作媒，老爷不肯做主，请老太太的示下呢。"紫鹃道："原来还有这一节事，怪道你肚子里明白。"一面又问老婆子道："宝二爷出去做了和尚，林姑娘家里可知道没有？"老婆子道："我才回家来，他们和我说的。隔了两三千里的路，怎么就知道呢？"晴雯道："你也问得太唠叨了，把送人家的东西理出来给了他，叫他快去送罢。"

于是紫鹃就把送薛姨太太同香菱这两份，交付老婆子道："今儿天也不早了，你拿去搁着，明儿再送也不迟。"老婆子答应着，转身出了屋门，又回来道："林姑娘还吩咐我的话，才记起来。说里头还有一幅画，是林姑娘寄来给姑娘瞧的，别落在旁人手里，看过了交给大奶奶收好。底下有人到南边去，包好了寄还林姑娘呢！"紫鹃心想，不知一幅什么画儿，说得这样郑重。便一件件打开纸包，不过是些新样花朵，精制宫粉，杭州的绒线，常州的篦箕之类，紫鹃都无心观玩，连晴雯、素云二人都争先要看那幅画儿。当下紫鹃找出了这幅画，展开观看。

不知画的什么故事，且看下回分解。

【第十七回】 宝玉还家混淆真假 惜春题画点破机关

话说紫鹃把黛玉寄来的画幅展开，与晴雯、素云一同观看，见上面画的一尊观音大士，底下摆着蒲团，一旁画的架上鹦哥，又有一个身穿素淡衣裳的女子，手内捧着净瓶，瓶中插的柳枝，那女子面宠竟似黛玉小像一般。晴雯看了又看，笑道："活脱是林姑娘，就比先前胖了好些。"素云道："你不见林姑娘回去的时候，就是那么个样儿。"说着，看了一会先走开了。紫鹃和晴雯两个还瞧着不放，晴雯道："那明明是你姑娘的一幅小照，到底南边人巧，画来再没那么像呢。可知道你姑娘寄来给你瞧的意思吗？你刚才白问甄家去说亲允不允，如今瞧这幅小像，可猜透你姑娘的心事了？"紫鹃道："我也是那么想，怪道姑娘临走的时候和妙师父很亲热，原来他拿定主意竟走到妙师父那条路上去了。任凭你宝珠宝金，真的假的，总没相干。"晴雯道："只要咱们家宝玉回来，老太太做主，太太央人到林姑娘家去求亲，别管林姑娘允不允，就当真上了南海修到五十三参的地步，也要拉他回来呢。"紫鹃笑道："再没有你这张贫嘴，谁听你话呢。"于是将黛玉给的东西送了些与晴雯，又留几件送给素云、碧月。一面留心访问甄家说亲一事，老太太如何做主。

当下已届岁除，只因荣府连遭逆境，园中姊妹也如晨星疏落。第一个贾母心中怀闷，毫无意兴，凤姐还在病中，未免诸事阑珊，虽免不了开祠堂挂影像，以及亲族往来宴会，不过循照刻板旧例，有减无增。就是东府过年，因贾母这里没有兴致，也热闹不起来。所以宁荣两府过年，再没冷淡如这年了。既无可记事故，一概无庸细述。

且讲宝玉留住甄府，专候好音。一日，见甄宝玉来笑道："打发到令表妹府上去的女人已经回来了，他们传述的话也不得十分明白。大概这里人去，因有前番兄弟这一节事，未免动疑。尊府去求亲，何必从舍下这一转？又以二哥已与薛府姨表联姻，早完花烛，礼无两大并尊之伉俪，林氏千金岂肯让居人下？还有一说，那去的人私下打听得令表妹已安置佛堂一所，晨夕焚香供奉，杜兰香不肯轻下阆风之苑，与二哥避世逃禅，颇有异地同心的光景。据兄弟看起这件事来，未必不可挽回。但须尊府另恳蹇修，先议明名分上可以酌经行权，两无屈抑，再将二哥一片苦衷细细诉明，令表妹凭是铁炼钢肠，亦化为绕指柔矣。"宝玉道："我此时不愿先回家里，不如就近自己去走一趟，看怎么样？"甄宝玉笑道："论至亲，本非不应上门，但既欲到他们下乘龙，岂有坦腹东床者，自任冰上人的理？况二哥未换缁衣，亦觉外观不雅。请勿焦急，兄弟本拟新正北上，如今为二哥的事，当即禀明家祖母，赶紧束装进京，到府上告知此事。想太君自然着急，一定设法料理此事。二哥且屈在舍下耽搁几时何如？"宝玉听了十分感激。

当下时交腊月初旬，甄宝玉定了长行吉日，来辞宝玉。宝玉自有一番叮嘱，便将通灵宝玉解下递与甄宝玉道："此物前因无端失去，便闹出许多不遂心的事来。今物还故我，想得失皆关定数，带去交与家母，禀明家祖慈，见这玉如见宝玉，不孝远违膝下，死有余辜，惟望将此通灵作温家玉镜台，这玉一日不使南来，即宝玉一日不能北往。"言讫泪如泉涌，甄宝玉满口允许道："此事可无他虑。"又劝慰了宝玉几句，一揖而别。

慢表宝玉在甄府之事，且讲甄宝玉带了童仆数名，水陆行程，在路无话。到京中正过新年，自然先至自己宅内见了父母，禀过祖母康健，又说了几句家务话，便提起宝玉事情。甄老爷早知贾母着急，世交关切，也暗暗着人各处寻访，那知留在自己家中，反抱怨甄宝玉为什么不同他进京？甄宝玉又说明宝玉不肯回家缘故。甄老爷立刻命儿子到荣府告诉明白。

甄宝玉便带了两个家人，跨上马径望荣府而来。将至荣府大门前，因跟来的家人遇见了一个朋友拉住说话，这条街上那些游手好闲的人一见甄宝玉，都是交头接耳不知讲了些什么话，十几个人一窝蜂拥上前来，将甄宝玉瞧个仔细，便拉马的拉马，在后面的，不由马夫做主，把甄宝玉骑的一匹马竟似腾云驾雾的拥进荣国府来。那两个家人一瞬眼不见了哥儿，随后赶来，已赶不上，只听众人高声嚷叫：“找着宝二爷回来了。”门房里跑出几个人来，迎面一看，飞风的嚷了进去。早有二门上小厮应声接嚷传到里头。

贾母、王夫人听见，好似云空里掉了一个活宝下来。贾母一手搭上鸳鸯，一手搭上琥珀，颤巍巍的往外直走。旁边鸳鸯忍不住笑道：“老祖宗这样走得快，不是我们来扶老祖宗，倒是老祖宗在这里拉了我们走呢。”王夫人也在后面随着，又有快嘴的六百里加紧的赶进园里报知李纨。

这日史湘云来拜贾母的年，见贾母处冷冷淡淡的，不似往年热闹，便到园里来找着邢岫烟和探春姊妹，都在李纨处闲谈。湘云道：“咱们多少寻些年兴出来应了景才好。林姊姊带了些南边东西来给我，还有一副象牙围筹，虎、豹、獐、鹿刻得很精细，那是我上年叫他买的。我带在这里，咱们来打围罢。”探春道：“他还记得你喜欢闹幺爱三呢。”大家都笑起来。岫烟道：“林妹妹真是个信人，他和我们饯行诗内说着‘南枝传信早，好寄陇头春’，果然点景儿寄了许多土仪来。想来上年给他饯行这几个人都有的。”湘云道：“正经我要叫回来的老婆子，问问他林姑娘的光景。”李纨道：“不必问老婆子，他有一件东西在这里，你瞧着就明白了。”湘云问：“是什么？”

李纨便命素云把紫鹃前儿送过来这幅画取出来，当下摊开与众人一看，各各领会黛玉苦心，未免黯然。湘云又赞道：“好手笔，真是神添颊上。此时恍与潇湘妃子觌面，一慰阔衷。大嫂子何不早打发人送来给我瞧瞧。”李纨道：“紫鹃说他姑娘嘱咐来人，别给外人瞧，将来有便要寄还他呢。”湘云道：“既要还他，咱们给他一题何如？”探春道：“枕霞旧友技痒，你瞧着大嫂子屋里供的《天竺腊梅岁朝图》，很对时景，随意诌两句解馋也好，再别题这幅画。”湘云道：“这又是蕉下客什么讲究呢？”探春道：“凡写小照布景，或吟风，或弄月，或楸枰敲子，或绮阁挥弦，皆取平日所爱的景物点缀怡情。今林颦卿迫于气苦不得意的构思，关系终身结局。你们题跋起来，若仅顺题敷衍，未免有乖情理；一经翻驳，则又忤其意旨，不如善刀而藏为妙。”湘云点头道：“蕉下客所见极是。”惜春道：“三姊姊自发他的议论，我本来不会做诗，如今见了这幅照，倒要诌两句在上面，叫你们瞧着。”岫烟道：“四妹妹既肯挥毫，自有妙论，咱们也好领教。”惜春便命彩屏展开画幅，提笔写道：

慈云海上忽飞来，露滴杨枝着意栽。
尚隔红尘迟七七，此身终许近莲台。

湘云等看了正要议论，只见一个小丫头飞跑进来嚷道：“宝二爷回来了。”李纨闻言，抽身便走，湘云、岫烟、探春亦喜出望外，嘻嘻哈哈的跟着出来。独有惜春，早料宝玉交春后必有音耗，不为奇喜，便自回蓼风轩去了。紫鹃和晴雯两个人正在屋里做明儿人日的彩胜银幡玩意儿，听见嚷着宝玉回来，各人心内一动，大家怔怔的把活计丢下。紫鹃此时也忘了李纨嘱咐他不要出去走动的话，便道：“咱们也去瞧瞧。”晴雯摇头道：“我是懒怠走动，你要瞧只管瞧去。”紫鹃会过晴雯不肯出去的意思，便道：“你不去也罢，我瞧宝二爷还是和尚不是和尚，进来告诉你。”紫鹃赶出园来，只见老婆子、丫头们跑的跑，嚷的嚷，络绎不绝，都要出去瞧宝二爷的。府中大小男女、上下人等，已到齐十分之七八，书且少表。

再讲众人把甄宝玉拥到垂花门外，被荣府众家人赶上来喝住，便都退到门屋前齐齐站着，七张八嘴道：“府上的赏单可揭在此，如今有了宝二爷，快把银子照数兑给咱们。”那门上的人也不敢吆喝他们，只说：“银子上了万，那有这样现成的？该是你们发财也少不了。这会儿且到照墙边去站一站，等正经主儿回来，再给你们兑银子。”当下内中有两个人说道：“大太爷吩咐的是，但是咱们这几个人太爷未必都认清楚，停会儿越闹越多，兑起银子来给谁的是？不如先把咱们各人的姓名开了一张单纸，留在大太爷这里，别叫没相干的人鬼混了去。咱们就多等一会儿也没什么要紧。”那门上的人道：“这话倒说得中听。”于是查照现在人数，记了姓名，一面去请贾琏。

这里甄宝玉明知他们错认了，暗暗好笑，心想且等见了贾府主人再讲明真假。那知才到厅上，贾母、王夫人不等他开口，便一把拉住叫的心肝宝贝，号啕痛哭，一时也不想到和尚为什么还是这样装束。甄宝玉急欲诉明情由，怎奈哭声鼎沸，话不入耳，把自己也怔住了。一旁闪出麝月、秋纹，因他们两个人素常伺候宝玉惯的，所以不避嫌疑，也是匆匆忙忙的走近身来。瞧着襟子上露出一段金线络子，麝月忙和他解开扣子一看，二人喜极，便情不自禁道：“如今可连那玉也回来了，才脱了我们的干系呢。”和秋纹争着褪下这块通灵宝玉，递与王夫人瞧了瞧，又送在贾母手中，说：“正是先前失去的东西，如今连人带玉都有了。”贾母、王夫人才止了哭，只见凤姐亦带病扶着丰儿出来，走近跟前，两手拉着甄宝玉的手数说道：“嗳哟哟，宝兄弟，你怎么就傻到这步地位，也不想老太太、太太那么样疼你，就是宝姊姊也和你好，你看如今连宝姊姊也怄死了。”贾母道：“凤丫头，你宝兄弟才回来，再别给他多说话，叫他伤心。”凤姐道：“老祖宗怕宝兄弟伤心，我瞧老祖宗和太太哭得泪人似的，宝兄弟还只是在那里笑呢。”贾母道：“要那么好，他到了家，自然该欢喜。”

甄宝玉见贾母、王夫人都止了哭，才得进言，一面打千请安道：“我不是贾宝玉，是甄宝玉呢。”凤姐道：“宝兄弟，你又讲糊涂话了，谁说你是假的呢？”甄宝玉道：“我不是你家的宝玉，是江南甄家的宝玉。”凤姐听说，也不问青红皂白，便着急道：“宝兄弟，你还闹得我们不够，这会儿才回来了，何苦又变出法儿来混我们呢？”那时麝月、秋纹贴近身旁一听甄宝玉声音，再细认面庞，未免略有些不同之处，又想起宝玉已绞下头发寄回，怎样好戴束发金冠？才信果非自家宝玉，羞得满脸涨红，连忙退开，向王夫人回明。王夫人曾见过甄家宝玉，今被麝月、秋纹道破，便道：“你既是甄家哥儿，那块玉从何处得来？还是真是假？”甄宝玉道：“老伯母且请宽心，府上宝玉现在舍下，其中情节待小侄细细禀闻。”王夫人才叫甄宝玉坐了，听他讲宝玉怎样走入深山，回到江南留住他家，现在尚未改换衲衣，今寄回通灵之宝，必得聘定林府千金始肯回来，及自己进京到此送信，被人误认，拥进府来，不由分辨缘由，逐一叙明。此时贾母等虽未见宝玉，而宝玉已有下落，自可略慰悬心，又与甄宝玉叙话家常。凤姐亦深悔鲁莽，与麝月等各自含羞躲避。

那跟甄宝玉的人赶到荣府门上问明，始知众人妄想发财，混甄为贾。那时贾琏亦得信回家，见照墙边站着许多人，门上回明此事，贾琏命叫进众人一泡子嚷骂道：“不要脸的东西，大新年混要想发财，也瞧瞧脸儿着！我就不信，你们这么变法儿总想混咱们府里的银子，那怎样容易？先前拿了假玉来混也罢，如今连人都弄出假的来了。幸亏还有真凭确据，甄老爷宅上的人在这里，你们自去问罢，刚才承你们费心送来，到底是荣府里的宝二爷不是？混拉扯着的，甄老爷知道了，你们可吃不了。”又叫一声：“来，拿我的片子把这班人都送到马司衙门里去，问他个图财拐骗，一个个都发他们出去。”众人一听，才知道错认，不但银子指望着空，还防打官司吃亏，便一哄而散，互相抱怨。这一个说那一个认得不真，那一个道这一个没有问明。大家心还不死，都远远站着。这里贾琏进内，自去应酬甄宝玉一会话。甄宝玉告辞，送至二门外上马。

不说甄宝玉出了荣国府，众人远远跟着看他回到自己宅里才死了心，各自走开。再讲贾琏送了甄宝玉回进，忙到王夫人屋里，知道王夫人在贾母处，便来与贾母、王夫人道喜，一面提及要接宝玉回来的话。贾母道：“年底下老爷写书回来，提起雨村本家给你林妹妹说媒，你太太来问过我，我因是林丫头已经回他家里，好不好凭他婶娘去做主，我也再不管这些事，省得落抱怨。现在宝玉虽有着落，还不肯回来，我懊悔先前错了点主意。如今宝丫头又死了，叫我怎么样呢？琏儿且别性急，等咱们商量停当，再叫你写老爷的回书。”王夫人接口道：“问老爷那里来的人几时走呢？”贾琏答道：“怕老爷悬望，这几天就要打发他起身。”

说着，见王夫人手中拿着这块玉，贾琏惊问道：“这不是宝兄弟先前失掉的那块通灵宝玉吗？怎样又找着了？”王夫人告以宝玉寄回缘故，贾琏接过手来端详了一会，笑道：“我到底认不明白，瞧着倒像头里人家送来这块假的一模一样。既是宝兄弟寄回来的，多分是真的了。难道他自己还哄骗自己不成？我记得找玉的时候也写了一万银的赏单，总没人找着。如今还是宝兄弟自己去找了回来，可省了老祖宗一万银子。”王夫人道：“正是，如今宝玉既在甄老爷家里，可把贴的赏单都揭了进来，别叫人知道了宝玉的下落，瞧着赏单又变出法儿来哄银子呢。”贾琏道：“可不是，刚才就有许多人拥进甄宝玉来，说是咱家的宝玉，揭了单的来领赏。我要把他们送到兵马司里去，都跑散了。太太吩咐的是，侄儿就赶紧叫人去把赏单都揭了回来，免得再有人混闹。”贾母道：“刚才甄宝玉来，连咱们自己的人都认不清，别怪旁人。他们原贪图银子，留心咱们的宝玉，也并没安设着坏心，故意来鬼混，多少该赏他们几两银子。”贾琏随口答应了一声“是”，一面交还了通灵玉，便回身出去。

王夫人接过玉来，又看了看。因听贾琏说起假玉的话，转疑惑起来。虽然甄宝玉不致捏造虚言，而宝玉自己不肯回来，或者变法儿照样造出通灵寄回，安慰家中盼望，并哄他林妹妹作为聘物也未可定。当时与贾母说完了话，回到自己屋里，便命小丫头去叫了麝月、秋纹来细认此玉真假。麝月等因人且错认，玉更难辨真假，一时想起金钱络子是莺儿结的，便回明王夫人去叫。莺儿听说宝玉回来，并未随了众人出去一瞧，惟在自己屋里垂泪。此时王夫人唤他，只得勉强过来。麝月将通灵递与莺儿道：“你可记得这络子，还是宝二爷挨了老爷的打，养棒疮的时候叫你来给他打的，既是你经手的东西，自然认得准，可是那块玉吗？”莺儿正苦得宝钗已死不得复生，如今便有一千块通灵宝玉也不放在他心上。欲待不理麝月将玉摔弃，因当着王夫人面前不敢使性，便哭丧着脸答道：“络子是我打的，那块玉真不真，人家常见的还认不清，我就认准了吗？”王夫人反陪笑道：“这孩子倒说的好笑，我叫你来，原只要认这络子是不是原物，既是络子还在，这玉自然也就是胎里衔出来这一块了。玉可以做得假的，这络子倒假不来呢。”于是将玉珍藏起来。

不表王夫人这里的事，且讲凤姐回到房中，先骂门上：“这一班混帐瞎眼的，怎么一个个都睡昏了，糊里糊涂送了一个人进来，就算了咱们家的宝玉。问问他们，外头去撞见了像他老子的人，也去混叫人家老子不成？亏的甄宝玉与咱们都有世谊瓜葛，太太们都见过他，岁数也同宝玉差不多，算我的小兄弟、小叔子，没有什么使不得。”话未完，见小丫头打起帘子说：“太太来了。”凤姐站起身来让王夫人坐在炕上。王夫人道：“我来和你商量宝玉的事，这会儿怎么样办法？刚才听老太太的口气，是要依着甄宝玉传来的话去定林姑娘，这件事也很办得。就是林姑娘近来大变了脾气，听回来的老婆子讲起，只像要做超脱红尘的人了。他性子又本来执拗，倘一时劝不转来，我们这一个淘气的，依旧不知要闹出什么故事。这会儿先没有一个内外能说话靠得住的媒人，我想起老爷信来是雨村本家来托咱们，如今转去托他，叫琏儿结结实实写一封书去，谅他也不好意思推辞。”凤姐踌躇了半晌道：“太太想的也是，雨村和咱家拉拢的事情不少，先前在那边又教过林妹妹学的，男、女家拿得几分主，原可借重他。但这头亲事很要磨牙呢。太太说的非内外可以说话的人断下不去。林妹妹虽从过雨村念书，到底是个女学生。如今年纪大了，就见面也在客气一边。况且，还有这些钩儿麻藤的事，雨村如何得知？就便叫他知道，也讲不出口来。说起宝兄弟和林妹妹他们心里的事，我不能推干净说全瞉儿不知道，也难说我能钻到他们肚子里去做蛔虫，林妹妹忽而病，忽而好，老太太也有些明白。因是老太太说的林丫头虚弱，不是有寿的，又是什么性子乖僻，只有宝丫头最妥，太太也听见过的，所以我们不过顺着老太太的意办了宝妹妹的事。那知宝妹妹不是姻缘，这凭谁也料不到的。提起这件事……”凤姐说到这里，眼圈儿一红，道：“第一个，林妹妹心里不知怨毒我到怎么样似的。”王夫人道：“你病的才好，自己调养要紧，过去的事别放在心上。如今商量现在的话，据你便怎么样好呢？”

未知凤姐计将安出，下回分解。

【第十八回】 下广陵凤姐愿为媒　过栖霞焙茗欣遇主

话说王夫人和凤姐商量要聘黛玉的事，凤姐先诉了一番委曲，然后道：“要替太太想出一条万稳万妥的路，把宝兄弟同林妹妹两个弄他们拢来，请老太太、太太看他们完了花烛才算数呢。”原来凤姐意中，并无别人可以为媒，惟有从前想出接木移花瞒天过海妙计、足智多谋伶牙俐齿的王熙凤可以去得，便道：“此事任凭叫谁去，只算得隔靴搔痒，都没相干。先前干错的事只可全彀儿兜揽到我身上来，仗着脸皮子厚，没死赖活的缠住了林妹妹，我估量起来倒还有几分拿手。太太只要回明老太太，愿意叫我去走一趟，我也万分不敢推辞。”王夫人道：“你去果然妥当，老太太有什么不愿？我瞧你的病才好，还没十分硬朗，为了宝玉的事，要你大远的去跑这一趟，我心里也不安。”凤姐道：“太太不用管这些，先前宝兄弟走失了，大海茫茫不知在那块所在，委实没法儿，如今别说在咱们老家地方，就在西洋外国也要去哄他回来。倒还得指名要一个人同去做帮手才好呢。”王夫人问是谁，凤姐道：“就是紫鹃。”王夫人点头。凤姐道：“就怕紫鹃推托，必得太太奖劝他几句。”一面就命小红去叫紫鹃。

且说紫鹃正与晴雯在房内讲起凤姐这些人都错认甄宝玉的笑话，晴雯便骂："麝月、秋纹这两个蹄子，怎么当着众人走到跟前去亲热，还动手给他解东西呢？可问他臊不臊？不是袭人嫁了汉子，今儿定要把别人家的宝玉拉到屋里去，不知怎么样才好呢。"话未完，只见小红进来说："奶奶叫紫鹃姊姊去说话。"紫鹃道："奇哟，这几时你们奶奶从没来叫我，先前宝二爷做亲，要我去扶宝姑娘，可离不了我，如今你奶奶又是什么地方要使唤我？"晴雯笑道："先前叫你伺候假林姑娘，如今想是叫你去伺候假宝玉呢。"紫鹃啐道："那是要叫你们向来伺候宝玉这班人去的。"小红向紫鹃笑道："我见平姑娘抹的雀舌粉，说是林姑娘寄来给他的，不知姊姊这里还有没有？也给我两匣子。"紫鹃道："我也不爱这些，都分给人家了，记得还剩四匣子在这里，你要都拿了去。"说着，便去拿了粉匣儿递给小红，小红一面道谢，催着紫鹃同出稻香村，来到凤姐处。

王夫人尚未回去，凤姐便将刚才的话与紫鹃说明。紫鹃听了甚慰私愿，惟口中却不肯允许，故意推辞道："我虽是老太太屋里人，自从老太太派我服侍林姑娘这几年，倒像是跟林姑娘的人了。如今二奶奶要到南边去，算把我带去送还林姑娘使得，若叫我帮着二奶奶说什么话，断乎没有这个理。况且，林姑娘的心事我也猜不透，奴才主子怎么好轻嘴薄舌，不守一点子规矩。"王夫人道："谁叫你在林姑娘跟前说什么话，不过看我分上陪二奶奶去走一趟。因为宝玉闹得不像样儿，宝姑娘又死了，先前的事再别提他。如今一边叠墙，两边要好。我知道林姑娘和你对脾气，保不定林姑娘心里没有点芥蒂，倘然执意起来，也好劝劝你姑娘。"王夫人又叫了几声"好孩子"，把紫鹃灌了一泡米汤，然后紫鹃才允。

王夫人便到贾母处，将凤姐带了紫鹃亲到黛玉家里去求亲的话回明。贾母十分欢喜，又道："凤哥儿也是咱家媳妇，那有自己妯娌作媒的？"王夫人道："等琏儿媳妇先去求允了，自然还得再请冰媒。"贾母又问："凤丫头的病怎么样呢？"王夫人道："他说不相干，因为宝玉的事很着急呢。"贾母点头道："这也难为他。"当下便催王夫人选定长行吉日。一面贾琏端整家信，通知宝钗病故，现奉贾母之命，欲为宝玉续聘黛玉，可回复雨村。并与王夫人商明瞒住宝玉出家一事，以免贾政生气，随往甄老爷处嘱勿泄漏。赶紧备齐银两，打发家人起身。

邢夫人、尤氏知道宝玉有了下落，过来与贾母、王夫人道喜谈心。王夫人因宝玉留住南京甄府，甄太太现在京中，又亲往道谢。

此时，凤姐欲下江南为宝玉求亲一事，阖府皆知。众人自有一番议论。紫鹃知道行期不远，便收拾行李及随身应带物件，记起黛玉小像一幅尚在李纨处，便取来自己带去送还。湘云见众人忙乱，园中亦无兴趣，先回家去了。

讲到凤姐，病已大愈，回明王夫人，与宝玉检点行箧带去。王夫人将通灵宝玉取出，见络子已旧，要重打新络以为聘物。那时探春亦在王夫人处，便道："据我意思竟不用换，那旧的倒是林妹妹向来见惯，离而复合，睹物思人，可以感动。"王夫人点头，当下将通灵玉递给玉钏，叫他去送交凤姐。

凤姐这里正在点派跟去的人，因周瑞上京来算缴租子，顺便带着回南，并带周瑞家的，又派了旺儿、包勇，还有两房家人。凤姐随身服侍的丫鬟是丰儿、小红，又命送黛玉回去的一个老婆子路上伺候紫鹃。平儿道："我也跟去服侍奶奶。"凤姐道："都走了，这屋子里的事情交给谁呢？"平儿道："奶奶出了门，我一个人在屋子里像什么呢？"凤姐听出平儿话中有话，鼻孔里出了一口气道："你这句话，我倒正经嘱咐你，二爷是个馋嘴猫儿，里里外外你要留一点子神，我回来知道了，只是问你。"平儿道："奶奶在家还管不了，叫我把二爷怎么样呢？我说不如跟了奶奶走的好。"话未完，见玉钏送了玉来，大家把话掩住。凤姐接了自去收拾，晚上凤姐又安顿平儿一番话。

到了次日，轿马车辆俱已停当，随行仆妇各自忙乱照应凤姐行装。凤姐先到贾母处告辞，自有一番嘱咐。然后到王夫人屋里，先有李纨、探春、邢岫烟并尤氏带了蓉哥媳妇都在王夫人处与凤姐送行。尤氏笑道："我们不知道你今儿就走，赶不上给大媒饯行。你们瞧，凤丫头真是太太麾下一员勇将，为了宝兄弟的亲事，不辞劳苦，独马单枪的直下江南，连他脚跟上的泥，我们还赶不上呢。"话未完，见鸳鸯进来说："老太太叫二奶奶到了南边，得了林姑娘那里的准信，二奶奶先打发一个人回来，老太太在这里盼望呢。"凤姐道："有我这张涎脸缠住林姑娘，总要叫老太太做了外孙女儿的婆婆才歇手呢。求允了林姑娘，自然到甄家去拉了宝玉，先同他回来。请老太太尽管放心。"说着，辞了王夫人并众人。尤氏、李纨等都送至二门口才回。凤姐与紫鹃、丰儿、小红四个人坐了两乘二马车，家人媳妇们坐车，家人骑马，离了荣国府。

出城走了两程，到第三日，正走之时，只见一个人走上来，拉住凤姐坐的二马车杆子要求看顾。前面家人见了，赶忙跳下马来，拿着马鞭子乱抽，那人只是不理。这里家人楞着眼骂道："那里来这个野东西？这是荣府里来的，你没有问问明白。"瞧那一个人道："我就知道是荣府里来的。"那家人又道："这里头坐的是荣府琏二爷的二奶奶呢，还不远远的滚开。"那人道："正为的是琏二奶奶，所以敢来找他。大太爷，你问问里头坐的奶奶，我先前和他到底有些瓜葛没有？这会儿公然装奶奶样儿，眼珠子就瞧不见人了？"那家人听他说的混帐，越发生气，就把这个人打了七八个耳刮子。那人一手按着脸，一手仍拉住杆子赖着不走。旺儿在前面听见嚷闹，勒住了马，回头一瞧，见那个人有些面熟，忙跳下牲口将他细认，便知来因，劝住了这一个家人道："别动手。"又向那一个人道："这位琏二奶奶是做过九边总制王子腾王夫人的亲侄女，我知道你是错认了人，得放手时且放手，别再没眼色。马上叫了地保村头，送到衙门里可是有便宜到你没有？"那个人把旺儿钉了一眼，连忙跪倒在地上，碰了十几个头跑开了。两个家人都上了牲口，一路谈论那人胡闹的缘由。

不多时，进店打尖，凤姐便叫旺儿上来问道："刚才放肆这个人到底是什么来头？"旺儿回道："此人就叫张华，本来不习上，想是把这宗银子花完了，回到京里，没有打听尤家二姨已死，听说二爷的奶奶回南，一定错认了人，做梦的跟了两天，想讹诈几两银子。奴才告诉他明白，就不敢撒谎了。"凤姐想了一想道："我记得你们回过，说这个人已经被截路打得死的了，怎么又跑出他来呢？"旺儿猛一下子被凤姐诘住，记起先前扯谎，一时圆不过来，忙趴倒地上碰头道："先前错听了人家的瞎话，没有打听确实，是奴才该死。"凤姐喝道："去罢，我如今也不追究这些事了。"旺儿又碰了两个头，起身退出。不多时连忙上车，傍晚住店，连日夜宿晓行，到了清江浦换船水路行程。

闲话少叙，且讲宝玉在甄府度年，桃符换岁，柏酒迎新，江南风景，一般热闹，而现在客居，又因黛玉亲事尚未定准，回忆大观园中与诸姊妹猜谜行令，玩灯剪彩，何等兴趣，今只身落寞，虚度良辰，真自出母胎从未经过此凄凉岁月。又转念道："我离却繁华不享，非由旁人逼迫，乃是自己寻出来的凄凉，总为林妹妹分上，大荒山尚且愿去，何论于……"他想到此处，又将眼前寂寞境界安之如故。一过新年，便禀知甄老太太欲往扬州游玩。甄母叫多派童仆几人伺候宝玉前去。恐去船走水路耽险，命备鞍马至镇江岸口，对渡瓜州行走。

原来南京到镇江只有两站路程，一条平坦大道。宝玉骑的一匹小青马，手挽丝缰正走时，见一衣衫褴褛的小和尚，肩挂饭桶向马前冲面迎来，四目互睁。小和尚忙上前抱住了宝玉的腿，叫道："可是二爷在这里了。"甄家跟来的人见小和尚无礼，忙勒马近前，用马鞭子向他身上乱抽。那小和尚拖住宝玉死命不放，口里乱叫"二爷"，道："我是焙茗呢。"宝玉听出声音，果然焙茗，惊喜非常，喝开甄家家人，说："这是跟我的小子。我出门后，不知他为什么也出了家？"当下勒住了马，向焙茗细问缘由。焙茗道："说起奴才的苦处，半天也讲不完，怕耽误了程途，等晚上住了店再细细讲罢。这件东西可要告别他了。"说着，把饭桶撇在地上。甄家的人忙让焙茗骑上坐马，自己命马夫把引马带过骑了，一同行走。

不多时，住了宿，连甄府家人都要听焙茗讲他出家的情节。焙茗便从头至尾说起，道："就是那一天，轮着奴才同锄药该班，大家正喝二爷的喜酒高兴，里头又没吩咐伺候二爷出门，二爷趁热闹跑出了府，连大门上都没瞧见，奴才们那里知道呢？不知谁在里头使了促狭，只说奴才是该班头儿，不分皂白把奴才一个人发到外边，鞭责一百不算，后来知道二爷做和尚去了，还着奴才身上找回二爷，将功折罪。奴才没法儿，带了盘缠银两，一个人跑出府来，打听南边有大丛林，料定二爷必到南边。奴才沿路寻来，那知路上遇着了拐子，向奴才告诉说'这里栖霞岭有一个才落发的小和尚'，听他讲的小和尚相貌，竟是二爷。这一个人就住在南京，叫奴才厮赶着，他还肯引奴才到栖霞岭去找寻二爷。谁料到了半路，把奴才的行李拿得精光逃跑了。奴才只得剥下身上穿的衣服，当的几两银子做了盘缠，心还没肯死。沿途短雇脚驴，跑到栖霞岭来找个遍，见的老和尚、小和尚可不少，那里有二爷个影儿。比那一天二爷听了刘姥姥的混话，没头没脑叫奴才跑到乡村里去瞎找还难受呢。身边盘费没有半文，进退无路，只得就在栖霞岭出了家。他们寺里的规矩，新收徒弟落了发，先要担三年水，不就是背了饭桶出去化三年斋饭。奴才当了化斋的差使。爷想想，奴才是伺候爷惯的，那里吃过这些苦？如今天天背了饭桶，来回要走几十里路。今儿碰见二爷，奴才可也不想活了。"宝玉瞧了瞧焙茗，倒好笑起来，道："再不料你也出了家。"焙茗道："咱们爷儿两个，和尚伺候和尚，可不亲热些吗？"焙茗一夕话，说得甄府家人听了也道："他访主出力，颇有忠心。"大家赞叹，便取出衣服铺盖，送给焙茗。焙茗说："二爷还是和尚打扮，要还俗等着二爷一齐还俗。"止留了一副铺盖。甄家的人又向焙茗说明宝玉来踪去迹，当晚话至三更安睡。

次日渡江，宝玉坐在舟中观玩。吴头楚尾，烟景沧茫。焙茗手指金山寺道："这山上一座大寺院内，也去找过的。”宝玉纵目远观，知是名山胜地。霎时扬帆飞渡，已收了瓜州口。住宿一宵，往扬州城内。宝玉叫甄家的人问明林府住址，要去探望。那甄家的人都知求亲不允一事，婉言劝阻。宝玉心想：咱们本是老亲，只不提别的话，难道姑母家里不该去走动？我先去看看林妹妹在他家里怎么样。见了我，他自然要生气，我也甘心顺受，由他痛痛快快骂我一场，消消他一年来的积愤，我心里也过得去。一时执定主意，那里肯听人劝说。甄家的人怕跟着荣府哥儿出来失了体统，回去难免老太太责罚，又因客边不便重言得罪宝玉，便拉了焙茗，背地里叫他劝阻，说：“你爷这会儿要到林府，论旧亲有什么使不得，但现在要结新亲，况这样一身衣服，岂不惹人笑话，说招上一个和尚姑爷来了。你爷儿们到底向来在一处，知道脾气的，劝劝这位小爷，别再淘气才好。”焙茗听了甄家家人的话，便到宝玉跟前依般直说劝了一会。宝玉想道：他们那里知道我的心事。若论林妹妹，不但不怕他笑话，就正要他见我穿的一领袈裟，比腰金衣紫还能歆动他呢。但只他家里还有当家的人，照焙茗说的话，果然当一个疯和尚瞧我，因我这一走，等到家里有人去提亲，他们不给林妹妹知道，倒先回绝了，便怎么样呢？于是，又把要见林黛玉之念中止。不得已想到紫鹃身上，自己盘算道：“林妹妹既不便相见，紫鹃这丫头也还实心，但得一见紫鹃，告诉我的苦衷，叫他转达林妹妹，犹如见林妹妹一般。想起先前对我说他姑娘将来要回南边，原是哄我的话，如今弄假成真，不知紫鹃心里又怎么样？”呆呆的想了一会，便叫焙茗道：“我听了你的话，不到林老爷家里也罢。咱们同到门首，只要你进去叫紫鹃出来说几句话就是了。”焙茗笑道：“爷出了几个月门，怎么园子里的人都记不清了？奴才听说紫鹃姑娘还在咱们园子里住着，没有同林姑娘回南呢。”宝玉生气骂道：“放屁，我病好后从没见他一面，怎么说还在园子里呢？”焙茗道：“爷别生气，原是奴才打听得不明白。就算紫鹃同林姑娘回来了，爷想，奴才在自己府里头可曾走进二门叫那一位姑娘说过话没有？如今林府里就许奴才进去叫，紫鹃姑娘他就肯同着奴才走到大门外来和二爷说话吗？爷讲的话可都是有理的，劝爷不用尽着这样发呆了，明儿去逛平山堂是正经。”宝玉听了也没言语。当晚无话。

连日同了甄家的人，焙茗跟了各处去游赏胜迹。时交春初，虽草才萌绿，柳乍舒青，而江南早暖，已是日丽风暄，游人不绝。众人都瞧着宝玉纳罕，背地里纷纷谈论。有话传入宝玉耳中，亦恬不为怪，只顾游玩。

一日，闻得旁人传说林府新造坟墓壮观，离平山堂不远。宝玉触动心事，命甄家人置备祭礼，亲诣吊奠。一因姑爹、姑妈逝世后远隔程途未曾顾问，今既如此，本应稍尽晚亲絮酒瓣香之敬。二则，求婚心愿须默通于二大人之灵，使冥冥中护佑主持。三则，欲供墓前盈尺之地，一泻滂沱，宣舒积郁。不多时，祭品办齐，雇夫挑在林老爷坟上，众家人随了宝玉策骑行来。

是日，正值雇人添种坟上树株，工人出进络绎。宝玉约离坟墓百余步便跳下马来，走近墓前，无心观看坟茔仪制，只见石碑上镌着"敕授资政大夫原任两淮盐政探花林讳如海公之墓"，坐西南两穴。宝玉知是林公夫妇合葬在内，便命焙茗令挑夫担上祭品，先自动手摆列。焙茗忙去马上揭了一条马褥铺在地上，宝玉焚香叩首，默默祷告已毕，又想到姑爹、姑母只生林妹妹一人，天既畀以超凡灵慧，绝世姿容，不幸怙恃无依，髫年寄往舅家；虽遇了我这一个知己，奈事遭磨折，棒打分飞，致使我大荒山一行，正为不肯负林妹妹，几乎又误了他。此时胸中愁绪万千，连一句话也无处告诉。想到伤心，止不住大放悲声，泪如瀑布泉涌，哭得几乎晕了去，连那种树的人都看得呆了。宝玉从前在家，为了黛玉虽也伤心痛哭过几次，有袭人辈百般劝慰。焙茗自跟宝玉以来，未经见过，吓得满头是汗，便叫："我的爷，别再这样闹了。好容易碰着二爷，同回家里还算奴才的运气，可以赎罪了。照这样闹起来，奴才的胆子小，惊吓不起，情愿去做化斋饭和尚，受些磨难也说不得了。"甄家人也都来劝说，宝玉才住了哭，焚帛撤奠，将祭物赏了看坟的人。焙茗忙催宝玉上马，离了林茔。

未知宝玉在此祭奠一事，有无传闻到黛玉处，宝玉究竟能否得见黛玉，书且慢表。所有宝、黛二人未了情缘，警幻仙子既欲破格玉成其事，早已移花接木，斡旋金玉姻缘，翻出一段新奇故事。下回书中，再为分解。

【第十九回】
当金锁巧合证良缘　梦宝玉因疑生幻相

话说宝、黛二人新翻金玉姻缘，却值林府里宝聚当铺第一天开张，大小伙计到四鼓时分一齐起身，敬过财神利市，挂出黑漆金字招牌，上面披了大红彩绸，早有许多人拥挤进来。先是本县坐捕巡役并地方甲长等当的千钧蚊帐等件，都取个吉利话头，来打抽丰。上柜伙计酌量各人身分，自二十四两起至四两止，无论当物价值，一概接收，将银两按号开发，仍给当票。等那些在官人役当过，便有正经来当首饰衣服的人挤上柜来。

那一天因是新开铺面，该当八钱的便当一两，该当十两的便当十二两，所以当当的人挨挤不开。自黎明起，直闹到巳牌时分，众伙计才得替换吃饭。见一个人拿了一件绢帕包的当物在柜上放下，便有一个年轻的伙计赶忙过来解开绢帕，把那一件东西仔细端详了一会，问："要当多少银子？"当当的答道："整整要当一千两。"那伙计向着当当的笑道："可惜，这一件东西上镶嵌的珠宝已经过火，就当的是金子，成色还是多算些，总值不到五百两，怎么当出一千两银来？还是要当一百两罢？"当当的道："一百两银那里当不出，要大远的赶到这里来？我不管东西值多少，总要当一千两银。"那伙计已有些生气，便道："值多当少，大例如此。虽是我们第一天开门，就要通融多当些，那有值不到五百银的东西要当一千两的！"那当当的听了发急道："你们这里不当，叫咱几千里路跑到这里，来回盘缠要花几十两，叫与谁去算帐呢？"那伙计便高声嚷道："到底谁叫你来当的？"当当的道："是咱老子叫到你们这里来当的。"那伙计道："快回去叫你老子自己去当罢。"当当的又道："咱老子已经死过，没处去找，是他老人家托梦的。"那伙计听他说话，这个人像有些疯傻，将当物丢还不去理他，自去接别人手内的东西。当当的又赶过来拦住缠个不了，那伙计按不住心头火发，登时涨红了脸骂道："那里来的野杂种，原来不是当当，竟是来闹当的。这个地方容你外路人闹事，当铺都不用开了。"便叫："头儿们同本坊地保呢？快把这一个闹当的拴起来，连东西一同送到县里，再究问他东西的来历。你们看他贼头贼脑的样子，那东西不是偷来的，就是拐来的。"说声未绝，早有坐捕地保人等，因林府新开当铺恐有闹事的人，一半为公，一半为私都在当铺前照应。听见有人闹当，巴不得生事，直拥上前，向胸前掏出链子。正要动手擒锁，被一个年老的伙计走过喝道："且慢动手。"便向那当当的好言相劝道："老客，我对你说，你的东西我虽不见，听他们说值不到五百两银子，你怎么要当一千？我们当铺里的成规，凡是足色赤金，值十当七，衣服绸缎，值十当五。当进来的物件，各人经手，都有记号，将来期满落架，如不够本利，要经手人认赔。我们做伙计的人，若说一票当就要赔五六百，那里有这些家产来赔？我劝老客拿了东西快走是正经，休讨没趣。"当当的道："那么着，老掌柜何不把咱的东西来瞧瞧呢？"老伙计笑道："不用再瞧，老客疑心我们铺子里人不识货，敝处城里城外有几十座当铺，何不去多走几家？"当当的听了这番好话，无言可答，只得把东西揣在怀里，垂着头慢慢的走出铺门。

原来这个当当的就是石呆子，因贾琏出了一百两银子一把要买他的古扇，还不肯卖，闹了一场官司，古扇仍归乌有，越发穷得支持不下。他有一个表兄，闻说现在江都县里跟官，从前曾借给他家几十两银子，石呆子想到扬州讨这一项旧欠。这一夜梦见他死过的父亲说，欠项竟没相干，咱们有一宗意外财香可得，叫石呆子明日见有换糖担子里头放什么异样东西买得到手，趁便带到扬州，见第一天新开当铺招牌上有"宝"字的便进去当，只该发一千两银子的财，不可多当，切记。

石呆子穷思极想，次日一早起身站在门首呆等。等到早饭后，果有一副换糖担子走过，石呆子便过去搭讪着说话，见他一头挑的是糖，一头都是换来的破铜烂铁，别无罕物。内中有一件东西，似铜非铜，似铁非铁，黑暗无光。细瞧着制工精巧，心想梦兆或应在此，拿在手内一提竟是沉甸甸的，心中暗暗惊喜，便与换糖的讲价。此物合该为石呆子所得，只要得京钱二千文，石呆子还价便卖。自京中带到扬州，可巧遇见一座当铺新开，招牌上有写"宝"字。石呆子原想应梦发一注大财，那知当铺还价不对，险些闹出事来，便垂头丧气出了铺门，还恐走错了当铺，又对着招牌细看，分明有一个"宝"字在上。

石呆子正在狐疑，有一个人汗雨淋身，跑进铺道："柜上伙计，可有人拿了金器问要当一千两银子的吗？"众伙计忙答道："有的，因他说话悬虚，没有当成，才出门走还不远。"

话未完，惊动了地方坐捕人等，见来人言动慌张，银两对数，便疑方才进当的东西一定来历不明。一窝蜂拥上前要拿贼赃，见那个人尚呆呆站着，不由分说，即套上锁链带进铺来，搜起赃物，交与方才跑来的人。那人在身旁取出一张纸条来与那金器上镌的字样一对，便叫开了锁，道："我在西街上铺里听他们讲起有一个外路人来当过这件东西，连上面字样都记在那里，我所以写了来对明，要留他的东西。你们不要错疑别的缘故，冒冒失失把他锁了。现在并没失主，如何起赃，列位都是随官人役，可知诬良不是当耍的。"地方人等认得此人是林府总管，不敢不唯唯听命，便开了锁，各自走开。

林府家人让石呆子进柜房坐了，略叙了几句闲话，并不根究当物的来历，令铺伙如数兑银子一千两，写了当票一张，交付当当的人。石呆子甚为感激，想当内伙计都不识货，幸遇此人到来，一千两始得到手，正是马逢伯乐，玉遇卞和，便将当票留存以酬赏识，并明不来取赎之意，一拱而别。铺内众伙计俱不识此物值价如许之多，复接过细看，向问缘由。林府总管亦笑而不答，令出了一千两支帐，将当票销号，袖了当物，回府交进里边。

这因黛玉婶母林老太太因甄府求亲，黛玉执意不允，又看出他近日行为，劝之无益，心甚纳闷。是夜忽得一兆，见一老人，告以次日新开当铺内有人持金锁一盘，要当银一千两，两面刻的什么样几个字，必须留下，可定尔侄女黛玉姻缘。醒来记得清楚，便把几个字写在纸上，正值是日新开宝聚当铺，已信梦中之事非全无影响，即命总管家人遵照办理。如果有人来当金锁，但看上面所镌字句相符，无论价值多寡，凭他要当一千两，也如数当与他，不可有误。那知梦兆有因，果得此物，见锁上字句不错一字，林老太太如获珍宝。

再讲黛玉自从供奉大士，晨夕至诚礼拜，心中已是万虑皆空，一尘不染，闲时连题咏一事也撩开了，惟以抚琴、临帖、玩月、赏花，有时调弄鹦鹉，或教雪雁下棋为消遣。一日雪雁偶开书箧，捡出黛玉所写字迹。黛玉接过逐一翻阅，想到写经时候曾对雪雁讲过留此手笔，将来他们见了如见我一般的话。如今紫鹃远隔数千里，不知作何归结，自己反把这些东西带回南来，犹及检点入目，恍如丁令威化鹤归来，有隔世重逢，是耶非耶之景象。又将近日写的字来比较，觉先前运腕软弱，指下乏力，亦如诗犯郊寒岛瘦之病，今则丰腴润泽，比前大不相同。观玩之下，益觉心旷神怡，又悔病中何必将诗稿焚毁，留在这里看看，亦可觉悟今是昨非。

黛玉想了一会，忽听架上鹦哥："念的念烦恼，不念烦恼，念不念烦恼，我烦恼，我所烦恼。"黛玉笑道："真是淮南得道，鸡犬同升。你听鹦哥也忘了昔日这些诗句了。"黛玉命春纤添了水罐内的水，自己坐过调弄一会，站起身来随手在书架上取了一本《庄子》，看到"至人无梦"一句，又有所悟。想庸人爱憎喜怒纷扰于中，神不守舍，则梦多。即如我恶梦惊人，皆由心境不宁之故。如今回到家来，七情一无粘滞，便寂静黑甜。

黛玉正在展卷凝思，见婶母处打发丫头过来，手持一盘项圈，说："太太出一千两银子得了这件东西，金锁上面刻的吉庆话，叫我拿来与姑娘看了。太太还要把这上头经过火的珠宝换下，重新镶嵌好了再送姑娘。"黛玉接到手中，十分惊异道："这件东西从何处得来？怎么出了许多银子？"那丫头回说不知。黛玉随叫他先自回去，将金锁递与雪雁道："你可记得见过这件东西？"雪雁瞧着笑道："这不是宝姑娘身上长挂的吗？怎么到了这里？"黛宝听说益信而无疑，随命雪雁前去细问来因，自己又将金锁翻覆再看。

缘黛玉自见宝钗后，只因宝玉有玉，宝钗有金，一闻金玉姻缘之说，刻刻关心，过目时看得十分真切。今见锁上镌的"不离不弃，芳龄永继"八个字，不但字句相同，而且笔画模样丝毫无异，决非另有一盘金锁。他们正团聚金玉姻缘，何得分飞至此？此时黛玉心中一块疑团万难解释，专待雪雁回来再问分明。

及至雪雁来时，将黛玉婶母昨晚得梦，及今日当铺中之事一一回明。黛玉听了，不但不能消释疑团，且因牵涉自己婚姻，反觉入耳厌听，便欲叫送来的人立刻拿了开去。又转一念道："我主见已定，岂有因物游移？才悟从前认理未明，此时既承婶娘好意送来，我看刻不容缓弃之如遗，又蹈焚巾毁稿的故辙了。"于是，心上随将金锁一事撩开，不复置念。

是夜就枕合眼，朦胧觉有人在耳畔悄唤"妹妹"，道："咱们同来睡觉，再听我讲灵洞里耗子偷香芋的古典。"黛玉听是宝玉声音，便举手一推，叫道："宝玉，你别再来闹我，咱们如今厮抬厮敬，怎么又是这样涎脸没规矩呢？"说着欠身起来，见了宝玉，吃惊问道："你怎么做了和尚了？"宝玉叹道："我做和尚正为的是妹妹，怎么妹妹倒问起我来？我亏的去做和尚，到一个地方走了一趟，把失去那块玉拾了回来，如今交给妹妹替收着。"说罢，将通灵递与黛玉道："这玉失去多时，连那络子都旧了，还得烦妹妹给我重打一个。"黛玉道："我打的也不稀罕，可央你宝姊姊叫莺儿打的好。"宝玉笑道："宝姊姊已经回了家，我也不和他好，'凭他弱水三千丈，我只取一瓢饮'的禅语，难道妹妹就忘了吗？"黛玉嗔道："你说不和宝姊姊好，我给你一件东西瞧瞧。"说着取了桌上的金锁，撩在宝玉手中。宝玉道："这东西可不是宝姊姊的了。好妹妹，暂且赏我，换了我的宝玉罢。"黛玉不肯，宝玉笑嘻嘻把金锁拿了，转身就跑。黛玉赶上拉他，一交跌倒地上惊醒，却是一梦。

听鼓楼正打三更，房内残灯未灭。黛玉起身将灯剔亮，见桌上放的金锁依然无恙，便唤醒雪雁倒了暖壶里一盏温茶喝了，复又睡下。心想自回生以后，一切私念破除净尽，因何旧事复扰胸怀？更怪宝玉做和尚一语本系莫须有戏谈，竟相因生幻起来，甚为不解。于是辗转反侧，竟难成寐。黛玉只得勉强操持，摒除思虑，然后又入睡乡。天明起身，梳洗已毕，仍到佛堂照常功课。他婶母处命人来取金锁去换嵌珠宝。黛玉这里的事，且按下不提。

再讲凤姐带了紫鹃从清江浦上船，一路无话。到了扬州，心中早已盘算停当。先与紫鹃说明，教他将从前办事欠妥，并宝玉出家心事，及此番诚心求婚细细回明，探了林姑娘的口气，再酌量自去面求的话。紫鹃道："照二奶奶先前所办的事，听说姑娘如今的光景，别说一位二奶奶，就有十位二奶奶去也没相干。据我的意思，现在有三件事靠得住，紫鹃还可替二奶奶出几分力。"凤姐笑道："那三件事？你且讲给我听。"紫鹃道："第一件，宝姑娘已死，我姑娘不做二房，名分上头并无关碍；第二件，老太太还康健，宝玉出家不肯回来，老太太怎样舍得他，姑娘也要体谅老太太疼宝玉的心；第三件，看二奶奶如今的行事，似难执意。若说单靠紫鹃这个人去说话，我虽然伺候姑娘多年，怎敢在他跟前胡讲一言半句呢？”凤姐听紫鹃侃侃而谈，又情理又透彻，便用手在紫鹃肩上一拍道：“好孩子，我只道你本本分分跟了林姑娘这几年，再不知道你有这样见识口才，正是强将帐前无弱兵。原像在林姑娘跟前调教出来的，将来你姑娘过了门，真是一个好帮手。我总教林姑娘别放你出去就是了。”紫鹃脸上一红道：“在这里讲正经，二奶奶又和我取笑算什么呢？”当下船泊码头，先叫周瑞上岸通知林府。一面预备轿子，带了紫鹃一众人等来到林府。

是日，黛玉在房内临帖消闲，梦见宝玉之事又陡上心来，便搁笔步向窗前赏玩几树杏花。因早上才飘了几点细雨，枝头分外精神，一缕清香随风送过，觉目前尘氛俱涤。黛玉正在凝神领赏，见雪雁捧上茗碗，叫声：“姑娘喝茶。”黛玉回过头来，一手接了茶杯，道：“炉内香灭了好半天，你们也不来添添。”雪雁道：“太太那边听他们讲起，前儿不知那里来了一个小和尚到老爷坟上祭奠，哭得十分伤心。问他跟来的人，又不肯说明。管坟的看了怪异，不敢隐瞒，到里头来通报的。”黛玉听说，便触起宝玉做和尚一梦，怔怔的呆了半晌，反嗔雪雁传话不清，叫去问个明白。

雪雁尚未动身，只见一个老婆子来报黛玉，道：“荣府里有一位琏二奶奶，同了什么紫鹃姑娘先到太太那里，太太请姑娘过去。”说着，便回身走了。黛玉一时摸不着头路，连日奇梦异事接踵而至，登时心旌摇曳起来，翻疑身在梦中，连叫几声雪雁，问：“我可在这里做梦不是？”雪雁笑道：“姑娘瞧，满窗户太阳照得红红的，怎么说做梦起来？要说姑娘做梦，难道雪雁也陪着姑娘在这里做梦不成？”黛玉将身坐定，又问雪雁道：“刚才老婆子说琏二奶奶同紫鹃来了的话，你可听见吗？”雪雁道：“怎么不听见呢？我去瞧瞧紫鹃姊姊，问他们为什么事到这里来？”黛玉心上已猜着凤姐来意几分，还拿不准，等见了紫鹃自然明白，便嘱咐雪雁道：“你去见了琏二奶奶，先替我请安，说姑娘感冒着，这会儿不能过去呢。”此时雪雁也满心疑惑，巴不得见了紫鹃好问来因，答应着飞跑。

走到那边，林老太太正与凤姐叙话寒温，一面叫管家婆子上去吩咐厨房备酒接风，指点房间安歇上下人等。雪雁过去，先把黛玉的话致意凤姐。这里凤姐亦巴不得不先见黛玉，恐致偾事。自己且在林老太太处延挨，等紫鹃过去讲通了再听消息。

且说雪雁一见紫鹃，两个人如有万语千言，一时无从诉起，呆呆的对看了一会。雪雁拉了紫鹃到僻静地方盘问来意，紫鹃道：“我的话一夜也说不完，横竖见了姑娘要说，你总听见呢。我先要问你，姑娘近来的主意怎么样？听见有人家来提亲没有？”雪雁道：“姑娘依旧是先前回来时候的光景，倒像观音菩萨面前的龙女是要做定的了。那老婆子回去自然和你说过。就可笑姑娘，前世不知欠了‘宝玉’两个字什么债，头里的话不用说，回到家来，姑娘恨的是宝玉，偏有什么甄宝玉来求亲，回绝了他去。后来又混说贾宝玉现在甄宝玉家里，甄宝玉家又替贾宝玉来作媒，知道他甄的是假，贾的是真？姑娘的主意拿得定定儿，总没理他。”紫鹃笑道：“贾宝玉在甄宝玉家的话倒是真，不是假呢。”

雪雁性急，要听紫鹃的话，便引紫鹃来到黛玉屋里。猛然闻听唤了一声“紫鹃来了”，紫鹃抬头一看，见架上鹦哥似有亲近之意。紫鹃把手逗他道：“隔了好多时倒还认人。”说着掀帘进内，见黛玉面容丰泽，气度安娴，真与小像上描得无二，心上已十分宽慰。紫鹃与黛玉请了安，黛玉站起身来先问老太太身体康宁，次及王夫人并园中诸姊妹，紫鹃一一应答。

黛玉拉紫鹃坐了，情谈款叙一番，说：“咱们临别时，自分南北分飞，此生难图后会，谁料隔不上一年又得见面，真是意想不到的事。你来也罢，又跟着琏二奶奶同来，更不可解。到底所为何事？”紫鹃道：“说起来有极可恼的事，又有极可怜的事，不知姑娘先要听那一种？”黛玉笑道：“你问雪雁，我如今可大改先前的脾气了。便说可恼的事，我听了也未必生嗔；你讲可怜的事，我听了也不为酸鼻，随你爱讲什么，只如《汉书》之下浊酒而已。”

不知紫鹃说出何话，黛玉听了如何光景，且看下回分解。

【第二十回】

痴绛珠感情洒旧泪　莽紫鹃认物发嗔言

话说紫鹃听了黛玉的话，便将可恼之事从头讲起，道：“先前宝玉娶宝姑娘，叫雪雁去伺候拜堂，大家不得明白。后来听素云告诉我这个缘故，就是哄宝玉娶的是姑娘。宝玉正病着，说他明白却不明白，说他糊涂又不糊涂，拜了堂，揭开罩头巾见是宝姑娘，人家又哄他说姑娘已不在了，不叫他知道姑娘回南的事。怕我在宝玉跟前透漏他们的诡计，不许我见宝玉的面，又哄住宝玉不进园子里来，我还躲在妙师父庵里住了几时。”紫鹃话到其间，不觉怒形于色，连雪雁站在一旁静听，听得说，他咕哝着嘴生气道：“我那里知道他们弄鬼！早知这样，别说宝姑娘，就是贝姑娘我也不去扶他呢。”引得黛玉“扑嗤”的一笑，紫鹃留心黛玉神气，打量听了他的话，未免有些愤愤。谁料黛玉毫无介意，只是点头微笑。紫鹃心中暗忖，他姑娘已经看破尘缘，立志坚定，恐讲到后面宝玉的事，凭你说到铁人下泪的地步，亦漠然无动，不觉其可怜。这件事保不定又变了捏沙成团，大费斯罗了。

紫鹃忽然呆呆的不语，黛玉道：“怎么不说下去了？”紫鹃才又将宝玉知道错娶宝姑娘，怎样悔恨，怎样到潇湘馆去痛哭，怎样中举过了几天就出去做和尚了，剃下头发交人送了回来，老太太、太太怎样着急，宝姑娘也哭死了，又不知怎样到那里去找着了通灵宝玉，现住在甄宝玉家，刚寄了那块玉到家去，要老太太做主，求姑娘允了才肯还俗，如今琏二奶奶的病才好，怎样懊悔先前的事办错了，回明了太太亲自来求姑娘的话，细细告诉。

黛玉不等紫鹃说完，听到宝玉去做和尚一语，多时一尘不染的方寸，顿将从前缠绵宝玉之私念勾逗起来，旧时还不尽的眼泪重又滴了无数，恨不得宝玉立刻站在跟前，好将婉言劝慰。才悟到梦中所见，幻出有因，直欲仿《牡丹亭》上杜丽娘去寻那不远的梦儿。又想到爹妈坟上痛哭祭奠之和尚，非宝玉是谁？他果真牢牢记住做和尚一语，回忆时常向我宽慰之言，全从肺腑上镂刻出来，也不枉我苦苦用心这几年。我早疑宝玉决不负心至此，因回生而后，已斩绝情根，种种可疑之处不暇追求，如今看起来，我自谓独清独醒，这几个月正是做梦。前日梦中之梦，乃醒梦之梦。从此堕落红尘，我无悔矣。黛玉想了半晌，只是怔怔的支颐无语。

紫鹃早已瞧出黛玉光景，心上气不服凤姐，因说道："二奶奶今夜还等我去回话，我今儿偏不过去，还要拗逼一回，别叫他瞧得容易了。"黛玉微笑不语，一面叫自己屋里的人那边去把紫鹃姑娘铺盖包袱这些都搬了过来，与自己同房安歇。是夜，叙话正长，所有黛玉回南后荣府日常事情，凡紫鹃知道的，逐一告诉了。说到袭人出嫁、晴雯未死的话，黛玉不胜惊异感叹。直谈至五鼓，各人就寝。

次日，紫鹃去见凤姐，道："姑娘跟前已经替二奶奶讲了许多好话，前儿商量的拿住三件事，那知姑娘也有几件事来对答。"凤姐问："什么事呢？"紫鹃道："听姑娘的口气，似乎道姑娘体弱，本不是有寿的，也没这样福分去承受，怕也像宝姑娘这样。再姑娘原蒙老太太的疼爱，太太的照看，但只已经应过名儿，园子里外的人都知道的，也可算报答老太太过了。至于姑娘的身子，别人都知道回了家没有死，怕瞒住的人不得明白，疑神疑鬼起来，也不成一件事。姑娘的意思虽是这样，明儿二奶奶当面见了再说罢。二奶奶口才本来好的，说一句话到底比我们丫头说十句还担斤两呢。"

凤姐听了紫鹃的话句句触心，就是嫌黛玉体弱没寿的话不是他说的，其余都是主谋。这两件事委实对不住林姑娘，说起来竟无可置辩。欲待不去求他，此来所为何事？前日又在王夫人面前满担肩任了来的，甚是为难。还要教紫鹃几句话再去赔礼黛玉，紫鹃只推凤姐自己去说，没奈何，硬了头皮来见黛玉。

叙过浮谈，凤姐满腹踌躇不知提那一句话讲起才是，左右怕唐突了黛玉。黛玉察看凤姐嗫嚅踌躇情形，倒先提件旧事道："头里我回家累琏二哥哥远远的跑了一趟，上年走的时候，再不想和凤姊姊见面那么快，这会儿凤姊姊到南边来，可是意想不到的事。昨儿我向紫鹃，知道老太太同太太都好，就不料宝姊姊那样一个敦厚有福泽的人，也没享寿年。"凤姐听出黛玉词锋隐刺，只得满脸堆笑道："总是年来家运不好，暗里使人干的事颠颠倒倒。千不该万不该，上年不该放妹妹回家，就是老太太也后悔得什么似的，妹妹问紫鹃就知道了。我也才病得死去又活来的，没法儿不自己走一趟，臊着脸来求妹妹。妹妹看老太太分上，把过去的事再别放在心上，就是妹妹的大贤大德处了，我给妹妹磕头赔礼。"说着便当真要屈膝下去。黛玉忙把凤姐搀住，说些闲话岔了开去。雪雁在旁端茶伺应，凤姐瞧着雪雁夸奖道："几个月不见，出挑的身子都长了。你们园子里这班姊姊都惦记着你呢。"

凤姐又说了一会话，然后来见黛玉的婶母，重又提及亲事。因从前甄家来说，林老太太知道黛玉的脾气古怪，如今虽然亲上议亲，那宝玉又与黛玉自幼在一处长大，现在奶奶亲来，打量有几分成局，到底不肯专主，便自己来问黛玉。黛玉心上已是千肯万肯，只推婶母做主。林老太太心已明白，喜侄女终身有托，大大放下一桩心事，便到凤姐处允定了。凤姐大喜，命小红取出带来宝玉，亲手送交林老太太作为聘物，要回一黛玉身上佩戴的珍重东西，以订百年姻好。又说回京后另央冰人执柯，择吉完婚。

林老太太接过通灵宝玉瞧个仔细，便递给跟去的丫头送到黛玉处去。凤姐笑道："瞒不得太亲母，为了这一点东西，闹出许多稀奇古怪的事来。瞧不起这块玉，真是我宝兄弟的命根呢。"林老太太道："原来是罕物，普天世界那里听见有胎里头带出来的宝玉？想我侄女儿佩戴之物，那里有配得上这玉的可以回聘？就是前日得了一盘金锁，虽比不上这玉的珍奇，因是梦中老人指示可作红丝，除了他也再无别物。"随命侍儿取来，当将梦兆说明，把金锁送与凤姐瞧，凤姐因这些东西系闺阁中多有，岂无式样相同的，惟闻应梦而得，非比寻常，又与宝钗病中所失之锁相似，一得一失，事非无因。不觉看得呆了，便极口称赞道："这件东西就很好，一个是胎里带出来的，一个是因吉兆赐他得的，可见宝兄弟和林妹妹合该配就姻缘。我远远的来跑这一趟，也有些功劳。咱们本来在一块儿玩惯的姊妹，如今做了妯娌，等林妹妹过了门还要重重讨他的谢媒礼呢。”林老太太笑道：“那个不消二奶奶说得，又是嫂子，又是大媒，别的东西也不稀罕，自然要他好好做几样针凿活计去谢媒。”说着，凤姐便要辞行，林老太太再四款留。

紫鹃过来，凤姐将林太太已经面许的话告诉了他。紫鹃一眼瞧见凤姐手里的金锁，心中便不自在，道：“二奶奶是有斟酌的，有了这块宝玉做聘物就好。这会儿定亲先要取个吉利，怎么就把宝姑娘挂的东西拿了来呢？”凤姐道：“算你这孩子眼尖，我就糊涂到十二分，也不肯把宝姑娘的东西拿来定你姑娘。你只知道项圈、手钏姑娘们戴这些，男家送到女家去的是常事，那里知道，我做了和尚的嫂子，来给和尚定媳妇，已翻了新花样。那男女定亲回礼的东西也拘不得常例了。”说着，把金锁递给紫鹃看，道：“你瞧瞧这是宝姑娘的金锁不是？”

原来那边失去，并这里当得金锁之事，紫鹃都不知道，认准是宝钗之物，递还凤姐，道：“这不是宝姑娘的难道是我姑娘的不成？若说我姑娘有了这金的，早就该配了有玉的了。”凤姐叹口气道：“我得罪了一个林姑娘已经搁不住，这会儿玩笑玩笑又玩上紫鹃姑娘的气来了。我对你说罢，你只知道你姑娘没有金的，还不知道你姑娘如今该配有玉的，就有了金的了。”话未完，只见雪雁走来叫道：“紫鹃姊姊在这里吗？”凤姐便把金锁给雪雁瞧，道：“你可认得这金锁是你姑娘的不是？同你紫鹃的姊姊去问姑娘罢。”雪雁笑了一笑，便拉着紫鹃走了。

接着周瑞家的来回凤姐道：“刚才听见外边说起，宝二爷也在这里，前儿还到林姑老爷坟上哭了一会，我男人赶忙同着这里的人出去打听，说昨儿已经走了，是南京甄家有人同来的，有两个小和尚呢。”凤姐啐道：“别混嗄他娘，一个和尚已经闹得我脑门都昏了，那里又跑出什么两个小和尚来？既听见有这个话，到底问问明白，那一个小和尚又是谁呢？”周瑞家的忍住了笑，回道：“他们连宝二爷都没认识，那里知道这一个是谁？”凤姐皱着眉道：“这句话听得我不放心，这里太太留我多住几天，还要同去逛平山堂，我也委实没心绪。不知宝玉又在那里傻出什么事来了，叫你周大爷去把送甄家的礼收拾出来。包勇是甄家旧人，他去熟识，明儿叫包勇先走，我也不过耽搁一两天就要动身。回明他家老太太，说我要去请安道谢。再告诉宝玉一声，先叫他放了心要紧。”周瑞家的自去传话。

雪雁拉了紫鹃出来，不等到黛玉屋里，便将金锁的话说明。紫鹃方知金锁来因，暗暗称奇，深悔方才出言莽撞。一同来到黛玉处，见黛玉一手拿着这块通灵宝玉，正看得呆呆出神。抬头见了紫鹃，便把玉递给他。紫鹃笑道："归根儿是这样，先前何不早早办了，也不至颠颠倒倒，闹出这些缘故来了。"说着，自替黛玉收藏。

到了次日，凤姐决意告辞，说："老太太同太太在家盼望，不敢耽延。"林老夫人不好强留，只得备酒饯行。凤姐起身到黛玉处一走，顺便交还了紫鹃。黛玉因结亲之后不便与凤姐照常款接，不过交谈一两句，连贾母、王夫人处请安的话一概删减。外面船只早已齐备，林老夫人送凤姐至正厅前，上了轿。

紫鹃、雪雁直送至大门，其余管家媳妇、丫头送至船上，然后转回。凤姐这里，周瑞先已赶至码头上预备轿马人夫伺候。一时船只出口渡江，换了轿马陆路两程，第二日已到南京。包勇先在码头打探候接，回明见过宝二爷话，凤姐才得放心。包勇坐骑引路进了甄府大门，众家人先下了马，管家媳妇们早在仪门外迎接。轿子抬进，小红等先下了轿，至大厅穿堂内伺候凤姐下轿，径进甄老太太住的正房院内。将近台阶，见两旁站的七八个丫头打起软帘，管家媳妇回明："荣府二奶奶进来了。"

甄老太太似欲款步出迎，凤姐赶忙上前走几步进堂屋，先代贾母、王夫人请了安，然后自行晚辈礼相见。甄老太太命丫鬟扶住，让凤姐客座，凤姐再三谦逊。甄老太太笑道："可是没这个礼，别教二奶奶跟来的管家大娘、姑娘们笑话，我老得连礼数都糊涂了。"凤姐然后告坐，甄老太太问贾母、王夫人的安，凤姐站起身来回答个"好"。

当下送茶已毕，甄老太太道："我记得二奶奶就是做过九边总制王大人的令侄女不是？"凤姐答应一个"是"。甄老太太道："怪道有些面熟，二奶奶没有出阁的时候，记得见过两次，就是荣府里，我们也有亲谊，又是世交，因我老得不爱动弹，只想躲在屋子里躺躺吃吃，有时抹个牌儿，好几年没有进京，连亲戚们都生疏了。"凤姐道："那正是老太太的享福，咱家老太太也是那么着，就欢喜和这些孙女儿们玩玩笑笑过日子的。"甄母道："我们的姑娘们呢？才听说二奶奶到了，叫他们出来迎接，不知正在那里玩得高兴了。"说着，便命丫鬟去告诉姑娘们知道，客人已进来了。旁边几个丫头齐声答应出去。甄母又向凤姐道："听京里回来的老婆子说起，见过府上有好几位姑娘，都长得俊，比我们这几个孙女儿还强。政老爷的大小姐已做了娘娘可是知道的，可惜短了些寿。还有的姑娘，都定了亲没有？"凤姐道："二姑娘已经出阁的了，三姑娘上年许给周总兵周大人家哥儿。家里只有东府里敬大老爷一个姑娘，不瞒老太太说，天生成的古怪脾气，也像要做超凡绝世的人了。别的都是亲戚人家来的姑娘。”甄母笑道：“我的孙子宝玉正想同府上结一门子亲，听二奶奶说起来，又白提了这句话了。如今且讲你们这位衔玉而生的哥儿，怎么也是那么样淘气？前儿包勇到这里，知道二奶奶去林府求亲已经允定，哥儿总不肯信，穿的僧衣还没换下。”凤姐忙又站起道：“宝玉蒙府上留住，咱家老太太真是感激，叫我亲到老太太府上磕头道谢。”甄母道：“这是老太太见了外了。本来早该送哥儿回去，因为这里给哥儿到林府去求过亲，那边不允，哥儿一定要等这门亲事成了才肯回家，所以耽迟了这几个月。”凤姐笑道：“府上的宝兄弟进京，外边的人都认做咱家的宝玉回来，连老太太、太太也错认了。”甄母道：“这也难怪他们，别说见了一个要错认，上年哥儿进来，同我们的宝玉站在跟前，还认不清谁是谁？”

话未完，听丫头们说：“姑娘们来了。”一时花团锦簇共有五六个年岁相同的姊妹进来，与凤姐相见，俱同大观园迎、探、云、岫辈仿佛，各自坐定，略叙寒暄。

管家婆子上来回道：“荣府哥儿知道这位二奶奶到了，要进来见见呢。”甄母点头，姑娘们各自回避碧纱橱后。宝玉进来，先与甄母请了安，然后与凤姐相见。凤姐瞧着宝玉，宛然是一个小和尚，又伤心又发笑，叫声：“宝兄弟，这会儿我也不和你提别的话，前儿打发包勇先到这里，想来都和你讲明白的了。快与这里老太太磕头谢谢，换了衣服，可安心乐意的回去了。照那个样儿，你别想同着我走，这不像馒头庵里的小姑子吗？”甄母听了，忍不住笑道：“我不敢和二奶奶取笑，哥儿不换衣服，倒说荣府里的奶奶拐着小和尚跑了。”甄母一句话，引得碧纱橱背后这些姑娘们，都止不住要笑出声来。这里宝玉问道：“我的玉呢？”凤姐道：“那块玉，不是你寄回去叫聘林妹妹的吗？如今已换金的来了，我真当宝贝一样，不敢叫别人沾手，自己替你挂着呢。”宝玉此时已忘身在甄府，便叫：“好姊姊，是什么东西？给我瞧瞧。”凤姐知道宝玉脾气，涎皮赖脸惯的，便一手松扣，褪下金锁，递与宝玉。宝玉一看，生气将锁摔在地上道：“先前哄得我不够，如今还要来哄我，这是宝姊姊的东西，怎么说是林妹妹家的回礼呢？”说着跺足哭道：“原来包勇来说的话都是假的，我一辈子做和尚定了。”

凤姐心想，为了他们金的玉的不知受了多少闲气，先前过去的事不用说，偏偏如今又跑出一个金的来了，事情也委实奇怪，意欲数说宝玉几句，当着甄老太太面前，还有他家许多姑娘们在里头，惹他呆出那些不中听的话来，脸上越发下不来，只得忍住了气。小红一面把金锁拾起。凤姐正要与宝玉分证，说明家中失落金锁，及至林府求亲，黛玉婶母说起得梦，当里金锁等事。只见甄府管家媳妇慌慌张张的进来回道："外边打听的，不知为什么又有旨谕下来，地方官都出城接去了。"甄母听说，登时吓得战兢兢的，口内只是念佛。凤姐更不知来由，只得从旁劝慰道："老太太别着急，论老太太的福分，这里老爷居官的声名，先前虽然吃过一次虚惊，后来平安无事。这里老爷在京没有打发人回来，恐怕是外面讹传，或者下的恩旨，是府上恭喜的事。老太太可吩咐他们再去打听。"甄母道："但愿托二奶奶的福，没有什么事就好。不瞒二奶奶说，我有了几岁年纪，胆也小了，真正经不起这些风浪。"当下命管家媳妇传话出去。

一语未了，又听说京里打发人下来，在外面听候传唤。甄母便命来人进见，暂请凤姐避入碧纱橱，自与甄府众姊妹叙话。一时来人进内，先向甄母磕了头，道："老爷、太太请老太太的安，老爷在京纳福，前见军机处传出信来，知道有钦使谕旨到咱家来，却不是咱家的事，是为贾宝玉下的旨谕。老爷恐家里听见旨谕下来不知为什么，叫奴才骑了包程骡子赶回，禀老太太得知。"甄家的人话未完，凤姐在里面听说为宝玉下旨，吃惊不小，心想有何旨谕到宝玉身上？莫非老爷在任上挪用库银一事发觉，银子去得迟了，弥补不上？如今连宝玉都有不是，不知家里闹得怎么样了？又不便自己去问甄家的人，一面心里着急，只瞧着宝玉如何光景。那知宝玉心上只盘算金锁一事，听了甄府家人的话，竟像无事人一般，也不去盘问，只是呆呆坐着。凤姐十分焦躁，因有姑娘们同在一处，不便叫宝玉进去教他的话。

不知下的旨谕所为何事，毕竟与宝玉有无关系，且看下回分解。

【第二十一回】

赐联秦晋诏下南京　赏赐奇珍恩颁北阙

话说甄府家人回明了甄母的话，见荣府宝玉正在上房，便向宝玉打了一个千道：“恭喜二爷，快请换了冠带预备接旨。”宝玉茫然不知来由，道：“为的什么事要我接旨？”甄家的人道：“说起话长，请到书房讲给二爷听。”甄母道：“何必请哥儿到书房去，就在这里讲了，也叫大家听听。”那家人向甄母回道：“咱家哥儿进京，老爷知道荣府哥儿这件事，告诉北静王。北静王面奏当今，因念贾娘娘已故，这位哥儿就是娘娘的胞弟。当今推念戚旧，调哥儿中式的文章，瞧了大喜，道好得了不得。又因林府小姐的父亲就是做过盐政的林如海老爷，当今念他清官无后，上年已有赏赐。他家这位姐儿自幼寄住舅家，那一年娘娘回府省亲见过林府姐儿，极口夸他的才学，凤藻宫已曾镌选诗章，合该与荣府衔玉而生这一位哥儿订配良缘。就传谕旨，命北静王为媒，钦天监选定吉日。听说就在殿试这一天完婚，所以差老公公下来召哥儿进京，定有什么恩典。老公公先到这里，还要到扬州林老爷家去呢。奴才见码头上已有许多官员在那里候接，这会儿差使约好到快，奴才出去叫他们预备。”说着连忙退出。

这里甄母便叫把自家宝玉的大衣服取出，给荣府哥儿更换。管家媳妇忙应道：“上年这位哥儿来的时候，老太太说叫送一副衣帽出去，因哥儿不曾更换，还搁着呢。”甄母点头，就叫去取来。一时取到，凤姐此时才得放心，赶忙出来给宝玉更换。另取一顶网巾扎好了，添上假发再戴金冠，叫声：“宝兄弟，如今可信了。现有旨谕下来，北静王为媒，也是哄你不成？”旁边管家媳妇也笑道：“哥儿是要有了旨谕才还俗的。听说跟哥儿的小厮为他主儿也把头发铰了，倒是难得的，如今也该改装了。”凤姐忙问宝玉道：“我正不明白这个人是谁？”宝玉便把焙茗出家，路上遇见收留的缘故略叙了几句。凤姐道：“原来就是焙茗，怪道他去了多时，连音信都没有了。”说着，听见外面嚷说：“旨谕到了，快请荣府哥儿接旨。”

宝玉已经冠带，趋步至大厅上，甄府家人早将香案排好。宝玉行三跪九叩礼，听内监宣读诏书，宝玉三呼谢恩毕，然后与内侍相见，就是常到荣府走动的夏秉忠太监，素与宝玉熟识。略叙浮文，夏太监极口称诵主子隆恩，无非垂念椒房之戚的意思。夏太监起身告辞，说：“要到令姑丈林老爷府上去走一趟，主子还有恩典。”宝玉送至门外，候夏太监上马而回。

宝玉因钦限紧急，不能同凤姐行走，定于次日先后起程。甄府忙乱备席饯行，凤姐因宝玉在此搅扰多时，命周瑞家的端整银两，内外仆妇、丫头、小厮及厨房人等，斟酌轻重，各有赏赐。当夜吩咐周瑞仍留在南边办他的事，不必同回家里。宝玉忆及柳湘莲临别之言，取出鸳鸯剑交与包勇，命他自到扬州，等候护送新亲，并珍重鸳鸯剑的话。包勇唯唯听命，又将脱换下来的僧衣、僧履交付焙茗收藏，不可撩弃。此是宝玉切己之事，非凤姐所得而知，一一自己经心，其余任凭凤姐主裁。凤姐因带来的家人周瑞、包勇与宝玉分路行走，不够使用，有甄老爷京里差来的人就要回京，凤姐便叫一个家人，同了甄家的人，与焙茗跟了宝玉同行。甄母先已送了宝玉两套新制的便服。

次早起身，凤姐引了宝玉同到甄母处叩谢，自己又与甄府众姊妹辞别，叫宝玉先走，叮嘱他路上小心，又笑道：“我可是瞎操心，如今你是不比先前，什么大荒山、小荒山，一个人能跑来跑去的跑了，还怕什么呢？”宝玉笑着自走了。凤姐然后告辞，甄母将待下阶相送，凤姐阻止再三，甄母才道：“恕我年迈无礼，叫孙女儿们代送罢。”众姊妹联袂上前，送凤姐至穿堂上轿。凤姐出了甄府，自与宝玉分路进京不提。

且说夏太监来到扬州，地方官办差一般忙碌。林府得知信息，早邀内亲在家款陪钦差。因有赏赐黛玉物件，林老太太穿了二品命服，引领黛玉谢恩毕，黛玉回避。夏太监又与林老太太道喜，道："主子时常和咱们提起这里如海公居官清正，一任盐使，两袖清风。念他生前没有哥儿，上年颁了许多恩典下来。前儿北静王面奏主子，为的是荣国府那位衔玉而生的哥儿，和这里如海公的千金有一段未了姻缘，主子很惦记这件事，就命北静王作媒，钦天监选的吉日，叫这里赶紧把姐儿送进京去完婚。北静王那里，过几天也就有人来。如今娘娘赏的内造妆蟒四端，珠冠一顶，玉带一围，还有赤金嵌宝镇衣一盘，上面镌的字样，听见北静王奏的，荣国公曾孙宝玉这块玉上几个最吉庆的字，就叫照着样儿镌在锁上，取个夫唱妇随的意思。当今圣天子百灵呵护，造福锡嘏，也配得过哥儿这块玉了。"说着，哈哈大笑。一面设宴，自有人陪侍夏太监。入席一坐即行起身，别无耽搁，径自回京复旨。

这里林府远近亲族都来贺喜，冠盖络绎。林老太太命将钦赐之物送进黛玉房中。紫鹃先在那边正厅屏风后，听夏太监讲的金锁一节，便去告诉了黛玉。此时送进妆蟒等物，逐一请黛玉过目，然后与雪雁收拾橱柜出来安放。黛玉看到金锁上面字样，果与通灵宝玉相同，暗想当今体贴人情无微不至。虽九重宠赐，毫无补于恨海情天，但外观显赫，亦足为势利人吐气扬眉。若不遭蹭蹬，早早完就姻缘，焉得有此荣显？正是俗语道的：不是一番寒彻骨，焉得梅花扑鼻香。可见人谋究不足以胜天，自是满心欢喜。

林老太太屈指吉期已近，赶紧置办妆奁。因银钱便易，人手众多，扬州繁华之地，那一件不可咄嗟而办。因是皇上赐婚，一切俱要分外体面，不惜花费银两。先命家人带了几万银子进京置买房产，为送亲住歇公馆。包勇自南京回扬州，先到林府禀明留此随同送亲的话，林府自然唤进里边。众家人连日奔忙，所办妆奁极其丰厚，余外奁田一千亩，几张契纸，俱挑附近荣府南边庄子一带膏腴，又准备奁银十万装鞘运送。诸事完备，专等北静王处同荣府家人到来起程。

讲到荣府已先见了旨谕，贾母、王夫人欢喜，也要赶办迎亲礼物。诸事匆忙，凤姐又不在家，如何料理得开？平儿回了王夫人，要请东府珍大奶奶过来，同大奶奶帮办，王夫人应允。于是尤氏同李纨便常在王夫人处帮理。因银钱不能宽裕，诸事掣肘。鸳鸯看出光景，知道凤姐有些积蓄已运送老爷任上垫了亏空，琏二爷外边饥荒又大，如今添出这件事怎样张罗得开呢？白请珍大奶奶过来，便八只手叫他也没法儿。主意已定，便趁贾母欢喜的时候，说："林姑娘到底有福气，宝玉做和尚倒做出好来了。北静王作媒，听说娘娘还赏了林姑娘好些东西。今番宝玉做亲，可不比先前娶宝姑娘，自然要像个局面才衬得起来呢。"贾母道："头里娶宝丫头，因为国孝、家孝两层，诸事潦草，连鼓乐也不用，原不成一件事，到底不吉利。如今凤丫头偏偏走开，不知多早晚才回来，叫珍儿媳妇过来帮珠儿媳妇办这件事，怕他们都是生手费力呢。"鸳鸯笑道："倒不怕生手，横竖有平儿在那里，素日跟着他奶奶经由的事也不少，珠大奶奶本来细心，东府里大奶奶也是见过阵仗的，就是巧媳妇做不出无米饭，是头一件难事。"贾母道："亏你提醒我这句话，先前叫琏儿写过赏单，有人找得宝玉回来，赏他们一万银子。如今省了这一宗，且叫他们拿去使了，也算花的是欢喜钱，差不多够了。"鸳鸯道："老祖宗愿意垫补在里头尽仔好。"贾母道："我也是八十多岁的人了，留的银子总是他们的，先前错了主意，闹得颠颠倒倒。趁着这会儿我眼还没闭，看他们完聚了。孙子媳妇就是我的外孙女儿，头里又在一堆儿，疼了他这几年我很乐呢。你就去找出银柜上的钥匙来，告诉太太，叫他们来搬了一万银子去。"当下鸳鸯便到王夫人处，告诉了贾母的话。王夫人等贾琏回来，叫平儿领了几个老婆子，径找鸳鸯搬运银子，发到库上。

荣府正在内外忙乱，门上报道："宝二爷回来了。"原来宝玉起身后，兼程赶进京来。才到宁荣两府街前，先是焙茗一马冲前进府来。门上因从前错认宝玉一事，上前仔细认明。见有焙茗在内，料不致再错，都打千道喜，垂手让宝玉过去。从二门口，一叠连声传话到贾母、王夫人处。李纨、尤氏都在贾母屋里议论赶办宝玉喜事的话，王夫人说起："老太太真疼爱宝玉，连家里带来的老替己，昨儿都挪出来垫在里头了。"正说道，听见外边丫头们哄传宝玉回来。

一语未了，宝玉早已走进，先向贾母磕头。贾母便把宝玉抱在怀里，只是"好孩子，好宝贝"的乱叫，不知从那句话问起才好，便推宝玉去见王夫人，说："宝玉这会儿才到，别说他什么。"王夫人拉了宝玉的手，见他照常冠带，竟似忘了他上年削发一事，并不瞧他头上，只是呆呆的看了一回，也没一句话。尤氏开口笑道："宝兄弟出去跑了一趟，亏你把失去的玉找了回来，如今重重喜事，咱们喝不了你的喜酒呢。"贾母道："正是，珍大嫂子天天过来帮着你太太、大嫂子办事，快先过去谢谢。"宝玉然后与尤氏、李纨见过了礼，贾母又叫宝玉道："你凤姊姊路上好哟？为什么不同着回来？”宝玉说明分路行走的话。

接着探春、惜春、邢岫烟进来，各各相见已毕，大家坐定。邢岫烟说起：“上年四妹妹详解妙师父扶的乩，真是过后好详。四妹妹独有先见之明，可是要佩服他。宝兄弟才走的时候，比月之方堕，花之初谢，毕竟堕后可望东升，谢了逢春又发。去年冬寒雪冻之时，不必寻访，不是今年才交立春，就有甄宝玉来报信吗？”探春道：“果然详得不错，不但这一回准，我想先前失玉，妙师父也扶过乩。二哥哥你这块玉是什么所在寻回来的？”宝玉道：“这个地场可是人迹不能到的，在大荒山青埂峰底下。”探春道：“何如？你们可记得有‘青埂峰下倚孤松，入我门来一笑逢’这两句吗？”宝玉听了，拍手笑道：“可不是，那青埂峰前还有一株大松树呢。就是‘入我门来’这一句，也寓真诠，不入他的门，焉能得我的玉？可见我此番和尚做得有功。”

说着，满屋子里一瞧，道：“为什么宝姊姊不见？”王夫人听问到宝钗，一阵心酸，止不住泪珠直滚，便向宝玉道：“你还要提宝姊姊，凤姊姊没有和你讲吗？”宝玉道：“凤姊姊没有和我讲什么呢。”王夫人叹了一声道：“都是为了你，宝丫头已经苦死了。”宝玉放声一哭，登时晕去，急得王夫人、李纨等手足无措。贾母只是念佛，抱怨王夫人不该就告诉他这话。惜春在旁劝道：“老祖宗别着急，二哥哥是这样的，停一会就醒过来哟。”尤氏、李纨不住的叫“宝兄弟”，王夫人亦自悔话讲得太急，“我料他心上只有一个林姑娘，那知他听了宝丫头不在的话，一般也是那么样伤心。”便含着一包眼泪，连叫“宝玉”。不多时，宝玉醒转，哭道：“宝姊姊，我害了你了。不是我害你，还是人家害了你。也别怪人家来害你，归根儿你自己看不透，错了一点主意，自己害了自己了。”便问：“设灵在于何处？”李纨等恐宝玉见了伤心，劝他且在贾母屋里歇息，宝玉那里肯听。贾母知道拗他不过，只好由他过去一拜，以尽夫妇情分，也是礼上应该。惟嘱咐尤氏、李纨们陪他过去，从旁劝慰。一时麝月、秋纹都赶了过来，随着李纨们同宝玉至宝钗设灵处所，上香礼拜。问明棺柩已停铁槛寺，遗衣挂壁，穗帐凄凉，又哭了一场，被众人劝住。

只听得贾琏在院内一路笑声进来，叫道：“宝兄弟回来了吗？”宝玉迎出相见，回进里边坐了。尤氏、李纨各自散出，仍到贾母处，回明：“宝兄弟同他琏二哥哥说话呢。”这里贾琏道：“宝兄弟在南京见过夏公公了？走得真快，倒赶上场期了。早上部里已奉旨谕：‘贾宝玉到了，不必去谢恩，先命礼部备卷送场，等揭晓后另旨召见。’场期近了，该静养几天。”宝玉告诉了和凤姐分路行走的话，贾琏道：“刚才听同来甄家的人说起，都知道的了。甄老爷那里，宝兄弟该去走一趟。”宝玉道：“这两天也顾不上，只好等场后再去罢。”贾琏因事忙，不及久坐，说了几句话就走了。

一时老婆子们搬进宝玉铺盖衣包，麝月、秋纹上前检点，便问：“今晚在那里住歇？”宝玉道：“你们安顿我在那里就住，问我什么呢？”麝月道：“头里这些事都是袭人经由惯的，怕我们干不了，白问二爷一句。”宝玉道：“正是，袭人为什么不见呢？”麝月道：“二爷问袭人吗？”麝月说了这句话又缩住了口。宝玉道：“袭人怎么样？为什么又不言语了？”秋纹道：“奶奶不在了，二爷已经知道。袭人的事瞒得到底吗？”宝玉吃惊道：“莫非袭人也死了？”秋纹道：“果然死了也罢。”宝玉道：“不死就是病着。”麝月道：“说起这件事，也不是出于袭人情愿，二爷听了别生气。袭人去嫁了蒋琪官了。”宝玉笑道：“一个人死了，没法儿到棺材里去拉他起来。他嫁了人有什么要紧？要他回来也不难。”麝月、秋纹听了宝玉的话，都好笑起来，也不说明袭人已经退回在家的话。

过了几日，宝玉振摄精神入场。

凤姐在路上紧赶撵回家，先到王夫人屋里，见玉钏、彩云这几个人都忙乱的办宝玉娶亲的零星事件。凤姐便与王夫人见过，说明定聘一事。那块通灵玉当面交给林妹妹的婶娘，自然林妹妹过门的时候带来。一面在脖子上除下金锁递与王夫人道：“这是他家回来的东西，因为林妹妹心爱之物，拿来配宝兄弟这块玉的。”王夫人瞧了一瞧道：“向来没见林姑娘挂这个，倒像宝丫头挂的也有那么一盘。”王夫人才说出口，想起林姑娘此时回聘的东西要取个吉利，宝丫头已不寿而亡，这会儿不该提起这话来，便默默无语。凤姐错会王夫人睹物伤心，不敢回明宝钗病凶时失脱金锁一事，更不便将林姑娘家应兆得锁一节叙述，只得含糊支饰过去。

王夫人便把金锁交玉钏收好，向凤姐笑道：“宝玉这件事真拖累你了，等他们圆了房，好好给你赔礼酬劳呢。”凤姐道：“罢哟！任凭他们恼我也好，不恼我也好，尽了的心就是了。不敢在太太跟前指山卖磨，这一趟要算走有功，这里没有人去和林妹妹说明，猛一下子有了什么谕，凭你北静王、南静王作媒，林妹妹这性子，保不定倒要闹出事来呢。”说着，又回了林婶娘家怎样款待，还到南京甄家的话，便站起身来道：“还没见老太太。”

当下便到贾母屋里来，一进院门，见琥珀同小丫头们在院子里放风筝，凤姐笑道："你们好乐哟。"琥珀见了凤姐，把风筝递给小丫头，跟着凤姐进屋道："二奶奶回来了。"

贾母正歪在炕上闭着眼，两个小丫头跪在炕沿上捶腿，听见说凤姐回来，便睁眼一看，道："估量着这几天里头你该回来。"凤姐忙上前请安道："在路上天天耳热，知道老祖宗在家里盼望说我呢。林妹妹给老祖宗请安。"贾母道："林丫头好，你瞧他果然不像先前这样瘦弱了。"凤姐道："比老婆子回来讲的样儿越发长得富泰了。咱们同林妹妹家里都托老祖宗的福，姑爹、姑妈的坟墓起造得怪体面，上年秋里谕祭、谕葬，林妹妹回去这一趟可巧儿赶上。如今又得了恩典，夏公公也到林妹妹家去，不知赏些什么东西？林妹妹家里也很有势派，他婶娘做人宽厚，同咱们的太太差不多脾气，待他侄女儿是再没的说了。"凤姐这番话满想贾母听得欢喜，那知贾母因听到祭葬一事，思女心伤，未免掉下几点泪来。凤姐揣度贾母之意，又讲了宝玉蒙召赐婚的兴头话，才转悲为喜。凤姐又说甄家的光景，道："甄老太太同老祖宗一般康健，甄老爷复官后，门第照旧。"又把来去路上风景讲了一会，贾母命去歇息，"瞧你姐儿去罢"。

凤姐回到自己院里，平儿早引着巧姐迎了出来请安。凤姐问："姐儿这儿时淘气没有？"平儿道："倒还好，夜里总不要他奶妈，就跟着我歇呢。"凤姐一面听平儿说话，见家人媳妇、丫头、老婆子都候着请安。凤姐走进屋里，见行李都已安放停当，自有平儿查明，不必再问，坐下便道："宝玉如今做亲，比先前娶宝姑娘的费用要加几倍，我可再没有什么赔垫下去，不知二爷打什么主意？"平儿道："刚才太太没有和奶奶说吗？"凤姐道："太太说什么？我在太太屋里也坐的不久，就去见了老太太来的。"平儿道："老太太挪出一万银子，已经发在库上，估量办这件事添补有限的了。"凤姐道："有了一万银子也差不多了，怕又是二爷去捣鬼出来的。"平儿道："二爷倒没开口，前儿听鸳鸯的口气，像是他瞧出咱们手头光景，不知在老太太跟前说了些什么话，老太太高兴，就叫搬出这宗银子来的。东府里珍大奶奶也天天过来帮着大奶奶办事呢。今儿珍大爷不知请什么客，珍大奶奶没过来。大奶奶才回园子里去了。"凤姐道："我先过东府里去走一趟，回来看看大奶奶、姑娘们，算了结这篇帐了。"

一面平儿送过茶来，凤姐喝了，随便用些点心。小红已打了水来，凤姐洗了脸，对镜理妆。一会出去坐上车，跟着老婆子、丫头们先往东府里见了尤氏，仍旧请他过来办事。坐不多时，便出来到邢夫人处请过安，约略回了些南边的话。邢夫人因凤姐路上受乏，命他且去歇息。凤姐告辞回来，又到园子里往李纨众姊妹处走了走，然后到自己屋里。平儿道："太太等着奶奶有话商量呢。"

凤姐便往王夫人处，不知有何商量，再看下回分解。

【第二十二回】

清虚观仙词留粉壁　幻影鉴亡配照黄昏

话说凤姐回到屋里，听说王夫人有事与他商量，连忙赶去。王夫人叫他坐了，道：“你也太性急了，路上累了这两个月，才回家来，也等歇息几天，何必急巴巴赶去走这一趟，就是你婆婆那里，也没有不体恤你的。我不知道你到东府里去了，刚才打发人去叫你，也没有别的事。宝玉做亲的日子近了，这会子要再给他收拾屋子，又费一番起倒。我想宝丫头百日已过，灵座设在那边，本该多摆几天，如今只好从权，说不得委曲他一点子，把灵帏撤了，腾出屋子来。咱们一头一绪办宝玉的喜事，也省得摆着看了尽仔伤心。就是姨妈那边须得去告诉一声，不知姨妈的意思怎么样？”凤姐答道：“太太想得到，一时再去收拾屋子也费事，宝兄弟完姻，自然要成个体统。那屋里现摆着宝妹妹的灵座也不吉利，我明儿横竖要到姨妈那里去走一趟，顺便和他的家人说一声，估量姨妈也不说什么话的。这件事太太不用放在心上头。一件咱们这会子手头狭窄，难得有老太太这宗银子添补在里头，便放心的长手躺脚办事，省打多少饥荒。太太可知道老太太是想不到这上头，听说是鸳鸯不知对老太太讲了什么，才挪过来的。”王夫人道：“前儿鸳鸯过来说老太太吩咐的话，在我跟前并没一点居功讨好的口气。鸳鸯这个孩子真叫人看重他。如今咱们定了，你明儿就去见见姨妈，我还要在清虚观请张道士拜几天忏。宝玉要下场，叫兰儿去支应也使得。”凤姐听了，便打发人去通知。

张道士请了二十员全真启建，清醮七日，赶忙打扫庭院，盖搭天棚，房厨内煤、米、油、盐及供菜等物多多买足，又预备一应碗盏家伙，忙乱开箱取出法衣、法器、挂幡、神像，又开明坛前需用供物，并檀香、油烛、黄表、金银锭件帐单送交荣府备办，又用四张奏本黄写了“超升仙界”斗大四个字，在观门首悬挂。到了起忏之日，贾兰便穿了素服到观中在坛前支应。

这里自派了家人小厮伺候宝玉入场。等到三场完毕，正值醮事圆满。王夫人因宝玉连日辛苦，命他且自歇息。宝玉那里肯听，便带了焙茗、锄药等来到清虚观。张道士早迎至门外，躬身施礼。宝玉连忙下马，一直行至大殿，听得金铙法鼓响振云霄，又见烛焰香烟氤氲满殿。宝玉在坛前上香行礼毕，贾兰上前见过宝玉，回了几句话。

张道士便让宝玉至静室，先请了贾母、王夫人安，一面送茶。宝玉还是那年跟了贾母到来完愿，因张道士送了他许多金银玩物，在贾母跟前给他提亲，所以恼了张道士，常久不到观中来的了。如今已把前事撩开，又因张道士是荣国公的替身，不便轻慢他。当下叙谈几句，偶然抬头，见那旁粉壁上写有数行字迹，心想不知那一个不懂事的人，手闲了没的恁干，把这墙上涂坏了。不知写的什么在上头，定是粗鄙不堪的句语。便站起身来慢慢的踱到墙边，见那字儿便写得逸致横生，大有仙骨。从头念道：

铁笛吹还裂，金砖炼欲柔。脱缰意马倩谁收？调和了甜酸苦辣，撒匀了离合悲欢，霎时间掣电惊沤。无缘的悔不当初，有情的但看日后。谩说道，月从西坠水东流；认准了根由，大踏步闯开世界三千，伸出拿云手。一腔热血在心头，化作人间海市与蜃楼。

底下落款是渺渺真人戏笔。宝玉怔了一会，便问：“张道士，壁上是谁写的？”张道士笑道：“我真老得不中用了，竟把这件事忘记告诉二爷。那壁上字句是一个远方道友写的，还有件东西留在这里，叫给二爷。”宝玉道：“莫非也是那些金银玩物吗？”张道士摇手道：“不是，不是，那件东西很有些奇怪，叫什么‘太虚幻影鉴’。亡过亲人，幽明间隔，心上思念不能相见，对他一照，便照出这个人来。”宝玉听了，赶忙要镜子来瞧。张道士道：“但是还有些荒诞的话，二爷信不信总别见怪。”宝玉等不到话讲完，忙着要镜子。

张道士走进里间屋子里去取了出来，用大红缎盘金锦袱包着。宝玉接过手，去了锦袱，露出一团精莹四射的宝贝来，仿佛妆镜大小，捧起迎面一照，一无所见，睁眼仔细再看，仍是空空无物，恍如一轮明月挂在眼前。宝玉道“为什么照不见一点东西？”张道士道：“就奇在这上头，二爷想眼前有什么形，镜子里就有什么影，也是容光必照的。”一面说，一面转过身来向着镜子里道：“瞧雪亮的镜面，不但屋子里摆的许多物件一些儿照不出来，连咱们的人影也不见在里头。二爷你瞧古怪不古怪。”宝玉道：“张爷爷，你才说心上想着那一个人，就照得出来，这又怎么讲呢？”张道士答道：“那是不要在白日里照的。道友说与二爷有缘，将此物一入尘凡。还有许多话，我的徒孙倒记得周全。”

说着，便叫小道士进来，与宝玉请过安，垂手站着。宝玉瞧他，就是那一年拿着烛剪撞在凤姐怀里挨打的这个小道士，已长成了。宝玉叫他坐下，细讲镜子的来历。小道士答道：“那道长说有两面镜子，一名‘风月宝鉴’，一名‘太虚幻影鉴’，在什么太虚元境通灵殿上铸的。这面幻影鉴，照阴不照阳，照死不照生。心里记念亡过亲人，到夜静时候焚香祝告，镜子里便照出这个影来。”宝玉正在思念宝钗，今得了这件宝贝，转悲为喜。想汉武帝想念李夫人，仙人授伊蘅芜香，惟梦中能得一会。这镜子更胜蘅芜香了，便包好交给焙茗收好，嘱咐“不许开看”。

小道士陪笑道：“那道长还要化二爷三十六万银子。”宝玉一时计算银数尚未答言，小道士道：“这句话家师祖也曾拦过，说二爷府上近年来不比先前，这数目太多了，恐不便启齿。那道长说只要二爷应许，不必就要支用。府上园子里头遍地皆金，多于点石。施舍这宗银子来，叫在东首空基子上建盖一座太虚宫殿，两廊要列许多配庑，装塑各司仪像，感化世界上这一种痴男怨女的。还要博施济众，起四大舍局：一施药，二施棺，三施粥，四施衣。施药局，延请名医，多赎药料，合制各种丸散膏丹。那些穷苦人害了病没钱请大夫看治的，都到这局子里头就医领药。又施棺局，凡有穷人死了没钱棺殓的，无论异乡本地，一概赏他棺木一口。至于舍衣施粥，都是怜恤穷人冻饿的意思。就这几件事，二爷积了万代阴功。”宝玉听了笑道：“咱家园子里有银子，照这样办起来就是了。据我想还得添设一个局子，凡有两家连了姻，因贫不能婚娶，也叫他们到局子里来领费，别叫有怨女旷夫可不好吗？”小道士笑道：“敢仔那么着，二爷的功德越发大了。”宝玉坐了一会，见院内松阴过午，又到坛内行了礼，忙着叫锄药拉马。小道士又道：“道长说过，这面镜子三日内就要来取的。”一面张道士赶忙出来送了宝玉，贾兰仍留观中照应。

宝玉先自回了家，见过贾母、王夫人，便回自己屋里，嚷着拿衣服来换。一时麝月、秋纹们都走开了，只有莺儿一个人睡在里间炕上淌泪。听见宝玉回来叫唤没人答应，只得勉强起来，懒懒的站着。宝玉瞧他眼圈儿通红，便问：“他们那里去了？你一个人在屋里为什么伤心？”莺儿也没答话。宝玉还要搭讪着，只听麝月、秋纹两个人一路说笑，掀起帘子进来，见了宝玉道：“我们拿了衣服赶到太太屋里，想不到二爷倒先回来了。”宝玉道：“我是顺便先到太太那里，就从老太太东院子穿堂背后绕了过来。你们可瞧见焙茗送进来的一个小包，别去乱动。”麝月向书架上指着道：“那不是吗？到底什么玩意儿在里头？包得圆圆的，沉又沉，倒像一面镜子。”宝玉道：“算你猜得准，可不是你们用的东西。”说着，看看天色尚早，又往凤姐处一转，凤姐问了清虚观好些话。

贾母那边打发人来叫宝玉，宝玉去陪贾母吃了饭。回来呆呆的等到黄昏后，便叫小丫头们抬一张香几当空摆着，命秋纹挪过大铜供炉，自去取了藏香，一手提过包袱打开，把镜子安放几上。炷香默默祷告已毕，向外作了一揖，捧起镜来一瞧，果然现出影来。宛如宝钗立在面前，春山敛恨，秋水含颦，似欲向宝玉告语的光景。宝玉止不住一阵心酸，便觉眼前昏黑，只得把镜子放下，退回几步，坐在椅上垂头落泪。麝月、秋纹先见宝玉这番举动，不解何故，忽见他对镜生悲，都猜是这件东西作怪，不约而同赶过来取镜照看，不见一些影儿，把镜子一摔，都来拉着宝玉问道：“二爷就瞧见了什么？变成这个样儿。”宝玉道：“瞧见了宝姑娘了，你们可要瞧瞧？”麝月、秋纹只道是宝玉的玩话，都笑应道：“我们想见见奶奶呢。”宝玉站起身来道：“你们都来。”便又拿起镜子，心头暗祷。三个人并排站立，瞧见镜子里有个宝钗，像立在他们背后一般。吓得麝月、秋纹寒毛直竖，回过头来又不见一些形迹，亏有宝玉壮了胆，一同照看。宝玉见宝钗娇态如生，丰姿若旧，比先前照的时候又换了一个样儿。

麝月想起莺儿时常记念他姑娘，便走到他门口叫道：“莺儿快来看呢！”那莺儿就在东厢房睡歇，并没睡着，听他叫了几声，故意不应。麝月又着紧问道："你到底听见没有？多少应一声儿。"莺儿在屋子里赌气答道："凭什么我都不爱瞧。"麝月道："人家好意叫你，倒像踏了你尾巴似的。"宝玉摆手道："别叫他瞧罢。"说着，只是对镜沉思，恨不得把宝钗拉下镜来，伸手向前，忽然不见。

一时想起了一个人，便又祷告再照。谁知左照右照瞧不见一些影儿，心头焦急，暗暗想道："莫非他不是这一路上的人，还是与我无缘，算不得亲人，所以不能见他。"照了一会，呆呆的坐着淌泪。麝月道："这面镜子又是祸根，搁不住天天这样闹起来，明儿须得去回太太一声。"宝玉道："我原不该叫你们瞧的，告诉太太不要紧，闹得姨太太知道了也要这面镜子照起来，叫他老人家伤心。放在屋子里天天照他，横竖照不下宝姑娘来。你们不用费心去回太太，我明儿拿去还了就是。"麝月等听了便没言语。

听得莺儿在那屋子里咳嗽一声。宝玉道："你们听莺儿还没睡着，这丫头怪可怜。"麝月道："别提他罢。一个紫鹃去跟林姑娘，到林姑娘病凶的时候，没好没气的背地里天天哭得泪人一般。林姑娘回家去了，紫鹃缩在园子里头面也不见。讲到莺儿，还没有细细的告诉二爷呢。自从他姑娘死了，活脱又是一个紫鹃。二爷没回来的时候还好一点，如今二爷回来了，他越发变得个不成样儿了。"宝玉点头叹道："林姑娘一个紫鹃，宝姑娘一个莺儿，都算难得了。"麝月道："二爷既道莺儿好，底下刚叫他来伺候。"秋纹笑道："别说叫他伺候二爷，只怕掉个转儿，叫二爷去伺候他，还得一天碰十几次钉子呢。"宝玉道："谁要叫他伺候。"说毕起来，把镜子包了放好，一面取过表来一瞧，道："时候不早了，再别说话罢。"麝月、秋纹两个人过来服侍宝玉睡歇。

明日起来，先到贾母、王夫人处请了安。想起上一夜麝月的话，自己病后，果然也没与紫鹃见面。后来他们哄我，说紫鹃送林妹妹灵柩回南去了，听焙茗说起紫鹃没有同他姑娘回家，还在园子里住着。我要问问他，林妹妹到底怎样回家去的？先前听我娶了宝姑娘，他可说些什么？人家哄我娶的是林姑娘，他可知道不知道？一头思想，进园径往潇湘馆来。各处屋子里找了一会，不像紫鹃在里头住的，才想起黛玉回了家，紫鹃一个人自然不在这里住了。此时宝玉心中虽明知花残又放，月缺重圆，不久就要团聚，这所潇湘馆比先前到此祭奠，这一次情景自然各别，然室迩人遐，悬悬盼望。想到那几年，一进屋门来，见了黛玉就有多少情谈款叙，说不尽的绸缪。何不早早完我心愿，又岔出宝姊姊这一番枝节，累我跑到大荒山，平白的落下许多抱怨。又呆怔的看了这屋子一回，转身走出院子里。

听得厢屋里有人说话，宝玉煞住了脚，听是老婆子的声音，便走进屋去。两个老婆子见是宝玉，在炕上连忙站了起来。宝玉便问："紫鹃姑娘如今在那里住呢？"那老婆子答道："紫鹃姑娘是上年林姑娘起身回家这一天就搬出去住的了。"那一个老婆子瞪了他一眼道："你不要发糊涂，在宝二爷跟前混说话。紫鹃姑娘是送林姑娘灵柩回南去了。"这一个又道："我不发糊涂，你才是在这里做梦呢。如今皇上作媒给宝二爷娶林姑娘，天天大锣大鼓在这里嚷，宝二爷肚子里怕不明白？你还记着上头吩咐的陈年烂古话哄二爷吗？"那一个听了笑道："我因是遵上头的吩咐，怪怕你错说了话我们担不是，一时忘了二爷如今人家瞒他这些事情都已知道的了。"

宝玉听他们抬了一会杠，到底没说到紫鹃住在那里的话，便赌气不再问他们，回头走了出来。在潇湘馆门首站立多时，才往稻香村各处去一走。因李纨、探春都在王夫人处，惜春到妙玉庵里去了，只有邢岫烟在屋里，宝玉便坐下问起紫鹃。邢岫烟只得约略告诉了几句，不便细说，宝玉才知道凤姐带了紫鹃到南边，现留在林妹妹家里，自然要跟着同来的了。便起身径出了园子。

到凤姐处，见尤氏帮着料理琐碎事务，宝玉上前与尤氏见过，说："我回家因老太太叫静养着不许出门，昨儿场事毕了，又到清虚观里去了一天，还没过大嫂子那边去呢。"尤氏道："我时常过来见面的，你珍大哥那里我也替你说声，再消停几天过去罢。"凤姐接口叫了一声："宝兄弟！你看珍大嫂子撩了他家里的事过这里来，忙得什么样的，还不先给他谢谢。"尤氏道："我也不稀罕宝兄弟谢，我等林妹妹来了和他算帐就是了。"一时说笑着，宝玉便问凤姐道："听说姊姊带了紫鹃去，没见他回来，可是留在林妹妹家里了吗？"凤姐道："不留在林妹妹家，难道把紫鹃拐骗到别处去不成？"

当下宝玉在凤姐处坐了一会出来，便叫焙茗。因这一天不是焙茗该班，寿儿上来回道："焙茗正和双瑞在那里拌嘴，这件事是焙茗的不是，二爷还得把他申饬几句。"宝玉道："他们闹什么？"寿儿道："说了又嫌奴才搬嘴，偏袒了那一个。二爷叫他们自己来讲罢。"宝玉道："那么你把双瑞也叫了来。"

寿儿去不多时，同着焙茗、双瑞都上来了。宝玉问道："你们为什么吵嘴？"焙茗没有开口，双瑞先回道："上年二爷毕了三场，奴才去测一字，拈了个'仙'字。

那测字先生说是中的，今儿奴才和焙茗说他测的字不准。那测字的问明缘由道：‘听爷们的话，据在下的字，明明一个举人要入山修行去的，还说不准吗？’焙茗恼着测字的，先没有讲明，累他出去受了一趟苦，不许测字的在那里摆摊场。奴才说：‘你去问二爷的功名，他只就功名上讲，后来的事，他又不是神仙，那里知道！’把焙茗拉了回去，焙茗还不依奴才呢。”宝玉听了道：“这原是焙茗多事。”随把焙茗吆喝了两句，叫寿儿、双瑞自去罢。

焙茗自知理亏，站着不敢言语一声儿。谁料宝玉又有话吩咐焙茗道：“蒋琪官如今可还在紫檀堡住？打发个人去唤他来。”焙茗听说到蒋琪官身上，知已把自己这件事撩开的了，因答道：“二爷记不得为了他挨过老爷一顿板子？这会儿老爷虽然管不到，底下老爷回来，有小耳朵吹风，查究出来，别说二爷要淘气，奴才可再挨不起了。”宝玉道：“老爷回来也查察不到这些上头，就是知道了也不用你着急，有我呢。”焙茗知道拗不过主人的脾气，口内便应了一声“是”，又回道：“琪官家里离得不远，奴才马上打发人去叫他，但他常在王府里伺候，在家里住的日子少，二爷也是知道的。倘然不在家，别的地方可不能去找他，二爷别性急才好。”宝玉听了点头无话，焙茗就一溜烟走了。

不知蒋琪官来也不来，宝玉与他讲些什么话，且看下回分解。

【第二十三回】

寻花公子属意还珠　扫墓佳人伤心泪草

话说宝玉叫焙茗去传蒋琪官，焙茗答应了出去，心上计较，怕宝玉又要亲近这班人，上头查出来自己干连在内。想上年二爷走失了，我不过一时没留心，不算什么过犯，立逼着在我身上还出一个二爷来，带累吃了这场苦。如今还敢掮了二爷的木梢乱动一动吗？一时拿定主意，尽管自去玩他的。停了一会，捏个谎回报宝玉，只说去的人回来了，琪官不在家。现留着话，叫他一回家就来见二爷。宝玉没法儿，只得由他。百忙里到甄老爷宅子里，并薛姨妈家、东府里各处去走了一趟。回来又盘算到南边去的人，这几天也该起身回来了。心头砺碌不定，倒觉日子容易过去，把题名夺锦的心肠反丢开了。

转瞬到了放榜之日，宝玉又高中第七名进士。贾母、王夫人都喜笑颜开，亲朋道喜请酒。宝玉琼林赴宴，拜座师、会同年种种忙乱自不必说。

这一天，宝玉才出门回来，在贾母处看贾母和姊妹们耍牌，觉背后有人扯了他一把，回过头来见秋纹站着与他扭了一嘴，宝玉会意，便趁着众人不留心，扯了秋纹走到外面。秋纹道："焙茗叫老婆子来请二爷出去，说有人要见二爷，不用换衣服。"宝玉连忙赶到垂花门首，见焙茗还站着，宝玉问："是谁？"原来前日宝玉吩咐焙茗去叫蒋琪官，焙茗并没去叫，只是支吾的话。宝玉因连日事忙，也不催问。今蒋琪官自来与宝玉道喜，门上告诉焙茗，只得来回宝玉道："蒋琪官来了，现在门房里。"宝玉听了喜出望外，即叫招他进来，自己跟了焙茗出去在花厅里站着等他。

焙茗便到门房里引了琪官到梦坡斋书厅内。这书厅就是从前贾政痛打宝玉之处，焙茗有意引到此间，欲宝玉触目惊心，疏远蒋琪官之意。焙茗安顿了琪官，来请宝玉。蒋琪官恐怕宝玉见罪，未免胆寒，见了宝玉便跪下道："一来与二爷叩喜，二来负荆。"宝玉忙把琪官拉起，蒋琪官见宝玉相待光景依然旧时情分，毫无见怪之意，便随宝玉走进套间里。命琪官一同坐下，蒋琪官未曾开口，宝玉先笑道："这件事你别放在心上，如今和你商量一句话，就为你娶这一个是老太太赏我的人，你可送还了我，底下在我身上给你圆全一头好亲事，如何？"蒋琪官听了发怔道："二爷还不知后来的事么？"宝玉着急问道："后来便怎么样？"蒋琪官就把这一天娶亲到门拜堂后，适值王府来传，伺候了三天才得回家，看见茜香罗汗巾，问明来由，就把新人送回娘家的话告诉一遍，又致了许多不安。宝玉才明白这件事，心里倒感激琪官，便道："难得你这样义气，不枉先前相好一场。我总知道的，就只太委曲耽误你了。"蒋琪官笑道："二爷说到这句话，委曲不止这一遭儿呢？"宝玉问道："还有什么委曲呢？"蒋琪官道："我头里定过一家亲事，女儿已经允许的了。到定聘的一天，不知为什么忽然翻悔，把礼物原盘送回，所以又定花家这头亲事。娶过门来，也落了空。后来听见说起，先前定的这位姑娘，也是府里出去的。"宝玉道："这件事我越发摸不着了。既有这些缘故，等我查问确实，包管叫先定那一个人配给你，也算还了我一件心事。"蒋琪官听了点头答应，又打千，谢了宝玉，说些别后的事情就告辞走了。

宝玉听了刚才的话，要向麝月细问，连忙回到自己屋里。听见麝月正在那里和秋纹吵嘴，两个人都涨红了脸站着。宝玉向问情由，麝月便道："刚才平姑娘那里打发小红来问，说二奶奶屋里的自鸣钟坏了，问我们有要修的一搭儿拿去。不是我们这个劳什子也不准了，好多时没有装，放在书柜子上头。我开了槅扇子拿自鸣钟，记起二爷拿回来那面镜子，瞧一瞧袱子散开，镜子不在里头，还是二爷藏过了呢？拿去还给人家了？"宝玉着急道："正是你提起这件东西，这几天我竟混忘了。拿去还人家，不包袱子去的吗？”麝月、秋纹两个人听了，彼此瞪着眼，便叫老婆子、小丫头来查问，都说：“这屋子里头放的东西，不是姑娘们发放出来，我们那一个敢动呢？”秋纹想了一想道：“不是二爷那一晚照的时候莺儿在他屋子里还没睡着，别他听见镜子里照见宝姑娘的话，悄默声儿拿了去？快问他一声。”麝月道：“罢，罢！莺儿也未必来拿，他近来火气大，你不见他一动就给二爷脸子瞧？我不去碰他这个钉子。”宝玉道：“白去问一声儿怕什么呢？”麝月便推秋纹去问，秋纹问了回来说：“莺儿并没有动。”

宝玉心里焦躁，急得跺脚道：“那是我自己不好，早早拿去还了张道士就是了。这件东西不是银钱买得来的，如今叫我拿什么还他呢？”正在吵嚷，探春、惜春两个进来听见，探春便问：“何事？”麝月料不能瞒，就把宝玉在清虚观拿回镜子一面放在柜子里头不见了的话说明，只不讲出照见宝姑娘的情由。探春道：“这又奇了，为什么别的屋子里没听见失东西，就是你们这里，先前在园子里头二哥哥不见了玉，后来连宝姊姊的金锁也没了，如今又闹出这些事来，我看总有个不要脸的混在里头，偷偷摸摸。须得回明太太，叫二奶奶来查究才好呢。”宝玉道：“这件东西又不好玩儿，就拿去变卖也没人识他，不值几个钱，那一个偷了去，简截拿来还在原地方就是了，省去回太太，闹什么呢？”惜春便道：“三姊姊说二哥屋里常失东西，其实并没有人来，偷去的肯远远的送到人迹不到的荒山里去撂呢？如今这面镜子既没处找，也可不用再寻，那镜子主儿未必来要的了。”探春听了便知惜春话里藏机，再没言语。宝玉亦有所悟，就丢开手了，兄妹三人谈叙一会走散。

麝月、秋纹总不放心，还是东找西查，那里查得出来。不多时琥珀来叫宝玉过去。吃了饭回来，宝玉便问麝月道：“袭人嫁到蒋家，蒋琪官就把他退送回来，这件事你可知道吗？”麝月道：“我怎么不知道！上年年底里太太还打发人去叫过来，说是病着没有进来。”宝玉道：“后来太太又去叫过没有呢？”麝月道：“接着过年，甄宝玉来了，就要料理琏二奶奶出门，家里忙得什么样似的，太太那里还提起他。”宝玉道：“你先为什么不告诉我明白呢？”说着，便把麝月拉在自己坐的杌子上道：“咱们商量，要你在太太面前提一句叫袭人进来，或者竟不用告诉太太，我悄悄的打发人去叫他，你道好不好？”麝月叹道：“我和袭人不比别一个，前几天还打发人出去看他，说他还病着，也不是什么大病，不过心上郁结，恹恹缠缠的没好。他肯进来，也进来过几趟了，何必定要去叫呢？如今他知道林姑娘也快来了，怕未必肯进来。”宝玉道：“说到林姑娘，也在园子里混了这几年，大家怪好的，为什么他怕林姑娘呢？”麝月微笑道：“我也不过这样瞎猜，袭人是一个要强的人，也顾脸，只为错走了一步，知道林姑娘嘴头上是厉害的，见了面保不定不说两句取笑的话，他就当不起。二爷，你不知道，我们做女孩儿的，虽然是丫头，比不得千金小姐的身份，也常听见鼓儿词上说的什么另抱琵琶，又是什么泼水难收，想起他的错处，脸上下得来吗？”宝玉道：“今儿我见过蒋琪官，听他说袭人过去还没同炕。蒋琪官知他是我的屋里人，就送回花自芳家里，不过到蒋家去白走了这一趟，也算不了什么。”

麝月听了“嗤”的一笑，停了半晌道：“我告诉二爷，咱们府里，我看见出去的人就记不清。若说配给小子，应该进来服役当差不用说了，就是娘家赎身出去许配人家的，他感念老太太、太太、奶奶、姑娘们的恩典常进来请安走走的人，何尝少呢？只为袭人与别一个不同，蒙太太的抬举，又和你好，他既然走错了路，索性嫁了蒋琪官倒也罢了。如今有人知道的呢，说是蒋琪官的好意，不知道的还要添些混帐话出来，说是钝货，害得他青不青蓝不蓝，算什么呢？二爷走了，袭人的眼泪明里暗里不知淌了多少。如今二爷回来了，袭人在家里，二爷倒替他想想，难道他不愿意进来见见二爷吗？二爷既是不怪他要他进来，别一时性急，总得盘算一个长局，等林姑娘来，说明了再叫他进来才妥当。我知道袭人别处是不去的了，还怕他飞上天去？我先前没有告诉你明白，就怕你急巴巴要他进来，倒把这件事弄坏了。”宝玉听了点点头。

秋纹在那边屋子里听他们讲得厌烦了，便走出来道：“你们也讲的有时候了，请麝月姑娘歇歇罢。”麝月道：“我同二爷讲话，碍着你的筋疼？”秋纹笑道：“这会儿袭人不肯进来，二爷当紧，何不就叫麝月权替着袭人呢？”麝月便起身来要打秋纹的嘴，说：“我饶了你也算不得。”宝玉笑着来厮罗他们。秋纹又道：“你那一样不如袭人？二爷权把你当了他好多着呢。”当下麝月、秋纹顽罢了，各自坐下，把鬓发理了一理。秋纹笑道：“头里瞧二爷病好了这几个月不理我们，竟像屋子里这一班人统可以撵的了。那时候二爷出去做了和尚，咱们也像袭人都走了，二爷回来叫谁伺候呢？”麝月道：“扯臊，短了你，二爷就没人伺候了？”宝玉道：“你们统走了，我还一个个叫你们回来。”麝月、秋纹一面整理宝玉的衾枕，服侍安歇。

次日起来，宝玉往贾母、王夫人处请了安，到凤姐屋里坐了一会出来，正遇见林之孝家的进去回话。宝玉便拉住了，叫声“林嫂子，我问你一件事。上年咱们家里出去的丫头，到底是那一家许配了人后来又翻悔了，你去查问明白了告诉我。”林之孝家的笑道：“咱这边同东府里一年出去的姑娘们少算些也有二三十个，没头没脑的叫去问谁呢？二爷吩咐，只好留心慢慢去查访，一时性急不来。”宝玉道：“你留心问去罢。”说着自往园子里找探春姊妹们玩笑去了。林之孝家的因要办的正经事料理不开，知道宝玉的话没有头路，那里放在心上。进去回了凤姐的话，半晌出来，把这件事就撩开了。

凤姐和尤氏镇日料理宝玉完婚之事，又有报喜开贺这些夹在里头，真是忙上添忙。人逢喜事精神爽，因有贾母这一宗垫项，手头宽裕，贾琏安心在外应酬，里边凤姐打起精神办事，趁空儿还要陪贾母抹一会牌，专等南边送亲到来。荣府之事，暂且按下。

讲到黛玉家里诸事齐备，黛玉静坐闺中，惟与紫鹃闲话消遣。这年是闰三月，清明节气较迟。想起父母早故，零丁孤单，做了一个女孩子不能承祧宗祀，幸上年回家赶上送葬大事。如今远嫁到京，连坟墓上不得时常去看看，虽则舅舅家祖基亦在南边，现有田房产业，但近依畿辅，世受国恩，若说回到原籍来有什么好处？赵太后爱女远嫁，持踵祝其勿返，我亦明大义，自然不敢动回南的念头，今年清明节必得到墓前祭扫哭别一番。

主意已定，看看到了寒食，上一天半夜里下起濛濛细雨，到天明晴了起来。推开窗子，见院子里满地绿苔带润，树上未谢的桃花饱含宿雨，分外精神，那天上颜色如洗过的一般。黛玉爱这好天气，就趁这一日要去扫墓。早饭后俱已齐备，唤了四个家人同家人媳妇。黛玉坐了大轿，紫鹃、雪雁小轿随后，担夫扛了条盒离了林府。

出城行来，黛玉从玻璃窗内望见花缀路旁，柳盈门上，记起储光羲的诗“杏酪渐香邻舍粥”，又宋祁的“箫声吹暖卖饧天”，正是映景及时。一路上，踏青的女子联袂而行，隐隐绿杨树里露出秋千架子，乡村妇女挽着彩绳戏耍，沿路风景娱目。

不多时，到坟前下轿，众家人已将祭礼摆设齐整。黛玉轻移细步走到墓前，见已铺好拜垫，止不住双泪交流，跪将下去放声大恸。拜毕犹呜咽不已，紫鹃同家人媳妇都上前劝慰，半晌才止了哭。雪雁送过手帕子，把泪痕拭净，然后将添种的松柏树株，墓前后周围看了一遍。见松土新添锄除蔓草，另有墓前一丛约长一尺余，草上生成的斑斑点点如血染一般。四下里并无一点微风，那几棵草对了黛玉似有性灵，不住的轻摇浅曳起来，黛玉便弯了腰细细认他，并不识此草，只是暗暗称奇。

紫鹃、雪雁动手烧化纸钱，家人媳妇们收了祭礼，便请黛玉上轿到坟屋里去坐坐歇息。黛玉摇头道："这几步路，我慢慢走了过去也算踏个青，应应景儿。"当下众人围着黛玉往坟屋里来，管茔的女人赶先过去开了东屋门，请黛玉进去，回身取茶。这里一个家人媳妇笑道："盘碗茶叶都现成，知道你们这里水是清的，提一壶开水来就是了。"黛玉走进里边，见小小三间坐室倒也精雅，花墙外几株垂柳间着红桃，院内满架朱藤，清香馥郁。家人媳妇又去推开了后窗道："姑娘到这里来看看远景。"黛玉步至窗边坐下，见遍地菜花，新雨后照着日色闪闪烁烁的，分外光明。远远望去，一带平山堂景致，如在画中，风帆摇曳，往来不绝。

黛玉正在凭栏凝眺，那管茔的女人已携上水来，家人媳妇接过，把带来茗具泡上旗枪，又整备几色点心送上。黛玉一面喝茶，便叫住那管茔女人问道："老爷、太太墓前后的青草，当春容易发生，该随时留心除净。才看见墓前留这一丛是什么意思？"那女人答道："这是有个缘故，一个月前头有个小和尚来在墓前哭了一场，我男人到府里去禀过的。不料那小和尚哭的眼泪滴在草上，那草就显出这样颜色来，雨也淋不净。姑娘看见草上不是像血点样的吗？我们乡里人见的草也多，没见过这一种草，定是哭的眼泪点成的。因想起那小和尚不是仙家变化来的，就是返老还童有德行的高僧。我家男人所以单留这一丛不敢锄弃他。"黛玉听了，怔怔的想道："那小和尚非宝玉是谁？怎么哭得这样伤心？连草上都染成血点，也太苦了。"呆了半晌，对那女人道："你们这样说，想起来的是仙人遗迹，当真锄弃不得，我也稀罕这种草，要分掘一半去，留他一半让他长发罢。"那女人答应，连忙要去掘草。黛玉便叫紫鹃向他们借了一件小小铁器："自去动手，带着些泥土掘来，别损坏了根。"紫鹃会意，便同到冢前，约分了一半，连土掘起送与黛玉看了。"黛玉点点头，命将根土包好带回。

当下上轿，一径回府。黛玉先到婶母处讲些乡间野景，坐了一会才到自己屋里。紫鹃就去找了一个羊脂白玉盆把草栽上，灌了些水。黛玉又端详了一会，天色已晚。当夜无话，清晨起来，梳洗才毕，就去玩弄那盆草儿，又添了无数伤心。这里雪雁屈指吉期已近，便对紫鹃道："姑娘京里带出来的东西，回家来住了几时，都又翻腾过的了，如今还得过一遍手，姊姊来帮帮我。"紫鹃笑道："你不记得那时候我正病着，都是你拾掇的，我连手也没沾一沾，眼也没瞧一瞧，这会子倒像没处插手似的。好妹妹，我劳你一个人经手了罢。"雪雁道："你不肯来帮我也罢。"说着一面动手笑道："就是这几件子东西，先前替姑娘收拾厌烦得什么样似的，今儿动起手内像轻快了许多。"紫鹃忙喝道："悄悄里罢，别教姑娘听见了。"黛玉听他们讲话，只是支颐默坐。

紫鹃忽然想起这幅小照，站起身来在自己箱子里找出来，送还黛玉道："画儿带回来了，还没告诉姑娘。姑娘看看，也叫雪雁收拾在书画箱里。"黛玉道："我也忘了。"说着接过，展开见上面题有诗句，细细咀味了一会，认得是惜春笔迹，还有落款，便问紫鹃道："四姑娘题诗可是在甄家送信之前，还是在后？"紫鹃道："就是这一天得信的，四姑娘题诗的时候甄宝玉还没有到呢。姑娘们都在大奶奶屋里，先是四姑娘高兴，三姑娘说题得的，后来四姑娘写上的。姑娘看四姑娘题的好不好？"黛玉点头暗想，惜春已有先觉之明，差不多功程圆满的时候了。虽然词句里有些奖借，早把我终身料定，万不是宝玉这样死活把人拖下红尘。四姑娘与妙玉同我结定松、竹、梅岁寒三友了。黛玉想了一会，把小照递与紫鹃道："替我把这幅大士像也收下来，一搭儿放好在画箱里，我还去供呢。"黛玉这边的话，且按下不表。

林府得信，北静王因有朝政，不便远行，命长史官带同荣府总管押送礼仪。路程远，除表礼外，一切水礼都到南边备办。差官将次抵扬，林府差了四名体面家人迎出百里之外，投帖请安，一同来到码头停泊，地方官亲往拜谒。这里早已邀请出仕过的二三品顶带亲戚迎接差官，大门外两旁扎了吹鼓彩亭，里边东西院厅房二十余处结彩悬灯陈设华丽，预备安顿差官及新亲一众人等，不用另备公馆。

这里荣府家人备齐水礼，将盘盒装设定当，用朱红描金回鸾翔凤礼单开写的：凤冠一品，翠翘双额补服四袭，宫带全围霞四披，朝裙四褶，金玉珠翠首饰一百六十件，缎绸纱绫二百四十匹，单夹棉皮四季衣服三百四十套，吉羊二十四腔，福酒二十四坛，枝、圆、松、榛各色细果六十四盘，还有聘金、礼金并种种礼仪，单上自然分款，写得满满的，话休繁琐。

王府差官坐了轿，升炮吹打，从码头上迎进林府。开筵款待，名班唱戏。这里家人将礼目送进内厅，太太过了目，便送到黛玉处。紫鹃接过展开呈上，黛玉就在紫鹃手里把眼略睃了一睃，紫鹃便折叠放在一旁。接着管家媳妇同老婆子们七手八脚的把首饰、绸缎、衣服等物连盘送进院里来，交付紫鹃、雪雁照单检收，说："喜果六十四盘，太太已留在那里，替另买了一千多斤，笼总打包停当下船，备着到那里使用。"紫鹃和雪雁一一收拾明白，开了单子，装好箱只，记明号数，陆续发下船去。

包勇托林府家人回明，发了自己的行李，带了鸳鸯剑先到船中照应。

这日女眷都已到齐，内外三班戏文，正厅上只请几位大老乡绅同扬州府，江都、甘泉两县陪宴王府长官，花厅内亲友坐席看戏。女眷们也有戏酒，是一班小簧腔在内院伺候。还买了苏州一班女清音，要陪送到荣府去的，先叫他们在堂楼下试演，奶奶、姑娘们爱清静的，自去听清音十番，也有席面。

这里黛玉早已妆饰得天仙似的，等丫鬟、媳妇们来请，珠围翠绕拥到那边，与众亲戚序次见礼。黛玉的婶母一一指点辈分长幼称呼，内中也有见过的、没见过的。因黛玉在荣府住了多年，未免生疏，便少浃洽，且现在妆新，自与平日起居不同。见礼后各自坐定，戏文开场，演的是《满堂福》。晚上席散，黛玉自回房来，不能在彼酬应。接连宴客三日。

早已雇定大小沙飞、满江横、牡丹头共三十余号，一应妆奁、粗细什物、箱笼行李并需用器皿伙食各编字号，发运下船，分派家人管理，各有职司。到了启行吉日，排开林府执事掌号，细乐数班，众丫鬟、媳妇伺候黛玉拜别祠堂，又拜辞婶母，坐上彩舆，紫鹃、雪雁坐轿随后。满城文武官员俱至码头候送，林府家人站立两旁回帖阻步请安。看的人塞街填巷，挨挤不开。一时黛玉的婶母同女眷们坐轿下船，带了公子与黛玉同坐一舟。男女各分船只，船上一色扯起“奉旨完姻”黄旗，送亲的船上各扯自己官衔旗号。三声炮响，起碇开船，各船头上锣声响应震天，一号一号的都挨次开出去了。

未知送亲船只行到何处才回，路上有无事故，再看下回分解。

【第二十四回】

话乡情爱叨翡翠簪　诛盗首飞斩鸳鸯剑

话说黛玉登舟，送亲船只离了码头，行到三十里之外还要远送。林老太太吩咐家人坐了小船分赴各船上阻止，便挽了黛玉的手道：“我为家里走不脱身，不能送你到京，底下不知几时再得见面，盼望音信常通，稍慰远念。”黛玉亦安慰了婶母几句话，各各垂泪。黛玉又把他兄弟搂住亲热了一会。林老太太道：“你兄弟年幼离不开我，等他大了几岁去看姊姊。”说着，就要过船与女眷们一路同回。黛玉含泪送出舱外，被婶母拦住，只得止步，看丫鬟们扶着太太，家人媳妇抱了公子一同过船，洒泪而别。

黛玉回身进舱，留心那一盆泪草，安设妥当，鹦鹉架亦悬挂舱中。两边上起吊窗装上玻璃槅扇，观玩野景，岸柳垂丝，和风澹荡，正是艳阳天气，淑景怡神。

行了数日，已到清江浦起岸地方。因系奉旨完婚进京船只，不怕各闸留难，是以径走水路图其安逸。王府差官急于复命，便要舍舟登陆，赶紧进京。荣府家人分了几个随着差官前站先行。那时包勇在船听见，也想起岸，因宝玉嘱咐，不敢离开。林府总管向来认识包勇，邀他搬到自己船上，一同照应渡过黄河。

行了几天，到山东地界，路渐旷野。船上无事，众家人媳妇问起紫鹃，知道姑娘的生日是二月十二已过去的了，那时正值事忙，家内无人提及。如今在船上闲暇无事，便派起公分来与黛玉补祝。紫鹃告诉了黛玉，由着他们各船上知会了，该用海菜、果品、酒面等物，伙食船上原来无物不备，因醵金庆寿，要尽各人的悃忱。唤买办头带了几个人坐着小划船飞风上岸，置备酒席上一切应用的东西，并请佛马、香烛等件。不一时买办齐全，赶上大船交代明白。两府家人都递手本上船叩喜，家人媳妇一齐过黛玉坐船。

船上供了西池王母、南极仙翁，点起红蜡，船板上铺了红毡与姑娘磕头，便叫那一班小清音过船，说这十二个女孩子，都是苏州买来的姑娘，还没有听过他们的曲子，叫来热闹一天。

黛玉见这班女孩子在面前黑鸦鸦的站了一堆，年纪统不过十三四岁上下。一个唱小生的叫庆龄，唱小旦的叫遐龄，更觉灵动可爱。紫鹃笑指庆龄道："姑娘瞧他，不像芳官吗？可惜芳官出去了，不然到那里叫他们拜姊妹才好呢。"当下摆开场面，先唱了《八仙庆寿》，就拿脚本送来点曲。黛玉点了《扫花》、《三醉》、《游园》、《惊梦》，唱起来果然歌喉清脆，逸韵飞扬。这坐船宽大，添了许多人并不见挨挤。一面吹唱，几号船只随帮照常行走。黛玉正在静听怡情，望见玻璃槅扇外波光云影，一时耳目俱清，比上年回来时候别有一番光景。欢娱日短，又早是泊船时候，那女孩子还上来点曲，黛玉道："难为你们唱了一天，回船去歇歇罢。庆龄、遐龄在这里陪我吃饭。"那管班女人自领孩子们过了船，陆续二十余号船一排停下。

这里河面宽阔，两岸垂杨似系住了一轮落日，反照迷离。远近望见村墟里炊烟起来，一时随风飘灭。黛玉想起香菱讲的诗句，配这一会的晚景，真是诗中有画。他说见了诗倒像又到了那个地方，我如今到了这个地方，触景又想起他讲的诗来了。

黛玉正在出神，媳妇们早已端上酒席，各人敬了酒，叫庆龄、遐龄多敬姑娘几杯，又唱了两支曲子。黛玉问他们："住在苏州那个地方？"庆龄道："我家住在虎阜。"黛玉道："虎阜我也到过呢。"庆龄问道："姑娘为什么到那里去？"黛玉道："那一年从京里回到南边送老爷的灵柩，到苏州厝在虎阜山背后，还记得耽搁了两天才走的。"庆龄瞪着眼看了黛玉一会，笑道："这样说，姑娘我还见过。老爷、太太的灵柩都厝在山后，就是我家看管的。到上年迁回扬州安葬，我妈妈还说起姑娘的。”黛玉听了因是乡亲，又念他家里照看了父母灵柩多年，恍惚那年也曾见过那女孩子，他年纪还小，如今离乡背井出来，因怜生爱，便从头上拔了一根翡翠簪子给了庆龄。又叫紫鹃拿两件金玉插戴分给他两个，紫鹃也给了他们些东西。

这里送酒，各船上都有席面。大家高兴，猜枚行令，点起灯烛，照耀辉煌。标杆上扯起红灯，只见岸上来了两个人，提了一盏小小灯笼，投进一个四页的大红手本，上写某路某营守汛兵丁某某等叩贺鸿禧。当下赏了他们喜钱，汛兵谢赏，便说：“前面一里多路就是卡房，我们自然在这里支更守夜，还要爷们各船上留心一点才好。”众人因二十多号船堂堂标着旗号，虽然地方僻野，还怕什么？都喝得酩酊大醉，各自睡了。

这里黛玉因庆龄们殷勤，多劝了几杯酒，点景用了些饭，爱着月色步出舱来。见风已转了，四野里云头推起，遮得月色朦胧，觉身上微凉，便回进舱来叫春纤取过清水，自己灌溉那盆泪草。沉思默默，相对忘言。紫鹃站在旁边道：“姑娘你瞧他发了宝光，果然比别的草不同，怪不得眼泪叫他泪珠，原是珍贵东西。可惜姑娘那块手帕子撩在火盆里烧了，留着他还要变花蝴蝶飞出来呢。”黛玉微笑，啐了一口，暗想：“宝玉是荀令、黄涉一流人物，不是情到海枯石烂不磨的地步，如何能感应草木？从小这几年来，他也陪着我淌了无数眼泪，点点滴滴，都和那些落花片儿拌和了送在埋香冢上，当真不知发出怎样的奇花来呢。”黛玉想了一会，紫鹃因春天夜短，便催黛玉安歇。

再说这夜各船上酒醉熟睡，竟闹出一件意想不到的事来。因王熙凤下江南的时候，张华错认凤姐作尤家二姐，跟了三天，闹了一回，被荣府家人喝打开了。他心还不死，不敢明随，只是暗跟，一直跟到扬州。打听得琏二奶奶与林府说媒，姻事成了，就要送亲进京，妆奁丰盛，颇有赀财。他本是一个无赖之徒，向在京中结识几个朋友都是鼠窃狗偷，也有剪径为生的。今在扬州遇见，各道来由，便勾通了山东一伙巨盗，尾随林府送亲的船走了几天，不敢动手。这一天见泊船的地方荒野，虽离前面营汛不远，料这四五个汛兵济得恁事，打听船上的人都因庆寿开筵喝得大醉，那为首的两臂有千斤之力，武艺高强，敢来觊觎这二十余号官船的行李。

时交二鼓以后，便齐集数十人，坐了划船隼飞荡桨而来，各持器械先扑那有重载的船上。首盗飞踪上船，打开舱门。这船内正是包勇同林府总管在里头，也因多饮了几杯酒，睡梦中听得舱门响动，包勇惊醒。灯光中见强盗一拥而入，一时未备兵器，难以空拳架格。正在筹思无计，才坐起身，那为首的提起扑刀砍来。包勇闪避，自分性命难保，只听“飕”的一声，见后舱木板上飞下一道白光射到强盗面前，那强盗登时跌倒。包勇便夺取盗手扑刀，格杀众盗，大声嚷喊，惊起本船水手并各船上的人应声拿贼，岸上巡逻的汛兵也拿着挠钩立在船边和声呐喊，也有在远处施放鸟枪吓贼的。贼人见势头不好，各自逃散，受伤的几个强盗都被捆缚。一面点灯照看这盗首，已经气绝身死。包勇见林府总管还蒙着头缩做一团，便笑着叫他起来。回视挂的鸳鸯剑，已出鞘一尺有余，才晓得这道白光所由来，包勇重把鸳鸯剑入鞘。

当下林府管家一齐起来，议论报官，就把带伤的几个人交给汛兵，汛兵不敢接手。包勇楞着眼道：“你们平日一天三分三、六分六支的皇上家钱粮吃了，派你们在这里守汛，不说你们不能擒拿贼盗，连这几个半死不活的人交给你们还要推三阻四。你没有眼珠子？瞧着标杆上，我们是奉旨进京，克期要到，那有闲工夫在这里打劫盗官司？”那汛兵陪笑道：“大太爷不用生气，不是这话。我们武营里原有捕盗之责，拿住了要送有司官衙门里审办的。这死的死了，那几个带伤的小心经由着也不怕他跑到那里去。大太爷你没瞧见来头，我们在岸上看得清，来的船不少，他们怕拿住的人到堂上供出伙伴来，打听在城里解的时候，截在路上劫夺了去，寡不敌众，如何抵挡得住？我们这几个穷兵，没身家有性命，委实耽不住，求大太爷方便多派几个人，我们跟着，把拿住的强盗往县里一送，等太爷来验了尸，府上的事，只消问了几句话，立刻标签去拿逃犯，这案就完结了，也没有多耽搁的工夫。”众人听他说话近理，等到天明，派了人带同汛兵解送盗犯。一面吩咐众水手先自开船，等他们随后坐了小船赶上。那地方官见拿住盗贼是抢劫荣国府迎亲船只的，立刻坐堂讯供，把拿住的带伤伙盗收禁，会同营汛到失事地方踏勘验尸录供，令荣府家人自回。后来又缉获了十余人，张华亦在其内，把上船行劫的几个人，按强盗不分首从律，即行正法，其余都问了外遣。此是后事，表过不提。

这里黛玉到辰牌时分才睡醒起来，知道昨夜有上盗的事。接着众家人媳妇都过船请安压惊，说起“昨夜三更天，听见嚷喊，推开吊窗，望见姑娘坐的那一号船头上明明有个穿白衣服的女人，手里像拿着树枝子。这些强盗上船去，一个个都打下水来。头里吓昏了，只说姑娘船上那里有这一个大胆的女人，穿的衣服颜色也不对，后来才明白，这定是一位菩萨来护佑姑娘的。到了京，还要替姑娘烧香去呢。”黛玉听说，知道是白衣大士慈悲感应，由平日虔心礼拜所致，便道：“怎么我夜里一些儿不听见什么响动？”那媳妇道：“姑娘睡得夜深了，春天困倦好睡。倒是没听见的好，省得耽惊吓。”紫鹃道：“我们也到今儿起来才知道的。”众人又陪黛玉讲了一会话，仍过船去了。

黛玉因在舟中无事，时叫庆龄们过来唱曲消遣。一日庆龄唱了一套《琴心》，黛玉想剧本戏曲都被改坏，我从前看过的《西厢》，原因词曲艳丽，真可为才子之书。读《西厢》者，须略其事而咀味其词。谓《西厢》为淫书，是不会读《西厢》者。记得我行令说了一句，宝姊姊劝我说：“闺阁中不宜看此等闲书。”未免有买椟还珠之见。

不表黛玉心中思想，再讲紫鹃不懂文义，但觉悠扬入耳可听，高兴起来，叫遐龄教曲。遐龄便与他拍了一套《规奴》，又拍一套《扫花》，紫鹃心灵，不到十来天便能上笛。黛玉在旁静听，也顺口熟了，叫遐龄吹笛，自己按板也唱了一套。庆龄笑道：“听姑娘同紫鹃姑娘比我们唱的好呢。”于是藉此消闲，不觉篷窗寂寞。

那船上受了这番虚惊，沿途分外小心，催赶水手人等赶紧行程。一路闸口，先有溜子下去，随到随放，不敢留难。一直到了张家湾起旱，黛玉坐轿，紫鹃等坐两肩小轿随身伺候，其余人等同行李分别上了驮轿车辆。因一时雇不出许多车子，添了一百余头骡驮装运。荣府早已得信，即忙派了家人媳妇远远出来迎接。轿子进了公馆，见房屋已修葺得焕然一新，请黛玉在东院花厅套间内住下。两府家人时常往来请安道喜。黛玉命紫鹃坐了车进荣国府来，先到贾母、王夫人处请了安，又往李纨、凤姐、姑娘们处逐一走到。紫鹃不敢停留，各处拉拉扯扯，问了这件又问那件，此时紫鹃一个人倒像在海外出使封王回来似的。早饭后进去，直至傍晚才得脱身回来，便把与各人问答的话约略回了黛玉一遍。黛玉便问：“可见晴雯，袭人两个？”紫鹃笑道：“从上头老太太起，一直到底下这些姊妹们，拉住我说话的，像我出去了几年回来的光景，一天没有住嘴。晴雯、袭人都没见，我问晴雯，人家说他出去了没有进来。”黛玉点点头，又问：“还见什么人没有？”紫鹃答道：“听说宝二爷出门拜同年去了，也没见他。”黛玉脸泛微红道：“谁又问他呢。”便回过头去调弄鹦哥。这里并无可记之事，书且按下。

讲到贾母听见黛玉到了，比从前黛玉幼时打发人去接的光景更加悬切，恨不得立时见面，又不便自己出去看他。想起湘云这班小姊妹应该来了，便叫琥珀到凤姐那里去问问，史大姑娘这些人去请过了没有，为什么还不来。琥珀便到凤姐屋里，只见那几个管事的媳妇往来不绝回话，凤姐与尤氏两个人正在忙乱。一时林之孝家的来回："临昌伯府里、景乡侯府里都来送礼。"先呈了礼单上去，因贾母嫌烦，预先吩咐各处送礼的，只看咱们先前送去怎样收受璧还，照着行事，不必呈与贾母过目。就是王夫人也说过不用件件去请示，只叫同着珍大嫂子酌量办理。

当下凤姐与尤氏做主，该收的收，该璧的就璧了。接着吴新登家的来回，荣禧堂、荣庆堂同各处该换的铺垫、桌靠，并请客酒席上用的茶酒杯箸器皿，各色灯彩，都要领出去，交给各项管事的人接收登帐。凤姐便叫平儿取出各处钥匙，同吴新登家的引着众人领取。这事没有发放完毕，赖升家的早又等着回皇亲、郡主、王妃、福晋、太君各位诰命的请酒，应该请那几处，等里头定了，发出单子去，帐房里好照着发帖。凤姐道："这倒不用忙，那些客气的女眷，总要等宝玉完姻之后再请。等查了老太太八十岁生日的请酒单，再看这会子送礼簿子上该要添补几家子就是了。你说起请酒，倒有一件为难的事，还得与太太商量呢。"

说着，见琥珀站了好一会，便笑着问道："我倒忘了，你有什么话吗？"琥珀道："我瞧着二奶奶正忙呢，老太太叫问问，这些姑娘们都去请了没有？"凤姐道："前儿老太太吩咐了就去请的，他们都说今儿来呢。"话未完，只听得院子里老婆子们回道："大奶奶家两位姑娘同史大姑娘、二姑娘都来了。"一时进来见礼让坐，凤姐笑道："你们倒像约会了来的。"说着便指琥珀道："你们瞧，不是老太太惦记，赶着叫他来问呢。我也不留你们喝茶了，快同他去见老太太罢。我这里再打发人去请四姐、喜鸾呢。"琥珀道："我这一趟算跑得有功，身还没转，姑娘们倒都来了。"

说着引了湘云们一路说笑去见贾母。探春、惜春也在屋里，大家相见坐定。贾母道："林丫头到了，大后儿就是宝玉完婚的好日子，你们该早些过来，大家热闹几天。向来和林丫头都在一搭儿玩惯的，林丫头自然惦记你们，该出去瞧瞧他，照旧的玩玩笑笑，有什么使不得？林丫头一个人在那里也怪冷静呢。"湘云道："昨儿听说林姊姊到了，就是老祖宗不打发人去叫，我们也急得什么样似的要来的。这会儿就去瞧林姊姊。"说着，见屋子里没有岫烟，便叫翠缕："去拉了邢大姑娘来，说姑娘们都在老太太屋里等着，请邢大姑娘换了衣服同去瞧林姑娘呢。"翠缕去不多时，同岫烟来了。先与贾母请了安，见过众人，便问："林妹妹几时来的？在那里住呢？"湘云道："我们外边都知道了，你倒不像在里头住的人。"

说着，便辞了贾母，各带自己的丫头走出院外。鸳鸯叫小丫头连忙去告诉了凤姐，派几个媳妇跟着。到垂花门上了车，径往黛玉公馆里来，到仪门内下车。早有林府家人媳妇出来接应，引了湘云、岫烟、李纹、李绮、迎春、探春、惜春一众人走进黛玉住的院子里。湘云先开口笑道："我们道喜来了。"

黛玉听见，忙起身迎至翻轩下，让进里边，都与黛玉贺喜问好，然后就坐送茶。各人先谢了黛玉上年送的土仪，又问问南边的风景，路上平安，黛玉亦不提及船中遇盗一事。探春道："林姊姊回南后，咱们家里遭的事可不少，想来紫鹃讲过，姊姊都知道的了。可喜的老太太安康，咱们姊妹又得相聚，老太太自然乐极的了。"黛玉微微一笑。这几个人里头，第一个史湘云与黛玉分外亲热，难得别后重逢，出于意外，可讲几句倾肝剖胆的话。只因众人在座，且有宝玉出家、宝钗病故这两节事夹在里头，措词终有些关碍，难免黛玉多心，只好把浮文套语应酬几句。至黛玉此番见了湘云这班姊妹，自然亲爱欢喜，亦不便流露出来，彼此转觉得生疏了。浮谈不耐久坐，倒是李纹想起上年饯别一事，提头说道："咱们如今又该与林姊姊做接风诗了。"湘云道："接风不如贺新婚的诗好。"众人都凑趣道："咱们和新婚诗开了场，底下重新整顿诗社起来。"黛玉听了，只是微笑不语。大家又叙谈一会起身，黛玉移步相送，众人阻止。紫鹃、雪雁送至仪门，看上了车才回。

这里湘云一众人回去，仍到贾母屋里。凤姐同宝玉都在里头，大家和宝玉道喜。贾母问："你们怎么就回来了？不和林丫头多坐一会。"湘云道："林姊姊家去走了一趟，和我们倒像是从来没有见过的人了，也不请老祖宗的安，也不给二哥哥问好。"贾母听了倒好笑起来。湘云原是取笑宝玉的话，大家瞧着宝玉，听湘云说到黛玉身上竟不来搭问。凤姐忍不住笑道："宝兄弟，如今为什么不赶着问林妹妹几时过来呢？"宝玉道："凤姊姊，亏你还提先前的话来取笑人家，我如今可不疯呢。"凤姐听了宝玉的话，会过意来，心中一动，脸上泛红，只得寻别的话岔了开去。

贾母道："史丫头，你们到园子里去瞧各人爱住那一个屋子，回来都到这里来吃饭。"宝玉听了便跟姊妹们到园子里来，一路说笑道："纹妹妹、绮妹妹是要到大嫂子屋里住的，二姊姊同史大妹妹住在那里呢？"湘云道："怪道你像久不到园子里来的了，我和二姊姊来了，那一会不去闹邢大姊姊呢？如今还去闹他。"岫烟笑道："如今可说得的了，我们与林妹妹饯行联句的事，只怕宝兄弟还没有知道呢。"宝玉道："不要说这些事怕我不知道，就是邢大姊姊、史大妹妹的面那时候也没有见，做的饯行诗我那里知道？如今可快拿出来给我瞧瞧。"湘云道："我是要来看你的，别怪我……”探春忙拦住他道：“别提旧话了，如今咱们商量贺新婚诗。”湘云道：“二哥哥高兴，等我做了给你瞧，你也和他两首。”宝玉笑道：“我不爱瞧，由你们去闹罢。”说着，惜春自回蓼风轩，李纹姊妹自到稻香村去了。

宝玉同了湘、岫、迎、探来到紫菱洲，宝玉向满屋子里瞧了一瞧，道：“窗槅子上的纱也太旧了，门帘也没换，我告诉凤姊姊去，叫人来换过。”邢岫烟道：“统是好好的换他做什么？”探春道：“史大妹妹同二姊姊不过暂住几天，邢大姊姊也不讲究这些。这几时凤姊姊忙得吃饭工夫也没有，二哥哥倒不必去噜嗦他。”宝玉看见桌子上瓷瓶里插着两朵芍药花，便道：“芍药都开了？这就是咱们园子里的吗？”岫烟道：“是妙师父院子里的。”宝玉走近桌旁端详了一会道：“到底是出家人会培植花儿，你看开的这样精神饱绽。姊姊还常到妙师父那里去走吗？”岫烟道：“他庵里做‘三界神仙会’，昨儿早上还同四妹妹在那里扰他的素面呢。”宝玉又与众人谈了一会，忽然想着一件事，站起身来说：“再来看你们。”

不知宝玉记起何事，要找谁说话，且看下回分解。

【第二十五回】

金殿传胪荣膺旷典　香闺制锦集贺新婚

话说宝玉在紫菱洲与众姊妹叙谈，想起一事，径出门来要唤包勇。才吩咐二门上传话出去，包勇正捧着鸳鸯剑进来。见了宝玉打千请安毕，便指着剑道：“这是二爷那里得来的？怪不得这样珍重，他可不是尘凡之物，奴才的性命还仗着这柄剑救下的。”当下就把路上遇盗，幸亏此剑飞斩盗首，船上并无失物缘由细细讲明。宝玉听了放心，一面接过鸳鸯剑出鞘细玩，见光芒四射，如秋夜银河匹练。其贵不在切玉断金，真夜行不畏魑魅也。看了一会，暗暗感激湘莲不已，便携了鸳鸯剑到自己屋里藏好。麝月等连忙赶过问道：“这又是那里来的？”宝玉道：“这可又是一件宝贝，瞧也瞧不得，别去闹乱儿。”麝月道：“二爷把那古古董董这些东西拿回来，我们可不曾经由，过几天再不见了又和我们闹不明白。刚才太太打发人来问呢，说这一两天里头，正经该静坐养养神，别各处去乱跑。”正说着，见翡翠来叫宝玉道：“姑娘们都在老太太屋里，叫二爷去同吃饭呢。”宝玉便跟着往贾母处去了。

讲到荣府家人以及家人媳妇，平日各有职司，如今有了宝玉完姻这件事，凤姐早按着花名册子重又分派一番，某人管某处的陈设灯彩铺垫，某人管某处的茶酒器具，某人在某处伺应宾客值帮送茶，至王亲、郡侯、国公、驸马等到来另派体面家人伺候，管厨买办都添了人。宝玉迎亲这天的卤簿、轿伞、旗锣各项人役，预先派定某某人等经理，众家人媳妇亦按职司分派。常在上头走动的人如林之孝、赖升、吴新登这几个同他媳妇们内外各处照应，总理其事。焙茗等专管跟随宝玉，别的事一概不派着他们。早几天前头都已派定，回了王夫人。

这一日趁着里头事情稍闲，凤姐抽空儿便坐车往黛玉公馆走了一趟，回来见王夫人道："今儿我也去瞧瞧林妹妹，当面没有说什么话，刚到家就有两个媳妇子跟着来，说他姑娘的屋子不要别处，就只要他头里住的潇湘馆。不是太太吩咐赶紧收拾屋子，如今可用不着了。这也不费什么事，已经叫人去把潇湘馆裱糊出来。林妹妹走的时候收进来的东西，照旧发了出去，这些帐幔、门帘、铺垫，都已制备在宝兄弟新屋子里，这会儿要另制起来也赶不上，暂时挪了过去总是一样的。还听见林妹妹那里有一班小清音陪送过来，也是十二个女孩子，横竖梨香院白空着，就叫他们去住罢。"王夫人听了点点头。凤姐道："还有一件事要回太太，林妹妹知道晴雯还在，就要叫他进来，听那来的两个女人口气，将来要把晴雯留在宝兄弟屋子里呢。"王夫人道："晴雯这孩子，我先前错看了他，如今林姑娘有这个意思，也很好的了，你打发人去叫他进来就是了。"凤姐道："还不知晴雯在那里住呢？"玉钏笑道："上年周大娘不是到过晴雯舅舅家里？后来太太要叫他进来，还是周大娘叫人去同来的。"凤姐道："那时候我正病着，全个儿没有知道这些事。他舅舅家住在那里呢？"王夫人道："那么着还叫周瑞家的去走一趟。"

当下打发小丫头子叫了周瑞家的来，凤姐告诉他缘故，周瑞家的笑道："晴雯的脾气，听见大奶奶说起，他知道宝二爷回来的信，正逼着要坐车出去，太太不是留过他，他一定要走吗？这会子去叫他，拿不准他来不来呢？"凤姐想了一想道："周大娘，我教你一个法儿，包管他肯来。"周瑞家的道："二奶奶的示下依着去办就是了。"凤姐便向王夫人道："叫周大娘去见了晴雯，竟说是林姑娘叫他，也不必到这里来，一径送到林姑娘公馆里去，有什么话等林姑娘和他去讲就是了。"王夫人道："倒是这样好。"

当下周瑞家的回到家里，带了小丫头子坐上车径往紫檀堡去，见了晴雯说明林姑娘叫他的话，晴雯知道林姑娘已到便高兴，同了周瑞家的径到公馆。

黛玉晴雯见面，各人想起旧事转喜生悲，彼此眼圈儿一红几乎掉下泪来，当着周瑞家的在跟前，都说不出一句话来。晴雯拉了紫鹃到他屋里坐了一会，讲不多几句话，听说周瑞家的走了，晴雯便出来见黛玉道："我出去后姑娘的光景紫鹃妹妹都和我说的了，我听了也替姑娘恨得牙齿扎扎的，如今恭喜姑娘了。"黛玉低头不语，倒被晴雯几句话触起前情，用手帕子擦了擦眼，拉晴雯坐了，细细问他离了大观园以后的情事。想到他遭谗被逐，与我被人病中播弄，死而复生，两个人都如隔世重逢，把自己身子对照晴雯出来，如同一辙，便觉与晴雯倍加亲热，话更投机。如今那边把晴雯送了过来，知所议已谐，暗令紫鹃在他面前微露其意，晴雯十分感激。所以进了荣府只算是黛玉的人，总叫姑娘不肯改口，后话表明不提。

这里凤姐还在王夫人处回话，道："今番宝兄弟完姻，各处请了酒，把姨妈撩开没有这个理。倘因咱们去请了，姨妈勉强过来，他老人家看见了难免不伤心，倒是一件为难的事。"王夫人沉吟了半晌道："你看怎么样呢？"凤姐道："侄儿媳妇想起来，横竖要去请琴妹妹、香菱的，在姨妈跟前淡淡的邀一声，来不来由他老人家。就使姨妈不来，总叫琴妹妹、香菱来的。"王夫人道："不是你的大嫂子的妹妹同史大姑娘都来了吗？没见了琴丫头来呢。"凤姐道："那是老太太叫打发人去叫他们来玩的。"正说着，见周瑞家的来回复了晴雯的话，王夫人同凤姐又放开一件事。

此时荣府内琐屑的事一天不知有几百十件，概不细述。单讲宝玉迎娶，正在殿试这一天。是日天喜、月德、金马、玉堂诸吉星集照，择于亥时拜堂。荣府正门洞开，自穿堂及两边超手游廊，直到正房大院，一色悬挂五彩绣纱挂珠玻璃灯，颜色配搭得宜，越显得雕梁画栋，金碧辉煌。宝玉一早出门，随着同年诸进士等候殿试去了。北静王上朝后便坐轿来到荣府，贾赦穿了公服接至大门外，陪到荣庆堂款留。各官贺喜络绎盈门，另有知宾分别让至各厅陪坐。四班名戏酌量地方安设，荣庆堂是蒋琪官的班子，候北静王一到立刻开台。里边王夫人院内，也有小安庆班预备是日伺候至亲近族来贺喜的女眷们。酒席少停，客都陆续到了。凤姐实在不能分身陪坐，王夫人只得推尤氏留心照应，自己也到各处让让。李纨因是孀居，要些避忌，所以从前宝钗过门时新屋子里并没有他，今日自然也不过来。

讲到荣庆堂正在唱戏热闹，贾琏骑着马赶回来，跑得满头大汗，径到荣庆堂，见了王爷回了几句话，便来找着凤姐道："快叫人去收拾省亲别墅来。"凤姐听了这句话，摸不着头路，便怔了一怔道："这又是怎么？"贾琏道："我为宝兄弟殿试的事正在礼部里，听得传出旨谕来，赐宝兄弟在省亲别墅完姻，拜了天地，花烛迎归洞房。想来是皇上思念故妃，宝兄弟是娘娘的胞弟，一则推恩以及，二来宝兄弟圣眷优隆的缘故。”凤姐笑道：“今番宝兄弟做亲，连屋子都由不得太太当家。一个林姑娘要住他潇湘馆，已经翻腾了一遍。这会子旨谕都下来了，那省亲别墅是镇年关锁的，铺垫灯彩统要重新安设起来呢。”贾琏道：“那个说不得，你看着叫人赶紧去收拾。外边的客都来了，我也得去点个卯儿支应着些，还有要紧办的事。”说着，又到王夫人处回了几句话就走了。

凤姐听了贾琏的话，便去回了王夫人，吩咐了林之孝、赖升家的，叫多带几个人，先到省亲别墅去打扫出来，一面平儿取了钥匙交给林之孝家的去开省亲别墅的门。凤姐又吩咐道：“既在那里结亲，离这里远了，还得就近在嘉荫堂、缀景阁这两处预备众人坐落。”赖升家的同林之孝家的答应着就走。少停，凤姐还亲自跑去看他们收拾一回，又到自己屋里办别的事去了。

这里史湘云为头，同了岫烟、迎春到稻香村拉了李纨姊妹们来找探春，要做诗贺黛玉新婚。探春道：“我才到那边见太太屋子里的人都挤满了，委实懒怠应酬他们，就跑回来了。你们又要做诗，倒也雅得很。新婚诗自然脱不了香奁体，只要贴切便佳。”湘云道：“我们还是联句，还是各人做各人的？”探春道：“随各人的便最好。”李纨道：“你们大家高兴要贺林妹妹，我也诌一首。”岫烟、迎春都道：“自然要推大嫂子首唱。”那湘云要想新奇意思，一个人走出院子里出神，看缸里的金鱼，口内又道：“那边好几个班子唱戏，为什么一些锣鼓响也没听见？”探春在屋子里隔着纱窗道：“路隔得远，那里就听见锣鼓响呢，快来做你的诗罢。要听戏，完了你的卷尽管请到那边去。刚才太太还问姑娘们，爱听戏的为什么不过去呢。”李纨道：“你们尽仔讲话，我的倒有了。”李纹道：“姊姊念来，我写。”众人一面听李纨念他的诗，一面看李纹写道：

钟郝徽堪仰，清江娣姒缘。
捧匜循我职，联袂羡卿贤。
自鼓瑶琴乐，同磨铁砚穿。
兰馨征吉兆，椒颂制佳篇。
月盎芙蓉帐，花明玳瑁筵。

稻香村酒熟，双醉玉堂仙。

众人都道："逼真是大嫂子口气，再不能挪到别一个的。为什么起海棠诗社不肯助兴，这样吝教呢？"说着探春的也有了，湘云看他写道：

自出于归舅氏门，潘杨世愿两谐婚。
碧桃旧识仙源种，红杏新栽月窟根。
席夺鸾坡夸婿贵，扇开雉尾荷君恩。

探春才写了六句，湘云把手按着纸不叫写下去，问是几韵，探春道："刚掉两句了，快让我写完了再讲罢。"湘云把探春手内的笔夺过道："末两句我替你续了。"便提笔写道：

祥占早赐投怀燕，稽首慈云礼世尊。

惜春笑道："这两句是史大姊姊看了林姊姊小照上悟出来的，难道叫他天天拜菩萨求子吗？你们瞧我的罢。"一面笑道：

花又重开月又圆，今生许结再生缘。
远辞蓬岛三千里，许驻尘寰五十年。
瑶草琪花栽别苑，元霜琼液谛真诠。
秦台自有神仙路，漏泄箫声上九天。

湘云道："四妹妹讲玄门的话，又是一路，咱们不懂。"迎春道："我诌的也怕史大妹妹笑话，你们高兴，又不敢不附骥，只得集了几句《诗经》，你们要笑，孔夫子已经删订过的了，由你们去笑罢。"众人听了先好笑起来，便催迎春，写道：

二月初吉，文定厥祥。天作之合，金玉其相。
宁适不来，相怨一方。亦既见止，怀允不忘。

菉竹猗猗，佩玉将将。琴瑟在御，鸳鸯在梁。
绥我眉寿，载弄之璋。孝孙有庆，俾尔炽尔昌。

众人看道：“这就很好，末后连老太太都祝颂在里头了。”邢岫烟笑道：“我集了四首七绝，内中虽带些戏谑，也只可委咎于古人。”随写道：

芙蓉粉上玩新妆，海燕双栖玳瑁梁。
今夜月明人尽望，溪头仙子遇裴航。

生来占断紫宫春，倾国倾城总绝伦。
云鬟半偏新睡觉，不逢京兆为谁颦？

心持半偈万缘空，会向瑶台月下逢。
百艳再来生倩女，桃花依旧笑春风。

漏声透入碧窗纱，旧是娇龙小凤家。
三扣玉扉人未起，觉来红日又西斜。

接着李纹、李绮各人做了两首七绝，姊妹两个联名写了四首，道：

流水人间一叶红，花开今许问东风。
莫嫌往岁春迟信，春在潇湘旧院中。

合是文箫驾彩鸾，天香有意护团圞。
蕊珠已改升仙剧，绣得宫袍下广寒。

咏菊词坛句自仙，笔花许放并头莲。
通灵毕竟迷才思，早续南华秋水篇。

日上纱窗竹影重，侍妆张敞对芙蓉。
试描淡淡春山样，记取芳名春未浓。

众人看了都道："本地风光，细腻熨贴。"探春道："怎么大嫂子两个妹妹做的诗倒也像在园子里头住了多年似的，头里的事情都明白？"

话未完，见宝琴、香菱进来，道："要我们好找，谁知你们都在这里！"众人都道："估量你们也该来了。"于是就把贺黛玉新婚诗的话说了，要他们也做两首。宝琴道："那边凤姊姊忙得什么样似的，你们倒闲情逸致在这里做诗。"湘云道："你看我们在这里又要磨墨，又是弄笔，肚子里又要想，手里又要写，还不忙似他们吗？"又道："算算看，如今与林姊姊饯行的人都全了没有？"岫烟道："只少一个妙师父。"探春道："今儿这一局自然没有他的。"香菱道："也没有我。别的诗都可以跟着姑娘们学学，贺林姑娘新婚取笑，我可不敢。"探春笑道："看不出他倒是一个道学先生。"宝琴道："香菱不做，我是免不了的。"便一头想一头写：

面壁深山万里遥，仙源才认旧蓝桥。
调螺香借生花管，引凤春藏弄玉箫。
璧种蓝田今夜合，诗题桐叶几时飘？
通灵即是温郎镜，月下红丝系一条。

写完，众人看道："只一起便起得有趣，对面文章也贴切。"湘云道："末后两句也收得住。那大荒山拾回来的这块玉，真是林姑娘一条月下红丝。"

正评论着，只见素云跑进来告诉李纨道："二奶奶叫人收拾娘娘省亲的屋子，说宝二爷今天要在那里拜堂呢。"李纨道："那是没有的事，这屋子里如何敢去开动呢？"探春道："大嫂子你不知道，我才在那边听说是奉了谕旨，赐二哥哥在省亲别墅结亲，还赏赐宫扇雉尾拜堂时候用呢。"湘云笑道："怪道皇上家的赐典都供了你们的诗料了。"宝琴便把各人做的诗看过道："为什么没有史大姊姊的呢？"探春道："他尽着评论，自己的倒不写出来。"湘云道："我的诗早已有了，就怕送去给林姊姊看了不依我呢。"说着便写出来，给众人看道：

赋罢催妆夜已深，鸳绡惹梦醉香林。
汗融乍试芳脂滑，腕怯生憎宝钏沉。
画里素娥空耐冷，月中仙子有知音。
茜纱窗外春迷晓，红日三竿护竹阴。

探春道：“怎么，连画上的人你都取笑他起来了。”众人看了只赞他词句艳丽，也不理会。

一时凤姐处打发小丫头过来道：“二奶奶请姑娘们去瞧戏呢。今儿戏文好看，差不多唱了半本了。”探春站起身来道：“我们过去罢，停会儿太太又打发人来叫。”李纨也叫李纹、李绮跟着姊妹们都过去，晚上再到园子里来瞧热闹。迎春问：“香菱，你太太过来没有？”香菱摇摇头。迎春便拉了岫烟都过那边去，各自跟了丫头，一群人出了秋爽斋去了。独有香菱因那边客多，随了李纨回到稻香村去。

到了傍晚，省亲别墅已安排停妥，嘉荫堂、缀景阁两处亦皆灯彩鲜明，陈设灿烂。自园门首起至省亲别墅，走嘉荫堂、缀景阁到潇湘馆，经由的路上随着水岸山坳弯弯曲曲，两边竖起矗灯，望去如盘旋两条火龙一般。各处的戏文煞了台，不多时重又排场，真是筵开玳瑁，屏列芙蓉，笙箫鼓乐之声内外迭奏。贾赦等陪侍北静王饮宴，家人一起一起的赴午朝门外探听宝玉殿试的消息。等到上了万言策后，肃听胪传，宝玉中了鼎甲第三名探花，加恩即授翰林院编修之职。游街已毕，命赐金莲灯一对，送归省亲别墅完姻，赏假一年。宝玉于午门外尚未起身，探信家人飞马赶回，一叠连声的传话进来说：“宝二爷回来了。”

等到一盏茶时候，宝玉回来，先谢了北静王并见过贾赦等，又进内见了贾母、王夫人。即刻出来，外面鸣锣开道，贾赦先让北静王上了轿，随后宝玉坐轿来到林府公馆亲迎。一切奠雁催妆诸礼仪完毕，细乐三奏，候新人上轿，排开执事：先是原任京营节度使世袭一等公爵的头牌，次是提督学院，又江西督粮兵备道，末后是钦赐完姻探花及第，两对朱红销金行牌，龙头月斧、笔揸冲天棍、金银爪锤等件二十四对摆列齐全。马上吹鼓手，赖升、林之孝等共二十余对家人并林府管家，都披红骑马。宝玉坐的绿呢玻璃大轿，轿前两对提炉，焙茗、锄药、扫红、墨雨、双瑞、寿儿等八个小厮，一色披了红坐马随在轿后。荣府去的十二对丫头都坐小轿，提了宫灯。林府陪嫁的十二个女清音一路奏乐，黛玉坐的双凤盘顶络珠八宝七香彩舆，林、荣两府家人媳妇、丫头坐小轿随后，约有二三里路长的灯火，照耀如同白昼。此番比元妃省亲，也算第二桩兴头体面的事。因不用围幔在两旁遮挡，看的人拥塞，当街好比看胜会一般，从青龙头上盘到荣府大门。北静王自带护从人等回府去了。

这里花轿进了大门，往仪门向东一座院落内将花轿暂停，等候吉时。这就是从前元妃归省更衣之所。上房看对钟表，说要等亥初二刻，这会子还是戌正三刻。宝玉先到王夫人屋里坐下，早有丫头们预备参汤伺候，送与宝玉喝了几口。湘云们过去和他斗耍，宝玉也与众人说说笑笑。

先是林之孝家的来回凤姐道："刚才打发到那边公馆里去的人来说，迎亲的已在那里起身了，晴雯、紫鹃两个也坐了大轿，跟林姑娘好不风光。"凤姐听了林家的话，忽然想起一件事来，便向林家的道："你快去找着麝月、秋纹两个人，叫立刻就来，我有要紧话问他们呢。"林家的应了一声，即转身便走，凤姐又叫他回来道："倘他两个人不在一处，不论见那一个，先叫他来。"凤姐性急，等了没半盏茶时，便接二连三的打发几起人去催他们。

林之孝家的赶到潇湘馆，连麝月、秋纹的影儿也不见。原来他们两个因这会儿没事，叫碧痕住着，他们先往省亲别墅瞧热闹去了。林家的正找得发急，有人和他说了，便气喘吁吁的跑到省亲别墅门外，迎面撞着一个家人媳妇把他拉住道："正要找你老人家呢，这里地毯有两条颜色不配，还得要换呢。"林家的听了，把他啐了一口道："为什么不找管铺垫的人去？我还有闲工夫管这些事吗？"一撒手往里就跑，果见麝月、秋纹都在，林家的喘气说道："跑得我浑身是汗，你们不在新屋里照看着，脱滑儿都到这里来干什么？琏二奶奶有要紧话问你们，快走罢。"麝月道："琏二奶奶从来没叫过我们，有什么话说呢？"林家的道："你们不知道琏二奶奶的脾气，向来没有说明白的，只叫你们去问话，我也不知道为的是什么？"

麝月、秋纹摸不着头路，只得跟了林之孝家的出园子来，正遇着凤姐打发一起一起的人到来催他们。麝月、秋纹想，我们没有干下什么亏心事，倒像拿强盗似的赶这许多人来叫，心上转疑惑起来，连林之孝家的也有些发怔，便同着来到凤姐处。才进院子，又见平儿站着等他们。麝月悄向平儿问道："你奶奶到底叫我们做什么？"平儿笑道："实在连我也不明白，快去见了他自然知道的。"麝月、秋纹只得进去，见了凤姐，怔怔的站着。凤姐先开口道："原是一句没要紧的话，这会儿倒必得先问问你们，就为晴雯他还没死，宝二爷回家来到底知道这件事没有？"麝月、秋纹听问是晴雯的话，才都放了心，便笑道："我们都没提过这话，估量别的人也没有讲起。若说二爷知道，早向我们追根到底的问过几次了。"凤姐听说，便抱怨他们道："你们早该告诉二爷一声才是，这会儿不是我想着，他不提防见了晴雯，免不了失惊打怪，也不像一件事。这便怎么好呢？"

林之孝家的站在旁边，见凤姐着了急，便上前陪笑道："幸亏奶奶想的到，宝二爷见了晴雯，真要吓着他呢。奴才的意思，不如叫晴雯暂且躲开，底下慢慢再和宝二爷说明，不知可使得吗？"凤姐摇头道："林姑娘的脾气，如今才进门来的新人，把跟他来的人忽然支使开了，一时又不便叫人去告诉他，兼之晴雯的性子也是难缠的，他正兴兴头头的伺候林姑娘进来，这里打发人去叫他走开，不说是咱们的好意，反疑心有人又要摆布他，怕免不了是一闹。"麝月接口道："二奶奶惦记这件事，我就去给二爷告诉明白了。"凤姐道："且慢着，宝二爷现在太太屋里等吉时拜堂，许多人在那里，你着忙的赶去和他讲这些话，太太听见了也不便。"麝月道："请二奶奶放心，这也算得一件喜事，二爷听了更开心。我悄悄和二爷说去，包管没乱儿。"凤姐因想不出法儿，只得由着麝月去了。

那麝月走到王夫人屋里，见宝玉正与姑娘们说笑，麝月也不避忌众人，走近宝玉身旁道："有一件事告诉二爷，听了不知怎样乐呢。二爷可知道晴雯还活着，跟林姑娘来呢。"那知宝玉一听麝月的话，不及细想，猛然触动平日伤痛晴雯之心，欲信反疑，悲中带恼，登时变色跺足道："别再哄我了，一个林姑娘好端端的先前都瞒着我，这会儿倒说晴雯还活着，我如今又不傻又不疯，哄我做什么呢？"麝月这句话拿定宝玉听了欢喜，谁料他反着恼，脸色都变了。怕王夫人听见责罚，一时着急，禁不住涨红了脸。欲待把晴雯还阳之事细细讲明，又碍着里头夹些不吉利的话，不便讲出口来，只得笼统说了几句道："上年年底下，太太还叫他进来，住在大奶奶那里。过了年，听见二爷有信回来，他就要出去，太太留他不住，依旧回去了，可是变得出来的谎话吗？因二爷回来事情忙，我们也混忘了，没告诉二爷，现在姑娘们在这里可以问得的。"探春、湘云们众口一词道："麝月的话是真的，晴雯果然还在呢。"宝玉才信以为真，又如得了一件活宝，向麝月问道："太太既然不恼了，他为什么听见我回来他倒走了呢？"麝月冷笑道："那是各人肚子里的盘算，我那里知道呢！"

正说着，林之孝家的来回吉时已到。女眷们簇拥着宝玉来到省亲别墅，有先在缀景阁、嘉荫堂两处坐的，此时也都来了。室中灯影缤纷，香烟缭绕，地上铺满了猩红绣毯。众丫头扶持黛玉出轿，与宝玉并肩站立参拜天地后，望北阙谢恩，便行夫妇交拜之礼。黛玉背后掌了雉尾宫扇，二十四个丫鬟掌灯雁翅排开，十二个清音女孩子奏乐，音声嘹亮。宝玉此时几如身在广寒，一眼睃去，见扶新人的果有晴雯在内，喜极而惊，又想起黛玉从前故事，犹如看放榜的举子，见榜上有了自己姓名，身上又打起战来的光景。一时情不自禁呆呆的向着黛玉，口里说道："如今是林妹妹不是？我不放心，还要瞧瞧呢。"说着，便把黛玉的盖头巾揭下，对面瞧了一瞧，黛玉把头低下，晴雯、紫鹃在旁急得没法，又不便过去拦他，引得满屋子里的人都笑起来。凤姐此时，明知宝玉的话不是有意指破他们前番的胡弄，听了未免触心，不觉脸上一红，踌躇难安，又不好躲避，只得硬装出一个不理会的模样，连忙赶过来带笑把宝玉拉开，重新替黛玉罩了盖头巾道："宝兄弟，你好不害臊，怎么还像小孩子似的。"宝玉见了黛玉的面，心已放宽，听凤姐说他，脸上也红红的，站着不敢抬起头来。

当下请贾母过来受礼，因在元妃省亲之所，不敢正坐，便向西南坐了，受宝玉夫妇行礼。贾母满心欢喜，将已往之事一概丢开，惟想起黛玉之母，不免心上一动，只得含笑忍住。接着王夫人也照样见了礼，邢夫人、尤氏、凤姐并族中诸长辈俱推另日再见，众姊妹都随着贾母看宝玉拜堂，大家高兴。

不料王夫人那边闹出一件事来，未知闹的何事，下回分解。

【第二十六回】

不忘旧莺姐欲捐躯　因忌才凤姑思退位

话说宝玉正在园中拜堂之时，那边闹出一件事来。只因黛玉仍要住潇湘馆，宝玉先前做亲的屋子已腾空出来。麝月、秋纹、碧痕同小丫头们都挪在潇湘馆伺候，连文杏也过去了，独有莺儿不肯出来。这一天宝玉做亲，莺儿看见益增凄楚，也不出去瞧戏，闷坐在自己屋里。到晚上孤灯相对，只听内外鼓乐之声不绝，想起他姑娘，心中伤感，走出外间设灵之所，连穗帐都已除去，一室空空，棺柩又远停铁槛寺，呆呆站了一会，仍回房内。听见外边迎娶到门，戏文煞了台，这里贾母、王夫人、凤姐同女眷们一齐拥进大观园里，连丫头、媳妇们都走个空，只留几个看屋子的老婆子不敢走开，在炕上打瞌睡。

此时莺儿住的屋子冷静，犹如从前宝玉同宝钗做亲的时候，那边潇湘馆里没有一个人去走动的光景。讲到宝玉娶的宝钗，哄宝玉说是林姑娘，莺儿是知道的，想林姑娘也受过委曲。宝玉出去做了和尚，一辈子不回来倒也罢了，那知把我姑娘怄死，他和尚做不成回来，仍旧娶了林姑娘。虽然是各人的缘分，但我姑娘不能死而复生，这冤苦好比沉于海底。我在这里住一天，看了他们，增一天的怨气。就便离了这地方，也活得无趣味，不如寻个自尽，找着姑娘同在阴司里过日子，倒比阳间还自在些。

莺儿这个念头不是此刻才动，所以日间早向一个老婆子屋里要了一包铅粉，只说有个用处。预备停当，一时主意已定，哭了一会，便取铅粉包子抖开吞下。不多时毒发肚疼，倒在炕上乱爬乱滚。

正在危急，可巧一个看屋子的老婆子进去要蜡烛，见莺儿在炕上喊滚，不知为什么缘由，回身见地上雪白的洒了许多，连忙取灯照看，知是铅粉，连包的纸还在。那老婆子一面叫人，自己赶到园内叫林之孝家的。才进园门，见了老田婆便问："嫂子见林奶奶吗？"田妈答道："他在省亲别墅伺候，这会儿正忙呢。"这一个老婆子又道："我不知省亲的别墅在那里呢？"田妈笑着指道："你寻上有矗灯的路左手转弯，望见那向南的屋子门前有牌坊，灯儿点得红红的就是了。"这老婆子依着田妈告诉他的话找寻，到省亲别墅，见林之孝家的拉着王善保家的说道："嫂子，你是大太太那边的人，难道就不懂这府里的规矩？大太太同老太太在里头瞧宝二爷做亲，一定短了你进去伺候？你不想想自己是个半边人儿，只看咱们的大奶奶为什么不过来呢。"

林之孝家的话未完，那老婆子便上前告诉道："林奶奶，不好了，莺儿姑娘服了毒了，你老人家快瞧瞧去。"林之孝家的听了，便向他兜脸啐道："我瞧你年纪有了一把，竟是到三不着两，你看我还离得开这个地方吗？不赶早叫几个人去灌活，失惊打怪的跑到这里来，好没眼色。"说着便走了开去。

那老婆子不敢回答一句，只得忍着气跑转来，见已来了两三个人。有一个老婆子道："救是有救的，要用黑铅五斤，打一把壶，壶里灌了酒，泡上土茯苓、乳香煮他一天一夜，埋在土里，半个月拿出来喝了就好。"众人笑道："依你这样泡煮了起来，土里埋的酒没刨出来，人倒已经埋了。"说着，听见莺儿还在炕上哼哼，又有一个老婆子道："看来毒还轻，快去取些小磨香油来灌下去，只要吐了就有命。"当下便去寻了香油灌治。也是莺儿命不该绝，少停呕出了许多毒来，喝了几口米汤。那老婆子就在莺儿屋里歇了，随时送些汤水。睡至天明，渐渐平复。那老婆子再三嘱咐莺儿，不要说出在他屋里取用铅粉的话，莺儿理会。

再讲省亲别墅拜堂见礼已毕，花烛引道，众侍女张灯奏乐送至潇湘馆。贾母众人各自回去，惟有湘云这一班姊妹一同跟了来看。坐床撒帐已毕，又闹了一会才各散去。

此时黛玉已挑去盖头巾，紫鹃、雪雁几个人簇拥着坐在炕上。宝玉等不到紫鹃们散开，便笑嘻嘻走近黛玉身旁叫道："咱们到今儿也得见面了，我为了妹妹……"宝玉才说出这几个字，又缩住了，转口道："妹妹统知道了没有？"黛玉低头不语。晴雯在外听见，怕宝玉傻出什么故事来。林姑娘才过门第一天，妆新搁不住他这样歪缠，隔着帘子叫一声："请二爷呢。"

宝玉听是晴雯的声音叫他，便转身跑了出来，拉住晴雯的手不知从那一句话说起。对面看了一会，便问道："你穿的什么衣服？"说着，就来掀晴雯的衣袖，见有陪房媳妇们走来，晴雯慌忙脱身走了开去。陪房女人看表已交丑初三刻，便请宝玉安寝。是时与黛玉二人虽无为云为雨之欢，都有相亲相爱之乐，觉比从前款洽绸缪，意味判分泾渭，实有难以言语形容之处。

香梦酣浓，因各矜持早起，黎明已醒。黛玉起身梳妆，外边已经伺候多时，同宝玉先往宗祠行礼，回来到贾母房中请安。贾母亦已起身，因昨日未曾瞧见黛玉的脸，今儿来了，便一手拉住，叫琥珀打起窗子，把黛玉脸儿细瞧一会，真欢喜到十二分。不知怎样心上一酸，几乎掉下泪来，连忙忍住。黛玉看见贾母光景，亦不免眼圈儿一红。贾母吩咐跟来的陪房女人道："园子里过来路远，姑娘路上辛苦了，以后不必按着规矩早来请安。再消停几天，随姑娘的便，随着姊妹们高兴，人家到这里来逛逛。"众人齐应了一声"是"，拥了黛玉到王夫人屋里见过。王夫人亦如贾母吩咐。再至凤姐处，顺路走东角门回园。正要往稻香村，只见素云、碧月两个赶来阻步，黛玉便回了潇湘馆。

是日正请永昌宫主、北静王妃、南安王太妃、锦乡侯诰命、临昌伯诰命这几位同众勋戚命妇，贾母、王夫人俱按品大妆迎接。贾母吩咐林之孝家的："请新人到来见礼。"北静王妃道："听说新人洞房就在大观园潇湘馆，咱们都要去逛逛园子呢，就一路逛到新人屋里见了岂不是两便。"贾母笑道："这太觉不恭了。"于是众人都进了园，一路赏玩园景，穿花渡柳而来。

将近潇湘馆，林之孝家的先抄径路去通知了，黛玉便盛妆迎出，接至里边，序次欲行大礼。南安王太妃与众人阻止，对贾母笑道："这位就是令外孙女。记得太君大庆这一年，咱们也到园子里来见过的，如今越显得丰腴富泰了，真可谓丹山之种，玉胜绵祥，总是太君的福分所招。"贾母连忙逊谢，众人略坐一会，起身出来。

见园子里高高下下千百竿翠竹遮映着一带朱栏，绿荫浓浓，苔痕点点，两旁回廊亦造得曲折精致，沿墙引进一股清泉，往复萦回，浸灌竹下，都道："好幽雅所在，也只配太君这位令外孙女，如今是孙媳妇住的。"一路说笑出院，黛玉送至门外才回。

那一群人，又转过沁芳亭，绕出浣葛山庄，见省亲别墅的灯彩未收。众人问及，贾母告以钦赐宝玉在此间拜堂的缘故。说着行至嘉荫堂，让进坐下。只见花木深处，青溪泻玉，石窟飞云，两边画楼绣槛，隐约于山坳树杪之间，都道："这里很好，咱们何不就在此坐坐呢。"王夫人听了，连忙叫赖升家的把戏班子传了来。一时铺设齐全，呈上戏目，各人点了吉庆戏，开台便是《张仙送子》。贾母陪席恭肃尽礼，邢、王二夫人与尤氏、凤姐俱站立值筵，按着荣府规矩，说不尽席上山珍海错，场前檀板金樽。少停客散，各自回房安歇。

次日女眷们仍在王夫人院内坐席听戏，内外宴客六天。外面系贾赦、贾珍应酬。花宴一天，亦在嘉荫堂内。黛玉首席是凤姐妯娌，探、惜姊妹作陪，并湘云、岫烟、宝琴、李纹、李绮、迎春、香菱，还有喜鸾、喜凤，连巧姐亦在其内，书不细表。

三朝后，黛玉命紫鹃理出送贾母、王夫人以及众人的礼物，按照单开样数各处分送，连赵、周姨娘处都有。湘云们各人做的新婚诗送到黛玉处，正在事忙大概看了一看便贴于屋内。因见宝琴诗中有"通灵即是温郎镜"之句，便叫紫鹃取出那块玉来，送还宝玉佩带。一时宝玉进来，正要看湘云们做的诗，见紫鹃手内拿着通灵玉，便接过笑对黛玉道："这碰不烂的劳什子，不是为了妹妹，如何能到大荒山青埂峰下找他回来。如今这件东西，要算妹妹赏我的了。"说着，麝月上去与他系好，道："你系上也该去告诉太太看看。"宝玉就往王夫人处去了。

黛玉看见那金线络子，想起莺儿，向麝月查问。原来莺儿服毒一事众人都已知道，因是黛玉吉期，不敢在他跟前提及。今见黛玉问起，难以隐瞒。麝月还怕黛玉见怪莺儿，支吾着不敢一直讲出口来。紫鹃已明白这件事，便细细告诉了黛玉。黛玉沉凝半晌，不但不怪莺儿，而且重他有义气，就叫麝月去同了他来。

麝月才掀帘出去，笑道："史大姑娘同三姑娘来了。"两个人进内坐下，探春看见黛玉挂的金锁，走近去细瞧了一会。探春早已听见内里赏赐金锁一事，今见一面镌的字样，便问："那一面又镌的什么字呢？"黛玉伸手把金锁叠转给探春看了，探春称异。黛玉怕他们取笑趋步仿照镌刻，便说明这就是娘娘赏下来的。湘云也看与宝玉这块玉上字字相同，笑道："林姊姊，你不表明来历，免不了人家说你是抄袭旧文呢。"正说笑间，见玉钏捧了一盘金锁——就是凤姐带来回聘之物，王夫人见宝玉带了玉去，记起金锁，叫玉钏拿来送还黛玉。黛玉见玉钏，细瞧他行动举止，又想起他姊姊的话，便动了个垂青之意，叫紫鹃陪到那边屋里坐坐。雪雁自去接了金锁收拾，探春见了正想探问来由，麝月已同莺儿来了，探春、湘云各自走散。

莺儿自向黛玉磕头道喜。黛玉见他面容惨淡眼带泪痕，心上甚是可怜他，把好言劝慰一番，叫他挪了过来，别孤孤凄凄的一个人在那里尽管伤心。那莺儿并不是个糊涂人，虽然痛他姑娘，却不能怨恨到黛玉身上。今见黛玉如此待他，也甚感激，便改口叫奶奶道："我来服侍奶奶愿意，就不愿伺候别人。奶奶这里难道短了我这个丫头，也不过可怜着我。我求奶奶说个情，送我到一个地方去就感戴不尽。"黛玉道："你想到那里去呢？"莺儿道："我要去跟四姑娘。"黛玉已明白莺儿心事，便道："你要跟四姑娘不难，且到这里来住几天，等我和四姑娘说了，叫你过去就是。"当下叫老婆子跟莺儿去把他的东西搬了来，说："不要你伺候别人，闲着到园子里去逛逛，再撅些柳枝子来编几个花篮给我瞧瞧。"莺儿笑笑，引着老婆子去搬他的东西，只得权在潇湘馆住下。

讲到凤姐这里，忙过了几天，便趁空儿把黛玉的妆奁簿细细查对，因一应器具箱只物件潇湘馆安置不下，什么物件该归什么地方的，逐一注明号数登记准。奁银十万两，五万寄在库上，吩咐且不用去支动。其余是银楼上汇的银票，共有十几张，要去照一照票的。一千亩奁田的契纸都已税过，田在南边，连各租户的租券，并看庄子的家人花名册亦在其内，等回明王夫人再送到黛玉处自行经理。

正在忙乱，宝玉由王夫人处转到凤姐屋里，笑嘻嘻的在衣襟上摸出这块通灵宝玉，叫道："姊姊你送去的东西又带在我身上了。"凤姐瞧着笑道："这可该谢媒了呢。"宝玉道："自然该谢姊姊，就是有一件事不得明白，言明了再谢。"凤姐听了，不知又要牵扯他头里干错的什么事，便胆忒忒的问道："还有什么事你不明白？"宝玉道："宝姊姊同林妹妹两个人都是从小和我玩笑惯的，先前娶了宝姊姊来就不会说话了，如今林妹妹也是这样，难道做了一个女孩子总要过这一个不会说话的关吗？"凤姐"扑嗤"的笑道："林妹妹还妆新呢。"宝玉道："见了熟人也要妆新吗？为什么和史大妹妹、三妹妹这一班人又不妆新呢？我倒还要问姊姊一句话，姊姊在家里时候和我们琏二哥哥是不大见面的，姊姊到这里来越发该妆新了，到底几时才和琏二哥哥说话呢？”凤姐脸上一红道：“宝兄弟，你问出这样话来，叫我怎样对答你呢？你还去问你林妹妹罢。”平儿在里间屋子里听了走出来，也和宝玉耍笑了两句。宝玉自觉没意思，讪讪的走开，自回园子里去。

凤姐向平儿道：“你看官也做了，还是这么傻，怨不得傻出奇奇怪怪这些故事来。我想起先前的事，原白使的心计太重了，就一个人兜揽起来，都算我的错。如今把石沉海底似的一个林姑娘，原是我去捞了起来交还了宝玉，没有对不住林姑娘，老太太跟前也可以赎罪了。我的罪名，就只死的苦了一个宝姑娘，活的苦了一个姨太太，也都是前世的一劫，不用讲他。看咱们这个地方，将来也难站了。宝玉的喜事，算有了老太太这一宗支撑过来了，搁不住后手不应。上年年底下老爷在任打发人来要银子，二爷急得什么样似的，我看不过，没法儿把我的垫了下去。二爷说暂挪个窝儿，如今丢到爪洼国里去了。再蹦出什么事来，我还有吗？难得林姑娘来了，这里的事怕他还办不了。千里搭长棚，没有不散的筵席，不如回到那边受大太太的熬煎罢。”平儿道：“林姑娘家拿来的不少，可以有个通挪。”凤姐道：“你说出好话来了，林姑娘的陪嫁肯放在公中使用吗？就便有个挪移，也等到三年两载，林姑娘实在自己看不过去，凭他发心。这会子还是簇新新的媳妇，咱们现站在这个地方，掉了牙去和他开口？”平儿道：“这几天我没有见林姑娘的面，瞧不出他光景。上年要回家的时候，看他这一场病回了过来，全个儿不是头里的脾气了。”凤姐摇头道：“未必，林姑娘是有心机的人，你们那里瞧得出他来呢。”

话未完，只见王夫人屋里的小丫头进来道：“太太在老太太那里请二奶奶过去，看林姑娘送老太太的礼呢。”凤姐便把炕上料理未清的东西交给平儿，忙到贾母处，一路笑了进来道：“太太叫我来看林妹妹孝敬老祖宗的什么好东西？”说着，便看见摆的西藏赤金无量寿佛一尊，八宝嵌镶盘螭寿星拐杖一根，东珠佛头珊瑚念珠一串，金玉如意四支，三蓝顾绣西池蟠桃赴会福色哆啰呢炕幔一挂，刻金五彩妆蟒朝服一袭，朝裙一条，七襄天孙锦四端，鹅黄湖绉四联，紫绛羽绉四板，内造佛青宁绸八端。凤姐笑道：“这是林妹妹的孝心，也难为他婶娘配搭这些好东西出来，有了钱一时也没处找呢。”贾母道：“我也不稀罕这些东西，就这林丫头家去了又来，做了我的孙子媳妇孝敬我的，我看了很欢喜。自然他婆婆那里也有的了。”王夫人道：“林亲家太太也多礼了，送的金钟玉磬两架，七尺珊瑚一枝，羊脂玉连环拱璧两对，百福盘金猩红大呢炕围一条，余外同老太太一样的。”贾母道：“林丫头先前住在这里，你做舅母的也疼了他几年，如今做了他的婆婆，该尽他一点子孝心。我算他后儿该回九了，怎么办法呢？”王夫人道：“这件事同琏儿媳妇商量过，正要回明老太太。林姑娘家里远，新宅子里又空空的没有他一个亲人住着，不如叫班戏子摆几桌酒就在咱们家里热闹一天，老太太看好不好？”贾母道：“也使得。接连听了好几天戏，人也乏了。我听说林丫头家里带来一班小清音，叫他们就在林丫头屋子里，宝玉同他姊妹们玩一天就是了。”

话未完，小红走来悄向凤姐道：“宝二奶奶打发人来送礼，平姑娘请奶奶回去呢。”贾母问他：“说什么？”凤姐道：“这是当不起，怎么连我们那里都送起礼来？”贾母笑道：“你是个大媒，送的礼越发比咱们该丰盛些才是。”凤姐道：“老祖宗说起谢媒，倒有一个笑话讲给老祖宗同太太听呢。”于是把宝玉讲的女孩儿家总要过不会说话的一关这些话，前前后后统学说与贾母、王夫人，听了都笑起来。因见小红还站着不走，贾母便叫：“凤哥儿回去把林丫头送的礼收了，打发来的人走罢。”凤姐同了小红回去，王夫人自陪贾母说话。

再讲宝玉，自凤姐处回到园中，正要往紫菱洲找湘云说话，顶头碰见紫鹃带了两个老妈子走来，宝玉便问：“那里去？”紫鹃答道：“姑娘叫我去送礼呢。”宝玉道：“送礼为什么叫你去呢？”紫鹃道：“那是送妙师父的。”宝玉道：“你姑娘又几时与妙师父交往起来？”紫鹃笑道：“怪道头里的事你一些儿也不得知道，上年姑娘回家，妙师父还同史大姑娘们替姑娘饯行。送姑娘的人回来，姑娘送过妙师父好些东西，史大姑娘们统有的。还有送你的，你见了没有？”宝玉叹口气道：“你姑娘家去送我的东西，人家肯给我瞧吗？”紫鹃道：“这倒不是人家不给你瞧，那时候你已经走了。我问的是你回来见了没有？”宝玉道：“也没见呢。你姑娘送我的是些什么东西呢？”紫鹃道：“我没有瞧见，也不过南边的土仪，不是麝月与秋纹替你收拾着？去问他们就知道了。”宝玉道：“我还有许多话要问你。”说着就来拉紫鹃的手。

不知紫鹃怎样光景，宝玉有何话要问紫鹃，下回分解。

【第二十七回】

贮金屋娇婢会幺弦　兴宝藏财星临福地

话说紫鹃往栊翠庵去，遇见宝玉拉住他说话，怕宝玉有什么私语说出来，被跟来的老妈子听见不雅，便洒脱了手径自走了。紫鹃到了栊翠庵，先在菩萨面前磕了头，然后见了妙玉，把黛玉送的礼物交点明白。妙玉道谢，问了些南边的话。紫鹃又到他从前住的屋子里看了一会，自己带了些扬州的土仪送给老佛婆们。想起上年在此何等孤凄，如今主婢皆有依归。那夜梦见宝玉拜堂并自己与晴雯之事，果应其兆，全仗菩萨护佑，底下还要来完愿心。老婆子见了紫鹃，觉得分外亲热殷勤。紫鹃坐了一会，带了同去的老妈子径回潇湘馆来。因王夫人在黛玉屋里，紫鹃便找莺儿去了。

一时宝玉回到潇湘馆，问麝月道："上年林姑娘南边送来的东西为什么不给我瞧瞧？"麝月笑道："当真我们竟忘了这件事，亏得多是送爷们的东西，我们一点子也用不着的，不然还疑心我们瞒昧起来。偏偏前儿又翻腾了一遍，过几天再找出来给你罢。"宝玉听说，也就罢了。

这里黛玉因向来宁、荣两府规矩，做姨娘的不但正经酒席上面没他们的分，就平常摆酒聚饮也不能上场，反不如有体面的大丫头，碰着老太太高兴时候，倒许同姑娘们在一堆儿吃喝玩笑。所以黛玉要替宝玉收晴雯、紫鹃两个人，不叫开了面明当纳妾，丫头、婆子不许他们叫一声姨娘，也像先前袭人一样，月钱等项情愿在自己名下捐给他两个人，等过两三年再正名分。因王夫人在此，顺便回明，就趁后儿好日子，把他两个人收在屋里，伺候宝玉方便些。王夫人因晴雯的话已经提过，紫鹃是黛玉的人，出自黛玉之意，想来他们和气，所以说这些话就一口许了。

到了后日，凤姐听贾母吩咐，便令十二个清音女孩子在潇湘馆清唱设席。是日，迎春已被孙绍祖打发人来接了家去，喜鸾、四姐因家里有事都回去了，只有宝琴、香菱、李纹、李绮、湘云、岫烟、探春、惜春，来到潇湘馆，都已知晴雯、紫鹃的事，先与他们道喜。接着庆龄、遐龄等十二个女孩子都来了。宝玉见他们个个体态轻盈，口齿清脆，便欢喜，同他们问长问短，把庆龄的脸儿细瞧一会，宛然是芳官，因此尤爱庆龄。一时摆开场面，各人伸出笋芽儿的纤指，动起锣鼓鱼板，打出《锦上花》、《大富贵》、《蝴蝶探》这些牌儿名来，比听戏倒觉清趣雅静。

少停坐起席来，并排两桌，第一个湘云豪爽高兴，首倡揸拳猜枚，竖旗扬鼓的与合席对垒。黛玉还守新人体统，静默陪坐。宝琴道："史大姊姊，你再像先前说的古文、唐诗、骨牌名、曲牌名、时宪书一连串这个，这会子你一口气能讲出三个来，我满满的喝三杯酒。"湘云问："酒底呢？"宝琴道："酒底说一花名，又要是鸟名或虫名，亦可再说一句古诗映合。"湘云道："这也难不倒我，讲了出来你是要喝的呢，赖酒的就是个哈叭狗儿。"便道："我张我三军，电闪旌旗日月高。好一个将军挂印，回去朝天子，宜上表章。酒底是'杜鹃花，声声啼血向花枝'。"众人听了都道："有意思！"宝琴催他说第二个，湘云又道："扬眉吐气，华堂今日绮筵开，摆列了锦屏风，与那好姐姐，宜结婚姻。酒底是'蝴蝶花，等闲飞上别枝花'。"众人都笑道："好对景儿，越发有趣。"晴雯站在旁边，虽听去不懂文义，那"好姐姐"、"结婚姻"的话明是打趣他们，便道："史大姑娘行令，再要取笑我们，先前的桂花油还没有给，如今是要定的了。"湘云道："桂花油倒端整着，等你们上了头好来送贺礼。"香菱对晴雯笑道："那可你自己招出来的，连别人都拉在里头了。"黛玉带笑瞅湘云一眼道："偏是他咬舌头的会诌出这些来。"宝琴对湘云道："算你好的，不用再说了，我喝了两杯罢。"探春道："二哥哥你瞧，史大妹妹太猖獗，和他揸三拳。"

宝玉犹未开口，湘云便卷起衣袖，轻抒玉腕，伸过手去与宝玉揸了三拳，连输了。晴雯忙过去在湘云面前满满斟了三杯酒，湘云哼了一声道：“承照顾。”便连喝了两杯，见宝玉面前有半杯剩酒，一时趁晴雯不留心，便把宝玉的酒杯拿在手内，站起身来向晴雯道：“好姐姐，替我喝了这杯酒，再不敢和你取笑了。”晴雯只道是湘云输的拳酒，接过了酒未咽下喉去，湘云大笑道：“喝过交杯酒了。”晴雯会意，也忍不住要笑，一口酒都喷在紫鹃脸上身上了。宝玉忙用手帕子与紫鹃擦衣服，湘云看见又笑道：“这杯酒连紫鹃姑娘也交在里头了。”引得阖座哄然。晴雯、紫鹃都红了脸，避进里间屋子里去了。

探春道：“别尽你的兴这样闹了，咱们静静的喝两杯，听他们唱几套曲子。”黛玉便叫：“庆龄，你们看这疯子闹得高兴，连曲子也顾不上唱了。”庆龄们听了，笑着连忙开场，先唱了一套《闯宴》、《争花》，那唱大净的年纪不过十三四岁，声音宏亮，真有响遏行云之妙。宝琴道：“难为他腔口、道白色色到家，我们如在隔壁听了，谁说不在这里唱戏呢？”李纹接口道：“请到他们的曲子，比戏班子里还认真呢。”说着，听他《争花》完了，又接唱了生旦曲子两套，屋子里早点上灯了。宝琴道：“这样长日子，咱们在这里闹了一天还不够？别喝得大醉了，也惹得人来斗席打架起来。”

话未完，只听得一片喧嚷之声渐近潇湘馆门前，众人都吃了一惊。宝玉便命老婆子们出去打听什么事情。不多时，林之孝家的来回道：“刚才那边听见嚷说园子里走了水，像在潇湘馆左近，吓得我们慌了手脚，连忙叫齐了人赶来，进了园门还瞧见冲天的火光，谁知走到这里静悄悄的，恁什么儿也没有，倒惊动奶奶、姑娘们了。我们再往别处去瞧瞧，好回报太太、琏二奶奶放了心。”说着转身走了。探春道：“咱们都在这里，没听见什么，真是瞎见鬼混来造谣言。”惜春道：“那倒不是谣言呢。”黛玉听惜春话里藏机，便着急问道：“这可是什么兆头？莫非要防防火灾？”惜春笑道：“请放宽心，这是姊姊的福分所招，非凶兆也。”探春接口问道：“林姊姊福分所招，该怎么样？”惜春道：“过几天便见，这会子连我也不明白。”探春知道惜春不肯泄漏，不便再问。众人终席后各自散去。

黛玉独留惜春，背了宝玉悄向说道：“莺儿要寻死觅活的事，四妹妹自然也知道的了。我叫他过来，总不肯安心住在这里。怪可怜，这丫头他说情愿去伺候四姑娘，四妹妹可收留他去了，了他的心愿也好。”惜春道：“这又同你的紫鹃住到栊翠庵去，前后印板文章。其间不同之处，一个是发于自己心愿，一个是为他人逼迫。若论莺儿要跟我，又是不了的事。这会子也不用和我讲什么，叫他暂在这里住着，等到下半年我收留他就是了。”黛玉听惜春讲的话，虽然不得明白，也不便根问下去。

惜春走了，黛玉要到贾母、王夫人处请晚安，带了晴雯、紫鹃见贾母请安毕，便叫晴雯、紫鹃磕头。贾母忙问缘由，两个人羞得说不出话来。鸳鸯已知此事，笑着回明。贾母点点头道：“该是这样办法。”又到王夫人处也磕了头，然后到潇湘馆。晴雯、紫鹃也要与黛玉行礼，黛玉把他们拉住。

那时怡红院的屋子早已收拾停当，晴雯、紫鹃分屋住开。黛玉又把自己的小丫头与他每人派了两个去伺候，催他们都到怡红院去。此时宝玉直从心眼里欢喜出来，不知今夜该到那一个屋里去住歇才好。紫鹃、晴雯又互相推让。晴雯拉了宝玉要送到紫鹃屋里去，紫鹃连忙把门关上。宝玉知道他是不开门定的了，只得到晴雯屋里。晴雯再不便推却，想起从前在此被撵带病出去，冤苦无伸，今日公然得与宝玉成其好事，真是梦想不到，便同宝玉坐下。宝玉扯了晴雯的手道：“咱们天天见面，总不能畅畅快快说一会子话，把个人急得什么样似的，倒比不见面还不好过。你在外头的光景，我听见紫鹃说起，多一半我知道的了。我单要问你一句话，后来你的病好了，为什么不带个信进来给我知道？”晴雯道：“不要说我住在堡里没处寄信，就寄进信来便怎么样呢？”宝玉道：“你竟不想进来吗？”晴雯道：“亏我不想进来，这会子还有我，倒得进来了。假如巴巴结结要想进来，你知道了，保不住又闹出什么故事来，太太一定要摆布我，就死不了，还有我这个人在吗？”说着，揭起衫子，露出贴身的旧袄指给宝玉瞧，道：“你看这件袄子，我总天天穿又舍不得穿，脱下了又想穿他，两三年来，倒弄烂了。”宝玉细瞧，襟子上斑斑点点的都是泪痕，便道：“你如今也可把他撩弃了，还留他做什么呢？”晴雯道：“为什么？这是我一辈子也不撩的。”宝玉道：“如今你比人家有脸了，先前的委曲也可以消释了。”晴雯道：“我只感激林姑娘。”宝玉道：“说起林姑娘的苦楚，比你还加几倍。我娶的宝姑娘，都哄着我说是林姑娘，我虽然病着，模模糊糊也省得些。后来林姑娘病好了家去，又哄我说林姑娘已经不在了，我还到潇湘馆去哭了一会，烧了些纸钱，这不是活活的咒诅他吗！可怜再没一个人告诉我一句真话，连紫鹃也不叫见我一面，我被他们瞒得来倒像不在世界上活着的一般。到如今还似云天雾地里过日子，心里终究不大明白。林姑娘虽然来了，不肯和我多说话，头里的事他并没提起一个字。”晴雯道：“我是个丫头，那里敢比林姑娘？讲到受人家算计，几乎把命也送了。这样说不出的苦，真同我差不多呢。你不知道，我告诉你罢。”

于是晴雯就把前前后后的情节，并人家哄他说林姑娘不在了的意思，要他再不起别的念头，好一心一意同宝姑娘过日子的话，说得来竟似晴雯在跟前亲眼看见的一般。宝玉道：“你住在外头为什么倒知道这些呢？”晴雯道：“那都是人家告诉我的。里头那一件事情我不知道？”宝玉道：“人家告诉的你，自然紫鹃也知道的了，难道不告诉他姑娘？到底林姑娘知道我的心没有？怕他还怪着我呢。”晴雯道：“这可是没你的说了，林姑娘怪你还到你家来吗？如今你们两个人的心好比新磨出来的镜子，对照得通明透亮的了，有什么不知道呢？”这里正在说话，那紫鹃悄悄的开门出来，走到窗户底下，早已听了多时，又听得晴雯说道：“咱们讲得高兴不觉的，你听鸡都叫了。我见大奶奶那里喂了许多鸡子，这远远的声音，一定是稻香村里的。”宝玉道：“你瞧瞧我的表，什么时候了？”晴雯道：“我懒怠动弹，左不过交寅时候了。”宝玉笑道：“正经今儿晚上别叫你再担个虚名。”一语未了，只听得一阵嘻笑之声，两个人的声音渐渐低了下去，听不清说些什么话了。紫鹃听到这里，也就转身回去睡歇。

次日起来，梳洗已毕，便到潇湘馆将上一夜所听的话一句句都告诉了黛玉，黛玉听了心头暗想：这个人为什么痴到这步地位？连晴雯的见识都不如，这会儿还有什么要说的话，还有什么要说的我不知道的话？细细追想起来，他这条心，一天十二个时辰，除开睡觉工夫，十分之中只有三分在别人身上。其实这三分还是容易使出来的，没有什么隐微委曲之处，归根儿分出去这三分时候，也要并到这七分里头来的，难为他怎么挨过了这几年。头里只道我这个心是撩在黄柏水里泡透，再没第二个心比我苦的了，谁知他到如今还是这样。倘我死后回不过来，倘就去做了和尚，这一腔怨气也历劫不能消化的。黛玉呆呆想出了神，紫鹃见了暗吃一惊，将黛玉脸色神气打量了一会想：姑娘病后，除了几个月我不在跟前，从没见他发过心事。瞧他这会儿，活脱是旧时形景，莫非我刚才说错了什么话？一句句想去，并没有，也不犯着为他发闷，满腹猜疑，倒把一个紫鹃糊涂住了。且出去叫小丫头揣了茶来，假以送茶为由，留心察看。紫鹃端了茶送到黛玉跟前，站了半晌，叫一声“姑娘喝茶”。黛玉才见是紫鹃，心上一动，也觉得自己的神情已被紫鹃瞧破，微微笑道：“有他们在这里呢。”紫鹃也是一笑走开。

以后宝玉提起前情，黛玉便笑脸听诉苦衷，故意寻话问答，宝玉才得把受人胡弄，并从前几次三番要宽慰黛玉说不出的话，都倾肝剖胆逐一分证明白了。

一日，黛玉向晴雯道："我听紫鹃说起，你还有些东西在你舅舅家里，也该打发一个老婆子出去取了进来。"晴雯沉思半晌道："想我病了撵出去，半死不活，撩在一个薄皮棺材里头，抬到野地里，不是我舅舅、舅母救了我这条性命，养活了两三年，在我姑表哥子家里还住得的吗？这一点子东西就留在那里算谢了我舅舅家，也不想去拿回来了。"黛玉道："不是这样的，既然你舅舅家待你好，要补补他们的情，我打发人去叫你舅母把你东西带了进来，也好说说话，瞧瞧你的光景，叫你舅母欢喜欢喜。我这里有个道理，叫他们过得去就是了。"晴雯道："姑娘的恩典，那么着敢仔好。"于是黛玉就叫周瑞家的坐了车子出去，引着晴雯的舅母进来，在晴雯屋里讲了半天的话。临走时给他五百两银。书删繁冗。

却说袭人在家先闻宝玉有了下落，又听凤姐亲往求亲回来，接着林姑娘已到，不多几日宝玉完姻，林姑娘的主意收了晴雯、紫鹃，叫他两个人同住怡红院。一报一报似递塘报的传到他家。别人得意之事，袭人听了，件件触心。不料林姑娘竟是一个大方宽厚的好人，从前看不透他的深沉，错会了东风压西风、西风压东风的话，枉费心机，提防过甚，顺看一帆风，以致颠颠倒倒，连遭不得意之事，自己又没主意，错跨了这一步路，真是后悔无及。

一日开看梳头匣子，捡出两截断玉簪，想起劝说宝玉的时候，拿准了要与他过一辈子的，谁知自己反落了一个没下梢。正在伤心，见他嫂子走来道："这几时里头府里的喜事，接二连三的出来，姑娘何不借着叩喜的由头进去走走？刚在家里给我们脸子瞧也不中用，自己该拿个主意才是。"袭人听了，越发没好没气的发作起来，道："嫂子叫我拿主意，我的主意早就拿定的了。"花自芳家的道："姑娘定了什么主意，别放在自己肚子里，说出来我们商量好办。"袭人道："求嫂子和我哥哥说一声，要他看同胞情分，好好的买一副棺材备着，这是我的主意。"花自芳家的见袭人气得脸都黄了，只得陪笑道："姑娘的气也太旺了，叫姑娘往里头走走，我没有使什么坏心。认真你哥子想靠着妹子拉扯他吗？也不过为姑娘自己一辈子的事。太太的恩典不用说了，那年年头上，姑娘回了家，宝二爷找到我们家里来，留他吃饭，只是那两个人的光景也瞧出来了。俗语说的好，人有见面之情，姑娘你自己去再想想。"袭人半言不语道："要我自己进去，就死也不进府去的了。"花自芳家的听出袭人的话头，一心想进去，自己不肯舍脸，便道：“怨不得，姑娘的脸重，说不得我去跑一趟。”

当下换了衣服出门，想起从前叫他姑娘出来，原是走周大娘这条门路的。解铃还得系铃人，不如再去找他，一路思想径往周瑞家来。见了周妈便讲起袭人之事，托他想个法儿。周瑞家的沉凝了一会道：“上年太太原叫过一回，他自己不肯进去。如今里头没人提起，我们怎样说话呢？嫂子既然托了我，再没有不放在心上，只好碰机会，在旁边替他帮衬一两句话也容易。嫂子你回去对你姑娘说，叫他不用性急，且等我的信罢。或是过几天你自己进去走一趟，探探里头的光景怎么样也好。”花自芳家的坐了一会，就回家去了。

却说宝玉这里，一日麝月把上年黛玉送与宝玉的东西找了出来，宝玉看见便都捧在手内，走去与黛玉瞧，道：“林妹妹家去还送我这些，可见妹妹始终没有恼我，心上终有我的。”黛玉微笑道：“你也是参悟过来的人，全不想我送你的东西与送别人不同，正是心上没有你呢。”宝玉也不理会，只当黛玉故意怄他的话，便拿去仍给麝月收拾好了。走出院子里，喝道：“你也来做什么？”黛玉与紫鹃、莺儿在屋子里听见，不知宝玉吆喝的是谁。只见傻大姐掀帘进来，黛玉看见了，记起蜂腰桥撞见他哭诉被打的故事来，此时另换一番心境，反笑自己当日过分一点。惟紫鹃与莺儿两个见了他，各人想起前事，都因他而起，恼得傻大姐如眼中钉一般。紫鹃楞着眼瞅他道：“没好样儿，各处地方傻够了，又傻到这里来。我去告诉鸳鸯姊姊，仔细揭你的皮。”黛玉因是贾母屋里的人，便叫住紫鹃，反叫去揸些果子给他。傻大姐嘻嘻的笑道：“我听见人家说林姑娘屋子里有女孩子唱戏，我来瞧热闹呢。”说着撩起衣服兜了果子出去，到潇湘馆外，一路玩耍，吃完了果子，又到墙根底下刨竹鞭儿，刨出一件东西，认不得是什么。恰值王善保家的因邢夫人叫他往黛玉处道谢出来，看见傻大姐问道：“你手里拿的东西是那里来的？”傻大姐道：“我在这地里刨出来的。”王善保家的便站住了脚，估量是潇湘馆里人偷出来的东西，埋在土里的，便起了贪心，哄傻大姐道：“这不是一件好东西，你可记得头里你拾的被太太瞧见，满园子的人都闹得不安静，你给我罢。”傻大姐吓得呆了，忙递给王善保家的道：“奶奶拿去，别告诉大太太。”王善保家的道：“是了，你快回去，别在这里玩了。”当下王善保家的、傻大姐各自走开。

到第二日早上，邢夫人来到王夫人处，凤姐也在那里。邢夫人道：“咱们园子里又闹出一件稀奇事来了。昨儿王善保家的从林姑娘那里好好回去，睡到半夜里翻天覆地的闹起来，像有什么附在他身上，道：'潇湘馆墙外一带地里藏着一千三百万银子，看守了多时，等他们起了去，好回去销差，你敢瞒昧了一个元宝，缺了数叫谁补上，还不快拿出来。'一头说，伸手到炕头边摸了一个元宝出来，就撩在地上，闹到这会儿还昏迷不醒。你们道奇不奇？"说着便向跟来的老婆子手里接过手帕子解开，给王夫人瞧看，见元宝面上錾着"林黛玉收"四个字。凤姐看了笑道："这也奇了，怪道前儿瞧见那里有火光呢，原来林妹妹是个财星。既然有这件事，咱们商量去起罢。"王夫人道："王善保家的见神见鬼的话，那里就信得准。"凤姐道："这元宝是假不来的，太太不必多心，咱们拿了这个元宝告诉林妹妹，大家同去看看就明白了。"于是传了赖升、林之孝家的，哄动一众老婆子、丫头们随着都往潇湘馆来。邢夫人自回去了。

王夫人见了黛玉，说明此事，同往院外墙边查看。有几个献勤高兴的老婆子，已带了锄头、铁锹，不由吩咐向地里扒不上一尺来深，就是元宝，潇湘馆前后左右铺得满满的。王夫人、凤姐惊喜非常，黛玉见了虽觉得奇异，不过是身外之物，不足以炫目动心。王夫人心上盘算了一会道："且不用上库，开了缀景阁就近运放在里头。"传齐做粗活的女人，带了器具随起随运，吩咐赖升、林之孝家的轮替小心照看，又叫紫鹃、晴雯们大家留心。林之孝家的笑道："奴才们自然不敢离开，太太也不用操心，现有榜样，那一个起了黑心，他们不怕做王善保家的，丢了脸还要受罪？一两黄金四两福，有他们的分吗？"黛玉请王夫人、凤姐到他屋里坐了一会，各自散去。

起的藏银自往缀景阁堆放，接连运了两天，已经堆满。回了王夫人，王夫人道："这宗银子原是林姑娘的，去回明林姑娘，请了封条封锁了缀景阁的门，再开嘉荫堂运放。以后怎样存贮运用，到潇湘馆回话，凭林姑娘主张。"黛玉闻知，等起运完后，暂时把嘉荫堂与缀景阁一同封锁，所有开掘藏银，地面随掘随平，不消吩咐。黛玉定了主意，择定日期，请了李宫裁、王熙凤，并邀探春同到议事厅叙话。

不知所议何事，且看下回分解。

【第二十八回】

置产营财葛藟谊重　因金恤玉樛木恩深

话说黛玉请了李纨、凤姐、探春三个人在议事厅叙话，各带丫头先后到来。原来这议事厅便是从前因凤姐有病，李纨同探春帮着凤姐到此办事的所在。大家坐定，黛玉先开口道："请两位嫂子同三妹妹来，不但要把家务琐碎事件整理个头绪出来，还带着几件正经大事大家商议。瞧匾额上'补仁谕德'这四个字，想咱们祖宗勋烈，世代簪缨，圣经上讲的'治国必先齐家'，家字所包者广，睦姻任恤，都是齐家里头的事。同宗一脉，痛痒相关，必须有个照应。咱们族中寒素者多，未必各房丰衣足食。前儿回过太太，自爷爷这一辈起，至兰哥儿一辈止，凡在五服以内，及出服不远的，开了一纸清单进来。算二十年来，族人之间品行贤劣，材具短长，虽有不同，然亦不可预存爱憎之见，不过由近支推及远族，分别个差等。咱们既得了这宗，白放在家也不能滋生，不如到南京、苏、扬地方，或人参局、珠宝铺、绸缎行，或典当开设几座，也不为多。开在南京、苏、扬，从京里起到南边，沿途热闹码头，一处开设一座。咱们来往的人也便易，凡起标运货，路上更有照应。里头支发本银，先发三等，二十万两一等，十五万一等，十万一等。族之最近一辈，各领银二十万，以次递减。某人在某处开什么铺面，这里议定了，叫他们各自去干办。一年之后，开造管收，除四柱清册送核每年滋生利息等簿，扣银股之外，管事人分得一半，听其支用。其余收在本银上，源源子母相生。三年之后，打发人出去查盘一次，比较各处生息，调管大铺买卖。倘有亏折，许他声明缘由：或因置货、脱货时价值长落不一；或因搅缠重大，利息微细，不够开销伙计劳金饭食费用；或有意外事故，此乃亏本有因，尚可原谅，许管事人仍旧，责成下次比较时，将盈补绌。如查有挪移侵蚀等弊，只好撤回另派接管，也不能抱怨了。再发银五十万置买上则田亩，派妥当家人去经理，每年所收租息，除春秋祭扫，及修葺坟茔添种松柏树株外，凡本宗外姻，按服图内至无服之亲，遇有红白事件无力办事之家，最近者帮银一百两，嫁女减半；白事，尊长帮银一百两，卑幼减半，以及疏远，减至二十四两为止。至乡会试年，无论亲疏远近，送乡试盘费三十两，会试盘费一百两，以资鼓励。再造义学一所，延请名师课读，凡已开笔，有志向上，无论是否亲族，许来附学，每年资助纸笔银二十两，经费统归于租息内支销。支剩之数，仍就近归入当铺内生息。再除祭产外，如有良田，尽着置买，立契投税后，按四季连四尾送验，先于当铺存项内挪款给价领标归款。讲到家里的事，大嫂子同三妹妹代管过的，樽节了几件事，没听见有人在背地里哼了一声儿。不是如今要议论久远的话，除开三妹妹，咱们三个人，论理那一个不该操心？但家务事必须有个专责，况且咱们事件又繁，各行当的人也杂，如不责成一个人总理，叫底下人摸不着，这件事该回那一位奶奶。那一位奶奶吩咐了话，没有关照这一位奶奶，这一位奶奶又那么样吩咐了，他们依着办去，又怕那位奶奶说话；回了那位奶奶说，又怕这位奶奶见怪。诸如此类，倒弄得散漫而无头绪了。”

说着便向探春道：“三妹妹，你道怎么样？”探春正听黛玉说得井井有条，暗想，先前瞧看，不过吟风弄月，在闺阁笔墨上用工，何曾历练家务世情？如今听他这番议论，竟是洞明世务，练达人情，还高出宝姊姊之上。但不知他说管理家务一层，结穴在何处，惟笑而不答。李纨本来忠厚，诸事退缩一步。凤姐先听黛玉引经据典，说得正大光明，已经畏服，后来议论家务，更近情贴理，又见黛玉只问探春，便不好插入一句话来。

黛玉见他三个人默默，又道：“二位嫂子别多心，不如趁早把这句话讲明了。前儿起出来这宗银子，虽是錾我的姓名，但我的身子已到了这里，这身外之物自然也是这里的东西，可公而不可私的了。前儿起出来就该放在外边库上，何必堆在园子里头？后来说是太太的主意，过两天搬出去也是一样的。讲到东府里，自然远了一点不用说，至于环兄弟、兰哥儿，再二嫂子恭喜有了侄儿，总是一样的。前儿听说二嫂子要辞了太太回那边去，不知存的什么意见？我也早知道咱们这几年支的空架子搁不住，如今手头不用说是纾展的了，不过多操一点心。二嫂子算熟手，还得借重二嫂子一个人把持，碰着事情忙的时候，还有大嫂子，我也帮着是应该的。这会儿别说我敢来烦二嫂子呢，现在有老太太这里的事情，分得出个彼此来吗？”

凤姐未及开口，探春先笑道：“我今儿服了林姐姐了。”黛玉道：“莫非先前你不服我吗？”探春道：“二哥哥早就夸你会说话，据我看起来，不过是诙谐斗口之间，词锋锐利压人，从来没听见你议论过正经大事。今儿才显出你的经纬学问来，怎么不叫人敬服呢？”

不说探春和黛玉的话，讲到凤姐，素来好强。前在王夫人跟前告辞，原非本意，今听了黛玉这番话，又感激又愧悔，满心欲允，又未便允出口来；欲待推逊一番，一时想不出几句对得住人，又不丢了自己身份的话来。把一个伶牙利齿的王熙凤急得汗流浃背，不免将近来身子不能耐劳，要妹妹疼顾的话支吾了两句。还是探春替他满口兜揽起来，道：“林姊姊的话已说到尽情的了，竟是那么着，二嫂子勿再推辞。”李纨在旁也顺着探春说了几句，凤姐当下应承。

黛玉又道：“先前领对牌支银，还不免有些参错。据我想来，对牌之外须得加具领纸。比如外边要支领那一宗银子，先把款项银数填写领纸，送到帐房查核，倘或款项不清，或银数浮开，先由帐房驳回另开，再送核正用戳，然后带了领纸来请对牌，里头留下领纸，登了内帐，再发对牌。倘如帐房徇情，还许里头批驳。”探春接口道：“这样办法自然越发有个稽察了。”凤姐也道：“妹妹细心，想得周到，那么好。就定了章程，以后照着行去就是了。”黛玉又道：“咱们家往来王亲公侯以及绅士，自宗族以至交游，既有高下亲疏之别，自有等数厚薄之分，及日常饮食动用，年节祭祀宴会，总照旧章办理，不过再加丰厚些，内中有该斟酌之处，不妨大家商量。还有些话，等外边送了册子进来再讲。”

当下议事已定，各自闲坐说话。见平儿拿了一纸药方来回凤姐，李纨问道：“巧姐儿又是怎么了？”凤姐道：“正是呢，昨夜发了一夜烧，直到天明才睡着。”黛玉道：“昨儿下半天，小红引了姐儿在我院子里和小丫头们扑蝴蝶儿玩，我把小丫头子吆喝着，别同姑娘玩。”凤姐道：“就是那会儿回到家里来嚷着热，把衫子都脱了，想是着了些凉，真淘气呢。”

黛玉笑问道：“昨儿小红回去，那句话可提了没有？”凤姐道：“正是这句话，我要打发平儿去告诉妹妹，偏生姐儿要接大夫，姨妈那里又打发人来兜搭住了。这会儿告诉你，头里大太太惹老太太生了一场气，那是该的。前儿妹妹和我说的话，我是十拿九稳去和太太说了，也没有碰钉子，再不料那一个倒拿起腔来，天底下竟有这种糊涂虫。”李纨笑道：“你们的话我还听不出点踪影，又是什么老太太碰钉子生气？”凤姐道：“那是陈年的话，拉扯上时新话在里头，怨不得大嫂子糊涂住了。”黛玉接口道：“大嫂子听我们再讲下去就明白了。”又问凤姐：“你去回了太太，太太怎么样说呢？”凤姐道：“我见了太太，简截说是有一件事来求太太，并不是宝兄弟有什么私心，就把你的话细细告诉了太太，太太道：‘也使得，就怕宝玉屋里的人太多了，老爷知道要说话。’我又回道：‘宝兄弟如今已成了家，又发了鼎甲，点了翰林，也要替皇上家办事的人了，难道还像先前小孩子脾气，尽仔在丫头堆里胡闹？就是屋里多放几个人也没相干。’太太便道：‘既是林姑娘的好意，听你讲起来还有这些缘故在里头，拣一个好日子叫他过来就是了。’那时候他在里间屋子里，听见就哭起来。我叫他出来，当着太太面前问他，又不哼一声儿。妹妹，你说，这不是癞蛤蟆吃着了天鹅肉还嫌腥呢。若说宝兄弟，别说要太太屋里一个丫头，谁借给我一张上天梯，跑到月宫里头告诉了他们，怕月里嫦娥不跟着我走呢！”李纨、黛玉听了都笑起来。李纨又道：“到底宝兄弟要不要，别你们在这里两头忙。”凤姐笑道：“大嫂子说的好明白话，宝兄弟这个人还怕贪多嚼不烂的吗？”

黛玉正要回答凤姐的话，见秋纹急忙走进回黛玉道：“刚才二爷换了衣服，说暹罗国进了什么贡物，里头赐宴，今儿回来未必早，请奶奶先吃晚饭，别等二爷。还有一张未完的诗稿压在书槅子上头，请奶奶回去瞧瞧，高兴就续了下去。”黛玉道：“这是什么要紧事，也值得赶来当一件事回呢。”李纨道：“你们看，宝兄弟有了这样正经事，还有闲工夫留心到这些上头。先前叫他‘无事忙’，如今竟‘有事闲’呢。”凤姐瞧着黛玉笑道：“那是记挂他二奶奶，生怕耽误了晚饭，才不忙呢。”

说得黛玉脸上一红。李纨把话岔开道：“三妹妹没言语一声儿，不知什么时候走了？”黛玉道：“二嫂子怕碰钉子的时候就走的。”凤姐道：“正是，咱们也该散了。”一面又向黛玉道：“我叫平儿再去探他一个准信回报你。”说着，大家站起身来，外面伺候的媳妇们争先上前打起帘子。三个人出了议事厅，李纨与黛玉自回园去。

凤姐立刻到王夫人处，回明了黛玉这番话，并仍要他管理家务一节。王夫人听了欢喜，不免又抹刷了凤姐几句。王夫人又去告诉了贾母，贾母深悔从前不早把黛玉配给宝玉，可笑并没一个人在我跟前提起，未免又抱怨一会。再想到黛玉洞明大义，颇有作为，仍托凤姐管理家务，妯娌和好，财喜重重，这荣府里越发该兴旺起来，便把已过之事都撩开了。

不说贾母心上的事，再讲黛玉回到潇湘馆，麝月便在书槅子上取下一张笺纸送与黛玉，见题是《咏白虞美人》，宝玉写得七言两句在纸上，黛玉便命雪雁研墨，提起笔来续成一首搁在旁边。叫雪雁取出前儿太太那里送来这一张单子，看那上头，按照宗图开写支派远近，一目了然。除了代儒、代修、贾敕已上了岁数，各有子孙接手家务不算外，其余贾芸、贾蔷、贾芹、贾菖、贾菱五个人，论支派虽亲疏不等，向来常在府中走动，比别的宗族不同，就定了贾芸等五个人，各领银二十万两，近在京城内外开设典当、金珠、人参局五座。贾琮、贾瑸也各领银二十万，到南京开当铺、绸缎局。贾珩、贾珖各领银二十万，到苏州开银楼、绸庄。贾琛领银二十万，到扬州运贩福建、安徽等省发商茶叶。贾琼、贾璘各领银二十万，到天津会置运洋货。贾蓁、贾萍、贾藻、贾蘅各领银十五万，贾芬、贾芳、贾蓝、贾菌、贾芝各领银十万，在于山东泰安、沂州、江南王家营子、清江浦等处码头，或当铺，或六陈，或杂货，因地制宜，懋迁营运。统共二十一人，该支发本银三百五十万两。黛玉便用笔批定，叫丫头把单子送交凤姐处，请贾琏回明王夫人，再邀族中到府议定，然后支发银两。又催凤姐派人，将园内所放银两搬运贮库。凤姐自与贾琏商量，大家用心料理。

贾琏因意外得了这宗藏银，自然手头宽裕，心上先已盘算该还那几宗欠项，赎回那几处房屋地亩，已兴头到十分，便唤小红烫酒。平儿在西屋里哄骗巧姐儿才吃了药，听得贾琏叫小红烫酒，便走出来端正杯箸伺候，贾琏喝了几杯，仰着脖子好笑道："可恶这一班势利小人，如今可不受他们的气了。不过约的日子迟了几天，狠巴巴的就叫倒票九扣三分，利上还要盘利。打量我是穷一辈子的了，明儿就叫这班亡八羔子来，一如一二如二的清了，他们还敢来咬我琏二爷的鸡巴？"凤姐听了好笑道："这也犯不着生气骂他们，放债原是图利，有银子还了他们，自然不来叨噔你了。"贾琏道："敢仔你也是个爱剥人皮的人，自然说这句话呢。"凤姐叹道："咳，我盘剥来这些银钱，自己使着了一厘咬嘴吗？如今我也看破，再不干这些事了。今儿听了林妹妹的话，越发悔得我置身无地。”贾琏问：“林妹妹又说些什么？”凤姐道：“就是园子里起了这宗银子，明明是他的东西，他要置买祭田义产，发给族中营运也罢了，还说是咱们家公共的物，并没分个彼此，要我接管家务下去。以后咱们存了一点私心，还算个人吗？”贾琏笑道：“黄鹞子难免不偷鸡。”凤姐啐了一口道：“这会儿也不用与你分证，底下你瞧着罢。”这里贾琏与凤姐的话，暂且按下。

近日宝玉娶黛玉之后，又收了晴雯、紫鹃，黛玉看待紫鹃，竟似姊妹一般，与晴雯亦极其和蔼亲密。这一天宝玉应召出门去了，紫鹃、晴雯两个在怡红院吃了晚饭，仍到黛玉处坐着闲话。紫鹃问道：“二爷今儿回来怕不早呢。”黛玉道：“那也论不定，倘宴毕还有献诗赋的事就有时候了。”晴雯笑道：“头里老爷只是抱怨二爷不肯念书，不知生了多少气。宝姑娘也时常劝二爷用功，就只姑娘没有说过二爷，所以我们常听见二爷说起，惟有林姑娘是我的知己。如今说句公道话，到底二爷何曾好好的念过几年书？可见一个人要做官，也不在乎念书。还是姑娘见得透。”黛玉道：“人与人不同，你不知二爷这个人是有夙缘的。若讲平等，一个人不用念书就有官做，那是没有的事。”晴雯道：“别说老爷管教二爷的严，便是袭人也时刻咕唧着，倒像将来这顶凤冠是他头上有分的。如今二爷做了官，他倒先走了，这也想不到的事。正要告诉姑娘，今儿袭人的嫂子进来，在老婆子们屋里坐了好半天，说袭人这几时越发哭得人都脱了形了。”

晴雯话未完，只听见院子里老婆子说：“二爷回来了。”旋闻靴声橐橐，晴雯、紫鹃连忙上前打起帘子，见有两个小丫头打了一对五彩玻璃灯，后面老婆子拿了东西，紫鹃接过，认得那老婆子、小丫头是老太太屋里的人，便让他到厢房里去喝茶。这里黛玉起身道：“探花老爷回府了，当年翰林院应召撤金莲灯送回，今儿这一对灯可应了古典了。”宝玉道：“那里的话，我回来先到老太太那里，见我有了这些赏赐，老太太喜欢，叫他们掌灯送我到太太屋里给太太看了才回来呢。我给假的人，本不能预宴，那是格外恩典。我先到内阁里，因军机处议奏海疆奏凯善后事宜，等了好半天才有旨谕下来。赐宴毕，又命赋‘化被聂耳’五言八韵排律一首，我忘了‘聂耳’两个字出典，幸亏甄宝玉也在，我问了他才潦草完了事。”黛玉道：“聂耳国在无肠国之东，悬居海中，出于《山海经》上。”宝玉道：“典虽不僻，我在这些上头就不大留神，一时那里记得起呢。”

说着到书槅子上乱找，麝月道："不在这上头了，那桌子上砚台底下压的不是吗？奶奶又写了好些在上头了。"宝玉道："妹妹替我续上了吗？"说着便转身取了诗稿，且不看诗，道："我今儿从蘅芜苑走过，见山崖萝薜倒垂之处，开出这一种异样的花来，静同梨梦，清比梅芬。记得同妹妹埋花的时候，任凭园子里头的奇葩异卉，那一样花瓣儿不从咱们手里经过，没有见这种花。可巧叶妈走过，我拉着问他，说是红的变种。我想这个所在是宝姐姐住的，这花忽然变了颜色，莫非为的宝姊姊缘故。"黛玉道："一样花并不是只开一样颜色，比如牡丹，黄的、紫的多，一般也有黑的、白的、梅花白的多，栊翠庵前又开了红梅，那里就附会到宝姊姊身上去？你不明白开花的缘故，何不去问问花神呢。"宝玉怔了一怔，黛玉指着晴雯笑道："花神就是他，你头里不是说他去做了芙蓉花神吗？"宝玉才会过意来，道："别说笑话了，瞧诗罢。"黛玉道："我还要改两句。"说着，提起笔来改了末后两句。宝玉接过，先从自己起句念道：

谁把灵根垓下栽，东风惹恨见花开。
缟衣殉国春无主，香骨埋红玉有胎。
泪洒不曾消粉靥，梦回只合驻瑶台。
蘅芜苑外迷离月，倩影亭亭约伴来。

念毕道："这个题单用些缟袂、素裳、冰心、玉骨，切那白字，最易混到咏梨花、梅花上去。撩开白字，又刚是咏虞美人了。比如咱们先前咏白海棠的字样用到这上头便不贴切。我笼统起了两句，底下便无思路，妹妹续的'缟衣殉国'这一联，是此题绝唱，一收也有意味。"黛玉笑道："也不见得。"黛玉又与宝玉讲了一会诗，晴雯、紫鹃自回怡红院去。黛玉便带了雪雁把赏赐物件珍藏好了，然后进房卸妆。

不知宝玉在何处住歇，有无可叙之事，再看下回分解。

【第二十九回】

诉往事窗外站痴人　辞侧室园中谈挚语

话说宝、黛二人谈了一会诗，黛玉把赏赐物件珍藏好了，便进房卸妆。宝玉跟了进去，见黛玉宽去外罩衣服，步向妆台卸除簪饰，纤纤玉手重理乌云，越显丰神妩媚。宝玉歪在桌上一张杌子上瞧着出神，黛玉星眼微睃，故意将掠鬓的抿子轻轻一洒，微微几点水儿到了宝玉脸上，才自觉着。宝玉便笑道：“我记得头里史大妹妹同你睡觉，早上我来瞧你们，定要撵了我出去，你才肯起来穿衣服。如今为什么很大方呢？”黛玉抿着嘴笑，半晌才开口道：“那年我才来，大家都还小，在老太太住的套间里，不是也在一张床上，这时候何曾理会什么呢？”宝玉道：“那时同着一张床上，虽然亲近，总是两样的。”黛玉道：“别讲古话了，他们那里，你也好几夜没有过去，别尽在这里讨人厌。今夜随你便到那一个屋子里去歇着，让我安安静静一晚。”

宝玉又腼腆延挨了一会才起身，叫老婆子掌灯陪至怡红院，先到紫鹃那里，刚进外屋门，一个小丫头正提着水桶要往里走，见了宝玉，便站住叫道：“姑娘，二爷来了。”话声未绝，只听得轻轻“呀”的一声儿，把里间房门掩了。然后听紫鹃在里面笑道：“睡了，不起来了。”宝玉把门一推，已经闩上，便道：“你姑娘叫我到这里来的，姑娘是关了门了。”紫鹃道：“那么请二爷到晴雯姊姊屋里去。”宝玉道：“我怕到了那里，照你样关起门来，便怎么样呢？”紫鹃道：“他是不关门的。”宝玉问：“为什么你关门，他不关门呢？”紫鹃笑了一笑，又道：“还有麝月在那里说话呢。”宝玉回身便走，道：“你不开门，少不得和你姑娘算帐。”

当下径往晴雯处，先在窗户外听了一听，果然是麝月的声音，道：“那也没有什么要紧，蒋家去住了两天，姓蒋的又不在家，第三天就把他送了回去，还是原封不动一个袭人。”晴雯冷笑道：“你这句话就是真的，还亏蒋琪官倒有一点良心保全了他，不然这会儿袭人要做妈呢。”麝月道：“话别说尽了，一个房子里多年的姊妹，三天不好，也有两天好的。他嫂子好容易巴结进来了一趟，摸不着一点门路，可是要你看开一点，在奶奶跟前帮衬一半句话，回了太太叫他进来，也占不去的什么，别要太狠心了。”晴雯直声嚷道：“我的麝月姑娘，你和他本来交厚，他是该进来的，我便是什么狐狸精，宝玉是我诱坏了该撵的。”麝月道：“这又奇了，那些话是他在太太面前挑唆的吗？”晴雯道：“没有他暗地里拨火儿，太太就能编出这些话来？你知道不是他到底是谁呢？可还出一个人来。”麝月半晌又说道：“那我也不敢凭空指谁。”晴雯道：“可又来，我正病得四五天水米不沾牙，生巴巴炕上拉下来，退送到那一辈子没有见过这样肮脏屋子里，偏又撞着这些黑心肠的人，凭你嚷破喉咙要口水喝也没人来理。”麝月笑道：“没人理，那窗户台上的茶吊子就飞到你嘴边来了。”晴雯听说，估量那一天宝玉出去看他的情节，麝月已经知道，不与分证这话，又接下去说道：“把我装在棺材里抬出去，要不是天有眼，连这几块骨头也不知那里去了。如今我倒进来了，他气不服，有脸儿只管进来，太太还有替己月钱分给他呢。难道我敢撵他出去吗？”麝月道：“别的事都不用提，就是你出去了，他也整整的哭了几场。你没有亲眼瞧见，信不信由你。太太吩咐除你贴身穿的衣服外，不许拿一点东西出去。他私下瞒了太太，把你所有的银钱、穿戴细细拾掇了半天，不少一件包了包袱，还把他自己几吊钱打发宋妈送到你家里，可是有的吗？便这上头，也该见人家一点子情。”

宝玉在外面听了讲论袭人这一番话，便不高兴进去，一个人回到潇湘馆。想起莺儿这几时再不和我说话，不如去问问莺儿，不知袭人的嫂子进来说了些什么，借此也可去搭讪搭讪。慢慢的走到莺儿那边，见门已关了。纸窗上照着灯亮未息，又听莺儿在里面叹了一口气。宝玉便悄悄的叫道："莺儿姐姐开一开门。"莺儿不应。宝玉又连叫几声，里面才应道："可是二爷吗？为什么三更半夜跑到这里来，奇不奇？"宝玉道："我来问你一句话。"莺儿哭丧着声气答道："二爷如今是心满意足的了，怄死的已经怄死，活着的不过在这里现世，还有什么话来问我呢？"宝玉道："你可听见袭人姐姐的嫂子今儿进来，说了他些什么？"莺儿道："二爷问袭人吗？左右不过也是熬煎着死，各人怨各人的命罢哩。"宝玉又问道："你到底知道袭人姐姐有什么话没有呢？"莺儿再不答应，"扑"的一声把灯吹灭了。

宝玉站在廊檐底下呆呆想着：大凡一个人在性情脾气，都因遭际而异的。莺儿从前出言吐语何等样柔顺，如今大变了。于是因莺儿想到宝钗，又因宝钗想到袭人，死别生离，缠绵寸抱，不禁掉下泪来。呆了一会，仍回黛玉处，叫开门进去歇了。

到了次日，贾琏传齐赖升、林之孝、吴新登等一众管事家人，雇备人夫。凤姐命吴新登家的来到潇湘馆，回明黛玉道："琏二奶奶打发来领缀锦阁的钥匙，琏二爷亲自在那里照应起运宝银上库，入了收帐再送来过目。"黛玉便命雪雁取钥匙交给吴新登家的道："今儿一天不能运完，钥匙存在那边不必再送过来。"吴新登家的答应出院，来到凤姐处回明这话。贾琏先到帐房里嘱咐管帐相公们几句话，带了隆儿、兴儿两个小厮进了园门，一径来到缀景阁。早有吴新登带领人夫，备了担子伺候。贾琏便命开锁揭封，进内搬动挑运上库。点齐了十担，派一个人轮流押送，掣回筹码，两边记了数目。贾琏在门外照看，隆儿悄悄拉了兴儿一把道："横竖这银子没数的，咱们何不撮巧宗儿进去拿几个使用。"兴儿摇头道："不想发这宗财，你没听见大太太那里的王老妈，他瞧得眼红了，起了贪心，财没有发得成，白耽了个坏名儿，还吓得七死八活，如今病着要疯呢。那是林姑娘的福分镇治的，别人敢动他一个边儿？"隆儿笑道："我当真猪油蒙了心，白说着玩罢哩。"这里事且按下不表。

再说贾琏出去了，凤姐便向平儿道："我昨儿晚上对你说的话，就去走一趟，讨个准信，好回报人家。"平儿忙应道："我正要去呢。"说着，便到王夫人处找玉钏儿，彩云说："他到大奶奶那里去了。"平儿转身就走，一径进了园门往稻香村来。知道今儿缀景阁那里起运银子有脚夫来往，绕了远路兜转。

走过山坡，相离不到十余步，前面有两个老婆子一路行走讲话。一个就是玉钏的娘白妈，一个是管园子的祝妈。白妈指着地上道："你瞧树上的果子刮了许多下来，虽然没有很熟，白糟蹋了。今年春里雨水多，外边这些东西见新的都没味儿。”祝妈道：“可不是，这园子里的比外边买的强，因没派定人，没人来照管，过几天就好了。婶子你不知道，底下去又另换一个势派了。昨儿宝二奶奶请了大奶奶、二奶奶到议事厅上讲了半天家务，琏二奶奶就插不下一句话。说起那位宝二奶奶，再没那么仁慈宽厚，比琏二奶奶一个竟在天上呢。”平儿听了便煞住了脚，让他们走远几步才高声叫道：“白妈，你多早晚进来的？”二人回过头来见是平儿，祝妈先吃了一惊，心想幸亏相离还远，估量着刚才说的话他未必听清。两个人便回身迎了上来。祝妈先开口道：“白婶子到太太那里请了安，进园子来瞧瞧我，偏我走了开去，回来碰着他，拉到我屋里去歇歇。姑娘到那里去？我瞧着许多人在那边扛银子呢。”白妈忙接口道：“才到奶奶那里去请安，瞧瞧姑娘。红姑娘说奶奶正忙着也没得进去。”平儿笑道：“难为你，今儿你自己进来，还是太太叫你进来呢？”白妈道：“我自己进来的。”平儿又问道：“见过玉钏妹妹没有？”白妈道：“我在太太屋里没瞧见他，也没什么话和他说，就这孩子年纪也大了，尽仔跑开去玩。姑娘见了他，替我管教管教。”平儿道：“那是你过虑了。如今太太很看重他呢。”白妈眼圈儿一红，道：“我底下也只靠着他呢，但愿依得姑娘的话，就是这孩子的造化。”平儿又和他说了几句闲话，各自分路走开。

且说玉钏因听了凤姐的话，心上怪不受用，闷坐不过，想到稻香村来看看园景。一路到了李纨院子里，听见湘云、探春许多姑娘们在里头说笑，玉钏原是到此闲逛，没有正经说话可回，便到碧月屋里说了一会闲话。起身出了稻香村，顺路要到紫菱洲去走走，顶头撞着了平儿。

平儿和玉钏本是素日相好的姊妹，一见面便笑脸相迎的。不料今儿玉钏见了平儿没言语一声儿，登时沉下脸来，一扭头回身便走。平儿心里想道：“奇哟。我口还没开，怎么恼到我身上来了。”欲待不理他各自走开，怎样去回复奶奶，且伤了姊妹相好的情分。只得赶走几步，上前陪笑脸向玉钏道：“妹妹慢些走，我来和你说话呢。”玉钏回转身来答道：“你那一个见风使帆飞高枝儿的主子，我那一只眼睛里瞧得进去。”一面平儿把他拉着手，两个人在一块石子上坐下。平儿又陪笑道：“你别生气，并不是奶奶叫我来的，因我昨儿听见一句话，猜不透你心上的盘算，咱们好姊妹，自来问问你。我想起来先前大太太去讨鸳鸯，不是我在背地里敢说这句话，怨不得鸳鸯不愿意。讲到你，如今林姑娘也瞧出他的行事来了。晴雯不过嘴上头躁一点，其实也没有掉三窝四的坏心肠。紫鹃更不用说了，比鸳鸯，可不把你抬到云端里去了，到底还有什么不如意呢？”

玉钏只是拿着块手帕子擦眼。平儿一瞧，手搭在他肩上，堆着笑道：“这有什么害臊说不出的话？你还不知道，这都是林姑娘的好意，为着你家姊姊，所以要照应你，倒不是宝玉有什么私意。”玉钏才说道：“我也知是林姑娘的好意，就这宝玉闹得我家姊姊死得那么伤心，又落了一个不干不净的名儿，我因此反去做他屋里人，心上怎么过得去？再者，晴雯、紫鹃两个已经过了明路，底下去，莺儿只算未必，麝月、秋纹这一窝子总要留一两个，袭人现在他家里，保不定不弄他进来。难道咱们这一班人都要跟宝玉的吗？林姑娘我感他的情，少不得过一天去磕头。我对你说这些话，你奶奶跟前说得的，说了两句，说不得的，别去多嘴，放在你肚子里就是了。”

平儿点头，又问道：“你妈今儿进来，别太太和他说了什么。”玉钏忙问道：“你见我妈么？”平儿道：“才进园子里来瞧见他，这会儿在老祝妈那里，估量还没走呢。”说着两个人站起身来。平儿一抬头，见在一株枫树底下，四面瞧了一瞧，笑道：“怨不得事没成就，原来一个地方风水不吉利。”玉钏问：“什么风水？”平儿道：“不和你讲罢。”玉钏道：“我也不爱听你嚼舌，我要找我妈去呢。”当下平儿又瞧瞧这地方，自己不觉发笑道：“我还要到山子背后瞧去。”一头笑着，当真往里边瞧了一瞧，出来道：“今儿可没有人躲在里头了。”平儿这番言动，倒把玉钏怔住，因笑向平儿道：“做什么？青天白日你见了鬼了？”当下各自走散。玉钏自找他妈去，平儿回到凤姐屋里，告诉了玉钏的话。

凤姐因黛玉要他管理家务，重新提起精神办事，这第一件就不得成功，似乎扫兴丢脸，便生气道：“太太已经应许，怕他不依？”立刻要传赖升家的叫玉钏的娘进来，当面吩咐，以势凌压。平儿在旁再三解劝道：“这原是宝二奶奶的好意，奶奶这样翻腾起来，玉钏的妈有什么不愿意呢？保不定玉钏执性，再闹出点缘故来，叫宝二奶奶怎样过得去呢？奶奶倒落了个抱怨，也不犯着。明儿我去和宝二奶奶说，包管他没有什么芥蒂，还要想法儿提挈玉钏呢。”凤姐听了平儿一番话，细想也似有理。且因他这场病后，诸事留神，不敢任性逞强，便丢开了手，任凭平儿自去回报黛玉。果然黛玉瞧起玉钏，说他立志存心令人敬服，反悔自己唐突了他。心上盘算了一会，定了主意，去见王夫人。

讲到宝玉，从贾母处回来不见黛玉，便问：“奶奶呢？”晴雯正在里头，听见宝玉回来，忙赶出来笑向宝玉道："有一件奇事告诉你，别听见了尽仔唠叨起来，人家又嫌我多嘴呢。"宝玉便拉晴雯挨着身子坐下，问道："好姐姐，你和我讲了，我再不告诉别人。"晴雯道："那倒不是要瞒人家的事，就怕招惹你的呆性出来。我先问你，玉钏儿这个人好不好？"宝玉怔了一怔道："你为什么忽然提起他来？你问我，我瞧女孩子那一个是不好的呢？"晴雯"嗤"的一笑道："依你这样说，老太太屋里的傻大姐，他也是个女孩子，你瞧着他也是好的了？"宝玉忍住了笑，向晴雯道："咱们讲正经，你到底为什么问我这句话？难道为他姊姊的事，他不理着我，就硬派他一个不是？"晴雯摇头道："不为这些，我和你说了罢，姑娘托琏二奶奶和太太讨他来给你做屋里人，他反不愿意，你说奇不奇？"宝玉听了晴雯的话，又想起当日梨香院龄官的故事，便对晴雯道："这也算不得奇事。我早说过，你们的眼泪不能葬我一个，袭人尚然有意外之变，何况别人？"晴雯听说到袭人，便沉下脸来道："你想袭人何不去叫了他进来？"说着，一扭头站起身来要走。

宝玉正去拉他，只听见黛玉走进来，笑嘻嘻的问道："二爷在家吗？请到太太那里去道喜呢。"当下小丫鬟打起帘子，黛玉含笑进来。宝玉问道："我早上在太太屋里没听见说什么，这会儿叫我去道什么喜？"说着，又向雪雁道："可是你姑娘哄我呢？"黛玉道："我说给你听，为的有个缘故，我要认玉钏做干妹子，太太也知道我的意思，很欢喜，就说你要认他做干妹子，不如我认他做干女儿。刚才已经拜过的了。太太要拣个好日子请客，叫他到老太太那里去磕头呢。"宝玉欢喜道："妹妹真是我的知心，那么着，我心里也过得去了。横竖太太要拣日子摆酒，我到那一天与太太叩喜未迟。"

黛玉道："也使得。还有一件事统告诉了你，叫你越发乐一乐。咱们先前梨香院这班女孩子都散开了，后来因为芳官在你屋里淘气，太太连各处派给使唤的打伙儿撵了。"晴雯在旁，不等说完触起旧事伤心，便默默的自回怡红院去了，众人都没理会。又听黛玉道："太太因为摆酒要叫班子，想起园子里头向来有一班小戏子，不如把撵的女孩子叫他们回来，同清音班住在梨香院。多早晚老太太高兴瞧戏，他们伺候着现成。已经告诉凤姐姐，吩咐外边叫去呢。"宝玉听说要叫芳官这班人回来，园中越发热闹，又得与芳官亲近，正是离而复合，事事称心。

再讲荣府族中风闻有上千万银子发给房族中营运，各人画策门路，或想嘱托贾琏，或想贿通凤姐，以图捷足先登。不知此事出于黛玉调度，无所用其夤缘。外边如何明白？先是贾芸心上盘算去走凤姐门路，又怕如前一回谋干工部事件，白糟蹋了些绣货，凤姐推辞不管。先要他母亲进府去走一趟，到小红处探听些消息。又恐凤姐生疑，事不成功反累小红受毒。左思右想，不得主意。

直至那一日贾琏邀齐族众，照依黛玉开单所议，宣明一番，各人照着派定的章程自去干办。远处先行，制备行装，聘请伙计，银子都已现成，照数支领。众人自有一番议论，有的说近处便于照应，有的说远地方去见识苏、扬风景，有的说从陆路走克期可到，有的说走水路省了脚价，有的说银子多了要请保镖的，有的说搭帮同行也不怕什么。分头打点，各自经心。这许多承领银本之家，都仗着财福星镇住，到处贸易获利。内中有几个不务正业、刁钻游荡的人，皆化而为善，不敢营私舞弊，激发天良以图报效。此是后话，表过不提。

当下因亲及亲，因友及友，来荐帮伙的，来求投靠的，不计其数。闹得贾府族中纷纷攘攘。书中先叙出一个人来，不知是谁，下回分解。

【第三十回】

领白镪陡成新富户　制霓裳重集旧伶人

话说贾氏族中领了荣府银两出去，热闹非凡。先讲贾芸承领二十万就在京都开设当铺，好不兴头。心想先前瞎奉承了凤姐到那么个分儿，花上本钱，买了许多香货讨得个种树差使，想多大沾光，和花儿匠磨牙。如今不费一点子力，领了二十万银子开了当铺，我便是个大掌柜，每年少算些一个七厘钱，不派到我名下有几千银子进路。因向他母亲道：“妈前儿夜里梦见走水，连房子都烧塌了，妈惊得嚷醒来道：‘这梦不吉利。’不是儿子告诉妈说，梦见走水，怕咱们要发财呢。妈还不信，如今可应了这梦了。”他母亲道：“这也再想不到，琏二婶子那么大出手起来，整十万银子往外头推倒放心。”贾芸道：“什么整十万，咱们房族中远远近近几十家门子，都有一二十万银子领，短了那一门子吗？你不知道，这是琏二婶子有那么作为吗？都因宝二婶子在园子里得了一宗横财，他老人家疼顾族里，出了个意思才散给咱们营干的呢。”他母亲道：“这宝二婶子就是先前在园子里住的林姑娘，那一天宝玉圆房我进去瞧着，他原像个有福气的人。咱们底下不都依靠他吃饭吗？你钱在手头别瞧得太容易了，尽仔瞎花，短少人家的帐目就去清了他们。你娘舅家这宗会钱，你舅母三头五天捎信来，说等凑着要去干办端午节的香料呢。”贾芸道：“你老人家别信他们的话，那是怕我拖散了他，尽仔来催逼。他两老人家心上才有盘算，如今知道他外甥平空里承领了这宗本钱，保不住还要眼红。若说短他这几吊钱，就到下半年不送去，再不来开口。”他母亲道：“可不是，人都势利，知道咱们有了，你看昨儿就有人来给你提亲。”贾芸听了“提亲”两字，倒怔了一怔问：“是那一家呢？”他母亲道：“就是东街里，璜大婶子娘家嫂子家里胡老娘的内侄孙女儿，说模样也长得好，陪送也体面。璜大婶子坐了车子自己来说，我便含糊应他，你留心打听打听倒是一件正经事。”贾芸摇头道：“不论那一家来说亲，妈别应许他。”

他母亲正要问的是什么缘故，听得外面有人叫道：“芸二爷可在家里吗？”贾芸听是邻居倪二的声音，赶忙走出。见倪二带着一个年轻小子，头面长得干净，贾芸估量他不是正经来路，便指着那一个笑问倪二道：“这一位是贵相知了，为什么很面生呢？”倪二正色道：“二爷什么话！”这里贾芸一面让坐。此时已新买了小厮，便叫“看茶”。三个人坐下，早端上茶来。倪二开口道：“这几天就沸沸扬扬，荣府里头发了整千万银子出来，交给贵族中营运。我就估量着二爷常在里头跑动，这件事总脱不了二爷。后来细细打听，果然是有的。今儿一来道喜，二来有一件小事相求，要二爷赏个脸。”贾芸因从前借过他银子，虽已清还，也领过他的情，便道：“老二有什么话，效力得来的，一定遵教。”倪二道：“咱们多年老邻居，干的事什么瞒得过二爷？我如今也看破了，到底不是一件正经事情。二爷你不见街坊上贴起大张的告示，禁止赌博，重则充发，轻则发落，便是枷杖抽头，赢钱还要追缴入官，我已剁指头戒赌了。”说着把右手伸给贾芸瞧，道：“二爷不信，瞧那指头还包着呢。”贾芸笑道：“你刚剁了这一个，那几个指头就抓不动色子了吗？”说着，大家笑起来。

倪二又道：“我和马贩子王短腿搭了伙计，也要去做他这个买卖，家里只丢他们娘儿两个，没有男人在家照应。”说着便指那年轻的道：“那就是上年冬里给我女孩子定的女婿，女儿年纪还小，别管他生熟，叫我这女婿到家里，年轻的人浪荡坏了，底下求二爷赏赐他碗饭吃。在铺子里跑动跑动，教训他学出一点本事来，一家门都是感激的。倪二没有别的孝敬，将来骑出一匹又会颠又会走的马来送你老人家。”贾芸因刚才语言冒失，未免踽蹐。听倪二要把他女婿荐到当铺里学习生意。本是一桩小事，又见这个人青年美秀，并非粗笨之人，便满口应许道：“这一点小事算什么，老二尽管放心干你的去，等这里的事定了大局，就去相邀令婿。正经你往口外去给我捎两匹好马回来，毛片身材都要看得过去，将来奉价，说送是断不敢领。”

正说着，又见有两个人来找贾芸，都跑得汗流满面、气喘吁吁的。倪二估量他们有话，便起身告辞。贾芸送了倪二翁婿出去，回身进内。那两个人便开口道：“我们又去瞧了好几处，都不及前儿看的鼓楼西大街那一所，又紧密又宽敞。我们去打通原业主，得了个底里。照前儿讲的数目，再添不到一千两银子就可下台。二爷总别开口，让我们去打擂台，总不叫二爷吃亏。”贾芸道：“就是弄到薛大爷恒舒当对门去了。”一个人道：“店多成市，那怕什么？”说着催贾芸就走。贾芸便进内安顿他母亲几句话，又道：“银号里有人来找，回报他们晚上到号里去说话。”一面说完赶忙同那两个人出门走了。

再说林之孝家的，得了里头的话，要去访旧日梨园，急得一时无处查觅，想起梨香院教习一事，向派贾蔷专管，便来贾蔷处探问消息。贾蔷正在承领本银经管铺面，无暇他顾，惟心坎上止有龄官一人，虽彼此留情，苦无买玉之资。此时正可重价许购，偏值荣府招集旧伶，难以下手。目下正靠着他们提拔，不敢弄鬼。还喜这班人不比到了别处消息难通，有“从此萧郎是路人”之叹。当下把知道这几个人的下落告诉了林之孝，余外凭他自去找寻。

林之孝只得上紧察访，因那些人声气相通，访着了一两个都有着落。可巧他们并未远去，查明药官早已死了，小生藕官、小旦蕊官，先跟了地藏庵姑子圆信出家，未曾落发，仍被教习中人赎买出去，复了旧业。大花面葵官、老外艾官、八净豆官、老旦茄官，同先前打发教习时早出去这几个脚色，现俱卖歌为活。一共十来个人，虽各有班主，或惧怕荣府声势，或贪得重价，两三日内都已停当。又在原班之外，另买了几个人，雇觅女教习一齐送进府来，回明凤姐，仍安置梨香院，与清音分开居住。一应器用什物，照旧发出，派人照管，并添制舞衣、彩服及一切刀枪旗帜，以备演习新戏。

一日，史湘云、薛宝琴、李纹、李绮、探春、王夫人都在贾母屋里陪着闲话，贾母道：“咱们如今又热闹起来了，园子里有了清音，又有戏班，你们姊妹们高兴瞧戏，在我院子里搭起台来，说声就唱。”王夫人道：“他们才进来，听说还要排一排再出场。正经又不请客，就是咱们娘儿们这几个，叫孩子们带演带习，先唱一天给老太太散散心。”贾母道：“听见你们要摆酒请客，定下日子没有？”王夫人道：“我想叫迎丫头回来也高兴两天。昨儿打发人去接，说他家里有事要后儿才来呢。”

贾母叹了一口气，满屋子里一瞧，才说道：“迎丫头这样在人家受苦，好笑大太太一点子也不在心上，还是你惦记着。”王夫人陪笑道：“正是这句话还没回老太太。昨儿打发去的老婆子回来说，这一会子去见二姑娘，不像先前愁眉泪眼的样儿，想是孙姑爷的性子改了些了。”贾母摇头道：“那是天生成的牛性，怎么改得来呢?迎丫头当着他家的人在跟前，也不好向咱们家打发去的人诉委曲。”

那时宝琴正站在贾母身旁，贾母便把他搂在怀里，用手抚摩道：“我的儿，你如今有了干姊姊，别太太又不疼你了。”王夫人叫了一声琴丫头道：“那是老太太给你取笑。”说着，又向贾母笑道：“老鸹子比起凤凰来，这一个那一样赶得上。他因为林姑娘的好意，我瞧这孩子也还安顿，当一件玩意儿事的办了。又借这个名儿摆摆酒，孝敬老太太瞧一天戏。”贾母道：“那倒论不得。”说着对了李纹们众姊妹道：“不是我当着你们姑娘跟前说句话，古来丫头出身的戴凤冠，做夫人，比姑娘小姐福气还大些呢。我就会看相，先前我也没理会这孩子，过一天仔细瞧瞧他，是那么个模样儿？”王夫人道：“拣了好日子过来给老太太磕头。”

正说着，只听得嘻嘻哈哈，凤姐的声音，一路笑进来道：“我来给老祖宗要人呢。”贾母道：“你也学了你婆婆，又来要想我屋里那个丫头，你说了要的谁?只要我愿意就给你领了去。”凤姐带笑道：“这会儿老祖宗高兴，又舍得了。我有那么大面吗?老祖宗这里来要人是真的，为的那小班子里头短了一脚正生，当下聘不出来，文官是他们原班脚色，道他腔口身段都好，先前留在老祖宗屋里，就只他没有出去。如今打伙儿进来了，要求老祖宗叫文官出去配一配脚色，不知老祖宗叫他出去不出去？”贾母道：“不是你来说起，我也没理会文官在我屋子里，正是先前为什么单留住他呢？”凤姐道：“那是太太为芳官淘气，把派给各房里的人都撵了，太太不敢叫老祖宗屋里的人也走，便留下文官。如今想起来，他们出去的依旧进来了，也像老祖宗屋里的人，不叫出去，岂不省事呢。”贾母听了欢喜道：“文官在这里也尽闲着，叫他用心唱几出戏给咱们听也好。”一面便命琥珀去叫文官。王夫人问凤姐道：“这些孩子们进来你都见过了？”凤姐道：“前儿进来请安，打听老太太歇午觉，太太事情忙，就回报了他们，我也没见呢。听得平儿说原班脚色蕊官、藕官这些人都在里头。”王夫人道：“我记得头里把他们撵了，有几个孩子去出了家，想不到依旧他们唱了戏。”贾母听了叹道：“他们学了这个，抛撇家乡父母出来，原是命苦的小孩子家，看得破修修后世也难得的，不该又叫他们进来。”凤姐答道：“听说他们在庵里住不多时，早就出去唱戏的。”贾母点点头道：“既是这样，也罢了。”

说话时文官早已叫到，贾母便问文官：“你在屋里做什么？”文官应道：“琥珀姑娘教我扎花呢。”贾母道：“你们一班子师弟、师兄又到咱们园子里来了，叫你去排戏呢。”一面又叫凤姐道：“凤哥儿，你来要的人，给你领了去。”凤姐笑道：“老祖宗倒推到我身上来了，我算当一名内领班伺候老太太，就只放起赏来，我是要加二扣头的。”湘云在旁笑道：“凤姊姊还是那么爱钱。”探春瞧了湘云一眼。凤姐正向贾母说话，并没理会。一面拉了文官的手道：“你如今做了还笼的雀儿了，快理你的戏本子去，仔细再别像头里，秦琼没带上胡须，就杀出潼关去了。”说着，叫两个老婆子到文官屋里收拾东西，领着送到梨香院去。这里贾母叫琥珀摆开双陆场子，与李纨打双陆消遣。王夫人、凤姐各自回去。

湘云和众人出了园门，行至蜂腰桥，李纹姊妹要转过山坡子自回稻香村去，被湘云拉住道：“咱们闹林姊姊去。”说着同到潇湘馆。湘云一进院门便笑着嚷道：“我们约了一群人来闹你们呢。”黛玉一个人坐在窗前调弄鹦哥儿，听见湘云声音忙站起身，早有丫头们打起帘子。黛玉含笑让进里边坐下，湘云不见宝玉，一口嚷道：“二哥哥躲避我们了。”便向各间屋子里里外外找寻。又到丫头们房里掀起炕幔一瞧，雪雁早跟了进去，见湘云揭他睡的炕幔，便涨红了脸道：“史大姑娘这算什么？找二爷找到我们炕上来了？”湘云笑道：“二爷躲在那里了呢？”雪雁道：“二爷在老太太那里。”湘云道：“你别扯谎，刚才我们就在老太太屋里出来。”春纤在外边接口道：“二爷听说藕官这班人都进来了，估量着到梨香院去瞧他们呢。”

湘云道：“你打发个人去叫他，咱们要商量正经事。”宝琴叫道：“史大姊姊你出来罢，告诉了林姊姊也是一样的。”一面向黛玉道：“他又要起诗社呢。”黛玉道：“我瞧云丫头发了疯了，你们可瞧见他前儿的诗胡话乱道，讲些什么？照像他这一位诗翁，底下再结起社来，便要鸣鼓而攻，麾之门外的了。”湘云道：“文章以不切题者为陈言，贺新婚诗总得艳丽贴切为佳。这不是到省亲别墅献诗，都要像你‘借得山川秀，添来气象新’的庄重句语吗？”黛玉道：“你瞧琴妹妹他们这几首，何尝不艳丽？大嫂子这一首，何尝不贴切？定要像你那么样谄才算得切题？我单问你‘汗融乍试芳脂滑’这两句，亏你一个做女孩子的，把嘴里说不出的话，笔下公然写了出来，臊不臊？”湘云道：“这两句也算不得村俗。”黛玉道：“离开了题目约略看去，原甚平淡，你细细推敲起来，成了什么话？云丫头，你到底怎么知道的？你讲呀！”湘云道：“皋陶曰‘杀之三’，舜曰‘宥之三’。”众人听湘云说了这两句，底下便煞住了，都怔怔的听他语不以伦。

半晌黛玉接口道：“自然是想当然耳。亏你也肯想，也会想，也想的到家。”湘云又辩道：“后人评阅前人之书，往往有作者心思未必想到之处，阅者竟批得出来。我本无心，你偏现身说法领会，硬赖派着我，我总不服。”黛玉道：“子非我，焉知我之现身说法领会？”湘云被黛玉层层驳诘，理屈词穷。宝琴、探春都笑道：“今儿枕霞旧友，潇湘妃子舌战大北了。”

湘云红上脸来，要撕槅子上贴的那首诗。黛玉道：“你这一撕，又是蛇足了。贴在这上头，除了你二哥哥就咱们姊妹这几个，有什么忌讳？底下留心一点就是了，别尽你的高兴。”湘云低点无语。李绮笑道：“史大姊姊和林姊姊讲了半日话，我总不得明白。”黛玉笑推李绮道：“史大姊姊肚子里很明白，你尽管悄悄问他去。”湘云站起身来，道：“颦儿你再说，我来拧你的嘴。”说着，就赶拢来，黛玉只得陪笑求饶。

一时宝玉进来了，宝琴忙走过把湘云拉开了，道：“二哥哥来帮林姊姊了，你别闹罢。”当下湘云放了黛玉，问宝玉道：“二哥哥，你到梨香院去瞧见我的葵官没有？”宝玉道：“我何曾到梨香院去？他们还没进来呢。”

话未说完，丫头们报道：“琏二奶奶来了。”众人起身让坐。凤姐道：“邢大妹妹身上不好，去瞧瞧他，顺路进来坐坐。恰好你们都在这里。”宝玉忙问道：“唱戏的女孩子都进来了吗？我还不知道，史大妹妹赖我去瞧他们呢。”探春道：“二哥哥不在梨香院，到底那里去了呢？”宝玉道：“我在四妹妹屋里，瞧他和妙师父下棋。”黛玉道：“我前儿到庵里去拈香，妙师父感冒着，没有见他，如今想是好了。”湘云接口道：“你还该再去走一趟。上年他给你起的课，我也知道你听了不舒服，如今看起来竟判得准极的了。”众人问：“起的什么课？”湘云便将上年的事告诉他们，众人都说：“好灵课。”

凤姐暗想：宝、黛二人委系姻缘前定，何不早为撮合，省却多少烦恼惊忧。又转念自为宽解，想出谑词向宝玉道：“宝兄弟，何不再到妙师父那里去起一课，看太太几时抱孙子呢。”

众人听了都瞧着黛玉笑，黛玉便沉下脸来瞪凤姐一眼。湘云道：“且慢讲起课的事，咱们讲起社的事罢。趁这几天都齐全，二哥哥高兴就鼓舞起来，倘因别的事忙顾不上，刚才二嫂子的话，等做汤饼会再说罢。”宝玉笑了一笑，便道：“这件事先前有大嫂子，还得拉他在里头。这会子大嫂子不在，咱们定了日期打发人去告诉他一声也使得。”凤姐一听忙站起身来道：“我听你们讲到这些，只好干我的事去了。”回头一笑道：“少陪。”

黛玉送凤姐走了。这里湘云一众人重又坐下，探春道：“你们别忙，这几天里头太太就要摆酒唱戏，不如闹过这几天，二姊姊也回来了，邢大姊姊的病也好了，多几个人越发热闹些不好吗？”湘云又坐了一会，各自走散。

次日，宝玉起身到贾母、王夫人处请安，回来吃过早饭，就要叫芳官这班人来。又想屋里人多，不便问话，何不自己到那里顺路瞧瞧园景也好。于是出了潇湘馆，径往梨香院来。心想芳官与晴雯同时被逐，不料死者复生，离者重聚。一路行走，但见红雨尘花，绿阴镂日。到了山石旁边，有几株杏树遮得密叶重重，住步抬头，见树上已垂垂子结。又想起当日在园情景，遇见藕官在此烧化纸钱，也是清和时节，风景宛然。他们虽年岁渐长，还不至像那子结枝头，落尽深红的时候。

一头思想，已到了梨香院戏班里。班子里的人见了宝玉，忙去通知领班的唤齐全班迎出请安。宝玉仔细一瞧，偏不见有芳官在内。宝玉便问：“芳官呢？”藕官见宝玉问起芳官，顿时掉下泪来。宝玉忙问根由，藕官道：“二爷还不晓得芳官的事吗？此事说起话长，请二爷里边去坐了，细细讲给你听。”宝玉道：“你在那一个屋子里？咱们进去瞧瞧。”藕官引路，领班的退出，有几个女孩子各自走开。藕官同五六个旧人，随了宝玉来到藕官的屋里。藕官忙去泡茶，用五彩盖闭，放在描金洋漆盘中捧与宝玉。宝玉接过放在桌上，一手拉了藕官挨身坐下，追问芳官之事。藕官道：“要讲芳官，还是我和蕊官两个人说起，有半本戏文的情节。二爷只当听戏一般。”

毕竟芳官作何下落，再看下回藕官替他叙明分解。

【第三十一回】

讯芳踪香院惜闲花　还诗集絮词盘侍女

话说宝玉到梨香院不见芳官，问藕官根由。藕官道：“头里芳官、蕊官和我三个人，太太叫各人的干妈领出去。我们想，好容易派了房头，没福分住得常，到别地方去还有什么好处？大家看破，求太太许我们出了家。我和蕊官都拜给圆信做了徒弟，要等个好日子才落发。谁知狠不过是这些出家人心肠，哄了我们到庵里，后来见了银子又眼红了，贪图一百两银子到手，翻转舌头来说我们是穿好吃好惯的，熬不得苦日子。又道我们是唱过戏的人，住在庵里，难免地方上这些混帐人造谣言，他也担不起，依旧把我们送去干那行次。可怜我们又没一个亲人在跟前，没法儿，凭着他摆弄。不承望我们又进来了，底下保不定还有些好处，各人再看唱下半台的戏罢了。你的芳官比我们心坚，苦也受得起，现在水月庵里死守着这个破蒲团不肯放，看来倒是他一出团圆戏了。”宝玉听了怔了一会，便道：“何不去叫他进来，同你们唱戏玩儿可不好？”藕官笑道：“他已经光着头做了姑子，怎么唱戏呢？难道叫他常唱《潘必正偷书》、《小尼姑下山》不成？”宝玉道：“那怕什么？我上年要做和尚，也把头发剃了，如今留得齐齐的，就添上髭发了。”说着将身子扭过，把头一低叫他们都来瞧着。一时五六个人赶拢争瞧着道：“和尚养了头发，自然姑子该还俗了。”说得众人都笑起来。

藕官向桌上端起茶盘，一手揭开盖子递给宝玉。宝玉接上手来不喝，藕官因在黛玉屋里住久，深知宝玉脾气，便道：“这碗是我一个人认定了喝的，二爷别嫌腌臜。”宝玉便喝了几口，藕官接过放下。宝玉道：“姑娘们都在园子里，你们可想去瞧瞧？”藕官道：“昨儿文官出来，我们问了半夜的话。里头事情他都和我们说过，不料宝姑娘竟不在了。他做人怪好，我们听了也是怔怔的，怨不得蕊官哭得那么伤心。二爷瞧他眼还肿着呢。”宝玉看了，也禁不住淌了几点泪。藕官自悔出言莽撞，忙忙把话岔开道：“我们这几天赶的排戏，里头没有人叫不敢走动。难得二爷到这里来，咱们跟着走罢。”宝玉便站起身来，带了藕官这几个人出院。文官送至门外，自回里边排他的戏。

众人随了宝玉穿林渡水，一路观玩园景，道：“我们离了这园子两三年，你瞧这路径都生疏了。不是跟了二爷来，防走迷了呢。”宝玉笑道：“别说你们这条路轻易走不到，如今又被这些树叶子遮得严严的，连我也模糊了呢。”说着便煞住了脚。藕官转过宝玉面前，赶紧的跑了一箭多路，绕出山子，站在一块太湖石上招手道：“二爷这里来。”宝玉同蕊官们行至藕官站立之处，藕官指与他们瞧道：“走过了这一条曲折朱栏板桥，沿堤绕东行去，再转过荇叶渚前，不是那院子里一丛翠青青的竹子，都瞧见了吗？”宝玉笑道：“绕了远路了，好久不进来，引你们多逛一会子也好。”

一路说话行走，蕊官指着堤上的柳枝子道：“到了这里可再迷不了路了。藕官你可记得，莺儿姊姊编花篮子，被芳官干妈的姑妈看见，闹了一场没趣，篮子也掠在河里了。”宝玉问道：“前儿进来，你们这些干妈去瞧过你们没有？”藕官道：“谁愿意他们来瞧，就这园子里管厨房的柳大娘要算疼顾我们的。说起这几个干妈，不如没有倒干净。”宝玉道：“谁叫你们认这些混帐东西做干妈？我吩咐你们先前的话都拉倒，如今就是他们来认你们做干妈，也别理她。”藕官们都笑道：“先前我们年纪小，也有些淘气。如今大是大，小是小，尽他们一个面子上的规矩，不怕他再来盘算咱们了。”

说着已到潇湘馆门前。宝玉赶在前头跑进里边，见湘云、探春和黛玉坐着说话，宝玉站在廊檐下招手道：“你们姑娘们都在这里，快进来罢。”几个人一齐拥进，先到黛玉、湘云、探春面前请了安，又向屋子里的人都问过好。黛玉的藕官、湘云的葵官、探春的艾官，各人走近各人身旁，自有一番亲热光景，问长问短，说些出去后的情事。独有蕊官一人远远站着，似失所依。黛玉一眼看见，记起他是派在宝钗屋里的人，虽不比主婢恩深义重，如今他进来不见了宝姑娘，却有一种伶仃形状。又想到自己，设使去年一病不起，或回南后永别潇湘，今日他们到此，将藕官易地而观，也不免有此情状，触景追思，默然神动。于是唤过蕊官道："怎么你就像失了群似的，想是见你同伴的都去找着姑娘亲热，只不见你宝姑娘伤心吗？"蕊官勉强笑了一笑。黛玉便问："这些时学了些什么戏？"蕊官道："现在那里排《蜃中楼》呢。"黛玉又问了他几句话，便命雪雁去装些果子来给他们吃。雪雁装了四盘精细点心，叫两个小丫头端了出去，放在小桌子上。各人过去随意吃了些。蕊官便问雪雁道："莺儿姑娘在那里？"黛玉道："正是，藕官们都住在这里，蕊官叫他到莺儿那边去逛逛。"宝玉道："别叫他去罢。他两个人见了面就大家淌眼抹泪闹一泡子。"黛玉道："他们哭也是应该的，由他去罢。你管住人家不哭吗？"说着，就叫小丫头引了蕊官到莺儿的屋里。

这里湘云便笑道："林姊姊是一个公道人，州官放了火，就许小百姓点灯。他自己爱哭，再不厌恶人家这个。"宝玉忙接口道："你林姊姊如今又何尝哭呢？"湘云道："二哥哥再怄他，林姊姊就会哭。"宝玉道："咱们小时候我也并没去怄他，你林姊姊多心和我怄气，只是哭。我见他一哭，心里头就不知怎么样才好。后来他便哭总瞒着我，我也知道。如今要再瞧他先前淘气的样儿，正经怄他还怄不上来呢。"湘云抿着嘴，一面推着黛玉笑道："林姊姊听听，你们先前的故事，可都是二哥哥自己说出来的。"黛玉道："你们好哥哥、好妹妹，一递一句去嚼舌，我没听见。"

话未完，只见晴雯急忙忙的掀帘进来，一叠连声的问芳官。宝玉叹了一口气道："你要问芳官的事情，蕊官都知道，他在莺儿屋里，你找着他问去。"晴雯抽身便走，湘云道："但凡一个人，总有个交情故旧，你看蕊官进来便问莺儿，晴雯又急巴巴的来找芳官。"黛玉接口道："正是，为什么不见芳官？"

宝玉正要讲芳官的事，只见香菱的小丫头臻儿手内拿了两套书进来，先与众人问了好，便走近黛玉身边道："我们姑娘给奶奶请安。"臻儿才开口，湘云便悄悄的向探春夸他道："你看臻儿年纪小，嘴头上倒很灵变，不是向来声声口口林姑娘叫惯的，这会儿忽然改口叫起奶奶来了。"黛玉道："云丫头又是鬼鬼祟祟，什么姑娘奶奶？”湘云道：“二奶奶别听我们的话。”臻儿又接口道：“我们姑娘说奶奶的诗稿子在那里，赶着写完了就给奶奶送过来。这两套子是叫什么？”臻儿想了一想道：“叫里开裤、包毡裙，上年留在那里，先拿来送还奶奶的。倘然奶奶用不着的了，等着我姑娘要看再来取罢。”

臻儿话未说完，湘云和探春听见书名儿说得古怪，赶忙走拢同黛玉看时，见书套标签上写的一册是《庾开府遗稿》，一册《鲍参军全集》，大家笑得弯腰曲背，湘云只指着臻儿说不出话来。宝玉忍住了笑道：“他小孩子家那里记得清这些话。”说着，也忍不住大笑起来。

探春笑得一面擦泪，对湘云道：“你才夸他嘴乖，就闹出缘故来了。”臻儿瞪着眼，估量他们这些人笑的是他，便红了脸道：“我说错了话吗？听见我姑娘吩咐是那么样的呢。”湘云道：“你说的不错，我们是笑你姑娘。”黛玉道：“当真是香菱说得累坠呢。简简截截叫他拿了两套书来就完结了，要那么提得清，怨不得闹出裤也开，裙也要包了。”说得大家又笑起来。

探春道：“想他又天天在那里‘清新庾开府，俊逸鲍参军’的念溜了嘴了。我们不知道这两册书你几时借给他的？”黛玉道：“因是那一年香菱要我教他做诗，我先借给他《王摩诘全集》这几部去看了，末后来又借给他这两套。不是上年来给我饯行这一天他还提起，我叫他留着看就是了。这会儿不知为什么又打发臻儿送了来。”

黛玉正欲向臻儿问话，臻儿已走开了。雪雁忙找出院子里，见他同藕官们在假山石子边刨那新出土的竹笋儿玩呢。雪雁便叫臻儿道：“姑娘有话问你呢。怨不得你姑娘不肯打发你出来，正经话没有讲完，脱滑儿就玩去了。”臻儿把手上的泥搓了搓，自回屋子里来。雪雁又嚷藕官们道：“你们如今又不比在里头住的时候了，玩了这半天，仔细回去师父要捶。”藕官道：“蕊官还没有出来呢。”又各人拿起刨的笋株子给雪雁瞧道：“我们拿回去和厨房里讨些火腿片儿放起汤来才新鲜有味儿呢。”雪雁道：“你们也太淘气了，这都是些嫩梢子。祝妈瞧见和你师父算帐呢。”

说着，蕊官已从莺儿屋里出来，大家重又回进里边，说要走了。黛玉便命雪雁去各人给他们两个锞子，又叫老婆子把他们吃剩的满满四盘点心包起给他送去。探春对湘云道：“咱们也该走了。”宝玉便问：“你们到那里去呢？”探春道：“瞧邢大姊姊去。”宝玉道：“咱们同走。”又叫藕官们跟着，一齐下了台阶。藕官们各自去取刨的嫩笋，宝玉见了喝道：“不怕脏了手，什么稀罕东西？”便叫一个老婆子替他拿了。宝玉、湘云、探春带了藕官们，又跟了许多老婆子、丫头，一群人出了潇湘馆。

这里黛玉才问臻儿道：“这两套书，你姑娘爱瞧只管放着，为什么拿了过来？”臻儿道：“听见我姑娘说，住在这里，要来园子里和奶奶、姑娘们说个话儿也方便，如今把走熟的一个地场生巴巴要离开了，我姑娘还一个人在屋里淌泪呢。太太叫我姑娘收拾东西要挪屋子，所以把这两套书叫送还奶奶的。”黛玉道：“挪到那个地场去住呢？”臻儿道：“不知到那里去住，只听得我们二爷在外城找新屋子。”黛玉道：“姑娘打发你来，太太知道没有？”臻儿道：“太太知道的。”黛玉道：“我这几天就要到你太太那边去，先替我请安，姑娘跟前问好。”臻儿答应着要走，黛玉道：“不去瞧瞧你莺儿姊姊吗？”臻儿道：“要去呢。”一面臻儿自往莺儿处去。

黛玉走进里间屋子，见紫鹃一个人靠着窗户，在那里做盘珊瑚的扇络子。黛玉道：“我倒没见你带了活计来的。外边那么说笑，你也不出去听听，赶紧弄这个做什么？”紫鹃站起身来，把针线放下笑道：“我到姑娘这里来，带这个来消消闲。奶奶们外边说的话我都听见呢。”黛玉道：“你可听见臻儿的话吗？”紫鹃道：“那是姨太太要办邢大姑娘的事，嫌这屋子不宽展，所以要换新屋子呢。”黛玉道：“那里是为这些，我们没有去见过吗？屋子虽然整齐得没有几院，除他大奶奶占了一个院子，丫头、老婆子们都住得干干净净屋子，当真就让不出一院来？我倒猜着有八九。”紫鹃笑问道：“姑娘猜的是什么？”黛玉道：“宝姑娘不在了，他老姊妹两个虽说是和气，到底少了一个亲人。二则咱们这园里的人，先前都和宝姑娘在一堆儿耳鬓厮磨的姊妹，姨太太住在这里，保不定在园子里来多走几趟，瞧着难免不伤心。况且，咱们的事，莺儿见了尚然如此，姨太太就看破到十二分，心里头就没有一点芥蒂吗？不如离开这里的好。但是姨妈没有想到挪了开去，听得那位大奶奶很不贤慧，邢大姑娘还没过门，琴姑娘年纪也小，在这里住的日子多，就同香菱两个人越发孤伶了。再讲到我们这里，不要说太太面上的体统情分上不好看，就是我心上也过不去。想起先前姨妈待我也好，后来就为宝姑娘的事存了点私心，那是亲疏厚薄，谁没有一点半分别？”紫鹃笑道：“姨太太别的上头也再没的说，就是那一天说起姑娘的事，他老人家既没真心，就不该当玩话说。既讲出口来，也该认真办去，为什么我多说了一句话，还把我来取笑。后来就撩在九霄云外了。”黛玉微笑道：“你怎么这些话还都记得？”紫鹃道：“如今姑娘算没有委曲到底，先前的不论什么话原可不必提起，但是我在睡梦里想起寸寸节节的事来，还心惊胆战。除了他，没有一个人不叫人寒心呢。”黛玉沉思半晌道：“罢哟！就如你在南边和我说的话，头里的事都撂开，再别提他了。我先到太太那里去探听姨太太那边的事，太太知道了没有？”便命雪雁、春纤跟着出了院门。

走不多路，见小红同着刚才送藕官们回去这两个老婆子一路说笑走来，见了黛玉，老婆子便站在一旁，回过了话，自回潇湘馆去。小红含笑问道：“奶奶那里去呢？我们奶奶打发我来请奶奶，明儿吃了早饭，奶奶这里没有事，请到议事厅去，倘定下了诗社，别搅闹奶奶、姑娘们的雅兴，改日再来请罢。”黛玉道：“没有的事，明儿我准过去的。你去请了大奶奶、三姑娘没有？”小红道：“我们奶奶没有叫去请三姑娘，我先到了奶奶这里，再去请大奶奶，奶奶要请三姑娘，我带便就替奶奶去请了，回去告诉我们奶奶一声就是了。”黛玉道：“你奶奶没有吩咐，你别去请罢。横竖请了三姑娘也未必来。你回去对奶奶说，前儿送来的册子都看过了，明儿带到议事厅上，还有话和你奶奶当面说呢。”小红答应了一声“是”，道：“不到奶奶屋里去了。”站着等黛玉走了，才往稻香村去。

再说黛玉来到王夫人处，正值王夫人睡午觉未起，便至玉钏屋里。见玉钏头上金珠璀璨，服饰鲜妍，已改了妆饰。王夫人又派了两个小丫头服侍他。炕上铺陈帐幔及屋内帘栊器具等件，虽不精雅，却也富丽一新。玉钏面庞丰满，态度从容，正是移体移气润星润身。黛玉上前相见，叫了一声“姊姊”，玉钏脸泛微红，似形跼蹐。二人自有一番套言絮语，不必琐述。

黛玉坐不多时，只见一个小丫头来请道：“太太起来了。”黛玉辞了玉钏，便过王夫人处。王夫人叫黛玉坐了道：“这样长天，你不歇个中觉吗？”黛玉道：“刚才史大妹妹和三妹妹在那里说了一会子话，混了过去，倒也不觉得倦了。”王夫人又向院子里瞧了一瞧道：“这时候晌午才热呢，虽然四月里天气，这太阳晒着地上，热气蒸上来就厉害，你这会儿又赶来有什么话吗？”黛玉道：“没有别的，我听说姨妈在家里赶着拾掇东西，在外边找屋子，太太知道这件事没有？”王夫人道：“姨妈这些时也没过来，我恍惚也听过这句话，你又听见谁说呢？”黛玉道：“刚才听臻儿讲起，小孩子家也说得不明白，所以赶着来问太太。果然是真的，咱们过去留住他老人家，才是个正理。”王夫人道：“姨妈瞒了咱们背地里在那边办这些事，估量他已打定主意，要留也留不住。”黛玉笑道：“太太尽仔放心，包管把姨妈留住就是了。”王夫人欢喜道：“果然能把姨妈留住，头一种，老太太那里得时常有个人来闲话解解闷儿；再者，我心里也过得去，就是大概体统上也不落旁人褒贬。”黛玉道：“明儿就过去。”王夫人道：“据我想起来，你倒不必过去，横竖这几天里头要请酒，前儿打发人到孙家去说，你二姊姊明儿一准回来的。停会儿对你凤姊姊说，戏又现成，一搭两便，请了姨妈过来听戏。那时候你留姨妈，自然有你的一番情意。趁着老太太和我们都在跟前人多，理会说的姨妈下不脸来，便把他留住了。”黛玉应了一声“是”，又说了几句闲话出来。由穿堂经过凤姐后院，见小红已从李纨处回来。黛玉道：“才和你说的话可记明白了？”小红笑应道：“说下了，奶奶不到我们奶奶屋里歇歇去吗？”黛玉道：“不进去了，明儿见面再说话罢。”黛玉自回园去。

小红便到凤姐处回了李纨的话，又道：“才在穿堂背后碰见宝二奶奶，想是太太屋里出来。”凤姐点头，便叫过平儿悄悄的吩咐道：“你到太太那里打听，林姑娘刚才说些什么话。”平儿笑道：“我去见了太太，没有什么话可回，便怎么样呢？”凤姐想了一想道：“你只说锦香伯府里的添妆同南安郡王府里的寿礼和宝二奶奶商量过，比往常加丰，已办好缴进来的了，等打发人送去的时候再请太太过目。回了这几句话，可不就搪塞过去了。太太没有提什么，你悄悄叫一个小丫头子问他，别叫玉钏知道。”

平儿答应走出房门，见贾琏正掀外屋门帘子进来，悄问：“奶奶睡中觉起来没有？”平儿扭了一嘴。贾琏就在堂屋里坐下嚷热，叫平儿打水洗脸。平儿笑道：“你叫小红去，我有事呢。”说着出了院子。小红只得上来伺候。凤姐便从里间走出，坐下瞧贾琏洗脸。贾琏问道：“你可知道姨妈那里的事吗？薛老二赶紧在外边找屋子要挪出去住呢。”凤姐道：“不是姨妈自己也有几所住得的房子，为什么又要去找呢？”贾琏道：“你不知姨妈家的房子都赁给人家住着，一时腾不出来，所以要另寻。这件事不知太太知道没有？”凤姐道：“太太却没在我跟前提起这件事，估量琴姑娘常在这里，难道不吐露一半句话出来吗？”贾琏道：“我们就大家不言语一声儿，但凭姨妈挪出去住？”凤姐道：“唉呀呀，太太不用说，上头还有老太太呢。且姨妈要离开这里，自然有个缘故。如今的事比不得先前，再怪不到咱们身上来，倒不用你操心。你想姨妈这样性急，就等不得薛老大回来？你到底打听他的官司了结没有？”贾琏道：“有什么不了结，不过瞎花钱罢。前儿他老二回来，说起衙门里头的事，都是胡打胡撞。先在县里已经花了几千，办了一个误伤人命。上司衙门也照转的了，刑部里驳了下来，据照册上供情，为烫酒口角起衅，憎嫌跑堂的不就去烫，把酒泼地，失手连碗掷去，碰在跑堂的头上，受伤身死。明系是斗殴，怎么算得误伤。就是误伤身死，律应绞抵，也不能收赎。委员发审，提了一干人证上去，又拉出蒋琪官这些人来。蒋琪官来了王爷一封书子，也没到案，就只难为薛老二东钻西跑，花的是姨妈的钱。现今案是定了，捏改了姨妈守节年分，等秋审后办孤子留养。幸遇海疆奏凯，一应罪囚减等，薛老大的案还算斗殴情轻，准减流三千里，只等部复一转，就可办留养回家了。”凤姐道：“部里还得去安顿才好。”贾琏道：“那是汇奏事件，又是照例办的，倒不用去照应。就是薛老大回来，要改改他的脾气才好。两场人命官司，归根儿外边也不去走走，就这样麻花蹋煞，别把他的性子越发纵起来。”凤姐道：“姨妈如今也苦了，只盼薛老大回来，叫他老人家宽宽心，底下的事情，那里料得这些。”贾琏道：“别尽仔讲姨妈家的事了。上兑银子的总数，你瞧见了吗？”凤姐道：“正是这句话，整千万的银子，可巧没有一点畸零。”贾琏道：“我也那么想，不是末后这几天我也在那里瞧着，要猜疑他们把尾数截去了。正经还有一件事，我前儿和你说芹儿的话，向林妹妹提过了没有？”凤姐道：“明儿到议事厅上再说。”贾琏又问了几件事，书不繁叙，再接下回分解。

【第三十二回】

委任得人因奴托主　传家有道薄利轻财

话说凤姐与贾琏议论兑银上库之事，讲起贾芹，凤姐说到议事厅再提的话，暂且按下。讲到次日，宝玉因同年的太翁寿辰，早起来，先到贾母、王夫人处请了安，一径出门。

这里黛玉起身，早有凤姐处打发平儿带着老婆子一同到来。平儿走进潇湘馆，才上台阶，便接过包袱命老婆子在外候着。平儿走进屋门，便问："奶奶起来了吗？"雪雁在里间屋子里应声，一面出来见了平儿，笑道："好早啊，姑娘梳头哩。"黛玉听是平儿的声音，便叫："雪雁，请平姑娘里头说话。"

平儿放下包袱同雪雁进内，见黛玉正在对镜理妆，春纤站在旁边，手内捧着珠钏钗环等物。雪雁进去接过，一件件与黛玉妆饰。小丫头子忙端了一张杌子过去，黛玉叫平儿坐下，平儿欠身就凳沿坐了。黛玉叫小丫头子端茶，平儿道："奶奶赏我的桂圆、建莲，我天天起来叫他们预备着，才吃了来的，早上不喝茶呢，小姑娘别去倒。奶奶今天起得早，我们奶奶才起来呢。昨儿银库上送了几本子支发滚存帐簿进来，我们奶奶看过的了，请奶奶过目，打上图记再发出去。我们奶奶叫先打发人来，看奶奶起来了，才叫我送过来。因是小丫头说见宝二爷从太太屋里出来，穿了出门衣服，像是外边去拜什么客。我估量奶奶也起来的了，所以赶着送了来，现放在外间屋里桌子上。”黛玉道：“那又是你奶奶多心了，你就是你奶奶一个好帮手。不是我背地里说一句不怕你奶奶见怪的话，我先前冷眼瞧着你，有时听旁人说起，果然存心宽厚，办事周到，又知轻识重，凭着人厮抬厮敬，自家再不肯作一点威福，正经比着你奶奶强远呢。”

平儿站起身来道：“我又知道些什么，不过我们奶奶事情忙些，小事件可以传言送语的替我们奶奶分一点劳，那里当得起奶奶这样抬举，可不要臊死了人。”黛玉道：“那是我的真心实话，何犯着面腆你。前儿重托你奶奶掌管家务，也为的是有你在那里帮着你奶奶，靠得住。你才说起银库上的簿子，这会子既送了来，且搁着我瞧一下子，以后可不必送来。”

说话时梳妆已毕，黛玉命雪雁在四宝箱头一屉内取出蟠螭汉玉图章两方来，黛玉接过揭开匣盖，取了一方，那一方仍叫连匣收好，便将取出这一方递与平儿道：“这方图章是我和婶娘要的，玉色也好，我又爱他上面镌的这几个字，簿子上就打上这个。如今只当交给你了，回去告诉你奶奶一声，就是还得去另配一个匣子搁着。”平儿接过图章道：“蒙奶奶作养，尽心帮着我奶奶办事，总不敢辜负奶奶。”当下又说了几句闲话，顺便提起明儿摆酒，并去请姨太太的话，道：“昨儿打发人来回过奶奶的了。”平儿一面取出手帕包好图章，辞了黛玉，一径出潇湘馆走了。

这里黛玉吃了早饭，且不看平儿拿来的簿子，命雪雁把前儿送来的册子一同叫小丫头捧了，带了雪雁、春纤步出潇湘馆，径往议事厅来。顶头碰着小红来请道：“我们奶奶和大奶奶都在议事厅候着奶奶呢。”说着，便转身跟了黛玉来到议事厅前，见院子里许多管事的媳妇，都垂手站立两旁。

黛玉进内与李纨、凤姐相见让坐，雪雁接过小丫头捧的簿册搁在一旁。妯娌们先说了几句闲话，黛玉先叫翻开地亩册子，指着说道：“我看册子上有地几千顷，庄子几十座，还怕一半是虚的。大嫂子未必明白，二嫂子自然知道些大概缘由。”凤姐忙答道：“那是外边闹的鬼，恐怕老爷、太太知道，连我都瞒着也不定。当真摸不着他们偷天换日头的事，就瞧着手头一年窄似一年，保不住不在这上头挪个窝儿。”黛玉道：“不是饥荒紧没地方抓挖，谁愿意把祖遗的血产向别人手里送呢？但是，咱们的田产未必敢卖绝，也没人敢承买，只要告诉琏二哥一声，把私下质当出去的统赎了回来，在库上开了一笔支帐就是了。再查家人花名旧册，男女共有二百余名，核对新册，因近年散去的，短少好几十名口。除开家生子这些人，来投靠的若不为有了过犯撵逐，是他们自己告退，或因无所职司，或因出息微细，迫于衣食，也须格外原谅。但凡去而复回者，一概收用，量材位置。现在的都按着旧派职事，照常经管。赖升、林之孝不用说，如吴新登仍总管银库房，再派妥人帮办，戴良仍总管仓务，周瑞仍管春秋两季地租子，买办头儿仍派钱华，各寺庙庵观，月钱月米仍派余信，一应职司，及赖大娘、林大娘等都不必更动。不论何人查出弊端，即行重究。再园子里头老祝妈，仍叫他修理竹子，老田妈管稻香村一带禾稼、菜蔬，怡红、蘅芜两处的花朵儿、香草儿，依旧交给叶妈去摆弄。”黛玉便问：“这些人都在么？”

一语未了，早有赖升、林之孝、吴新登家的，这几个有头脸的管事媳妇走进帘子里头，应声道：“他们都在院子里伺候着呢。”平儿站在凤姐背后，挪了几步向着帘子外说道：“三位奶奶都在这里，刚才吩咐的话你们都听见了吗？”众人在院子里齐声答应。

黛玉又向凤姐、李纨道：“今儿三妹妹不在这里，我不是要驳他回，先前他讲的话也是因时制宜。比如我与闻其事，未必不有他这番调度。如今我想园子里头原是个玩意儿的所在，有人专司葺理那花卉，自然开得分外精神，足供游赏。即田禾、畦菜，亦是园中点缀。讲到出息上头，叫他们多沾个光儿，只要每时每节自老太太起，至各位奶奶、姑娘们屋里孝敬些时新花朵果品，就算尽了他们的心了。至于我们用的头油、脂粉及禽鸟鹿兔的粮食，并各处簸箕、笤帚等类，一概不用他们置备，归于帐房内支领开销。倒是园里头单做粗重活计没有出息的这些老婆子，多分些余利给他们是应该的。”黛玉讲到这里，那管园的老婆子们在外边听了，早已感激不尽，面面相觑，自有一番欢喜。

又听黛玉道：“若说到赏项上头，各房里姨娘家里有了白事，向来赏二十两，再加一倍，向来赏四十两，再加二十两，红事仿此。各房丫头，到十八岁即行许配，如外边买的人赏给娘家领回，或情愿配给里头小子，各听其便，或本人感念主儿恩典，愿在里头多伺候一两年，亦听其便。小厮到二十岁便令成家，或里头一时没有丫头发出，令其自行定配，格外赏银五十两。此外若有出力得用之人，以及哥儿、姐儿的奶哥们家里遇了红白事件，随各人的情分恩典，不拘定额。至于各房大小丫头月银、月钱，再别去刻省他。算起来一年费得多少，必得把后来减下的数目补上，再加一倍赏给。丫头们既添了，没有太太、奶奶、姑娘们倒照旧的理，自然也加一倍。还有哥儿在学里纸笔银八两，本来不多，及各位姑娘房里，每月所用头油、脂粉这些东西，不必就在月费里头拿钱去买，仍叫买办按月到帐房里领钱买了，交给老婆子们分送各处。只不许买办拿了使不得东西进来胡乱搪塞。月例一项，到了初一日便按数开发，再别迟他们的日子。”凤姐听到这里，触动他的心病，脸上一红，正要开口，想和黛玉分证两句，又听黛玉道：“先前来迟去慢，有时也为库上不便，并非故意压搁他们。如今自然虑不到这上头了，就是我诸事要从丰厚一边行去，并不是有意揭人家的短，自己沽名钓誉。要知撙节用度，原是量入为出的道理。如今通盘核算起来，任凭怎么样挥霍一点，也不至于后手不应。这‘敛财聚怨’四个字，咱们也要虑到的。”

凤姐此时敬畏黛玉已到十分，且听他议论宏通，层层周匝，本无懈可击，要因风吹火儿奉承他几句，当着众人面前，防他们要笑话，又怕越发招认了头里自己尖酸刻薄的行为，只是默默不发一语。惟有李纨开口道：“妹妹所见极是，刚才说的因时制宜，何必拘定与奢宁俭，况又重在恩宽下人居多，也不失咱们祖上厚道传家的根本。正经照那么办去，很好的了。”那时众人在院子里鸦雀无声，听黛玉的话，也有挤眼的，也有吐舌的，也有伸了两个指头做手势握脸的，也有悄默声儿念佛的。

再讲黛玉命雪雁取过人口册，拣出使婢花名一本，揭开翻了几页指与凤姐、李纨看了，因笑道：“这可不是他们糊涂，太太已经认了干女儿，怎么册子上还有他呢？”林之孝家的忙上前回道：“这是因册子造在前，太太认在后，所以没有开除。”又陪笑道：“奴才正要请示这件事，向来各房里的姑娘们发出去配了人，或有了不是撵出去，就把这个人开除了，底下注明某年月日配人或撵逐的话，如今该怎么样注呢？”李纨也笑道：“这倒是一件创事，不便不开除他。”黛玉便命雪雁取一张红纸条儿贴了这一行，道：“也不用注什么字样的，只叫他们把后面总数改了一笔就是了。”林之孝家的应了一声“是”。

黛玉一手又取家人册子翻开，提笔圈出了王荣和张若锦、赵亦华、钱启四个人，道：“这四个奶哥儿，既不在正经行当上，我的意思要叫他们出来，或在本地，或到南边，四个人分开了，不拘跟那一位爷们当铺、绸缎局里去，分上一分子厘头，告诉琏二哥哥，对外边说一句就是了。还有爷们、哥儿、姐儿的奶哥子，两位嫂子再去查一查。”李纨道：“兰儿的奶哥都还小呢。”凤姐笑道：“我们奶的只没有，就是你琏二哥哥的赵妈妈有两个奶哥儿，叫什么凉呢冻呢。”平儿在旁接口笑道：“一个叫赵廷梁，一个叫赵廷栋。”凤姐道：“正是这两个，赵妈到里头来求过，还没允他，如今妹妹想的到，原是应该的。咱们就先把这几个人安顿了再查去。还有一件事要告诉妹妹，不是妹妹查家人册花名册，照旧派周瑞经管租子，如今要到南边去多置田产，周瑞一个管不过来，且到那时候再开出几个妥当的，请妹妹斟酌。”

黛玉口里应着，一面又命将平儿早上送来的簿子翻开一看，面上一本系旬结，总簿上写某年月日结存旧管贮库银一千二百八十四两，某日至某日兑进上库银一千三百万两。先提出月例，动用银三千两，另开日清簿，长短再算，除支发项下，某日芸哥儿领银二十万两，某日蔷哥儿领银二十万两，挨次而及，共一十八家，照依前定发本，已如数领讫。惟有贾珩、贾珖只各领银五千两，又领办西宁郡王之孙完姻送礼银五百四十四两，锦乡伯府孙女挑选添妆礼银四百六十八两，南安郡王寿礼银一千两，世袭陈也俊家生子满月礼银一百二十四两，各项下注明另有备礼用银，清帐结存贮库银一千零八万六千一百四十八两。黛玉命取算盘，早有赖升家的捧了二十七柱一面大算盘送到黛玉面前。黛玉便轻举纤指拨动盘珠，如落珠迸豆之声。

李纨先听黛玉口内报了数目，便向簿子上一瞧，总结并无参错，因笑道：“这又奇了，向来从没见你弄过这些，怎么回家去了几个月，倒像钱铺子里做了掌柜来了。”黛玉道：“古人背听唱筹尚能记数，这算什么？就是堆积丈量费事一点，也只要心眼手相应，并非难事。”

一面查对发领银本底帐，便问凤姐道：“后街三房芹哥儿为什么不来领银？还有两家，每家只领银五千两呢？”凤姐道：“那两家先支几千银子出去做聘伙计的安家费用，并置办行李物件等，定了长行日子，就打总儿来领的。至于芹儿这一宗银子，正要告诉妹妹，你琏二哥哥说起芹儿很不安分，已把钱粮档子革除的了。他倒进来跑了几趟，想要领出这宗银子去，就怕他干不正经，所以还压着没有发呢。”黛玉道：“琏二哥虑得也是，但只阖族中都应酬到了，他还算是近支，又在里头跑动的，因他行事不大诚实，预料他干不了，单把他这宗银子扣住，人家心里也不舒服。咱们先以不肖之心待人，更使不得。等到盘查时候亏短了本银，果有对不住里头的缘故，然后收回他银子，可怨不着咱们了。”

一面说便叫平儿打簿子上的图记，又对凤姐道：“早上和平姑娘说过的，以后这些簿子就留在二嫂子那边，叫平姑娘帮着看看，别再送到我那里去，我的图章已交给平姑娘的了。”又向平儿道：“平姑娘，你帮着奶奶又算帮我一样。”话未完，平儿都打了图记。李纨接过图章看道：“好精致。”黛玉道：“我爱这几个字镌得秀稳精工，捉刀有力，句语也好。我还留着一方，上面刻的‘处世无奇但率真’。咱们虽不处世，这‘率真’两个字都可去得。这一方上是‘传家有道惟存厚’七个字，恰配印在这上头。”李纨又在素纸上印了一方细玩，称赞不已。

黛玉又问林之孝家的道：“甄家荐来一个人叫包勇，为什么册子上没有他的名？”林家的回道：“那是甄家荐来的时候，就说在这里暂住几时，底下要讨回去的，所以老爷也没有派他职事，并没上册子。”黛玉道：“荐来的人既然收了，也同自己家人一般。老爷那里留心到这上头，况且这个人很有肝胆，膂力也好。不是进京的时候船上被了盗，全亏他出力抵退的。二嫂子告诉琏二哥，等他们起标把这个人带着，路上有多少照应。”一面便命众人各自散去，都要循职安分，任劳报主。众人齐声应了一个“是”，鱼贯而出。

这里人还未散，见宝玉忙忙的赶到，未进屋内先笑道：“你们瞒着我，倒在这里兴起这件事来了。”一头走进，满屋子里一瞧道：“史大妹妹、三妹妹这些人为什么不来？”凤姐道：“宝兄弟，你说我们在这里干什么？”宝玉道：“我问小丫头子，说你们带了许多书本在这里起诗社呢。”黛玉听了忍不住一笑，道：“头里也起过好几回诗社，你见那一个带了书本子来？如果做诗要带着书本子走，请来的医生要挑几担药书来，好现翻汤头开方呢。”李纨笑道：“你瞧这个所在是起诗社的不是？你们翰林院衙门里有设兵马钱粮的事吗？”宝玉便在桌子上随手挈起一本簿子，翻了一翻便撂下，笑道：“原来是这些，怪道凤姊姊也在这里。”凤姐道：“你别笑话我不会做诗，我拼出半年闲工夫，也像香菱那么拜了你林妹妹为师，怕你们底下要起诗社还得拉我呢。”黛玉道：“我也当不起你拜师，你也不用再学，芦雪亭就有你的佳句。”凤姐道：“你们爷同奶奶别再取笑我了。咱们且讲正经，姨妈是请定的了，明儿请大家听戏。”宝玉道：“偏偏镇国公牛府里头新弄了一班戏，邀我明儿去听，我又允了他们了。”凤姐道：“那也没有什么作难，只管听你的戏去，家里的戏，老太太高兴多唱几天也不定。”

宝玉道：“我今儿买了两件东西，你们瞧着好不好？”凤姐问：“买的什么？”宝玉道：“我在牛府里碰见了冯紫英，说起有人托他销的四件东西，老爷也见过的，销脱了母珠、鲛绡帐，还剩自鸣钟，同那‘汉宫春晓图’围屏。我倒爱他这幅鲛绡帐，夏天张在屋子里，说是一个蚊虫也飞不进去。倘被人家买去了，岂不可惜。围屏、自鸣钟因卖主急等钱使，让了一千银子买下了，明儿他们叫人抬来。围屏摆在缀景阁，时辰钟就搁在我屋子里。”凤姐道：“记得那颗母珠原拿来与老太太看过，因是没有钱，同那一幅帐子原封儿没打开还了他们。如今到底是多少银子买的呢？”宝玉道：“五千让了一千不是四千吗？”李纨笑道：“你肚子里的算盘原不错，人家没有听见要五千两的话，知道让了一千还得多少呢？”凤姐又故意怄他道：“明儿人家送了东西来，看你银子在那里？”宝玉道：“姊姊给他们一面对牌，到库上领呢。”凤姐笑道：“我不管，如今我的对牌也不灵了。还是和你林妹妹说去，他不借给你，明儿他们抬来还得叫他们抬回去。”

宝玉听说，便走近凤姐身旁，涎皮赖脸的猴上身来叫道：“好姐姐，你别臊我的脸。”凤姐一时把宝玉推又推不开，揉搓得他红上脸来，口内嚷道：“林妹妹，看你宝哥哥那么个样儿，也不管教管教他。”黛玉道：“我知道你们姊姊兄弟向来那么胡闹惯的，倒来拉扯人家。”一头说，便扭过脸去把日清支销各簿翻开看了一看，叫雪雁包好，同那些册子一总交付平儿。

又与李纨说些闲话，正要起身，只见贾母处一个小丫头喘气吁吁跑进来道：“二姑娘回来了，在老太太屋里说了好些话。老太太叫奶奶们去听新闻。我白到园子里跑了一趟，谁知奶奶们都在这里呢。”众人听了小丫头的话，连忙起身出了议事厅，径往贾母处来。

未知听何新闻，再看下回分解。

【第三十三回】

话梦新闻敦伦迁善　葬花旧地聆曲怡情

话说李纨妯娌在议事厅听了小丫头的话，独有宝玉更加高兴，都哄至贾母处。只见迎春打扮得服饰鲜艳，面庞丰润，气度舒徐，迥非向来愁病萎蕤的光景。各人相见问好，湘云、宝琴、探春先在那里，一面叙话，宝玉忍不住向贾母问道：“老祖宗叫我们来听的是什么新闻？”湘云道：“谁叫你们来迟，我们是已经听过的了。”贾母道：“正是，迎丫头，你把这些话再讲给他们听听。刚才我还有些听不明白，细细的再听一遍，倒比女先儿说的书还好听呢，也叫大家听了欢喜欢喜。”迎春先红了脸笑而不言。湘云道：“二姊姊还有什么害臊的！二哥哥第一个热心肠，先前知道你在那里受委曲，还要求老太太把你接回家来，留住在这里，一辈子不放你到孙家去。这会儿不快快告诉他！”凤姐笑道：“再没有他的那张嘴，留不住一句话的。”迎春见人多了，又听湘云的话，越发碍口难言。倒急得湘云不等迎春开口便道：“我是已经听你讲过的了，若像你们才来的要听，生巴巴要把一个人急死了。老祖宗，我替二姊姊讲，横竖他刚才讲的话我都记得周全呢。”贾母欢喜道：“到底史丫头好，代二姊姊说了，比他自己讲的我还得听清朗些。”便叫琥珀道：“你把二姑娘送来的百果糕同早上的桂花酥油饼装了拿出来，叫他们泡好茶去让奶奶、姑娘们吃些点心。”

一时茶果俱到，湘云先喝了口茶，故意咳嗽一声，道：“开书了。二姑娘半月头里睡到三更时分，想起姊夫不和他好，委实难过日子，就要来告诉老太太替他出气。可恶孙家这些婆子、丫头们一个个都不肯引他。二姊姊气得没法儿，就瞒着他家里，一个人从后门跑了出来。偏认不得路，一走竟走迷了，不往宁、荣两府大街，反跑了别处去，越走越远。到了一个旷野地方，四围一片白茫茫，连路都没有了，他心里正着急呢……”宝玉听到这里，吓得脸上变了色道：“这还了得吗？二姊姊你好糊涂，怎么等不到天明打发个人告诉一声，套车子去接你？半夜里一个人跑了出来，到底后来怎么样呢？”湘云看了宝玉发急形状，自己倒不讲了，只是笑。

探春道：“史大妹妹讲的话先没提清，故意藏头露尾的怄人。我们没有听见二姊姊讲过，这会儿听他说的话，也要听迷糊了。二哥哥别着急，那是讲二姊姊做梦呢。”凤姐笑道：“怪道我也听去有些不像话了。老祖宗听史大妹妹的话，果然比女先儿说书还会哄弄人家呢。史大妹妹你快些接下去讲罢。”

湘云道：“正有好听的在后面呢。你们不知道，二姊姊迷路着急的时候，来了一个穿破烂衲裰的和尚，口内朗念南无孽海情天救苦光明佛，说：‘有缘的善男子、善女人要想脱离苦难，快跟着我来。’二姊姊心里不得主意，便跟了那和尚尽管走，走到一座牌坊前，和尚忽然不见。前面显出许多房屋，分明像是宫殿式样，便定了心只往前走。见宫门前有个年轻女子站着，远远向二姊姊招手，走到跟前认是东府里蓉小大奶奶。他碰见了家里亲人，心上欢喜，就忘了这个人是死过的了。蓉小大奶奶挽着二姊姊的手，到旁边一个屋子里说，二姊姊本该就要到这屋子里去的，因为一桩公案未了，把几个人一生结果注定的册子改了，连二姊姊也在里头。二姊姊不信他的话，他便开了屋子里头的柜子，拿一本册子翻开指给他瞧。还和二姊姊道喜呢。”

宝玉便向迎春问道：“二姊姊，你可记得册子上写的什么？念给我们听听。”迎春道：“我在梦里看得清楚，到醒来还记下数句，及至起来，连一个字都想不起了。”凤姐道：“宝兄弟，你别打诨，快听史大妹妹讲完了，我还要去看他们找出戏台上的陈设来呢。”湘云道：“二哥哥到底要听他自讲呢怎么样？”宝玉忙央告湘云道：“册子上写的什么？二姊姊忘了，你替他讲给我听。”湘云道：“二姊姊梦里的事，他自己早都忘了，我知道册子上写的是天地元黄，叫我替他讲什么呢？”说得连宝玉自己也笑起来了。贾母道："我听了宝玉的呆话，比听凤丫头说的笑话还惹笑呢。"众人瞧着宝玉只是暗暗的笑，一面又催着湘云道："老祖宗要听呢，你快讲罢。"

湘云道："蓉小大奶奶送了二姊姊出来，二姊姊要拉他厮赶着回来。蓉小大奶奶道：'我是再不得回去的了，家里也没有什么牵挂，先前对二婶娘说要立永远基业的话，如今祭田、义产眼见就可办成了。'"凤姐先听湘云的话，一半还疑心他们是捣鬼，及听到这里，不禁毛骨悚然，怔怔的又听他讲道："二姊姊还拉住他要问话，蓉小大奶奶叫一声：'二姑姑，到孙家去过好日子罢。'就把二姊姊一推，只听得耳边一声霹雳惊醒，原来是二姊夫也在梦里喊叫。醒来道：'好怕梦，吓死我了。'那时大家睡不着，等到天明起身，二姊姊没敢说起梦里的事，倒是二姊夫把做的梦一一从头告诉二姊姊道，他梦见一个青面獠牙的把他抓在一座殿上，上面坐的不知那一位菩萨，不敢抬头，只听得上面坐的菩萨开口道：'你祖上靠着荣府提拔，恩德未报，后来结这一门亲戚，原是注定的恶姻缘。但如今公案已翻，你就不能照前这样磨折懦弱、欺凌伉俪了，倘再不知悛改，黄巾力士何在？'唤声未绝，只见黄巾力士手起刀落，'拍尺'一声，霎时身躯分为两段，睡梦里就嚷醒了。二姊夫便千姑娘万姑娘，左作揖右作揖央告二姊姊，一个总叫别记他先前许多不好。"

湘云话未住口，李纨、凤姐都笑问迎春道："二妹妹这话果是真的吗？"迎春低头微笑道："我就知道他要替我讲的意思，定要编派这些话出来取个笑。"湘云道："我编派些什么，那都是二姊姊你自己讲出来的话，老太太也听见的。"探春道："前头都是真的，末后来未免有些装点。"贾母道："云丫头讲得不错，要是那么才好呢。"众人知道贾母喜欢的是湘云说孙绍祖给迎春赔礼的话，大家又笑了一笑。贾母道："那和尚定是菩萨的化身。迎丫头做人忠厚，菩萨也怪可怜他。你们年轻的多听着记在心上，一个人总要吃斋念佛做些善事。菩萨自然来保佑的。"凤姐道："那是老祖宗敬神信佛修行了一辈子，积德荫在儿孙。二妹妹还全靠老祖宗的福庇呢。"李纨道："这句话是千真万确的。"贾母又笑道："但愿迎丫头的女婿常常记着这个梦，再别发旧脾气出来，就是迎丫头的造化了。"

宝玉道："老祖宗放心，孙姊夫再像先前那么欺侮二姊姊，叫二姊姊再做起梦来找蓉儿媳妇，告诉他就是了。"湘云道："只找蓉儿媳妇没相干，那黄巾力士又叫谁去找呢？"贾母道："宝玉这孩子心肠太热，说的又是呆话了。梦里头的人那里有处找的呢？”凤姐道：“正经宝兄弟在家里那么讲惯了，别里头去见了大人们也是这么随口乱话起来，可不失了体统。”宝琴道：“二哥哥不过在老太太屋里、姊妹们跟前说话不大留神是有的，若是上朝奏对，应酬会客，他自然据今证古，按部就班，不肯错一点子的了。”贾母欢喜道：“琴丫头是知他二哥哥的，果然宝玉到外头说话原成个规矩体统的，只在家里这样自说自道。我正爱听他说的呆话，比斑衣戏采味儿呢。迎丫头，你还没有见过你大太太，趁早过去走了一趟，到我这里来吃饭。琴丫头、三丫头、史丫头也在这里陪你二姊姊。”凤姐笑道：“老祖宗只叫他们几个人吃饭，我们没分的，别赖住在这里了。”说着起身。

众人都到院子里瞧着戏台，见结构得绣围锦簇，耀目争辉。凤姐道：“这栏杆结得花样不配，还得重新收拾。戏房门帘颜色不好，去换新鲜的来。台子上挂的玻璃灯要系高些，紧防他们使刀枪碰着呢。”又吩咐了管台婆子们几句话，先自走了。李纨、迎春、黛玉、宝玉四个人随后走散。

才出门来，只见晴雯、紫鹃、麝月、秋纹、素云、彩屏，还有许多小丫头子，连莺儿这几时常守在屋子里的也赶了来。李纨问道：“你们约齐了这一群人干什么去的？”众人只围绕着迎春不转眼的瞧，还有几个小丫头远远站着笑。黛玉便唤紫鹃道：“你们这班人还是不认得二姑娘怎么？”紫鹃道：“才听人说二姑娘回来变了一个人了，大家争着来瞧，原来二姑娘就是脸上发了福了。”黛玉道：“当真二姑娘长出三头六臂来不成？”迎春只是微笑。

一路行来，要与黛玉们分路，宝玉道：“史大妹妹还和邢大姊姊住着，二姊姊原到那里同他们一搭儿，咱们去瞧你也近便。”迎春应道：“就是这样很好。”黛玉道：“不知二嫂子把二姊姊的东西，叫送到那一个屋子里去了，还得打发人去问一声。”便叫小丫头：“到琏二奶奶那里去和平姑娘说，把二姑娘的东西依旧送到紫菱洲去。”小丫头答应着走了。迎春分路到垂花门，早有小厮们套车伺候，跟了丫头、老婆子往邢夫人处，自有一番叙话，按下不提。

且说黛玉几个人同进园门，李纨带了素云径回稻香村去。宝玉向黛玉道：“妹妹你瞧，今儿微云遮日，树影摇动，咱们何不从梨香院前面绕转看看园景？”黛玉因离大观园一载，今复进园，与宝玉完姻之后，只匆匆到栊翠庵走了一次拈香，尚无暇玩景寻芳。今听宝玉之言，正合其意，又想顺路到妙玉处一谈，便循崖傍岸渡桥穿径而来。莺儿先要回去，被紫鹃拖住，只得与众人同行在后。才转太湖石，见一块平地上面芳草芊芊，宝玉道：“这不是和妹妹葬花的所在吗？”你看春红落尽，连地下的零瓣残香都不知那里去了。可惜今年忙忙混过，没有再弄这个。”黛玉道：“葬花原是韵事，可谱无双，若一年一度按板的行起来，有何新奇趣味？”

正说着，忽听梨香院送出一派歌声，黛玉侧耳细听，因风不顺听不清演的何曲，不知是清音，还是戏班里的，但觉音调悠扬，神怡心旷。因想起当日在此葬花的时候听他们演的“良辰美景奈何天，赏心乐事谁家院”这两句，已禁不住缠绵感叹。如今细味眼前光景，好把这两句底下“奈何天”、“谁家院”这六个字截去，同一春去难留花残可惜的时节，而心境迥与旧日不同，即再听《牡丹亭·寻梦》曲文，又何必伤心“似水流年”呢？黛玉正在出神，宝玉笑问道：“你又想的是什么了？难道因地生感，还要想随花飞到天尽头吗？”黛玉笑了一笑道：“咱们走罢。”

行不多时，已到栊翠庵。黛玉道：“我前儿来这一趟没见妙师父，今儿你先回去，我进去和他说说话就来。”宝玉道：“咱们同进去扰他的茶。”黛玉道：“这像什么，如今不比头里，你要见他你明儿一个人来倒使得，今儿你要拉扯我，让你一个进去，我自走了。”宝玉道：“这有什么要紧？我就不进去，在外边等着你。”黛玉道：“说话要准的呢，别停会儿又跑了进来。”说着，带了紫鹃、雪雁进庵去了。

宝玉在庵外瞻顾徘徊，见那些梅树绿叶重重，想到上年开花时候不曾赏玩，假如我做成了和尚，那有再见他开花的日子。一面向晴雯道：“这里年年开的好红梅，我就上年没在家，你不见这花开了有两三年了，咱们今年要兴兴头头赏梅做些玩意儿。”晴雯道：“我不爱这些。”宝玉道：“你爱什么呢？”麝月在旁笑道：“他就爱坐在薰笼上暖和，也配着梅花呢。”宝玉道：“瞧这里左近没有个坐落，离芦雪亭又远，妙师父那里不便常去搅扰他，不如盖起一座院宇来，到冬天请老太太到这里来赏梅，和姑娘们结社做诗。但只看梅赏雪，必得起一座高阁。怕逼近庵旁，阁上开了窗瞧见妙师父院子里，还得要和他去商量。”晴雯道：“咱们的园盖咱们的阁子，有那么些功夫和他商量去。”宝玉道：“我怕不知道是咱们的园子，他比不得别一个，别冒失。”宝玉和晴雯一面说话，各自随便在假山石子上坐下。

那小丫头们因晴雯近来性气不比从前，又为他们是伺候奶奶的人，诸事看开一点，不去严行弹压他们。宝玉是向来没人怕他的，这里一带花果树木归于庵中经理，与管园老婆子们无涉，没人拦阻，越发任性的玩起来。有的蹲在墙下挖那嫩竹笋儿，也有攀拉篱笆摘那蔷薇花朵，甚至有猴上树枝打才结的梅子吃的。莺儿也站在树底下瞧着他们。宝玉见了怕他们栽下树来，便招手道：“快下来罢，这些不是玩的。才结的小子儿有什么味儿？”麝月道：“二爷去嚷他们呢，少不得栽下来跌个希糊脑子烂才免淘气呢。”小丫头听宝玉吆喝，都笑嘻嘻的下来，走拢宝玉身旁，独莺儿一个人远远站着。宝玉叫道：“莺儿姐姐，他也来这里坐坐。”莺儿只是不理。宝玉在石上坐了一会，黛玉还不出来，便向小丫头手里接过一朵花儿，插在晴雯鬓边，晴雯带嗔不嗔的扭回身去，伸手把花摘下撩在地上，引得莺儿也“扑嗤”的一笑。麝月道：“难得莺儿姑娘也有笑脸儿给二爷瞧了。”

一语未了，妙玉已送黛玉至庵门首。宝玉连忙站起，妙玉早已看见，把宝玉钉了一眼，和黛玉取笑道：“有人来接你呢。”宝玉忙趋步上前道：“瞻谒不诚，故尔止步，正不啻有‘浮槎已入蓬莱境，门障莲花无路通’之憾。”妙玉并不答言，只顾与黛玉笑道：“恕不过虎溪了。”宝玉走了十余步，回头见妙玉还站在门首。妙玉见宝玉回过脸来，便抽身进庵去了。

宝玉一路问黛玉道：“妹妹坐了好一会，与妙师父讲些什么话？”黛玉道：“我进去先拈了香，和他话得也不久，不过讲讲路上风景、南边古迹。”宝玉道：“可惜我在南边住了这些时，先前心上有事顾不得，后来到了扬州，只逛得平山堂两回，别的地方没有都去逛。”黛玉道：“有的地方不过徒有其名，其实也没有什么好景致。还有附会其说的，我今番回家不过到爹妈坟上走了几回，顺路瞧瞧野景。记得小时候出去逛的地方不少，那里逛得遍呢？即如妙师父刚才讲起的露筋祠，我就不知道在那里。”宝玉道：“‘露筋’两个字，什么出典呢？”黛玉道：“旧说传有女伴夜行，至此因天雨泥泞不能前进，此地蚊虫最多，难以露处，旁有耕夫草舍，其嫂止宿，伊姑宁死不进田家，遂被蚊虫咬死，致露其筋，后来立祠嘉其贞洁。我不信有这样厉害的蚊虫。”宝玉道：“可怜这一个女子，自然姿色不是平庸的了。如此捐躯守洁，还不该建祠表扬他吗？”

一路讲话，行过朱栏板桥，已到蘅芜苑。宝玉道：“咱们进去瞧瞧。”黛玉恐宝玉伤心，待要不进去，又想既到这里，必执意径过，又似显露形迹。且宝姊姊并非病故在此，不过是他旧日寄居之所，何必避忌。岂料一进院内，但见室缠蛛网，梁落燕泥，苔斑柱础之痕，尘积窗纱之格。旧时陈设的石头盆景、纱照屏这些古玩都已收去，止留椅桌帘栊，壁间尚挂着水墨字画。虽有管屋的老婆子在内住歇，连洒扫启闭之事并不留心，以致满目荒凉。不但宝玉凄然欲恸，即黛玉，此时亦不禁室在人亡之感。又想到自己身上，倘去年一病不起，此日潇湘馆凄凉景况，同此一般，未知入我室者又何以为情。晴雯、紫鹃在旁，看出宝、黛二人各有伤感之意，便道："你们瞧，东墙上的太阳止剩下三四尺，天天正是传饭的时候了。"黛玉也恐宝玉在此发呆，便抽身出外，宝玉亦随了出来，一同回到潇湘馆。

黛玉因家里来的人已经住了两个月，要回南边，几天前已将公馆内所有的陈设器具开了一扣清折送进，派接手人经管。黛玉便酌留了两三房家人媳妇，其余都打发回南。专派一房就住在公馆内，经管一切。连夜写了请安禀帖，凤姐处自料理送黛玉婶母的礼物，并给家人们赏封盘费，黛玉另有盛礼附送。

宝玉次日一早起来，出门去了，黛玉吃过早饭正要往王夫人处，只见平儿过来说："姨太太请来了，已见过老太太、太太，姨太太要到奶奶这里来，老太太留住姨太太在屋里，说奶奶就过那边去的。我们奶奶叫我来请奶奶呢。"黛玉道："我正要过去，又要你来跑这一趟。"说着，便同平儿来到贾母处。

未知见了薛姨妈怎样光景，且看下回分解。

【第三十四回】

义认螟蛉周旋往事　锦添富贵成就家童

话说黛玉听见薛姨妈到了，同了平儿径往贾母处来。见王夫人、凤姐、李纨、宝琴都在那边，便上前欲与薛姨妈行礼。薛姨妈再三阻止，并道谢黛玉两次送的礼物。黛玉站住开口便叫“妈妈”，道：“早要到妈妈那里请安，因是妈妈不叫过去，到了如今。今儿妈妈又不叫行礼，做女孩儿的有几句话总要妈妈赏脸。先前这几年，妈妈疼爱着我比众不同，也不过看我是没有亲妈的人，早有这句话要认在妈妈跟前做个干女儿，妈妈也应承过的，就没有与妈妈磕头。今儿定要妈妈受了礼，算还了旧日的心愿。”薛姨妈眼圈一红，半晌说道：“先前原有这句话，也出于我的本心，因恐人家议论，没有当一件事办成就撩开了。如今可越发使不得。”黛玉道：“妈妈说的什么话！那是我自己愿意，妈妈今番认了我这个女孩儿，越显得先前疼爱我的心肠是千真万确的了。我是可怜没有亲妈的，妈妈认了我就是我的亲妈，也算是妈妈的亲女儿了。”黛玉讲到这里，虽没有提及宝钗一个字，薛姨妈心中已转到宝钗身上，并贾母听了黛玉说到没有亲妈的话，各人暗自伤感，连王夫人、凤姐都掉下泪来。

当下丫头们已把绣毯铺上，黛玉跪下去，薛姨妈要拉也拉不住，身不由主只好由黛玉自去行礼，磕了头，然后起来与众人让坐。贾母欢喜道："原该是这样的，姨太太再别多心，瞧咱们院子里搭起台子，请姨太太过来瞧戏，就算是会亲喜酒。明儿叫林丫头再孝敬干妈一天戏，姨太太嫌烦，林丫头家里带了一班清音女孩子来，咱们陪姨太太再听一天清音，还叫林丫头备席。"鸳鸯笑道："老祖宗如今该改口了，还像头里这样叫。"贾母道："那是我向来叫顺了口，就是我底下抱了重孙子，还是这样叫呢。"说得众人都笑起来，黛玉登时红了脸。因是贾母讲的话不敢顶嘴，反悄向鸳鸯抱怨道："但凭老太太去叫就是了，要你多什么嘴，惹出老太太这些话来。"鸳鸯道："大家评评这个理，我可说错了什么？宝二奶奶倒不依我呢。"

凤姐接口道："咱们且讲正经，老太太同太太都留姨妈不叫挪屋子，姨妈不听，如今只看干女儿的脸了。"黛玉道："我也不过顺着老太太、太太的意来留姨妈。妈妈要挪屋子，我猜着没有别的意思，不过为娶邢大姊姊过门，嫌这屋子不宽敞。现今还没定下日子，到那时候再挪也不迟。我听见妈妈寻的新屋子在外城，离得太远，就要挪开去，一时在这左近地方找不出来，咱们那一所公馆翻新修理过的，可以住得。如今白闲空着，请妈妈挪进去住岂不近便些。"凤姐道："正是，这所房子是林妹妹家里买着预备送亲来住的。我进去见过，又齐整又宽大，别说要娶一房媳妇，姨妈将来要娶十房孙子媳妇也住不了，劝姨妈竟听了林妹妹的话，再别三心两意了。"

于是薛姨妈思前想后，见黛玉这番情分，懊悔从前不该存了一点私心。两情相感，由不得认真疼爱黛玉起来，并不怨旁人错把姻缘撮合，以致葬送宝钗性命，也不怪宝玉忍心抛弃室家云游出外，只恨自己同女儿命苦，禁不住伤心落泪。王夫人又殷勤劝慰一番。接着史湘云、迎、探、惜、纹、绮一班姊妹进来，都与薛姨妈道喜请安。

此时邢岫烟病已痊愈，因有薛姨妈在此，推病不来。薛姨妈见了众人都是从前在园子里和宝钗亲热的一班姊妹，又不觉心上一酸，便勉强忍住，与众人问了几句话。因不见邢岫烟，便道："你们姊妹为什么不拉了邢大姊姊同来？"湘云们笑笑。薛姨妈道："先前常见面的，有什么避忌呢。"凤姐接口道："邢大妹妹头里这几天身上不爽快，想来还不大好，并不是没过门的丑媳妇怕见婆婆呢。"众人听了都笑起来。

当下坐定，蕊官们上来点戏，贾母与薛姨妈推让一会，凤姐道："老太太同姨太太也不用尽让了，叫他们拣新排的好戏唱起来，唱得不好，告诉他们师父要捶的。"

蕊官道："《后雷峰塔》前儿已排出来了，又热闹又新鲜。"薛姨妈道："这本戏我们记得也瞧过，可是许仙的儿子中了状元，祭塔团圆的吗？"蕊官道："不是这样的，那一本戏是许状元已经拜了相，黑鱼精下凡做了靠海大王的军师，造反起来，许丞相挂帅出征，小青逃下七宝池来帮助许元帅成功，王母娘娘启奏玉皇大帝，遣了天神天将打开雷峰塔，放出白娘娘，重又与许仙成为夫妇团圆的。"薛姨妈听了向贾母道："听他讲的关目很好，老太太爱听就叫他们唱这一本罢。"贾母道："我听来也是好的，快叫他们妆扮起来。"

一声吩咐，戏房内早已伺候齐集。冲场便是王母娘娘赴了蟠桃会驾返瑶池，众仙女舞云奏乐，脚色齐整，服采鲜明，果然好看。及至看到白素贞出了雷峰塔，许仙已在金山寺披剃五十年，仍是小生扮的，容颜如旧，重与白素贞夫妇团圆。薛姨妈看了又触到宝玉出家一节。想起宝钗，死者不能复生，那得如白娘娘再有团圆之日？情动于中，止不住泪珠直滚。看到正本戏完，又点了几出耍笑杂戏混了过去。然后摆开席面，照常坐定，重又点戏开场。

席还未散，宝玉回来与薛姨妈请了安坐下。薛姨妈见了宝玉，虽然伤心，只得耐住，只管看戏。这里史湘云向宝玉道："二哥哥，你不早回来瞧新戏。《后雷峰塔》，许仙是藕官小生扮的，许仙的儿子许梦蛟倒是艾官老外扮的，公然一位老丞相胡须已苍白的了。这本戏妙在两个脚色先翻新得奇。"宝玉道："那也在旧本子里脱胎来的，你见《长生禄》小生扮刘晨，入天台遇了仙子回家，已阅数十年，刘晨的夫人已老得龙钟了。"探春问道："二哥哥，今儿在外面瞧的什么好戏？也讲给我们听听。"宝玉道："也不过常唱的这几出熟戏，我就很不愿意瞧，没法儿不应酬人家多坐一会。"

这里宝玉自与探春讲话，黛玉一面向凤姐道："过几天就是端午了，我上年回家正赶上了看龙船。多年不在南边看，这一回觉得新鲜。咱们园子里蓼溆、紫菱洲一带的河道也还宽展，吩咐他们赶忙置备起来龙船，外再用木排扎几座水台阁玩儿，咱们留姨妈在这里看了龙船回去。"宝玉听了更加高兴道："咱们这几年来从没有弄过这玩意儿，老太太同太太一定欢喜看的。怕日子近了赶不上，凤姊姊叫他们赶紧置造起来才好呢。"凤姐道："宝兄弟你听不得一句话的，林妹妹才讲出口来，这会儿就有龙船划到你面前才称你的意呢。老太太同太太未必定要瞧这个，第一个数你高兴。"贾母便问："你们讲些什么？"凤姐把黛玉的话对贾母说了，贾母道："我记得小时候看过，很有意思。咱们园子里玩要应个景儿也好。凤哥儿你就叫他们办去。”宝玉拍手道：“你们听老太太的话，可是欢喜不欢喜。”

当下凤姐就向林之孝家的说了，立刻传到巧手扎采匠，并各项匠人赶办。这里席散后，黛玉便邀薛姨妈到潇湘馆住下，莺儿上前伺候。黛玉免不得提起宝钗一番，薛姨妈又落了一会泪，各自安歇。宝玉自到怡红院住了。次日起来，记起一件事，便写了一封书子藏在袖里，先到贾母、王夫人处请了安，又回进园中往邢岫烟处。见迎春、岫烟都起身梳洗已毕，宝玉进去，大家让坐。宝玉便问岫烟身体可大好了，又道：“史大妹妹还没起来吗？”一面取出书子送与岫烟道：“这一件事与姊姊商量，不知可用得吗？”岫烟不知是何事，接书展开看道：

昨访蓬瀛，遥瞻仙范，不啻远隔洪涛万丈，弱水九重。惟于墙外巡檐摸索，见红梅几树，绿叶成阴，不禁怃然追往忆来。拟于左侧隙地开玉照堂，仿铁脚道人嚼雪沁香，诵《南华·秋水》，但恐百尺齐云，逼近阆风之苑。望仙、迎仙引度天花贝叶耳。用肃芜槭奉商，如蒙俯允，庶便鸠工。

怡红浊主稽首上槛外上人莲座

岫烟念毕笑道：“这也太周到了，本是极雅的事，妙师父断没有不乐从的。这封书可不用打发人送去，就留在这里。我好几天没有出门，明儿想到庵里去走走，我带了去给他瞧一瞧就是了。”宝玉连忙作揖道：“姊姊带去，还可借重美言，那是极妙的了。”

宝玉又和迎春说了一会闲话，起身出来，径到潇湘馆。秋纹道：“二爷又往那里去？琏二奶奶打发人来请呢。姨太太同奶奶都到老太太那里去了。”宝玉便往凤姐处来。凤姐问道：“宝兄弟，你多早晚儿布施清虚观里三十六万银子？要造什么太虚宫，还要设局济众，可是有的吗？”宝玉道：“就是头里在他观里拜忏的时候，话是提过一句的，我也并没回绝他。如今他们来领这项银子吗？”凤姐道：“既然有这句话，就该当一件事办起来。况且来的人也说得明白，并不是要这许多银子交给他们经手，原请咱们派了人去经理，不过估计工程费用须得这个数目。如今银子现成，只要宝兄弟说准了好办。”宝玉道：“姊姊自去问林妹妹。”凤姐道：“你们听听这是宝二爷自己说出来的，总得要求奶奶，爷们可当不得家呢。”宝玉被凤姐说得脸红，回身就走。

凤姐又把宝玉叫住道："别脸上下不来，正经还有话和你商量。你林妹妹跟前，我见他提一句就是了，谅来没有什么作难的。这件事工程也不小，管工的自然有些沾光，我替你想起一个人来。那焙茗出去找你很吃了一番苦，赏罚要公道，不如叫焙茗去管了这件事，明叫他沾个光儿。"宝玉道："栊翠庵外边也就要兴工，我想叫焙茗去经营，那里另派人罢。"凤姐道："栊翠庵又兴什么工？我不知道。"宝玉道："那是我才起的想头，姊姊如何得知呢！"于是宝玉就把缘由说明，并托邢岫烟去与妙玉商量的话也讲了。凤姐道："宝兄弟，你也太鬼祟了。这个地方起了阁子，上去玩的不过是咱们家里太太、奶奶、姑娘们，还有什么外四路不相干的人瞧见他庵子里什么东西吗？既是焙茗有你的差使，林妹妹留住他的家里人，有一房看他公馆，尽闲着。我去和林妹妹说了，把起造太虚宫的工程交给他，拿了一个总。余外设局施舍的事，再另派人。"话未完，见贾母处小丫头来叫宝玉吃饭，宝玉便往贾母处，见薛姨妈同黛玉众姊妹都在，宝玉随他们吃了饭。

是日，黛玉孝敬干妈一天戏。次日是湘云、迎春、探春这一班姊妹的公东贺喜。薛姨妈顺便与黛玉还席。黛玉向薛姨妈道："大嫂子总没来过，妈妈何不叫他过来，也瞧瞧戏，逛一逛咱们的园子，把他胸襟开展开展，省得闷在家里寻事生非。叫香菱也同了来。"王夫人接口道："当真姨妈听林姑娘的话，叫蟠哥儿媳妇过来散荡两天，或者他心里头有什么说不出的郁结闷气，也可消释消释。还有一说，他们这一班姑嫂，我不敢说一定是大贤大德的，到底规矩体统都不错。俗语说的'近朱者赤'，叫来瞧瞧他们的样儿，或者能把脾气改过些也料不定的。香菱待他奶奶，自然知道有个尽让，但蟠哥儿媳妇平日厌恶了他，总看不出这个人的好处，镇天在家里，免不了鸡争鹅斗的。"说着，叫老婆子"去请了姨太太家里大奶奶同香菱姑娘来"。薛姨妈忙止住道："罢！姊姊不知道我这一个媳妇，是见不得人的，所以总没叫他过来给老太太、姨妈请安。姨妈跟前不用说了，也不怕老太太同姑娘们笑话，就被这里老婆子、丫头们见了也不好看。若讲要他改改这种好样儿，就请孟母来也教化不过来的。这是前世的冤孽，拼着我这条苦命，尽着和他熬一天算一天的事，看谁熬过谁。倒是我走了出来，怕香菱在家里越发难受，不如去叫了香菱来也好。"当下王夫人吩咐老婆子去，不多时同了香菱过来。这里戏文早开了场，无事可记，不必碎繁。

晚上散了戏，次日照旧又相叙一天。黛玉款留薛姨妈赏玩龙舟，薛姨妈因黛玉恳挚缠绵，情不可却，只得同香菱住下。

这里宝玉便把清虚观之事告诉了黛玉，黛玉听说“太虚”两字，虽记得不十分清楚，恍惚死后游魂曾历于此，并模糊与太虚宫仙子叙话一番，犹如梦境。今听宝玉说到清虚观云游道人要化布施，知有来历，甚为合意。又道：“那设局济世这几件，本是应该办的。前儿在议事厅与大嫂子、凤姊姊没有议及。不过先亲后疏，由近及远，留待日后再办。不知在清虚观已先有此议，这是极好的了。”

宝玉又将造阁赏梅一事说明，黛玉亦以为可。到了明日，便打发人去关照凤姐说：“清虚观布施只管开工办理。”凤姐又将所派看公馆的家人去承办告知黛玉，即时择定吉日破了土。管工家人领银，赶紧督办赶办去了。

这里宝玉回到怡红院，紫鹃便道：“邢大姑娘来找二爷，说妙师父见了书子很乐。完工之后，冬天下起雪来，妙师父还要请邢大姑娘同四姑娘到阁子上赏雪看梅花。妙师父没有回书，叫邢大姑娘复二爷呢。”

宝玉听了，连忙走出园来，叫传焙茗。二门上的小厮回道：“不用传得，焙茗一早在这里候二爷呢。”话未完，焙茗过来请了安，见二门上小厮走了开去，便道：“有一件事来求二爷。”宝玉便问：“何事？”焙茗笑道：“二爷可记得万儿吗？”宝玉道：“我那里知道什么万儿千儿呢？”焙茗道：“怪不得，爷出去做了和尚，回来都停当了，奴才也陪着爷出了一会家，回家就不看顾奴才一点子。”宝玉道：“有话要说个明白，知道你肚子里什么万儿呢？”焙茗便引宝玉到书厅内讲道：“这事说起来年代原久了。那年新年头，奴才跟了二爷到东府里瞧戏，奴才偷空儿出来撞着珍大奶奶的丫头，叫万儿，拉他到小书房间里按倒他，正要上手，被二爷踢开了门进来，赶散了这件事，爷可记得？”宝玉道：“我记起来了，可是万儿的娘梦里头得了一匹什么万字锦才生他的？”焙茗拍手道：“正是他。”宝玉又问：“万儿怎么样？”焙茗道：“万儿是外头买的人，如今珍大爷叫他娘老子领回许配。奴才央媒去说亲，万儿同他娘都愿意的了。谁知他这个混帐老子赌极了，寻着惯放京债的老西儿，九扣三分吃利钱，两个月一转票，利上起利，如今滚到三百多两银子。那老西儿明知他有个女儿，所以安心放给他，就要把万儿准折做两头大。因为万儿不肯，在家里寻死觅活的闹，人还没有抬去。他娘转托媒人来寻奴才，叫商量寻个办法。”宝玉道：“婚姻事先要问女孩儿愿意，老西儿就能霸占他吗？”焙茗道：“搁不住老西儿天天逼着他老子要银子，怎样得开交呢？”宝玉道：“这会儿有银子还了他，老西儿可还要人不要呢。”焙茗道：“有银子清了，他就要人也由不得他了。”宝玉道：“那有什么难处，要多少银子我给你，叫他们还了老西儿。你把万儿抬了过来就完了这件事了。”焙茗忙爬下磕头道：“谢爷的赏。”

宝玉又将起造阁子要他监工的话对焙茗说了，焙茗道：“奴才的表兄就是个有名的工匠头儿，内里起造花园的工程就是他揽的。二爷要怎样造法，怎样的工料，奴才对他说了，叫他递上一张揽状，讲定多少银子，限他几时完工，奴才自然天天来照看，不费二爷一点子心。”宝玉道：“我知道要什么样造法？你只和他说阁子要起得高，材料要精细，完工要快速，该多少银子随他估价就是了。”焙茗答应。

宝玉叫焙茗先领了五百银速去办他的亲事。焙茗知道库上新定章程，先具领纸由帐房送验，再给对牌赴库领银。因是宝玉所赏，不比别项支销，各处并无批驳。焙茗领了银子，便去找着媒人。原来媒人就是冷子兴，知焙茗有了银子，不难玉成其事，立逼万儿的老子邀了老西儿来，本利算清，当面抽还欠约。那老西儿知道荣府的来头，又有冷子兴说话，现在借欠已清，并无挪借，只得死了心，垂头丧气的走了。冷子兴讨了万儿的庚帖，送与焙茗之母叶妈，一面择日完婚。

焙茗自去与他表兄工匠头儿说了，当下绘了图纸来回宝玉，讲定工料银九万两，都包在内。先领银一半，限四个月完工，再找银两。宝玉看见图纸，又限的完工迅速，恰到寒梅开放的时候阁子盖成，十分欢喜，便叫焙茗赴库上支领银两。这宗银子领出不用开去，公道加一扣头，除库上、门上花销外，焙茗大大沾光，便兴头排场娶亲，了却数年前书房一叙之缘，也应了其母梦得富贵万字锦的吉兆。

再说午节的龙舟、台阁到初四日制备都已齐全，那时迎春、香菱俱被黛玉留住，贾母又叫打发人去请了喜鸾、四姐到来。第一宝玉高兴，早已到蓼花汀一带看驾娘们演习，因来说与黛玉道：“果然好看。”黛玉想起每逢佳节良辰，游戏赏玩，总少见赵、周二姨娘，赵姨娘做人虽然器量窄狭，行为鄙陋，未免人家也太奚落了他，激之使然。我想天下无不可感化的人，何不甄陶他同归于善？书上讲的和气致祥，俗语流传一家和气值千金。我先尽我的道理，明儿的龙舟定要去邀他们来瞧瞧。当下便叫紫鹃去请赵姨娘、周姨娘，明儿到园子里来看龙船。

未知赵、周二姨娘来不来，明日的龙舟怎样有兴，且看下回分解。

【第三十五回】

庆蒲觞芳洲观竞渡　开寿筵舞榭发悲歌

话说黛玉叫紫鹃到赵、周二姨娘处请看龙舟，紫鹃去不多时回来，黛玉问："他们说什么话？"紫鹃道："我先到赵姨娘那里说了，赵姨娘欢喜得什么样似的，道：'你姑娘赏脸，不拘打发一个小丫头、老婆子来叫一声就是了，怎么又劳动你来。'他又说：'早听见今年园子里有龙船，很想过去瞧瞧，怕老太太、太太见了憎厌，还怕三姑娘说话，怪没意思的。如今你姑娘有咱们这些人在眼里，真真当不起。明儿定要去瞧的，见面再谢你姑娘。'随即又到周姨娘那边，他也说来的。回来碰见三姑娘，问我那里来，我就说姑娘叫我去请赵姨奶奶明儿看龙舟。三姑娘并没言语就走了。"黛玉点头暗想：探春为人诸凡可敬，就只在名分上头太看得认真。岂不思属毛离里，顾公义而废私恩也使不得。他非不明白这个理，盖过犹不及耳，底下须得陶熔他一番。

不说黛玉心头暗自议论，讲到次日早饭后，邢、王二夫人并尤氏都聚在贾母处同进园来。史湘云一班姊妹也陆续来到，李纨、凤姐两个先在沁芳亭指点安设坐位铺垫，并茶几茗具一切伺候需用物件。黛玉同薛姨妈径往沁芳亭来，与贾母众人相见，坐在一处。

看那龙船已从紫菱洲那边一只一只的鸣锣荡桨的开放出来，按青黄赤白黑共有五只。先是黄龙，次青龙衔尾而上，龙头龙尾并周身鳞甲装得玲珑活泼，彩色鲜明。黄龙船上旗帜招展，两旁共一十六个驾娘，并船头上站的龙宫太子，一色穿的黄衣。青、赤、白、黑四号各分颜色，驾娘们手携划桨在水面上掀波逐浪盘旋飞舞，各献技能。贾母看得乐意，便叫放赏。凤姐早已预备小船贴岸停着，一声吩咐，每船赏钱二十千文，船上众人磕头谢赏。驾娘们因贾母与众人都在沁芳亭，过去了又折转来，几回盘绕以供赏玩，足足闹了一个多时辰。

龙舟过去了，才见水台阁过来，底下都把木头扎成筏子，用石坠下沉离水面一尺余，并不露出木筏。上面用五彩丝绸结成树木亭台，照依所扮故事，位置得宜。如扮的《八仙过海》、《水漫金山》都选十四五岁的清秀女孩子，下用精巧钢条贯串，或站在渔鼓简板上的，或立在棕篮荷叶上的。白蛇、小青站在渔虾背上者，法海和尚斗法真像悬空在水面挂，取河水从山上泼下，白茫茫一片，宛然自下漫起。一座过去，又接着一座，扮的台阁十二座，制胜出奇，各尽其妙。贾母、薛姨妈皆赞美不绝。

宝玉看得高兴，便要下船去随着游玩。黛玉道："这要坐在岸上看他们从水里过去，由近而远才看得齐全。你下了船，不过看见前后两处，余外的都瞧不见了，有何趣味呢？"宝玉总不肯听，一个人走到蓼溆边下船，上了一座台阁，扮的是刘晨、阮肇入天台。见一派仙景，白石青苔，琪花瑶草，桥畔一湾流水，即是活波，便叫扮阮肇的女子脱下衣服与自己穿了，扮作阮肇去访仙女，真是心旷神怡。先从沁芳亭岸边经过，向湘云众姊妹笑着招手。贾母眯齐了眼看不清楚，问道："这向你们招手的是谁？"凤姐笑道："老祖宗认不清？是宝兄弟在那里淘气呢。"贾母道："那可不是玩的，快叫他起来罢。"凤姐道："请老祖宗放心，这个地方还稳当，由他高兴玩罢。"

湘云笑道："二哥哥上年到了大荒山，如今又想入天台了，仙子已在这里，还要去访谁呢？"黛玉瞅了湘云道："偏是你会说话。"一面湘云同黛玉取笑，贾母向薛姨妈道："咱们坐了一会，也该到别处去散散，怕要吃午饭的时候了。"凤姐接口道："今儿的酒席就摆在缀景阁底下，请老祖宗同姨妈、太太、姑娘们到那边去坐罢。"这里贾母一众人起身自到缀景阁去。

再讲宝玉，一路沿堤顺水荡来，见岸上那些老婆子、丫头们攒三聚四的，都在绿树阴浓之处，坐着的，也有蹲着的。过去又见赵姨娘、周姨娘带着丫头们，另在傍水凉亭里坐着观看。将近藕香榭，望见一群红粉，轻摇纨扇坐着说笑，渐渐近来，乃是邢岫烟、晴雯、紫鹃这几个人。原来紫鹃知道沁芳亭有姨太太在那里，所以同着晴雯去邀了邢大姑娘悄悄的到此瞧热闹。先是晴雯认出宝玉来了，便指手点戳的与邢岫烟说话。宝玉看见他们，也就笑笑过去。由萝港之下盘旋而出，到了蘅芜苑前。

回想起数年以来，每逢端节总有宝钗在一堆儿聚乐。今年有此龙舟胜会，旧时众姊妹都在，独不见了宝钗，不禁触景伤怀，兴致索然，便换了衣服，坐小船拢岸。上了云步石梯，转出蘅芜苑，缓步行来，正遇见琥珀道："老太太同太太、姑娘们都在缀锦阁过午，等你去喝雄黄酒呢。"又瞧着宝玉身上笑道："这会儿倒换了衣服了，为什么不照前扮的故事去给老太太大家瞧瞧呢？"宝玉也不言语，便随了琥珀到缀锦阁坐下，一同庆赏端阳。

贾母说起，今儿装的台阁、龙舟很有意思，既然费了许多工夫置造出来，咱们再玩两天也好。薛姨妈道："他们竭诚想出来应景的玩意儿孝敬老太太，自然老太太该多乐两天。我家里还有些事情，走出来好几天了，可先要回去，叫香菱在这里多住一两天罢。"贾母笑道："姨太太既然来了，那可由不得姨太太做主呢。"

薛姨妈正要推辞，黛玉接口道："老太太留妈妈，做女儿的有句话，这会儿也就告诉了妈妈。不是妈妈的生日已经过的了，没有尽女儿一点孝心。如今妈妈听了老太太的话，住在这里，再看两天龙船，接着补祝妈妈寿辰。就是园子里这一班姊妹、两位嫂子同珍大嫂子拜寿吃面，外头叫一班好戏，打伙儿热闹一天。"话未说完，凤姐接口道："唉呀呀！不是林妹妹提起，连姨妈的生日我们都混忘了。到底是干女儿的孝心诚，记得清楚呢。"贾母笑道："姨太太可再没的说了，干女儿孝敬干妈庆寿唱戏，不用派咱们的公分，落得吃喝听戏，那有这样相应的事。姨太太再不赏脸，不是心疼干女儿花钱，就不肯叫白便宜了咱们。"说得在座众人都笑起来。

大家顺着贾母的话留薛姨妈，薛姨妈道："一来家里有事，二则蟠儿还不知怎么样，看了这个不贤慧的媳妇，老太太想，有什么好心绪？到老太太这里高兴，做起生日来，也被人家笑话。我领姑娘的情就是了。"黛玉道："本该到妈妈家去庆祝才是正理。因姨妈那里诸色不大便易，咱们姊妹都去了倒累姨妈张罗费事，所以想个权宜之法，不如在这里办了，总是一个样儿的。妈妈既然撩不下家里的事，看罢龙舟回去，到那一天再请妈妈过来就是了。”说着，各席上又点景用了几杯蒲酒，饭毕盥手送茶，等贾母起身，各自散去。

薛姨妈回至潇湘馆，黛玉又肫肫订邀，薛姨妈顺口含糊应许。次日，又陪贾母坐船玩了一天，至晚决意要回，众人不能挽留。第三日，贾母众人又到藕香榭坐落玩赏。

是日，黛玉便叫人去请了邢岫烟，同着看了一天台阁。又打听赵、周二姨娘连日都到，他两个十分感谢黛玉为人细心周到。

讲到黛玉要与薛姨妈庆寿，宝玉知道喜之不胜，对黛玉道：“你认姨妈做干妈这件事办得很好，可怜姨妈，如今眼前没个亲人也苦了。咱们这一番举动，听见旁人都夸你呢。”黛玉道：“我那里管旁人的议论，不过各人尽各人的心罢了。姨妈向来待我也好，我是没娘叫的，姨妈如今也是没女孩儿。世上四种穷民，内无父曰孤、无子曰独，却不提及无母无女之人。想失恃与失怙无异，无女与无子一般，可由孤独类推。况我双亲俱丧，姨妈痛失掌珠，有子若无，两相依傍，彼此有情，兼可把你弃家披剃一节借为铺盖，我心始安。你也以为然，可见咱们两个人的设心并非有己无人，总要由忠而恕。如今也不必讲这些了，且商量与姨妈做生日的事，在园子里那一个地方唱戏好呢？宝玉道：“你不听见姨妈的口气，怕未必过来。”黛玉道：“咱们只管排场起来，到那一天多走几个人去拉也拉他老人家过来了。”宝玉道：“园子里就是缀景阁同嘉荫堂两处宽展，我想缀景阁还不如嘉荫堂好。现在天气热了，嘉荫堂前靠山腰，这二十来株大树遮得阴阴的，又看那流出来的一股泉水清心爽目。北静王府里上年新弄一班戏，脚色也多，行头也全，比咱们家里的戏好。老太太同姨妈都爱看热闹戏，瞧了一定喜欢。我去要了来，就在嘉荫堂翻轩外宽宽阔阔搭一座台子。本来无外客可请，就是咱们家里这几个人听戏。”当下说定了，黛玉叫人去关照凤姐。

那边凤姐早已预备与薛姨妈庆寿的事，专等黛玉这里定了地方，便吩咐林之孝家的传老婆子们把应该添设的灯彩铺垫都挪到嘉荫堂去，一齐动手搭台。宝玉亲自去指点道：“戏班里脚色有一百多人，台子小了挤不下。”又叫人去开了缀景阁，要抬新置的十二扇围屏。凤姐知道，忙来对宝玉道：“前年老太太生日，甄家送的一架大屏，是大红缎子刻丝满床笏，一面泥金百寿图，论起价钱来，虽然不及这一架，正是配做生日摆的。老太太说要送人还没送出去，不如搬那一架去摆好。”宝玉不听，定要抬他买的那一架，凤姐也就由他。当时抬了过去，诸色安设停当。

黛玉上一天就约定了人，天明起来梳妆已毕，知道宝琴上一天已过去了，便同湘云、迎、探、惜、纹、绮、李纨、凤姐、玉钏、喜鸾、四姐，连平儿、晴雯、紫鹃也高兴跟在里头，带了一群丫头、老婆子。宝玉见了花枝招展，这一班人真是群玉山头，瑶台月下，便要同去。黛玉道："等我们过去了，你随后来也使得，跟着我们像什么样呢？妈妈横竖就要过来的，快去换了衣服在这里等着拜寿也是一样的。"凤姐笑道："你要同我们去，也该把衣服早换上了，你瞧这个样儿，不像伺候宝二奶奶的小子吗！"众人听了都笑起来。宝玉连忙回去，找麝月要衣服更换。

这里，众人走园子里便门，拥到薛姨妈家里，挨次拜了寿，略坐一会，便拉姨妈过这边来吃面听戏。薛姨妈情不可却，便同宝琴、香菱随着众人过来。刚进园门，早有丫头们迎上去道："老太太、太太都在嘉荫堂候姨太太呢。"

薛姨妈便径至嘉荫堂，贾母先迎出来与薛姨妈道喜，薛姨妈回让了贾母。接着邢夫人、尤氏也到了，同王夫人都与薛姨妈道喜拜寿，大家逊让了一会。随后宝玉上前跪下磕了四个头，薛姨妈忙把他拉起。贾母便与薛姨妈让坐，各依次坐下。见中间供设西池王母，两旁烛台上点起"寿同山岳永，福共海天长"的描金大蜡烛，文王鼎内焚烧西域进贡的麟瑞名香，上面摆开玛瑙翡翠缀嵌的"汉宫春晓图"围屏，耀目争辉，果然是富贵气象。贾母笑道："今儿王母娘娘可被众仙女拉下瑶池来了。"薛姨妈逊谢道："老太太才算得一尊无量寿佛。托老太太的福，要赶上老太太的岁数还差一半呢。承老太太抬爱，就是姑娘高兴，何必这么样费心，我也不配呢。"凤姐道："姨妈说老太太是无量寿佛，今儿可算得个群仙会，请了佛菩萨来陪王母娘娘。林妹妹向来人家都称他是潇湘仙子，今日老王母下了凡，须得这位仙子那里去采一枚仙桃来，献献才好呢。"

说着戏文已开了场，先唱《八仙庆寿》，台上站了八十多个人都是绣蟒彩衣。舞袖蹁跹，歌喉宛转。第一出冲场戏已看得贾母乐了，接着坐席吃面，共摆六席。因是外面来的班子，翻轩底下满挂虾须帘子。宝玉走出帘外，被领班的蒋琪官看见，便到戏房里叫齐了二十四个小旦——都是十五六的年纪，生来似粉团玉琢一般——在帘子外齐齐站着，与宝玉打千请安。宝玉在北静王府里都见过认识的，便笑着同他们说了几句话，叫人取了二十五副宁绸袍褂来，连蒋琪官各人赏了一副。

当下有两个年纪最小的托了戏目上来点戏，在帘子外站住。林之孝家的接了戏目进来，送到薛姨妈面前点戏。薛姨妈与贾母互让，大家商量点了正本《火云洞》。这本戏文本来热闹，内中又多添了些彩玩，神出鬼没，果然好看，引得文官这些孩子同了十二个女清音都来看戏。凤姐见贾母不住的喝彩，便悄悄问了黛玉，吩咐放赏。林之孝家的叫了二十名小厮，用炕桌抬了十桌子共二百串满钱赏了他们。

贾母见帘子外站着藕官、蕊官，便叫他们进来道："今儿不叫你们唱戏，倒在这里玩耍，瞧唱的戏好不好？"藕官笑道："他们的戏不过仗着人手多行头齐全，讲到唱起戏来，也唱得过他们。"凤姐道："老祖宗，听藕官的话好不可恶，饶由他们在这里瞧了现成的戏，还要夸嘴。论起理来，今儿他们也该来孝敬姨太太两出戏的。"贾母道："咱们瞧了这半天热闹，再叫他们来唱一两出清戏瞧瞧也好。"凤姐听了贾母的话，赶忙叫林之孝家的来吩咐了。一面薛姨妈道："老太太坐了半天也乏了，该请歇歇去。"贾母道："今儿姨太太的大庆，我很高兴，不觉得乏呢。咱们到后院子外边走走，再来瞧他们的戏。"说着鸳鸯、琥珀扶了贾母，众人都随着散步。

一会仍走后院子回到嘉荫堂，梨香院的戏班早来伺候点戏。贾母道："今儿有外头的班子瞧，你们只拣好的戏唱，别丢脸。"蕊官便指藕官道："《王十朋祭江》是他的拿手戏，唱得好。"薛姨妈听了，便叫藕官唱《祭江》。藕官下去，扮了王十朋上场，唱了第一支"一从科第凤鸾飞"，抑扬顿挫，意致缠绵，出场便好。原来钱玉莲一脚向来是小旦药官扮的，他们两个人戏场上的夫妻以假作真，十分亲热。药官死后，藕官犹忘不了他，时时追念前情，偷向没人处掉泪。从前芳官还把他的心事告诉过宝玉，今点了这戏，便借戏中关目发泄自己私情，曲曲摹神，竟忘了是唱戏，倒像场上的身子就是王十朋了，哭得来哀猿断肠，铁人下泪。看戏的人个个伤心，连王府戏班里都围着要看，无不叫绝。

宝玉在座，其触目伤怀之处自不必说，又见薛姨妈拿着手帕子不住的拭泪。宝玉坐不住了，便站起身来往帘子外一走，拉住林之孝家的问道："今儿姨太太的寿辰要取个吉庆，谁点这些戏，你瞧闹得满屋子里的人都是淌泪抹眼的，像个什么样儿？"林家的道："因是藕官的拿手戏，姨太太叫他唱的呢。"宝玉听是薛姨妈所点，便没言语，转身走到王府班戏房里。蒋琪官拉住宝玉的手悄问："二爷给我察听的事可怎么样了？"宝玉道："还没访问出来，你别性急，总在我身上，还你个下落就是了。"又与他说了几句闲话，出了戏房转过嘉荫堂。

一路行走，盘算蒋琪官之事，又因蒋琪官想到袭人，心头纳闷。回至怡红院，径进紫鹃屋里，躺在炕上唉声叹气。那紫鹃同晴雯在嘉荫堂廓房内看了正本戏完回来，正在屋里换衣服。紫鹃问宝玉道："为什么不陪老太太瞧戏，也回来了？好好的又发什么的心事呢？"宝玉道："各人有各人的心事。"紫鹃坐下炕来，笑拉着宝玉道："有什么心事和我说。"宝玉道："叫你也摸不着这件事的踪影，对你说也自不中用。"紫鹃道："虽然不中用，到底说出来大家知道，闷在你一个人肚子里做什么呢？"宝玉道："蒋琪官娶袭人这件事，你自然知道的了。说起来也奇，他头里还聘定过一个人，也是咱们这两府里不知那一房出去的，因为那一家悔了亲，才又娶袭人的。难得蒋琪官有义气，我已许他访出头里这个人来给他，如今竟没处访呢。"紫鹃忍住了笑，问道："如访出了这个人，二爷还肯把他配蒋琪官不肯呢？"宝玉道："访了出来，为什么不把他配蒋琪官？"紫鹃道："这个人我倒知道，还有处找。"说着，站起身来便拉了晴雯来见宝玉，笑道："这个人有了，快叫他去跟蒋琪官罢。"

宝玉、晴雯两个一时都摸不着头脑，怔怔的四眼互睁。晴雯因听见跟蒋琪官的话，便笑骂紫鹃道："混唚你的什么？想是你刚才瞧戏倒瞧上了蒋琪官了。"于是紫鹃细将前事说明，又把宝玉的话对晴雯说了，晴雯才知紫鹃和他取笑的缘由。宝玉亦恍然，悔亲不肯嫁蒋琪官的就是晴雯，还上了一吊，才得把亲事退成的细情，暗叹晴雯贞烈，果与袭人不同。而蒋玉函两次定亲，无心凑合，皆系自己房中宠爱之婢，又虚名空挂，卒归水月镜花，奇也奇极，巧也巧极的了。当下经紫鹃一番取笑，闷怀顿释。晴雯、紫鹃便催宝玉仍到嘉荫堂去。

宝玉只得出了怡红院，走到蓼溆一带栏杆边，就是从前李纹、李绮们四个人在那里钓鱼的所在。见一个女孩子靠着栏杆，手里拿了半个馒头，一点点摘下来撩在河里，引那鱼儿泳游吞吐玩儿。宝玉暗想那女子倒也玩得幽雅清趣。走近身旁，见他回过脸来，眼如秋水含情，眉若春山带蹙，见了宝玉微微一笑，转身要走。宝玉把他叫住，端详一会道："你不是柳五儿吗？"那女子点点头。宝玉道："为什么一个人在这里玩儿？"五儿道："我妈到嘉荫堂找林大娘回话去，叫我站在这里等他同回去。"宝玉道："嘉荫堂唱戏，为什么不跟着你妈妈去瞧瞧？"五儿答道："我妈叫我定定的站在这里，不许到别处去乱走呢。"宝玉道："我记起来了，有句话要问你。"

未知宝玉记起何事要问五儿，且看下回分解。

【第三十六回】

慈姨妈三更梦爱女　呆公子一诺恕私情

话说宝玉在蓼溆栏杆边遇见柳五儿，记起旧事，问道：“头里芳官说你要到咱们屋子里来，我已经应许他的了。后来因太太把芳官这些人撵了，接着我就害了病，闹出许多不遂心的事来，把你也耽搁了。如今叫你进来，不知你可愿意不愿意？”五儿低了头，半晌道：“有什么不愿意呢？就可惜芳官倒出去了。”宝玉道：“底下我还要叫芳官进来。”五儿道：“还叫他进来唱戏吗？”宝玉道：“不是唱戏。他坚心出了家，不必定要在水月庵里，叫他进园子来跟着妙师父住在栊翠庵，不比在外头清静吗？”五儿道：“我跟着妈去瞧过他，见他身上穿的烂布衫子。我妈问他道：‘你师兄师弟们已常进里头来的，你为什么不进去走走，死熬着在这里？’他道：‘你们瞧我在这里受苦，我倒乐呢。目下的地狱翻转来便是日后的天堂。已经撵出来的人，还到里头去混什么？如今想起先前的受用，倒很没味儿。’我听他对我妈说这番话，怕叫他也未必进来呢。”

正说着，雪雁来请宝玉，宝玉便同雪雁来到嘉荫堂。席已坐定，王府戏班又开了场。宝玉上前，先与薛姨妈敬了酒，然后自贾母，邢、王二夫人，尤氏，李纨，凤姐各处以次而及，随便入座。少停席散，湘云拉了香菱同去，黛玉仍留薛姨妈至潇湘馆。

说起明日宴客之事，黛玉道："照样今儿的戏班、酒席代妈妈作东，不用妈妈费一点心，已吩咐他们去办了。"薛姨妈感谢不尽。说着，紫鹃来回："管公馆的嫂子有话回姑娘。"黛玉叫他上来。呈出太虚宫图纸，回明清虚观道人说的，照这样起造才合式。黛玉看了点点头，那媳妇退出。黛玉与薛姨妈叙话至二更后，各自就寝。

次日黛玉起身梳洗毕，雪雁说："姨太太今儿不知为什么一早就起来了。"黛玉忙过去请安，见薛姨妈眼圈儿红红的，便问："妈妈不再睡一会儿，就起来了。"薛姨妈道："昨儿晚上做了一梦，甚是奇怪。明明见你宝姊姊站在炕前，他说赶不上给我拜寿，他也就好回来了。林妹妹仍旧住了潇湘馆，晴雯、紫鹃住了怡红院，没有人占他的屋子，将来还住他的蘅芜苑，打伙儿同在园子里来去近便些。还叫莺儿等着他，不用去跟四姑娘。正要问他话，他道怕天明快了，还要去见他太太呢。说着就回身走了。我醒来听听你屋里的自鸣钟，已交子正的光景，再也睡不着，等天明就起来了。"黛玉道："那是妈妈的心记。"

一语未了，只听外边老婆子们说道："太太来了。"王夫人便到薛姨妈屋里坐下。黛玉问道："太太有什么事早过来了？我正要去请安呢。"王夫人笑道："有一件奇事来问姨妈。"说着，便对薛姨妈道："昨儿晚上梦见宝丫头，说要回来了。还说到园子里见了妈妈才到我那边去的，妹妹可真梦见他没有？"薛姨妈诧异道："刚才和姑娘讲起，果然姊姊也有梦，这事奇极了。"于是便把对黛玉说的话，一一告诉了王夫人。王夫人道："中间的话字字相同，就没提起莺儿的事，还叫我在老太太跟前说一声，他怕天明赶紧要走了。我起来心上疑惑，所以来问妹妹，果然两梦相同。莫非宝丫头真个要还阳？算他死过半年多了，肉身已坏，那有这件事呢？"姊妹二人同黛玉谈论了一会，王夫人因早起未到贾母处请安，不敢久坐，黛玉也随至贾母房中。讲起这话，贾母将信将疑，半晌道："姨太太得了这个梦，倒叫他心上越发不定了。今儿早些请他去瞧戏散散心罢。"

当下黛玉起身，往王夫人处请了安，回进园中，一路思想。此事未必不由姨妈日有所思之故，就这莺儿要跟四姑娘的话，姨妈并未知道，何以梦中有此一节，又与太太梦的一样，委实叫人不得明白。大约宝姊姊这样人夙有根基，死后一灵不散，来去自由，偶然御风而行，晚上到此看看妈妈，尽他一点孝心也是应该的。你又何必说要回来的话哄骗他老人家呢？再者既然到了我屋子里，多年好姊妹，何不也来会会，在梦里头说几句话，莫非怪了我了。宝姊姊你若果然怪了我，恐蓬莱阆苑容不下你这一个不公道的神仙。

正在思想，只见莺儿慌慌张张的赶来，黛玉问他："那里去？"莺儿道："太太说我们姑娘要还阳了，我想棺柩停在铁槛寺，姑娘还阳转来，在棺木里喊叫没人听见，怎么样走出来呢？我要去瞧瞧，听见有什么响动就好叫人开棺。我到琏二奶奶那里套车子去。"黛玉道："你也成了一个傻丫头了。你姑娘果然还阳，须得的的确确定准了一个日子时辰，才好商量这件事。如今太太不过在梦里头得了一句没影响的话，倒惹你发起呆来。你去便怎么样呢？到底你要铁槛寺去，太太知道没有呢？"莺儿道："我没有告诉太太，那里承望姑娘就能活转来！我去走了一趟看看光景，也就死了我这条心了。"说着，掉下泪来。黛玉见他可怜，便道："这也难为你一片热心，不走这一趟想是过不去的。"回头便叫跟的老婆子道："你同莺姑娘到琏二奶奶那里去，说我的话，叫外头套一辆车子，再派一个有年纪的稳当家人，到铁槛寺，你也同了去。"又对莺儿道："早些回来，别去发呆胡闹。"说着，自回潇湘馆，吩咐道："姑娘们的早饭摆在嘉荫堂。"

一时湘云等众姊妹都到黛玉处，随了薛姨妈至嘉荫堂用过早饭，贾母、王夫人也到了。一面点戏开台，黛玉趁宝玉走开，便和湘云们讲起薛姨妈与王夫人梦见宝钗一事，众人称奇。湘云便问："二哥哥知道了没有？"黛玉道："已经疯了一个莺儿，到铁槛寺瞧他姑娘去了，再对这一个讲了，不知越发要傻出什么故事来呢。"因此众议纷纷道："《搜神记》如朔方女子赵春，《幽明录》如琅琊王生，都是还魂的。"有的说："汉末有人发前汉宫人冢，宫女犹活，谈昔年宫中事了了。这都是渺茫的话。"也有说："宁信其有。两梦相同，必非无因。"惟有惜春默无一语。湘云道："你们瞧四妹妹只装听不见，偏是他有些讲究，不言语一声儿，听咱们在这里胡说乱道。"惜春道："将来自然明白。"湘云道："好一个将来明白！咱们想你说句话，原是不到将来先要明白，若定要将来明白，等到三十年五十年，宝姊姊还阳不还阳自然知道了。但恐将来等得太迟，宝姊姊就便还阳，咱们这班人又要还阴了呢。"众人听了湘云的话，连惜春都笑起来。

不说嘉荫堂叙话，讲到莺儿与老婆子同坐了一辆车，叫赶车的买了些银锭纸钱带在车上，老家人将马儿鞭子赶出了城，径往铁槛寺。下了车，莺儿是前次随送灵柩来的，知道停柩之处，一径进去，走近棺旁。只见棺盖上积厚的灰尘，连叫几声“姑娘”，周围抚摩个遍，棺内寂然，全无一点还阳的影响，便抽抽噎噎哭个不住。老婆子在旁边化了纸钱，便劝住莺儿的哭，催着回去。莺儿还不肯起身，又延挨了一会，老家人也来催促。莺儿只得叫老家人嘱托寺内的和尚，叫他们随时留心，到这里来看看，倘听见棺内有什么响动，立刻进城通信。老家人自去依言嘱咐了色空。莺儿同老婆子上了车，老家人跟着回来，嘉荫堂犹未散席，便在潇湘馆等候。

那边薛姨妈因不见莺儿上来伺候，便问黛玉，黛玉恐被宝玉听见，支吾过去。心上记挂莺儿，想起惜春前叫莺儿且慢去跟他，与薛姨妈所述梦中宝钗之言相合。今日又听惜春言语隐约，宝钗还阳之说似有几分可信。原来黛玉心中以为宝钗还阳有三桩可喜：第一，慰了姨妈痛女之心；第二，夫妇三人可共承欢堂上；第三，宝钗病故，由于宝玉出家，我庆团圆不使人留缺陷。两番镜月重圆，先悲后喜，岂不是人间难得之事。只恐未必是真，转令罔念牵肠，痴心难释，又恐闹得宝玉知道，也像莺儿一样，认真要去开棺胡闹起来，这还了得。于是黛玉倒添了一种心事，勉强陪着众人坐在那里，还有什么心绪瞧戏？急欲等莺儿回来细问铁槛寺之事。不多时散了席，薛姨妈定要回去，黛玉叫老婆子们掌灯，薛姨妈带了香菱也不回潇湘馆，从嘉荫堂出来，径走便门回家去了。这里黛玉回到自己屋里，悄悄问了莺儿，不禁怃然。到底心里总牵挂这件事，随时探问铁槛寺有无消息。

光阴如驶，瞬交三伏炎天。迎春回了孙家，宝琴时来时去，湘云还留住在园。李纹、李绮亦在稻香村并未回家。诸姊妹各自在屋里看书下棋，或随便做些针黹，消遣长日。

一日午后，夕照初斜，凉风微至，宝玉闲步到紫菱洲。听里边有人唱曲，侧耳细听，唱的是“花繁秾艳想容颜，云想衣裳光灿，新妆谁似，可怜飞燕娇懒。”这声音很熟，却不是庆龄、遐龄，也不像藕官、蕊官，满肚猜摸，踱了进去，想不到唱的竟是晴雯。宝玉笑道：“怪不得时常不见你们在屋里，原来悄默声儿在这里乐呢。为什么不早告诉我一声儿？”庆龄道：“史大姑娘也有了两套。”宝玉便要湘云唱一支，湘云道：“林姊姊同紫鹃姑娘都会唱呢。叫你林妹妹先来唱一支，我就唱给你听。”宝玉道：“你们玩这个，比怄人的弹琴、下棋有趣多着呢。”宝玉因芳官出了家，心上未免怅怅，难得庆龄貌似芳官，心里头有了芳官，比别人眼里瞧出来，觉像得分外逼真，便叫庆龄拍《小宴惊变》，不到两三天也会了。又叫藕官、蕊官同庆龄、遐龄到怡红院教身段脚步，命庆龄改妆旦脚，还逼着晴雯与自己同串。晴雯不肯，宝玉再三央告他。蕊官便把班里的彩衣翠翘带来给晴雯扎扮出场。黛玉和姊妹们常到怡红院来瞧热闹，谁高兴也拍一两支。湘云也想串戏，到底为身份拘住。宝玉玩出了神，连热都忘了。觉此中颇有佳趣，并起社一事竟不提及。

那一天湘云邀了岫烟，到怡红院一转，不见黛玉，便往潇湘馆找他。路上遇着探春，三个人同到黛玉处，问小丫头们："奶奶呢？"雪雁在里头听见，忙迎出来道："姑娘在后面佛堂里。"湘云问道："供的可是观音菩萨？"雪雁笑答道："正是。"湘云道："林姊姊又在那里稽首慈云礼世尊了，咱们瞧瞧他去。"一路说笑进来，湘云叫道："林姊姊为什么不瞧他们去？晴雯姑娘的戏竟串熟了，看他妆扮起来，当真有些像杨娘娘呢。"探春摇头道："不像杨太真，还该富泰一点。你不记得那一年瞧戏，二哥哥说了宝姊姊一句话，宝姊姊恼了。倏忽间已是好几年的事了。"湘云道："正是。我瞧他戏目上写的《惊变》、《埋玉》，叫他们改做埋环才是。"黛玉道："你怕犯了一个玉字吗？这又何必呢！"一面探春又道："今儿瞧见你挂的大士像，记起一件事来了。林姊姊，把你这幅小照拿出来，咱们还要瞧瞧。"说着，同到前头屋子里坐下，黛玉便问雪雁："你可记得我这幅《行乐图》在第几号箱子里？要翻腾他出来呢。"雪雁道："前儿同观音佛像取出来的，在这里呢。"说着，便拿出来。湘云接过展开，大家端详了一会，又看到惜春题的诗句。正在议论，来了宝玉，便问："你们在这里瞧什么？"湘云就把这幅照交与宝玉，看了笑道："也把我画在上头，林妹妹算是龙女，该配一尊善才。"

正说着，只见平儿引了小红、柳五儿，后面还跟几个老婆子，背着箱子、衣包进来。众人都不明白，探春笑向平儿道："你们这一群人拿了行李包裹，倒像投歇店似的做什么？"一面小红、五儿与众人都磕了头。平儿道："小红是先前在宝二爷屋子里，我们奶奶要了去，原说挑进人来补还二爷，因不把这件事放在心上，过了好几年还没补上。如今挑五儿来补小红这个缺的。"黛玉道："既是这样，为什么连小红也来了？"平儿笑道："小红的话停会儿再说。"宝玉道："凤姊姊别因我前儿去要人，他头里要了小红去没有补还我，如今赌气连小红都还了，我可是不要的。留五儿在这里，把小红领了去。"

小红站在平儿背后，听见宝玉的话，忙把平儿衣服拉了一把。平儿理会，便道：

“那是没有的事，别多心。”说着，便同了小红、五儿进雪雁屋里，见紫鹃也在里头，便道：“姑娘们都在外边，我不好说得，和你讲了，停会儿告诉你姑娘一句就是了。”当下与紫鹃说明缘故，平儿转身，小红又有话求了紫鹃。

外面黛玉向众人道：“我早瞧着五儿是有出息的人，也生来干净。”说着，便叫一声“五儿”，五儿连忙走了出来，站在黛玉跟前。黛玉笑问五儿道：“我倒盼你进来呢，愿意住在这里伺候我，还愿意伺候二爷？”五儿微微一笑道：“奶奶的话，在这里服侍奶奶，一般就是伺候爷，有什么分别呢？”黛玉一时倒无言可答。湘云接口道：“五儿你还不知道，这里潇湘馆是你奶奶住的，你二爷住的又不在这里潇湘馆一处。怪不得你奶奶在这里夸你，我听你答对奶奶这两句话，再没那么说的好，竟把你奶奶对住了。”一面向黛玉道：“这也不必问五儿，自然二爷知道你欢喜他，仰体奶奶的意思叫上来伺候的。”大家听了一笑，不觉笑得黛玉脸也红了。

紫鹃在旁也笑道：“当真五儿与姑娘有缘，也没有进来的时候，倒先已伺候过姑娘的了。”探春道：“紫鹃姑娘的话不知说到那里去了，怎么人没进来就伺候你姑娘呢？”紫鹃道：“我告诉姑娘听，先前我姑娘叫厨房里弄长弄短，熬这个煮那个，柳嫂子嫌厨房里腌臜，都拿回家去叫五儿做的，不是早伺候姑娘的吗？”湘云道：“这么说起来，五儿倒有先见之明，早早巴结上奶奶了。”

宝玉一面听，一面自看这幅《行乐图》，不肯释手。湘云又过来瞧着黛玉道：“给你写照这个人，如今可还在扬州？他肯进京来，刚是咱们园子里头的人画起来，也得画一两年呢。”宝玉听了欢喜，一时就要请他进京。黛玉道：“你别高兴，这个人就住在咱们园子里头，也不肯画你的照。”湘云问道：“这个人有多大年纪了？”黛玉道：“年纪不过二十多岁。说起这个人，叫人起敬。他男人本是个穷秀才，专靠他笔上生涯，资助家中薪水。后来他男人亡故，上有孀姑，下遗幼子，仰事俯育之责都在他一个人身上，总在扬州一带官宦、富商家里画女眷们的行乐。若要他与男子写照，不论许他多少谢金，他总不肯动笔。”湘云听了黛玉的话便道：“二哥哥果然要画，咱们想法儿把你女扮了混在咱们姊妹队里，他就瞧得出来吗？哄也哄他画了。”黛玉道：“真是你们哥哥妹妹，还怕你二哥哥要不到家？代他想出这些刁钻古怪的想头来玩呢。”探春道：“当真去请了他来，把园子里的人都写一写，各人爱布什么景由他自己打稿儿。林姊姊再画过一幅。”湘云道：“林姊姊爱竹子，该画一幅《幽篁涤暑图》，再不然画一幅《葬花图》也对景儿。”宝玉道：“《葬花图》果然别致，但这一个‘葬’字未免颓丧，不如把‘葬花’改作‘扫花’更好。”探春道：“我要画《蕉窗玩月图》。”湘云道：“我画什么好呢？一时倒想不起来。”黛玉道：“你画一幅《醉眠芍药图》极妙的了。”探春又问道：“这个人到底肯来不肯来呢？”黛玉道：“有什么不肯。他想同我进京，为的是要拉了他婆婆同来。他婆婆病了，没有起身，过了年打发人去接他就来。他倒是妙师父一个知己，那一种清洁自爱的脾气竟像妙师父，却也有不同之处。”宝玉道：“说起妙师父，我又记起一件事来。”便对邢岫烟道：“过几天怕就要动工了，姊姊多早晚到妙师父那里去，就烦姊姊转致一声。”岫烟笑道：“动工有十来天了，宝兄弟还不知道吗？这几天我也没去走动，妙师父昨儿打发老婆子来，叫我从稻香村盘转走他东首后边小角门，没有人瞧见的。”

宝玉听了，便起身道：“我瞧瞧去。”当下离了潇湘馆，一路由树阴遮处望栊翠庵来，只听蝉噪夕阳与溪涧中涓涓流水之声，不觉心神怡旷，暑溽顿消。手拿芭蕉扇，单穿了一件熟罗长衫，撒了裤脚管，穿着网线凉鞋，慢慢的一步一步到了做工的地方。见四面都围着蓝布帽子，但闻登登削凿之声，但不见一个人影儿。宝玉挨入帐慢，见焙茗在一块青石子上铺了马褥子坐着，看那些匠人手忙脚乱的做工。见宝玉进去，忙站起来先回了工程上几句话，一手在靴统里拿出一封书子递与宝玉道：“候了二爷好几天，再没见面。我妈倒天天摆弄花儿草儿，他老人家胆子小，守着规矩不敢乱递东西。今儿难得爷到这里来，当面交明了更好。这是花自芳给我送二爷的。”宝玉接过，想书子上总有提起袭人的话，拆开看道：

> 沐恩贱妾花袭人叩请二爷恩主万福金安。妾蒙豢养多年，恩深如海，上年恩主看破红尘忽然走失，寄回发衣作证，并无还乡之意。妾遵太太、奶奶之命，出府改嫁蒋门，拜完花烛尚未同房，将妾送回。今闻荣归，自恨琵琶再抱，泼水难收，气苦成疾，一命恹恹。今生料无见面之日，来世投生犬马再图报效。呈禀不胜依恋惶愧之至。

宝玉看罢，皱眉道：“好不通的书子，不知叫谁写的？”焙茗道：“听见说花自芳倒能写写，怕就是他自己写的罢。”宝玉道：“果然花自芳写的，倒很亏他。”说着，把书子撕碎，叫焙茗取火来烧了。无心观看工作，也不嘱咐焙茗一句话，转身就走。心想这件事林妹妹如今倒不计论，这些先前的事都撩开的了，没有什么作难，就是晴雯难说话，也怨不得他，头里实在受了委曲。如今要叫袭人进来，搁不住这一个冷一句热一句的，把他排揎个难受，不是拉他到活路上来，竟叫他进来送死了。

一路思想，回到怡红院，心里发了躁，满头是汗珠子，连罗衫罗裤汗透得如雨淋一般。紫鹃连忙叫小丫头子提了水来，服侍宝玉洗了澡，换下衫裤。因刚才在潇湘馆欢欢喜喜出去的，忽然这个样儿回来，不知是什么缘故。当下黛玉处打发小丫头来请吃饭，宝玉便问紫鹃："你们吃了没有？"紫鹃道："晴雯是在老太太屋里看抹牌，牌局散了琏二奶奶因琏二爷不在家，拉了他去不回来吃饭的了，就是我一个人还没叫他们摆饭呢。"宝玉便叫小丫头子回去说："请奶奶自己用饭，我就在这里吃了。"

一时便传摆饭，宝玉点景儿吃了些，问紫鹃道："平姑娘送了五儿、小红过来，那五儿是我指名要的，琏二奶奶把小红也送了来，他和你说什么没有？"紫鹃笑道："讲起小红这一件事，就有两三件事牵扯在里头呢。"宝玉问："有些什么事牵扯？"紫鹃把宝玉拉到自己屋里坐下，悄悄说道："你前儿叫林大娘留心，有大丫头打发出去要赏给蒋琪官，琏二奶奶正想打发小红出去，一听了咱们这里的话，琏二奶奶道：'小红本和二爷要去的，如今送到这里来，凭二爷做主去赏人。'"宝玉道："既然是这个缘故，咱们就把小红赏了蒋琪官。他们两口子很配得上呢。"紫鹃摇手道："你听下去还有缘故，不是刚才你见咱们同在雪雁屋里说话吗？小红等平儿走了，他再三央我求你不要把他赏别人，他是死活要去跟西廊下五奶奶家芸哥儿的。"宝玉笑道："他多早晚与芸儿有这些钩儿麻藤的事？"紫鹃道："他也不瞒我说，是好几年前的事了。他在园子里掉了一块手帕子，被芸哥儿拾去，因此两个人就有了心。小红说在琏二奶奶那里从没敢告诉过一个人，守到如今，好容易把他送了回来，要求你开恩，遂了他的心愿。"宝玉听了紫鹃的话，不但不肯跟究私情密约，而且欢喜成就了他们各人愿意的姻缘，便满口应许。

紫鹃忙去复了小红，又把细情回明黛玉，小红十分感激。他本是林之孝的女儿，听说凤姐忽然退还小红，叫赏给蒋琪官，林之孝家的心里很有些不愿。后来知道要给贾芸，喜出望外，也来谢了宝玉。宝玉叫小红不必回家，一面打发人去对五奶奶说了，择定吉日就坐了里头的轿车送到西廊下五房里。这里贾芸正领了二十万银子开张当铺，手头宽裕，房屋器具早已置备一新。小红过去甚得其所，而且名为侧室，芸哥并不再娶，与正配无异，完结了一段手帕姻缘。宝玉另与蒋琪官留心，仍是荣府里的丫头，赏了他一个，又赏了一千两银子，此是后话，表过不提。

讲到宝玉为了花袭人闷闷不乐，黛玉与紫鹃都猜不透他的心事，盘问晴雯，亦无头绪。适值这一天有一个管园门的老婆子，拿了一个衣包送在雪雁手里，说：“二爷叫他送来的。”雪雁不知来由，拿进黛玉屋里，偶被紫鹃看见，问是什么东西，雪雁告诉了管园门老婆子的话。紫鹃打开包袱，见是一件半旧的女袄子，便送与黛玉看道：“二爷的心事有些踪影了。”一面把老婆子送来的缘由回明黛玉。黛玉沉思半晌道：“这件袄子别无来路，也不犯着为他发心事，除非是袭人的衣服。”紫鹃道：“叫那送衣服的老婆子来，问他就明白了。”黛玉道：“且不用去叫老婆子，先叫晴雯来给他看看。果然是袭人的东西，晴雯或者认识也不定。”说着，即叫小丫头子去找晴姑娘，来瞧一件好东西。

不知这件衣服究系何人之物，老婆子在何处拿来，晴雯看了是否认识，下回自有分解。

【第三十七回】

送旧衣嗔查红绫袄 证回生录寄柳絮词

话说黛玉叫小丫头去找晴雯，来认老婆子送来的衣服。不多时晴雯到来，掀帘走进，笑道：“姑娘得了什么好东西，叫我来瞧？”黛玉道：“二爷的心事怪道咱们大家猜不透，如今倒寻出些踪影来了，你瞧这件衣服可认得是谁的？”晴雯接过一看，脱口嚷出来道：“这是我的袄子，那里来的？”黛玉听说是晴雯的衣服，一时倒弄得糊涂了，便问道：“既是你的衣服，老婆子在那里拿来的呢？这里头的缘故又奇了。”那晴雯一时嘴快说破了，及被黛玉问住，回想从前私情，不觉脸上一红，露出羞涩的光景。

黛玉察言观色，知其中又有别情，便逼住了晴雯，问他道：“这又有什么说不得的事？”晴雯暗想，这件事亦不必在黛玉跟前隐瞒，便讲明宝玉出去看他的病，穿了衣服回来，留作死生永诀的情由。如今问起，这件衣服总无下落，忽然送到这里，来自何处，反寻根到底的追问起来。紫鹃说明缘故，晴雯立刻打发人去叫了送衣服的老婆子来查问，说是二爷叫他到袭人处家里去拿来的。晴雯火冒冲烟，不顾黛玉在跟前，便骂道："这不要脸的东西，把我的衣服藏在他家里算什么？"赌气要撕那件衣服，紫鹃连忙赶过夺住。晴雯没处出气，便移怒在老婆子身上道："头里就为你们递东递西，闹到姑娘们房里也抄检了，把我们都撵出去。如今还不守规矩。这样混闹起来还了得！奶奶发他外边去打了四十再讲。"那老婆子只管磕头求饶，说："是二爷叫去拿进来，饶过这一次，以后再不敢了。"黛玉便叫老婆子起来，吩咐道："若讲二爷的差使，自有二门外小厮承办，或者二爷要送二姑娘、史大姑娘的东西，打发小子去不便，就近叫你们走园子后门出去也是正经。再要到别处地方去走动，就是二爷吩咐也得进来回一声，叫咱们知道。"老婆子听一句，应一声"是"。

黛玉又道："还要问你，袭人家去是二爷同去的，还是你一个人去的？"老婆子道："二爷没有同去，叫我去见了花大姑娘。他把衣服给我，说是二爷叫拿回去交给雪雁姑娘的。花大姑娘还病着躺在炕上呢。"晴雯道："竟叫他一声蒋奶奶就是了，什么花大姑娘，叶大姑娘！"黛玉道："明白了，想是二爷到那里走了一趟来的。"

那老婆子还站在门外发战。紫鹃道："还不谢了奶奶等什么？"老婆子听了，忙向黛玉并紫鹃、晴雯都磕了头，然后退了几步，转身走了。紫鹃笑向晴雯道："你这个人也太不公道，好意把袄子送还了你，不谢谢人家，倒要把送衣服的人出气，这算什么？"晴雯道："我的衣服为什么要他拿去做陪嫁呢？"说着，叫自己的小丫头拿了衣包，自要收拾他的衣服去了。

原来那一天宝玉瞒了众人，趁着早凉出了怡红院，走园子后门，想去看着袭人。宝玉是到过花自芳家的，依稀认得路径，一个人找到他家门首，四下寂静无人，便溜了进去。花自芳并不在家，宝玉站定嗽了一声，不见有人出来，一径走进里边，正到了袭人的卧室。见炕上一人面向里睡，头上挽的慵梳髻，枕的半新不旧大红顶绣花枕，盖着一条豆绿西纱夹被，像是袭人的旧物。炕边桌上灯台茗具俱全，比从前去见晴雯睡在芦席上的光景虽大不相同，而心中已如沁梅泼醋一般，又恐不是袭人，不便造次，只得轻轻唤了一声。

那人在睡梦里直声叫了两声"宝玉"，宝玉知是袭人尚在梦中，便连推他两推。袭人惊醒，回过脸来见了宝玉，把两眼乱揉，坐起身来。宝玉就炕沿坐下，拉了他的手，可怜花枝瘦损，非比旧日丰姿。袭人瞪着眼，怔怔的看了宝玉半晌，哽噎不出半句话来。宝玉忙把袭人抚慰一番，道："等你病好了，总要叫你进去的。"袭人听见要叫他进去这句话，又感激又惭愧，越发泪如泉涌，放声大哭起来。宝玉道："你的事我都已明白，不用提他。你只把咱们头里的话想去就是了，调养你的病要紧。”袭人叹口气道：“你的话我也记得，你的心我也知道，只恨我自己发昏，一时错了主意，抱怨得谁呢？偏又死不了活在世上，现人家的眼。”宝玉道：“过去的事都撩开，再别放在心上。”

袭人道：“你今儿来瞧我，我又想起一件事来了。不是那一年晴雯出去了，你去瞧他，换了一件袄子穿了回来，还撩在我箱子里。这是你们两个人的恩情在上头，比别的衣服不同，别说我有心措他的。”宝玉道：“正是。晴雯要过几次，我问麝月，说你收着，如今还了他很好。”袭人便叫一声“嫂子”，那花自芳家的听见袭人和人说话，过来看是宝玉，便站在门外窃听。袭人叫他，连忙进去与宝玉请安。袭人叫他在一只箱子里取了一件旧银红袄子出来，花自芳家的便去开箱寻取，交给袭人，自出去了。袭人抖开衣服，掉下一个纸包，宝玉拾起开看，就是晴雯的指甲，重又包好藏在身边。袭人把那件袄子拿在手里，翻来覆去看了一会，追想晴雯当年，又想自己今日，比晴雯与宝玉换穿衣服的时候一样伤心，禁不住扑簌簌泪珠滚下，倒将晴雯的袄子溅湿了一大片衣襟。袭人落了一回泪，见宝玉还呆呆的站着，便向宝玉道：“你出来有时候了，快回去罢。有谁同你来没有？”宝玉竟似没有听见，一手接过袄子，便要穿在身上。袭人道：“这样热天还穿得上棉袄子吗？你回去悄悄打发一个老婆子来拿罢。”

宝玉只得把袄子撩在炕上，又安慰了袭人几句话，出了花自芳家，仍来园子后门回来，并无人知道。叫管园门的老婆子到袭人家去拿了一件衣服回来，交给麝月。那园子里自从傻大姐拾了香囊，闹事以后，严禁私自传递物件。因宝玉吩咐，不敢不听，那老婆子偷空儿到袭人家去取了袄子回来，又错记了宝玉的话，把袄子递在雪雁手里，被紫鹃瞧见，回了黛玉，闹起这件事来。

那时晴雯说的拿去做陪嫁的话，正值平儿拿了支销总簿送与黛玉过目，进来听见，便笑问道：“又是那一位姑娘要办嫁妆，我们好端整送添箱。”紫鹃把话岔开道：“小红去做芸二奶奶，又是好几天了。”黛玉道：“前儿你送他过来，早知道要配芸哥儿的，不该受他这个头。”平儿道：“芸哥儿也是下一辈子，听说宝二爷认过他做儿子，奶奶还是他婆婆呢。”说着，都笑起来。平儿又道：“我送他来，为是我们奶奶送还二爷赏蒋琪官的，谁料到后来这节事，真是姻缘前定。”黛玉道：“小红正是你一个帮手，得用的时候，你奶奶为什么急巴巴打发他出去？”平儿笑道：“恁也不妨，就为二爷多看了他两眼。”黛玉道：“你们奶奶这个醋罐子总丢不了。”

一语未了，凤姐处又打发小丫头来找平儿问：“莺儿姐姐为什么不过去？姨太太那里又打发人来催，说等着他去瞧宝姑娘呢。”黛玉惊问：“那一个宝姑娘？”平儿也瞪了眼，说：“刚才姨太太那里打发人来叫莺儿过去，我也只道是没要紧的事，这里拉着说话兜搭住了，我还不知道是那一个宝姑娘，打量就是宝琴姑娘也不定。”黛玉摇头道：“向来人家都叫惯琴姑娘的，况且琴姑娘好好在太太那里，姨太太叫莺儿去看他什么呢？莫非铁槛寺有了些消息？但这里并没知道，断没有姨太太那边先得信的。这句话倒把人糊涂住了。”平儿笑道：“那有这件事，想是他们错听了话。这簿子留着，奶奶看过了，我再来取。”说着连忙走了。

黛玉便叫雪雁过去打听，一时宝玉进来问：“平姑娘来说什么？”黛玉道：“他有什么说？就送支销簿子来。我问起小红的事，好笑凤姊姊还是那么爱吃醋，他把这条子也改了过来，岂不变了一个好人了。”宝玉道：“我如今想起来，妒也是女子的好处，不是女子的坏处。”黛玉怔了一怔道：“这话又是那里来的？《周南》咏‘后妃之德’多半在不妒处称其贤，你反说妒是女人的好处，后妃不妒倒是不贤的了。”宝玉笑道：“妒有两种，有悍妒，有情妒。女子貌劣才庸，惟恐宠移爱夺，比如庸臣窃位，不得不忌贤嫉能以自保其爵禄，甚至诡谲凶残，正人罹害。此与妇人悍妒无异。若情妒则不然，即如妹妹所言后妃风诗，咏‘君子好逑，求之不得’，至于‘寤寐反侧’。君子用情既如此，以情感情，淑女人非木石，其间时势常变不同，人事遭逢不一，忧愁思虑，悲恐惊忧，无所不至，不免酿出一个‘妒’字来了。妒由情生，情到十二分，便妒到十二分，此与勃谿悍厉之妒大相径庭。”黛玉听到这里，竟如把他自己从前的光景道破，体贴入微，无可辩驳，不觉脸上一红，微笑道：“谁来听你这些胡诌。”

正说着，见雪雁手里拿了一纸字帖儿来，道：“请姑娘看了再讲。”宝玉问：“是什么字帖儿？”忙向雪雁手里接过一瞧，连叫“奇异”，便递给黛玉看道：“这不是宝姊姊的笔迹吗？”黛玉此时分外留神，一面与宝玉观看。宝玉看到“好风频借力，送我上青云”这两句，便记起这一阕词来，因说道：“这是宝姊姊填的《柳絮词》，他们抄来做什么？”又看到末后写的一行，“薛宝钗录前生于大观园填《临江仙》词”。

宝玉还不明白，黛玉道：“是了，一定是宝姊姊借体还了阳了，如今在那一家呢？”雪雁才笑答道：“听说那家姓张，张家姑娘死去又活了，这个帖儿是张家姑娘写的。张家打发人到姨太太那里，香菱看了叫老婆子送来的。”黛玉笑向宝玉道：“这件事还没有告诉你。就是姨妈生日这一天，他老人家晚上梦见宝姊姊说要回来了。咱们都盼望他还阳，那里想到是这样还阳的！”宝玉道：“我还不信有这件事。”黛玉道：“漳郡苏宗尸为朱进马所借，汝阳张宏义附李简之体而活，古来借尸还阳原是有的。”宝玉道：“宝姊姊回生，不该借体才好。这节事好叫我悬心。”黛玉瞅着宝玉道：“这一件天大的喜事，倒还有什么悬心？”宝玉道：“你知道张家是什么样人家？这位姑娘多少年纪？才貌怎样？倘是一个粗陋不堪的女孩子，叫我还去认和不认呢？”几句话，把一个黛玉也听得踌躇起来，只得把宝玉劝说道：“你别性急，等莺儿回来，底细都知道了。”宝玉一时有了这件心事，坐立难安，只盼莺儿回来问个明白。

讲到宝钗的真魂，留住太虚幻境数月，算准还阳日期，因肉身已坏，凑巧有个做过南韶道张家大老爷的女儿暴病夭殇。那一日仍是尤家姊妹和秦氏送宝钗真魂到张家，附在那小姐身上借体回生。

宝钗如同梦醒，看了衾帐房屋并上下人等，心已了然。那张家只有这个女儿，爱如掌上明珠，忽患暴病身亡，他父母哀恸无已。今见死而复苏，张太太便心肝乖肉叫不绝口。宝钗睁眼细看，开口便称太太道：“我不是你的女儿，快送我回家。”张太太只道是病人的谵语，急请名医诊治，肝气和平，已全然无病。

两三日后，起身梳洗，步近妆台，启奁一照，竟与前生所见镜里的容颜无异，暗暗称奇道：“天下那有这样相像的？”房中也有三四个丫头伺候，都叫不出他们的名儿，只得一一问明，连生身的父亲张大老爷进来，也要回避。便对张太太道：“我姓薛，哥子薛文起，母舅王子腾”，家住什么地方，要坐车回去见见母亲。张太太如何肯放，便说：“既有这些缘故，不如请薛太太过来，大家说说话倒可以使得。”

附身的薛宝钗听了欢喜，巴不得立刻即见母亲。又恐他不信，要等寻一件东西带去作凭证。睁眼首饰衣服都是张家之物，因想起前生在大观园与诸姊妹填的《柳絮词》，词义巧与如今附体还阳之事有些映合，便要纸笔写了出来，送去为证。张太太接在手中，走出来将词递与张老爷观看，并说明去接薛太太的话。张老爷看了《柳絮词》大为夸美，知他女儿不过识得几个字，那里填得上这首词来，方信躯壳空留，性灵已易，自是伤感。本来知道薛家是荣府的亲戚，住居离荣府不远，便叫一个老婆子，细细告诉了他的话来请薛姨妈。薛姨妈听了以为奇事，所以来叫莺儿同去的。

是日，薛姨妈带了莺儿坐车来到张宅，张太太忙出来迎接。薛姨妈进去，见了这位张家小姐倒吃了一惊。看来竟不像附体还阳的，如同宝钗活了转来一样，莺儿在旁也看得呆了。薛姨妈没有开口，母女二人便抱头大哭。张太太忍住一腔的凄楚，倒把他们劝慰，然后让坐道叙寒温。张小姐开口便叫"莺儿"，拉着手又哽噎了一会。

这里薛姨妈细问缘由，张太太将他女儿病亡，苏醒转来便不是原魂的话一一说明。薛姨妈又问他年纪生日，取何闺名，张太太逐件告诉了。薛姨妈笑道："天下那有这样奇事！不但同岁同生，闺名也叫宝钗，而且长来竟是一个模样儿。我刚才进来见了太太的令媛面貌，竟是我的亡故女儿。若这两个人好好的都还活着，叫站在一堆儿，我和太太见了，真认不出谁是谁的女儿来呢。"

正说笑着，薛姨妈忽然想起一件要紧事来，便问："令媛在日定过亲事没有？"张太太道："因是没有合意的人家，将这件事耽误了。现在倒有一头姻事在这里，说是贾雨村贾大人作媒，说的南京甄家。"薛姨妈着急，问道："占定了没有呢？"张太太道："看光景两亲家都愿意的了，还没过聘。"薛姨妈道："太太快不要应许了，我的女儿宝钗是已经出嫁配与贾宝玉的了。"张太太呆了半晌道："且再商量。"一面吩咐厨房备席款待，要留薛姨妈在那里多住几天。薛姨妈定要回家，席散后谢了张太太，就叫套车。

宝钗想跟他母亲同回，张太太不允。薛姨妈心上踌躇，想宝钗借了他家的女儿的身体生转来，到底是张家的人，反将宝钗劝住，叫他不用性急。宝钗也是个明白人，斟酌其事，未便造次，只得叮咛他母亲速到荣府议出个万全之策，接他回去。现在此间，人家看他犹如亲人，他看人家竟同陌路，要留莺儿陪伴，莺儿即便住下。张太太送薛姨妈上了车，回到里边自与张老爷议论这件事。

这里薛姨妈回到家中，天色已晚。一宵易过，次日起身便往荣府。先到王夫人处细细说明此事，凤姐正过来探问，贾母处已打发琥珀到王夫人屋里来请薛姨妈过去。王夫人道："老太太也惦记这件事，咱们一同过去，先回明了，就在老太太那里商量怎么样个办法。"

说着，便请了薛姨妈带着凤姐来到贾母屋里。贾母满脸笑容，先向薛姨妈恭喜，道："难得又闹出这件新奇事来。我活了八十多岁，从没听见过呢。昨儿只听说宝丫头借体还阳了，姨太太去看，到底是怎么样的，要姨太太细细讲给我们听听。"

薛姨妈陪笑道："托老太太、太太的福，宝丫头有造化该来侍奉老祖宗一辈子。"贾母道："我先要问问这位姑娘长来相貌怎样？别碰着一个丑陋的，白糟蹋了宝丫头了。"薛姨妈道："不讲俊丑，第一件奇事，叫那位姑娘站在老太太跟前，老太太再不说是别人家的姑娘，竟要吓老祖宗一跳，认是宝丫头又活了。"贾母道："听姨太太说来，竟同宝丫头一个样儿的了。这是越发难得。"

于是薛姨妈又向贾母细细讲了一遍，贾母听到贾雨村现在与甄家说媒一事，便不乐道："宝丫头是我家的人了，怎么又与甄家说媒？那雨村荒唐，我不依他呢！"凤姐笑道："雨村本家还是去说张家小姐，知道后来的事，自然也不去说了。"贾母道："宝丫头已经与宝玉圆房的了。如今咱们只当他是宝丫头，不知道什么张小姐、李小姐。"说得大笑起来。

薛姨妈道："老太太讲的真不错，但昨儿宝丫头要跟我回来，张太太还不肯放。我想宝丫头这个身子终是张家的人，宝丫头也没法儿，只得把莺儿留在那里。我今儿过来，一则报老太太个信，二来就要商量这件事。"王夫人道："我倒想出个主意，回老太太看使得使不得？"贾母道："你有什么主意？说出来同姨太太大家计较。"王夫人道："我想张家的意思，终不肯把这个没性灵的空壳子女孩儿推了出来。既是雨村替甄家提过亲，没有放定，咱们就央雨村去说媒，如同与张家再结了一门子亲，仍旧行聘迎娶，宝玉又算做了他家的女婿。这样办法，谅来张家再没有不允的。"贾母笑道："这样也好，宝玉又多了一个丈母娘。"便问："琏儿在家没有？"凤姐道："刚才听说冯大爷来拜，出去会他，不知这会儿客走了没有。"说着，叫小丫头子去对兴儿说："等客去了，老太太叫二爷呢。"

小丫头去不多时，便同了贾琏进来。贾母便问贾琏道："你知道宝妹妹还阳的事情吗？"贾琏答道："昨儿孙子媳妇说还不知底细，刚才听见姨妈过来了，正要问姨妈呢。"贾母道："叫你媳妇讲罢。"于是凤姐就把此事一一说明，并要央雨村说媒的话也讲了。贾琏道："咱们去央他，谅雨村也不好推辞。就是事情碰得太凑巧了，怕雨村作难。老太太、太太不记得上年老爷写信来，雨村替甄家提林妹妹的亲，如今又替甄家作媒，求张家的亲，翻转来又说到宝兄弟身上，虽然有这些情节在里头，觉得朝秦暮楚，不但到张家去不好开口，而且甄老伯面上也难为情。想起来倒有两个现成原媒在这里，何不央他们去，包管一说便成。"王夫人道："宝玉几时提过他家的亲？"贾琏道："不就是做过南韶道的这一家张家吗？太太忘记了，与邢大舅舅家也有些瓜葛亲谊。那位姑娘长得很俊，也还识字，因是独养女儿，要招赘女婿到他家去，老祖宗不愿意，回报他们的。”王夫人同凤姐听说，都记起这件事来，笑道：“原来就是那一家。”凤姐又道：“如今还要人赘女婿，叫宝兄弟入赘到姨妈家去。”王夫人又问贾琏：“头里说媒的是谁呢？”贾琏道：“就是咱们家里的清客相公王尔调、詹光两个人。”贾母听了道：“这更好，又不用到外边去央人，琏儿快去办妥。”贾琏应了一声“是”，退了两步，转身出外走了。

这里贾母又与薛姨妈提起旧话道：“头里娶宝丫头，因宝玉有病，又碰在国孝里头，胡弄局的完了姻，太委曲了宝丫头。如今聘娶了张家的亲，总要成个局面，也算补还了宝丫头先前的亏缺。”又向王夫人道：“你们要依我的话。”王夫人应道：“老太太想的到，遵着老太太吩咐去办就是了。”贾母又问道：“宝玉做亲的屋子现在空着，不用替另收拾罢。就是林丫头这班姊妹都住在园子里，又隔远了。”王夫人道：“这件事告诉过老太太，不是同姨妈那夜儿梦见宝丫头，说他若进来还住他的蘅芜苑。”贾母道：“我倒忘了。那么着很好，就依了他罢。”

当下薛姨妈在贾母屋里，又说了一会闲话，然后进园，来到潇湘馆。黛玉因等莺儿不见回来，无处打听信息，正在焦急，今听说姨太太在老太太处正要过去。薛姨妈来了，黛玉忙问宝钗还阳的事。薛姨妈重又讲了一遍，黛玉才替宝玉放了心。薛姨妈又把贾琏去央王尔调、詹光到张家说亲一节也讲与黛玉听了。

叙话至晚，黛玉款留薛姨妈，薛姨妈也因要听媒人的复信，即便住下。大丫头同贵留在家里照应，只带同喜过来。黛玉便叫柳五儿过去服侍。

再讲贾琏从贾母处出去，便到书房里见王、詹二位，先将宝钗附体还阳之事说明，然后托他们作伐。王、詹二位听了，大家惊异，道：“这是府上的喜事，算得世上的奇事，当得效劳。”王尔调站起身来，取通书一看，道：“今儿就是黄道吉日。”便同詹光换了衣服。各人命小子备了马，至仪门外上马，出大门离了荣府大街，扬鞭来到张宅求亲。

未知允与不允，再看下回分解。

【第三十八回】

以情感袭婉语劝晴　设法制环正言索彩

话说贾琏托了王尔调、詹光到张家与宝玉说媒回来，贾琏忙至书房，先陪笑致谢道：“劳驾了。张大老爷可允了没有？”王尔调摇首道：“难说，难说。这头姻事先前原与令叔大人提过，因张大老爷要招赘过去，所以没有说成。后来人家求亲的却也不少，老世台想，都是富贵门第，谁愿意把哥儿送到别人家去做女婿呢！蹉跎下来，张大老爷也渐渐冷了这个赘婿的念头。前月贵本家雨村先生转了内任进京，就与南京甄大人的公郎乳名也叫宝玉说媒，要迎娶过去的，张大老爷口允，还未出帖放定。如今这位小姐病故，可巧有薛府上令表妹借体还了阳，知道薛府这位小姐已于归尊府，雨村先生的话只可中止。今儿小弟同詹兄去说府上求亲的话，揣度张大老爷的光景，也愿结这门亲事，就听他口气，似乎有一件作难。因现在宝二爷已有正配，他家又与府上联了姻，这位小姐性灵虽失，体质尚存，终算张家嫁出来的女儿，到府上做个二房，这名分上难免旁人诽谤。小弟回他说，两家都是阀阅门第，再没有人议到这上头的。况且，形质是块然无知之物，不能不随性灵为转移，幸喜令嫒千金生前不曾受聘，舍身归于荣府，两全其美。即或已受甄府之聘，也只可弃彼就此，难道竟当作尊府千金嫁到甄府去吗？张大老爷听了小弟们的话，终是踌躇，倒叫小弟与詹兄到府上商酌停妥了再去回复他。小弟想出个法儿，不如请宝二爷奏上一本，恭候圣裁何如？”贾琏笑道：“使不得，皇上一日万几，怎好为宝兄弟的婚姻琐事上渎宸聪！再者，借尸一节，未免涉于荒诞，岂可登之章疏。”詹光道：“可不是，老世台的高见，借尸还阳，原是有此事无此理的，所以律例婚姻门内，并不载此条应作何判断之处。比如赵家的闺女已嫁钱家死了，有孙家的媳妇借他的尸身还了阳，赵家的女儿该断归那一家才是？这些事只可私下酌经行权，随机应变办去。如今妙在张府千金未曾受聘，总无不可商办的了。”

贾琏道：“二公不知，林氏舍弟妇胸中颇有经纬，可算个巾帼丈夫，与亡故的薛氏弟妇，他们从幼在一处相聚的好姊妹，我就把张家这一番话叫内人去告诉了弟妇，他们自然有个公正堂皇的议论出来。我来告知，再劳二位的驾去走一趟就是了。”

当下贾琏回到自己屋里，见了凤姐，把媒人的话细细讲明，叫凤姐过去与林妹妹商量。凤姐道：“姨妈也在潇湘馆里，要听张家的信，今儿晚了，明儿早上过去，当着姨妈的面和林妹妹说，看他出什么主意。你不用去见老太太，明儿得了林妹妹的话再讲罢。”

一宵易过，到了次日，凤姐一早便至潇湘馆。薛姨妈同黛玉都已起来，在一处叙谈。凤姐将贾琏的话照样讲了一遍，又道：“姨妈家的宝妹妹倒要姓张的做起主来，你们听听好笑不好笑？”薛姨妈道：“听这样说起来，他们还不允呢。叫琏哥儿到张家说去，再要作难讲出这样不中听的话来，我把这条老命拼了他。”黛玉道：“妈妈也不必生气，这件事有什么难处的，就是张家太过虑了。若讲娶他家的女儿来做二房，不必姓张的不依，名正言顺还有妈妈在这里该说几句话呢。我盼也盼不到宝姊姊有了这件喜事，咱们多年的好姊妹，难道还争这些？不要说张家的姑娘与宝姊姊同庚的比我大，就比我小，我还要叫他姊姊呢。咱们照前姊妹称呼，分得出什么大房、二房来！”薛姨妈听了甚是欢喜。

凤姐暗想，宝玉聘娶林姑娘是在宝妹妹亡故之后，况且又是钦赐完姻，北静王为媒，名分已定，谁敢哼出别的话来？这口角春风，落得做个面子上人情，也难得他自己肯讲出这几句话来。只要哄得张家过，把他女儿娶了过来就完了这件事了。

惟有晴雯在旁听出一肚子火来，道：“张家的人也太糊涂了，不想自己的女儿没

寿，咽出了这口气，不是宝姑娘借他还阳，那副身体臭皮囊早就埋在土里头了，还有这个人在世上吗？这会儿现成有了女婿，也不用讲到行聘迎亲，简简截截把宝姑娘送了来就完结了。”黛玉道：“晴雯的说话也是情理。”凤姐笑道：“再不用噜嗦央媒作伐，他可以冲得苏州南濠街上，打巷夺埠的孙娘娘，坐了一辆车子到张家去，把宝姑娘拉了回来罢。”

黛玉道：“别再瞎说了，正经凤姊姊去告诉琏二哥，快央媒人去说，吉期选近些，省得宝姊姊在人家难过日子。”凤姐道：“宝妹妹在张家，他们也似亲生女儿疼爱他的，倒没有什么难过。”黛玉道：“你那里知道，倒要不像亲生女儿疼他，犹如作客一般也过去了，越像亲生女儿这样待他，这个日子，等宝姊姊来问他就知道这个味儿了。”

凤姐听说，就出了潇湘馆，把黛玉的话先去告诉了王夫人，便与贾琏说知，仍托王尔调、詹光再到张家去说。这里黛玉留住薛姨妈。宝玉也知张小姐容貌与宝钗无二，十分欢慰。这一天，因同年相好送到知单醵分，只得换了衣服出去应酬。薛姨妈往王夫人处闲话去了。

黛玉一个人在自己屋里与紫鹃谈论宝钗之事。清音班里女孩子送了两盘苹果来，黛玉叫收了，雪雁包了赏封打发了来的人。晴雯过来见了喜欢道：“咱们园子里的没有这样大，可是外头买的吗？”黛玉道：“我又不爱吃这些东西，那里还去买他！是清音班里送来的，又是个抽丰局，不知看相我什么东西呢！你爱吃分一盘子过去，湃在凉水里，你慢慢吃罢。”雪雁便随手拿了那个纽丝玛瑙盆子，满满的装了一盆，递给老婆子送到怡红院去。晴雯见了道：“姑娘赏我苹果，不拘装在那里就好，可惜这个盆子。他们不小心，失手打碎了可惜。”黛玉道：“孤零零这一个也不成件器皿。”晴雯道：“本来一样的两个，因是二爷送史大姑娘东西，连这盆子留在那里了，掉这一个，到如今还没有碰。”说着又笑道：“提起二爷送东西，又记起那年碧痕一件故事来了。二爷折了园子里才开的桂花，插在联珠瓶里，打发碧痕送到太太屋里去，太太正在开箱子收拾衣服，赏了他一件，乐得什么样似的。我笑他说：‘人家得了多少好的，剩下来给你这一件，也算不得有脸。’”紫鹃问道：“给了谁剩下来的？”晴雯冷笑道：“那时候的红人儿还有谁呢？”紫鹃便知道他说的是袭人，便道：“他出去，太太还把宝姑娘的衣服给了他好几十件呢。”晴雯道：“那是太太给他陪嫁的，更不稀罕。”

黛玉听了便向晴雯道："提起袭人，有一件事要劝你。前儿这几天，二爷的心事你也瞧出来了，接着有了宝姑娘的信，才又分了心去。底下宝姑娘来了，二爷不称心的事再没别的，就只在袭人身上，咱们何不越发成全了他。"晴雯半晌不语，道："这蹄子使坏心摆布人家不用说，就是他欺压二爷的语也太过分了。"黛玉问："说什么话？"晴雯道："姑娘不知道，我明明听见他妆妖作媚说要出去，二爷好意留他，倒说：'强盗贼也跟他一辈子吗？'谁料，二爷不过出门了两个月，还没为匪，他不愿意跟强盗贼，倒去做唱戏的老婆，果然比做强盗贼的高贵些。如今二爷回来了，做了官，他又想进来做现成的姨奶奶，敢仔体面呢。"黛玉笑道："我的说话，不过是为二爷总不肯撩开这个人，何苦看他们熬着？至于袭人的身份，进来不进来已是这样定的了，将来你瞧他可还是先前这样有脸吗？"晴雯道："姑娘既然开恩不计较他的坏处，难道我倒不容他进来？"

黛玉道："不是说你不容，我有几句话告诉你，你不懂史鉴上的事，古来惟真英雄、真才子才有人杀他。咱们虽不敢高比，总是一个样儿的情理。你想，麝月、秋纹这班人都是你们一个屋子里住的，他偏要算计你，可见他心眼里瞧得起的没有第三个。还有一说，当日太太没有撵你，后来他即便想走，怕你笑话他，或是你把他激劝一番，袭人不走也论不定。到如今，他还是他，你还是你，那里显得出你们两个的好歹来？偏偏撵了你，就走了他，再没那么报应昭彰的了。劝你消释了头里的气，等他进来，再没提起前事，也断不可刻薄他一言半语。咱们待他到十二分好，正叫他愧悔到二十四分，比奚落他还难受呢。"

正说着，见鸳鸯掀帘进来，黛玉起身让坐。鸳鸯坐下不住的扇，道："大伏天已经过了，还是那么热，到底姑娘这屋子里……"鸳鸯才叫了"姑娘"，忙改口叫"奶奶"，道："我们向来叫姑娘惯了，一时竟拗不过口来。"笑着又说道："奶奶这屋子里外面有这些竹子，遮得窗上阴阴的，比别处凉快得多。"黛玉道："这毒日头地下，有什么事这会儿跑来？"鸳鸯道："老太太性急，那一家子还没允出口来，赶紧要收拾新屋子，叫我到蘅芜苑去看，有要修葺的地方，和琏二奶奶说快叫人收拾。我各处看了看，都是好好的屋子，只要裱糊出来就是了。咱们倒等着要瞧瞧，这一位张家的姑娘像宝姑娘不像？真是一件稀奇事。"紫鹃道："碰着咱们二爷的事，再没有不稀奇的。先前娶宝姑娘，说娶的是林姑娘，如今娶的明明是张家姑娘，又是宝姑娘，越发连旁人都要搅昏了。"黛玉向鸳鸯笑道："你别听他的话，正经我问你要件东西，不知老太太那里还有没有？那一年老太太给我的软烟罗，糊在窗子上，映着外面竹子的颜色，果然好看，如今再找不出这样纱来。”鸳鸯道：“那是琏二奶奶在库上找出来的，怕没有了。我再到老太太箱子里找去，如有，便叫人送过来。”说着起身要走，黛玉道：“忙什么？你瞧太阳还没下去，坐在这里凉快凉快不好？”鸳鸯道：“老太太还等着我问话呢。”一时鸳鸯出了潇湘馆。

接着宝玉回来，一叠连声的叫热。紫鹃、晴雯两个人连忙过去与他脱了衣服靴子，换上凉鞋，叫小丫头去取了凉水湃的西瓜来剖开，筌了一碗，插上银叉子。晴雯托在手里，一块一块的叉与宝玉吃了几块，说：“够了。”黛玉便问：“那一家有什么喜事，派了多少分子？”宝玉道：“有个同年，因路远没有去接家眷，有几个朋友怂恿他买了一个人，派公分贺喜唱戏。那买的人我也见来了，好模样儿。”随指着晴雯道：“同他不争什么。”晴雯红了脸：“二爷如今越发爱说什么就说什么，知道了买的什么人，混比起来！”一扭头便回怡红院去了。黛玉笑道：“要去看了别人家的人，一句话倒惹恼了自己屋里的人了。”宝玉道：“我说过的，就是他难说话，要恼由他恼去罢了。”

黛玉道：“咱们如今讲正经话，你的心上人早些弄了他进来才好。”宝玉怔了一怔道：“你说的可是宝姊姊吗？”黛玉叹口气道：“你讲的话好没忖量，难道是宝姊姊我好讲这句话？别怪晴雯恼你。”宝玉道：“我还有什么心上人？”黛玉道：“别假装糊涂，你第二回要做和尚的人，难道就忘了？”宝玉记起前言，黛玉所说的明是袭人，想前儿去看他，林妹妹已知道的了，便乘机进言道：“我也不是要瞒妹妹，因他现在病着不能进来，知道妹妹是肯宽恕他的，就是晴雯这张嘴，肯让人家一句吗？那一个进来了，不是揭他的短，便压派他头里许多不是。袭人是失时退运的人了，搁不住晴雯的磨折，怕倒把妹妹的好意辜负了。”黛玉道：“论理，晴雯说他几句也是该的。如今我已苦苦劝过晴雯，包管袭人进来再不欺压他，你放心。”宝玉便向黛玉连连作揖道：“谢谢大贤大德的奶奶。”黛玉见宝玉当着丫头们在跟前这个样儿，脸上微红，带笑啐了一口，转身自去赏玩摆的兰花。宝玉记起袄子，忙回怡红院去查问，知晴雯已经收到，又将指甲交与他，自己藏好。

这里黛玉正要到王夫人处探听张家亲事，只听得廊下站的老婆子道：“姨太太、二奶奶来了。”一语未了，凤姐带笑一路嚷进来，道：“亏了林妹妹几句话，张家就满口应承了。”当下坐定，把媒人回来，张家允亲的话说了一遍，又说：“他们的妆奁都备现成，倒叫咱们日子看早些。”黛玉问：“回过太太没有？”凤姐道：“老太太、太太处都已回过。姨妈也在老太太屋里听见的，老太太叫外头去选日子，要越早越好。这几天里头咱们先送聘过去，我已叫人收拾蘅芜苑屋子了。”凤姐坐了一坐，起身就走。薛姨妈与黛玉各各欢喜，过了一夜薛姨妈自回家去。刑岫烟知薛姨妈去了，不时与湘云、探春姊妹至潇湘馆闲坐，谈论宝钗之事，都称奇异，盼望过门迎娶相叙。

宝玉知道张家姻事已成，黛玉又许他叫袭人进来，件件遂心，十分乐意。

一日，黛玉瞒了宝玉，叫装了两提盒点心果子，就命前日送袄子这一个老婆子去看袭人，叫他好好调养，病好了，回明太太就叫他进去。又告诉他，宝姑娘已经借体还阳，张家许亲之事。老婆子到了袭人家里，说明是宝二奶奶叫送去的，又把黛玉吩咐的话一一说了。袭人呆呆的想了一会，感激黛玉，愧悔无地，老婆子临走时说不出一个“谢”字，惟有两眼流泪而已。老婆子回来，把这些形景回明紫鹃，紫鹃转把老婆子的话告诉了黛玉，道：“袭人这东西真不知好歹，姑娘这样待他，也不知道感激姑娘，叫老婆子回来谢谢，不知还哭他的什么？”黛玉点头道：“你说他不知好歹，这就是我对晴雯说的话，你不知他心里正悔得怎么样不好过呢。”话未完，见宝玉进来，两个人便住了口。宝玉问道：“你们讲些什么？我是听不得的？”黛玉笑道：“偏不叫你听。”

一语未了，只听平儿在帘子外问道：“奶奶在家里吗？”宝玉笑应道：“在家里呢，姊姊进来。”一面平儿走进里间，黛玉忙起身拉他坐下。平儿道：“我们奶奶要自己过来，因为太太那边不知有什么事过去了，叫我过来回奶奶的话。后儿放定，迎娶日子拣的八月初五。初三老太太生日过了，宝二爷喜事接下去。和奶奶商量还得请珍大奶奶过来帮帮呢。”黛玉道：“自然要请他过来的，还有咱们的大奶奶。”平儿道：“头里娶宝姑娘同今年奶奶的喜事，因大奶奶是个单身子人，不大上前。说起大奶奶也是可怜的，瞧他在老太太跟前一般有说有笑，我听素云说他奶奶陪兰哥儿念书，自己做些针黹，淌着眼泪，三更半夜的苦熬。我替他算起来，到那时候又要惦记兰哥儿下场的事了。”

宝玉听说下场的话，便记起赵姨娘之言，说：“幸亏姊姊提醒了我，今年是正科，环兄弟该同兰儿去走走。”便问平儿道：“你二爷在家没有？”平儿道：“才同媒人王尔调商量什么话，在屋里呢。”宝玉道：“我就托琏二哥给环兄弟捐监去。”

说着，赶忙出去了。

平儿道："宝二爷还想环三爷同兰哥儿下场，这几时环三爷在外边闹得越发不像样了。"黛玉问："环兄弟在外边怎么样闹呢？"平儿悄悄的说道："我对奶奶讲了，且别去告诉太太这话，也是二爷在外边察听回来和我奶奶说的。如今本家这一班子年轻的爷们领了银子去各自干正经营生，都习好了，不肯同环三爷混闹。他偏又结识不相干的人，日逐出外，非赌即嫖，勾引他的锦香院相与一个叫什么云儿，被堆子上知道了，要拿。锦香院里的人也怕吃官司，叫环三爷跳后墙逃跑了。还听说赵姨娘的东西，所有细软金银珠翠，多被环三爷拿去，鼓捣了好些出去。赵姨娘又不敢嚷破，私下与环三爷吵闹不依呢。"黛玉又问："三姑娘知道没有？"平儿道："谁告诉三姑娘这些话。若三姑娘晓得了，定要与赵姨娘淘气。我奶奶在太太跟前还瞒着呢。"

黛玉道："环兄弟年纪也不小了，该早些给他定下一头亲才是。"平儿道："我奶奶和二爷也提过，二爷道环三爷的亲事就难说，差不多的人家攀不上咱们，要是门户相当的，少不得打听打听哥儿，谁家愿意把女孩子许他呢？"黛玉道："既然亲事一时难定，只好先寻一个妥当人给他放在屋子里，倒可以羁绊他些，不至于常出去混闹了。"平儿笑道："讲到里头的人，怕愿意跟他的就少，除非是太太屋里的彩云。估量我们奶奶是不肯在太太跟前说这句话的。"黛玉道："不用你奶奶管帐，我就和太太说去。"当下平儿回去，把黛玉的话对凤姐说了，凤姐说："果然这样办成了也好，怕做了太太讨鸳鸯的故事，要碰太太的钉子。"又问平儿道："林姑娘到太太那里去了没有？"平儿道："就要去呀。"凤姐便借回别的事由头，过王夫人处探听这事。

这里黛玉来见王夫人，先回明宝玉要环兄弟同兰哥儿下场的话，又提到亲事上头。王夫人也是贾琏回过，说起宝玉要与环兄弟捐监，今科正场预备乡试的话，早已晓得。今黛玉慢慢说到本题上来了，指名直要彩云给贾环做屋里人。王夫人素日听得风言风语，也有几分知道贾环与彩云有些勾勾搭搭的事。今是黛玉来说，便欲将情卖与黛玉面上，沉吟了半晌道："我不是舍不得一个丫头，环儿这个下流东西，总不肯往上爬，他娘又是一个糊涂虫。这会儿给他屋里人，虽然是个丫头，怕白糟蹋了人家女孩儿。"黛玉道："太太虑得很是，但凡物因材成器，比如樗木坚铁，也要造作他一件器皿出来可以用得。环兄弟年纪轻，树枝子从小压，趁这时候他肯收收心，回头转来还不迟。老爷又不在家，太太那里照顾得到？所以我来求太太给他个人，正是羁禁他，并不是放纵他，请太太裁夺。”王夫人道：“我想宝玉屋里先前就有个袭人，如今又有晴雯、紫鹃，环儿不给他一个，显见得环儿不是我养的，人家说我有偏心。况又是姑娘来说，我也不好驳回，不知彩云愿意不愿意，你们也得去问他一声。”

此时黛玉正与王夫人讲话，凤姐也到了，听王夫人口风，便接口顺了黛玉的意思，怂恿了王夫人几句，见彩去不在跟前，便道：“我叫平儿去问彩云。”当下回到自己屋里，笑对平儿道：“这件事我竟料不着，刚才林姑娘的话太太倒应许了，还怕彩云不愿意，叫去问他。你快找彩云问去！”平儿道：“问也不用问得，我替彩云做主允了，奶奶尽管回太太去。”凤姐带笑骂道：“扯你娘的骚！你知道人家愿意，也要他自己牙缝里落出句话来。我去回了太太，彩云拿起腔来，叫你去跟环老三。”平儿便笑着去找彩云。彩云听了平儿的话，喜出望外。

平儿去与凤姐说了，凤姐就去回明王夫人。王夫人赏了彩云几件首饰、衣服，叫老婆子送到赵姨娘处，说明此事。赵姨娘也感谢不已。一面凤姐叫林之孝家的进来，吩咐挑人补彩云的缺。

过了几日，这一天，贾环见了贾琏想要一溜过去，贾琏叫住他道：“环兄弟，别走，有话对你说。”贾环只得站住了。

未知贾琏有何话说，且看下回分解。

【第三十九回】

恩偿夙愿追忆画蔷　缘了前生重谐卜凤

话说贾环见了贾琏想要躲避，猛不防贾琏将他叫住，贾环只得回转身来站着。贾琏道：“环兄弟，你这几时趁着家里有事查察不到，你在外头闹得太不像样了。我要写禀帖到老爷任上去，老爷是已有了升转的信，等旨谕一下，就要回京请训，那时候看你死呢活。我听太太已给了你屋子里人，你宝哥哥叫你同兰儿下场，给你捐了监，照也有了。你肯听我一句话呢，书也念念，好歹巴结完了三场，再别出去胡闹。老爷回来，我也好替你遮饰过去了。你自去想罢。”贾环脸涨通红，不敢回答一句话。贾琏又瞪了他一眼，自走开了。

贾环因在锦香院被堆子上要拿，受了这一次惊吓，稍为敛迹；屋里有了彩云，私情已遂，不想再去问柳寻花；又被彩云随时劝阻，贾环倒肯受他几分管束；还怕贾政回来究责，从此摒除外务，竟将纨绔恶劣行为渐渐改了。

赵姨娘知道彩云一事全仗黛玉之力，又听说宝玉的主意与环儿捐监下场，顿时把他母子抬举起来。想起那一年薛大爷带了许多南边东西来，宝姑娘叫人送来分给环儿，我还夸宝姑娘为人，抱怨林姑娘尖刻。如今诸事有咱们娘儿在眼里，先前真是错怪他的。俗语道的，“日久见人心”，一点也不错。从此赵姨娘不但把怨毒宝玉之心冰消瓦解，而且追悔无及，亲到黛玉处说了无数感激的话。

接着彩云也来谢黛玉，黛玉往紫菱洲去了。晴雯、紫鹃都在那里，便拉彩云坐下。见彩云尚未开面，同自己一般，不过收在屋里留以有待。一面叫小丫头子倒茶，因小丫头都玩去了，五儿在外间屋子里泡了一盏茶，进来递与彩云。彩云接了茶对五儿笑道：“你几时进来的？也巴结上好地方了。”五儿想起茯苓霜，一时带累他母女两个人受了一夜苦，一向不敢发泄，如今到了这里，听他说巴结上好地方的话，由不得哼了一声，道：“幸亏先前没有撵出去，得到了好地方，也没别的话头，就是太太屋里再被人家偷了东西，去巴结相好的，可连累不着我受罪了。”彩云听了五儿的话触心，禁不住脸上一红，羞脸变怒，指着五儿骂道：“你这小蹄子，才上了台盘没几天，就要倚势欺压人家？你见我偷了太太的东西去给过谁？就算我偷了，害着你的筋疼？不是你们厨房里现搜出赃来，就硬派上你们个贼名儿了。”五儿道：“我没有指名说姑娘偷太太的东西，姑娘何必揽到自己身上去。姑娘说我们厨房里有赃，有赃要有贼，到底审出偷盗实迹了没有？”紫鹃喝住五儿道：“你要死呀？不怕奶奶回来听见了捶你。”又笑向晴雯道：“怪道五儿长来像你，听他这张厉害嘴，和你差不多。晴雯也笑道：“五儿原该打，怎么就得罪新姨娘起来。”彩云见紫鹃吆喝住了五儿，也就不言语了。又听晴雯和他取笑，便不依，向晴雯道：“我是新姨娘，你算什么呢？你是新奶奶、新太太？怕一个样儿，还挣不到姨娘的分儿呢。不想想自己，混来取笑人家，唉呀呀，好不害臊。”晴雯一想，原是自己的话说莽撞了，便向彩云陪笑道：“好妹妹，是我的不是，别生气。”

一语未了，麝月从外边进来，听见晴雯和彩云赔礼，便道：“我同他过了半辈子，凭他自己错了，总强到底，要他赔不是，可是今儿第一遭，还是彩云姊姊脸大。”说着大家一笑。紫鹃问麝月道：“姑娘在邢大姑娘那里做什么？”麝月道：“才开了棋局，和史大姑娘下棋呢，叫我回来取马褂。”麝月便往黛玉屋里取了一件夹纱马褂送往紫菱洲去了。彩云道：“奶奶回来还早，你们替我说声罢。”说着起身，彩云与紫鹃、晴雯三个人同出了潇湘馆。彩云道：“你们要往那里去？”晴雯道：“今儿好凉快天气，我们约着逛逛，还要转到梨香院去。有你来了又坐住了，咱们同走罢。”彩云道：“赵姨奶奶还等着我描花样子，你们自去。”一路说话，行至蜂腰桥分路，彩云自出园去了。

这里晴雯、紫鹃慢慢行走，听得宝玉叫着赶上来问："你们到那里去？"晴雯道："屋子里坐着闷得很，和他到梨香院去逛逛。"宝玉赶上前去道："这里来，那边有起阁子的匠人，你们厮赶着我，盘出了栊翠庵多走几步，横竖闲逛。"说着穿林渡径而来。只见碧天云净，桐荫生凉，宝玉道："立过了秋，竟是一派秋天的光景。原来节气是不错一点的。"紫鹃道："记得去年这时候，正是避难的，躲在妙师父庵里呢。"晴雯道："我比你强，在堡里住了两三年，春夏秋冬也一天一天的挨过了。"宝玉一路听他们讲话，不多时到了梨香院。

先进清音班的屋子里，只见那唱大净的女孩子在那里哭呢。原来他们两班都住在梨香院，彼此往来，讲到唱曲，字面辨得真，板眼按得准，清音高似戏班，却不知道场步。清音的师父也要这些女孩子学几出戏，请戏班里教师过来教他们。今儿正在那里排大净的戏，师父因他脚步走得不是，打了他几下。宝玉见了，问起缘由，便生气把他师父吆喝道："他们本来不是唱戏的，该慢慢教他学习，不可性急，底下再不许打他们，我知道了是不依的。"那教师只得应了一声"是"，各自走开。

宝玉拉了唱净这女孩子的手问："学的什么戏？排了几天了？可会了没有？"一面又拉了庆龄说话。那遐龄虽然在怡红院走动，和晴雯时常见面，到底与紫鹃分外亲热，只挨着紫鹃身旁说说笑笑。晴雯和他玩道："你瞧庆龄是有二爷欢喜他的，可恶遐龄也只认得鹃姑娘，理也不理我。"庆龄们听了，赶忙笑着走过晴雯身边。紫鹃道："你喜欢他们亲热很好。"便叫："庆龄、遐龄，你们两个都拜给晴姑娘做了干女儿可不好？"

一语未了，不由晴雯做主，两个人便跪下磕头，连叫"干妈"，臊得晴雯脸涨通红。宝玉见了笑道："这有什么害臊的，比如芳官这几个，认那些混帐老婆子做干妈，不如认你们好多着呢。"紫鹃便笑向庆龄道："你们有了干妈，就该去认干爹。"说着呶嘴儿叫他们去认宝玉，和晴雯取笑。庆龄们也知道紫鹃要玩晴雯，便一眼瞅着晴雯摇头，笑道："我们可不敢。"紫鹃道："你们瞧，认了干女儿就会护干妈了。"

庆龄笑着叫唱大净的女孩子去拿了鼓板笛子来，把鼓板递与宝玉，自己拿起笛子道："二爷的《折柳阳关》还没很熟，再唱一回。"说着，把笛子亮好，宝玉尚未开口，只见戏班里的藕官笑嘻嘻的赶来，拉了宝玉过去。见藕官房里坐着他们一个同班女孩子笑脸相迎，赶忙站起来请安倒茶，亲手捧与宝玉。宝玉仔细瞧他，便是在蔷薇花下画“蔷”字，要他唱曲不肯唱，反走了开去，冷落他的这个龄官。今儿为什么忽然殷勤起来？再看他柳眉带蹙，杏靥含颦，妩媚中露出一种病态愁容。宝玉正思细探其故，藕官拉了宝玉至无人处道：“龄官有一件事要求二爷呢。”宝玉问：“有什么事？”藕官道：“他先前在里头唱戏就和蔷哥儿好，二爷也知道的。后来咱们出去仍旧唱了戏，蔷哥儿还常去瞧他。如今咱们又进来了，他们两下里干着急。蔷哥儿要买他出去，因在里头唱戏，师父不敢做主。蔷哥儿寄信进来叫龄官想法儿。龄官也知道我在杏树下烧化纸钱被春燕的姨妈看见不依，幸亏遇了你，倒替我遮掩过去，说你最肯怜念我们女孩子的，想要求你，当着面又臊得开不出口来，所以我替他来求二爷的情。只要二爷肯到上头去说一句话，准他出去，师父另去聘了一个脚色来顶了他。“宝玉问：“顶他的人有了没有呢？”藕官道：“那是现成。”宝玉道：“龄官有了替身，也不用到里头去说话。只推龄官有病，到外边调养好了再进来。里头也不查察这些，叫了一辆车子，把龄官送到蔷哥儿家里去就是了。”又笑道：“你去对龄官说，今儿可要好好唱一支曲儿我听听。”藕官也笑道：“今儿就叫他唱十支曲也包管肯。”

说着，引宝玉到龄官房里。龄官跟了进来，藕官道：“二爷要听你的曲儿。”宝玉道：“我可不要听昆曲，要唱小曲呢。”藕官道：“他就唱得好《马头调》，还会自己弹。”龄官便拿起琵琶，伸出尖尖玉指拨动弦槽，嗽了一声嗓子，轻启脂唇唱道：

> 绣不完，细针密线的鸳鸯带；拭不干，泪珠滚滚滴下香腮。想起我那可意人儿今何在，病恹恹香销锦帐，软哈哈梦醒阳台。听梧桐叶落，雨滴空阶，剔银灯，苦把秋凉耐。叹命薄的红颜错转了胎，恨只恨，今生还不尽相思债。

宝玉听他唱完，怔怔的出了一会神，便向龄官道：“你放心，包管你不叫在蔷薇花底下白淋了一会雨就是了。”

一时又进来了蕊官、玉官，宝玉叫他们过清音班那边，去叫了晴雯、紫鹃来同走。玉官们去不多时回来，说他们走了好一会了。赶着庆龄、遐龄过来，同龄官、藕官这几个人送宝玉出了梨香院。宝玉一个人便走到栊翠庵前，看看匠人做工，回到潇湘馆，一概闲文不叙。

看看七月将尽，贾母不等去请示，便对王夫人道："今年我的生日可不必举动，接着就是宝玉做亲，说不得再受亲友们一回贺礼。底下碰着人家有事，从厚答还他们也使得，总要像娶林丫头一样的，张亲家面上好看些，二来补了宝丫头的情。不可存宝丫头是已经做过亲的了这条心。这些话，我已对你说过的了，别的事我不管。"王夫人应了一声"是"出来，便把贾母的话和凤姐说了。此时银钱宽裕，办理从容，一切遵依贾母的吩咐。

八月初三日拜寿，并无外客，都是子侄辈，女眷们就是邢、王二夫人同孙子媳妇、孙女儿，并园里住的这几个姑娘们，还有尤氏领了佩凤、文花与蓉哥儿媳妇，又来了薛姨妈、香菱，闹了一天。贾母因宝玉喜事，这几天众人正要辛苦，不肯久坐，早早散了席，叫上下人等各自歇息。

过了一天，就是宝玉吉期。诸王妃、勋戚，命妇听说张观察府上出嫁这位千金，就是贾宝玉从前所娶的薛氏借体还阳，当一件新闻异事，都要来瞧瞧，因此今番来贺喜的女眷，比娶林黛玉这一回又多了几家。照前叫了几班好戏，内外唱戏宴客，还添了梨香院的两班，越发热闹。园内铺设了缀锦阁、嘉荫堂两处，只有省亲别墅的门不开，迎亲卤簿照样排场。张家见了也甚欢喜，虽然素来俭啬，此处陪嫁妆奁极其丰美，也颇相称。一时迎娶进门，在荣禧堂结亲。

这里晴雯、紫鹃两个人预先私下商量，把雪雁妆扮好了引他来见黛玉。黛玉不解其故，笑问道："你又不要妆新，这样插戴好了做什么？"雪雁道："紫鹃姊姊他们两个人替我这样妆扮的，问他们又不肯和我说明白。"晴雯在旁只是抿着嘴笑。紫鹃道："送他到琏二奶奶那里去。"黛玉道："送他到琏二奶奶那里去干什么？"紫鹃道："二爷头里这一回娶宝姑娘，不是雪雁去扶着宝姑娘拜堂的吗？怕今番还要用他，送去交给琏二奶奶，听他们去使唤呢。"黛玉听了，才会意过他们这番举动来，便带笑喝住道："已经过去的事，还翻腾他什么？如今你们把雪雁送去，叫琏二奶奶脸上怎样下得来呢？不说你们闹得玩儿，还道是我故意揭他的短。况且，宝姑娘也是死去活来的人，叫他知道心里怪不受用，何苦来呢？"紫鹃听了黛玉的话，也就歇了。

再讲宝玉结亲后，自荣禧堂进园，直至蘅芜苑。一路满铺了红毡条，照样二十四名丫鬟提灯，清音细乐送入洞房。贾母与众人要看新人的模貌，等揭了盖头巾争先去看，宛然是一个宝钗。宝玉见了更乐得心花开放，竟忘了情，不顾众人在跟前，连声便叫“宝姊姊”，众人都笑起来。黛玉暗暗扯了他一把，宝玉回头见是黛玉，便笑着走开了。

再讲新人睁眼看时，满屋子都是熟人，想想我薛宝钗一个人与宝玉两番花烛，真是亘古奇闻，不禁悲喜交集，因不能不替张家小姐留些体统，勉强妆出一个新人的模样，暂且缓待与众姊姊再诉死后衷肠。一时众人散去，莺儿与张家几个陪嫁丫头在屋里伴陪。见宝玉进来，莺儿想要数说他几句。一则因他姑娘已经还阳团聚，二来当着张家的丫头们在跟前，只得忍耐住了。宝玉等众人散去，便来亲近宝钗。此时宝钗亦将怨恨宝玉之意付之汪洋。宝玉还疑借尸之说事属模糊，将旧话几般探试，宝钗逐一对答，纤悉不忘。宝玉十分奇异，叙谈至四鼓后，宽衣同入销金帐，枕席欢娱，比从前合卺时似加几倍。惟是含葩初放，重点元红，不能不又试一番呻吟羞涩之态，话休絮表。

连日酬客演戏，忙乱过了几天，就是宝钗回九之期。同宝玉到了张家。张大老爷夫妇看见宝玉生得俊伟风流，而且侯门子弟，年少登科，真是乘龙佳婿。有女夭殇，幸得丝萝借附，居然坦腹承欢，比亲生更为难得。其款待殷勤之处，自不必说。因按规矩不便留住，内外筵席散后，当日就回。

间了一天，便是中秋，凤姐向贾母处请示赏月酒席设于何处，贾母道：“上年为你宝兄弟不在家，林丫头又回南去了，冷冷落落这几个人，大家不高兴，就在我院子里坐了一会，也就算圆了月了。今年难得林丫头同宝丫头两个都是意想不到的与宝玉团聚了。我瞧这天气，明儿晚上的月一定好的。咱们兴兴头头做一个圆月‘团圆会’，别辜负了这一个中秋，还是园子里瞧月亮也宽阔些。你们商量去拣一个合适地方摆酒。”凤姐道：“前年八月十五，老太太在凸碧山庄平台上摆酒的，那个地方高敞，玩月最好。”

当下湘云、黛玉也来了，听凤姐说摆酒的话，黛玉便道：“近水楼台多得月，山上玩月还不如在有水的地方更妙呢。凸碧山庄底下就是凹晶馆，这个地方玩月又省得老祖宗走山坡子。”凤姐道：“林妹妹说凹晶馆好，就摆在那里罢。”贾母点头道：“也使得。我记得那一年还有你大老爷、老爷都陪我喝酒，叫他们讲笑话我听的，姑娘们也有两桌，怎么不记得有你在里头呢？”鸳鸯在旁接口道：“那时候他正病着呢。”凤姐忙陪笑道：“不是躺着爬不起来，肯躲懒不跟老祖宗去吃好东西吗？”贾母道：“咱们先算算有多少人。”

凤姐便从大老爷那里算起，贾母道：“我说今年中秋喝的团圆酒，你老爷不在家，连你大老爷也不必过来，叫他自同大太太在家里圆月。珍哥儿也叫他爷儿们各自两口子团圆去。咱们去邀了姨妈来，娘儿们多乐一会。”鸳鸯指着凤姐笑道：“他呢？也该让他们团圆去。”贾母听了也笑道：“当真我倒忘了，他们两口子呢？”凤姐道：“老祖宗别听他的话，没有这个理。况且琏二爷也不在家，接环兄弟、兰哥儿的场去了。”贾母道：“环儿不肯念书，就去下场，不过应个名儿罢了。我倒望兰哥儿中一中，也叫他母亲喜欢喜欢，不枉他这几年的苦守。”

话未了，院子里老婆子们说：“姨太太来了。”凤姐忙起身相迎，薛姨妈早已进了堂屋，与贾母相见让坐。凤姐过去问了好，便道：“老祖宗才说要请姨妈过来，正要打发人过去，姨妈倒过来了。”薛姨妈道：“横竖后儿一早要过来与老太太拜节，今儿宝丫头回九到张家去来，不知怎样款待他们，我还要问问。今儿过来就在园子里歇了，后日起来近便些。”凤姐又问：“香菱呢？”薛姨妈道：“才从你太太那里出来，碰见紫鹃，拉他到园子里去了。”

当下薛姨妈在贾母处说了一会闲话，出来进园子里，先到蘅芜苑，见宝钗已经回来了。薛姨妈坐下正在说话，黛玉进来便叫“妈妈”，道：“方才紫鹃说姨太太来了，我在屋子里等了好一会，知道妈妈在姊姊这里，我也赶来了。”薛姨妈笑道：“我也才来，正要问他张家的话呢。好笑这位张太太，今儿宝丫头回九，还当他亲生女儿看待，连女婿都成了他家的亲女婿了。”黛玉道：“这也难怪他们，姊姊不是他家亲骨血吗？总是姊姊命好，倒多了一个亲妈。”说着，由不得眼圈上一红，宝钗笑道：“你也不用伤心了，我有张家亲妈，也不认我的妈了，把妈给你做了亲妈，岂不是我和你两个人都有妈了。”说得连薛姨妈都笑起来。正在说笑，见一个小丫头子来请黛玉道：“不知那里来了一位奶奶，等姑娘回去。”黛玉问：“是谁？”那小丫头道：“我来了几个月，没有见过这个人，认不得是谁。”黛玉道：“雪雁这些人不知在那里干什么？讲不清的话，偏生叫这一点子小的来，估量是袭人进来了。”宝钗道：“他出去嫁了一家姓蒋的，又退了回来。这件事莺儿在张家早和我说过的了。如今为什么又进来呢？”黛玉道：“他停会儿总要到你这里来的，细细问他便知道了。”

说着，出了蘅芜苑，转弯走不多路，遇见香菱。黛玉问香菱那里来，香菱道："我到紫菱洲去，邢大姑娘、史大姑娘叫我吃姑娘送去的百果桂花馅子的月饼，尝着味儿很好。"黛玉道："你爱吃我那里还多着呢。"香菱又笑道："宝二爷在那里商量明儿赏月的地方，邢大姑娘说不拘在那里总没有他的分，他要到栊翠庵同妙师父赏月去。"黛玉点头笑道："你太太在你姑娘屋里，快去罢。"黛玉自回潇湘馆来。

不知在屋里等的是谁，且看下回分解。

【第四十回】

庆团圆贾母赏中秋　博欢笑村妪陪戏宴

话说黛玉在蘅芜苑见小丫头来请，回到潇湘馆，走上台阶，听见雪雁屋里一片嘻笑之声，却不听得袭人说话。黛玉便问道："小丫头说不明白，说来了一位奶奶，可是袭人姐姐吗？"袭人在里边听了"奶奶"两个字，脸先红了，赶忙迎了出来与黛玉磕头。黛玉把他拉住问道："如今可大好了，我倒惦记你呢。"说着，拉了袭人的手走进里间让坐。袭人不敢就坐，黛玉笑道："这屋子里你头里常来惯的。咱们旧日在一堆儿犹如相好姊妹一样，别生分了我。"袭人只得在一张小杌子上就凳沿欠身坐了，低头无语。

黛玉看他一种拘谨羞愧之态，迥非旧时举动，便问："见过老太太、太太没有？"袭人欠身答道："刚才进来见过的了。"又问："晴雯、宝姑娘的事都知道了吗？"袭人道："都知道的了。"黛玉道："第一个先说晴雯，那时病着被太太撵出去，死了放在棺材里，抬到地头活了转来，悄悄的在他舅舅家里住了两三年，咱们都不知道世上还有这个人。第二个宝姑娘，金玉姻缘不到头，灵枢现停在铁槛寺，有这位张小姐的遗体附魂还了阳，更是天下少有的事。说到我……”黛玉说出“我”字，瞅了袭人一眼，重又道：“我也是死去活来，上年回了家，都料定我再不能到这个屋子里来的了，那晓得后来的事竟是神仙也不能知道的。你和我们一个样儿，今儿进来也只当转世投胎，把头里的事再别挂在心上，大家过快活日子。晴雯不过嘴躁一点，其实心上也是坦白的。”

袭人听了黛玉的话，不能回答一句，惟有流涕，说道：“奶奶宽宏仁厚，我活一天戴奶奶一天的恩德。”说着又跪下去，黛玉忙拉住他道：“话都和你说明的了，还要这样算什么呢？”又道：“宝姑娘仍旧住他的蘅芜苑做新房，晴雯、紫鹃叫他们住在怡红院了，你爱住那里凭你去拣罢。”晴雯听了忙过来叫道：“袭人姊姊照旧同咱们去住怡红院好。”袭人心思撩乱，话不留神说一句：“我不去住这屋子，也住腻的了。”晴雯听了心想，好意留他，他倒说出这句话来，由不得答他一句道：“你住腻了，再到蒋……”晴雯才吐出个“蒋”字，紫鹃正同晴雯站着，连忙在他衣巾上拉了一把。晴雯记起黛玉劝他的话，便缩住了口。袭人只做不理会，便接口道：“我到这里来伺候奶奶。”黛玉道：“你愿意在这里住也使得，快去看看宝姑娘再来。”袭人道：“我的铺盖还没拿进来呢。”紫鹃道：“雪雁就有几床被褥，怕短了你的铺盖吗？”

当下袭人出了潇湘馆，一路行走，细想林姑娘的话说得情理恳切，似没有恼我。他素日是有心眼的人，真假尚难揣度，只好留心再看底下。

正走间，顶头来了彩屏，见面彼此问好。彩屏便问：“姊姊那里去？”袭人道：“蘅芜苑去瞧宝姑娘。”彩屏笑道：“姊姊怎么连园子里的路都认不得了？这是到栊翠庵去的路呢。”袭人因心里有事，不留意顺脚走去，被彩屏道破，抬头一看，自己醒道：“我当真发昏了。”便回身同了彩屏，一路叙话过了荇叶渚。彩屏自回蓼风轩去，袭人径往蘅芜苑。

他一进外间屋门，见了宝钗并不惊奇疑异，竟当了素常见惯的宝姑娘，把自己嫁到蒋家才回家时候要往铁槛寺哭诉的心肠就此发泄，满腔怨苦结为凄楚之声，抽抽噎噎的哭起来。宝钗一见袭人，也禁不住两行珠泪直滚下来。莺儿忙上前悄悄劝道：“今儿是姑娘回九的好日子，快别这样，你瞧引得姑娘也伤心起来了。”薛姨妈在里间屋子里听见，也出来把袭人劝说了几句，袭人才住了哭。

宝钗道：“刚才小丫头来请林姑娘，说来了一位不认识的奶奶，林姑娘就猜是你。我先要问你，是谁叫你进来的？”袭人答道：“是林姑娘呢。”宝钗道：“林姑娘叫你进来就很好。你见了林姑娘，他和你说些什么？”袭人就把黛玉说的话一一告诉了宝钗。宝钗道：“难得林姑娘同你讲这些话，你也不用伤心，就把林姑娘这番话细细领会去，我也再没别的话和你讲了。你在那里住呢？”袭人道：“我就住在潇湘馆里。”宝钗点点头。袭人又问了宝钗借体还阳的话。一时宝玉回来，见了袭人，因前日已与袭人见过面，知道他进来了，此时不过与他淡淡问答几句，等将来到无人处私与绸缪自不必说。

是日，薛姨妈同袭人都在潇湘馆住下。到了十五早上，贾赦率领子侄辈先在贾母处行礼已毕散出，邢、王二夫人及尤氏、李纨、凤姐、黛玉、宝钗众姊妹挨次与贾母叩节。然后李纨妯娌等又见过了邢、王二夫人，薛姨妈与贾母、邢、王二夫人互让一会坐定。宝玉先已随着贾赦一班行过礼了，只混在姊妹们里头，同那个扯扯，与这个讲讲。众人坐不多时，贾母便令邢夫人、尤氏婆媳各自回家去过团圆节，晚上不必过来。邢夫人先自走了，尤氏随后站定，回转头来笑道：“老祖宗赶我们，只好走了。”凤姐也笑道：“不知好歹的，老祖宗体谅你们，不磕个头谢谢，你们瞧他还要拿腔呢。别害臊，尽管走你的罢。”说着，把尤氏一推，蓉哥儿媳妇也带笑随着走了。

众人各自回去，凤姐到自己屋里脱了衣服，才吃完饭，平儿进来说道：“老婆子上来回，刘姥姥来了，在二门外站着呢。”凤姐道：“为什么不叫他进来？老太太前几天还问起呢。”平儿吩咐了老婆子，便站在月台基下等他。不多时，刘姥姥走进院子，赶着上前与平儿问好。见廊下放着一大堆西瓜，刘姥姥道：“我女婿家里种了十几亩瓜，地里头一箍脑儿起来还没这些呢。”平儿道：“这几个是挑出来赏丫头、婆子们晚上供月的，你去瞧咱们堆西瓜的屋子，比这里还多几十倍呢。”说着进了堂屋。

刘姥姥见了凤姐，彼此问好。凤姐道：“姥姥，算你有两三年没来，瞧你倒越发硬朗了。咱们都说姥姥为什么不来，连老太太也惦记你，别一会子得罪了你，恼了咱们了。”刘姥姥念了一声佛道：“我的好奶奶，说起这样话来。就为上会子，奶奶同老太太、太太、姑娘们都看顾我，拉了许多东西回去，我女婿家里添了好几亩地，屋子也盖了几间。一年四季，瞧他们闲的时候就少，看不过，帮他们动动手，那里走得开？所以没有来看奶奶。”凤姐笑道：“你又拿什么时新菜蔬来送咱们呢？”刘姥姥道："今年雨水多，结的瓜果都不好。上会子来孝敬了这点点，硬的软的骗了一大车子东西回去。今番进城来，我女儿、女婿原叫我地头上搜寻搜寻，多少带一点子，再不然蝈蝈也捉两笼子来，送给哥儿们玩玩。我想哥儿们年纪也大了，不爱这些。说到别的，还有什么稀罕东西？知道的呢，说我尽一点穷心；那一等刻簿嘴，一定说那讨人厌的刘姥姥，又拿了两篮子虫蛀扁豆、退倭瓜来打抽丰了，不如塌拉了两条胳膊进来看看奶奶倒干净。"凤姐道："那是姥姥你多心，咱们倒想你们田里一点野味儿换换口，底下来再给我们罢。"刘姥姥又回过脸来向平儿道："姑娘给我要的葫芦、茄子条儿，有了心也没孝敬，果然奶奶、姑娘不嫌弃那些东西，值什么钱呢。"凤姐道："你外孙、外孙女儿为什么不同你进来？"刘姥姥道："他们如今也都大了，不许他们出来玩耍，在家里轻便活计也好替替力。我一个人搭了一辆屯车，赶天明就进了城。到门上不叫进来，盘诘个难，耽搁了有时候呢。"凤姐听他的口气，知还没有吃饭，便命平儿："叫他们与姥姥端饭，他屯里上来走了十多里路了，先拿两个月饼来给姥姥先点点饥。老太太那里传过饭了，姥姥你吃了饭同他过去，太太也在老太太屋里呢。我到园子里去走走，看他们收拾圆月的地场。

当下便带了小丫头子进园来，先到凹晶馆前看了看，见已撑起五色彩帐，老婆子们搬抬桌椅，小丫头支架风炉，洗涤茶酒器具，正在忙乱。凤姐吩咐了几句话下来，要到潇湘馆去，见五儿正走来道："姨太太同奶奶都到蘅芜苑奶奶那里去了。"

凤姐又回身来到宝钗处，见史湘云、李纹、李绮、探春、惜春、宝琴、香菱、玉钏都在宝钗房里说笑。薛姨妈与黛玉两个看宝钗做的针黹，因这些绣花东西都是张家姑娘的手迹，所以看了还议论针线好歹。

凤姐进去，大家让坐，讲不到两三句话，只见翡翠进来找琏二奶奶，道："老太太因为刘姥姥来了，留他听戏，叫就在赏月的地方，传梨香院戏班来唱戏，晚上再圆月呢。"凤姐道："凹晶馆前唱戏就宽敞。"便叫小丫头去叫林之孝家的来，吩咐预备着，一面先打发人去告诉王夫人。黛玉笑问："可就是'大火烧了毛毛虫'这一个刘姥姥吗？"凤姐道："可不是他呢。"宝钗、湘云都笑道："今儿来了他，可有了玩意儿了。"

当下众人都拉翡翠坐下，翡翠道："我要走了，你们去罢。老太太今儿高兴，也就来了。"凤姐忙同翡翠出了蘅芜苑。

这里薛姨妈一众人也都慢慢起身，齐至凹晶馆。紫鹃、莺儿、晴雯又去拉了袭人都来瞧戏。众人才至凹晶馆，李纨也来了。远远望见鸳鸯、琥珀搀扶了贾母颤巍巍的行来，王夫人同翡翠、玻璃随在后面，刘姥姥走得快，站着等贾母，一同到来相见。

刘姥姥见了花团锦簇这一群人，已斜着眼瞧道："奶奶、姑娘们可要恕我老糊涂，我见了奶奶、姑娘们都面熟，却认不真那一位姑娘，那一位奶奶，谁是谁？"凤姐笑道："别位奶奶、姑娘都不用说，内中有两位奶奶姑娘，须得我来告诉你才明白。"因指黛玉道："这一位是先前住在园子里你见过的林姑娘，如今是咱们宝二奶奶了。"又指宝钗道："这一位也是见过的姨太太家的宝姑娘，做了咱们宝二奶奶，如今是张太太家宝姑娘，又是姨太太家宝姑娘，还是咱们宝二奶奶。"贾母听了笑道："你们听这猴子，又故意闹他呢。"薛姨妈道："这可真把姥姥糊涂住了。你越往明白里说，越不得明白呢。"

刘姥姥也不理会凤姐的话，便道："老祖宗今儿叫我在这里赏月，月亮还没有上，我先跑到月宫里来了。这一个赛一个的都不是月里嫦娥吗？"凤姐道："姥姥到了月宫里，那桂花树底下的石臼子可要你去捣两锤呢。"刘姥姥道："奶奶又取笑我了，这不是叫我做老兔子吗？"众人又都大笑起来。

一时戏班伺候点戏，贾母道："点什么戏呢？我同姨太太随便瞧他们两出，只拣好的唱就是了。"一时开场，先唱《浣纱记》，《采莲》因少脚色，连清音女孩子都拉在里头。接着又唱《解妓》、《赶车》。贾母问道："姥姥你瞧，咱们的戏比你们屯里唱的好不好？"刘姥姥道："我活了这么大年纪，戏也听过得多，那里有这样好戏！别的我不懂，只瞧扮的旦脚，活脱像个女孩儿。"众人都笑起来。

凤姐拉了蕊官，推到刘姥姥身旁叫他瞧，道："姥姥你仔细瞧瞧，他是真女孩子假女孩子？"刘姥姥道："那是我认得清的，他不过生来俊，妆扮得像，那里是女孩子呢。"说着，把蕊官的颈脖子抚摩了好一会。蕊官见刘姥姥认他做男孩子，瞅着他嘻嘻的笑，刘姥姥越舍不得放手。凤姐道："姥姥你喜欢他，肯把你家孙女儿给他做个老婆，你也招了一个好孙女婿。"刘姥姥道："我倒愿意呢。"便问蕊官："你定了小媳妇儿没有？"蕊官忍住了笑，说不出话来，只是摇摇头。刘姥姥道："我回去问问青儿的妈，把青儿给了他罢。"凤姐又笑道："到底要察访察访明白，别把青儿送到他家，两口子配不上，退回家来，人家说你孙女儿配给戏子都不要，底下就不好攀亲了。"一句话，说得袭人脸上红了又红。凤姐偶然睃眼到廊檐下，见了袭人，才想起这句话无意中伤触了他，悔已无及，连忙把别的话岔开了去。

一时贾母要散步，出来看看园景，便叫煞了场，同薛姨妈先走，众人都随在后面。一阵风来，满鼻子闻的桂花香。刘姥姥道：“别说别的花卉，就这桂花香，比屯里桂花香的不得一样。”凤姐瞧着山子底下两株桂树道：“果然今年分外开得茂盛，园子外就闻着香呢。”说话间，早走了一节多路，凤姐回头叫老婆子们：“快到前面沁芳亭铺设好了。”一面随贾母进去坐歇，便道：“老祖宗看看河里种的菱角子，早就密层层结得多呢。”刘姥姥接口道：“这些瓜果、蔬菜，轮着年分，那一年种的那一样有收成，就是咱们庄稼人也再拿不准。照像这园子里，谁还计较到收成不收成，不过玩意儿种上些点点景罢了。”凤姐说：“姥姥你不知，他们园子里这些瓜儿、果儿，各有地段分给管园的老婆子经理。比如河里的莲藕、菱角，都是驾娘们的出息。他们比你们乡里种庄稼的还用心盘算呢。”

正说着，宝玉拜客回家，换了衣服赶来，道：“我知道老祖宗今儿要逛园子，赶早回来了。”说着见过贾母、薛姨妈，自与黛玉、宝钗诸姊妹随意说笑。一面贾母道：“荷花早开败了，这些残败荷叶子也该叫驾娘们坐船下去收拾干净。”凤姐道：“这是宝兄弟头里听林妹妹说什么‘丢脱柴胡剩葛根’，所以叫留着的。”贾母不懂这句话，黛玉、宝钗、史湘云这几个人已笑得腰都弯了。宝玉笑向贾母道：“老祖宗，别听凤姊姊的话。林妹妹说的是一句唐诗，‘留得残荷听雨声”，不知他缠到那里去了。”宝钗住了笑，才对平儿道：“你奶奶这几天想是伤了风，请王太医在那里吃发散药，一闹就闹到药铺子里去了。”众人听了又笑起来。

这里宝玉见了刘姥姥便道：“姥姥多时不来了，这几时那里有什么新闻，讲与咱们老太太听听。”黛玉悄向众人笑道：“你们听他讲新闻，又有个穿绿的女子要作怪了。”那时晴雯正穿着一件兰花绿的夹纱袄子站在葡萄棚下摘葡萄，湘云指着他取笑道：“你瞧晴雯姑娘就是穿绿的，他作起怪来，还要奶奶镇治他呢。”晴雯悄悄道：“我本来是狐狸精，也不用奶奶镇治，请太太再撵了我出去就是了。”黛玉钉了他一眼。

大家无话，听刘姥姥道：“二爷问我这话可真有呢。就是我们间壁邻居有一个女儿，因是属鸡的，小名就叫金鸡儿，怪好的模样，今年十七岁了。两个月前头，忽然面黄肌瘦起来，请了几个大夫来看治，都不识这种病。夜间关上屋门，像有男人在里头说话。他娘老子留心瞧他，见有一个穿绿衫子戴秀才巾的后生，天天夜儿来呢。”众人听到这里，都指着黛玉笑道：“怎么，颦儿的话，说得能准。”一面又听到刘姥姥道："他老子娘只有这个女儿，镇天哭哭啼啼。有人叫他到天齐庙请了王道士镇治，画了几张符贴在家里，也不中用。到底猜不透他是个什么妖怪。"凤姐正色道："这个妖怪我倒猜着，他是个黄狼精。"刘姥姥道："奶奶为什么知道他是黄狼精呢？"凤姐道："那姑娘叫金鸡儿，黄狼想拖金鸡，可不是黄狼精吗？"贾母听了笑骂道："这猴儿又要胡诌了。"宝玉听见这些话，便代他们着急道："这女子被妖精迷住了还了得，该叫他们再想法儿才好。"刘姥姥道："正是他们要请张天师，不知几时进京，叫我里头来打听打听。"宝玉道："天师三年进京一回，上年才来过了。再等两年，那女子还有命吗？"

李纨见宝玉这样着急，他也是诚实仁慈的人，便笑道："咱们园子里有张天师呢。"说着便叫刘姥姥去求惜春，道："咱们四姑娘能驱邪除祟，画的符灵验。"刘姥姥见了不管是真是假，便向惜春求符，惜春那里理他。贾母因李纨的话，不比凤姐随口取笑，听了有几分相信，便叫："四丫头，我知道你常和妙师父来去，果然有什么驱邪符咒就给他两张，这也算行好事，灵不灵没有什么要紧。"惜春道："老祖宗不要听大嫂子的话，他又何曾见过我书符画咒呢！"李纨笑道："我从来不肯说谎，不是林妹妹回了家，那看屋子的老婆子闹得晚上不敢进去睡觉，你画了一张符给他们，贴上就安静了，不是你镇治的吗？"惜春听见李纨道破这事，难以分证，只得叫潇湘馆上夜的老婆子来，命他去取上年给他们这一封字条儿。那老婆子已换了班，忙去查看，只见那封字帖儿还高高的粘在门上头，便揭下拿在手中，忙忙的赶来送还惜春。

这里贾母和众人已先向李纨问明了上年的事，第一个黛玉要紧开看，便在惜春手里接过拆开，里面并无符咒，只有"林黛玉在此"五个字。黛玉灵机透彻，事关切己，一时看了便知潇湘馆并无邪祟，定是看守藏银的护从神往来走动，欺压这些运退命穷的老婆子，以致失惊打怪。四妹妹早觉未来，写我的姓名贴上，镇之即宁，只是不肯说破。众人见了都嘲笑惜春戏弄老婆子们，并李纨亦为其所愚。惜春便借此向贾母掩饰道："但凡一个人，疑心生暗鬼，这原是上夜的老婆子见屋子里没人，觉着冷静了，心里害怕，倒像有什么作耗似的。我原要哄骗他们没的写上，就写上林姊姊姓名封严了给他们，说拿去贴上就不怕了。他们从此放大了胆，夜里也没听见响动了。可见我并不知道画什么符。如今刘姥姥听了大嫂子的话来缠我，就照样再写一百张给他拿去，也撵不了妖怪。"惜春几句话把众人都哄瞒了过去。

贾母道："他们不会拿捉妖怪，也别管人家的事，且去逛我们的罢。"说着，站起身来，行行歇歇往各处逛了一会。来到蘅芜苑看宝钗的新屋子，贾母坐下道："我先前说你屋子里太素静，如今还像新屋里的摆设，也就看得过去。"一面宝钗捧茶送与贾母、王夫人、薛姨妈，众姊妹随便散坐吃茶。宝玉又去应酬湘云、宝琴、李纹、李绮一众人。莺儿先拉了刘姥姥到他屋里吃茶去了。

坐不多时，天色已晚，林之孝家的上来回："凹晶馆的圆月酒席已预备多时。"凤姐因贾母今日多走了几步路，怕贾母身子倦乏，便叫把软轿抬来请贾母坐轿。众人随着，只见皓月一轮，已从树梢影里推上来了，秋色澄鲜，碧天如洗。一时到了凹晶馆，席面已摆现成。贾母与薛姨妈坐了居中一席，拉刘姥姥同坐了，道："咱们在一堆儿说话近便些，别去闹他们年轻的。"

原来荣府规矩：有喜庆事宴客，贾母坐了主位，邢、王二夫人皆不能坐，就是寻常家宴，媳妇、孙媳妇亦皆侍立捧觞，贾母命坐，然后退下，不比孙女儿们可随着贾母共坐不拘。今夕虽无外客，而中秋庆宴不比寻常，王夫人要按规矩，李纨、凤姐自然随着。至于黛玉、宝钗两个人，与从前在园中作客之时不同，亦在纨、凤之列。贾母见他们各人要按礼节，便笑道："我有一句话，你们大家听着，别说我偏心。"

未知贾母说出什么话来，且看下回分解。

【第四十一回】

击鼓传花预征佳兆　推云净月立毁冶容

话说贾母在凹晶馆赏月坐席，王夫人等欲按规矩伺候。贾母便道：“宝丫头、林丫头都做了我的孙媳妇，自然该随着他两个嫂子行事，但是他们不比人家做媳妇儿，都受过一番委曲的。我的意思要叫他们如今且不必按做媳妇的规矩，照像先前在园子里做女孩儿时候，陪着我喝吃玩笑。等我抱了重孙子再叫他们尽起媳妇的礼来。”王夫人笑道：“老太太的话原是疼爱他们，讲到‘孝顺’两字，只要老太太欢喜，也就是行孝的道理，何必拘定什么样！遵老太太的吩咐就是了。”王夫人说着，又笑道：“可是太便宜了他们了。”贾母也笑道：“刚便宜了宝丫头、林丫头，他两个嫂子同你做婆婆的，不叫你们占些便宜，你们心里也不舒服，连你们一概都蠲免了。”

说着，便叫王夫人在贾母这一席上旁首坐下。东边一席坐的湘云、宝琴、李纹、李绮，西边坐的探春、惜春、喜鸾、四姐、玉钏，东边下一席便是李纨、凤姐、宝钗、黛玉，宝玉并无定位，随便往来。又在西首摆了一架小围屏，围屏之外另设两席，坐的是香菱、鸳鸯、琥珀、平儿、晴雯、紫鹃这班人。平儿又去拉了袭人，紫鹃拉了莺儿一同坐下。宝玉因听了贾母的话，喜得手舞足蹈，道："老太太不叫宝姊姊、林妹妹按规矩，咱们还照先前姊妹们玩儿取笑才有趣呢。"凤姐对宝钗、黛玉笑道："你们两个人听听，老太太的话，要图舒服别赶早养儿子。"黛玉、宝钗都来拧嘴，凤姐难以招架两边，只得讨饶。

一时坐定，酒肴齐备，刘姥姥因这酒上口甚醇，不等相劝便接连吃了几杯酒。贾母道："今儿刘老亲家来，可巧碰着这中秋节，咱们别吃闷酒，想行个什么令才好。"刘姥姥摇手道："头里行令灌得大醉了，不知丢了多少丑，可再不敢闹这个了。老太太高兴行令，我听着学个乖，没有我的。"鸳鸯在那边听贾母说要行令，忙走过来向刘姥姥笑道："你头里行的令好，今儿可脱不了你。姥姥你不和兴，瞧地上现摆着两大坛子绍兴酒，要你一个人吃的。"刘姥姥笑道："我就是弥勒佛肚子也盛不下这些。"贾母道："刘亲家，你别听他们，不相干，有人再来闹你，我不依。咱们玩儿取乐，你吃不得酒，见个杯儿也算了。"说着，凤姐也过来伺候，问道："老祖宗行什么令呢？"贾母道："刘亲家在这里，再别噜噜嗦嗦说什么，今儿赏月，花月相连，月中有桂，折一枝桂花来传花饮酒。"阖席都道："老祖宗行这个令很好。"

贾母又想了一想，向王夫人道："我恍惚记得前年赏月也弄这个，你老爷还讲了一个笑话，是怎么说的，我记不起头尾了。"王夫人与众人听了贾母的话，都记起贾政讲这个笑话儿，大家只是好笑，却没言语。贾母瞧着众人也笑道："你倒都这样好笑，何不再讲一遍给我听听。阖席的人都面面相觑。那凤姐儿明知这笑话带些村俗在里头，便带顽向宝玉、姊妹们说道："前年赏中秋偏偏没有我，你们谁记得，为什么不讲给老祖宗听听呢？"那众人有碍口说不出来的，也有要说不敢说的。鸳鸯便笑着把这个笑话讲与贾母听了，倒臊得自己脸都红了。于是大家哄然一笑。

贾母道："今儿再别想听笑话。桂花枝有了没有？"当下值席的媳妇早去折了一枝桂花来，凤姐接过送与王夫人转送贾母。一面叫丫头们隔着围屏打起花腔令鼓来。那一枝桂花在四桌席上转遍，恰恰又转到贾母手中鼓才住了。众人都道："花儿第一回落在老祖宗手里，先该老祖宗添寿增福。"凤姐便斟了一杯酒，王夫人接过送与贾母。凤姐又道："合席同有福，都该陪老祖宗吃一杯。"于是，贾母、众人都饮了。重又起鼓传花，递到李纨手内住了鼓。贾母欢喜道："这枝桂花偏落在他手里，兰儿今年有想头呢。"薛姨妈道："老太太说的是，蟾宫折桂，这佳兆应在他母亲身上，兰哥儿一定恭喜。”王夫人接口道：“但愿托老太太的福。”李纨此时听了也乐，宝玉忙过来斟酒敬贺，李纨接杯饮了。花在李纨之手，吩咐起鼓。晴雯因要戏耍刘姥姥，便在小丫头手内接过鼓来敲打，一面在围屏缝里觑看，那花递到刘姥姥，忙住了鼓。刘姥姥只得吃了一杯。重又起鼓，花枝将到刘姥姥之手，他听出鼓音将绝，推着不肯去接。晴雯在外面瞧准，忙又急打几下。刘姥姥只得接了，鼓声截然而止。众人都笑道：“又该姥姥吃了。”

凤姐道：“咱们向来传花的规矩，接连两次花在谁手，吃了酒还要唱一支小曲儿。”贾母明知凤姐顽他，便道：“让了刘亲家这杯酒，刚唱一个曲儿算数了。”刘姥姥道：“我不会唱别的曲儿，就这听见青儿在家里哼哼咀咀唱的：‘纱窗儿外，高底儿响叮当。”我也会哼两句，怕唱得不好听，老太太同奶奶、姑娘们别笑话。”凤姐道：“这支曲儿就好，咱们正要听你的妙音呢。”

众人瞧刘姥姥这样儿唱的声口，可想而知，今听凤姐加以“妙音”两字，已先忍不住要笑，都瞪着眼瞧刘姥姥。他便拿腔做势，挤眼咂嘴的唱了几回嗓子，唱出来老猫声，而且牙齿掉了一大半，个个字儿不关风，扭扭捏捏妆出许多恶劣的形状来。哼一句，众人笑一句，直到哼完，满席的人都已笑得弯腰曲背，不可支持。贾母与刘姥姥近在一处，瞧着他这一副扭头额颈嘴脸，越发好笑，只得背转身子，把脸伏在翡翠肩上笑个不止。宝玉听了，想起那年同薛蟠在冯紫英家行令，比薛蟠唱的哼哼调更难听。

一时笑止，林之孝家的来回：“梨香院戏班还伺候着。”凤姐问了贾母，贾母道：“晚上正要瞧月亮，两只眼睛那里还有空儿看戏，不如叫清音女孩子在山顶子上打两套丝弦锣鼓咱们听，横竖两个耳朵尽闲在这里。”当下一声吩咐，立刻传到。

清音班上了山坡，先打一套《闹龙舟》。只听一只一只的开了出去，又转回来，忽近忽远，随紧随慢，真似有许多龙船在凸碧山庄闹胜会一般。刘姥姥听出了神，伸着脖子只望山顶子上瞧。凤姐笑道：“姥姥隔着路远呢，停会儿他们自然要划到面前水里来的，你再仔细瞧罢。”贾母道：“这里近着水，听山上的声音越发幽雅好听。那年听吹笛子，虽然清裂，觉得太凄凉了，到底不比今夜的好。”又笑道：“就这中秋闹龙船，不配时景一点。”王夫人见贾母高兴，叫重换热酒奉敬贾母。

此时月到天心，银蟾光满，四面彩云微起，照耀池中，倒像水里头涌出一轮金镜来了。贾母十分乐，道：“林丫头说的果然不错，水边玩月比山上更有趣。”又对刘姥姥道："刘亲家，多饮几杯，别辜负了今夜的好月。咱们都是八十以外的人了，能再过几个中秋。"刘姥姥道："别说老祖宗正要享福，我还想年年到这园子里来，再陪老祖宗过一百回中秋，贪嘴吃好东西呢。"

宝玉听了刘姥姥的话，他是想要常聚不散的，便向黛玉、宝钗们发呆道："咱们果然得能如刘姥姥说的，在这里过一百回中秋才乐呢。"黛玉悄悄的说道："便再活一百年，我们这班人早成了刘姥姥了。"宝玉被黛玉一句提醒，愀然有感。惜春道："二哥哥别想到将来欢喜，也别想到将来烦恼。眼前过一天的日子，乐一天就是了。"

话未完，又听山上打起锣鼓，各席上弄盏传杯益添兴趣。丫头、媳妇们各自随便在台阶上吃酒，轮替上来伺候。直到三更以后，夜气渐凉，各人的丫鬟送衣服来添了。贾母道："今年这卷篷底下，到底不比在山子上，又多吃了几杯酒，倒不觉得凉呢。"一时用了饭，撤开席面，重又摆上圆月的果品，另送好茶，大家不过点景用了些。又坐了一会，贾母似有倦意。王夫人便请贾母去歇息，说声"已备软轿伺候"。凤姐等扶贾母上了轿，众人簇拥着送出园门，各自回去。

黛玉拉了湘云、宝钗笑道："我还舍不得凹晶馆前这两个月亮，咱们再去坐一会子。"湘云道："怪不得你们成双作对了，连月亮都跑出两个来了。"黛玉道："你不瞧水里比天上的月亮还有精华呢。"三个人一路说笑，回至凹晶馆前栏杆边坐下。见老婆子们还未散去，黛玉道："尽管收拾你们的，叫小丫头看看茶炉子，留几个细茶杯在这时就是了。"

一语未了，宝玉赶来笑道："我就知道你们还在这里。这个好地方，玩月不可无诗，咱们四个人在此联句罢。"湘云道："不瞒二哥哥说，两年前倒先偏过你了。"湘云当把前事说明，宝玉道："我没见过你们的诗，何不背给我听听？"宝钗道："我也没见过。"黛玉道："五言排律有三十多韵，那里记得清呢。我稿也没留，想香菱写在那里，姊姊几时家去，向香菱要来瞧就是了。"湘云又道："二哥哥要瞧我们的诗，内中有两联好句，我念给你听。"宝玉道："好妹妹，你就先把这两联念给我听。"湘云便念出"寒塘渡鹤影，冷月葬诗魂"这两句。宝玉拍手道："真是仙句。"宝钗接口道："凹晶馆中秋赏月联吟，得此一联，已如刘禹锡赋金陵怀古诗，探骊得珠，元白搁笔，你再别想在此联句了。"湘云道："不做诗便步月，咱们再闹妙师父去。"宝玉听了越发高兴，怂恿同行。

当下吃了杯茶，一路步月来到栊翠庵，门犹未掩，走进里边，见妙玉供月才毕。妙玉一面款接待茶，先问宝钗借体回生一事，又与黛玉、湘云追叙联吟旧话，大家即景叙情。湘云问妙玉："可曾出庵步月？"妙玉道："才送邢大姑娘出去，在庵前站了一会，一个人也无处可走，就进来了。"湘云道："园中月色虽佳，终有天上人间之别。妙师父功行已深，能如罗公远掷杖成桥，引挈咱们游清虚之府否？"妙玉笑道："法便有，只恐'琼楼玉宇，高处不胜寒'耳。"宝玉便道："自有绣襦并甲帐，琼台不怕雪霜寒。"妙玉注目微笑道："彩鸾已得其双，犹羡慕钟陵西山么？"宝玉瞪了一眼，四目互睁，妙玉红云晕颊，自回过脸去与湘云们叙话。当时鸡声已唱，黛玉们犹清谈不倦，反是妙玉催促他们回去，因便告辞。妙玉送出庵门外，宝玉与宝钗新婚尚未满月，同回蘅芜苑去了。黛玉拉湘云到了潇湘馆，薛姨妈已经安歇。湘、黛二人亦各就寝不提。

讲到宝玉睡下，想着刘姥姥讲的女子，要设法救他，总睡不安稳。记起那口鸳鸯剑可以镇邪驱祟，主意已得，便朦胧合眼。醒来天已明了，忙起身下炕，麝月上来伺候。诸事完毕，便叫他到怡红院去取鸳鸯剑捧着跟他出了园门，到贾母房后穿堂内站着等他。麝月笑道："像捧剑将军站在这里，走个人来见了算什么呢？"宝玉道："我到老太太那里请了安就出来的，你别走开。"宝玉去不多时，找了刘姥姥来，对他说道："我有一把宝剑能镇妖魔，姥姥你拿去叫他们挂在这女子屋里，那怪自然走避。倘或不验，咱们再想法儿。三日后拿剑来还我。"说着，便把剑交付刘姥姥，一面叫二门小厮雇车送刘姥姥回家。刘姥姥把这话和平儿说明，出门坐车回去了。

这里潇湘馆薛姨妈起身梳洗才毕，只见他家里一个看屋子的老婆子慌张赶来问："我们太太可在这里住吗？"同贵听见接应道："太太在这里，你来做什么？"那老婆子走进屋里，见了薛姨妈开口便道："太太不好了，大奶奶要回家去了呢。"薛姨妈听了啐道："他要家去，谁又拦他？他去了倒得安静几天，要你慌慌张张鬼赶来似的报什么？"那老婆子道："不是呢。前儿太太过来了，到了晚上，大奶奶就喊不好过，头里头疼，一晚没有好睡。昨儿因是个大节下没去请大夫，谁知病得死险，到半夜里过去了又醒转来，叫就请太太家去，有几句话说明白了再回他老娘家呢。"薛姨妈听了又气又急。

黛玉也过这屋子里来，问老婆子的话，认得他就是那年宝钗打发过来送花儿胡说乱道的这一个。因对薛姨妈笑道："这婆子的话怕有些说不明白，妈妈倒得过去瞧瞧。”那老婆子因黛玉完婚后犹未见面，夹忙里又与黛玉磕头贺喜。他向来只听人家叫林姑娘惯的，一口还称林姑娘。黛玉笑笑，叫雪雁赏了他两匹绸子。薛姨妈带了同贵就走，回头又对黛玉道：“宝丫头那里我也不过去和他说，姑娘见他替我告诉一声，我家去看了怎么样，再打发人过来通知你们。”说着，走下台阶，黛玉送至馆门外，香菱来了，薛姨妈便同着香菱径走园里的角门回家去了。

黛玉到贾母、王夫人处请了早安，顺便告诉了姨妈家里的事。回至潇湘馆同湘云吃过早饭，宝钗到来，把宝玉取鸳鸯剑给刘姥姥拿去斩妖之事，当笑话讲了一遍。黛玉亦将夏金桂病凶缘由告诉宝钗。正说话间，宝玉进来，问知姨妈已回家去了，便道：“早知姨妈回家，我拉了邢大姊姊来了，他一个人在屋子里怪冷静的。”湘云在里间屋子里听见，忙出来道：“咱们同去瞧他。”

三个人正要起身到紫菱洲去，见贾兰来了，复又坐定。贾兰与各人请了安，宝玉命他坐下，问下场里头几句话。又问：“你环叔叔三场都完了没有？”贾兰答道：“三场都完了。”一面在袖管里取出场内做的文章，站起身来送与宝玉观看。宝玉从头至尾大略看了一遍，便叫五儿取笔砚过来。五儿送过笔砚，磨好了墨，宝玉提起笔来正要加批，又问：“太爷看过了没有？”贾兰道：“还没到书房里去，先送来二叔叔看了再去呢。”宝玉道：“既是太爷没有看过，我不便动笔。”说着重又放下笔道：“你这起讲开门见山，骊珠在握，起比未见出色。中二偶笔势夭矫，中权握要。所嫌后幅单薄了些。据我看起来，中是中的了，名次恐不能高。讲到时艺一道，原不过假他诓取功名之具，与圣贤立心行事竟是天然相反的。要知心平则无崄巇之思，心直则无邪曲之私。推之，路平则行人便，水平则放舟稳。凡一切裁料造作，古人于规矩之外，匡之以绳墨，皆取乎平与直也。独文章用笔，则大忌此两字。你将来持身立行，务要反乎作文之用笔，庶俯仰无所愧怍。”贾兰应了几声“是”。

宝玉一面和贾兰说话，湘云笑道：“二哥哥深恶而痛嫉之者，是文章，见对联上有了这两个字，连这屋子里都不肯进去坐的，亏他场里头不知写些什么，公然乡会两试中式，点了词林，想是文曲星在天上也跟着红鸾星跑的。”宝钗、黛玉听了道：“这咬舌头的，又不知诌到那里去了。”宝玉也笑道：“难道我评的不是吗？”湘云道：“如今你是一位老前辈了，谁敢说你评的是不是呢！”宝钗道：“我听他，并不是老前辈的讲究，又谈到禅门里去了。”大家说笑了一会，贾兰告辞走了。

只见凤姐处打发人来道：“姨太太家大奶奶不在了。”宝钗因完姻尚未满月，黛玉虽已认在薛姨妈侍下，素日亦甚鄙夏金桂为人，不相浃洽，凤姐正值家中有事，分身不开，王夫人是长辈，都不过去。惟宝琴不能不回家帮着料理琐碎事务。宝玉亦不过到那边一吊，并不久坐就回来了。

却说栊翠庵妙玉，中秋那一夜送了黛玉诸人出庵，独自一人对天仰望，见彩云罗叠，回护团圞，渐渐现出霞光万道，俗语所谓“中秋月华”是也。妙玉呆呆看了一会，但听秋虫唧唧，四无人声，不觉露冷衣单，回进禅房，见小鬟和老婆子们东倒西歪，鼾声盹睡。妙玉叫他们起来重添炉火，煮茗涤烦。打发他们去睡了，自己做起静摄功夫来。

才合眼朦胧，只见宝玉来拉他道：“妙师相许伴入仙坛，西山绝顶处不远矣。”妙玉道：“我是跳出火坑的人了，此时夜深人静，你来缠我则恁。”宝玉笑道：“非是我来缠你，你多次有情于我，我怎肯漠然。”妙玉厉色道：“这话奇了，我何曾留情于你？”宝玉道：“你可记得，耳房里把你自己常用的绿玉斗饮我梅花雪水；咱们在芦雪亭赏雪联吟，我独自一个人到你庵里，多情赠我红梅；槛外人飞帖贺我生辰。又一回你在四姑娘屋里下棋，我一句话问得你两颊生春，后来我们两个人同到潇湘馆窃听弹琴。这几桩事可都是有的吗？还有别人不知道的情节，也不须我讲出口来，请妙师自去心照。”妙玉着急道：“宝玉你莫非疯了，胆敢这样放肆，还不快走！我是要去告诉你家老太太呢。”宝玉道：“我非园子里的宝玉，你告诉谁去？”妙玉道：“你非园子里的宝玉，是那里来的呢？”宝玉道：“你不知我来的所在，但看我去的地方。”说声便向妙玉胸前一扑，霎时不见。妙玉惊喊一声，跌倒地上。

幸有一个老婆子尚在看管茶炉未睡，唤醒伙伴把妙玉扶起，服侍他睡好，忙进姜汤灌治。至天将明渐渐平复，又睡了一会。虽于气体尚无妨碍，而炼性功夫已间断了，心中焦急不得主意，便叫老婆子去请四姑娘。

不多时，惜春到来，妙玉一把拉住惜春的手，叹道：“我是枉费推移，方羡你中流自在行，竟漠视不作他山之助。”惜春道：“这是你的心病，何处求得友声？”说着，见妙玉脸上一红，无言可答。惜春便道：“只有一个推云净月之法，把你心上的渣滓移在脸上，这腔子里就干净了，包管你此后功夫再无阻滞。”妙玉道：“有法你且说来。”惜春道：“法虽有，你可别懊悔。”妙玉道：“你这话说得我奇，我只要把这一关打通了，即使刀锯在前，亦所不惧。有什么懊悔呢。”惜春道：“你如果心坚力果，立可奏效。叫个老婆子跟我去，给你一服药，只须用清水调了，临睡时涂于脸上，明日起来即在镜中见效。”妙玉道：“我要驱除心头魔障，怎在我脸上摆弄起来，这不是隔靴抓痒吗？”惜春道：“你试试瞧。”当下站起身来便去取药。老婆子跟去，带了药来交付妙玉。

妙玉总不解其故，且依言敷上，不知此药上脸怎样疼痛难受，岂知毫无痛痒。及至次日起身，将药洗去，对镜一照，只见脸上一片片青黑相间，洗擦不净，竟变了一个奇丑的形状，本来面目已归乌有。妙玉初照镜时，又嗔惜春将他戏耍，转念一想，知他定有作用，只叹了一口气，把菱花掷地，碎了几块，从此誓不对镜了。以后参禅打坐起来，果然如月到天心，风来水面，一关通彻一关，佩服惜春之至。

一日，惜春到来，见妙玉面庞已变，便裣衽称贺。妙玉感谢无已，又道：“我虽由之，尚未透彻所以然之理。”惜春道：“‘冶容诲淫’四个字，儒家浅言，是推到外边去讲的，如‘慢藏诲盗’一般。佛家元论则不然，须要收到腔子里来，由己及人。其中细微曲折，也不容我再说，你细细去想这四个字就明白了。”妙玉点头道：“早知灯是火，饭熟已多时。总因我的根基不如你。”惜春道：“并非根基不如我，不过我的心比你干净些罢了。”

不说二人谈论，且将惜春作用代为表明。要知潘车过处，东村女自惭形秽，必不轻将果掷，则心中较为清净。今惜春即以此法针灸妙玉之病，确是对症发药，话休絮繁。

再讲宝玉记挂鸳鸯剑，时刻盼望回音。到了第三日，果见刘姥姥进园来了，宝玉忙向前问讯。

未知能否除妖，且听刘姥姥如何答言，下回分解。

【第四十二回】

还原璧疑破金锁案　嘲鞶卿戏编竹枝词

话说宝玉正在记挂鸳鸯剑，见刘姥姥跟了一个老婆子来到蘅芜苑。刘姥姥送还鸳鸯剑，道：“前儿赶回家去，把剑交给他们，依二爷的话叫他们挂在女孩子屋里。妖怪走到屋门口不敢进去。到第二天晚上，妖怪自己寻死，不知怎样又去闹这女子，只听得响了一声。外面掇门进去，那怪跌倒地上，脖子里鲜血淋淋，现出原身，是一只蛤蟆。他们把死蛤蟆撩弃，夜里就安静了。就要备了礼物来孝敬二爷，磕头道谢。我对他们说，这府里不轻易进去，二爷也不稀罕你们东西，等他女孩儿病好了，就带他进来当面谢二爷，还要见见奶奶们呢。”话未完，见贾母处来了一个小丫头找刘姥姥，道：“老太太知道姥姥来了，请过去说话。”刘姥姥道：“我正要过去呢，又累你小姑娘跑一趟。”说着连忙转身跟小丫头走了。

宝玉便叫麝月放下了鸳鸯剑。湘云、黛玉正和宝钗在里间闲坐，听刘姥姥去了都走了出来。宝玉笑道：“你们总说刘姥姥的话是撒谎，刚才你们可听见了。”黛玉道：“焉知刚才说的话是真的？你瞧见这个蛤蟆精了？”宝玉道：“底下这女子还来见你们呢，问他就是了。”

宝玉话未完，听得宝琴在帘外笑道：“二哥哥要问谁？”一面掀帘进来，大家让坐。宝钗道：“怎么你不陪妈妈多住几天，就过来了？”宝琴道：“我还去呢。因听见一件奇事，里头还夹着可喜的情节，来告诉你们。”黛玉道：“你听见了什么事？快讲给我们听听。”宝琴道：“就是我们这一位死鬼大嫂子说的，他不是我家的媳妇，原来是讨债的。他前生是一个贩洋货的大客人，第一回到咱们行里交易有十来万银子的货，跟他的小伙计给他错上了帐，这个人回家就病故了。后来算帐短了几千两银子，是他的小伙计错给咱们了，也不是有心瞒昧他的。转世过来，这客人投了大嫂子，小伙计投了香菱，冤冤相报，碰在一堆儿，要了结这宗公案。香菱该遭大嫂子磨折死了，还要陷害咱们吃官司花用这项银子。幸亏香菱的父亲已得道成仙，亲到森罗殿问明案由，与阎王判断，咱们并非有意昧财，香菱亦系无心之过。这几年闹得举家不安，香菱受其殴詈不少，已足相抵。判大嫂子善终，另去投生。这不是一件奇事吗？”

宝钗道：“这些话是谁说的呢？”宝琴道：“我听妈妈说，都是大嫂子死了去醒转来，告诉了妈妈这些话才咽气的。”宝钗道：“这也算不得喜事，你说还有可喜的情节又怎么样呢？”宝琴道：“大嫂子还说，他死后香菱合该扶正，等到十月初一，叫香菱到西门天齐庙烧香，有亲人相见。这不是可喜的事吗？”

宝钗听了，将信将疑。惟有宝玉听不得这些话，便替香菱连声叫好。黛玉道：“香菱的委曲也受够了，果然这样办法，已是应该的。”宝玉道：“等薛大哥回来，只要妈妈做主，不怕薛大哥不依。明儿请妈妈过来，你们就和妈妈说停当了也好。”宝钗笑道：“我大哥还没回来，要你忙什么呢？你不知道，我头里在家见嫂子和香菱闹得厉害，还叫香菱跟着我。如今嫂子死了，便没有他这些鬼话，也想同妈妈商量办这件事呢。就是天齐庙有亲人会面这句话，且等到十月初一看验不验。”于是大家又议论一番。

宝玉因鸳鸯剑又斩了妖，想起柳湘莲托他之事，便走出园来，叫了李贵来吩咐道：“你去打听东府里大奶奶的妹子三姑娘，他的棺木停在那里，可曾埋葬？看了来告诉我，还有话和你讲。”李贵道：“不用打听，那棺材就是琏二爷在外边置的新屋子里抬出去城外埋着。那时候因没人经理，由这些做工的胡弄局儿。今年多下了两场雨，奴才前儿出门去看个朋友，从那里走过，看见那冢上淋的泥都塌了。”宝玉道：

"既这样，你去请阴阳选个日子，把磊的砖都拆了，定烧砖圹一副，叫他们工料都要认真，好好砌起一座圹来，就是你去监工。"李贵应了一声"是"，打了一个千道："整万两银子工程都派别人去了，爷再想不出差使来，叫奴才去刨坟掘墓，也是爷的恩典。"宝玉道："底下有好差使派你去就是了，好好的办去，等到完工的日子回我知道，我亲自要去祭奠呢。"吩咐毕，回进园中。

到了潇湘馆，又提起香菱的话。黛玉道："香菱眼摆着有个出头了，你倒替他性急，我托你的话到底什么样了？"宝玉笑道："你和我说什么话？"黛玉道："玉钏妹妹的事你就忘了。"宝玉道："我有个同年是甄老伯家的远族，年纪还轻，现分在部曹，与你雨村先生也有世谊。前儿托雨村先生去说亲，甄年兄也愿意，怕家里又定下亲事，不便就允，等他家信出来才定局。我打听他是寒素出身，一时家里未必就对出亲来，总在成功这一边居多。"黛玉道："你不该央雨村先生作媒，他是十说九不成的。"宝玉笑道："那里的话，只要是姻缘，与媒人什么相干？"二人又说了些闲话，宝玉自到怡红院找晴雯、紫鹃玩笑去了。

一日，黛玉想起宝钗成亲后总没见他戴过从前常戴这盘金锁，有意把婶娘送他这一盘戴上来见宝钗。才进蘅芜苑，一股清香扑鼻，见两旁湖山石上上下下蔓的藤萝，时近重阳，犹苍翠欲滴，结的红豆累累，如珊瑚一般可爱，觉比潇湘馆另有一种雅趣。心中想道，屋子是要人住的，如今虽当秋令，阴气肃杀，倒不比夏初同他进来这一回的凄凉光景。一头思想，来至宝钗房内，见李纨、探春先在里边，各自随便坐下。

宝钗见黛玉挂的金锁，钉眼看了半晌，忍不住开口问道："妹妹向来没有见你戴这盘金锁。"黛玉道："姊姊这盘金锁为什么总没戴？我先要问姊姊的金锁那里去了？"宝钗犹未答话，探春先笑道："就是这件事，我和大嫂子留心访察了一年，总不得底里。先前太太打发玉钏送还你，我见了原就要问的，因别的事打了岔去，后来没见你戴上，也就混忘了。今儿三对六面，连大嫂子也在这里，这疑案可该破了。"黛玉道："疑案又是怎么样的？你们先把这疑案讲给我听听。"

李纨接口道："上年宝妹妹病凶的时候，找他常戴的这盘金锁给他妆戴，许多人找个翻江没有踪影。凤丫头道，屋子里丢不了东西，疑心小丫头们偷了去，又要到底下人房里去搜检。幸亏三妹妹周旋了这件事，说金锁去得奇怪，同他二哥哥这块玉一样。那时候也不用取什么吉庆话，别的拿一盘戴上，等他们慢慢的找，后来也总没有下落。今儿见了你戴的，可巧镌的字样相同的，像就是这一盘，或者其中有个来由，所以我也要问问妹妹。”

李纨话未说完，紫鹃在莺儿屋里听见，忙走出来就把金锁的缘由细细讲明。李纨听了默默会意，宝、黛二人合有金玉姻缘，天工布置巧妙，真难测度。探春道：“如今这件事已明白了，大半可知就是这盘金锁了。但好好在屋子里的东西怎么失去了？还得问宝姊姊。”

宝钗只是笑而不言。探春见宝钗不肯明言，知其中自有缘故，上紧问他根究。宝钗不能隐瞒，只得笑道：“原是我嗔恨他，瞒着莺儿这班人撩在火盆里的。后来怎样混出去，连我也不知道了。”李纨、探春都笑道：“这就是了。”于是，大家又谈论了一会夏金桂的事，李纨、探春先走了。

黛玉把金锁褪下送还宝钗，原璧归赵。宝钗再四推谢道：“这合该是你的东西，岂可还我？”黛玉道：“我已有了娘娘赏那一盘，这一盘送还了你，岂不是你我都有了！如今何必又分彼此？”说着，便将金锁递给莺儿，宝钗也只得受了。停了半晌，才开口道：“你病好回家这几时，咱们总没见面，听说你的脾气都改了，我还不信。此番相聚一个来月，真看出你来了。你待妈妈的情分我都知道，感激不尽。难道你未卜先知我要附体回生，还到这蘅芜苑来住的？真所谓一死一生乃见交情。讲到他为了你去做和尚，就我这一面看起来，未免忍心。其实早有这句话，也怪不得他。至于你的苦处也知道，但是我做女孩儿，我的妈妈做了主，叫我怎么样呢？你自然该原谅我。我说一句不怕你恼的话，你先前的存心行事，也太古怪，够欺压人的了。”黛玉笑道：“说我欺压人，上头是天。”宝钗道：“不说你如今，说的是从前，你自去想罢。”黛玉沉思半晌道：“咱们早知道可以像如今这样，在一堆儿过一辈子，你我都不至遭意外之事了。”宝钗道：“你说这句话一点也不错，早知今日，悔不当初。”黛玉道：“别的话也不用讲了，我怎样脾气古怪，你到底说一两件我听听。”宝钗道：“我也说不得这许多，编几首《竹枝词》给你听去。”说着一头想一头写，一首一首的递与黛玉看，道：

老妪因便送宫花，顺路分来礼未差。
情分一般皆姊妹，争先毕竟让谁家？

奇方海上制应难，荷蕊梅花共牡丹。
自是传来医热症，何须着意冷香丸？

偶然雪夜暖琼酥，酒自宜温话不诬。
何事旁敲来刺语？故嗔侍婢送铜炉。

诙谐谈吐欲生风，行动何曾一返躬。
罗帕轻抛因底事？天边呆雁笑怡红。

年来未展翠眉颦，蝶怨莺愁岂为春？
乞到微生邻院去，不容人戴赤麒麟。

自家多泪不为奇，反指旁人作解颐。
一自怡红承夏楚，满缸谁把棒疮医。

较量身材瘦与肥，如篑相诋不知非。
马嵬千载思芳躅，媲美难当杨贵妃。

杯弓蛇影古来闻，暗里难将黑白分。
试问身旁棕拂子，可曾罗帐逐饥蚊？

黛玉看道："倒亏你好记性，拉拉扯扯，连人家和你取笑的话也编派在我身上了。算数了罢，不必再诌下去了。"宝钗道："如今也不必说人家自己，从前之事概付东流。我同你两个人竟不算死后还阳，只当重投胞胎到大观园里来，了结前生的情缘孽债就是了。"

正在说笑，宝玉进来。见了这几首《竹枝词》，有知道的事，也有不知道的事，不过他们追叙旧话，闺帏嘲笑之谈，看毕随手搓了个纸团儿撩了。宝钗道："怎么把我写的毁了，又怕得罪你林妹妹？今儿当你林妹妹在跟前，我要问你一句话，可要抖出良心来说，不许口是心非。你待林妹妹和我两个人，到底和那一个好？"宝玉道：

“都好。”宝钗摇头道：“只怕未必。为什么林妹妹死了你去做和尚？我死了你做了和尚倒还俗？”宝玉笑道：“别讲做和尚不做和尚，夫妇之情总是一样的。”宝钗冷笑道：“你说到夫妇之情，这会儿没有外人在跟前，我说一句话，我先前只当伴你做了几个月姊姊，算不得夫妇。只有……”宝钗说了“只有”两个字便住了口。黛玉道：“只有什么？怎么不讲下去了？”宝钗道：“讲下去怕你着恼。”黛玉道：“你们的事与我何干？”宝钗笑道：“我们的事倒偏有你，这些话我也说不出口来，你私下悄悄去问他就是了。”宝玉笑道：“如今呢？可不像姊妹了，还有什么话说呢？”宝钗听了，笑脸微红，便默默无语。

宝玉又道：“别的事都算我的不是，为什么林妹妹回过来，好端端在潇湘馆，后来要回家去，你也听了人家瞒着我不说句真话呢？”宝玉诘到这里，宝钗竟无词可答，寂然半晌，只得勉强支饰道：“何尝不和你说过实话呢？”宝玉道：“屈天屈地的，你几时和我说过林妹妹病好的话？”宝钗笑道：“你做祭林妹妹祭文给我瞧，我说题目不切文章，明明对你说：人还活着，何为祭文？你自己解不透。”宝玉想了一想道：“果然有这句话的。那时候我心思瞀乱，那里想得到呢？”黛玉道：“你做的祭文在那里？给我瞧瞧。”宝玉道：“悖悖悔悔的事，还瞧他什么？”黛玉道：“古人如陶靖节之自祭，司空表圣自著墓铭，最为旷达。今及身而见祭我之文，更为千古美谈。”说着立刻索取。宝钗道：“这稿纸不知撩在那里，还得去问袭人。”

黛玉便令小丫头去叫袭人来，宝玉与他细细说明，叫去找寻。袭人道：“我也记起有这件东西。如今屋子都搬腾过了，怕一时没处找呢。”说着连忙回去叫了麝月，同去找这稿纸。找了一会，在宝玉书箱里头找着了。麝月道：“不知可就是这不是？再没有别的了。”袭人道：“上年林姑娘回南上一天，我见二爷写的多分就是这个。”袭人接过，便至蘅芜苑送与黛玉看，道：

> 呜呼！三更雨夜，鹃啼泪以无声；二月花朝，蝶销魂而有梦。追忆仙游旧境，恨三生债自难酬；朗吟《庄子》遗编，悟一点灵应早毁。维我潇湘妃子，髫年失恃，内宾依舅氏之门；夙慧能文，进士竟关家之号。妆台弄粉，向无同栉之嫌；绣榻横经，不异联床之友。茜窗剪烛，共写龙华；苔径牵衣，同扶鸠杖。戏解连环九九，消长日以怡情；闲寻曲径三三，饯残春而觅句。词勒螭蟠碑上，兰室增荣；才传凤藻宫中，椒房志喜。绮阁悟参禅之

谛，直胜谈经；绣闹拜问字之师，无须载酒。贳勇续金笺，一五律杏帘，独冠群芳；补荒临玉版，十三行松墨，真贻至宝。吟诗结社，字疑香圃；搜来集艳，成图室贮。水仙做伴，敲枰落子，饶有余闲，击钵留音，何须索句？落红冢畔埋香，窃步芳踪；栊翠庵中试茗，叨陪韵事。折绛梅于雪里，温酒宜寒；抒彩线于风前，慧心格物。剪通灵之穗，规过增渐；收拭泪之巾，邀怜知感。讵意变声忽兆？惊听绿绮之音；无端谶语先成，谬改茜纱之句。鹧鸪春老，絮欲沾泥；鹦鹉诗传，花谁埋冢。似曾相识，乍逢讶有前因；毕竟非凡，永诀难凭后果。聆歌榭霓裳雅韵，已传小像于登场；拈花枝晓露清愁，早逗元机于宣令。试认粉筠，个个泪点常斑；空余香屑，重重吐绒尚艳。蓼风轩里，堪摹入画之容；芦雪亭前，难觅联吟之侣。篱畔如来问菊，孰意悲秋？池边留得残荷，阿谁听雨？绿窗明月，尚留垂露之笺；青史古人，已渺骈云之驾。斗寒图在，寻踪许问霜娥；焦尾琴亡，遗响空悲月姊。乞借仙茎之粒，化丈六金身；拟浮宿海之槎，渡三千弱水。昔聆侍嬛戏语，惊魂早渡江乡；今嗟仙佩遐升，浊魄难追碧落。看摄影花飞随去，问尽头天在何方？记前言于漏尽灯残，早惊尘梦；沥寸臆于天荒地老，聊慰泉台。云尔。

黛玉一头看，一头想：难为他把头里琐琐屑屑的事都记在肚子里，宝玉真是知己。我就当真死了没有回过来，留此一篇祭文，虽死犹生。宝玉坐在一旁察看黛玉神情，怕他见了祭文伤感，便在黛玉手里夺过去火烧化了。黛玉道："这又何必？留他瞧瞧有什么使不得？"宝钗笑道："你们两个人的古典，也亏他搜罗来诌成这一篇。将来林妹妹过八十岁生日，就把这篇前后改换几句，可以当得寿文的。"

黛玉道："别要嚼舌了。姊姊你提起生日，咱们的生日上半年已经过的了，等到明年再讲。这九月初二是凤姊姊的生日，咱们倒要给他玩闹一天，老太太也是高兴的。"宝钗听了笑道："就怕像头里闹出缘故，两口子又打起架来，怎么样呢？"黛玉也笑道："咱们索性把凤丫头灌个醉，吃够了酒，自然不去吃醋了。"

二人正在说笑，宝玉坐在一旁只是呆呆的出神，并不搭言就走开了。黛玉道："这不又是一件奇事，他是无事要生出法儿来闹的，今儿为什么听替凤姊姊做生日的话，倒冷冷的走开？忽然发起什么心事来了？"宝钗道："这个我也猜不透。"他二人商议已定，便同去和贾母说了，贾母果然高兴。

到了初二日，传梨香院内两班女孩子。早上吃面，午间酒席就摆在议事厅上，一贺生辰，二为酬劳的意思。开戏后，不约而同，座上走了宝玉和玉钏两个人。黛玉悄悄叫秋纹、碧痕分头去瞧他们。碧痕去不多时，来回道："刚才出去碰见跟玉钏姑娘的小丫头说，他姑娘到园子里东南角那边拈了香回来，换衣服去了就出来的。还说，二爷也在那里回来了。"话未完，玉钏与宝玉先后进来。众人都没理会，惟黛玉心上已猜着他们几分。是日尽欢而散，书无可记之事，不必细表。

过了几日，这天宝玉一早起来，走出园去，到清客相公房里坐坐。见嵇好古与詹光早就拢局，程日兴、王尔调坐在一旁观看。见宝玉进去，便都站起来笑道："世老先生久不到敝斋来赐光了，今儿难得移玉至此。"说着，程日兴让宝玉坐了，自己又拉了一把椅子过来，摆在旁边仍看下棋。他两个人各下了几子，詹光要另寻劫打。宝玉指道："这一着不应他，不是这一大块黑棋都没有了吗？"詹光算了一算道："幸亏世老先生提醒这一着，竟看不出来呢。"嵇好古道："向来从没领教过，倒不知世老先生手谈亦甚精明。"程日兴道："我闻说，世老先生这两位夫人都是高明的，自然是刑于之化了。"嵇好古笑道："程兄的通文，好似赶老羊，叫了个倒通了呢。"宝玉忍不住的笑起来，程日兴脸上一红。

嵇好古连忙把话岔开道："正是，我们求世老先生的单条字幅，好几年来还没见惠，如今的笔墨，可是越发难求了。"宝玉道："什么话！如不嫌弃，过两天涂几张奉送补壁就是了。"程日兴道："且慢说求字的话，世老先生的喜酒我们都扰过了。但詹、王二兄原是冰人，世老先生该替已端整几样好菜谢谢媒，牵带我与嵇兄做个陪客。"宝玉笑道："一定要奉邀。"王尔调道："听说令侄的文章很得意，自然是恭喜的。咱们先扰了令侄的喜酒再讲。"宝玉道："我正为此在这里打听。今儿放榜，早该有信了。这会儿鸦雀无声，怕没想头了。"

一语未了，只听一棒锣声喧嚷进来，不知中的是贾兰是贾环？且看下回分解。

【第四十三回】

听捷音稻香村设席　洗繁华莲花落侑觞

话说宝玉正在书房与清客相公嵇好古们叙谈，只听一棒锣声，喧嚷进来，忙出去查问，是贾兰中了。因有一名中式的磨勘雷同出来，重又抽换，所以放榜迟了两个时辰。宝玉便进内，先到贾母、王夫人两处告诉，贾母、王夫人自是欢喜。宝玉又忙跑往园子里来，径至稻香村与李纨道喜说："兰儿中了。"李纨更加乐意，不免又想起贾珠，几乎滴下泪来，勉强忍住，与宝玉说了几句。

此时，贾兰喜信合府传知，适平儿在黛玉处回话，便叫平儿："去对你二爷说，吩咐外边帐房，此番兰哥儿中了，一切应酬赏赐，查宝二爷上年的旧帐，总要加丰。"凤姐那边照黛玉之言回明王夫人，自去办理。

这里，黛玉约了宝钗、湘云、岫烟、探春到李纨处贺喜，见稻香村外秋禾成熟，匝地黄云，宛然田家风景。黛玉对李纨道："我要替大嫂子这里挂一张匾。"宝钗道："向来有人题过的，'杏帘在望'最妙的了。"黛玉摇头道："不切当。"湘云道："大嫂子教子成名，竟是'画荻遗风'，何如？"黛玉道："也脱了稻香村本色，不如老老实实题个‘耕读传家’，让他自成一国。”宝钗道：“我们在园子里住了几年，就是兴诗社的时候扰过大嫂子一会，并没摆酒请过咱们。今番兰哥儿中了，该掏个替己，请老太太、太太过来赏玩稻香风景，咱们大家热闹一天。”众人都道此论极是。黛玉道：“也不要大嫂子花费，我去封三十两银子送来，叫柳家的端整酒席。”李纨笑道：“当真我短少了这几两银子，还要你送来？只要你们去请老太太定准个日子，我好叫他们预备。”黛玉道：“你们定了，我还有个条陈：诸色要配这个地方，必得换个新鲜样儿才好。”众人问：“换什么新样儿呢？”黛玉道：“铺垫不必华丽，器皿都要古样，咱们穿戴切忌艳妆，伺候的丫头、媳妇更不用说，才衬得起大嫂子这里农家风味来。”湘云拍手道：“当真这样，果然别致有趣，老太太见了倒也耳目一新。”李纨道：“我是现成的，怕你们找不出这些衣服来。”黛玉道：“找是那里去找呢？各人开了长短尺寸，一色是洋蓝布青梭，叫外头成衣铺子里一两天就缝起来了。”当下约定，各自散去。

讲到李贵承办尤三姐葬事，诸色停当，择于是日封口，请宝玉前去祭奠。这几日因贾兰中举，亲朋道贺往来不绝，自有贾琏与贾珍过来应接。宝玉自去干他的事，带了鸳鸯剑，出了二门，命小厮备马，坐上径出大门，扬鞭往郊外而来。这一日正值重阳佳节，那里有一处胜境，仿照戏马台古迹，名金台戏马台，甚高峻，每逢重九，游人登高聚饮，最为热闹。宝玉在马上远远眺望，因少知己做伴，且心头有事，亦无意留恋。

一路行来，见林枫染醉，野菊堆金，一派潇疏秋色。不多时，到了尤三姐墓前下马，祭礼早已摆齐。宝玉恭肃行礼，想起尤三姐已许身柳湘莲，因湘莲误听谗言，退悔亲事，索还聘物鸳鸯宝剑，以致霎时间青锋殒命，血溅梨花，真可谓艳如桃李，凛若冰霜。今湘莲已登仙籍，犹有故情，将一剑寄回，归于尤三姐墓中，使鸳鸯两剑不致分飞，以示生离死合，亦可慰幽魂于冥冥。

拜毕洒酒化纸，接过鸳鸯剑正要送入墓中，只见手中飞起一道白光，直冲墓门而没，那剑连鞘都不见了。宝玉竦然站立，暗叹此剑固非尘凡之物。又命李贵在此看工人担土堆冢，四周要种植树株。李贵道：“爷怎么吩咐，奴才总照着去办。要立石人石马，再起石牌坊也容易。”宝玉道：“不用你多讲，那尤家三姐节烈可嘉，我将来真要奏上一本，替他请旌建坊呢。”当下宝玉站着看了一会，上马回府。

一进园来，找黛玉、宝钗。袭人回道：“两位奶奶同姑娘们都在凸碧山庄登高去了。”宝玉连忙赶来，见一班姊妹都在山坡子上观玩。湘云见了宝玉，笑道：“二哥哥到那里去了？各处找你没见。”黛玉道：“他自然往城外别处地方登高去了。”宝玉道：“城外是去的，就看了人家登高，我一个人有什么兴致，所以赶回来找着你们应个景儿，你们倒都在这里了。园子里要算这个地方最高，你瞧各处的秋色都在目前。山子底下这两株桂树虽然开败了，还有些余香。”湘云道：“安得道人殷七七，不论什么时候，爱看什么花，就遣他开了何等不妙？”宝钗道：“不如登南山文峰，清歌一曲更妙。”宝玉道：“我就羡慕孟参军，龙山落帽最为韵事。”

于是各人随便起坐叙谈。说起李纨明日请酒的话，宝玉道：“何不应今儿的佳节，要等明朝？”黛玉道：“‘只缘今日人心变，未必秋容一夜衰。’这两句诗你就忘了？春秋多佳日，何必定要今朝！”宝玉道：“及时行乐，咱们今儿也该赏赏菊花。”宝钗道：“园子里的菊花，咱们来来去去那一天不看他几回，定要怎样赏他！况且，那一年赏菊做诗，也算玩得他淋漓尽致的了，如今凭你怎样，也再打不出新鲜稿子来。我想不如把菊花饶了他罢。”众人听了都笑起来。一时笑声未止，见一个小丫头走来道：“太太叫二爷去问话呢。”宝玉便下了山坡，往王夫人处去了。这里众人也各自走散。

到了次日，李纨亲到贾母处相邀，见薛姨妈，邢、王二夫人，尤氏，凤姐已先在那里。众人簇拥着贾母来到稻香村。贾母平日轻易不到此处，今值秋成时候，与别处另换一番景象，便欢喜道：“这不是到城外乡村里去了，可惜不留刘亲家在这里瞧瞧，到底与他们屯里光景一样不一样？”凤姐道：“这假的总比他们真的强呢。”一路说话。将近门首，一班姊妹都迎了出去。贾母见他们一色的荆布钗裙，田家打扮，便笑道：“又是谁调排你们妆这个样儿？觉得换了眼，比你们平日间穿的衣服还好看呢。”薛姨妈也笑道：“姑娘们真会玩儿。”

一时走进里边，就在南屋三间卸下后窗，一眼望见稻香村的远景，真有“开轩面场圃，把酒话桑麻”的景象。凤姐道：“大嫂子为什么不早言语一声儿，瞧了你们穿的，我身上衣服很不配。”黛玉道：“你爱穿，现成多儿套在这里。”凤姐连忙换了，鸳鸯、平儿几个人，见凤姐换上还有多余衣服，犹如属餍肥甘的见了蔬菜，反觉新鲜可口一般，也都换了。贾母对薛姨妈道：“姨太太也见识过多了，你们从小到如今，倒没有赴过这样席面，有趣呢。”薛姨妈道：“也亏他们，变出法儿来孝敬老太太乐一乐呢。”说着，贾母同薛姨妈先坐了，邢、王二夫人以下挨次就坐，李纨执壶递酒。

贾母满屋子里一瞧，问："宝玉那里去了？"凤姐道："刚才还看见他呢。"正要叫丫头们去找，只见宝玉穿戴了北静王送的玉针蓑金藤笠跳了进来，合坐都笑他。李纨道："我们的田禾都要收割了，穿了这一套子求雨来了。"宝玉道："他们都扮了老农，我也妆一个渔翁。"贾母道："快脱了坐下来。"麝月、秋纹连忙过去与宝玉除下箬笠，宽了蓑衣。宝玉随便坐下，与众姊妹说笑饮酒。

贾母问："兰小子呢？"李纨答道："他今儿去拜房师，怕留住吃了晚饭才回来呢。"贾母又问薛姨妈道："琴丫头为什么不来？"薛姨妈道："因是香菱胆小，拉住他在家里做伴没有过来。"贾母道："正是，我听说蟠大奶奶不在了，还说许多捣鬼的话，传来不得明白，姨太太讲给我们听听。"

于是薛姨妈将夏金桂临终的话，从头至尾讲了一遍。贾母听到叫香菱扶正这一节，便点头道："这样办倒也罢了。蟠哥儿几时能回家呢？"薛姨妈道："前儿蝌儿有信回来，说赶年底总可到家。"王夫人道："听他说到香菱扶正的话，竟像有什么附在他身上。他同香菱两个死冤家，天天乌眼鸡似的，死了肯便宜香菱吗？"李纨道："人之将死，其言也善。或者这位蟠大奶奶因他生前磨挫了香菱这几年，一时良心发现，抬一抬香菱也未可知。"宝钗道："我想起来，还是太太的话不错。我们这位嫂子，别想他死来肯说句良心话，就到阴司里上起刀山来，还要嘴硬呢。"

贾母道："咱们尽仔说闲话，姨太太酒也不喝。珠儿媳妇，今儿你是主人，也该想法儿多敬姨太太一杯酒。咱们还是行个令罢。大家想一个没有行过的新令才好。"宝玉道："前儿一个同年请客，行的令倒好玩，我说了好，那主人连这副象牙筹码送了我。老祖宗高兴，今儿就行这个令。"贾母道："什么样的？你先讲给我听听。"宝玉道："每一根筹上刻的《西游记》上一个像，唐三藏、孙悟空、八戒、沙僧，共是四根，余外有二十多根，都是精怪。各人暗取一筹，都别言语，惟取了孙悟空，就要他出来寻师父。倘然错寻了八戒、沙僧，师弟兄见面，各人喝一杯。如寻着了妖精，两人拇战，必得战胜了妖精，许他去另寻。再寻不着，照旧搳拳。"贾母听了欢喜道："这个令倒没有行过。"

宝玉便叫莺儿去取那副镌像的酒筹来。莺儿去问了小丫头，取到酒筹先送与贾母看过，交给鸳鸯抖乱，暗中分与众人。偏凤姐得了孙悟空，便不依鸳鸯道："怎么你拣个孙猴子给我了？"鸳鸯道："谁见来呢？"贾母道："我常叫他是个猴子，偏偏是他拿着了，你们瞧他跳去罢。”众人都笑了。凤姐手内拿着筹，向各人脸上相面的相去，那里相得出来？挨次看到湘云，湘云笑道：“唐僧在这里。”凤姐便指着他道：“只怕就是你。”湘云撒开手，将筹递与凤姐看明，原来是个耗子精。二人搳起拳来，凤姐连输了三拳，挺着脖子喝了三杯，道：“无底洞的耗子精果然厉害。”直到第四拳才赢了湘云。又寻着宝玉道：“宝兄弟也做过和尚，同和尚在一堆儿，一定是了。”众人都笑，独有黛玉脸上一红，因宝玉是红孩儿，已与凤姐交手，都看他们搳拳，并不理会。凤姐又输了两拳，然后胜了。再寻过去，不是沙僧、八戒，便是精怪。凤姐搳拳已喝了二十来杯酒。

鸳鸯看他有些支持不住，算算筹也剩得没多几根了，早瞧见贾母分的筹是唐僧，便向凤姐丢了个眼色。凤姐会意，便向贾母笑道：“猴儿今儿杀败，只得来寻老祖宗了，不知是不是？”贾母一手将筹撒放桌上，道：“猴儿，猴儿，你师父在这里，何不早来寻着我呢。”当下奉敬了贾母一杯酒。

还是鸳鸯分筹，这会贾母得了个孙行者，恰恰凤姐得了个唐僧。贾母道：“如今该我去重整花果山了，不知找那一个才好，别也像凤丫头，碰见就是妖精。”贾母一面说，凤姐早已照会了鸳鸯，鸳鸯指点贾母去寻凤姐。贾母道：“我也不找别人，找凤丫头，鬼头鬼脑，定是他得了这一根筹子了。”鸳鸯笑道：“二奶奶拿出来看罢，躲也躲不过去的。”凤姐道：“老祖宗不是孙大圣，竟是活神仙，怎么一找就找着了唐僧的筹子，果然在这里呢。”凤姐便自己喝了一杯酒。

把这个令又转了两三转，李纨道：“刚只行令喝酒虽然雅致，终究冷静。梨香院女孩子闲着，叫他们来伺候唱几套昆曲罢。”贾母道：“在这个地方，瞧你们这样妆扮，不配打十番唱昆曲。他们会打莲花落，叫几个来打两套听才得呢。”薛姨妈道：“老太太果然想的到，打起莲花落来，不但地方相配，而且今儿统改了一个样儿，分外觉得新奇呢。”李纨便命老婆子到梨香院去，立刻传了四个女孩子来，也穿了布衣服，带了莲花落家伙。李纨叫他们把对景的莲花落唱起来，那四个女孩子就站在旁边唱道：

田家乐，春景天，瓮头春酒美香甜。一朵莲花，乡村社火家家乐；一朵莲花，绿杨影里耍秋千。咦嘛哈哈哈，莲花霎拉拉，梅花落。

田家乐，夏景天，一沟新雨插秧田。一朵莲花，空来闲话前朝事；一朵莲花，轻摇蒲扇晚凉天。咦嘛哈哈哈，莲花霎拉拉，梅花落。

田家乐，秋景天，中秋供月庆团圆。一朵莲花，高粮稻黍般般熟；一朵莲花，不欠官粮便是仙。咦嘛哈哈哈，莲花霎拉拉，梅花落。

田家乐，冬景天，茆檐曝背笑声喧。一朵莲花，迎神社鼓咚咚响；一朵莲花，五谷丰登大有年。咦嘛哈哈哈，莲花霎拉拉，梅花落。

贾母听了笑道："这一套《田家乐》莲花落，真配在这里稻香村唱的。咱们今儿这一天，也乐够了田家风味，也要吃一口饭点点景儿算数了。"李纨又送了一巡酒，然后用饭。漱盥毕，贾母又步出村外看看晚景。众人送贾母出了园，各自回去。

黛玉才到自己屋里，见那看公馆的媳妇等着回话，道："太虚宫工程即日便可完竣。有件奇事，我男人叫进来回明姑娘。说开工以后，常有一个瘸腿道人在里头指点。这些做工的，有的日子不见道人，晚上点人数儿给他们的工钱，总比早上点工短少一个人。"黛玉笑道："有人做工，没人领钱，不白便宜了咱们。"那媳妇道："因为领钱的人短少了，不是他们闹鬼，也不去查察了。常听人家说，但凡工程大了，有鲁班仙隐在里头，谁认得出来呢！"说着在袖管里掏出一张纸送与黛玉看，道："这上头写的，都是太虚宫里里外外的对联句子，也是那瘸道人，疯疯癫癫不知那里抄来的，叫照着在石柱子上镌的镌，殿门外挂的挂呢。"黛玉接过约略看了一看，知道有些来历，也不必斟酌，便递还那妇，命他男人照着去办就是了。

再讲宝玉从稻香村出来，转到栊翠庵前，焙茗上前回道："正要去回爷的话，这阁子里连雕工漆工一应彩饰，件件完毕。今儿晚了，不能细瞧，请爷明儿来看罢。"宝玉道："不过在外面大略看看，何必等明儿呢？"说着，抬头看那阁子，自下至上共三层，耸接云霄，比园内东叙两楼并大观楼还高。前后左右另有精致坐落，四面一色水磨砖墙，墙顶满砌嵌空花砖，下面都是五尺来高、二丈余长的白石筑脚，墙外平砌虎皮乱石。第二层、第三层，阁外俱有游廊通转。窗槅、栏杆，雕刻精细时新花样，上面铜瓦泥鳅脊背。焙茗问道："爷瞧这阁子的工程何如？"宝玉点头。焙茗见宝玉看得乐意，便道："二爷再进里边瞧瞧，越发好看多呢。"宝玉道："外观已见一斑，等天下了雪，请老太太赏梅花再进去瞧罢。工头还该他多少银子，你到库上去领。"焙茗道："还短他四万五千正项。他前儿说这工赔了钱，求二爷格外赏赏。那也不用理他，奴才自同他磨牙去。"又道："屋子里还得上一张匾额，请爷拟定了什

么字，叫他们做去。”二人一路行走说话，焙茗自出园去了。

宝玉来到潇湘馆坐定，黛玉道：“今儿大嫂子那里各色排场都相称，倒是一洗富贵气象。”宝玉摇头道：“老太太同你们都说好，只是不合我意。那一年有了娘娘省亲的信，布置园景，老爷同清客相公们都到这个地方，问我好不好，我对他们说：‘远无邻村，近不负郭，总是造作而成，欠天然二字。’老爷还嗔着我呢。”黛玉道：“怪不得老爷要嗔你，据你的意思，不过道咱们园子里头不该有这样地方。若讲造作而成，那一处不费人工的呢？即如你的怡红院，宝姊姊住的蘅芜苑，我这潇湘馆，天造地设就是这个样儿？不借些人力在里头的吗？”

宝玉笑道：“派我讲错了，不用再说。如今有一件事同你商量，赏梅的阁子已造起了，这也不算得多此一番造作。比如这里栽了竹子，就有这座潇湘馆；宝姊姊那里有这些香草，便有个蘅芜苑。类而推之，芦雪亭、藕香榭、蓼风轩、梨香院，凡有花木香草栽植之处，定起一楼阁亭榭以为观玩之所，独有那数十树红梅开放左近，并无一阁一堂。想是那时候赶紧办差，只顾得眼面前这几处地方，略幽僻的，他们也不暇旁顾了。因地制宜，此处必得起此一阁，不过补其缺漏，非漫事添设。”黛玉道：“谁人说你多事了？”宝玉道：“园子里各处的匾对，多半是我的，老爷也知道。如今寄到老爷任上，看了再定，来回要得几个月。我想这会儿先挂上，等老爷回来见了嫌不好，再换也使得。”黛玉道：“老爷回来，如今也不理会到这些事情上。你拟定了没有呢？”宝玉道：“这阁子原为赏梅而起，高启《梅花》诗‘缟袂相逢半是仙’，就题名‘迎仙阁’何如？”黛玉道：“迎仙、望仙古来都有过的，不如竟用‘半仙’两个字倒现成，也别致些。”于是宝玉就定了“半仙”两字，又念出对句道：“‘景借红霞侵玉照，人来紫府换冰绡。’还有一联，是‘风约暗香清酒政，月邀瘦影伴诗魂’。请教妹妹，你道好不好？”黛玉道：“也好。这是陆放翁的佳句。”宝玉道：“妹妹何不替我改好了，就发出去叫他们镌刻起来。”黛玉道：“各人的思路笔意，这就很好的了，何必又要改呢？”又笑道：“如今在老先生面前，也不敢捉刀。”宝玉听了一笑，也就罢了。

黛玉又问宝玉道：“前儿太太叫你去，问什么话？”宝玉道：“真是没要紧的，就为兰儿中了，要谢老师。凤姊姊查对上年的旧帐，说他们错记了。太太问我送了房师多少贽见礼，我那里知道这些呢。”当下宝玉在潇湘馆无事可记，话删絮繁。

一日，彩云去看了黛玉出来，紫鹃拉他到雪雁屋里去喝茶。停一会走了，黛玉问紫鹃道："彩云同你咕咕唧唧说些什么？"紫鹃道："彩云说起环三爷，如今竟绝脚不到外头去胡闹了。看兰哥儿中了，脸上也知道害臊，叔叔赶不上侄儿子。他一个人在屋子里看书巴结，就有人来给他提亲了。赵姨娘很感激，说都亏二爷给他捐了监，同兰哥儿下场，鼓舞他起来的。又说他先前自己糊涂，外四路进来这些师婆、媒婆，没有一个好的。底下再不许他们进来走动。"黛玉道："为什么赵姨娘讲起这些话来？"紫鹃道："我也问他呢。彩云说，赵姨娘想来是为赵媒婆干的事见不得人，赵姨娘同他也有些拉扯。如今自己悔过讲出来，想要做好人了。"黛玉听了点点头道："我说天底下再没有不可感化的人。"说着带了雪雁出门，往紫菱洲看湘云、岫烟闲话去了，紫鹃也自回怡红院去。

这里有什么情事，且看下回分解。

【第四十四回】

辞水月伴居栊翠庵 照情天群瞻太虚像

话说黛玉带了雪雁往紫菱洲，去与湘云、岫烟闲话，紫鹃也自回去。五儿、春纤并小丫头们见黛玉走开，各人自去呼姊唤妹偷闲玩耍去了。只有袭人在自己屋里闷坐了一会，想起要描花样子，来找雪雁。因雪雁刚才正在做鞋帮子，黛玉叫他跟出门去，将未做完的活计随手撩在炕上走了。袭人进去不见雪雁，便在炕沿坐下。一手拿起瞧他的针线，比头里跟他姑娘在园子里住的时候好得多。因要等他回来找花样子，拿着鞋帮子呆呆坐着。又想到自己先前伺候宝玉何等有脸，如今进来，虽蒙林姑娘垂念旧情，另眼相看；晴雯亦不记前嫌，照常姊妹和好，但自己总得时时留心，让人一步。眼看怡红院旧地鹊巢鸠占，此身即终老大观园中，有何趣味？想了一会，两手便懒懒的将鞋帮放下来，一时神思困倦，倒身下去就枕朦胧睡去。

谁料宝玉进屋鸦鹊无声，不见一个人影儿。走到雪雁屋里，见炕上睡的是袭人。看他鬓云堕枕，星眼微饧，心上一动，便去推醒了他。正在情不自禁之时，雪雁因翠缕与他讨香饼子，回来找取，掀帘进屋瞧见，不敢做声，缩身退出，一盆的火，要去告诉紫鹃。正出潇湘馆门，来了个晴雯。见雪雁满脸气急的样儿，便问："你做什么？"雪雁就把所见之事与晴雯说了。晴雯笑道："你管他们什么呢？"雪雁道："你倒说的好！我原不该管他，各人有各人的屋子，凭他把二爷藏起来，黑夜白日去闹都使得，怎么闹到我屋子里来呢？我炕上是干干净净的。他倒也像姓蒋的，不问那个地方，就是戏台。"晴雯道："他这一会上去开了台，应个好日子，你的台子现成，底下熟门熟路，叫你接一台不好吗？"雪雁红了脸，使劲啐道："你是应过官戏的了，屋里有现成台子，为什么不招他到你台上去呢？"晴雯道："白同你说一句玩话，当真就生气了。好妹妹，是我的不是，我帮你去拿他们。"

晴雯往前就跑，雪雁跟着。走到潇湘馆门首，晴雯虽然与袭人不对，想起黛玉劝他的话，又见袭人近来诸事退缩，大不比从前光景，甚觉可怜，便煞住了脚，把雪雁拉住劝道："罢呀！饶了他这一次罢。咱们也行些方便，就去撞破了，也怪没意思。"雪雁冷笑一声道："我知道你是要护庇他的，我去告诉姑娘评评理。"晴雯忍不住要笑道："这件事还有什么理可评，自然是袭人之错。我倒要问，你怎么好开口对姑娘说？姑娘听见了还要恼你呢。你再去想罢。"

二人正在讲话，来了个侍书，问晴雯道："我远远瞧见你们，像在这里拌嘴，到底为什么？"晴雯道："没有的事，我们说闲话。你要往那里去？"侍书道："我来找我姑娘，可在里头吗？"雪雁道："三姑娘同我姑娘都在邢大姑娘那里，咱们同走罢。"雪雁也不去拿香饼子，同了侍书自往紫菱洲去了。

一时宝玉出来，见了晴雯便道："袭人一个在里头，你同他说话去。"晴雯瞧了宝玉，只是抿着嘴笑。宝玉问："有什么好笑？"晴雯道："房东不依你们呢！我在这里劝了好半天才走的。"宝玉听说，知刚才的事已被雪雁瞧见，晴雯也知道的了，便向晴雯摆手，转身回蘅芜苑去。

才到荇叶渚，远远瞧见一个小尼姑走来，便站住了。一时小姑子走近，向宝玉打了个稽首，细看认是芳官，想他向在怡红院，一旦被王夫人怒逐，恨气出家。今见丰韵依然，而妆束已非昔日，不禁愀然，半晌说不出话来。芳官道："二爷不必伤心，你上年走了再不回来，这会儿也同我一样。各人愿干各人的罢了。"宝玉道："可记得你同袭人姊姊派分子给我做生日，众人说你和我倒像双生弟兄，大家喝得烂醉的时候吗？"芳官冷笑道："记得便怎么样？叫你说这个，我倒感激太太催逼我跳出来了。一个人不早遇些惊风骇浪，那里就知道回头是岸。太太说唱戏的女孩子没有一个好的，若论享荣华受富贵，自然唱戏的没有这个福分。讲到立心看破红尘，要超拔情天孽海，到论不定是什么出身。我偏要替天下唱戏的争口气。”宝玉眼看着芳官不语，沉思道，他住的水月庵，就是我走的大荒山。近的住牢了，我远的倒跑了回来。不过各人自有了不了的尘缘，他倒先了我一步。于是转悲为喜，向芳官道：“我和柳五儿说过，你既坚心修行，何不随着妙师父住在栊翠庵，比外边到底清净些。五儿说你不愿进来，所以也没有来叫你。今儿难得你进来了，当面问你，可到栊翠庵去不去？”芳官道：“我这个身子，住在外边同里头一样，可以不进来，便可以进来。我要去看看妙师父，二爷可知道妙师父的事吗？”宝玉吃惊道：“妙师父有什么事？”芳官道：“我看你们园子里这几个人，四姑娘是已经参悟的了。我在外边听说，妙师父坐禅又走了魔，亏你家四姑娘，不知怎样与他捣鬼，妙师父变了一个奇丑的相貌。二爷不知道这件事吗？”宝玉道：“从没听见人说起，咱们同去看他。”

一语未了，只见园门上的老婆子，同着蘅芜苑一个小丫头来找宝玉，道：“有一位本家老爷在书房里坐着，请二爷出去会呢。”宝玉便对芳官道：“你可知道晴雯姑娘没有死又进来了？还住在怡红院，你可瞧瞧他们去。”芳官道：“今儿同师兄来收月米，我师兄还在琏二奶奶屋里等着，我看了妙师父就同他回呢，过几天再来瞧他们。”芳官自往栊翠庵去了。

宝玉回去换了衣服出外，见是雨村。谈了一会，送客后，径到潇湘馆，黛玉已经回来。宝玉道：“玉钏妹妹的姻事已成了，刚才你雨村先生来说，甄年兄接到家书，他南边没有定亲，竟就这里的亲事。因他宅子窄小，想要借妹妹进京来住这所公馆一个院子。我想横竖空着，已应许他了。”黛玉道：“我前儿借给姨妈家了，底下姨妈家挪进去也住不了这许多屋子，分一座院落给他们也使得。明儿去告诉太太，叫二嫂子吩咐林之孝家的这几个媳妇，赶紧办起来。”宝玉道：“忙什么？他们年里头也赶不上。你听见史大妹妹的婆家有什么话？今年可要娶过门去？”黛玉道：“前儿史大妹妹家里有两个老婆子来，老太太问起，他们说要到明年呢。邢大姊姊是要等薛大哥回了家，才与薛二哥办这件喜事的了。咱们三妹妹，周家也有信来，极迟总在明年冬间。”宝玉道：“迟些好。我早说过这句话，叫他们多做几个月清清白白的女孩儿，留在咱们园子里热闹些。”黛玉道：“你别再讲这样不中听的话，依你讲起来，我倒有个主意，叫宝姊姊回了张家，我依旧到南边婶娘家里，连紫鹃带了去，叫晴雯到堡里他舅舅家住了，咱们各人自去做水做的女孩子，让你一个人住在园子里，省是混水搅和了，可好不好？”

宝玉听了，竟无言可答，只得笑了一笑，又问黛玉道：“我听说妙师父变了相，是四妹妹坏了他，你可知道什么样的？那不是四妹妹胡闹吗！”黛玉道：“真的真的，这是他们讲参悟一道的元妙，你别去管他们。”宝玉因是日已晚，等至次日，一个人到栊翠庵，果见妙玉形容，已改昔日冰姿玉貌，忽变为牛鬼蛇神。幸早知这段缘由，相见之下留心审察，仿佛认是妙玉，禁不住长叹一声。放大了胆，故以戏言试探道：“妙师如今妙而不妙了。”妙玉怡然自得道：“你那里知道不妙而妙呢？”宝玉因听黛玉之言，信他禅门作用，也不究问其故，只得将无限感怀付之流水。

当下款留宝玉奉茶，觉比从前酬应较为有礼，而一种旷达坦白光景，迥异昔时，真是可以意会难以言传。宝玉提起芳官道：“不料芳官抛却舞衣歌扇，相安暮鼓晨钟，虽则可怜，却也可敬。”妙玉道：“岂不闻‘放下屠刀，立地成佛’，二爷瞧不出芳官已打破一关的了？”宝玉道：“妙师何不留他在庵，以衣钵付之？”妙玉道：“青出于蓝，冰寒于水，我如何能做他的师？他昨儿说起二爷叫他进园子里来，他亦如流水行云，身无定向。我留他在这里做伴，他说去辞了水月庵，这几天就来也不定。”宝玉此时，觉与往日到此意兴各别。并不久坐，辞了妙玉出庵。一路行来，心上总参不透他们的作为，只是与妙玉嗟叹不已，却喜芳官肯进园来，虽是已空色相，还得散而复聚。

停了几日，芳官果然进来了，并不到黛玉、宝钗屋里，径至栊翠庵住下。妙玉与他改了法名，叫莲贞，取乎出污泥而不染，又正而果也之义。晴雯知道，倒先拉了紫鹃到栊翠庵去看他。晴雯是与芳官同时被撵的人，紫鹃曾在庵中耐过凄凉况味。他们一见芳官，都有一种掉泪光景，芳官竟漠然无动，不过叙几句别后寒暄，问问奶奶、姑娘们的好。

晴雯、紫鹃坐了一会回来，五儿问：“姑娘们那里去？”晴雯道：“芳官进来了，咱们到栊翠庵去看他呢。”五儿飞风赶到厨房里告诉了他妈。那柳家的因五儿进去伺候，还是芳官的来由，赶忙端整了一席精洁素菜，叫人挑了，自己带着五儿送到栊翠庵去。路上正撞见了宝玉，问明送菜给芳官的话，宝玉欢喜道：“难得这菜，算你妈送的，该多少钱我给你。”柳家的听了笑道：“这几样子素菜值得几个钱呢？二爷恩典，照顾我们的地方多着哩。”宝玉点头道：“我知道了。”当下柳家的自同了五儿到栊翠庵去。

宝玉来到潇湘馆，见宝钗、探春、湘云这几个人在里头，宝玉坐下笑道："我听你们正说得高兴，要到那里去逛呢。"湘云道："二哥哥你还不知道吗？你们起造的什么太虚宫，连神像都塑好的了，后儿开光，来请拈香。还听说配殿上塑的像宝姊姊、林姊姊，咱们园子里的人，你道奇不奇？咱们打伙儿都要去呢。"宝玉听了欢喜道："这样我也同你们去逛逛。"宝钗接口道："这还少得了你吗？"宝玉道："宝姊姊你去不去呢？"宝钗道："问你林妹妹，他去我也去。"探春道："二哥哥，不用你多管闲事，咱们已经说停当的了。"宝玉忙起身，又到各处去邀那个，问这个。

这里正在讲话，见香菱急忙忙赶来向黛玉道："姑娘们后儿去逛，琴姑娘也去的，为什么不来叫我？我也要去呢。"黛玉道："你要到那里去？"香菱道："姑娘们到那里，我跟着也去。"黛玉道："你这个人，为什么这样憨？连自己关切的事都忘得了的？你想想后儿是几时了？"香菱发了怔道："后儿是十月朝呢。"黛玉道："可不是，你要逛太虚宫，底下那一天去不得？十月初一这个日子，你是错过不得的。在天齐庙有亲人见面的话，你忘了吗？"香菱想了想，笑道："当真，不是姑娘提醒，我竟忘了呢。"宝钗道："我们大嫂子虽然有这句话，也是没影响的。"探春道："那也论不定，他还有叫香菱扶正的话。这件事倒有几分可信，就去白跑了一趟，也碍不了什么。"于是，众人怂恿他去回太太，到后儿赶早去守他一天，看这句话准不准。香菱又坐了一会，随众人走散，自回家去，告诉了薛姨妈到天齐庙去不提。

这里，黛玉等到了初一日，各人早起梳妆已毕，用了早膳。一面林之孝家的和周瑞家的算定了人数，吩咐二门外小厮，叫预备车子。去的是黛玉、宝钗、探春、惜春、岫烟、湘云、宝琴、李纹、李绮，连李纨、凤姐，东府里的尤氏也高兴去逛逛，还有鸳鸯、平儿、晴雯、紫鹃，那莺儿、雪雁、五儿、麝月等各自随着伺候，小丫头同老婆子们不计其数。除了贾母、邢、王二夫人不去，其余的人，比那一年五月里元妃在清虚观设醮，荣府里奶奶、姑娘们去逛的还热闹。等周瑞家的来回车子早已齐备，各人行至垂花门，丫头们各自伺候上了车。宝玉骑上马，赶先行走。这里一群车辆离了荣国府，径往太虚宫来，进了头门下车。

讲到起造这座太虚宫，原有仙人在内指点，所以殿宇房廊款式，并匾对上句语，"金陵十二钗"正、副册上的塑像，无一不仿照下来，如同水里面印出来的。太虚幻境，只有各柜的册子上不留墨迹，恐漏泄天机。至于费了几十万银子的工程，其雕刻精巧，铺设辉煌，自不必说。

那时黛玉、宝钗先见牌坊上横书“太虚幻境”四个大字，两边石柱上并宫门外的对联，一路观看，心中思想，这座宫殿的规模气象，竟像是熟游之地，连匾对也还记得些影响。正要步进正殿，听见宝玉嚷说：“对联句语不好，怎么不到里头来请示，就胡乱刻上了？明儿叫匠人来敲毁，斟酌定了再镌。”那管工家人的媳妇连忙上来回道：“这些匾对字句抄了进去，回过姑娘的。姑娘说就是这样，所以叫匠人照样镌了。如今姑爷吩咐照着办就是了。”宝玉听他叫的是“姑爷”，知道是黛玉家里的人，说是回过黛玉的，也就没言语。

当下众人在正殿上拈过了香，仰视塑的警幻仙子，宛似平时熟识姊妹别后相逢的光景。又游到两旁配庑，也有“春感”、“秋悲”、“痴情”、“薄命”、“结怨”各司匾额。宝玉看了，怪不受用，便想逐一更换他。

黛玉诸人看各处塑的仙女，有像这个的，有像那个的。呼姊唤妹，攒三聚四，有看了塑的像，比着那一个人笑的；有瞧了这一个人，指着塑的像说的。宝钗道：“就是苏州山塘上捏作铺里，瞧了这个人捏出来的脸儿，也不过是这样罢了。难为这些匠人，从没见过我们一面，塑来这样活龙活现的，想起来他们并不知道咱们这班人，原不是有心塑来要像谁，难得在无心暗合，这里头果然有个缘故。”探春道：“今儿不是来游太虚宫，各人照镜子来了。”大家讲了一会，又去看见塑的一位仙女，背上插了两柄剑，圆长脸儿，妩媚中带一种肃杀之气。有人见过尤三姐的，都指着向珍大奶奶道：“这不是你妹妹三姑娘吗？”尤氏笑道：“果然像。”又有人指道：“这活脱是死过的蓉哥儿媳妇，珍大嫂子快来瞧呢。”一句话引得这里的人又赶过去。

惟有凤姐见了，记起秦氏死后在园子里遇见他的光景，身上倒觉凛了一凛，因说道：“怎么死的和咱们活的同塑在里头？”宝钗道：“凤姐姐你别多心，世界上的人无生无死，无死无生，那一个是长生不老的？”那时湘云也厌恶塑得混杂，听了宝钗的话，便道：“宝姊姊，你是不怕死的，横竖死了有人替你活的。但不知这塑的是张家姑娘，还算是蘅芜君？”黛玉笑道：“‘替活’两个字出得新鲜，从来没有听见过的。”那湘云想起刚才的话，未免有些唐突宝钗，连忙寻话岔开，因向黛玉道：“可惜你这幅照没有带来，再把这一幅子挂起，竟是戏里唱的太上老君，一气化三清，化出三位潇湘妃子来了。”探春道：“史大妹妹这句话，亏在如今讲了，林姊姊听了没生气，照像他先前的脾气，不知又要怎么样了。”湘云道：“可不是，那一年外头来了一个班子，在老太太院子里唱的正本《蕊珠记》，扮蕊珠夫人这个孩子，凤姊姊说他活像一个人，我口快说了出来，二哥哥瞧了一眼，连二哥哥拉扯在里头与他赌气的吗。”黛玉笑道：“亏你还记得这些没要紧的陈年旧话，如今凭你们爱把谁来比着我都使得。”湘云道：“蘧伯玉行年五十而知四十九岁之非，你早早就改悟了，贤于蘧大夫远矣。”众人一笑过去了。

宝钗道：“别讲古语了，我倒想起一件事来。这里该招募住持要紧。我瞧前后配殿，及两旁廊庑房屋不少，晨夕启闭，焚香洒扫，不是一两个人可以照料得来的，必得有个当家，便好督司其事。若讲到这里来住的僧道，固非所宜，须访得一个高雅清趣的女尼，怕一时没处找呢。”黛玉道：“只有妙师父配在这里住。”宝玉道：“我也正想着他，就是他在园子里住着，忽然要请他出来，似乎下逐客之令，又使不得。”

正在议论，那边“薄命司”里有像袭人的塑像，雪雁进去见了，触起前情，带玩不玩的道：“他算什么？也塑在这里。”便伸手上去羞他的脸儿，紫鹃忙把雪雁喝住。晴雯四下里一瞧，想亏他今儿没来，当着众人被雪雁这样糟蹋，脸上怎样下得来。这里晴雯一班人，牵裾联袂的转出回廊，逛到别处去了。

黛玉独自一个人，走到绛珠宫丹墀里站着，见墙脚下白石砌的花坛内长出一丛芝草，精神丰彩，摇曳多情，似系携来仙苑之物。正在出神，接着宝玉也来了。一眼瞧去，见了墙下的芝草，更觉旧雨重逢，十分亲热。与黛玉两个人相对半晌，并无一语。湘云远远望见他们两个人在那里，便笑着赶过来问：“你们在这里瞧什么好看的东西？不叫咱们也来瞧瞧！”黛玉回过脸来道：“没瞧什么呢。”湘云只道他们在这里看水磨砖上的雕工，也没理会到花坛内这茎草。三个人一路说笑，出了院门，众人也都回出来了。

见管工家人的媳妇陪笑上前，道：“后边还有小小一所花园，虽然这时候没有什么花儿可玩，请奶奶、姑娘们进去瞧瞧结构款式可好不好？”众人都道：“咱们逛了一天，时候也不早了，底下再来瞧罢。”于是一群人出了仪门，陆续上了车。

管工的家人媳妇送众人走了，自己也到大门外上车回了公馆，自有他男人到各处照看一会，然后把门关锁，贴上封条，也自回去。众人到了家，都到贾母、王夫人处请了晚安，问他们几句话，各回自己屋里。

讲到宝玉骑在马上，一路行走，正盘算匾对上该换的字句，要与黛玉商量，进门下了马，将到垂花门首，焙茗上前回道："奴才有句话要回二爷。"宝玉道："这会儿我心上不得闲，有什么话明儿再说罢。"说着，便进了垂花门，往贾母、王夫人屋里一转，径进园子里。

到潇湘馆见黛玉，道："今儿听见管工的媳妇说，牌坊宫门上的对句写进来请过示，妹妹为什么不斟酌好了发出去？如今我改了几个字，来请教妹妹。牌坊石柱上的，该题'假作真时真不假，无为有处有非无'。宫门上横书四个字该题'恩海情天'。对句上联'堪叹'两字该改'惟有'，下联该改为'到头风月债还酬'。两旁配庑上匾额'朝啼'司，改为'朝欢'；'暮哭'司，改是'暮乐'；'薄命'司，改为'造福'；'春感'、'秋悲'，改做'春花'、'秋月'，逐一改了他。也见得古今来有情的，都成就他美满前程，岂不妙呢？"

黛玉摇头道："我看这些句语都有来历，是要点醒世上这一种痴男怨女的。照你这样改了，不是显悖了建造太虚宫的意旨了？"宝玉道："妹妹论的果然是，但我还有一个想头。比如你，一病竟归大梦；我走入大荒山再不回家，那里还有这一座太虚宫呢？如今凭咱们的血性归根儿，恨能填海，石可补天。可见债难酬者，终是情不尽到十分地步。原镌对句，岂不把古今之情同你我之情都抹煞了？"黛玉道："你不知道，咱们这班子人，原是苍苍破格矜全，不可援以为例。若说合该是这样的，倒不足为奇，连这座太虚宫也可以不必建了。所以对上的句语，竟不用去动他，才可以点醒世人。"

宝玉道："这个地方，不比别处庵观、寺院，许闲人进去走动，白摆着这些颓丧话，又去点醒谁呢？"黛玉道："我也在这里筹画，这里头既有咱们的塑像，原不许男女混杂进去。若一概禁止，难道警幻的意思，就只为点醒咱们园子里头这几个人？须得一年之内，择定几个日期大开宫院，许近京一带城乡妇女进去烧香游玩，只不许有男人跟随进去。内中有认识字句粗通文理的女人，看了匾额对联知所感悟，才晓得情天便是孽海之源，只可安于薄命，自甘暮哭朝啼而已。然话也不可说煞了，普天世界的人，或也有情到十分，痴到十分，到头酬得了风月债的，由他们去碰罢了。"

宝玉听到此处，又欢喜起来，道："真是妹妹讲得透彻，咱们商量停当，请琏二哥到兵马司衙门里去给了示，悬挂大门，每逢朔望日期，许妇女们走动。要几名番役在门外巡逻查察，不放一个男人进去就是了。"

宝玉正与黛玉议论得高兴，雪雁上来说："今儿有管园的老婆子来回，现在天气冷了，各处院子里摆的盆景都该下地窖了，请发出去叫他们标签记认，明年开春后再来送还，不知姑娘屋子里这盆草该发去下窖不下？”宝玉接口道：“正是，妹妹玩的这盆草，我几次盘问妹妹总不肯和我说明。我细细问了紫鹃，才知道来由。古来贯虹化碧，原是连山川草木都可感动的。这盆子草也不怕霜雪来侵，今儿咱们在太虚宫院子里瞧的这一茎，觉比蓬莱阆苑长的瑶树琪花，另有一种可人之处，何不把妹妹爱的这一盆携去并植了，也不致冷落了绛珠仙草。”

黛玉微笑道：“《山海经》并《本草纲目》诸书里头没见这种名色，何以知他是绛珠仙草呢？”宝玉道：“在绛珠宫里长出来的，自然是绛珠仙草了。”黛玉道：“原来是你胡诌的。这么着，盆子里草我也有个美名儿见赠他。”宝玉问道：“妹妹叫他什么草呢？”黛玉道：“湘妃洒泪染成斑竹，这泪染的草该名‘泪芝’。”宝玉笑道：“妹妹前哭的眼泪洒在院子里，竹枝上也该有斑点，‘斑竹’、‘泪芝’倒是个绝对。但我不敢与古贤妃媲美，只叫他做‘杜鹃红’也好。”二人又说笑了一会，当日无话。

到了次日饭后，黛玉记起一事，要往宝钗处探听。未知所为何事，且看下回分解。

【第四十五回】

朱砂痣甄母认娇儿　伏梁症袭人思旧院

话说黛玉上一天游了太虚宫回来，天已晚了。次日饭后，来到宝钗屋里便问：“香菱昨儿天齐庙去怎么样了？姊姊知道没有？”宝钗道：“我正要打发莺儿去问呢。”莺儿在旁接口道：“估量没有这件事，果然真的，太太早叫人过来通一个信了。”宝钗道：“白闲在这里叫你去走一趟，就说躲懒的话。”

说声未了，香菱笑嘻嘻的进来说道：“白到天齐庙去守了这一天，懊悔昨儿不跟姑娘们去逛逛。”黛玉道：“难道竟没碰见什么人吗？”香菱道：“来的人可不少，知道那一个是我的亲人？”宝钗道：“我说我们大嫂子的话是听不得的。”黛玉道：“可怜他家在那里？家里有几个人？一些都不知道，到底他亲人是老的、小的、男的、女的？叫他去认谁！”宝钗道：“可不是，见了亲人，认不得是亲人，也算不得亲人了。”香菱道：“有一位太太，瞧我个仔细，淌了一会眼泪，后来各自走开了。”黛玉道：“这个人就古怪，该问问他的来历。”香菱道：“瞧他老人家，像有五十来岁，跟的老婆子、丫头势派不小，也像那一家宅子里出来的。”宝钗道：“这样说，香菱与他没有什么相干的了。”

正在议论，只见同贵喘气吁吁的跑来对香菱道：“太太叫你呢。你才走了，有一位太太来问咱们太太，说昨儿天齐庙去这位姑娘是亲生的，还是抱养的？太太对他说，这个人原是在路上买来做丫头的，为了他还吃一场人命官司。这孩儿的住处姓名，他自己一点也懂不得。那位太太说，既是买来的，多分是他的女儿无疑了，还得出一件真凭确据，他眉心里一点胭脂痣迎面便见的，犹恐冒认，还有右腰眼里照样那么大一点，那是说谎不来的。太太说同他过了这几年，倒没留心到这上头，等着你去瞧呢。”宝钗笑问香菱道：“到底你身上有这个没有？我也没瞧见过。”香菱摇头道：“连我自己也不知道。”黛玉和宝钗两个争着要揭起香菱衣服来瞧，见宝玉进来了，香菱便不肯叫他们瞧看，忙跟着同贵走了。

宝玉笑道：“真是香菱的母亲来了。”宝钗道：“又在这里瞎说了，你怎知是他的母亲呢？”宝玉道：“不是刚才同贵来讲，他母亲说香菱腰眼里有点胭脂痣吗？香菱果真有的。”宝钗道：“越发乱话了。香菱就有，我和他同住了这几年没有瞧见，你又怎么知道？”宝玉道：“就是那一年我过生日，香菱和豆官这班人在园子里斗百草玩儿，拌起嘴来，泥水里溅污了香菱的石榴红裙子，我叫袭人拿一条来给他换上，他背着我换裙子，我蹲在地上偷眼瞧见的。”黛玉笑道：“说话留点子神，也不怕薛大哥回来知道不依你。”宝钗瞅着宝玉半嗔不笑的道：“真是下作脾气，人家女孩儿怎么好意思瞧他！”黛玉笑问宝玉道：“你瞧宝姊姊身上可有没有？”宝钗接口道：“先前倒有的，可惜瞧不着了。如今张家姑娘身上可是没有这个的。”又向宝玉道：“你林妹妹身上有一对鸳鸯痣，晚上点着灯细细瞧去。”

宝玉笑了一笑，站起身来便往怡红院去，要把香菱的话告诉晴雯、紫鹃。走进里边各处瞧了一瞧，静悄悄的，他们两个人都出去了。便转身往外，听得两个老婆子在屋子里讲话说：“这件事，先是女孩子自己不愿意，就按着他脖子干吗？”宝玉听了女孩子不愿意的话，越发放轻了脚步，走到窗户台边潜听。他们又讲道：“怕赵廷栋要他妈去求琏二奶奶，有几分拿手。不是头里来旺家的就求了琏二奶奶，办成的吗？”那一个老婆子道：“如今他也怕做恶人，未必再干这样强横霸道的事。只看他们的月钱，总是按着日子清清楚楚发给，再没个捏拉挪移。就是咱们园子里的人，经管这些花儿、果儿，尽咱们的规矩送他，也收了；设或有个来迟去慢，也不来挑剔咱们。他先前有这样好脾气吗？”这一个婆子道：“那是他明知潇湘馆二奶奶强似他，不能像先前这样由他闹鬼。有的是银子，索性打撒手，落得做个好好先生罢哩。”那一个婆子笑道：“这话也别委曲他，如今咱们府里的事，比头里多添了几倍，潇湘馆二奶奶不过拿个总，还是平姑娘帮他，按着定的规矩认真办的，不过不像先前的尖酸刻薄了。只就一件事就瞧出他的厚处来了。”这个老婆子便问：“是什么事？”那老婆子道：“你不知道，我告诉你听。”

宝玉听了半晌，见他们把话岔到凤姐身上，把正经要听的话倒打断了，不耐烦再听他们，只得踱了进去。两个老婆子连忙站了起来，陪笑说道：“晴姑娘和鹃姑娘都逛去了，没有在家呢。”宝玉便根问他们女孩子不愿的话。这一个老婆子因和那一家子有些瓜葛，膀胱气不服，见宝玉盘问他们，便将计就计道：“我们本不敢在二爷跟前胡说乱道，二爷既是听见了问我们，也不敢瞒着二爷。就是先前在这屋子里当差的四儿，那时候因园子里闹事，太太撵了他出去，配了个小子，没过门女婿死了。他娘要拣一门子对头亲，还没合意的。那里晓得赵廷栋的女人死了，他们硬央了媒人要去定这头亲事。年纪大小了一半，四儿心里不愿，天天在家里寻死觅活。”宝玉道：“你们讲的就是四儿，我再不料他还在家里。你们又怎么知道他们要去求琏二奶奶？”老婆子笑道：“那也是瞎猜的话，因为赵廷栋的妈是奶过琏二爷的，琏二奶奶很看重他呢。”

宝玉站着出了神，半晌，想起太太性子本来好的，不知听了那一个的混帐话，一时发起火来，晴雯、芳官这一班子人，没有什么不是，就为没相干的事都撵的走了，闹得害病的几乎死，恨气的出了家。四儿现摆着要受人家的欺压，我不能叫“薄命司”里的女孩儿，一个个都归到他们院子里来，就只和他们多过几天快活日子，也是好的。便道：“我叫四儿依旧进来，他妈自在外面给他留心好亲事，赵家的话有我呢。不知四儿愿意不愿意，你们去问他一声。”那老婆子笑道：“问也不用问，得二爷多大的恩典，四儿同他妈还有什么不愿意？”宝玉道：“那么着，我就叫他进来。”

当下出了怡红院，可巧遇见林之孝家的走过。宝玉便叫住了他，说要叫四儿进来伺候的话。林家的笑道：“如今二爷住的地方多，叫四儿到那一个院子里去伺候？吩咐明白了好和他们说。”宝玉想了一想道：“叫到蘅芜苑去罢。”林家的就先去回了宝钗，又到凤姐处说了宝玉的话，凤姐心想：“晴雯撵了出去，太太还叫他进来，芳官出了家，如今也进园子里来了。太太已经把先前的事撩开，可不用去回。又因昨儿赵老妈子果然去见凤姐，提起这话，凤姐含糊答应，正在为难。今听见宝玉要叫四儿进来，正可借此推卸。便吩咐林家的叫了四儿，径送到蘅芜苑去。四儿喜出望外，难得又进园子里头当差，脸上也有了光彩，且不怕赵家再来缠扰，立刻跟了林之孝家的到蘅芜苑来，书且不提。

讲到香菱天齐庙亲人相会一事，原来贾雨村娶了甄士隐家的使女娇杏，扶正后甚是相得。当年贾雨村在林如海衙门里教读，一日闲步到乡间，见一座破寺院，门外挂的对句："身后有余忘缩手，眼前无路想回头。"有些意旨可味，牢牢记着。及至显荣后，记起那座智通寺，便捐助银两起造这寺，把门外旧对句做新悬挂，不曾更换句语。如今庙宇焕然，一方香火有求必应。那时雨村除了内任，从京里打发人到南边接家眷进京。先由水路坐船，尚未起岸，那日守风停泊，离这智通寺不过二三里路。贾夫人坐在官舱，听后面艄婆笑讲道："不用说，人要走运气，就是佛菩萨也要讲交运的。几年前头一座破庙，白日里鬼也捉得出的。自从贾雨村大人布施了这宗银子，就有缘头出来募化，翻改了这寺院，菩萨重装了金，佛地应该兴旺起来，菩萨也灵了。左近一带去烧香许愿的人挨挤不开。"

贾夫人听见就是他老爷布施银子这座寺，也要去进香。因大船撑不进小港，便叫家人雇了一肩小轿，带了丫头、老婆子，请了香烛，到寺里拈了香回来，见一个五旬以外的贫妇，汲了一桶水走进小间子里去，宛像他旧主甄士隐的太太。贾夫人叫住了轿，命跟去的老婆子到这一家去，问明刚才进去的这个汲水妇人姓什么，从那里迁来的，有无子女？那婆子进去问了，出来回话道："这妇人夫家姓甄，向在苏州阊门仁清巷居住，并无儿子，只有一个女儿，幼年已被拐去的了。"

贾夫人听了，知是旧主无疑，便命轿子抬到他门首歇下，出轿走进门里。相见之下，甄太太一眼认出他是娇杏，起居服色大非昔比。说话之间，甄太太讲起别后连遭荒疫，阖家贫病流亡，迁移到此，度日艰难的话，各各垂泪。贾夫人拜认甄太太为母，邀同进京。甄太太乐从，并无箱只行李可带，只收拾了几件随身东西，包了个包袱，其余破烂家伙，俱留送院邻。贾夫人叫老婆子拿了包袱下船，顺便取了一套衣服，赶忙就来。贾夫人又与甄太太坐了一会，等老婆子送到衣服更换。因此地离停船地方不远，不上半里之遥，贾夫人也不坐轿，同甄太太步行回舟。

次日风顺开船，一路叙话旧事。到了京中，先叫前站家人通知了雨村的信，接进住宅。雨村感念甄士隐昔时知遇之恩，竟依了他夫人的称呼，认甄太太为岳母，相依度日。

这一天，甄太太也去天齐庙拈香。香菱已早到庙中，凡有进庙的人，留心瞧认，不知那一个是他亲人。还是甄太太见了香菱模样儿，有些像他女儿，钉眼看个仔细，一时未便启齿讯问，只是怔怔的淌了一会泪，各自走开。甄太太回到宅里，便将庙中所见之人告诉了贾夫人，贾夫人亦费猜疑。惟贾雨村早知此事底细，因当日作宰时，曾经判断此案，衙内门子即系葫芦庵小沙弥，将案情始末细细禀过雨村。今甄太太提及，想起来被拐的就是他女儿，如今尚在荣国府的亲戚薛府上，便与甄太太说明，来到薛府访问。薛姨妈叫了香菱回去，母女相认，难免一番伤心落泪。薛姨妈把他们劝慰，又将等哥儿回来把香菱扶正的话，告诉了甄太太。一面治酒款待，留住盘桓。

这里贾母知道，以为奇事，要瞧瞧香菱的母亲，命王夫人打发人过去。薛姨妈陪着过来，又请了本家雨村的太太，大家逛了一会园子。因冬天取屋子暖和，贾母那边绮散斋书房设席，叫梨香院戏班伺候。这日，姊妹们只有探春在座。黛玉因有他师母，同宝钗过去应酬。饮酒中间，贾母细问甄太太家事，甄太太便将他女儿乳名英莲，自幼被拐离散，住居苏州阊门，遭了回禄，夫主甄士隐看破红尘出了家，孤苦无依，说着瞧了一瞧贾夫人，只说这是先前认的女儿，多年远别，今在路上遇见，同到京都，这许多事讲与贾母听了。贾母只是叹息。

却说怡红院，晴雯知道两位奶奶都过那边听戏去了，一时高兴，叫到清音请邢大姑娘、史大姑娘，还有麝月、秋纹这几个人，宝玉不过那边去，也在这里玩儿取乐。湘云进来说道："老太太今儿请客，停会儿戏文煞了台，说声要听清音，便怎么样？"晴雯道："史大姑娘，不用你着急，我安顿在那边的了，要叫就让他们。"

当下打起锣鼓一套，未曾打完，见林之孝家的自己跑来道："本家太太要听清音，太太叫他们去伺候呢。"晴雯便叫班子里使唤的老婆子快收拾家伙，孩子们跟着林家的走了。湘云摊手道："何如？"宝玉道："他要听，明儿再叫他们来唱就是了。史大妹妹同邢大姊姊都来。"晴雯道："我明儿偏不爱听。"湘云道："晴姑娘听清音，倒合着一件古事，所谓兴至而唤，兴尽而止，何必听他！不听比听的越发有趣了。再不然，他们自己到梨香院去闹一支。"

湘云正和晴雯说笑，见四儿进来，与众人问好，满屋子瞧了瞧。湘云道："他也是旧时王谢堂前燕，今儿又飞回怡红院来了。"晴雯见了四儿分外亲热，拉住他手道："怎么，我竟忘了你了。多早晚进来的？"四儿答道："前儿进来的，在蘅芜苑伺候奶奶。今儿奶奶到老太太屋里陪客听戏去了，过来瞧瞧姑娘们。听说这里唱清音，为什么不见呢？”麝月道：“你原是要听清音来的，不是来瞧他们。”四儿笑笑，晴雯又问四儿道：“你又为什么出去的？”四儿道：“就是姑娘出去那一天，太太瞧着我，说我也是个没廉耻的，还说我是与二爷同日生日，道我曾说过同一天生日的就是什么，也把我撵了。”晴雯听了，顿时一盆火发道：“太太是仁慈的，因何送咱们的人不好？等明年二爷生日这天，我的东，替另办两席酒，给你做过生日，把平姑娘也请了过来，看还有人去唆耸太太来撵咱们不撵？”四儿道：“正是，平姑娘也同这一天生日，要撵大家撵。”说得众人都笑起来。晴雯道：“你别胡说了，仔细平姑娘听见了要捶你。”

当下湘云站起身来向岫烟道：“咱们也该兴尽而返了。”宝玉笑道：“虚邀你们，明儿宝姊姊、林妹妹都闲着，叫这些孩子们来，大家在这里闹一天。”说着，宝玉与晴雯等都送至院门外。

正要回进里边，见五儿飞跑的进来道：“袭人姊姊不知为什么，手里拿了一面镜子，栽倒在那边路上，叫他也不应。我回到潇湘馆去远了，奶奶也不在屋里，所以到这里来告诉一声。”宝玉吃了一惊，赶忙过去。麝月、秋纹这一班人，都随着宝玉去看。走到跟前，见袭人两眼泛白，面色改常。宝玉与众人把他搀扶起来，叫了两三声，袭人神色已清，睁开两眼，将头微点，并不答言。五儿拾了地上的镜子，宝玉欲就近将他扶入怡红院去，袭人摇头示意，只得慢慢的扶回潇湘馆，到他自己炕上睡下。宝玉与他垫高枕头，又拖被子盖好，忙叫人吩咐去请医生。晴雯、紫鹃在他屋子里坐了一会，起身走了。宝玉叫麝月、秋纹在此照应。不多时，医生来诊了脉说：“外感甚轻，此由心境恶劣、肝气上逆所致，治以舒郁平肝为主。但须自己保养，切忌思虑过度，非全恃药饵所能奏功，日久恐成伏梁症。伏梁者，如屋梁之伏于胸前，将来必至胸膈郁塞，饮食渐废，不得救药矣。”宝玉把医生的话告诉了袭人，叫他总要养心散闷，别自己糟蹋身子。又叫五儿轮替照看汤药一切。

黄昏后，贾母处席散，黛玉回来，知道袭人这件事，也过去瞧他，还问了几句话，吩咐麝月等夜间留心照顾。麝月、秋纹、五儿几个人替换在袭人屋里走动。二更后，宝玉进来，见碧痕正在煎药，麝月坐着打盹。宝玉叫醒麝月道：“你叫他们泡一壶茶来窝在暖桶里，你同秋纹自去歇罢，今夜我在这里陪他。”麝月“扑嗤”的一笑，袭人在炕上欠起身来道：“我这会儿身上舒服了，二爷的恩典，我再一辈子也是感激不尽的。别再住在这里替我闹乱子。”宝玉道：“这有什么？先前你们有人病了，不是我也给你们递汤递水过的吗？”袭人叹口气道：“先前是先前，如今是如今。况且，头里也是你自己胡闹，我们敢要你这样吗？我的好麝月姑娘，快替我送了二爷出去，我给你磕头。”麝月便道：“当真二爷出去了罢。头里我也听见说过这句话，我和秋纹两个是他调教出来的。见他这样光景，就在这里熬两三夜子，也是情分上应该的。这点子也还干得了，要爷在这里做什么呢？”宝玉没法儿，只得讪讪的走了，还不肯回到别处去，就在黛玉屋里歇了。

原来袭人那一天在雪雁炕上与宝玉叙旧，被雪雁瞧见，雪雁虽听了晴雯劝说，未曾嚷破这件事，然颜色词气之间，终露些圭角，袭人岂瞧不出来？追想当日与宝玉初试云雨之事，后来挪到怡红院去，诸事惟我占先，凭他屋子里收了谁，总越不过我的分，谁人还给我脸子瞧呢？想到此处，不觉羞愧之心与怨苦之气郁结于中，不胜病骨支离，甚至寝食减废，触起当日王夫人骂别人“妆这个病西施样儿给谁瞧呢”的话，不敢言语一声儿，只得勉强照常支撑过去。

一日，五儿来借他一支抽丝蝴蝶簪看样儿，便翻腾梳匣里，有一面小手镜，记起是紫鹃来陪伴宝玉随梳具带来，宝玉指留这件东西在屋里，后来忘了还他，随手撩在梳匣里头的。见物思人，因人想话，紫鹃不过瞎说一句林姑娘要回家的话，那一个就吓得什么样似的。他们两个人的心事谁还瞧不出来呢？就先娶了宝姑娘，照像如今这样办法也很好，宝玉自然不走了。宝玉不走，我何至有此一变？万不该在他跟前，把林姑娘回来的话也瞒得紧紧的。总是自己糊涂该死，悔也无及。正在出神，晴雯打发小丫头子来请他去听清音。袭人因为睹屋伤心，懒怠到怡红院去走动。今晴雯打发人来请，执意不去，又怕他见怪，延挨了一会，没奈何去走一趟，带还紫鹃这面镜子。出了潇湘馆，无精打采的往怡红院来。才瞧见院门，心上一酸，眼前乌黑，顿时晕倒在地，不觉昏迷过去。幸亏五儿也要到怡红院去瞧热闹，随后赶来看见，告诉了这句话，众人才来扶他回去的。

袭人本是心病，今见宝玉多情，不改旧时，黛玉又亲去瞧他，还听宝玉告诉他医生的话，只得自放宽心，把不得已之事暂且撩开，服药后病去其半。到第二天，便可强步起来，饮食渐增。

再讲宝玉次日一早起身，忙过袭人屋里，问明服药后安稳才放了心，便到贾母、王夫人处请安。回来正见春纤端了一盆清水，灌溉那盆泪草，便笑道：“我怎么把这件事忘了！”忙催摆饭，与黛玉用毕，叫一个老婆子捧了玉盆，宝玉跟在后面，到二门外叫焙茗接着，同了锄药，叫备马坐上，要到太虚宫去。

早有管工家人带了钥匙开进里边，宝玉径到绛珠宫院子里，亲自动手把那一丛泪草端详了一会，带泥捧出，与绛珠仙草并植了。见他互相披拂，宛似故交觌面，各有知识的光景。焙茗在旁见宝玉看得呆了，便端了空盆子催着回去。

宝玉起身，步出院来，焙茗笑问道：“这是什么矜贵兰草，值得把他种在玉盆里头？”宝玉道：“天下那有像这样珍重的兰草？”焙茗道：“莫非是大荒山带来的仙草不成？”宝玉道：“说起他的来处，这个地方你也到过。这会儿没有闲工夫讲给你听。”焙茗道：“怪不得爷的事忙，要遇爷闲的时候甚难。前儿这件事还没回明二爷，他们又来找了奴才两会，难得今儿伺候爷到这里来办这件清闲差役，还回得上两句话，请了爷一个明示，也好去回报他们。”宝玉道：“什么事情？我不知道。”焙茗道：“讲起来话长，请爷到里头殿上坐了，好回爷的话。”

宝玉心想，殿上都有塑像，他们进去见了，定要指东说西，未免唐突仙姝，便站住在院子里道：“不用进去，有什么话就在这里讲罢。”焙茗道：“他们也在家塾里念过书，说起他两个的雅号来，二爷还该记得。”宝玉道：“家塾里念书的人，来来去去多着呢，我那里记得这些。”焙茗道：“就是香怜、玉爱两个。叙起亲戚来，是远的了。因和二爷交好一番，他们近来家里的日子很难过，来求二爷，不过想照顾他们些。”宝玉笑道：“记起来了，我好久不见他们，为什么不来见我？”焙茗道：“他们原想见二爷，一来爷的事情忙，怕候不着二爷，碍着脸上下不来，所以尽仔来缠奴才转求二爷。”宝玉道：“我怎样照顾他们呢？只好给他们几百两银子一个，去过度就是了。”焙茗道：“给他们银子果然好，但是，他们吃用惯的，又不用肩挑贸易，把这几两银子使完了，底下便怎么样儿呢？据奴才的意思，如今这些本家爷们，整十万两银子领出去开当铺字号，因亲带眷，拉拢进去的人还少吗？只要二爷说一句话，不拘那里，送他们进去帮办些事，派一点厘头，就够他们沾光一辈子，吃着不了。”宝玉道：“送他们到那里去好？我和谁说呢？”焙茗道：“爷有了一句话，奴才说去，谁敢驳回？他们两个自然要当面谢二爷呢。”

话未完，只听宫门前辚辚之声，一时到了门外停车。宝玉心想，此处谅无别人敢来闲逛，莫非里头有谁出来？正在动疑，见前面走的老婆子，后边小鬟随着，一人缓缓行来，却是妙玉。宝玉便叫焙茗、锄药远远站开，自己趋步上前问讯道：“难得妙师羽轮莅止，可作人间丹府，将来苍梧溪畔，黄庭观中，《道德》二经得所传矣。殿上多园中诸女伴塑像，妙师进去摩顶一番。”说着，心想陪他进内，因不知妙玉乖僻性情已改，有焙茗、锄药在此，他一时嗔喜难测，未敢造次。因向妙玉道：“缘有俗事，未及奉陪，望乞涵恕。”宝玉瞧妙玉进了殿，回身往外，吩咐焙茗安顿香怜们的话，便上马而回。

这里妙玉在各处瞧见塑像，果与黛玉诸人面庞无异。看到自己，还是未改相的本来面目，便叫一个老婆子去寻了些窑煤，亲自把塑像涂坏了，话不细表。

讲到焙茗、锄药跟随宝玉回家，缴进玉盆，宝玉径到潇湘馆来。五儿回报：“奶奶同三姑娘、史大姑娘到蘅芜苑。”才进里面，听见笑声未绝，又听湘云道：“横竖二哥哥的同年多，着留心选罢。”

一时宝玉走进，湘云先开口道：“二哥哥，你可知道太太又要认干女儿？咱们端整喝喜酒呢。”宝玉笑问：“太太要认谁？”探春接口道：“你们且别讲出这个人来，先叫二哥哥猜一猜。”宝玉道：“猜也不用猜，这个人我知道。”湘云道：“果然二哥哥猜着了，前儿高兴，听清音‘风雨近重阳’的佳句，被催租人扫兴，咱们另备两席酒，是我的东。但要一猜就着，若一击不中，就算二哥哥输了。”宝玉因刚才听说同年里头选的话，估量这位姑娘还未配亲，除了眼前，没有人。在园子里头来去的，有大嫂子两个妹妹，还有喜鸾、四姐都没定亲。想了一会，一定拿不准是谁。黛玉见他思索，想要提一句，当着众人不好开口，假作吟哦诗句道：“寄语东风好抬举，绣帘从此脱青衣。”湘云瞅着黛玉，嘴里哼了一声：“严拿传递。”黛玉微笑不语。宝玉一听念的诗句，心已明白，想如今太太屋里这几个，并无垂青之人。因宝钗故后，王夫人曾夸过莺儿，便拿准是他，指名说了出来。

宝钗听了，忍不住“扑嗤”的一笑。探春也笑道：“太太果然认了莺儿做干女儿，莺儿和他姑娘倒该姑嫂称呼了呢。”黛玉瞧着宝玉道：“怎么你这样糊涂？也不想想莺儿是宝姊姊屋里伺候的人，太太怎样叫他过去认干女儿？”湘云笑道：“并不是二哥哥糊涂，倒被二奶奶两句诗题糊涂了。不用说，该罚多说话的备东道。二哥哥替另猜罢。”宝玉道：“我也不猜第二个了，但等喝太太的喜酒，我先备席请你们何如？到底太太认的是谁？也要向我说个明白。别我猜着了，你们故意怄我。”黛玉道：“没有的话。这会儿我们有我们的事，太太认这个人，停会儿再和你讲。你自逛你的去罢。”

宝玉道："正是，刚才妙师父一个人到太虚宫去逛呢，不知回来了没有？"探春道："前儿你们说起妙师父配住在这个地方，我听邢大姊姊说他要到那里去住，四丫头要去住栊翠庵。珍大嫂子受过四妹妹的气，如今也未必管他这些，怕太太不肯由着他。"黛玉道："据我看起来，四妹妹的性子执住了，凭谁也拗不过他来。况且，他的参悟功夫已经差不多了，他要到外边什么地方去住，自然使不得，就在咱们园子里，随他去罢咧。三妹妹听见太太有什么话，咱们多劝劝，不必阻止他。"

众人听了，皆以为然，惟宝玉默无一语，心中似有些怅然的光景。湘云道："二哥哥又发什么心事了？咱们都到四妹妹那里逛去，问问他栊翠庵前的梅花可开了没有，好庆贺新阁子赏梅。"

黛玉道："你们先走，我和宝姊姊还有句话商量呢。"湘云道："你们商量什么话？"黛玉道："过两天总知道，这会儿不叫你们听。"湘云站起身来笑道："有什么听不得的话，不过又是那一个姑娘，那一个姐姐的事情。"说着便拉了探春同宝玉出门，径找惜春去。

这里黛玉不知有什么话和宝钗讲，且看下回分解。

第四十六回 开绮筵豪饮赛清歌 抱锦裯分房还故宠

话说黛玉在蘅芜苑要与宝钗讲话，原因听了雪雁告诉上一夜在袭人屋门外听见宝玉在里头说的话，并他们前日两个在雪雁屋里的事，知道宝玉向来脾气是这样的，叮嘱雪雁不许多嘴。不但不嗔怪袭人，反动了个垂怜之意。来到宝钗处，见探春、湘云同在屋里，未曾提及，等他们走了，便向宝钗道："袭人进来有两三个月了，萎萎蕤蕤的缩在我屋子里，连话也没有一句，瞧他的光景也怪可怜。先前服侍他二爷这几年也还实心，可惜错走了一步，横竖这一个不理论这些，不如依旧到怡红院去，同晴雯、紫鹃一样的伺候，姊姊以为何如？"

那袭人出嫁这件事，是宝钗恨气劝过他的。后来宝钗回生，知道袭人嫁到蒋家又退了回来，甚悔先前，不该劝他赶紧走这条路。如今进来住在潇湘馆当差，连这里也不见他常来走动。想到他许多说不出的苦处，甚难为情，惟暗地里打听他的光景，亦无可如何。难得黛玉发心说出这句话来，倒替袭人感激，便道："我也有此意，妹妹既然疼顾他，是极好的了。"黛玉道："还有一句话，我瞧你的莺儿颇有忠心，人也稳重，何不一同收了他？”宝钗笑道：“林姑娘樛木之恩，怕他屋里的人太多了呢？”黛玉道：“我有樛木之恩，莫非你无江沱之悔吗？”宝钗道：“可恶莺儿这东西，先前在园子里头，见了这一个一般说笑不避，如今反是冷冷儿的脸，轻易不肯上前，我也猜不透他是什么缘故。”黛玉道：“你不解这缘故，我倒和你说了罢，这是他的余怒未消。”宝钗道：“他怒什么？”黛玉道：“你不知道，他为的是……”黛玉说到这里，又一笑住了口，便道：“咱们讲正经，莺儿这件事须得要去回太太一声。袭人等他病好了，叫过怡红院去，只当没这件事，谁还来理论这些？只算咱们两个人瞒官法度干了这节事。”宝钗笑道：“按律治罪，你是个起意的，我该为从减等。”黛玉坐了一会自走了。

讲到莺儿窃听刚才的话，心上虽感黛玉为人公平，只因宝玉这一走，待姑娘如此薄情，却不愿做他屋里人，又想捐躯守义，原要同姑娘死活在一处，如今不允这件事，少不得有走散的日子。况且，宝玉待女孩儿们再没得说的了，难道比这里还有好的地方？心上盘算了一会，也愿意了。

再讲宝玉，出了蘅芜苑，性急要听王夫人认的干女儿是那一个，在路上再三根问探春，探春早知细情的底细，便和宝玉说明。一路闲话，到蓼风轩，老婆子回报：“妙师父打发人来请姑娘说话去了。”宝玉道：“四妹妹到了妙师父那里，未必就回来，咱们瞧邢大姊姊去。”说着，便往紫菱洲来。湘云道：“我从小儿到如今，再没有像今年和邢大姊姊住得久了。来喝了林姊姊的喜酒，接连下去，竟没空儿回家，瞧这园子里头，比先前热闹了许多，该是兴旺气象，就没这些败兴的事蹦出来了。”探春道：“到年不过两个来月，这两个月里头热闹的事正不少呢，你过年也别回家了。”湘云道：“就怕我婶娘打发人来叫。”探春道：“那怕什么，只说老太太留你在这里，你婶娘家里也不是一定少了你这个人。”宝玉听得高兴道：“我就想咱们这几个人在这园子里玩一辈子，史大妹妹再别回家。”湘云截然无语，探春瞅了宝玉一眼，宝玉自知说话有病，也便默默。

一时到了紫菱洲，见岫烟一个人在屋里做针黹，连忙站起身来让坐，叙了几句闲话。湘云道：“三姊姊久不与邢大姊姊下棋了，今儿何不手谈一局？”说着摆开棋枰。探春、岫烟对奕，宝玉与湘云坐在旁边静看，座中寂然，只闻枰间落子之声。院外一阵风来，吹得檐马叮当作响，宝玉心中想道：好了，起这个风信该作冷了。

探春道：“二哥哥，你先回去穿衣服罢，我们这一局也快完了。”宝玉因探春催他，便起身出了紫菱洲，路上遇见四儿，手里拿了一件大毛衣服，急急走来。宝玉问道："你那里去？"四儿道："奶奶到老太太屋里去了回来，潇湘馆奶奶留住吃晚饭，天气忽然冷了，叫我去拿大毛马褂换呢。"宝玉同了四儿一路行走，见四儿还穿着小毛羊皮坎肩，因向四儿问道："你替奶奶拿了衣服，自己为什么不换一件穿上。"四儿道："我不冷。"宝玉又问四儿道："奶奶待你怎么样？"四儿道："二爷待我们宽厚，自然奶奶也疼顾我们的。"宝玉道："我叫你到旧时住的地场去可好不好？"四儿一扭头，斜眼睃着宝玉，脸上一红才说道："我是要在蘅芜苑服侍奶奶的，莺儿姐姐又要出去了。"宝玉忙问道："莺儿到那里去？"四儿道："二爷假装不知吗？"宝玉道："我真个不明白。"四儿笑了一笑道："二爷自去问他。"宝玉见四儿这一笑，心里倒有些疑惑起来，还要向四儿根问，不觉已到了潇湘馆门前，二人便进里边。

宝玉先去看了袭人的病，然后到黛玉屋里，笑道："太太认的人，你们都不肯和我讲，我问三妹妹，已经知道的了。"宝钗道："谁来瞒你呢？你也在同年里头留心，招一个好姊夫，叫老太太欢喜欢喜是正经。"宝玉道："凑巧有一个人在我肚子里，只等太太那里认下了，我就通一句话过去，他那里自然央媒来说亲。"黛玉道："太太那里后儿就要摆酒唱戏，还请妈妈过来喝喜酒呢。且讲出你肚子里的人来，年纪可配得上？相貌可看得过？"宝玉道："又是同年，又是世交，年纪也在二十以内。论相貌，却不算出众。"宝钗道："别十分丑陋，叫鸳鸯姊姊抱怨。"宝玉道："就和我一个样儿，先要请问二位奶奶，可抱怨不抱怨？"宝钗、黛玉都笑道："别听他胡诌，没有这个人的。"宝玉道："你们说没有这个人，我老实告诉了你们罢，扳了咱们的亲，讨老太太的欢喜，不用说，连我也补他的情了。我说的不是别人，就是甄宝玉。"宝钗问道："你为什么要补他的情？"宝玉笑道："不是张家姑娘同林妹妹两个人，甄宝玉都去求过亲的？两回都被我夺了来，可不该补他的情吗？"宝钗道："才说你胡诌，可不是真的！他们扳亲，难道不细细察听？况且，甄太太也到咱家里来过，他们的老婆子也常来走动，说是太太的干女儿是使女出身，甄家就愿意吗？"宝玉道："你们不知道，里头有个缘故，因为甄宝玉亲事屡说不成，前儿把他年庚叫张铁嘴排了一排，说定亲到不要人家亲生女儿，须得如芝草无根，醴泉无源的，来历、出身贫苦的姑娘，螟蛉到这一家的，才是姻缘，可许和谐到老。甄家最听信张铁嘴的话，这里有了一点口风，甄家就来求亲。"黛玉道："你虽是那么讲，再别先在老太太跟前说话，倘事不谐，倒叫他老人家心里不舒服。”宝钗道：“妹妹说的话很是，我就不信甄家当真没处去定出一头亲事来了。”

黛玉笑道：“姊姊，我问你一句话，你未曾还阳之前，倘张家姑娘已受了甄宝玉的聘，张家定要把你送到甄家去，你到底去也不去？”宝钗道：“我也要问你，雨村先生来说媒，你婶娘做主允了，你还从也不从？”黛玉道：“我是不相干，已经跳出三界外的人了，怕什么？”宝钗哼了一声道：“你跳出三界外的人，为什么又跳进这园子里来，想是你愿修行是甄，不愿修行是贾的。”黛玉便笑着站起身来和宝钗厮闹，道：“什么真的假的，倒要问问你这位张家小姐。”

宝玉忙把两个人拉开道：“别再闹真的假的了，留宝姊姊在这里，端整什么好东西请他？”黛玉道：“没有好东西呢，就是照常的菜，叫厨房里添了两样，不知弄些什么来。”当下送上杯箸，三个人一同坐下，点景用了几杯。酒饭毕，叙谈一会，宝玉便问宝钗道：“你的莺儿到那里去？”宝钗还不理会这句话，道：“左不过在园子里头，他到那里去呢？”黛玉道：“好快的耳报神！”宝玉听出话中有因，便涎脸挨近黛玉身旁，叫声“好妹妹，你知道的，告诉了我。”黛玉脸上一红，把宝玉推开，便借话取笑他道：“莺儿是要送他到太太那里认干女儿去了。”宝玉道：“你们倒一样说的藏头露尾的话。”

正说着，见莺儿提了灯来接宝钗回去。宝玉瞧了莺儿一眼，便笑问莺儿道：“你不在姑娘屋里伺候，要到那里去呢？”莺儿只当没有听见，并不理着宝玉。宝钗、黛玉忍不住，大家一笑。宝钗出了屋门，又回头向宝玉道：“你在这里，晚上细细问林妹妹罢。”宝玉站起身来道：“你们不肯明白告诉我，我问晴雯、紫鹃去。”说着，连忙赶上宝钗同走。宝钗在台阶上站住了，叫丫头：“掌灯，送二爷到怡红院去。”里面黛玉笑应道：“在这里点呢。”当下五儿提了一盏红纱灯，赶上宝玉，一同出了潇湘馆，分路各自走了。黛玉等五儿回来，问了几句话，也就安歇。次日无事，书中少叙。

到了后天，薛姨妈早就同了宝琴、香菱过来，因是园内便门，先到了潇湘馆。才坐下，钗、黛二人已从贾母、王夫人处请安回来。黛玉道：“我才与姊姊说，妈妈同妹妹们就该来了，老太太早在那里吩咐。”薛姨妈道：“我们也不坐了。”说着，一同起身，出了潇湘馆。正走间，听得后面有人叫道：“姨妈、姊姊们等一等，咱们厮跟着走。”薛姨妈回头，见是湘云同他丫头翠缕，只听笑语之声，急急赶来。薛姨妈道："慢些走，我们在这里等呢。"话未完，湘云已到跟前。一路叙话，出了园门。

来到贾母处。见邢王二夫人、尤氏婆媳、李纨、凤姐、探春、喜鸾、四姐儿一众人先已到了，便向贾母、王夫人道了喜，然后彼此相见让坐。贾母便问："亲家太太为什么不来？"薛姨妈道谢。

只见鸳鸯已妆扮得珠围翠绕，居然绣阁千金，叫林之孝家的挑了两个小丫头进来给鸳鸯使唤。早上在王夫人屋里供了南极、西池，与王夫人行礼，又在贾母前磕了头。此时却与邢夫人、薛姨妈见礼，不免推让一会。各人的贺礼觌仪早已备送，以次姑嫂姊姊俱系平辈相见。

宝玉一早出门拜客回来，忙到贾母处叩头道喜，然后在王夫人跟前照样行了礼，便恭恭敬敬向鸳鸯叫了一声"姊姊"，作了四个揖。贾母笑道："底下也像你玉钏妹妹，替他招一个好姊夫，我也欢喜呢。"贾母一句话，说得鸳鸯脸泛桃花，只得把头垂了下去。一面薛姨妈道："老太太调教的人，出来果然比众不同。我瞧鸳姑娘满脸的福气，将来自然有一位好姑爷配他呢。"贾母道："姨太太知我的心。我有什么调教，就为我老得越发记性不好了，全靠他在跟前提醒我一点。瞧这孩子，人还本分，心地也明白。想我已是八十以外的人了，将来我故世后，就不把他配一个小子，也没有对头好亲事，可惜糟蹋了这孩子。我要把他认在身边，碍着宝玉姊妹们倒压下一辈子去了，又使不得；不如拜在你姊姊身边，做个干女儿，送他飞上高枝儿去，算替我成全了这个人。一时我还离不开他，等把琥珀、翡翠这几个人领了起来，能接手他的事情了，才放他出去呢。这会儿不过应个名，托你姊姊的福，定下一头亲事，再不怕有人起什么坏心了。"

说着，又向王夫人问道："鸳鸯家里还有他娘老子没有？"凤姐忙答道："他老子金彩，在南京看房子，两口老子都死过的了。有他哥子金文翔两口子，现在里头当差。"贾母道："你们多给金文翔几两银子，将来不许他们去走动，别教他妹子丢脸。"王夫人和凤姐都应了一声"是"。

鸳鸯听了贾母的话，想起先前铰下头发，立定主意等老太太天年后自寻一个了结，不想这样抬举他起来。人想衣裳花想容，世间那有有福不愿享的人？转想到主人豢养如此操心，直同恩抚儿女一般，不但不觉欢喜，禁不住心上一酸，两行珠泪直滚下来，怕人瞧见，忙把脸儿背转，用手帕拭干。

独有邢夫人触起前情，自觉惭愧。等贾母众人用过早膳，起身推病告辞，自回去了。贾母满屋子里瞧了一瞧，向李纨道："迎丫头偏碰着他家里有事，要后天才来呢。你两个妹妹是爱热闹的，为什么今儿不来呢？"李纨道："因为婶娘身子不爽快，他们走不脱身，过一天就要来呀。"贾母又道："四丫头早上在这里，为什么就走了？"

正说着，只见惜春同了妙玉、莲贞进来。妙玉先向贾母稽首，然后见了王夫人，挨次辞行。贾母并不留心到妙玉脸上，王夫人因早知这件事，向妙玉仔细瞧了一瞧，带笑说了惜春几句，也不究问根由。又向莲贞问道："这位小师父倒像有些面熟，几时进来的？"莲贞便向王夫人行了个全礼。凤姐笑道："太太不认得他了？他就是芳官，先前住在水月庵，如今到妙师父那里没有几时了。"王夫人听了凤姐的话，便叫丫头去拿了两匹绸子来给芳官。莲贞当着王夫人，不好推却，勉强受纳。

当下蕊官、藕官拿了戏目上来，见了莲贞，彼此一笑，并不搭话。莲贞想，他们舞衣歌扇，老此龌龊场中。幸我回头，不为冯妇。乃妙玉见戏班里上来点戏，起身告辞道："奶奶、姑娘们都在这里，我也不到各处去了。"说着，同了莲贞回去。惜春送他们出了园门，转身进内，陪贾母、王夫人听戏。莲贞带了两匹绸子，心想先前太太成全了我，今日行此一礼，乃因报德抠衣，非为乞恩屈膝。受此倘来者何用？行至沁芳桥上，便要将绸匹撩入河中。又转念道：毁坏绫罗，也是罪孽，只得带回庵内，留着送给柳家的了。

这里贾母处席终戏散，王夫人约定尤氏婆媳明日早来。宝钗因时候还早，拉了尤氏到他屋里去坐坐，蓉哥媳妇先自回家。黛玉留下薛姨妈同宝琴、香菱要回潇湘馆去。宝钗拉住黛玉道："妈妈先要睡觉，琴妹妹和香菱同了妈妈去，你同三妹妹、史大妹妹陪珍大嫂子到我那里说说话。"黛玉只得随着他们到了蘅芜苑，才坐下让茶，宝玉也赶来道："你们不言语一声儿，悄悄的都在这里，叫我找个难。"说着，便向尤氏道："后儿妙师父进院，大嫂子可去送不送？"尤氏道："我和他没有什么交接。"

宝钗接口道："正是有句话要问大嫂子，四妹妹要去住栊翠庵，你可知道？"尤氏道："我是怕沾污了他的清白身子，如今不敢去亲近他。他也没有和我提起这句话，就是他的丫头入画的娘，昨儿进来缠住了我，说他女儿也是改志的了。自从里头出去，给他说婆家不愿意，死活赖在家里，几回要把头发铰下去当姑子。如今听说四姑娘要进栊翠庵，他还要去伺候，没法儿求我和四姑娘说一声。倘不许他进来，只有寻死一条路。你们都知道，头里撵入画，有多少人劝他不听，我也不犯着再去碰这个钉子。”黛玉道：“据我看起来，如今找四姑娘讲去，这个人情倒一定准的。”尤氏道：“那么着很好，就求二奶奶去行个方便。”宝玉道：“我明儿和四妹妹说去。”尤氏坐了一会，起身道：“我要走了，明儿再来闹你们。”于是众人各散。次日仍在贾母处，又唱了一天戏。宝玉切记入画之事，就在席上告诉了惜春，果然许他进来。

过了一天，黛玉便叫人去传了柳家的来，吩咐他在太虚宫备六席素面。林之孝家的伺候出门，叫外面去套齐车辆，妙玉的行李及一切动用器具，已陆续运去。饭后约在庵中会集，一众奶奶、姑娘们，还有各人随身的丫鬟、老婆子，都到了栊翠庵，一同起身送至太虚宫。看妙玉、莲贞拈香拜了警幻仙子，然后拜谢众人。又同到各处瞻仰一会，看至妙玉塑像，已非旧时面目，查问起来，知是妙玉自己涂坏。惜春笑道：“本来无一物，何处着尘埃？妙师父还是天花着身者。”妙玉听了，自愧参悟不及惜春。黛玉一众人都在殿上，五儿、四儿拉莲贞到房里去瞧了一瞧，怕外边叫唤，不敢停留，便同莲贞出来。不多时，用了午斋，各人起身作别。妙玉、莲贞送至门外，黛玉们上了车自回荣府。妙玉住在太虚宫，因里边院宇宽大，又叫林之孝家的回明里头，把园里玉皇庙、建摩庵散出去的小尼姑、道姑拣了十几个，招进去同居，共修正果，书不细表。

再讲黛玉与宝钗商议，择定吉日送莺儿、袭人进怡红院去。那一天就在怡红院摆酒，唤了清音，邀集园中诸姊妹，又邀了鸳鸯、玉钏、平儿。众人陆续来到，湘云先开口道：“晴雯姑娘同紫鹃姑娘的好日子，听了一天清音，今儿又是清音。清音班倒成了姑娘们的老主顾了，不知底下还要唱几回清音呢。”黛玉道：“就是你嘴快，知道了，一个人放在肚子里，嚷的什么？”

话未完，鸳鸯、玉钏也到了，大家让坐，叙谈一番，却去瞧了瞧屋子。鸳鸯道：“先前这个所在，老太太使我走动的回数不少，如今好久没来，倒像屋子也改了样子了。”玉钏道：“我还记得太太叫我送荷叶汤来走了一回，后来好像没有来过。”又笑道：“二哥哥如今再不像头里那么淘气了呢。”宝钗道：“也难说，趁他的高兴。”湘云问道：“为什么不见二哥哥，那里去了？”鸳鸯道：“早上在老太太屋里，说要到襄阳侯府里拜寿，想被他们拉扯住了。”黛玉瞧着鸳鸯微笑道：“他倒不专为去拜寿，怕还有正经事，又到一个地方去了。”宝钗也是一笑，众人却不理会。

当下清音开了场，黛玉见莺儿来了，单不见袭人，便叫五儿去同了他来。一面对湘云道："史大妹妹，你这张嘴是没关拦的。袭人到了，再别和他取笑。"湘云点首。

一时袭人进来，见了众人，自有一种羞涩之态，局促难安。众人亦恐说话间有不留神之处，未免伤触了他，不过淡淡的兜搭了两句。紫鹃过来把袭人拉到自己屋里坐下。

接着，宝玉同了平儿一路说笑进来，大家让坐，问道："为什么这会儿才来？你们两个人在那里碰着了同来的？"平儿道："珍大爷送了一本子修葺祠堂的工料帐来，还有外边送进来的太虚宫、四局里头支销帐。我帮着奶奶查对了一会，宝二爷就进来，等着我同来的。"黛玉道："你们奶奶倒肯放你吗？"平儿笑道："我们奶奶还叫我来问奶奶，为什么不去请他？停会儿来闯席呢。"说着又向庆龄、遐龄道："你们为什么总不到我们那边去逛逛，师父也太管得严了？"

话不多时，老婆子们已上来调排桌椅，里边摆了两席，又叫他们在翻轩底下靠栏杆东面摆两席。湘云道："酒烫热了就端上来，咱们喝酒听唱，白坐在这里干什么？"李纨笑道："就是他性急，再没听见客人先催酒的！"湘云道："正是，你们别装憨。大嫂子的莲花落酒，也该还还席。"众人都笑道："底下别再想大嫂子作东，饶是白扰了他，还送他这个美名。"

当下各人就坐，并无推让。湘云道："再没有像这样爽快的了。我就怕陪老太太同席，拘拘谨谨。前儿这两天戏看得我好不舒服。"黛玉道："敢仔老太太不在跟前，趁你的高兴儿，爱怎么就怎么！"一时里面坐定，外边平儿、晴雯、紫鹃、莺儿、袭人、麝月、秋纹、素云、侍书、彩屏，当下晴雯又拉了翠缕、小螺。黛玉往外一瞧，便去拉了平儿进来道："外面人多了，你来同咱们坐。"

接着清音班上来点曲，便把戏目放下，先执壶与各人斟酒。斟到外边桌上，叫了一声"干妈"。湘云听见，忙向外一瞧，庆龄正站在晴雯面前斟酒。湘云笑道："恭喜晴姑娘，早就做了妈了。"晴雯笑脸微红，向庆龄腮边轻轻的拧了一把道："都是你们胡闹，惹出史大姑娘的话来了。"又向湘云道："姑娘刚和我们取笑算什么呢？"黛玉接口道："再没有云丫头这张嘴讨人厌。"湘云道："你是听了老太太的话，要图舒服，怕做妈呢。"席上哄然一笑。黛玉道："等明年咱们都到他家闹去，少不得有翻冤的日子。"

一面讲话，听唱了《访素》、《踏月》两套。湘云道："刚是哼哼咀咀的声音，不耐烦听他。庆龄去叫他们开一套阔口。"庆龄道："唱大净的嗓子疼，不能唱曲。”宝玉道：“那么叫戏班里的人来，他们是走得转的。”便叫老婆子去，不多时大净葵官进来，各人面前请了安，就站在湘云跟前。湘云道：“葵官，好好的唱两套曲子给咱们听，走了板眼是要捶的。”葵官忙去入座，开口唱了一套《山门》，又接唱一套《扫殿》。

一面湘云又要行令射覆，黛玉道：“你才听了两套大净曲子，好比大碗的酒，大块的肉解过你的馋了，这会儿闲情逸致，令兴又发。劝你蠲了这条子罢，怪怄人的，谁去弄这个！”湘云道：“不行令便搳拳，三拳后，胜赢家过拳，输家唱一支昆曲。他们的笛笙鼓板现成，不会唱曲的叫他们代唱，会唱的不准代。”众人听了都说，这倒公道。便推湘云出手，湘云一伸手就找鸳鸯。鸳鸯道：“史大姑娘，怎么先找起我来？”湘云道：“你还叫我史大姑娘，先罚一杯。”便叫翠缕与鸳鸯姑娘斟酒。当下搳了三拳，偏偏湘云输了。众人都道，盼他输了拳，咱们好听昆曲。湘云不等人家催他，叫遐龄吹笛，接了鼓板过来，开口唱了一支《蝴蝶呵》。庆龄道：“阔口最难，史大姑娘好嗓子，我们班里唱净的那里赶得他上来。”宝玉道：“史大妹妹爱唱大净曲子，先前偏就把葵官分给他，再没那么巧的。”一面鸳鸯向岫烟对手，鸳鸯输了后拳，叫他们代唱。岫烟又找了玉钏，以次而及黛玉、宝钗，输了因无外人，都自己随便唱了一支。席上莺声燕语，翠舞红飞，呼姊唤妹之声，与叫二猜三之韵，彻于怡红院外。

独有袭人，心想自己此时仍得与晴、鹃等并住怡红院，人逢喜事精神爽，合当开怀，奈思前算后，似有一团郁结在胸，难以消化之处。和他们坐在席上，意兴索然，只得推病向众人道：“我身子疲倦，要歇歇去呢。”晴雯知他的东西还在潇湘馆里没有拿过来，便道：“你到我炕上去躺躺罢。”袭人起身走上台阶，晴雯笑道：“睡便去睡，别像在雪雁屋里。”莺儿问道：“在雪雁姊姊屋里怎么样？”紫鹃知道这件事，便瞧了晴雯一眼，道：“莺姊姊，你别听他的话。”莺儿还向晴雯根问，晴雯忍不住要笑，道：“他在雪雁屋里，就像你今天晚上在你自己屋里一个样儿的。”莺儿还怔怔的想了一会，道：“我不明白你的话。”众人都不理会，惟麝月已听出话来，瞅着莺儿只是笑。半晌说道：“你尽管慢慢想去，到了明儿，包管你就明白了。”

话未完，只听里边探春道：“外面姑娘们为什么喝得能雅静？”晴雯接口笑道：“他们妆新的妆新，作客的作客，不像奶奶、姑娘们那么高兴呢。”于是晴雯鼓起兴来，各人也拇战了一会。

天已晚了，各席上并翻轩下挂的灯，一齐点起蜡来。湘云嚷热，叫翠缕去拿小毛衣服换上。李纨道："这天气太暖了，怕要蒸下雪来。"宝玉道："半仙阁前的红梅都开了。我天天在这里盼下雪，老天老天，快快下一场雪就好。"宝钗道："诸葛孔明在东吴借得东风，大破曹兵百万。风可借，雪也借得，可惜如今请不来一位孔明先生。"岫烟道："四妹妹就算得一个女诸葛，何不求他去一借。"惜春在袖里占了一课，算准长至前三日有一场瑞雪，便道："二哥哥，你们盼雪我就借一场下来。"宝玉问："几时可有？"惜春道："迟了日子不算为奇，要借便借在冬节前。"宝玉道："那么请老太太到半仙阁去赏梅，咱们大家乐一天。"湘云道："四妹妹果然有这样神通，赏梅酒席之费，拢共算我的。"惜春道："正是这样，冬至前没下雪，我便作东赏梅何如？"探春道："咱们是脚踏两头船，不用掏腰总有吃喝。"宝钗道："谁的东都没要紧，倒要瞧瞧四妹妹的本领。"黛玉悄向宝钗道："你不信，这东道云丫头要输呢。"

一时清音班里闹起丝弦锣鼓来，各席上洗盏更酌，又畅饮了一会。湘云站起身来，叫翠缕掌灯，道："少陪你们了，留些量在这里做'消寒会'。"众人看他步履欹斜，辞𫍡𫍡，今儿又喝得大醉了。黛玉便叫门外伺候的老妈子掌了灯，同翠缕送史大姑娘回去。湘云步下台阶，众人送他也不理会，还唱的"醉熏熏眼花，被旁人笑咱。行过了碧峰尖，早来到山门下"。连清音女孩子都笑道："史大姑娘醉了。"李纨道："咱们也该散了，别尽仔闹下去。"当下用饭盥漱已毕，各自起身回去。

这里晴雯、紫鹃都说："闹了这一天，我们都乏了。听钟上的点子，也该歇的时候了。不知二爷到那一位姑娘屋里去歇？"晴雯又笑道："二爷还该先进袭姑娘屋里，今夜可再没人来打你们的岔了。"那知袭人已经闭门安歇，晴雯道："如今莺姑娘可不能把二爷推到怡红院外头去了。"说着，便同紫鹃送宝玉到莺儿屋里，又来拉了莺儿进去。晴雯、紫鹃转身出来，拽上屋门，一路嘻笑，各自回去。

莺儿屋里早炷上安息甜香，汤壶茗具一切安备停妥。莺儿背着灯远远站在锦子旁边。宝玉拉他坐下，道："怎么常见面的人重新生分起来？你可记得在这屋子里给我打梅花络子的时候？"莺儿道："如今倒记得的。"宝玉道："听你的话，莫非头里竟忘了？为什么到如今又记得呢？"莺儿脸上一红道："见了这屋子自然记起来了。"宝玉道："你说你姑娘有几件好处，果然不错。可惜我先前没有细细领略。如今第一样，他身上这般甜静可爱的香味儿就没了。"莺儿道："这是张家姑娘不服冷香丸的缘故。”宝玉道：“你为什么不服冷香丸？”莺儿“扑嗤”的一笑，道：“这是姑娘医病的，我服他怎么呢？”宝玉道：“你服了这个，一般像你姑娘有这样好处了。”莺儿听了宝玉这句话，羞脸微红，把头低了下去。一时松扣宽衣，少不得如晴雯辈共试横陈之乐。

次日起身，莺儿到贾母、王夫人处磕了头，又往各处去走了一走。袭人只在潇湘、蘅芜两处与黛玉、宝钗磕头。黛玉叫他坐了，才说道：“我有几句话和你讲。”袭人听了，料黛玉此时定有一番严饬，心上怔怔的，忙站了起来。黛玉笑道：“不为别的，就因二爷如今伺候他的人多，有时候倒没人伺候了。一时要穿起那一件衣服来，不知那件衣服撩在什么地方，找也没处找。你同晴雯是向来经由惯的，莺儿、紫鹃是生手。我派你同莺儿管二爷夏、秋衣服，晴雯、紫鹃管春、冬衣服。比如出门要穿什么，二爷在我这里，这里打发人去告诉你们，就拿了出门衣服到这里换上，回来又在蘅芜苑奶奶那里，自有蘅芜苑的人去告诉了，把出门的衣服换下，拿去收拾。我叫人把二爷的四季衣服箱子都抬了过去。讲到吃饭，他玩高兴了，连饭也可以不吃的。这里估量他在那边吃了，那边又道他在这里，归根儿一处也没有着落。如今叫厨房里替另备了二爷的一桌饭，二爷在那里，就叫那里的人去传饭，也责成你们四个人留心。到摆饭时候，打发人到厨房里去问一声，二爷的饭发到那里去。倘厨房里回报没人去传过饭，即刻到园子里各处去查问了，再传你们的饭。这样定了一个章程，你们伺候的便有个头绪。至于别的事情，也要你们留一点子神，别叫他放纵了。自然，你们各人也都知道，不用我嘱咐这些话。晴雯、紫鹃几个人，我也要告诉他们。”

话未完，门外老婆子们报：“蘅芜苑奶奶来了。”早有小丫头打起帘子，宝钗进来。黛玉见他已换上衣服，一面让坐，便问：“姊姊那里去？”宝钗道：“我们都不知道，四妹妹就是送妙师父那一天，他回来已悄悄的挪到栊翠庵去住了。昨儿他在我们跟前说起，今儿早上知道，来邀你同去走一趟。”黛玉道：“姊姊就在这里吃了饭，邀云大妹妹同去。”宝钗道：“我是饭吃过了，这时候为什么这里还不见摆饭？”黛玉道：“因是刚才和袭姑娘多说了几句话，所以迟了些。”于是，黛玉便把吩咐袭人的话，和宝钗讲了。宝钗道：“原该这样的，是你想得周到。”黛玉回过脸来，见袭人还站着，便道：“你也该回去吃饭了。”然后袭人转身走出，自回怡红院去。

这里雪雁端茶送了宝钗，春纤、五儿两个伺候黛玉用饭已毕，换了衣服，四儿、五儿跟着宝钗、黛玉，径往紫菱洲来。岫烟、湘云也正要到栊翠庵去。宝钗笑问湘云道："夜儿回来，半山亭可打塌了没有？"岫烟道："我回来的时候，他早已酣入醉乡的了。"说着，出了紫菱洲，又去邀了探春。

不知众人到栊翠庵见了惜春怎样光景，且看下回分解。

【第四十七回】延羽士礼忏为超生　登高阁赏梅重结社

话说黛玉等邀了探春，来到栊翠庵见了惜春，都说：“四妹妹挪到这里，为什么不言语一声儿？”惜春道：“我住蓼风轩，便是我的栊翠庵；栊翠庵犹然蓼风轩。我还是我，叫你们知道怎么呢？难道也要像送妙师父这样送我进院吗？”一面让坐，见送上茶来的是入画，与众人都磕了头。湘云道：“前儿他的娘进来求珍大嫂子，珍大嫂子说不来碰你这个钉子，还是林姊姊看得准，说你一定留他的。”惜春冷笑一声道：“不是说我这位嫂子，他眼睛里瞧得什么皂白出来？我先前说的，一个人总要看他最初这一步，‘最初’这两字，原不可看死了。人能绳愆改过，回头转来，便是最初。我头里不留入画，也不专为入画起见。他这样苦苦哀求，总不理他，岂不知，我的心早已决绝。今忽然又要进来，自然有几分拿把，料得定他这个身子可以跟我住牢在栊翠庵的了。先前应该撵他，如今便该留他。”惜春这一番话，听得众人都默默无语。当下又叙了一会闲话，大家起身。惜春留岫烟在庵下棋，送了众人。

黛玉等出了庵门，顺路赏玩梅花，见天上彤云渐布，迅飞的从西北上推过东南，

微露淡淡阳光。宝钗道："这天气有些意思，云大妹妹的东道怕要输。"湘云道："打伙儿赏雪玩儿，我愿意输这东道。"一路讲话，不多时行到荇叶渚前，离蘅芜苑不远，宝钗拉了众人到他屋子里去坐坐。

才进屋门，不料宝玉一个人静坐在内。宝钗笑道："这也难得的事，二爷又做起静摄的功夫来了。"原来宝玉于欢乐场中，忽又动起一段感旧的心事，想钗、黛重圆，袭、晴复聚，又添了鹃、莺两个，四儿、五儿、藕、蕊等辈皆归园内，再推己及人，小红、龄官、万儿亦皆得遂其愿，独苦了死过这几个人。便把心事告诉了众人，想要延请羽士超度，以慰香魂。黛玉问道："要超度的是那几个呢？"宝玉道："第一个是尤家三姐，他因柳二哥退了亲，怀贞抱璞，霎时玉碎珠沉，委实的可怜可敬。第二个就是金钏姐姐，为了太太几句话撵他出去，就愤激投井死了，岂不可惜！"

黛玉道："正是要问你一句话，我记得金钏投井是在夏天。那一天凤姊姊生日，你到园子里去捣鬼什么？"宝玉道："我也不必瞒你们，金钏姐姐就和凤姐姐一天生日的。不是头里派分子给凤姊姊做生日，我也为这个远远的跑到北门外水仙庵里拈了香，回来迟了，老太太还教训我的。"黛玉道："这亏你好记性。"宝玉道："我也忘了，因你们提了凤姊姊的生日才想起来呢。如今你们大家给我想想，该超度的还有什么人？"探春道："还有一个，二哥哥忘了，尤家二姐不也是吞金死的吗？"宝玉道："他是已归琏二哥的人，不用我去多事。"

探春道："这倒没处想了。若病死的也算数，太太屋里还死过一个可人。"宝玉道："病死的虽不比死于非命，但春花易老，秋月难圆，亦是人间缺陷，也该超度的。"宝钗接口道："眼前一个人也该超度，为什么你忘了？"宝玉想了半晌，道："我一时想不起，姊姊和我说了罢。"宝钗笑道："就是薛宝钗。"众人听了，怔了一怔。黛玉会意过来，便和宝钗取笑道："这一个人倒难超度呢！若论要忏悔，薛宝钗便该忏悔你；要忏悔你，又不该忏悔薛宝钗。"说得众人都笑起来。

一时笑声未止，见四儿上来道："园门上的老婆子来回，请二爷出去会客。"宝玉知是要见的人，连忙换了衣服出去。

见是雨村，坐下讲了几句话，雨村走了。宝玉径至贾母处，适王夫人亦在里边。宝玉满脸笑容向贾母道："刚才雨村本家来，提鸳鸯姊姊亲事，也是孙子的同年，又是世交，不知老太太可许不许？"贾母道："鸳鸯已认在你太太跟前，便该你太太做主，不知这个人年纪多少，怎生个样儿？"宝玉道："包管老祖宗欢喜。说起这个人来，和我差不多。”王夫人笑了一笑道：“不害臊的，因是老太太欢喜了你，你就算是好的。倘然像你这样淘气，也是好的吗？”贾母也笑道：“果然像得宝玉来也就罢了，别他在这里胡说。”宝玉道：“老祖宗总不放心，说起这个人，老祖宗同太太都见过的，就是甄家宝玉。”贾母听了十分乐意。王夫人笑道：“琏儿媳妇回来，就说起甄老太太要和这里结一门子亲，到底被他们想了一个去。”正说着，见鸳鸯来了，大家一笑把话掩住，贾母自与王夫人另讲别的。

宝玉心上又有事盘算，便出去叫小厮吩咐备马，往天齐庙去。扫红一面去叫马夫，焙茗问：“二爷这会儿到天齐庙去干什么？”宝玉和他说明缘故，焙茗道：“二爷要做法事，清虚观路又近，张道士到底敕封什么真人的。”宝玉道：“张道士讨人厌，不如找王道士去。”说着，马已伺候。宝玉带了焙茗、扫红，出门加鞭，径往天齐庙来。

王道士见了，忙请安送茶，向宝玉、焙茗道：“二爷好久不到这里来逛逛了，记得还是同老妈妈来还愿这一回来过了再没来呢。”宝玉道：“王师父，如今的膏丹丸散越发行得远了呢？”王道士笑道：“托二爷的福，头里说的疗妒汤，二爷回去传给人家，可灵验不灵验？”宝玉道：“别讲这些话了，我今儿来和你商量正经事，要请几位法师，在庙里拜几天忏。”王道士问道：“二爷是荐祖，还是外荐？”宝玉摇头道：“都不是。因几个未出嫁的女孩子横死夭亡，要忏悔他们的意思。”王道士道：“这是要礼拜超生，宥罪忏悔，请羽士二十七位上表祭炼，法师在外。明儿做过太平火司醮会，就起忏，七昼夜圆满。”焙茗在旁道：“二爷不到清虚观，至至诚诚求找王师父，请的客师都要有讲究呢。”王道士道：“瞧不出，我王道士来往的师兄师弟都有些本领，所以西门外一带屯里住的人，到庙里来求驱邪镇宅符咒的，比王一帖名声还远。”

宝玉答道：“这么讲起来，那刘姥姥家邻居出了怪，请你去镇治，可记得这件事吗？”王道士想了一想道：“二爷说的刘姥姥，年纪有七八十岁，在屯里住这一个刘姥姥吗？”宝玉点头道：“正是他。”王道士道：“他是老主顾，时常担柴到庙里来卖的，胡须是雪白的了，好精神。”宝玉听了这话，知他又是胡诌了，便忍住了笑问道：“为什么镇治那一家偏不灵呢？”王道士道：“二爷不知，这里头有个缘故。先前那一个庄子上请我去拿妖，拿住了一个螃蟹精，把他装在坛子里，封皮封了口。我捧着坛子走到鱼池边，只听里边开口问我几时放他，我随口应说，再到这里放你。说着把坛子撩在池里。谁料刘姥姥又请我去拿妖，偏偏这一家住的离池子不远，我一到池边，只见兴风作浪，水面上拱起晒扁大一个背脊来。我喊声‘不好了’，掇转屁股狠命的跑，才跑脱了。”宝玉道：“你不该跑呀。”王道士道：“怕妖怪赶上来吃了我呢。”宝玉道：“王师父，你是有法力人家才请你拿妖，你还怕妖怪吗？”王道士道：“不瞒二爷说的，大凡道士总姓不得王。姓了王，拿起妖来便有些咬手。”宝王问：“这是什么缘故？”王道士道：“二爷不见戏里唱的王道斩妖，闹得他有法也没法了。”说得宝玉同焙茗、扫红都笑得腰也弯了。

王道士道：“别讲笑话了，正经请二爷把亡人的姓名、年岁开明，或死于刀，或死于绳，或是投河落井，留个底子好填疏头。”于是宝玉逐一向王道士说明。焙茗拉了宝玉到一旁，告诉道：“还有两个人，怕二爷忘了。”宝玉问：“还有那两个？”焙茗道：“不是多姑娘勾搭上了琏二爷，被琏二奶奶知道，多姑娘吃不住，一索子吊死的？”宝玉骂道：“放屁，这种混帐东西，也讲起他来。”焙茗哚着嘴就不言语了。宝玉问：“还有谁呢？”焙茗道：“那一个也不说了，省碰二爷钉子。”宝玉再三根问，焙茗才又道：“这一个就是二姑娘屋里的司棋姐姐。”宝玉忙问道：“司棋出去怎么样死的？我还不知呢。”焙茗道：“就为他表兄潘又安逃走了又回来，司棋情愿嫁姓潘的，他娘不依，司棋烈性，撞破了脑袋。死的比投河奔井惨多着呢。”宝玉听了，蹬足叹道：“怎么有这样狠心的娘，连自己女孩儿也不疼的！”又暗暗想道，林妹妹不叫我改太虚宫的对联，果然风月债难酬，可不该这样点醒人家吗？那时候，我睁眼瞧着他出去，没法儿保全他，倒是我的罪孽了。呆呆的出神了一会，复又想出智能儿，虽已出了家，也是“薄命司”里的女孩儿，还该添上。于是因智能想到秦钟，脉脉关情，黯然回首，便去告诉王道士，疏纸上添了。

焙茗上来催宝玉道：“二爷快回罢，瞧这天就要下雪了。”宝玉起身，王道士送出庙门道：“二爷公事忙，不必天天到这里，打发一位管家来也使得。”宝玉上了马，与焙茗、扫红赶回，当下就在怡红院袭人屋里歇了。

次日，天才明，宝玉醒来听见老婆子们已在院子里扫雪，说道：“今年第一场雪下了那么大，足有一尺厚呢。”宝玉便叫起小丫头子问：“这会儿还下不下？”小丫头连忙出去掀帘子瞧，道：“已出了太阳了。”宝玉起身穿衣，袭人也着忙起来，伺候漱盥已毕，宝玉随便吃了些点心，先到蘅芜苑一转，见这些老婆子们各自带了苕帚，照分管的地界，将积雪扫开，已显出一条路来。便吩咐他们：“走栊翠庵这条路也要扫净，老太太去赏梅花呢。”说着，一路观看，正喜雪霁天晴，透起一轮旭日，照耀得琼楼琪树分外光明。

从蘅芜苑来到潇湘馆，黛玉尚未起身，便到麝月屋里，见麝月正对着镜子梳头。宝玉放轻脚步走到背后站着，镜子里已照出两个人脸儿。麝月只管梳他头，并不回过脸来。宝玉便走到他面前向桌上拿起篦箕道：“多时不与你篦头了。”麝月便伸手过去把篦箕夺下，道：“如今可再不敢劳动二爷了。”宝玉道：“为什么如今不要我篦头了？”麝月带笑不笑的说道：“二爷爱弄这些，新的旧的要篦头的人还不少。”宝玉道：“你才在镜子里瞧见了我，为什么不理我？”麝月道：“我没瞧见。”宝玉笑道：“镜子里明明有我，怎么你瞧不见？”麝月道：“我这面镜子是黑的了，镜子里的二爷我就瞧不见。”宝玉道：“黑了为什么不拿去明一明？”麝月道：“不是镜子黑，是我这个人黑了，对照过去，连镜子都昏暗了。”宝玉听说麝月的话来，便道：“你别性急，少不得园子里头的镜子还要叫他明出几面来就是了。今儿请老太太到半仙阁去赏梅，你也跟着奶奶去闹热一天。”

说着，转身便走出了潇湘馆，来到贾母处请安，道：“老祖宗高兴年年做‘消寒会’的，前儿史大妹妹这几个人，等天下了雪请老祖宗到园子里去赏雪看梅，凑巧夜儿下了这场大雪。我请老祖宗去赏了雪回来再做‘消寒会’，不知老祖宗高兴不高兴？”贾母欢喜道：“有雪有梅，就在园子里做‘消寒会’，再没那么映时景的了，何必定要在这里呢！见过你太太没有？”

宝玉道：“先请了老祖宗，再到太太那里去呢。”贾母道：“你去对太太说，就打发人去请了姨太太，珍大嫂子那边也去说一声，今年大大的做个‘消寒会’。”

宝玉得了贾母的话，越发兴头，忙去告诉了王夫人，仍回怡红院来。袭人见了宝玉，道：“如今遵潇湘馆奶奶吩咐，春衣冬衣虽然该晴雯、紫鹃他们经管，但是你在这里出去的，他们那里知道，天才下了雪，衣服也该添换，怎么一闪眼就跑了出去！”正说着，晴雯也来道：“我早上醒来，听说下了雪，知道二爷是起得早的，赶忙穿好衣服出来，谁知他已跑得没影儿了。今儿爱穿什么衣服早言语一声儿，让人家去翻腾出来。”

袭人笑道：“有一件衣服他两三年不肯穿了，如今有了俄罗斯国匠人，可该拿出来穿穿。”晴雯听了，知道说的是孔雀裘，并会意宝玉所以不肯穿的缘故，便要去开箱找寻，道：“一个紫鹃是生手，我虽然经由过的，也隔了两三年，一时摸不着头路。”宝玉忙拉住晴雯道：“在自己家里换什么衣服？就是出门会客，你们手头找出什么衣服，我便穿什么，也值得费那么些力气？”晴雯道：“你自然不讲究这些，太太同奶奶们看见了，难免说我们不经心，底下须得同紫鹃费两天工夫，把箱子统翻叠过一遍，才有头绪呢。”袭人道：“我还有些记得，同你们找罢。”于是袭人便进去指点，开那一只箱。宝玉也跟着，见开了一只箱子没有孔雀裘，上面叠着一套乌云豹，宝玉道：“就穿这好。”晴雯取了出来与宝玉换上，听自鸣钟点子已交巳正初，忙传宝玉的饭菜，伺候用毕，然后各人都吃了饭。

宝玉催他们快走，自己先到贾母处，见王夫人、凤姐、宝琴、玉钏已在屋里，不多时便有尤氏带了佩凤、文花，并邢夫人、薛姨妈、香菱陆续到来。贾母早命王夫人打发人到园子里止住他们，说：“地上扫不尽的雪凝冻滑擦，不必到这里来回的跑。”所以园子里的人在半仙阁等。

这里凤姐同鸳鸯两边两个人扶了贾母，一群人簇拥着步出园门，早备暖轿在门首伺候。贾母坐了，一径抬至半仙阁下轿。

李纨、宝钗、湘云这班姊妹早迎了出来，一同进内。贾母先在阁子底下瞧了一瞧，然后慢慢步上扶梯，见屋子里居中炕榻上安设一位独坐垫，贾母便叫添上一副坐垫靠枕。薛姨妈坐了客位，细细瞧阁子穷工极巧，彩饰焕然，便道：“我记得，这一座门子里向来没有上来过呢。”凤姐在旁笑道：“这是宝兄弟的孝心，因要请老祖宗来看梅赏雪，嫌这里没个坐落地方，夏天才动工起造的。”贾母欢喜道：“就是太富丽了些，想起来这窗子也必得用玻璃镶嵌才有趣。若别的窗子装在上头，望到外面去就瞧不见，推开了窗未免风冷，这定是宝玉的盘算了。”薛姨妈陪笑道：“难得哥儿的孝心，想出这样布置，也亏他们一时就找出那么大的玻璃来。”贾母道：“咱们何不把炕榻抬过去，靠近窗子些，瞧得才清楚。”

一句话，早有七八个家人媳妇过来，动手把炕榻移近窗前，贾母与薛姨妈照旧坐下。薛姨妈道：“这么着，果然满园子的雪景都瞧见了。那一带的红梅开在雪里，觉时分外红得有趣。”贾母道：“咱们上了几岁年纪，老眼模糊，下雪后赏梅也这配看这些红的，再别听他们说梅花是白的雅静，对着白茫茫一片，只好闻些香，那里还瞧出花来呢？”薛姨妈道：“不要说老太太享了那么大的寿年，我还赶不上老太太一半年数，这一带梅花变了白的，怎么认得清这是梅那是雪呢？”

贾母正和薛姨妈闲话，凤姐过来回道：“今儿老祖宗爱瞧戏，还是听清音，就去传他们来。”贾母向薛姨妈道：“咱们瞧儿出戏热闹些，连清音班也传了来，可怜他们天天拘束在那里，叫都来瞧瞧这新阁子，散荡一天。”凤姐忙叫人去传，一时两班女孩子都到，贾母、薛姨妈随意点了两出戏。因天冷，恐贾母不耐烦熬夜，早就摆开筵席。坐的是薛姨妈、贾母、邢王二夫人、尤氏、李纨、凤姐、史湘云、薛宝琴、李纹、李绮、迎春、探春、惜春、鸳鸯、玉钏、黛玉、宝钗、宝玉，纱子外四席是香菱、佩凤、文花、平儿、晴雯、紫鹃、袭人、莺儿、彩云、翠缕、麝月、秋纹、侍书、素云、雪雁、同贵、文杏、入画这一班人。琥珀、玻璃、翡翠轮替出来伺候贾母，晴雯、紫鹃又拉了各位姑娘带来的丫鬟随便入座，坐的地方一色玻璃窗子。

贾母最喜欢热闹的，满阁子里一瞧，道：“我记得上年没做‘消寒会’，今年做的比往年有兴，也算补了上年的亏缺。”说着，向纱子里面一瞧，道：“那黑鸦鸦坐的半屋子都是些什么人？”凤姐陪笑道：“那都是跟姑娘们的丫头，同咱们自己家里的。林妹妹叫都来伺候老太太，赏他们也乐一天。”贾母道：“原该是这么样，我记得当年，先你爷爷晚上叫宝玉的老子念书，讲的什么《孟子》上的‘独乐乐，不如与人乐乐’。”

众人从没听见贾母讲过四书，犹如听贾政讲笑话一般。又听贾母把四个“乐”字都作圈声念了，先是湘云怕要笑出来，拿手帕子握了嘴勉强忍住，便寻话向黛玉道：“大嫂子摆酒这天，你们换出新样儿来孝敬老祖宗。今儿可能再想出什么法儿来，算你们好的。”宝玉道：“文花姑娘唱的好小曲，佩凤姑娘会吹萧，不是珍大嫂子叫他唱，怕未必肯。”凤姐听道：“我去说去。”便站起身来到那边席上，向尤氏附耳说了两句话。尤氏便叫文花过来，要他唱曲。文花笑着摇头，凤姐笑道：“我看珍大嫂子瞎碰了这个钉子怎么下台？”宝玉道：“文姑娘唱了曲，我串一出戏文给你们瞧。”说着，便叫清音里的孩子取了一枝箫来交给佩凤。

凤姐两只手拉了他们两个，到贾母炕榻旁边道：“珍大嫂子叫文花姑娘唱小曲孝敬老祖宗来了。”贾母笑道：“我就爱听这个。”便叫他们在小杌子上坐了，戏文暂且煞了台，文花再不能推辞，只得唱了一支。刚才戏文正唱《神亭岭》孙策大战太史慈，大锣大鼓煞了场，忽听莺声婉啭，一缕清音袅如散丝，和以箫韵悠扬，觉分外悦耳怡神。听得贾母乐了，又叫接唱两支。凤姐道：“老祖宗，听文花姑娘唱的曲儿，比刘姥姥的高底儿响叮当怎么样？”一句话引得贾母也笑起来。

贾母又问了他们几句话，文花、佩凤然后退下。文花眼睃宝玉微笑，道：“你的戏不唱，我可不依你的。”湘云便要宝玉与晴雯同唱《小宴》。晴雯发急道：“史大姑娘，你别闹我了。老太太、太太都在这里，算什么呢！我本来是病西施，如今一唱戏，倒真成了醉杨妃了。”湘云道：“原是为老太太在这里，变法儿要他乐一乐，包管太太再不说你什么就是了。”于是平儿、紫鹃这班人你拉我扯，拥晴雯到戏房里扎扮起来。宝玉扮了唐明皇，一出场刚唱了“天淡云闲”四个字，晴雯脸上臊，走不出来，重又回了进去，害得满座的人都交头接耳笑个不止。那时蕊官要接唱《埋玉》，已扮就身子，便上场替了晴雯。贾母叫琥珀取眼镜带上，钉着眼把扮唐明皇的瞧个仔细，道：“这不像是宝玉吗？”王夫人道：“可不是这混帐东西吗。”凤姐忙陪笑道：“宝兄弟就为老祖宗瞧这班子里几个孩子都烂熟的了，想法儿自己上场，这才真是斑衣舞彩呢。”贾母笑道：“他多早晚儿学会了这个？在自家家里玩儿也没有什么使不得，便是他凤姊姊说的，也算这孩子的孝心。太太你别说他淘气。”王夫人只得陪笑应了一声“是”。薛姨妈也笑道：“托老太太的福，带挈咱们瞧瞧哥儿的戏还不好吗？”

一时《小宴》进场，宝玉卸了妆，藕官自同蕊官接唱《埋玉》。宝钗道：“我最不爱瞧这种戏。唐玄宗平日养痈为患，仓卒避兵西蜀，不能保全一妃子。‘此日六军同驻马，当时七夕笑牵牛’，该有李义山的诗句讥消他。什么戏串不得，要唱这样颓丧的戏。”湘云道：“宝姊姊，你自己不会唱，二哥哥白唱给你瞧了，偏有这些讲究。”宝钗道：“我原不会唱戏，我会唱是要唱《琵琶》、《荆钗》里节义可风的戏文。”湘云道：“词曲一道，流品本低，戏场上的忠臣孝子，不过是优孟衣冠。所以诗集中宁存温李淫靡之词，不选青史流芳之戏曲。至于陶情取乐，无可无不可，难道定要唱钱玉莲投江，赵五娘吃糠吗？”宝钗道：“你们听云丫头的话，不知说到那里去了，真可谓强项矣。”

探春道：“咱们别再讲戏了，就听史大妹妹的话，玩品实是高的。他同二哥哥两个闹了半年的诗社还没闹成，如今年也近了，趁这新阁子落成，人也齐全，咱们到这里来起一社好过年。明儿的东就算了史大妹妹的。”宝玉听了欢喜道：“亏是三妹妹提醒，闹了几个月戏，竟把这件事忘了。咱们何不就定了明儿？迟了一两天，怕满园子里雪被太阳收拾了去，减了梅花的精神，就扫了咱们的诗兴了。先算算有几个人。”宝钗道：“先前诗社里头的人都在这里，没短一个。”黛玉道：“还添了琴妹妹、纹妹妹、绮妹妹、香菱四个人。”探春道：“可巧二姊姊昨儿回来了，还要拉大嫂子在那里。”李纨道：“贺林妹妹新婚诗，我胡诌了几句。你们起诗社，别拉扯我。”宝钗道：“大嫂子不高兴，这里人也够了。”当下约定。

席上传杯弄盏，极尽欢娱。不多时，阁子内外已点上灯。贾母高兴了一天，未免有些倦怠，向薛姨妈道：“这会儿瞧到外边去，恁什么白的红的都不见了。”一面叫凤哥儿再让姨妈几杯酒，薛姨妈道：“今儿陪老太太已吃的不少，咱们也该散了，请老太太去歇歇罢。”当下凤姐忙催端饭，各席上点景用了些。丫头、老婆子们争先掌灯，先有许多人上前扶贾母下了梯子，出了半仙阁，各自散去。

宝玉跟黛玉回了潇湘馆，黛玉道：“今儿宝姊姊和史大妹妹两个人的话，史大妹妹果然是诙谐游戏之谈，宝姊姊亦非守矩循规之论。你虽然在家里逢场取乐，传扬出去，到底有碍官箴，非金马玉堂人所宜蹈此。”宝玉道：“那怕什么？我同年里头就有好几个会串戏的。柳湘莲二哥最爱串戏，他还做了神仙呢。既是妹妹这样说，我不玩这个就是了。”说着，便涎脸儿过来与黛玉代除簪珥，道：“我不串戏听了妹妹，这会儿妹妹也要听了我一句话。”黛玉道：“有正经话尽管请讲。”宝玉笑道：“就是前儿看见《元史》上讲的，我也和妹妹参一参秘密大师乐禅定。”黛玉娇嗔带笑，把宝玉推开道：“你今夜才到这里来歇，又要参什么禅？我也多吃了几杯酒了，快替我安安顿顿睡觉罢。再来闹我，要撵你出去了。”话未完，听得自鸣钟上已打了四下。宝玉道：“果然时候不早了，明儿还要起早呢。”当夜无话，就寝。

次日清晨起来，王道士已经打发人来通知起忏，赶忙到天齐庙拈了香，瞧了供的疏纸是尤三姐、金钏、司棋、可人、智能，另立一疏超度秦钟，果有二十七员羽士在后殿上志心朝礼。

宝玉并不久坐，留寿儿、双瑞两个小厮在庙里照应，自己带了焙茗、扫红回府，径进园子里，先到潇湘馆，见诗社里人都已齐集。黛玉先叫人去和柳家的说了，今儿的东是史大姑娘的，照昨儿的菜一样备三席，暗里又替湘云给了钱。当下雪雁忙催传二爷的饭，才一叠连声应了出去。宝玉见里间屋子里秋纹同五儿两个还未吃完，便坐下把他们剩饭残菜胡乱吃了些，众人见了都发笑。湘云道：“二哥哥今儿真忙得连吃饭工夫都没有了。”

说着，一群人同宝玉来至半仙阁。黛玉道：“昨儿因老太太步履不便，都坐落在第二层阁子里。今儿可要更上一层。我已吩咐他们把火盆铺垫安排停当。”早有宝玉跑在前面，引众人上了第三层阁子，见四面也是一色嵌镶玻璃窗。临窗远眺园中山坳、水曲、树木、桥亭，一览无遗。

湘云道："这会儿瞧起来，越显出芦雪亭即景诗：'象伏千山凸，蛇盘一径遥'这两句描摹入神。"宝琴道："雪里红梅，果然另有一种丰韵。'天赐胭脂一抹腮'，未足尽其妙处，怪不得老太太夸他比白的强。"探春道："文花姑娘的艳曲亦可为红梅生色。"湘云道："别尽闲话了，先拟了诗题，大家好诌两句。你们不瞧对子上的，就便没有诗魂，难道诗屁也不放一个？"说得众人都笑起来。宝钗道："我瞧他的对联，不如用邢大妹妹这两句：'绿萼添妆融宝炬，缟仙扶醉跨残红。'"黛玉道："琴妹妹的'闲庭曲槛无余雪，流水空山有落霞'，越发超脱的，配这阁子上对句。"宝玉拍手道："果然，我倒忘了他们这两句了，明儿把我的除了，挂上他们的。"

湘云道："这又何必毁你的呢？瞧这里该用对子的地方还不少，再挂上两联就是了。这会儿且别讲对，拟题要紧。"宝琴道："今儿的诗题，本地风光，自然脱不了梅花。"宝钗道："咏梅花的诗太多了，凭你怎样翻新，总不免拾前人牙慧。"探春道："咱们也像头里咏菊，如忆梅、访梅、种梅，多拟几个可不好？"黛玉摇头道："题先犯了抄袭的病，有何趣味？我倒想得些好诗题在这里。"宝玉道："妹妹既有好题，快讲出来给咱们听听。"黛玉便提起笔来，接连写了二十余个，就是张功甫《论梅》二十六品。众人看了都道："好，这几个题却不见有什么诗，说的仍是梅花，妙在转了一个弯子，题目就新鲜有趣，该有好诗。"宝玉道："别如先前，凭各人自己去拣，我有一个条陈在这里。"说着，便写了二十六个阄，叠拢盛在盘里，叫各人去拈。

湘云先去拈了三个，黛玉道："再没他猴急，我让了你不算为奇。"说着也去拈了三个。香菱忙推宝琴道："姑娘还不快去拈，停会儿盘子里的阄儿完了。"说着便动手去拈了六个，分给宝琴一半。随后探、纹、绮、岫、迎每人拈了两个。宝钗瞧盘子里只剩了四个阄子，还有宝玉未拈，只得去拈了两个，剩的让与宝玉。各人仍去赏玩梅花，暗暗把所拈的题搜寻佳句。黛玉道："今儿不必刻香为度，不许给烛就是了。"探春道："刺绣才添一线的时候，这两首诗也够咱们玩儿了。"

那边岫烟指着窗外道："你们望到栊翠庵里，可不是都瞧见的。四妹妹不知在里头干什么？今儿请他也不来，早知他去住了这里，起造阁子可不用告诉妙师父了。"宝玉道："幸亏先去说一声，不然前儿他这一走，倒疑心有别的意思了。"

黛玉道："你们尽仔说话，我的差不多完快了，等掌上灯收卷时就不接你们的卷子呢。"当下被黛玉提醒，各自索句挥毫，不多时众人都已落稿。互相观看，先念黛玉的诗，道：

轻　烟

飘摇步檠九疑峰，烟细浮蓝径不封。
指点林霏非近市，分明仙艳好寻踪。
为怜香断笼纱浅，小障春寒着月浓。
领袖众芳清韵远，回看九点百花丛。

薄　寒

雪蕊琼英勒北枝，小寒春信故迟迟。
冲将有意还思放，清到无言更不知。
玉倩谁温皴未甚，花堪共笑冷犹持。
诗情羞似何郎健，学把寒香沁入之。

林间吹笛

何处梅花一曲终，萧然身已到山中。
影随声写寻常月，吹引香飘断续风。
人倚画楼花笑俗，鹤归云径雪初融。
贞心试罢湘江竹，落寞林间万籁空。

又念湘云的诗，道：

细　雨

徘徊月地共云街，既趁新晴雨亦佳。
银线润沾迎岁管，宝珠香溜辟寒钗。
凝脂余湿明如洗，倚竹无声净欲揩。
定有咏花人过访，春帆摇曳水云涯。

疏　篱

窈窕篱根露藓斑，分明琼树影班班。
枝高花自重重密，竹细藩仍处处闲。
坐久香清筛夜月，梦回林静逗春山。
归舆图画梅边照，冗处青镂笔尽删。

孤　鹤

癯然素影共寒林，梦绕清香恰在阴。
爱尔形单偕古意，羡伊影冷独知音。
孤山巢阁云中翅，明月扬州物外心。
鸡唱午前群朋朋，溪桥闲步自孤吟。

又念探春的诗，道：

晓　日

曙报铜钲挂古梅，殷勤送暖百花魁。
横斜素影金乌近，睡起新妆宝镜开。
同梦余情随晓逐，北枝半面破寒来。
晴窗细玩华光淡，药向孤山旭照回。

石枰下棋

岂是偷闲诮野狐，寒窗梅影不须辜。
高情宁借文犀饰，冷韵何嫌三百枯。
落子琤琤闲睡鹤，空林寂寂倦花奴。
谈余细检枰闲局，几笑清音雪共输。

又念宝琴的诗，道：

膝上横琴

修来生已是同根，恰按梅花断古痕。
鹤步林间亲玉指，鸿飞霞表伴冰魂。
挥弦韵绕山中树，顾曲人来竹外村。
延伫停琴容膝处，雪消金镜已黄昏。

松　下

昔年盟订岁寒交，访竹还殷问鹤巢。
荫满冰魂筛日影，香随麈尾透林梢。
相逢袂向涛边拂，欲赠钗留月夜抛。
六旦五辰惊艳息，何如清节两蓬茅。

佳　月

云净香清憩小窗，湛然仙迹已心降。
古来明月秋三五，镜里寒梅此一双。
姊自有情怜独夜，卿宁无梦伴春釭。
问谁一样寻常看，睡起参横又怅惘。

又念李绮的诗，道：

澹　云

妒罗妙鬟弄晴微，淡衬新妆月下妃。
幔席林梢空蔼蔼，浅笼花影现霏霏。
无心应惜仙衣湿，带笑随看玉叶霏。
愿祝慈云宏瑞荫，莫教清艳早春归。

明　窗

问君春信寄如何？静对疏帘梦欲过。
忽见一枝横瘦影，恰教两地泛金波。

堂前树玉辉相照，亭畔栽红艳毕罗。
此日广平援笔处，寒窗对景冻频呵。

又念香菱的诗，道：

苍　崖

山磴寻花路复南，鞭停彳亍近烟岚。
树挨苍厂春稠叠，苔染清香境蔚蓝。
玉瘦凝峰排六六，枝疏瞰径漏三三。
此中孰占风情尽，笑对巉崖一静参。

扫雪烹茶

梅英雪影共春妍，习习清风意欲仙。
山径客来童乍扫，瓦铛鹤避茗初煎。
低分虚白通幽处，细嚼寒香继火前。
锦帐高儿群羡美，笑余花隐掬冰泉。

微　雪

漫道凌寒属素裙，银花未许过纷纷。
洒枝岂逊三分白，皴玉还开一片云。
惯惹霜禽偷俊眼，笑疑青女弄清芬。
金樽檀板心难醉，雪里吟香乐我贫。

又念宝钗的诗，道：

铜　瓶

更深许与伴疏棂，满屋幽香一古瓶。
垤起沙斑金作屋，枝攒雪影玉为屏。
寒花不事官哥媚，清韵还宜我德馨。

绝妙涵春君姓氏，檐前笑诵撷英名。

纸　帐

巡檐料理聘红妆，宝帐春愁剡玉光。
减却罗浮风露冷，催将官阁海苔装。
月明鉴彻惟知薄，树密裁成梦亦香。
自笑鸳鸯债未了，与君偕隐且联床。

又念李纹的诗，道：

竹　边

锦绷匝地涌檀栾，数点春光画里看。
荫满横斜声簌簌，香浮蓊蒨影珊珊。
幽居相对超尘俗，自倚无言忘岁寒。
幸不折来伤古意，此君应与报平安。

清　溪

浮光如许净无尘，为有贞姿接水滨。
四顾凭谁传玉照，一泓差许结芳邻。
镜中淡写凝妆晓，篱畔疏涵漱影颦。
偶点波心花瓣瓣，寒香唼喋沁游鳞。

又念迎春的诗，道：

珍　禽

梨云落寞梦如何？啄宿飞鸣性自舒。
香惹绿毛频采采，隐随皓翅共与与。
可人最是寻芳蝶，幽径偏来踏雪驴。
寄语江南何逊道，护花鸟已惜花疏。

夕　阳

未信诗成雪又稠，晚晴春色更清幽。
斜阳酒肆人初倦，薄暝山家屐尚留。
伢赐胭脂凭一抹，何来瘴雾足千愁。
寒鸦不住林间噪，好趁曛黄把盏酬。

又念岫烟的诗，道：

小　桥

是否仙源白玉溪，寻来略彴卧平堤。
逶迤水曲通林薄，绣枕香迎过竹西。
驴背寒吟苔径窄，鸭头春涨石梁低。
花光人迹涵清浅，伫听嗁嘈隔岸啼。

绿　苔

叶未生枝绿未成，春苔绣绮碧铺平。
龙眠借得三分古，蟾度相于五夜明。
欲费平章随意坐，不长扫净益香清。
氍毹阁外花阴敞，休遣青苍屐齿迎。

宝玉见众人都完，便赶忙写道："多谢你们留了两个给我，也赶上了。"一时写就。众人来念宝玉的诗，道：

晚　霞

寒驴向晚步山家，遥指红绡一缕斜。
树老远分天矫势，夜寒预借绮罗遮。
萧萧飞鹭孤山岭，隐隐归帆绿水涯。
按罢落梅花一曲，更谁琴里听残霞。

美人淡妆簪戴

谁缘梦里帐花娇，想像罗浮淡淡描。
数点香欺红两颊，一枝春压翠双翘。
人来月下明华镱，韵绕林间影步遥。
不羡辟寒金饰贵，花生云髻灿裙腰。

众人看毕，湘云道："这一社是怡红公子得手了。"宝玉也去看了各人的诗，道："你们都比我强，是不用说的了。我就服香菱姑娘的诗，怎么长进得这样快，公然是一位老手。在这诗社里，可以颉颃群生。"湘云道："二哥哥你不知，他是拜在潇湘妃子门下，早有'绿蓑江上秋闻笛，红袖楼头夜倚栏'的佳句，没有瞧见吗？"黛玉道："他是青出于蓝的了。正经咱们的诗该去请教一个社外人评一评。"湘云道："社外人，现有一位诗翁，可去请教他。"众人问是谁？

不知湘云指出那一个来，且看下回分解。

【第四十八回】

过除夕了结绛珠缘　撕改册惊醒红楼梦

话说黛玉要把各人的诗请教社外人评阅，湘云指出一个人来，大家问他是谁？湘云道："就是我和潇湘妃子在卷篷底下联吟，他来续完三十多韵五律一首的槛外人。"宝玉拍手道："果然想的不错。既是那么，要一手誊了出来，不必提明那一首这一首是谁的，就这二十六首诗，秉公定了甲乙，看谁的压卷。"湘云道："我猜妙师父评起来，还推《薄寒》这一首为全璧。"黛玉道："你的《细雨》收这两句，用梅花诗'定有咏花人'五字，想要拍到细雨上甚难，下句忽接'春帆'二字，竟把细雨直抬出来。同邢大姊姊《绿苔》第三联一样，皆用成语，却极自然，可谓神妙直到秋毫颠了。"宝玉道："史大妹妹的'坐久香清'、'梦回林静'，一个'筛'字，一个'逗'字，直把疏篱刻画入微，也敌得住了。就是纹妹妹的'幸不折来'四字，用杜少陵《看梅》诗，恰好接上竹'报平安'，巧也巧极。"宝琴道："二哥哥的'一枝春压翠双翘'还不出色吗？"探春道："便宜了二哥哥，偏留这个他得意的题给他。"香菱道："你们要写，我就带去，明儿早上可有了。"黛玉道："忙什么？

你去消消停停写就是了。认真像举子入了场，要紧看榜吗？”

当下丫头们收拾开了笔砚，管家媳妇上来安放杯箸，各人随便坐下。

黛玉先笑道：“我有一句话，告诉枕霞旧友。昨儿闹了一天，今儿又接下去拢了一社，扰了你的东，也算尽兴的了。可惜，借东风的人倒没有在座。”众人听了一笑。黛玉又道：“这会儿再要猜枚行令，闹这些讨人厌的事，可不能遵教的了。”湘云道：“不借此消消长夜，你赶紧回去，到底有什么干？既是你厌烦这个，可叫清音女孩子来唱几支昆曲，这样冷静酒可吃不惯。”众人都道：“这倒使得。”一时唤到庆龄、遐龄这班人来，斟酒唱曲，畅叙尽欢。又在席上取各人做的诗互相评论一番，约交二鼓已散了席，书不冗叙。

香菱次早起来，便把二十六首诗端楷誊清，交与黛玉，打发老婆子送到太虚宫去了。

这里宝玉连日又到天齐庙走了几趟，至忏事圆满，完了心愿。看看残冬将尽，荣府料理过年大小一切事务，正在忙乱。所有发给族中银本，陆续发运开张，除承领总数已经结算外，尚未送到支用清册。若起造太虚宫及彩饰宗祠房屋工料细帐，济贫四局支销费用，须逐一查对找发。又添了许多庄子上完纳租税，也要查销发给各仓廒上分别收贮。还有北靖王、南安郡王、乐安郡王、永昌附马、锦乡侯、临昌伯及诸王亲、荫袭、勋戚世交，平日来往文武官员仕宦之家，以至亲友宗族，皆须查照馈送年礼旧规，从丰备送。荣禧、荣庆堂，各院落堂屋、书房，贾母、王夫人处，及园内潇湘、蘅芜、怡红三院，嘉荫堂、缀景阁、秋爽斋、紫菱洲，并常有人坐落之处，添换灯彩铺垫，早有经管家人媳妇开单回明凤姐置备领价。家塾代儒束，门客相公詹光、程日兴、王尔调、单聘人、卜固脩并各伙计劳金，分别查明找送。厨房买办，及各行当领帐，过年家人媳妇、老婆子、丫头、小厮们赏赐，亦须按照预备给发。诸如此类，年前应办之事，不下几千百件。凤姐与平儿两个振作精神，尽心办理，每夜熬至更深，毫无倦意，不比先前这一两年，多病心烦，苦于支持。

独有宝玉给假在家，清闲无事，外边不是十分要紧地方，亦不出去应酬，惟天天到贾母、王夫人处请过了安，只在黛玉、宝钗，并晴、鹃、莺、袭这几个人屋里玩笑适情。有时也到紫菱洲、秋爽斋，与湘云、岫烟、探春姊妹叙谈。

一日，到湘云处见剪了满桌的五色碎绢，宝玉笑问道：“你们在这里做什么？”岫烟道：“老太太留史大妹妹在这里过年，前儿打发老婆子到他家去告诉这句话，他婶娘已应许的了。他高兴起来，要我和他扎百花灯，明年过灯节玩儿，还要你们大家从他的兴呢。”宝玉听了，喜之不胜，道：“我也想玩这个。”便叫翠缕：“去潇湘、蘅芜请两位奶奶，同三姑娘、大奶奶屋里两位姑娘，都到栊翠庵去。说我和你姑娘同邢大姑娘都在那里等着呢。”湘云道：“为什么要到四妹妹那里去？”宝玉道：“四妹妹静守禅关，前儿诗社里都不肯随兴，咱们偏要去闹他。”说着，便催同走。

当下三个人来到栊翠庵，见惜春煮茗围炉，炕桌上摊了一张本色纸，入画在旁研墨，在那里白描《除夕卖呆图》。湘云道：“四妹妹倒先在这里写应时景的画幅了。”惜春搁笔让坐。

不多几句话，早见宝钗、黛玉、李纹、李绮、探春陆续都到。湘云笑道：“你们瞧，发符召将也没那么快。翠缕算是二哥哥一员旗牌，令箭传去，两位奶奶火速的赶到辕门听令了。”宝钗道：“我们只道四妹妹这里有什么商量的话，所以就赶了来。到底你们又要干什么呢？”宝玉道：“刚才我见邢大姊姊、史大妹妹在那里扎百花灯，咱们各人想出一件来，预备明年闹元宵。”众人听了，也都高兴。李绮道：“邢大姊姊扎百花灯，我扎‘双凤云中扶辇下，六鳌海上驾山来’赛他。”宝钗道：“我扎四十匹竹马，叫小丫头们骑了串马灯。”黛玉道：“我扎四十座灯台阁，扮的‘安福门宫女踏歌’、‘乐昌宫主破镜重圆’、‘白马驮经’、‘青藜照读’这些故事，都要本地风光。”探春道：“我去定制几十架烟火，助助你们的灯兴。”李纹道：“你们都在陆地上玩，我要玩到水里去。扎几百盏荷光灯，从荇叶渚一带放下去，也不教寂寞了碧水寒流。”宝琴道：“我还要玩到天上去，大大小小糊起几十个风筝来，带上彩灯，把风筝放高了，连园子外头的人都瞧见呢。”

宝玉笑道：“都被你们想了去叫我换出什么样儿来呢？”探春道：“人家费了多少心思力气闹起这些玩意儿来，二哥哥现现成成瞧热闹倒不好吗？”宝玉道：“到底自己也要想出些玩儿来。我记得娘娘省亲那一年，正是灯节，园里头树株枝上都有点缀，如今叫他们见什么树就扎什么花缀上。剪彩为花，缕丝作柳，其间颜色红绿相映，好比羯鼓一催百花齐放，较那一年还要新奇异样才有趣呢。”

话未完，李纨到了，原来李纨因惜春这里邀了众姊妹过去，以为罕事，走来一问，众人告诉他缘由，宝玉便要李纨也来随兴。李纨道：“我是稻香村本色，就在门前扎些‘田家乐’故事灯罢了。”黛玉道：“史大妹妹何必自去动手？你纵有巧思，也要费工夫。像你这样玩起来，不是取乐，竟是讨苦吃了。只要大家出个主意，我和二嫂子去说一声，叫扎灯匠依样做起来，什么灯彩不齐备呢？”大家都道：“这样简截。”

宝玉见惜春静坐不发一言，便道：“四妹妹，庵里也该布置些什么，请老太太来瞧瞧，别太孤寂了。”惜春道：“一定要瞧我的，明年元宵，等你们尽了兴到庵里来，我便仿叶先师故事，结起一座虹桥，同你们上桥赴广陵一游。”众人都疑惜春谎言，惟有黛玉半信半疑，道：“四妹妹果然显出仙术，带挈我俯览芜城风景，好比又回了家乡一趟，感不胜言。”宝玉也欢喜道：“四妹妹果然比众不同，把他们的都赛下了。”湘云道：“你们自上扬州，我在园子里玩我的灯。”

这里众人还坐着讲些闲话，宝玉便当一件正经事，赶忙出了栊翠庵来到凤姐处告诉了，要凤姐也随他们鼓起兴来。凤姐道：“唉呀呀！原算你们会乐，你不瞧瞧摊了一桌子，天天一个三更。亏大嫂子不来帮帮我，倒同你们闹起这些来。”

正说着，院子里老婆子报道：“东府里大爷过来了。”一时贾珍走进，凤姐与宝玉连忙起身让坐。贾珍见凤姐正在查算帐目，两个小丫头手里捧了两摞子帐本站在旁边，平儿也帮着核对，便笑道：“我知这几天妹妹忙坏了。”凤姐道：“过年的事，按着老规矩，倒不费什么。前儿大哥那边送来的彩饰祠堂工料帐，知道是大哥经手的，不用细查，不过瞧了瞧后边总结就撩开了。这里头局同工程上的支销帐，不能不细细查一查，也差不多清楚快了。”贾珍道：“那边的工费都是我同蓉儿亲自料理，他们也不敢浮冒。我先核了一核，驳正了才送过来的。”凤姐道：“近年来大哥那边事情也忙，又累大哥多费这一番心。正是，前儿蓉哥儿到礼部里领出来的春祭银两，老太太说横竖要大哥经手办的，往后领出来就留在那边，不必送过来。”贾珍笑道：“老太太原是优恤小辈要省事的意思，我叫送过来，也不过要他老人家欢喜，瞧瞧着‘皇恩永赐’四个字。既是老太太那么吩咐，底下领了银子来，告诉一声就是了。”凤姐又道：“今年庄子上来的野味分了许多过来，别那边不够分派。”贾珍道：“那里的话！乌进孝这老头儿自己也不来，因是今年的收成足有十分，租子也完得好，送的礼更丰盛。咱们族里这些人，往年等不到缴租子的时候，先猴头吊颈的进来打探了几趟，今年到如今还有好几家子没来领。再等几天，只好打发人送去，完毕了这件事好过年。今儿这来有一句话同妹妹商量。好多时没有请老太太、太太同妹妹们过去坐坐，一来因这里的事情忙，又想不出什么新奇玩耍，不过外头去叫一班戏进来，就是这几出戏也瞧熟的了。前儿在老裘家赴席，见一班跑马卖械的女孩子，人都长得干净，他们对跑换马，又在马上耍的什么丹凤朝阳、黄莺穿梭这些牌儿名，还有翻云梯、上高竿、十锦杂耍，比瞧戏新鲜一点。那边桂香厅箭道子里头，先前宝兄弟在那里射过鹄子的，马也跑得开。大家过去乐一天，不知老太太赏脸不赏脸？妹妹这里的事暂且搁得一天……”贾珍话未完，宝玉接口道：“我在外边也听说这一班，果然大哥哥想的到的，老太太一定爱瞧的。”凤姐道：“只要老太太高兴，断没有不陪着过去的。”贾珍站起身来道：“我过去见见老太太。”说着，便同宝玉到贾母屋里去了。

贾珍才出去，贾琏进来道：“咱们老爷升了，任上还有书子来。我去见了老太太回来再说话。”贾琏便往贾母处来，与贾母叩喜道：“孙子刚才在吏部里头，听见军机处有信出来，老爷升了河南臬司，接到廷寄就要进京陛见。扣算日子起来，赶灯节前可到。老爷任上还有书子。”说着，向怀里掏出，先念了贾政与贾母请安禀帖，再将家信念与贾母听了。信内的说话：“家中可喜之事备已知悉，皆赖祖宗福荫所致。不可因手头宽裕，任意骄奢。宝玉给假在家，慎勿以游嬉为事，荒废词章。时下外官州县难做，将来朝试散馆，一放外任，伊年幼无知，甚为可畏”等语，贾母听了道：“老爷信内为什么不提进京的话？”贾琏道：“老爷发信在先，还不知有升转一事，所以未曾提及。”贾母点点头。贾琏又笑向宝玉道：“宝兄弟，可听见了吗？”宝玉听贾琏念家书说到训饬他的话，早已站了起来。此时贾琏提了一句，只得应了一声“听见的了”。贾珍在旁接口道：“论宝兄弟的学问，也断不至此；况且圣恩优渥，知他年轻，未谙民社，一定多留在瀛署多年，易于升转。那是老爷的过虑。”贾母听了欢喜道：“正是。珍大哥，你的宝兄弟也算亏他的了。他老子自己任上的事情也繁，何必这样操心！儿孙自有儿孙福。不是我自己说这句话，如今算起来，寿也有了，福也享了，我欢喜的孙子、重孙子都中举做了官了；不遂心的事，都遂了心了；家里意外的喜事也瞧见了。仰赖上苍保佑，皇恩祖德，天高地厚，还要盘算什么？只顾乐我的就是了。你今儿来请我过去瞧跑马卖械，算起来年底里也没有日子了，过新年再瞧罢。”贾珍应了一声“是”，又和贾母说了几句话，然后站起身来，退了出去。贾琏、宝玉都送了贾珍，宝玉自回园子里来。

闲话少叙，连日就有亲族交游到来贺喜，贾琏支应。非宝玉的同年至好，也不出去应酬，只躲在园里头玩耍。一日，闲步到紫菱洲来，见黛玉、宝钗先在那里瞧湘云扎灯。宝玉道：“凤姊姊已吩咐，叫外边灯彩匠赶紧扎去，你又在这里忙什么？”

湘云道："我知道。横竖尽闲在这里，我是扎几盏来玩我的。听见珍大哥也传了精巧匠人在那里扎灯，请老太太过去瞧跑马卖械，自然咱们都要跟着去的。我一天盼一天过了年，好瞧热闹。"黛玉笑道："我也盼四妹妹带挈我上扬州呢。"宝钗道："瞧你们高兴，到那时候偏偏老爷回来了。"宝玉道："只要老太太高兴，请了老太太来玩咱们的灯，乐咱们的。老爷回来，陛见过了，也没在家耽搁的工夫，那里还来查察咱们。"湘云道："咱们的诗，妙师父为什么留住了还没送回来？这里打发个人去问声才好。"黛玉道："别去催他，这会儿没有送来。一定他留情，要和我们二十六首呢。"

正在闲话，只见薛姨妈的丫头同贵来找宝钗，说："大爷出了罪，同二爷回家了。太太叫我来告诉姑奶奶一声。才到蘅芜苑，四儿说奶奶找潇湘馆奶奶去了。我到了那里又找来的。"于是，众人都替薛姨妈欢喜。黛玉道："难得你大爷赶年前回了家，你太太自然欢喜的了。"同贵道："正是，太太说新年里就要摆酒请客。梅家任上还没信来，三月里先要办香菱姑娘的喜事，底下再办……"同贵说到这里，瞅着岫烟又一笑，缩住了口。众人都已理会，独有宝玉心上未免怅然，以为咱们园子里又少了一个知己姊妹。宝钗因要问同贵的话，站起身来先和同贵回蘅芜苑去了。宝、黛二人又坐了一会，然后回去。

时光迅速，瞬眼已是除日。清晨起来，自贾母以下，凡有诰命者，皆按品妆戴入宫，辞岁回来，贾母先在自己院里供了天地佛马等。宝玉入朝回府，带领他姊妹并邢、王二夫人，妯娌人等，先在灶王前供献已毕，到宗祠家庙里行了礼，拜过影像，回房歇息。宝玉就在贾母、王夫人处辞了岁，又到各处一走。吃了早饭，外边已经伺候出门，拣几个要紧地方亲自一到，赶忙回来。见荣国府大门洞开，门前车马喧阗，人声杂沓，都是来辞岁的官员绅士，以及戚好世交。宝玉躲在车内，不及招接，径到仪门下车。里外悬灯结彩，显耀异常。宝玉望聚锦门来，进园中，一路竖起矗灯，两旁树枝上，果有红绿相间的点缀，是花是叶，巧夺天工。众媳妇、丫鬟都已换上新艳衣裙，粉香脂艳，鬟影钗光，目不暇给。

一时到了怡红院，小丫头道："姑娘们都逛去了。"宝玉因早上起来应酬了大半天，觉身子有些乏了，便一个人坐下。心中欢喜，想道：照像今年过这么一年，光阴洵不虚度，凡可悲可恨之事，翻转来都成了天下所无、古今罕有的乐事。不但事已如斯，连所见所闻别人的事，亦无不称心如意。有生若此，竟不知离恨天为何物矣。

正在出神，凤姐处打发人来说：“老太太吩咐，今年的合欢宴摆做两处。本家爷们来得不少，席面摆在大花厅上，叫咱们二爷同那边珍大爷支应。二爷和奶奶、姑娘们就在绮散斋，老太太出去近便些。今年老太太分外高兴，定了两班好戏，还叫传梨香院的女孩子都去伺候。有几十架烟火，晚上放呢。二爷快走罢。”宝玉把身上带的表瞧了一瞧道：“时候也不早了，今儿老太太高兴起来，多坐一会子，咱们再瞧瞧灯火，怕就该出去随班朝贺的时候了。不如趁这会儿打个盹儿。”

当下和衣倒在炕上，才朦胧合眼，耳边听得有人唤了声“二爷”，似四儿的声音，睁眼一看，却是五儿递过一本诗稿，说是妙师父打发人送来的。宝玉接过展开，留心要瞧妙玉评的诗眼力何如？五儿手里又递过一纸字帖儿道：“还有妙师父的名帖，请二爷就到太虚宫去，有要紧话告诉二爷呢。”宝玉便将诗本撩下，瞧那帖儿上写的“太虚幻境妙玉拜”。宝玉看了，心上狐疑道：“这会儿请我去讲什么话呢？他向来自称槛外人，忽然又换了‘太虚幻境’四个字。”心想到黛玉那里告诉了这句话再去，又恐黛玉阻止他，便起身步出园来。

走至二门外，不见小厮们，独自一个出了府门，直行至太虚宫前，见宫门半掩，径进里边。过了牌坊，见情天匾额下站一宫妆女子，宛似从前曾见面浃洽的人。料他必来款接，忙趋步上前。那女子反向宝玉叱问道：“何处俗物，擅入此间？”宝玉见女子加以厉色，逡巡却步，自觉赧颜，只得俯首相告道：“我是来会妙师父的，不知他住在那一个屋子里，望仙姑指引。”那女子答道：“这里没有什么妙师父，还不快走！”宝玉道：“明明刚才妙师父打发人去招我来的，怎说没有他呢？”那女子道：“这里乃清虚飘渺之所，说有便有，说无便无。纵然有他，也未必肯出来见你。你如不信，尽管在此着迷，莫怨耽误你的事。”说着，径自走进，把角门掩上了。

宝玉恍惚记起前日亲送妙玉到此，为什么一时竟无处找寻他的居室？这宫妆女子又是可处来的？被他冷落，心头纳闷，信步行去，进了一座宫院。见墙下自己移植那棵泪草葱翠依然。正在注目凝思，只听隔墙送出一派歌声，字字清朗。歌的是：

一个是阆苑仙葩，一个是美玉无瑕。只怕没前因，今生怎想遇着他。毕竟有奇缘，肯教心事成虚话。从前枉自嗟呀，到后何须牵挂！捞起了水中月，栽活了镜中花。眼中能有多少泪珠儿，怎忍他秋流到冬，春流到夏。

曲终人不见，余韵悠然。宝玉听了还要咀味其词，出神伫立。忽见院门启处，步出一女子来，似曾相识，一时记不起是谁。因才被宫妆女子呵叱，未敢造次。见那女子笑脸相迎，迥非顷间落寞光景，便向前作揖问道："何处歌声嘹亮乃尔，昔年似曾聆过此音。"那女子道："词调虽旧，句义更新，今被窃听了去，恐还未能明晰。我感使者送剑之情，不避嫌疑，与君一面，引你到一个地方去，索性把曲中的前因后果都明白了。"

说着，便挪移向前，宝玉厮跟在后。转弯抹角行来，依旧到了配庑"薄命司"中。那女子道："这里是使者到过的，还把先前所看'金陵十二钗'正、副册一瞧，别的都不用看他。"当下揭了厨门上封条，开取薄册出来。翻开先将册上旧的，指与宝玉瞧了，再看改的。宝玉看了大半，有些会悟，向女子央告道："敢乞神仙姊姊借我纸笔，抄那几页的词句回去，叫咱们园子里姊妹大家一瞧，庶不辜负了今儿这一番指示。"那女子沉思道："已往之事也不怕漏泄天机，那旁桌子上现有笔砚花笺，你都录了去就是。"一面宝玉录写，仙女指道："这便是正册上第一页，改分两页的。"看宝玉写了，又把看过这几页挨次指点明白。宝玉写就，又道："姊姊，何不再引我到那未曾看过这几司里头去瞧瞧？"仙女道："古往今来，普天世界的女子，虽各人遭际结局不同，总越不过匾额上的'情天孽海'四个字。就是'金陵十二钗'里头这几个人，全亏太虚幻境的警幻仙子，费了多少神力，硬改了注定的册子，才得椓木复焰。也只为完就绛珠仙子灵河岸上一段未了情缘。其余几个人，都是带挈的，何必再阅他司，多牵情恨？使者到此也有时候了，速速回去罢。"宝玉无奈，只得把抄的词句揣在怀里，拜谢仙女，离了太虚宫回家。

径至怡红院，见黛玉、宝钗、湘云、迎春、鸳鸯、香菱、晴雯、袭人这许多人，坐的坐，站的站，满屋子里莺声燕语，翠族珠围。先是湘云开口道："我们都来给二哥哥辞岁，丫头们满园子找你不见，躲到那里快乐。"宝玉道："刚才妙师父送了咱们半仙阁的赏梅诗来。"湘云不等宝玉说完，忙接口道："在那里？快拿出来，给咱们瞧瞧妙师父怎样评的？"宝玉道："且慢瞧这个，有一件事告诉你们。妙师父送了诗来，还有帖儿邀我去说话。我赶忙到那里，妙师父不见，倒遇着一位神仙姊姊，引我到一个地方，拿出许多册子给我瞧。他说是太虚幻境的警幻仙，为了绛珠仙子要了结什么灵河岸上的夙缘，因此把注定的册子改了。其中道成全了咱们'金陵十二钗'里头几个人，不信现有抄来册上的词句。"说着，便向怀里掏出。

众人争着来瞧，宝钗笑道："我瞧起来，明明说着咱们呢。"黛玉道："姊姊，你这么一个聪明人，怎么说起糊涂话来？你想，世界上那里有什么太虚幻境，难道咱们这班人都从太虚幻境来的？统是他编造出来的，说谎言哄骗咱们的。"说着，便要撕毁。宝玉慌忙伸出手来，只听得院子里山崩的震响，众人赶出去瞧，道："天上塌了一块大石下来。"宝玉惊醒，并无黛玉、宝钗诸姊妹，晴、袭、鹃、莺一个人在眼前，原来是红楼一梦。

【全书完】